朱自清经典作品集

背影·荷塘月色

朱自清 著

北方联合出版传媒（集团）股份有限公司
春风文艺出版社
·沈阳·

图书在版编目（CIP）数据

朱自清经典作品集 : 全 4 册 / 朱自清著 . — 沈阳 : 春风文艺出版社 , 2023.11（2025. 3重印）

ISBN 978-7-5313-6523-5

Ⅰ. ①朱… Ⅱ. ①朱… Ⅲ. ①散文集—中国—现代 Ⅳ. ① I266

中国国家版本馆 CIP 数据核字 (2023) 第 163836 号

北方联合出版传媒（集团）股份有限公司
春风文艺出版社出版发行
沈阳市和平区十一纬路 25 号　邮编：110003
三河市龙大印装有限公司

图书策划：黄明陆　　责任编辑：平青立
助理编辑：周珊伊　　责任校对：张雨菲
封面设计：仙境设计　　幅面尺寸：155mm × 220mm
字　　数：501 千字　　印　　张：43
版　　次：2023 年 11 月第 1 版　　印　　次：2025 年 3 月第 2 次
书　　号：ISBN 978-7-5313-6523-5　　定　　价：138.00 元（全 4 册）

序

他是中国现代杰出的散文家、诗人、学者、民主斗士；他原名“自华”，后改名“自清”，勉励自己在困境中不要丧失斗志；他身患严重疾病，去世前拒绝领取美国援助的面粉，这种民族气节令世人感佩。

他写的《背影》和《悼亡妇》，被人誉为“天地间第一等至情文学”；他写的《荷塘月色》和《春》，伴随着一代又一代人的喜怒哀乐。

他的文字追求真实、真诚、真切，没有半点虚伪、矫饰、做作，蕴藏着一股动人心弦的力量……

他，就是朱自清。

朱自清（1898—1948），原籍浙江绍兴，生于江苏省东海县（今连云港市东海县平明镇）。1919年加入《新潮》诗社，开始创作新诗。1948年8月12日因患胃病逝世，享年50岁。

朱自清对新文学的最大贡献，是他所擅长的散文小品。在中国散文的百花园中，朱自清的散文独具一格，他的写景抒情散文显示了极高的艺术成就，显示了“旧文学之自以为特长者，白话文学也并非做不到”，尽了“对于旧文学的示威”的历史任务（鲁迅《南腔北调集·小品文的危机》）。《匆匆》《背影》《荷塘月色》《春》《你我》《欧游杂记》等名篇，一直被认为是“白话美文的典范”，有的更是收入各种版本的中小学语文教材中。

作为学者和教授的朱自清，在古典文学、语文教育、语言学、文艺学、美学等学科领域都有很深的造诣。杂文集《标准与尺度》《论雅俗共赏》等，论文集《经典常谈》《语文零拾》等，对后世的研究具有重要的理论意义。他与叶圣陶合著的《国文教学》《精读指导举隅》《略读指导举隅》等书，与叶圣陶、吕叔湘合编的《开明高级国文课本》等书，都获得了极高的赞誉。

朱自清的诗，尽管数量不多，却在思想和艺术上呈现出一种纯正朴实的新鲜作风，其中《光明》《新年》《煤》《送韩伯画往俄国》《羊群》《小舱中的现代》等，是初期新诗中难得的佳作。

文如其人，人如其文。纵观朱自清的作品，从早期的清秀隽永到中期的质朴腴厚，再到后期的激进深邃，无不显示出他独特的艺术风貌和审美情趣，无不与时代的脉搏息息相关。

本着优中选精的原则，斟酌再三，我们特将朱自清最脍炙人口的散文、游记、杂论、诗歌、文艺批评、学术研究等作品精选出来，集结成这套《朱自清经典作品集》，分为《背影·荷塘月色》《春·匆匆》《桨声灯影里的秦淮河》《语文杂谈》四册。编者在编选过程中，以开明书店、商务印书馆、上海东亚图书馆等多个出版方的具有权威性的版本为底本，同时参校其他版本，形成定稿，并在收录的过程中对文中部分错字、漏字、别字予以了补充和纠正。

鉴于朱自清的散文成就最大，本作品集的遴选也侧重于其散文作品。相信这些触动灵魂的优美文字，定能在岁月的长河里如宝石般熠熠生辉，陪伴着我们一路远行！

书中谬误之处，敬请批评指正！

目 录

背 影

荷塘月色

背影

背　影

我与父亲不相见已二年余了，我最不能忘记的是他的背影。

那年冬天，祖母死了，父亲的差使也交卸了，正是祸不单行的日子。我从北京到徐州，打算跟着父亲奔丧回家。到徐州见着父亲，看见满院狼藉的东西，又想起祖母，不禁簌簌地流下眼泪。父亲说："事已如此，不必难过，好在天无绝人之路！"

回家变卖典质，父亲还了亏空；又借钱办了丧事。这些日子，家中光景很是惨淡，一半为了丧事，一半为了父亲赋闲。丧事完毕，父亲要到南京谋事，我也要回北京念书，我们便同行。

到南京时，有朋友约去游逛，勾留了一日；第二日上午便须渡江到浦口，下午上车北去。父亲因为事忙，本已说定不送我，叫旅馆里一个熟识的茶房陪我同去。他再三嘱咐茶房，甚是仔细。但他终于不放心，怕茶房不妥帖；颇踌躇了一会。其实我那年已二十岁，北京已来往过两三次，是没有什么要紧的了。他踌躇了一会，终于决定还是自己送我去。我再三回劝他不必去；他只说："不要紧，他们去不好！"

我们过了江，进了车站。我买票，他忙着照看行李。行李太多了，得向脚夫行些小费，才可过去。他便又忙着和他们讲价钱。我那时真是聪明过分，总觉他说话不大漂亮，非自己插嘴不可。但他终于讲定了价钱；就送我上车。他给我拣定了靠车门的一张椅子；我将他给我做的紫毛大衣铺好座位。他嘱我路上小心，夜里要警醒些，不要受凉。又嘱托茶房好好照应我。我心里暗笑他的迂；他们只认得钱，托他们只是白托！而且我这样大年纪的人，难道还不能料理自己么？唉，我现在想想，那时是真太聪明了！

我说道："爸爸，你走吧。"他望车外看了一看，说："我买几个橘子去。你就在此地，不要走动。"我看那边月台的栅栏外有几个卖东西的等着顾客。走到那边月台，须穿过铁道，须跳下去又爬上去。父亲是一个胖子，走过去自然要费事些。我本来要去的，他不肯，只好让他去。我看见他戴着黑布小帽，穿着黑布大马褂，深青布棉袍，蹒跚地走到铁道边，慢慢探身下去，尚不大难。可是他穿过铁道，要爬上那边月台，就不容易了。他用两手攀着上面，两脚再向上缩；他肥胖的身子向左微倾，显出努力的样子。这时我看见他的背影，我的泪很快地流下来了。我赶紧拭干了泪，怕他看见，也怕别人看见。我再向外看时，他已抱了朱红的橘子望回走了。过铁道时，他先将橘子散放在地上，自己慢慢爬下，再抱起橘子走。到这边时，我赶紧去搀他。他和我走到车上，将橘子一股脑儿放在我的皮大衣上。于是扑扑衣上的泥土，心里很轻松似的。过一会说："我走了，到那边来信！"我望着他走出去。他走了几步，回过头看见我，说："进去吧，里边没人。"等他的背影混入来来往往的人里，再找不着了，我便进来坐下，我的眼泪又来了。

近几年来，父亲和我都是东奔西走，家中光景是一日不如一日。

他少年出外谋生，独力支持，做了许多大事。哪知老境却如此颓唐！他触目伤怀，自然情不能自已。情郁于中，自然要发之于外；家庭琐屑便往往触他之怒。他待我渐渐不同往日。但最近两年的不见，他终于忘却我的不好，只是惦记着我，惦记着我的儿子。我北来后，他写了一信给我，信中说道："我身体平安，惟膀子疼痛厉害，举箸提笔，诸多不便，大约大去之期不远矣。"我读到此处，在晶莹的泪光中，又看见那肥胖的、青布棉袍黑布马褂的背影。唉！我不知何时再能与他相见！

《梅花》后记

这一卷诗稿的运气真坏！我为它碰过好几回壁，几乎已经绝望。现在承开明书店主人的好意，答应将它印行，让我尽了对于亡友的责任，真是感激不尽！

偶然翻阅卷前的序，后面记着一九二四年二月；算来已是四年前的事了。而无隅的死更在前一年。这篇序写成后，曾载在《时事新报》的《文学旬刊》上。那时即使有人看过，现在也该早已忘怀了吧？无隅的棺木听说还停在上海某处；但日月去得这样快，五年来人事代谢，即在无隅的亲友，他的名字也已有点模糊了吧？想到此，颇有些莫名的寂寞了。

我与无隅末次聚会，是在上海西门三德里一个楼上。那时他在美术专门学校学西洋画，住着万年桥附近小弄堂里一个亭子间。我是先到了那里，再和他同去三德里的。那一暑假，我从温州到上海来玩儿；因为他春间交给我的这诗稿还未改好，所以一面访问，一面也给他个信。见面时，他那瘦黑的，微笑的脸，还和春间一样；从我认识他时，他的脸就是这样。我怎么也想不到，隔了不久的日子，他会突然离我们而去！——但我在温州得信很晚，记得仿佛已在他死后一两个月；那时我还忙着改这诗稿，打算寄给他呢。

他似乎没有什么亲戚朋友，至少在上海是如此。他的病情和死期，没人能说得清楚，我至今也还有些茫然；只知道病来得极猛，而又没钱好好医治而已。后事据说是几个同乡的学生凑了钱办的。他们大抵也没钱，想来只能草草收殓罢了。棺木是寄在某处。他家里想运回去，苦于没有这笔钱——虽然不过几十元。他父亲与他朋友林醒民君都指望这诗稿能卖得一点钱。不幸碰了四回壁，还留在我手里；四个年头已飞也似的过去了。自然，这其间我也得负多少因循的责任。直到现在，卖是卖了，想起无隅的那薄薄的棺木，在南方的潮湿里，在数年的尘封里，还不知是什么样子！其实呢，一堆腐骨，原无足惜；但人究竟是人，明知是迷执，打破却也不易的。

无隅的父亲到温州找过我，那大约是一九二二年的春天吧。一望而知，这是一个老实的内地人。他很愁苦地说，为了无隅读书，家里已用了不少钱。谁知道会这样呢？他说，现在无隅还有一房家眷要养活，运棺木的费，实在想不出法。听说他有什么稿子，请可怜可怜，给他想想法吧！我当时答应下来；谁知道一耽搁就是这些年头！后来他还转托了一位与我不相识的人写信问我。我那时已离开温州，因事情尚无头绪，一时忘了作复，从此也就没有音信。现在想来，实在是很不安的。

我在序里略略提过林醒民君，他真是个值得敬爱的朋友！最热心无隅的事的是他；四年中不断地督促我的是他。我在温州的时候，他特地为了无隅的事，从家乡玉环来看我，又将我删改过的这诗稿，端端正正地抄了一遍，给编了目录，就是现在付印的稿本了。我去温州，他也到汉口宁波各地做事；常有信给我，信里总殷殷问起这诗稿。去年他到南洋去，临行还特地来信催我。他说无隅死了好几年了，仅存的一卷诗稿，还未能付印，真是一件难以放下的心事；请再给向什么地方试试，怎样？他到南洋后，至今尚无消息，海天远隔，我也不知他在何处。现在想寄信由他家里转，让他知道这诗稿已能付印；他定非常高兴的。古语说，“一死一生，乃见交情”；他之于无隅，这五年以来，有如一日，真是人所难能的！

关心这诗稿的，还有白采与周了因两位先生。白先生有一篇小说，叫《作诗的儿子》，是纪念无隅的，里面说到这诗稿。那时我还在温州。他将这篇小说由平伯转寄给我，附了一信，催促我设法付印。他和平伯，和我，都不相识；因这一来，便与平伯常常通信，后来与我也常通信了。这也算很巧的一段因缘。我又告诉醒民，醒民也和他写了几回信。据醒民说，他曾经一度打算出资印这诗稿；后来因印自己的诗，力量来不及，只好罢了。可惜这诗稿现在行将付印，而他已死了三年，竟不能见着了！周了因先生，据醒民说，也是无隅的好友。醒民说他要给这诗稿写一篇序，又要写一篇无隅的传。但又说他老是东西漂泊着，没有准儿；只要有机会将这诗稿付印，也就不必等他的文章了。我知道他现在也在南洋什么地方；路是这般远，我也只好不等他了。

春余夏始，是北京最好的日子。我重翻这诗稿，温寻着旧梦，心上倒像有几分秋意似的。

南京

南京是值得流连的地方，虽然我只是来来去去，而且又都在夏天。也想夸说夸说，可惜知道的太少；现在所写的，只是一个旅行人的印象罢了。

逛南京像逛古董铺子，到处都有些时代侵蚀的遗痕。你可以摩挲，可以凭吊，可以悠然遐想；想到六朝的兴废，王谢的风流，秦淮的艳迹。这些也许只是老调子，不过经过自家一番体贴，便不同了。所以我劝你上鸡鸣寺去，最好选一个微雨天或月夜。在朦胧里，才酝酿着那一缕幽幽的古味。你坐在一排明窗的豁蒙楼上，吃一碗茶，看面前苍然蜿蜒着的台城。台城外明净荒寒的玄武湖就像大涤子的画。豁蒙楼一排窗子安排得最有心思，让你看的一点不多，一点不少。寺后有一口灌园的井，可不是那陈后主和张丽华躲在一堆儿的“胭脂井”。那口胭脂井不在路边，得破费点工夫寻觅。井栏也不在井上；要看，得老远地上明故宫遗址的古物保存所去。

从寺后的园地，拣着路上台城；没有垛子，真像平台一样。踏在茸茸的草上，说不出的静。夏天白昼有成群的黑蝴蝶，在微风里飞；这些黑蝴蝶上下旋转地飞，远看像一根粗的圆柱子。城上可以望南京的每一角。这时候若有个熟悉历代形势的人，给你指点，隋兵是从这角进来的，湘军是从那角进来的，你可以想象异样装束的队伍，打着异样的旗帜，拿着异样的武器，汹汹涌涌地进来，远远仿佛还有哭喊之声。假如你记得一些金陵怀古的诗词，趁这时候暗诵几回，也可印证印证，许更能领略作者当日的情思。

从前可以从台城爬出去，在玄武湖边；若是月夜，两三个人，两三个零落的影子，歪歪斜斜地挪移下去，够多好。现在可不成了，得出寺，下山，绕着大弯儿出城。七八年前，湖里几乎长满了苇子，一味地荒寒，虽有好月光，也不大能照到水上；船又窄，又小，又漏，教人逛着愁着。这几年大不同了，一出城，看见湖，就有烟水苍茫之意；船也大多了，有藤椅子可以躺着。水中岸上都光光的；亏得湖里有五个洲子点缀着，不然便一览无余了。这里的水是白的，又有波澜，俨然长江大河的气势，与西湖的静绿不同，最宜于看月，一片空蒙，无边无界。若在微醺之后，迎着小风，似睡非睡地躺在藤椅上，听着船底汩汩的波响与不知何方来的箫声，真会教你忘却身在哪里。五个洲子似乎都局促无可看，但长堤宛转相通，却值得走走。湖上的樱桃最出名。据说樱桃熟时，游人在树下现买，现摘，现吃，谈着笑着，多热闹的。

清凉山在一个角落里，似乎人迹不多。扫叶楼的安排与豁蒙楼相仿佛，但窗外的景象不同。这里是滴绿的山环抱着，山下一片滴绿的树；那绿色真是扑到人眉宇上来。若许我再用画来比，这怕像王石谷的手笔了。在豁蒙楼上不容易坐得久，你至少要上台城去看看。在扫叶楼上却不想走；窗外的光景好像满为这座楼而设，一上楼便什么都有了。夏天去确有一股“清凉”味。这里与豁蒙楼全有素面吃，又可口，又贱。

莫愁湖在华严庵里。湖不大，又不能泛舟，夏天却有荷花荷叶，临湖一带屋子，凭栏眺望，也颇有远情。莫愁小像，在胜棋楼下，不知谁画的，大约不很古吧；但脸子开得秀逸之至，衣褶也柔活之至，大有“挥袖凌虚翔”的意思；若让我题，我将毫不踌躇地写上“仙乎仙乎”四字。另有石刻的画像，也在这里，想来许是那一幅画所从出；但生气反而差得多。这里虽也临湖，因为屋子深，显得阴暗些；可是古色古香，阴暗得好。诗文联语当然多，只记得王湘绮的半联云：“莫轻他北地胭脂，看艇子初来，江南儿女无颜色。”气概很不错。所谓胜棋楼，相传是明太祖与徐达下棋，徐达胜了，太祖便赐给他这一所屋子。太祖那样人，居然也会做出这种雅事来了。左手临湖的小阁却敞亮得多，也敞亮得好。有曾国藩画像，忘记是谁横题着“江天小阁坐人豪”一句。我喜欢这个题句，“江天”与“坐人豪”，景象阔大，使得这屋子更加开朗起来。

秦淮河我已另有记。但那文里所说的情形，现在已大变了。从前读《桃花扇》《板桥杂记》一类书，颇有沧桑之感；现在想到自己十多年前身历的情形，怕也会有沧桑之感了。前年看见夫子庙前旧日的画舫，那样狼狈的样子，又在老万全酒栈看秦淮河水，差不多全黑了，加上巴掌大，透不出气的所谓秦淮小公园，简直有些厌恶，再别提做什么梦了。贡院原也在秦淮河上，现在早拆得只剩一点儿了。民国五年父亲带我去看过，已经荒凉不堪，号舍里草都长满了。父亲曾经办过江南闱差，熟悉考场的情形，说来头头是道。他说考生入场时，都有送场的，人很多，门口闹嚷嚷的。天不亮就点名，搜夹带。大家都归号。似乎直到晚上，头场题才出来，写在灯牌上，由号军扛着在各号里走。所谓“号”，就是一条狭长的胡同，两旁排列着号舍，口儿上写着什么天字号，地字号等等的。每一号舍之大，恰好容一个人坐着；从前人说是像轿子，真不错。几天里吃饭，睡觉，做文章，都在这轿子里；坐的伏的各有一块硬板，如是而已。官号稍好一些，是给达官贵人的子弟预备的，但得补褂朝珠地入场，那时是夏秋之交，天还热，也够受的。父亲又说，乡试时场外有兵巡逻，防备通关节。场内也竖起黑幡，叫鬼魂们有冤报冤，有仇报仇；我听到这里，有点毛骨悚然。现在贡院已变成碎石路；在路上走的人，怕很少想起这些事情的了吧？

明故宫只是一片瓦砾场，在斜阳里看，只感到李太白《忆秦娥》的“西风残照，汉家陵阙”二语的妙。午门还残存着，遥遥直对洪武门的城楼，有万千气象。古物保存所便在这里，可惜规模太小，陈列得也无甚次序。明孝陵道上的石人石马，虽然残缺零乱，还可见泱泱大风；享殿并不巍峨，只陵下的隧道，阴森袭人，夏天在里面待着，凉风沁人肌骨。这陵大概是开国时草创的规模，所以简朴得很；比起长陵，差得真太远了。然而简朴得好。

雨花台的石子，人人皆知；但现在怕也捡不着什么了。那地方毫无可看。记得刘后村的诗云：“昔年讲师何处在，高台犹以‘雨花’名。有时宝向泥寻得，一片山无草敢生。”我所感的至多也只如此。还有，前些年南京枪决囚人都在雨花台下，所以洋车夫遇见别的车夫和他争先时，常说："忙什么！赶雨花台去！"这和从前北京车夫说"赶菜市口儿"一样。现在时移势异，这种话渐渐听不见了。

燕子矶在长江里看，一片绝壁，危亭翼然，的确惊心动魄。但到了上边，逼窄污秽，毫无可以盘桓之处。燕山十二洞，去过三个。只三台洞层层折折，由幽入明，别有匠心，可是也年久失修了。

南京的新名胜，不用说，首推中山陵。中山陵全用青白两色，以象征青天白日，与帝王陵寝用红墙黄瓦的不同。假如红墙黄瓦有富贵气，那青琉璃瓦的享堂，青琉璃瓦的碑亭却有名贵也。从陵门上享堂，白石台阶不知多少级，但爬得够累的；然而你远看，决想不到会有这么多的台阶儿。这是设计的妙处。德国波慈达姆无愁宫前的石阶，也同此妙。享堂进去也不小；可是远处看，简直小得可以，和那白石的飞阶不相称，一点儿压不住，仿佛高个儿戴着小尖帽。近处山角里一座阵亡将士纪念塔，粗粗的，矮矮的，正当着一个青青的小山峰，让两边儿的山紧紧抱着，静极，稳极。——谭墓没去过，听说颇有点丘壑。中央运动场也在中山陵近处，全仿外洋的样子。全国运动会时，也不知有多少照相与描写登在报上；现在是时髦的游泳的地方。

若要看旧书，可以上江苏省立图书馆去。这在汉西门龙蟠里，也是一个角落里。这原是江南图书馆，以丁丙的善本书室藏书为底子；词曲的书特别多。此外中央大学图书馆近年来也颇有不少书。中央大学是个散步的好地方。宽大，干净，有树木；黄昏时去兜一个或大或小的圈儿，最有意思。后面有个梅庵，是那会写字的清道人的遗迹。这里只是随宜地用树枝搭成的小小的屋子。庵前有一株六朝松，但据说实在是六朝桧；桧荫遮住了小院子，真是不染一尘。

南京茶馆里干丝很为人所称道。但这些人必没有到过镇江，扬州，那儿的干丝比南京细得多，又从来不那么甜。我倒是觉得芝麻烧饼好，一种长圆的，刚出炉，既香，且酥，又白，大概各茶馆都有。咸板鸭才是南京的名产，要热吃，也是香得好；肉要肥要厚，才有咬嚼。但南京人都说盐水鸭更好，大约取其嫩，其鲜；那是冷吃的，我可不知怎样，老觉得不大得劲儿。

白采

盛暑中写《白采的诗》一文，刚满一页，便因病搁下。这时候薰宇来了一封信，说白采死了，死在香港到上海的船中。他只有一个人；他的遗物暂存在立达学园里。有文稿，旧体诗词稿，笔记稿，有朋友和女人的通信，还有四包女人的头发！我将薰宇的信念了好几遍，茫然若失了一会；觉得白采虽于生死无所容心，但这样的死在将到吴淞口了的船中，也未免太惨酷了些——这是我们后死者所难堪的。

白采是一个不可捉摸的人。他的历史，他的性格，现在虽从遗物中略知梗概，但在他生前，是绝少人知道的；他也绝口不向人说，你问他他只支吾而已。他赋性既这样遗世绝俗，自然是落落寡合了；但我们却能够看出他是一个好朋友，他是一个有真心的人。

“不打不成相识”，我是这样知道了白采的。这是为学生李芳诗集的事。李芳将他的诗集交我删改，并嘱我作序。那时我在温州，他在上海。我因事忙，一搁就是半年；而李芳已因不知名的急病死在上海。我很懊悔我的需缓，赶紧抽了空给他工作。正在这时，平伯转来白采的信，短短的两行，催我设法将李芳的诗出版；又附了登在《觉悟》上的小说《作诗的儿子》，让我看看——里面颇有讥讽我的话。我当时觉得不应得这种讥讽，便写了一封近两千字的长信，详述事件首尾，向他辩解。信去了便等回信；但是杳无消息。等到我已不希望了，他才来了一张明信片；在我看来，只是几句半冷半热的话而已。我只能以“岂能尽如人意？但求无愧我心！”自解，听之而已。

但平伯因转信的关系，却和他常通函札。平伯来信，屡屡说起他，说是一个有趣的人。有一回平伯到白马湖看我。我和他同往宁波的时候，他在火车中将白采的诗稿《羸疾者的爱》给我看。我在车身不住的动摇中，读了一遍。觉得大有意思。我于是承认平伯的话，他是一个有趣的人。我又和平伯说，他这篇诗似乎是受了尼采的影响。后来平伯来信，说已将此语函告白采，他颇以为然。我当时还和平伯说，关于这篇诗，我想写一篇评论；平伯大约也告诉了他。有一回他突然来信说起此事；他盼望早些见着我的文字，让他知道在我眼中的他的诗究竟是怎样的。我回信答应他，就要做的。以后我们常常通信，他常常提及此事。但现在是三年以后了，我才算将此文完篇；他却已经死了，看不见了！他暑假前最后给我的信还说起他的盼望。天啊！我怎样对得起这样一个朋友，我怎样挽回我的过错呢？

平伯和我都不曾见过白采，大家觉得是一件缺憾。有一回我到上海，和平伯到西门林荫路新正兴里五号去访他：这是按着他给我们的通信地址去的。但不幸得很，他已经搬到附近什么地方去了；我们只好嗒然而归。新正兴里五号是朋友延陵君住过的：有一次谈起白采，他说他姓童，在美术专门学校念书；他的夫人和延陵夫人是朋友，延陵夫妇曾借住他们所赁的一间亭子间。那是我看延陵时去过的，床和桌椅都是白漆的；是一间虽小而极洁净的房子，几乎使我忘记了是在上海的西门地方。现在他存着的摄影里，据我看，有好几张是在那间房里照的。又从他的遗札里，推想他那时还未离婚；他离开新正兴里五号，或是正为离婚的缘故，也未可知。这却使我们事后追想，多少感着些悲剧味了。但平伯终于未见着白采，我竟得和他见了一面。那是在立达学园我预备上火车去上海前的五分钟。这一天，学园的朋友说白采要搬来了；我从早上等了好久，还没有音信。正预备上车站，白采从门口进来了。他说着江西话，似乎很老成了，是饱经世变的样子。我因上海还有约会，只匆匆一谈，便握手作别。他后来有信给平伯说我“短小精悍”，却是一句有趣的话。这是我们最初的一面，但谁知也就是最后的一面呢！

去年年底，我在北京时，他要去集美作教；他听说我有南归之意，因不能等我一面，便寄了一张小影给我。这是他立在露台上远望的背影，他说是聊寄伫盼之意。我得此小影，反复把玩而不忍释，觉得他真是一个好朋友。这回来到立达学园，偶然翻阅《白采的小说》，《作诗的儿子》一篇中讥讽我的话，已经删改；而薰宇告我，我最初给他的那封长信，他还留在箱子里。这使我惭愧从前的猜想，我真是小器的人哪！但是他现在死了，我又能怎样呢？我只相信，如爱墨生的话，他在许多朋友的心里是不死的！

白采的诗

《羸疾者的爱》

爱伦坡说没有长诗这样东西；所谓长诗，只是许多短诗的集合罢了。因为人的情绪只有很短的生命，不能持续太久；在长诗里要体验着一贯的情绪是不可能的。这里说的长诗，大约指荷马史诗，弥尔登（今译弥尔顿——编者注）《失乐园》一类作品而言；那些诚哉是洋洋巨篇。不过长诗之长原无一定，其与短诗的分别只在结构的铺张一点上。在铺张的结构里，我们固然失去了短诗中所有的“单纯”和“紧凑”，但却新得着了“繁复”和“恢廓”。至于情绪之不能持续着一致的程度，那是必然；但让它起起伏伏，有方方面面的转折——以许多小生命合成一大生命流，也正是一种意义呀。爱伦坡似乎仅见其分，未见其合，故有无长诗之论。实则一篇长诗，固可说由许多短篇集成，但所以集成之者，于各短篇之外，仍必有物：那就是长诗之所以为长诗。

在中国诗里，像荷马、弥尔登诸人之作是没有的；便是较为铺张的东西，似乎也不多。新诗兴起以后，也正是如此。可以称引的长篇，真是寥寥可数。长篇是不容易写的；所谓铺张，也不专指横的一面，如中国所谓“赋”也者；是兼指纵的进展而言的。而且总要深美的思想做血肉才行。以这样的见地来看长篇的新诗，去年出版的《白采的诗》是比较地能使我们满意的。《白采的诗》实在只是《羸疾者的爱》一篇诗。这是主人公“羸疾者”和四个人的对话：在这些对话里，作者建筑了一段故事；在这段故事里，作者将他对于现在世界的诅咒和对于将来世界的憧憬，放下去做两块基石。这两块基石是从人迹罕到的僻远的山角落里来的，所以那故事的建筑也不像这世间所有；使我们不免要吃一惊，在乍一寓目的时候。主人公“羸疾者”是生于现在世界而做着将来世界的人的；他献身于生之尊严，而不妥协地没落下去。说是狂人也好，匪徒也好，妖怪也好，他实在是个最诚实的情人！他的“爱”别看轻了是“羸疾者的”，实在是脱离了现世间一切爱的方式而独立的；这是最纯洁，最深切的，无我的爱，而且不只是对于个人的爱——将来世界的憧憬也便在这里。主人公虽是“羸疾者”，但你看他的理想是怎样健全，他的言语又怎样明白，清楚。他的见解即使是“过求艰深”，如他的朋友所说；他的言语却决不“太茫昧”而“晦涩难解”，如他的朋友所说。这种深入显出的功夫，使这样奇异的主人公能与我们亲近，让我们逐渐地了解他，原谅他，敬重他，最后和他作同声之应。他是个会说话的人，用了我们平常的语言，叙述他自己特殊的理想，使我们不由不信他；他的可爱的地方，也就在这里。

故事是这样的：主人公“羸疾者”本来是爱这个世界的；但他“用情太过度了”，“采得的只有嘲笑的果子”。他失望了，他厌倦了，他不能随俗委蛇，他的枯冷的心里只想着自己的毁灭！正在这个当儿，他从漂泊的途中偶然经过了一个快乐的村庄，“遇见那慈祥的老人，同他的一个美丽的孤女”。他们都把爱给他；他因自己已是一个羸疾者，不配享受人的爱，便一一谢绝。本篇的开场，正是那老人最后向主人公表明他的付托，她的倾慕；老人说得舌敝唇焦，他终于固执自己的意见，告别而去。她却不对他说半句话，只出着眼泪。但他早声明了，他是不能用他的手拭干她的眼泪的。“这怪诞的少年”回去见他的母亲和伙伴，告诉他们他那“不能忘记的”，“只有一次”的奇遇，以及他的疑惧和忧虑。但他们都是属于“中庸”的类型的人；所以母亲劝他“弥缝”，伙伴劝他“诙诡，隐忍”。但这又有何用呢？爱他的那“孤女”撇下了垂老的父亲，不辞穹远地跋涉而来；他却终于说，“我不敢用我残碎的爱爱你了！”他说他将求得“毁灭”的完成，偿足他“羸疾者”的缺憾。他这样了结了他的故事，给我们留下了永不解决的一幕悲剧，也便是他所谓“永久的悲哀”。

这篇诗原是主人公“羸疾者”和那慈祥的老人，他的母亲，他的伙伴，那美丽的孤女，四个人的对话。在这些对话里他放下理想的基石，建筑起一段奇异的故事。我已说过了。他建筑的方术颇是巧妙：开场时全以对话人的气象暗示事件的发展，不用一些叙述的句子；却使我们鸟瞰了过去，寻思着将来。这可见他弥满的精力。到第二节对话中，他才将往事的全部告诉我们，我们以为这就是所有的节目了。但第三节对话里，他又将全部的往事说给我们，这却另是许多新的节目；这才是所有的节目了。其实我们读第一节时，已知道了这件事的首尾，并不觉得缺少；到第三节时，虽增加了许多节目，却也并不觉得繁多——而且无重复之感，只很自然地跟着作者走。我想这是一件有趣的事，作者将那“慈祥的老人”和“美丽的孤女”分置在首尾两端，而在第一节里不让她说半句话。这固然有多少体制的关系，却也是天然的安排；若没有这一局，那“可爱的人”的爱未免太廉价，主人公的悲哀也决不会如彼深切的——那未免要减少了那悲剧的价值之一部或全部呢。至于作者的理想，原是灌注在全个故事里的，但也有特别鲜明的处所，那便是主人公在对话里尽力抒发己见的地方。这里主人公说的话虽也有议论的成分在内，但他有火热的情感，和凭着冰冷的理智说教的不同。他的议论是诗的，和散文的不同。他说得又那么从容，老实，没有大声疾呼的宣传的意味。他只是寻常的谈话罢了。但他的谈话却能够应机立说；只是浑然的一个理想，他和老人说时是一番话，和母亲说时又是一番话，和伙伴，和那“孤女”，又各有一番话。各人的话都贴切各人的身分，小异而有大同；相异的地方实就是相成的地方。本篇之能呵成一气，中边俱彻，全有赖于这种地方。本篇的人物共有五个，但只有两个类型；主人公独属于“全或无”的类型，其余四人共属于“中庸”的类型。四人属于一型，自然没有明了的性格；性格明了的只主人公一人而已。本篇原是抒情诗，虽然有叙事的形式和说理的句子；所以重在主人公自己的抒写，别的人物只是道具罢了。这样才可绝断众流，独立纲维，将主人公自己整个儿一丝不剩地捧给我们看。

本篇是抒情诗，主人公便是作者的自托，是不用说的。作者是个深于世故的人：他本沉溺于这个世界里的，但一度尽量地泄露以后，只得着许多失望。他觉着他是“向恶人去寻求他们所没有的”，于是开始厌倦这残酷的人间。他说："我在这猥琐的世上，一切的见闻，/丝毫都觉不出新异；/只见人们同样的蠢动罢了。"而人间的关系，他也看得十二分透彻；他露骨地说："人们除了相贼，/便是相需着玩偶罢了。"所以"我是不愿意那相贼的敌视我，/但也不愿利用的俳优蓄我；/人生旅路上这凛凛的针棘，/我只愿做这村里的一个生客。"看得世态太透的人，往往易流于玩世不恭，用冷眼旁观一切；但作者是一个火热的人，那样不痛不痒的光景，他是不能忍耐的。他一面厌倦现在这世界，一面却又舍不得它，希望它有好日子；他自己虽将求得"毁灭"的完成，但相信好日子终于会到来的，只要那些未衰的少年明白自己的责任。这似乎是一个思想的矛盾，但作者既自承为"羸疾者""颠狂者"，却也没有什么了。他所以既于现世间深切地憎恶着，又不住地为它担忧，你看他说："我固然知道许多青年，/受了现代的苦闷，/更倾向肉感的世界！/但这漫无节制的泛滥过后，/我却怀着不堪隐忧；/——纵驰！/——衰败！/这便是我不能不呼号的了。"这种话或者太质直了，多少带有宣传的意味，和篇中别的部分不同；但话里面却有重量，值得我们几番地凝想。我们可以说这寥寥的几行实为全篇的核心，而且作诗的缘起也在这里了。这不仅我据全诗推论是如此，我还可以请作者自己为我作证。我曾见过这篇诗的原稿，他在第一页的边上写出全篇的大旨，短短的只一行多些，正是这一番意思。我们不能忽视这一番意思，因为从这里我们可以看出他实在是真能爱这世界的，他实在是真能认识"生之尊严"的。

他说："但人类求生是为的相乐，/不是相呴相濡的苟活着。/既然恶魔所给我们精神感受的痛苦已多，/更该一方去求得神赐我们本能的享乐。/然而我是重视本能的受伤之鸟，/我便在实生活上甘心落伍了！”他以为“本能的享乐尤重过种族的繁殖”；人固要有“灵的扩张”，也要“补充灵的实质”。他以为“这生活的两面，/我们所能实感着的，有时更有价值！”但一般人不能明白这“本能的享乐”的意味，只“各人求着宴安”，“结果快乐更增进了衰弱”，而“羸弱是百罪之源，/阴霾常潜在不健全的心里”。所以他有时宁可说：“生命的事实，/我们所能感觉得到的，/我终觉比灵魂更重要呢。”他既然如此地“拥护生之尊严”，他的理想国自然是在地上；他想会有一种超人出现在这地上，创造人间的天国。他想只有理会得“本能的享乐”的人，才能够彼此相乐，才能够彼此相爱；因为在“健全”的心里是没有阴霾的潜在的。只有这班人，能够从魔王手里夺回我们的世界。作者的思想是受了尼采的影响的；他说“本能的享乐”，说“离开现实便没有神秘”，说“健全的人格”，我们可以说都是从尼采“超人就是地的意义”一语蜕化而出。但作者的超人——他用“健全的人格”的名词——究竟是怎样一种人格呢？我让他自己说：“你须向武士去找健全的人格；/你须向壮硕像婴儿一般的去认识纯真的美。/你莫接近狂人，会使你也受了病的心理；/你莫过信那日夜思想的哲学者，/他们只会制造些诈伪的辩语。”这是他的超人观的正负两面。他又说：“我们所要创造的，不可使有丝毫不全；/真和美便是善，不是亏蚀的。”这却是另一面了。他因为盼望超人的出现，所以主张“人母”的新责任：“这些‘新生’，正仗着你们慈爱的选择；/这庄严无上的权威，正在你们丰腴的手里。”但他的超人观似乎是以民族为出发点的，这却和尼采大大不同了！

作者虽盼望着超人的出现，但他自己只想做尼采所说的“桥梁”，只企图着尼采所说的“过渡和没落”。因为“我所有的不幸，无可救药！/我是——/心灵的被创者，/体力的受病者，/放荡不事生产者，/时间的浪费者；/——所有弱者一切的悲哀，/都灌满了我的全生命！”而且“我的罪恶如同黑影，/它是永远不离我的！/痛苦便是我的血，/一点一点滴污了我的天真”。他一面受着“世俗的夹拶”，一面受着“生存”的抽打和警告，他知道了怎样尊重他自己，完全他自己。

“自示孱弱的人，/反常想胜过了一切强者。”他所以坚牢地执着自己，不肯让他慈爱的母亲和那美丽的孤女一步。我最爱他这一节话：“既不完全，/便宁可毁灭；/不能升腾，/便甘心沉溺；/美锦伤了蠹穴，/先把他焚裂；/钝的宝刀，/不如断折；/母亲：/我是不望超拔的了！”他是不望超拔的了；他所以不需要怜悯，不需要一切，只向着一条路上走。

“除了自己毁灭，/便算不了完善。”他所求的便是“毁灭”的完成，这是他的一切。所谓“毁灭”，尼采是给了“没落”的名字，尼采曾借了查拉图斯特拉的口说：“我是爱那不知道没落以外有别条生路的人；因为那是想要超越的人。”

作者思想的价值，可以从这几句话里估定它。我说那主人公生于现在世界而做着将来世界的人，也便以这一点为立场。这自然也是尼采的影响。关于作者受了尼采的影响，我曾于读本篇原稿后和一个朋友说及。他后来写信告诉作者，据说他是甚愿承认的。

篇中那老人对主人公说：“你的思想是何等剽疾不驯，/你的话语是何等刻核？”这两句话用来批评全诗，是很适当的。作者是有深锐的理性和远到的眼光的人；他能觉察到人所不能觉察的。他的题材你或许会以为奇僻，或许会感着不习惯；但这都不要紧，你自然会渐渐觉到它的重量的。作者的选材，多少是站在“优生”的立场上。“优生”的概念是早就有了的，但作者将它情意化了，比人更深入一层，便另有一番声色。又加上尼采的超人观，价值就更见扩大了。在这一点上，作者是超出了一般人，是超出了这个时代。但他的理性的力量虽引导着他绝尘而驰，他的情意却不能跟随着他。你看他说：“但我有透骨髓的奇哀至痛，/——却不在我所说的言语里！”其实便是在他的言语里，那种一往深缠绵无已的哀痛之意，也灼然可见。那无可奈何的光景，是很值得我们低徊留恋的。虽然他“常想胜过了一切强者”，虽然他怎样的嘴硬，但中干的气象，荏弱的情调，是显然不曾能避免了的。因袭的网实在罩得太密了，凭你倔强，也总不能一下就全然挣脱了的。我们到底都是时代的儿子呀！我们以这样的见地来论作者，我想是很公平的。

一封信

在北京住了两年多了，一切平平常常地过去。要说福气，这也是福气了。因为平平常常，正像“糊涂”一样“难得”，特别是在“这年头”。但不知怎的，总不时想着在那儿过了五六年转徙无常的生活的南方。转徙无常，诚然算不得好日子；但要说到人生味，怕倒比平平常常时候容易深切地感着。现在终日看见一样的脸板板的天，灰蓬蓬的地；大柳高槐，只是大柳高槐而已。于是木木然，心上什么也没有；有的只是自己，自己的家。我想着我的渺小，有些战栗起来；清福究竟也不容易享的。

这几天似乎有些异样。像一叶扁舟在无边的大海上，像一个猎人在无尽的森林里。走路，说话，都要费很大的力气；还不能如意。心里是一团乱麻，也可说是一团火。似乎在挣扎着，要明白些什么，但似乎什么也没有明白。“一部《十七史》，从何处说起”，正可借来作近日的我的注脚。昨天忽然有人提起《我的南方》的诗。这是两年前初到北京，在一个村店里，喝了两杯“莲花白”以后，信笔涂出来的。于今想起那情景，似乎有些渺茫；至于诗中所说的，那更是遥遥乎远哉了，但是事情是这样凑巧：今天吃了午饭，偶然抽一本旧杂志来消遣，却翻着了三年前给S的一封信。信里说着台州，在上海，杭州，宁波之南的台州。这真是“我的南方”了。我正苦于想不出，这却指引我一条路，虽然只是“一条”路而已。

我不忘记台州的山水，台州的紫藤花，台州的春日，我也不能忘记S。他从前欢喜喝酒，欢喜骂人；但他是个有天真的人。他待朋友真不错。L从湖南到宁波去找他，不名一文；他陪他喝了半年酒才分手。他去年结了婚。为结婚的事烦恼了几个整年的他，这算是叶落归根了；但他也与我一样，已快上那“中年”的线了吧。结婚后我们见过一次，匆匆的一次。我想，他也和一切人一样，结了婚终于是结了婚的样子了吧。但我老只是记着他那喝醉了酒，很妩媚的骂人的意态；这在他或已懊悔着了。

南方这一年的变动，是人的意想所赶不上的。我起初还知道他的踪迹；这半年是什么也不知道了。他到底是怎样地过着这狂风似的日子呢？我所沉吟的正在此。我说过大海，他正是大海上的一个小浪；我说过森林，他正是森林里的一只小鸟。恕我，恕我，我向哪里去找你？

这封信曾印在台州师范学校的《绿丝》上。我现在重印在这里；这是我眼前一个很好的自慰的法子。

九月二十七日记

S兄：

…………

我对于台州，永远不能忘记！我第一日到六师校时，系由埠头坐了轿子去的。轿子走的都是僻路；使我诧异，为什么堂堂一个府城，竟会这样冷静！那时正是春天，而因天气的薄阴和道路的幽寂，使我宛然如入了秋之国土。约莫到了卖冲桥边，我看见那清绿的北固山，下面点缀着几带朴实的洋房子，心胸顿然开朗，仿佛微微的风拂过我的面孔似的。到了校里，登楼一望，见远山之上，都幂着白云。四面全无人声，也无人影；天上的鸟也无一只。只背后山上谡谡的松风略略可听而已。那时我真脱却人间烟火气而飘飘欲仙了！后来我虽然发见了那座楼实在太坏了：柱子如鸡骨，地板如鸡皮！但自然的宽大使我忘记了那房屋的狭窄。我于是曾好几次爬到北固山的顶上，去领略那飕飕的高风，看那低低的，小小的，绿绿的田亩。这是我最高兴的。

来信说起紫藤花，我真爱那紫藤花！在那样朴陋——现在大概不那样朴陋了吧——的房子里，庭院中，竟有那样雄伟，那样繁华的紫藤花，真令我十二分惊诧！她的雄伟与繁华遮住了那朴陋，使人一对照，反觉朴陋倒是不可少似的，使人幻想“美好的昔日”！我也曾几度在花下徘徊：那时学生都上课去了，只剩我一人。暖和的晴日，鲜艳的花色，嗡嗡的蜜蜂，酝酿着一庭的春意。我自己如浮在茫茫的春之海里，不知怎么是好！那花真好看：苍老虬劲的枝干，这么粗这么粗的枝干，宛转腾挪而上；谁知她的纤指会那样嫩，那样艳丽呢？那花真好看：一缕缕垂垂的细丝，将她们悬在那皴裂的臂上，临风婀娜，真像嘻嘻哈哈的小姑娘，真像凝妆的少妇，像两颊又像双臂，像胭脂又像粉……我在他们下课的时候，又曾几度在楼头眺望。那丰姿更是撩人：云哟，霞哟，仙女哟！我离开台州以后，永远没见过那样好的紫藤花，我真惦记她，我真妒羡你们！

此外，南山殿望江楼上看浮桥（现在早已没有了），看憧憧的人在长长的桥上往来着；东湖水阁上，九折桥上看柳色和水光，看钓鱼的人；府后山沿路看田野，看天；南门外看梨花——再回到北固山，冬天在医院前看山上的雪；都是我喜欢的。说来可笑，我还记得我从前住过的旧仓头杨姓的房子里的一张画桌；那是一张红漆的，一丈光景长而狭的画桌，我放它在我楼上的窗前，在上面读书，和人谈话，过了我半年的生活。现在想已搁起来无人用了吧？唉！

台州一般的人真是和自然一样朴实；我一年里只见过三个上海装束的流氓！学生中我颇有记得的。前些时有位P君写信给我，我虽未有工夫作复，但心中很感谢！乘此机会请你为我转告一句。

我写的已多了；这些胡乱的话，不知可附载在《绿丝》的末尾，使它和我的旧友见见面么？

弟 自清

扬州的夏日

扬州从隋炀帝以来，是诗人文士所称道的地方；称道的多了，称道得久了，一般人便也随声附和起来。直到现在，你若向人提起扬州这个名字，他会点头或摇头说："好地方！好地方！"特别是没去过扬州而念过些唐诗的人，在他心里，扬州真像蜃楼海市一般美丽；他若念过《扬州画舫录》一类书，那更了不得了。但在一个久住扬州像我的人，他却没有那么多美丽的幻想，他的憎恶也许掩住了他的爱好；他也许离开了三四年并不去想它。若是想呢——你说他想什么？女人；不错，这似乎也有名，但怕不是现在的女人吧？——他也只会想着扬州的夏日，虽然与女人仍然不无关系的。

北方和南方一个大不同，在我看，就是北方无水而南方有。诚然，北方今年大雨，永定河，大清河甚至决了堤防，但这并不能算是有水；北平的三海和颐和园虽然有点儿水，但太平衍了，一览而尽，船又那么笨头笨脑的。有水的仍然是南方。扬州的夏日，好处大半便在水上——有人称为"瘦西湖"，这个名字真是太"瘦"了，假西湖之名以行，"雅得这样俗"，老实说，我是不喜欢的。下船的地方便是护城河，曼衍开去，曲曲折折，直到平山堂——这是你们熟悉的名字——

有七八里河道，还有许多杈杈桠桠的支流。这条河其实也没有顶大的好处，只是曲折而有些幽静，和别处不同。

沿河最著名的风景是小金山，法海寺，五亭桥；最远的便是平山堂了。金山你们是知道的，小金山却在水中央。在那里望水最好，看月自然也不错——可是我还不曾有过那样福气。“下河”的人十之九是到这儿的，人不免太多些。法海寺有一个塔，和北海的一样，据说是乾隆皇帝下江南，盐商们连夜督促匠人造成的。法海寺著名的自然是这个塔；但还有一桩，你们猜不着，是红烧猪头。夏天吃红烧猪头，在理论上也许不甚相宜；可是在实际上，挥汗吃着，倒也不坏的。五亭桥如名字所示，是五个亭子的桥。桥是拱形，中一亭最高，两边四亭，参差相称；最宜远看，或看影子，也好。桥洞颇多，乘小船穿来穿去，另有风味。平山堂在蜀冈上。登堂可见江南诸山淡淡的轮廓；“山色有无中”一句话，我看是恰到好处，并不算错。这里游人较少，闲坐在堂上，可以永日。沿路光景，也以闲寂胜。从天宁门或北门下船，蜿蜒的城墙，在水里倒映着苍黝的影子，小船悠然地撑过去，岸上的喧扰像没有似的。

船有三种：大船专供宴游之用，可以挟妓或打牌。小时候常跟了父亲去，在船里听着谋得利洋行的唱片。现在这样乘船的大概少了吧？其次是“小划子”，真像一瓣西瓜，由一个男人或女人用竹篙撑着。乘的人多了，便可雇两只，前后用小凳子跨着：这也可算得“方舟”了。后来又有一种“洋划”，比大船小，比“小划子”大，上支布篷，可以遮日遮雨。“洋划”渐渐地多，大船渐渐地少，然而“小划子”总是有人要的。这不独因为价钱最贱，也因为它的伶俐。一个人坐在船中，让一个人站在船尾上用竹篙一下一下地撑着，简直是一首唐诗，或一幅山水画。而有些好事的少年，愿意自己撑船，也非“小划子”不行。“小划子”虽然便宜，却也有些分别。譬如说，你们也可想到的，女人撑船总要贵些；姑娘撑的自然更要贵啰。这些撑船的女子，便是有人说过的“瘦西湖上的船娘”。船娘们的故事大概不少，但我不很知道。据说以乱头粗服，风趣天然为胜；中年而有风趣，也仍然算好。可是起初原是逢场作戏，或尚不伤廉惠；以后居然有了价格，便觉意味索然了。

北门外一带，叫作下街，“茶馆”最多，往往一面临河。船行过时，茶客与乘客可以随便招呼说话。船上人若高兴时，也可以向茶馆中要一壶茶，或一两种“小笼点心”，在河中喝着，吃着，谈着。回来时再将茶壶和所谓小笼，连价款一并交给茶馆中人。撑船的都与茶馆相熟，他们不怕你白吃。扬州的小笼点心实在不错：我离开扬州，也走过七八处大大小小的地方，还没有吃过那样好的点心；这其实是值得惦记的。茶馆的地方大致总好，名字也颇有好的。如香影廊，绿杨村，红叶山庄，都是到现在还记得的。绿杨村的幌子，挂在绿杨树上，随风飘展，使人想起“绿杨城郭是扬州”的名句。里面还有小池，丛竹，茅亭，景物最幽。这一带的茶馆布置都历落有致，迥非上海，北平方方正正的茶楼可比。

“下河”总是下午。傍晚回来，在暮霭朦胧中上了岸，将大褂折好搭在腕上，一手微微摇着扇子；这样进了北门或天宁门走回家中。这时候可以念“又得浮生半日闲”那一句诗了。

看 花

生长在大江北岸一个城市里，那儿的园林本是著名的，但近来却很少；似乎自幼就不曾听见过“我们今天看花去”一类话，可见花事是不盛的。有些爱花的人，大都只是将花栽在盆里，一盆盆搁在架上；架子横放在院子里。院子照例是小小的，只够放下一个架子；架上至多搁二十多盆花罢了。有时院子里依墙筑起一座“花台”，台上种一株开花的树；也有在院子里地上种的。但这只是普通的点缀，不算是爱花。

家里人似乎都不甚爱花；父亲只在领我们上街时，偶然和我们到“花房”里去过一两回。但我们住过一所房子，有一座小花园，是房东家的。那里有树，有花架（大约是紫藤花架之类），但我当时还小，不知道那些花木的名字；只记得爬在墙上的是蔷薇而已。园中还有一座太湖石堆成的洞门；现在想来，似乎也还好的。在那时由一个顽皮的少年仆人领了我去，却只知道跑来跑去捉蝴蝶；有时掐下几朵花，也只是随意挼弄着，随意丢弃了。至于领略花的趣味，那是以后的事：夏天的早晨，我们那地方有乡下的姑娘在各处街巷，沿门叫着，“卖栀子花来”。栀子花不是什么高品，但我喜欢那白而晕黄的颜色和那肥肥的个儿，正和那些卖花的姑娘有着相似的韵味。栀子花的香，浓而不烈，清而不淡，也是我乐意的。我这样便爱起花来了。也许有人会问，“你爱的不是花吧？”这个我自己其实也已不大弄得清楚，只好存而不论了。

在高小的一个春天，有人提议到城外F寺里吃桃子去，而且预备白吃；不让吃就闹一场，甚至打一架也不在乎。那时虽远在五四运动以前，但我们那里的中学生却常有打进戏园看白戏的事。中学生能白看戏，小学生为什么不能白吃桃子呢？我们都这样想，便由那提议人纠合了十几个同学，浩浩荡荡地向城外而去。到了F寺，气势不凡地呵叱着道人们（我们称寺里的工人为道人），立刻领我们向桃园里去。道人们踌躇着说：“现在桃树刚才开花呢。”但是谁信道人们的话？我们终于到了桃园里。大家都丧了气，原来花是真开着呢！这时提议人P君便去折花。道人们是一直步步跟着的，立刻上前劝阻，而且用起手来。但P君是我们中最不好惹的；“说时迟，那时快”，一眨眼，花在他的手里，道人已踉跄在一旁了。那一园子的桃花，想来总该有些可看；我们却谁也没有想着去看。只嚷着，“没有桃子，得沏茶喝！”道人们满肚子委屈地引我们到“方丈”里，大家各喝一大杯茶。这才平了气，谈谈笑笑地进城去。大概我那时还只懂得爱一朵朵的栀子花，对于开在树上的桃花，是并不了然的；所以眼前的机会，便从眼前错过了。

以后渐渐念了些看花的诗，觉得看花颇有些意思。但到北平读了几年书，却只到过崇效寺一次；而去得又嫌早些，那有名的一株绿牡丹还未开呢。北平看花的事很盛，看花的地方也很多；但那时热闹的似乎也只有一班诗人名士，其余还是不相干的。那正是新文学运动的起头，我们这些少年，对于旧诗和那一班诗人名士，实在有些不敬；而看花的地方又都远不可言，我是一个懒人，便干脆地断了那条心了。后来到杭州做事，遇见了Y君，他是新诗人兼旧诗人，看花的兴致很好。我和他常到孤山去看梅花。孤山的梅花是古今有名的，但太少；又没有临水的，人也太多。有一回坐在放鹤亭上喝茶，来了一个方面有须，穿着花缎马褂的人，用湖南口音和人打招呼道，“梅花盛开嗒！”“盛”字说得特别重，使我吃了一惊；但我吃惊的也只是说在他嘴里“盛”这个声音罢了，花的盛不盛，在我倒并没有什么的。

有一回，Y来说，灵峰寺有三百株梅花；寺在山里，去的人也少。我和Y，还有N君，从西湖边雇船到岳坟，从岳坟入山。曲曲折折走了好一会儿，又上了许多石级，才到山上寺里。寺甚小，梅花便在大殿西边园中。园也不大，东墙下有三间净室，最宜喝茶看花；北边有座小山，山上有亭，大约叫“望海亭”吧，望海是未必，但钱塘江与西湖是看得见的。梅树确是不少，密密地低低地整列着。那时已是黄昏，寺里只我们三个游人；梅花并没有开，但那珍珠似的繁星似的骨朵儿，已经够可爱了；我们都觉得比孤山上盛开时有味。大殿上正做晚课，送来梵呗的声音，和着梅林中的暗香，真叫我们舍不得回去。在园里徘徊了一会儿，又在屋里坐了一会儿，天是黑定了，又没有月色，我们向庙里要了一个旧灯笼，照着下山。路上几乎迷了道，又两次三番地狗咬；我们的Y诗人确有些窘了，但终于到了岳坟。船夫远远迎上来道：“你们来了，我想你们不会冤我呢！”在船上，我们还不离口地说着灵峰的梅花，直到湖边电灯光照到我们的眼。

Y回北平去了，我也到了白马湖。那边是乡下，只有沿湖与杨柳相间着种了一行小桃树，春天花发时，在风里娇媚地笑着。还有山里的杜鹃花也不少。这些日日在我们眼前，从没有人像煞有介事地提议，“我们看花去”。但有一位S君，却特别爱养花；他家里几乎是终年不离花的。我们上他家去，总看他在那里不是拿着剪刀修理枝叶，便是提着壶浇水。我们常乐意看着。他院子里一株紫薇花很好，我们在花旁喝酒，不知多少次。白马湖住了不过一年，我却传染了他那爱花的嗜好。但重到北平时，住在花事很盛的清华园里，接连过了三个春，却从未想到去看一回。只在第二年秋天，曾经和孙三先生在园里看过几次菊花。“清华园之菊”是著名的，孙三先生还特地写了一篇文，画了好些画。但那种一盆一干一花的养法，花是好了，总觉没有天然的风趣。直到去年春天，有了些余闲，在花开前，先向人问了些花的名字。一个好朋友是从知道姓名起的，我想看花也正是如此。恰好Y君也常来园中，我们一天三四趟地到那些花下去徘徊。今年Y君忙些，我便一个人去。我爱繁花老干的杏，临风婀娜的小红桃，贴梗累累如珠的紫荆；但最恋恋的是西府海棠。海棠的花繁得好，也淡得好；艳极了，却没有一丝荡意。疏疏的高干子，英气隐隐逼人。可惜没有趁着月色看过；王鹏运有两句词道：“只愁淡月朦胧影，难验微波上下潮。”我想月下的海棠花，大约便是这种光景吧。为了海棠，前两天在城里特地冒了大风到中山公园去，看花的人倒也不少；但不知怎的，却忘了畿辅先哲祠。Y告我那里的一株，遮住了大半个院子；别处的都向上长，这一株却是横里伸张的。花的繁没有法说；海棠本无香，昔人常以为恨，这里花太繁了，却酝酿出一种淡淡的香气，使人久闻不倦。Y告我，正是刮了一日还不息的狂风的晚上；他是前一天去的。他说他去时地上已有落花了，这一日一夜的风，准完了。他说北平看花，是要赶着看的：春光太短了，又晴的日子多；今年算是有阴的日子了，但狂风还是逃不了的。我说北平看花，比别处有意思，也正在此。这时候，我似乎不甚菲薄那一班诗人名士了。

我所见的叶圣陶

我第一次与圣陶见面是在民国十年的秋天。那时刘延陵兄介绍我到吴淞炮台湾中国公学教书。到了那边，他就和我说："叶圣陶也在这儿。"我们都念过圣陶的小说，所以他这样告我。我好奇地问道："怎样一个人？"出乎我的意外，他回答我："一位老先生哩。"但是延陵和我去访问圣陶的时候，我觉得他的年纪并不老，只那朴实的服色和沉默的风度与我们平日所想象的苏州少年文人叶圣陶不甚符合罢了。

记得见面的那一天是一个阴天。我见了生人照例说不出话；圣陶似乎也如此。我们只谈了几句关于作品的泛泛的意见，便告辞了。延陵告诉我每星期六圣陶总回甪直去；他很爱他的家。他在校时常邀延陵出去散步；我因与他不熟，只独自坐在屋里。不久，中国公学忽然起了风潮。我向延陵说起一个强硬的办法——实在是一个笨而无聊的办法！——我说只怕叶圣陶未必赞成。但是出乎我的意外，他居然赞成了！后来细想他许是有意优容我们吧；这真是老大哥的态度呢。我们的办法天然是失败了，风潮延宕下去；于是大家都住到上海来。我和圣陶差不多天天见面；同时又认识了西谛，予同诸兄。这样经过了一个月；这一个月实在是我的很好的日子。

我看出圣陶始终是个寡言的人。大家聚谈的时候，他总是坐在那里听着。他却并不是喜欢孤独，他似乎老是那么有味地听着。至于与人独对的时候，自然多少要说些话；但辩论是不来的。他觉得辩论要开始了，往往微笑着说："这个弄不大清楚了。"这样就过去了。他又是个极和易的人，轻易看不见他的怒色。他辛辛苦苦保存着的《晨报》副张，上面有他自己的文字的，特地从家里捎来给我看；让我随便放在一个书架上，给散失了。当他和我同时发见这件事时，他只略露惋惜的颜色，随即说："由他去末哉，由他去末哉！"我是至今惭愧着，因为我知道他作文是不留稿的。他的和易出于天性，并非阅历世故，矫揉造作而成。他对于世间妥协的精神是极厌恨的。在这一月中，我看见他发过一次怒——始终我只看见他发过这一次怒——那便是对于风潮的妥协论者的蔑视。

风潮结束了，我到杭州教书。那边学校当局要我约圣陶去。圣陶来信说："我们要痛痛快快游西湖，不管这是冬天。"他来了，教我上车站去接。我知道他到了车站这一类地方，是会觉得寂寞的。他的家实在太好了，他的衣着，一向都是家里管。我常想，他好像一个小孩子；像小孩子的天真，也像小孩子的离不开家里人。必须离开家里人时，他也得找些熟朋友伴着；孤独在他简直是有些可怕的。所以他到校时，本来是独住一屋的，却愿意将那间屋做我们两人的卧室，而将我那间做书室。这样可以常常相伴；我自然也乐意，我们不时到西湖边去；有时下湖，有时只喝喝酒。在校时各据一桌，我只预备功课，他却老是写小说和童话。初到时，学校当局来看过他。第二天，我问他，"要不要去看看他们？”他皱眉道：“一定要去么？等一天吧。”后来始终没有去。他是最反对形式主义的。

那时他小说的材料，是旧日的储积；童话的材料有时却是片刻的感兴。如《稻草人》中《大喉咙》一篇便是。那天早上，我们都醒在床上，听见工厂的汽笛；他便说：“今天又有一篇了，我已经想好了，来得真快呵。”那篇的艺术很巧，谁想他只是片刻的构思呢！他写文字时，往往拈笔伸纸，便手不停挥地写下去，开始及中间，停笔踌躇时绝少。他的稿子极清楚，每页至多只有三五个涂改的字。他说他从来是这样的。每篇写毕，我自然先睹为快；他往往称述结尾的适宜，他说对于结尾是有些把握的。看完，他立即封寄《小说月报》；照例用平信寄。我总劝他挂号；但他说：“我老是这样的。”他在杭州不过两个月，写的真不少，教人羡慕不已。《火灾》里从《饭》起到《风潮》这七篇，还有《稻草人》中一部分，都是那时我亲眼看他写的。

在杭州待了两个月，放寒假前，他便匆匆地回去了；他实在离不开家，临去时让我告诉学校当局，无论如何不回来了。但他却到北平住了半年，也是朋友拉去的。我前些日子偶翻十一年的《晨报副刊》，看见他那时途中思家的小诗，重念了两遍，觉得怪有意思。北平回去不久，便入了商务印书馆编译部，家也搬到上海。从此在上海待下去，直到现在——中间又被朋友拉到福州一次，有一篇《将离》抒写那回的别恨，是缠绵悱恻的文字。这些日子，我在浙江乱跑，有时到上海小住，他常请了假和我各处玩儿或喝酒。有一回，我便住在他家，但我到上海，总爱出门，因此他老说没有能畅谈；他写信给我，老说这回来要畅谈几天才行。

十六年一月，我接眷北来，路过上海，许多熟朋友和我饯行，圣陶也在。那晚我们痛快地喝酒，发议论；他是照例地默着。酒喝完了，又去乱走，他也跟着。到了一处，朋友们和他开了个小玩笑；他脸上略露窘意，但仍微笑地默着。圣陶不是个浪漫的人；在一种意义上，他正是延陵所说的“老先生”。但他能了解别人，能谅解别人，他自己也能“作达”，所以仍然——也许格外——是可亲的。那晚快夜半了，走过爱多亚路，他向我诵周美成的词，“酒已都醒，如何消夜永！”我没有说什么；那时的心情，大约也不能说什么的。我们到一品香又消磨了半夜。这一回特别对不起圣陶；他是不能少睡觉的人。他家虽住在上海，而起居还依着乡居的日子；早七点起，晚九点睡。有一回我九点十分去，他家已熄了灯，关好门了。这种自然的，有秩序的生活是对的。那晚上伯祥说：“圣兄明天要不舒服了。”想起来真是不知要怎样感谢才好。

第二天我便上船走了，一眨眼三年半，没有上南方去。信也很少，却全是我的懒。我只能从圣陶的小说里看出他心境的迁变；这个我要留在另一文中说。圣陶这几年里似乎到十字街头走过一趟，但现在怎么样呢？我却不甚了然。他从前晚饭时总喝点酒，“以半醺为度”；近来不大能喝酒了，却学了吹笛——前些日子说已会一出《八阳》，现在该又会了别的了吧。他本来喜欢看看电影，现在又喜欢听听昆曲了。但这些都不是“厌世”，如或人所说的；圣陶是不会厌世的，我知道。又，他虽会喝酒，加上吹笛，却不曾抽什么“上等的纸烟”，也不曾住过什么“小小别墅”，如或人所想的，这个我也知道。

威尼斯

威尼斯（Venice）是一个别致地方。出了火车站，你立刻便会觉得；这里没有汽车，要到哪儿，不是搭小火轮，便是雇"刚朵拉"（Gondola）。大运河穿过威尼斯像反写的S；这就是大街。另有小河道四百十八条，这些就是小胡同。轮船像公共汽车，在大街上走；"刚朵拉"是一种摇橹的小船，威尼斯所特有，它哪儿都去。威尼斯并非没有桥；三百七十八座，有的是。只要不怕转弯抹角，哪儿都走得到，用不着下河去。可是轮船中人还是很多，"刚朵拉"的买卖也似乎并不坏。

威尼斯是"海中的城"，在意大利半岛的东北角上，是一群小岛，外面一道沙堤隔开亚得里亚海。在圣马克方场的钟楼上看，团花簇锦似的东一块西一块在绿波里荡漾着。远处是水天相接，一片茫茫。这里没有什么煤烟，天空干干净净；在温和的日光中，一切都像透明的。中国人到此，仿佛在江南的水乡；夏初从欧洲北部来的，在这儿还可看见清清楚楚的春天的背影。海水那么绿，那么酽，会带你到梦中去。

威尼斯不单是明媚，在圣马克方场走走就知道。这个方场南面临着一道运河；场中偏东南便是那可以望远的钟楼。威尼斯最热闹的地方是这儿，最华妙庄严的地方也是这儿。除了西边，围着的都是三百年以上的建筑，东边居中是圣马克堂，却有了八九百年——钟楼便在它的右首。再向右是“新衙门”；教堂左首是“老衙门”。这两溜儿楼房的下一层，现在满开了铺子。铺子前面是长廊，一天到晚是来来去去的人。紧接着教堂，直伸向运河去的是公爷府；这个一半属于小方场，另一半便属于运河了。

圣马克堂是方场的主人，建筑在十一世纪，原是卑赞廷式，以直线为主。十四世纪加上戈昔式的装饰，如尖拱门等；十七世纪又参入文艺复兴期的装饰，如栏杆等。所以庄严华妙，兼而有之；这正是威尼斯人的漂亮劲儿。教堂里屋顶与墙壁上满是碎玻璃嵌成的画，大概是真金色的地，蓝色和红色的圣灵像。这些像做得非常肃穆。教堂的地是用大理石铺的，颜色花样种种不同。在那种空阔阴暗的氛围中，你觉得伟丽，也觉得森严。教堂左右那两溜儿楼房，式样各别，并不对称；钟楼高三百二十二英尺，也偏在一边儿。但这两溜房子都是三层，都有许多拱门，恰与教堂的门面与圆顶相称；又都是白石造成，越衬出教堂的金碧辉煌来。教堂右边是向运河去的路，是一个小方场，本来显得空阔些，钟楼恰好填了这个空子。好像我们戏里大将出场，后面一杆旗子总是偏着取势；这方场中的建筑，节奏其实是和谐不过的。十八世纪意大利卡那来陀（Canaletto）一派画家专画威尼斯的建筑，取材于这方场的很多。德国德莱司敦画院中有几张，真好。

公爷府里有好些名人的壁画和屋顶画，丁陶来陀（Tintoretto，十六世纪）的大画《乐园》最著名；但更重要的是它建筑的价值。运河上有了这所房子，增加了不少颜色。这全然是戈昔式；动工在九世纪初，以后屡次遭火，屡次重修，现在的据说还是原来的式样。最好看的是它的西南两面；西面斜对着圣马克方场，南面正在运河上。在运河里看，真像在画中。它也是三层：下两层是尖拱门，一眼看去，无数的柱子。最下层的拱门简单疏阔，是载重的样子；上一层便繁密得多，为装饰之用；最上层却更简单，一根柱子没有，除了疏疏落落的窗和门之外，都是整块的墙面。墙面上用白的与玫瑰红的大理石砌成素朴的方纹，在日光里鲜明得像少女一般。威尼斯人真不愧着色的能手。这所房子从运河中看，好像在水里。下两层是玲珑的架子，上一层才是屋子；这是很巧的结构，加上那艳而雅的颜色，令人有惝恍迷离之感。府后有太息桥；从前一边是监狱，一边是法院，狱囚提讯须过这里，所以得名。拜伦诗中曾咏此，因而便脍炙人口起来，其实也只是近世的东西。

威尼斯的夜曲是很著名的。夜曲本是一种抒情的曲子，夜晚在人家窗下随便唱。可是运河里也有：晚上在圣马克方场的河边上，看见河中有红绿的纸球灯，便是唱夜曲的船。雇了“刚朵拉”摇过去，靠着那个船停下，船在水中间，两边挨次排着“刚朵拉”，在微波里荡着，像是两只翅膀。唱曲的有男有女，围着一张桌子坐，轮到了便站起来唱，旁边有音乐和着。曲词自然是意大利语，意大利的语音据说最纯粹，最清朗。听起来似乎的确斩截些，女人的尤其如此——意大利的歌女是出名的。音乐节奏繁密，声情热烈，想来是最流行的“爵士乐”。在微微摇摆的红绿灯球底下，颤着酽酽的歌喉，运河上一片朦胧的夜也似乎透出玫瑰红的样子。唱完几曲之后，船上有人跨过来，反拿着帽子收钱，多少随意。不愿意听了，还可摇到第二处去。这个略略像当年的秦淮河的光景，但秦淮河却热闹得多。

从圣马克方场向西北去，有两个教堂在艺术上是很重要的。一个是圣罗珂堂，旁边有一所屋子，墙上屋顶上满是画；楼上下大小三间屋，共六十二幅画，是丁陶来陀的手笔。屋里暗极，只有早晨看得清楚。丁陶来陀作画时，因地制宜，大部分只粗粗勾勒，利用阴影，教人看了觉得是几经琢磨似的。《十字架》一幅在楼上小屋内，力量最雄厚。佛拉利堂在圣罗珂近旁，有大画家铁沁（Titian，十六世纪）和近代雕刻家卡奴洼（Canova）的纪念碑。卡奴洼的，灵巧，是自己打的样子；铁沁的，宏壮，是十九世纪中叶才完成的。他的《圣处女升天图》挂在神坛后面，那朱红与亮蓝两种颜色鲜明极了，全幅气韵流动，如风行水上。倍里尼（Giovanni Bellini，十五世纪）的《圣母像》，也是他的精品。他们都还有别的画在这个教堂里。

从圣马克方场沿河直向东去，有一处公园；从一八九五年起，每两年在此地开国际艺术展览会一次。今年是第十八届；加入展览的有意，荷，比，西，丹，法，英，奥，苏俄，美，匈，瑞士，波兰等十三国，意大利的东西自然最多，种类繁极了；未来派立体派的图画雕刻，都可见到，还有别的许多新奇的作品，说不出路数。颜色大概鲜明，教人眼睛发亮；建筑也是新式，简截不啰嗦，痛快之至。苏俄的作品不多，大概是工农生活的表现，兼有沉毅和高兴的调子。他们也用鲜明的颜色，但显然没有很费心思在艺术上，作风老老实实，并不向牛犄角里寻找新奇的玩意儿。

威尼斯的玻璃器皿，刻花皮件，都是名产，以典丽风华胜，绛丝也不错。大理石小雕像，是著名大品的缩本，出于名手的还有味。

荷　兰

一个在欧洲没住过夏天的中国人，在初夏的时候，上北国的荷兰去，他简直觉得是新秋的样子。淡淡的天色，寂寂的田野，火车走着，像没人理会一般。天尽头处偶尔看见一架半架风车，动也不动的，像向天揸开的铁手。在瑞士走，有时也是这样一劲儿的静；可是这儿的肃静，瑞士却没有。瑞士大半是山道，窄狭的，弯曲的，这儿是一片广原，气象自然不同。火车渐渐走近城市，一溜房子看见了。红的黄的颜色，在那灰灰的背景上，越显得鲜明照眼。那尖屋顶原是三角形的底子，但左右两边近底处各折了一折，便多出两个角来；机灵里透着老实，像个小胖子，又像个小老头儿。

荷兰人有名地会盖房子。近代谈建筑，数一数二是荷兰人。快到罗特丹（Rotterdam）的时候，有一家工厂，房屋是新样子。房子分两截，近处一截是一道内曲线，两大排玻璃窗子反射着强弱不同的光。接连着的一截是比较平正些的八层楼，窗子也是横排的。“楼梯间”满用玻璃，外面既好看，上楼又明亮好走，比旧式阴森森的楼梯间，只在墙上开着小窗户的自然好多了。整排不断的横窗户也是现代建筑的特色；靠着钢骨水泥，才能这样办。这家工厂的横窗户有两个式样，窗宽墙窄是一式，墙宽窗窄又是一式。有人说这种墙和窗子像面包夹火腿；但哪是面包哪是火腿却弄不明白。又有人说这种房子仿佛满支在玻璃上，老教人疑心要倒塌似的。可是我只觉得一条条连接不断的横线都有大气力，足以支撑这座大屋子而有余，而且一眼看下去，痛快极了。

海牙和平宫左近，也有不少新式房子，以铺面为多，与工厂又不同。颜色要鲜明些，装饰风也要重些，大致是清秀玲珑的调子。最精致的要数那一座“大厦”，是分租给人家住的。是不规则的几何形。约莫居中是高耸的通明的楼梯间，界划着黑钢的小方格子。一边是长条子，像伸着的一只胳膊；一边是方方的。每层楼都有栏杆，长的那边用蓝色，方的那边用白色，衬着淡黄的窗子。人家说荷兰的新房子就像一只轮船，真不错。这些栏杆正是轮船上的玩意儿。那梯子间就是烟囱了。大厦前还有一个狭长的池子，浅浅的，尽头处一座雕像。池旁种了些花草，散放着一两张椅子。屋子后面没有栏杆，可是水泥墙上简单的几何形的界划，看了也非常爽目。那一带地方很宽阔，又清静，过午时大厦满在太阳光里，左近一些碧绿的树掩映着，教人舍不得走。亚姆斯特丹（Amsterdam）的新式房子更多。皇宫附近的电报局，样子打得巧，斜对面那家电气公司却一味地简朴；两两相形起来，倒有点意思。别的似乎都赶不上这两所好看。但“新开区”还有整大片的新式建筑，没有得去看，不知如何。

荷兰人又有名地会画画。十七世纪的时候，荷兰脱离了西班牙的羁绊，渐渐地兴盛，小康的人家多起来了。他们衣食既足，自然想着些风雅的玩意儿。那些大幅的神话画宗教画，本来专供装饰宫殿小教堂之用。他们是新国，用不着这些。他们只要小幅头画着本地风光的。人像也好，风俗也好，景物也好，只要“荷兰的”就行。在这些画里，他们亲亲切切地看见自己。要求既多，供给当然跟着。那时画是上市的，和皮鞋与蔬菜一样，价钱也差不多。就中风俗画（genre picture）最流行。直到现在，一提起荷兰画家，人总容易想起这种画。这种画的取材是极平凡的日常生活；而且限于室内，采的光往往是灰暗的。这种材料的生命亲切有味或滑稽可喜。一个卖野味的铺子可以成功一幅画，一顿饭也可能成功一幅画。有些滑稽太过，便近乎低级趣味。譬如海牙毛利丘司（Mauritshuis）画院所藏的莫兰那（Molenaer）画的《五觉图》。《嗅觉》一幅，画一妇人捧着小孩，他正在拉矢。《触觉》一幅更奇，画一妇人坐着，一男人探手入她的衣底；妇人便举起一只鞋，要向他的头上打下去。这画院里的名画却真多。陀（Dou）的《年轻的管家妇》，琐琐屑屑地画出来，没有一些地方不熨帖。鲍特（Potter）的《牛》工极了，身上一个蝇子都没有放过，但是活极了，那牛简直要从墙上缓缓地走下来；布局也单纯得好。卫米尔（Vermeer）画他本乡代夫脱（Delft）的风景一幅，充分表现那静肃的味道。他是小风景画家，以善分光影和精于布局著名。风景画取材杂，要安排得停当是不容易的。荷兰画像，哈司（Hals）是大师。但他的好东西都在他故乡哈来姆（Harlem），别处见不着。亚姆斯特丹的力克士博物院（Ryks Museum）中有他一幅《俳优》，是一个弹着琵琶的人，神气颇足。这些都是十七世纪的画家。

但是十七世纪荷兰最大的画家是冉伯让（Rembrandt）。他与一般人不同，创造了个性的艺术；将自己的思想感情，自己这个人放进他画里去。他画画不再伺候人；即使画人像，画宗教题目，也还分明地见出自己。十九世纪艺术的浪漫运动只承认表现艺术家的个性的作品有价值，便是他的影响。他领略到精神生活里神秘的地方，又有深厚的情感。最爱用一片黑做背景；但那黑是活的不是死的。黑里渐渐透出黄黄的光，像压着的火焰一般；在这种光里安排着他的人物。像这样的光影的对照是他的绝技；他的神秘与深厚也便从这里见出。这不仅是浮泛的幻想，也是贴切的观察；在他作品里梦和现实混在一块儿。有人说他从北国的烟云里悟出了画理，那也许是真的。他会看到氤氲的底里去。他的画像最能表现人的心理，也便是这个缘故。

毛利丘司里有他的名作《解剖班》《西面在圣殿中》。前一幅写出那站着在说话的大夫从容不迫的样子。一群学生围着解剖台，有些坐着，有些站着；猫着腰的，侧着身子的，直挺挺站着的，应有尽有。他们的头，或俯或仰，或偏或正，没有两个人相同。他们的眼看着尸体，看着说话的大夫，或无所属，但都在凝神听话。写那种专心致志的光景，惟妙惟肖。后一幅写殿宇的庄严，和参加的人的圣洁与和蔼，一种虔敬的空气弥漫在画面上，教人看了会沉静下去。他的另一杰作《夜巡》在力克士博物院里。这里一大群武士，都拿了兵器在守望着敌人。一位爵爷站在前排正中间，向着旁边的弁兵有所吩咐；别的人有的在眺望，有的在指点，有的在低低地谈论，右端一个打鼓的，人和鼓都只露了一半；他似乎焦急着，只想将槌子敲下去。左端一个人也在忙忙地伸着右手整理他的枪口。他的左胳膊底下钻出一个孩子，露着惊惶的脸。

人物的安排，交互地用疏密与明暗；乍看不匀称，细看再匀称没有。这幅画里光的运用最巧妙；那些浓淡浑析的地方，便是全画的精神所在。冉伯让是雷登（Leyden）人，晚年住在亚姆斯特丹。他的房子还在，里面陈列着他的腐刻画与钢笔毛笔画。腐刻画是用药水在铜上刻出画来，他是大匠手；钢笔画毛笔画他也擅长。这里还有他的一座铜像，在用他的名字的方场上。

海牙是荷兰的京城，地方不大，可是清静。走在街上，在淡淡的太阳光里，觉得什么都可以忘记了的样子。城北尤其如此。新的和平宫就在这儿，这所屋是一个人捐了做国际法庭用的。屋不多，里面装饰得很好看。引导人如数家珍地指点着，告诉游客这些装饰品都是世界各国捐赠的。楼上正中一间大会议厅，他们称为日本厅；因为三面墙上都挂着日本的大幅的缂丝，而这几幅东西是日本用了多少多少人在不多的日子里特地赶做出来给这所和平宫用的。这几幅都是花鸟，颜色鲜明，织得也细致；那日本特有的清丽的画风整个儿表现着。中国送的两对景泰蓝的大壶（古礼器的壶）也安放在这间厅里。厅中间是会议席，每一张椅子背上有一个缎套子，绣着一国的国旗；那国的代表开会时便坐在这里。屋左屋后是花园；亭子，喷水，雕像，花木等等，错综地点缀着，明丽深曲兼而有之。也不十二分大，却老像走不尽的样子。从和平宫向北去，电车在稀疏的树林子里走。满车中绿阴阴的，斑驳的太阳光在车上在地下跳跃着过去。不多一会儿就到海边了。海边热闹得很，玩儿的人来往不绝。长长的一带沙滩上，满放着些藤篓子——实在是些轿式的藤椅子，预备洗完澡坐着晒太阳的。这种藤篓子的顶像一个瓢，又圆又胖，那拙劲儿真好。更衣的小木屋也多。大约天气还冷，沙滩上只看见零零落落的几个人。那北海的海水白白地展开去，没有一点风涛，像个顶听话的孩子。

亚姆斯特丹在海牙东北，是荷兰第一个大城。自然不及海牙清静。可是河道多，差不多有一道街就有一道河，是北国的水乡；所以有“北方威尼斯”之称。桥也有三百四十五座，和威尼斯简直差不多。河道宽阔干净，却比威尼斯好；站在桥上顺着河望过去，往往水木明瑟，引着你一直想见最远最远的地方。亚姆斯特丹东北有一个小岛，叫马铿（Marken）岛，是个小村子。那边的风俗服装古里古怪的，你一脚踏上岸就会觉得回到中世纪去了。乘电车去，一路经过两三个村子。那是个阴天。漠漠的风烟，红黄相间的板屋，正在旋转着让船过去的轿，都教人耳目一新。到了一处，在街当中下了车，由人指点着找着了小汽轮。海上坦荡荡的，远处一架大风车在慢慢地转着。船在斜风细雨里走，渐渐从朦胧里看见马铿岛。这个岛真正“不满眼”，一道堤低低地环绕着。据说岛只高出海面几尺，就仗着这一点儿堤挡住了那茫茫的海水。岛上不过二三十份人家，都是尖顶的板屋；下面一律搭着架子，因为隔水太近了。板屋是红黄黑三色相间着，每所都如此。岛上男人未多见，也许打渔去了；女人穿着红黄白蓝黑各色相间的衣裳，和他们的屋子相配。总而言之，一到了岛上，虽在黯淡的北海上，眼前却亮起来了。岛上各家都预备着许多纪念品，争着将游客让进去；也有装了一大柳条筐，一手抱着孩子，一手挽着筐子在路上兜售的。自然做这些事的都是些女人。纪念品里有些玩意儿不坏：如小木鞋，像我们的毛窝的样子；

如长的竹烟袋儿，烟袋锅的脖子上挂着一双顶小的木鞋，的里呱啦的；如手绢儿，一角上绒绣着岛上的女人，一架大风车在她们头上。

回来另是一条路，电车经过另一个小村子叫伊丹（Edam）。这儿的干酪四远驰名，但那一座挨着一座跨在一条小河上的高架吊桥更有味。望过去足有二三十座，架子像城门圈一般；走上去便微微摇晃着。河直而窄，两岸不多几层房屋，路上也少有人，所以仿佛只有那一串儿的桥轻轻地在风里摆着。这时候真有些觉得是回到中世纪去了。

柏 林

柏林的街道宽大，干净，伦敦巴黎都赶不上的；又因为不景气，来往的车辆也显得稀些。在这儿走路，尽可以从容自在地呼吸空气，不用张张望望躲躲闪闪。找路也顶容易，因为街道大概是纵横交切，少有“旁逸斜出”的。最大最阔的一条叫菩提树下，柏林大学，国家图书馆，新国家画院，国家歌剧院都在这条街上。东头接着博物院洲，大教堂，故宫；西边到著名的勃朗登堡门为止，长不到二里。过了那座门便是梯尔园，街道还是直伸下去——这一下可长了，三十七八里。勃朗登堡门和巴黎凯旋门一样，也是纪功的。建筑在十八世纪末年，有点仿雅典奈昔克里司门的式样。高六十六英尺，宽六十八码半；两边各有六根多力克式石柱子。顶上是站在驷马车里的胜利神像，雄伟庄严，表现出德意志国都的神采。那神像在一八零七年被拿破仑当作胜利品带走，但七年后便又让德国的队伍带回来了。

从菩提树下西去，一出这座门，立刻神气清爽，眼前别有天地；那空阔，那望不到头的绿树，便是梯尔园。这是柏林最大的公园，东西六里，南北约二里。地势天然生得好，加上树种得非常巧妙，小湖小溪，或隐或显，也安排得是地方。大道像轮子的辐，凑向轴心去。道旁齐齐地排着葱郁的高树；树下有时候排着些白石雕像，在深绿的背景上越显得洁白。小道像树叶上的脉络，不知有多少。跟着道走，总有好地方，不孤负你。园子里花坛也不少。罗森花坛是出名的一个，玫瑰最好。一座天然的围墙，圆圆地绕着，上面密密地厚厚地长着绿的小圆叶子；墙顶参差不齐。坛中有两个小方池，满漂着雪白的水莲花，玲珑地托在叶子上，像惺忪的星眼。两池之间是一个皇后的雕像；四围的花香花色好像她的供养。梯尔园人工胜于天然。真正的天然却又是一番境界。曾走过市外"新西区"的一座林子。稀疏的树，高而瘦的干子，树下随意弯曲的路，简直教人想到倪云林的画本。看着没有多大，但走了两点钟，却还没走完。

柏林市内市外常看见运动员风的男人女人。女人大概都光着脚亮着胳膊，雄赳赳地走着，可是并不和男人一样。她们不像巴黎女人的苗条，也不像伦敦女人的拘谨，却是自然得好。有人说她们太粗，可是有股劲儿。司勃来河横贯柏林市，河上有不少划船的人。往往一男一女对坐着，男的只穿着游泳衣，也许赤着膊只穿短裤子。看的人绝不奇怪而且有喝彩的。曾亲见一个女大学生指着这样划着船的人说，"美啊！"赞美身体，赞美运动，已成了他们的道德。星期六星期日上水边野外看去，男男女女老老少少谁都带一点运动员风。再进一步，便是所谓"自然运动"。大家索性不要那劳什子衣服，那才真是自然生活了。这有一定地方，当然不会随处见着。但书籍杂志是容易买到的。也有这种电影。那些人运动的姿势很好看，很柔软，有点儿像太极拳。在长天大海的背景上来这一套，确是美的，和谐的。日前报上说德国当局要取缔他们，看来未免有些个多事。

柏林重要的博物院集中在司勃来河中一个小洲上。这就叫作博物院洲。虽然叫作洲，因为周围陆地太多，河道几乎挤得没有了，加上十六道桥，走上去毫不觉得身在洲中。洲上总共七个博物院，六个是通连着的。最奇伟的是勃嘉蒙（Pergamon）与近东古迹两个。勃嘉蒙在小亚细亚，是希腊的重要城市，就是现在的贝加玛。柏林博物院团在那儿发掘，掘出一座大享殿，是祭大神宙斯用的。这座殿是二千二百年前造的，规模宏壮，雕刻精美。掘出的时候已经残破；经学者苦心研究，知道原来是什么样子，便照着修补起来，安放在一间特建的大屋子里。屋子之大，让人要怎么看这座殿都成。屋顶满是玻璃，让光从上面来，最均匀不过；墙是淡蓝色，衬出这座白石的殿越发有神儿。殿是方锁形，周围都是爱翁匿克式石柱，像是个廊子。当锁口的地方，是若干层的台阶儿。两头也有几层，上面各有殿基；殿基上，柱子下，便是那著名的“壁雕”。壁雕（frieze）是希腊建筑里特别的装饰；在狭长的石条子上半深浅地雕刻着些故事，嵌在墙壁中间。这种壁雕颇有名作。如现存在不列颠博物院里的雅典巴昔农神殿的壁雕便是。这里的是一百三十二码长，有一部分已经移到殿对面的墙上去。所刻的故事是奥灵匹亚诸神与地之诸子巨人们的战争。其中人物精力饱满，历劫如生。另一间大屋里安放着罗马建筑的残迹。一是大三座门，上下两层，上层全为装饰用。两层各用六对哥林斯式的石柱，与门相间着，隔出略带曲折的廊子。上层三座门是实的，里面各安着一尊雕像，全体整齐秀美之至。一是小神殿。两样都在第二世纪的时候。

近东古迹院里的东西是十九世纪末二十世纪初年德国东方学会在巴比仑和亚述发掘出来的。中间巴比仑的以色他门（Ischtar Gateway）最为壮丽。门建筑在二千五百年前奈补卡德乃沙王第二的手里。门圈儿高三十九英尺，城垛儿四十九英尺，全用蓝色珐琅砖砌成。墙上浮雕着一对对的龙（与中国所谓龙不同）和牛，黄的白的相间着；上下两端和边上也是这两色的花纹。龙是巴比仑城隍马得的圣物，牛是大神亚达的圣物。这些动物的像稀疏地排列着，一面墙上只有两行，犄角上只有一行；形状也单纯划一。色彩在那蓝的地子上，却非常之鲜明。看上去真像大幅缂丝的图案似的。还有巴比仑王宫里正殿的面墙，是与以色他门同时做的，颜色鲜丽也一样，只不过以植物图案为主罢了。马得祭道两旁屈折的墙基也用蓝珐琅砖；上面却雕着向前走的狮子。这个祭道直通以色他门，现在也修补好了一小段，仍旧安在以色他门前面。另有一件模型，是整个儿的巴比仑城。这也可以慰情聊胜无了。亚述巴先宫的面墙放在以色他门的对面，当然也是修补起来的：周围正正的拱门，一层层又细又密的柱子，在许多直线里透出秀气。

新博物院第一层中央是一座厅。两道宽阔而华丽的楼梯仿佛占住了那间大屋子，但那间屋子还是照样地觉得大不可言。屋里什么都高大；迎着楼梯两座复制的大雕像，两边墙上大幅的历史壁画，一进门就让人觉得万千的气象。德意志人的魄力，真有他们的。楼上本是雕版陈列室，今年改作哥德展览会。有哥德和他朋友们的像，他的画，他的书的插图，等等。《浮士德》的插图最多，同一件事各人画来趣味各别。楼下是埃及古物陈列室，大大小小的“木乃伊”都有；小孩的也有。有些在头部放着一块板，板上画着死者的面相；这是用熔蜡画的，画法已失传。这似乎是古人一件聪明的安排，让千秋万岁后，还能辨认他们的面影。另有人种学博物院在别一条街上，分两院。所藏既丰富，又多罕见的。第一院吐鲁番的壁画最多。那些完好的真是妙庄严相；那些零碎的也古色古香。中国日本的东西不少，陈列得有系统极了，中日人自己动手，怕也不过如此。第二院藏的日本的漆器与画很好。史前的材料都收在这院里。有三间屋专陈列一八七一到一八九〇希利曼（Heinrich Schlieman）发掘特罗衣（Troy）城所得的遗物。

故宫在博物院洲之北，一九二一年改为博物院，分历史的工艺的两部分。历史的部分都是王族用过的公私屋子。这些屋子每间一个样子；屋顶，墙壁，地板，颜色，陈设，各有各的格调。但辉煌精致，是异曲同工的。有一间屋顶作穹隆形状，蓝地金星，俨然夜天的光景。又一间张着一大块伞形的绸子，像在遮着太阳。又一间用了“古络钱”纹做全室的装饰。壁上或画画，或挂画。地板用细木头嵌成种种花样，光滑无比。外国的宫殿外观常不如中国的宏丽，但里边装饰的精美，我们却断乎不及。故宫西头是皇储旧邸。一九一九年因为国家画院的画拥挤不堪，便将近代的作品挪到这儿，陈列在前边的屋子里。大部分是印象派表现派，也有立体派。表现派是德国自己的画派。原始的精神，狂热的色调，粗野模糊的构图，你像在大野里大风里大火里。有一件立体派的雕刻，是三个人像。虽然多是些三角形，直线，可是一个有一个的神气，彼此还互相照应，像真会说话一般。表现派的精神现在还多多少少存在：柏林魏坦公司六月间有所谓“民众艺术展览会”，出售小件用具和玩物。玩物里如小动物孩子头之类，颇有些奇形怪状，别具风趣的。还有展览场六月间的展览里，有一部是剪贴画。用颜色纸或布拼凑成形，安排在一块地子上，一面加上些沙子等，教人有实体之感，一面却故意改变形体的比例与线条的曲直，力避写实的手法。有些现代人大约“是”要看了这种手艺才痛快的。

这一回展览里有好些小家屋的模型，有大有小。大概造起来省钱；屋子里空气，光，太阳都够现代人用。没有那些无用的装饰，只看见横竖的直线。用颜色，或用对照的颜色，教人看一所屋子是“整个儿”，不零碎，不琐屑。小家屋如此，“大厦”也如此。德国的建筑与荷兰不同。他们注重实用，以简单为美，有时候未免太朴素些。近年来柏林这种新房子造得不少。这已不是少数艺术家的试验而是一般人的需要了。“新西区”一带便都是的。那一带住屋小而巧，里面的装饰干净利落，不显一点板滞。“大厦”多在东头亚历山大场，似乎美观的少。有些满用横线，像夹沙糕，有些满用直线；这自然说的是窗子。用直线的据说是美国影响。但美国房屋高入云霄，用直线合适；柏林的低多了，又向横里伸张，用直线便大大地不谐和了。“大厦”之外还有“广场”，刚才说的展览场便是其一。这个广场有八座大展览厅，连附属的屋子共占地十八万二千平方英尺；空场子合计起来共占地六十五万平方英尺。乍走进去的时候，摸不着头脑，仿佛连自己也会丢掉似的。建筑都是新式。整个的场子若在空中看，是一幅图案，轻灵而不板重。德意志体育场，中央飞机场，也都是这一类新造的广场。前两个在西，后一个在南，自然都在市外。此外电影院跳舞场往往得风气之先，也有些新式样。如铁他尼亚宫电影院，那台，那灯，那花楼，不是用圆，用弧线，便是用与弧线相近的曲线，要的也是一个干净利落罢了。台上一圈儿一圈儿有些像排箫的是管风琴。管风琴安排起来最累赘，这儿的布置却新鲜悦目，也许电影管风琴简单些，才可以这么办。颜色用白银与淡黄对照，教人常常清醒。祖国舞场也是新式，但多用直线形；颜色似乎多一种黑。这里面有许多咖啡室。日本室便按日本式陈设，土耳其室便按土耳其式。还有莱茵室，在壁上画着莱茵河的风景，用好些小电灯点缀在天蓝的背景上，看去略得河上的夜的意思——自然，屋里别处是不用灯的。还有雷电室，壁上画着雷电的情景，用电光运转；电射雷鸣，与音乐应和着。爱热闹的人都上那儿去。

柏林西南有个波次丹（Potsdam），是佛来德列大帝的城。城外有个无愁园，园里有个无愁宫，便是大帝常住的地方。大帝迷法国，这座宫，这座园子都仿凡尔赛的样子。但规模小多了，神儿差远了。大帝和伏尔泰是好朋友，他请伏尔泰在宫里住过好些日子，那间屋便在宫西头。宫西边有一架大风车。据说大帝不喜欢那风车日夜转动的声音，派人跟那产主说要买它。出乎意外，产主愣不肯。大帝恼了，又派人去说，不卖便要拆。产主也恼了，说，他会拆，我会告他。大帝想不到乡下人这么倔强，大加赏识，那风车只好由它响了。因此现在便叫它作“历史的风车”。隔无愁宫没多少路，有一座新宫，里面有一间“贝厅”，墙上地上满嵌着美丽的贝壳和宝石，虽然奇诡，却以素雅胜。

德瑞司登

德瑞司登（Dresden）在柏林东南，是静静的一座都市。欧洲人说这里有一种礼拜日的味道，因为他们的礼拜日是安息的日子，静不过。这里只有一条热闹的大街；在街上走尽可从从容容，斯斯文文的。街尽处便是易北河。河穿全市而过，弯了两回，所以望不尽。河上有五座桥，彼此隔得远远的，显出玲珑的样子。临河一带高地，叫作勃吕儿原。站在原上，易北河的风光便都到了眼里。这是一个阴天，不时地下着小雨；望过去清淡极了，水与天亮闪闪的，山只剩一些轮廓，人家的屋子和田地都黑黑儿的。有人称这个原为“欧洲的露台”，未免太过些，但是确也有些可赏玩的东西。从前有位著名的文人在这儿写信给他的未婚夫人，说他正从高岸上望下看，河上一处处的绿野与村落好像“绣在一张毯子上”；“河水刚掉转脸亲了德瑞司登一下，马上又溜开去”。这儿说的是第一个弯子。他还说“绕着的山好像花箍子，响蓝的天好像在意大利似的”。在晴天这大约是真的。

德瑞司登有德国佛罗伦司之称，为的一些建筑和收藏的画。这些建筑多半在勃吕儿原西南一带。其中堡宫最有意思。堡宫因为邻近旧时的堡垒而得名，是十八世纪初年奥古斯都大力王（Augustus the Strong）

吩咐他的建筑师裴佩莽（Pöppelmann）盖的。奥古斯都膂力过人，据说能拗断马蹄铁，又在西班牙斗牛，刺死了一头最凶猛的；所以称为大力王。他是这座都市的恩主；凡是好东西，美东西，都是他留下来的。他造这个堡宫，一来为面子，那时候一个亲王总得有一所讲究的宫房，才有威风，不让人小看。二来为展览美术货色如瓷器，花边等之用。他想在过年过节的时候，多招徕些外路客人，好让他的百姓多做些买卖，以繁荣这个地方。他生在“巴洛克”（Baroque）时代，虽然倾心法国文化，所造的房子却都是德国“巴洛克”式。“巴洛克”式重曲线，重装饰，以华丽炫目为佳。堡宫便是代表。宫中央是极大一个方院子。南面是正门，顶作冕形，叫冕门；分两层，像楼屋；雕刻精细，用许多小柱子。两边各有好些拱门，每门里安一座喷水，上面各放着雕像。现在虽是黯淡了，还可想见当年的繁华。西面有水仙出浴池。十四座龛子拥着一座大喷水，像一只马蹄，绕着小小的池子；每座龛子里站着一个女仙出浴的石像，姿态各不相同。龛外龛上另有繁细的雕饰。这是宫里最美的地方。

堡宫现在分作几个博物院，尽北头是国家画院。德国藏画，要算这里最精了。也创始于奥古斯都，而他的儿子继成其志。奥古斯都自己花钱派了好多人到欧洲各处搜求有价值的画。到他死的时候，院中已有好些不朽的名作。他儿子奥古斯都第二在位三十年，教大臣勃吕儿伯爵主持收买名画。一七四五年在威尼斯买着百多张意大利重要的作品，为阿尔卑斯山以北所未曾有。一七五四年又从意大利得着拉飞尔的歇司陀的《圣母图》。这是他的杰作。图中间是“圣处女”与“圣婴”，左右是圣巴巴拉与教皇歇克司都第二，下面是两个小天使。有人说“这张画里‘圣处女’的脸，美而秀雅，几乎是女性美的最完全的表现，真动人，真出色”。最妙的，端庄与和蔼都够味，一个与耶稣教毫不相干的游客也会起多少敬爱的意思。图中各人的眼光奇极；从“圣处女”而圣巴巴拉而小天使而教皇，恰好可以钩一个椭圆圈儿。这样一来，那对称的安排才有活气。画院驰名世界，全靠勃吕儿伯爵手里买的这些画。现在院中差不多有画二千五百件，以意大利及荷兰的为最多。画排列得比哪儿都整齐清楚，见出德国人的脾气。十八世纪意大利画家卡那来陀在这里住过，留下不少腐刻画，画着堡宫和街巷的景色。还有他的威尼斯风景画，这儿也多，色调构图，鲜明精巧，为别处收藏的所不及。

大街东有圣母堂，也是著名的古迹。一七三六年十二月奥古斯都第二在这里举行过一回管风琴比赛会。与赛的，大音乐家巴赫（Bach）和一个法国人叫马降的。那时巴赫还未大大出名，马降心高气傲，自以为能手。比赛的前一天，巴赫从来比锡来，看见管风琴好，不觉技痒，就坐下弹了一回。想不到马降在一旁窃听。这一听可够他受的。等不到第二天，他半夜里便溜出德瑞司登了。结果巴赫在奥古斯都第二和四千听众之前演了出独角戏。一八四三年乐圣瓦格纳也在这里演奏过他的名曲《使徒宴》。哥德也站在这里的讲台上说过话，他赞美易北河上的景致，就是在他眼前的。这在一八一三年八月。教堂上有一座高塔顶，远远地就瞧见。相传一七六九年弗雷德力大帝攻打此地，想着这高顶上必有敌人的瞭望台，下令开炮轰。也不知怎样，轰了三天还没轰着。大帝又恨又恼，透着满瞧不起的神儿回头命令炮手道：“由那老笨家伙去罢！”

德瑞司登瓷器最著名。大街上有好几家瓷器铺。看来看去，只有舞女的裙子做得实在好。裙子都是白色雕空了像纱一样，各色各样的折纹都有，自然不能像真的那样流动，但也难为他们了。中国瓷器没有如此精巧的，但有些东西却比较着有韵味。

莱茵河

莱茵河（The Rhine）发源于瑞士阿尔卑斯山中，穿过德国东部，流入北海，长约二千五百里。分上中下三部分。从马恩斯（Mayence，Mains）到哥龙（Cologne）算是“中莱茵”；游莱茵河的都走这一段儿。天然风景并不异乎寻常地好；古迹可异乎寻常地多。尤其是马恩斯与考勃伦兹（Koblenz）之间，两岸山上布满了旧时的堡垒，高高下下的，错错落落的，斑斑驳驳的：有些已经残破，有些还完好无恙。这中间住过英雄，住过盗贼，或据险自豪，或纵横驰骤，也曾热闹过一番。现在却无精打采，任凭日晒风吹，一声儿不响。坐在轮船上两边看，那些古色古香各种各样的堡垒历历地从眼前过去；仿佛自己已经跳出了这个时代而在那些堡垒里过着无拘无束的日子。游这一段儿，火车却不如轮船：朝日不如残阳，晴天不如阴天，阴天不如月夜——月夜，再加上几点儿萤火，一闪一闪地在寻觅荒草里的幽灵似的。最好还得爬上山去，在堡垒内外徘徊徘徊。

这一带不但史迹多，传说也多。最凄艳的自然是脍炙人口的声闻岩头的仙女了。声闻岩在河东岸，高四百三十英尺，一大片暗淡的悬岩，嶙嶙峋峋的；河到岩南，向东拐个小湾，这里有顶大的回声，岩因此得名。相传往日岩头有个仙女美极，终日歌唱不绝。一个船夫傍晚行船，走过岩下。听见她的歌声，仰头一看，不觉忘其所以，连船带人都撞碎在岩上。后来又死了一位伯爵的儿子。这可闯下大祸来了。伯爵派兵遣将，给儿子报仇。他们打算捉住她，锁起来，从岩顶直摔下河里去。但是她不愿死在他们手里，她呼唤莱茵母亲来接她；河里果然白浪翻腾，她便跳到浪里。从此声闻岩下听不见歌声，看不见倩影，只剩晚霞在岩头明灭。德国大诗人海涅有诗咏此事；此事传播之广，这篇诗也有关系的。友人淦克超先生曾译第一章云：

传闻旧低回，我心何悒悒。
两峰隐夕阳，莱茵流不息。
峰际一美人，灿然金发明，
清歌时一曲，余音响入云。
凝听复凝望，舟子忘所向，
怪石耿中流，人与舟俱丧。

这座岩现在是已穿了隧道通火车了。

哥龙在莱茵河西岸，是莱茵区最大的城，在全德国数第三。从甲板上看教堂的钟楼与尖塔这儿那儿都是的。虽然多么繁华一座商业城，却不大有俗尘扑到脸上。英国诗人柯勒列治说：

人知莱茵河，洗净哥龙市；

水仙你告我，今有何神力，

洗净莱茵水?

那些楼与塔镇压着尘土，不让飞扬起来，与莱茵河的洗刷是异曲同工的。哥龙的大教堂是哥龙的荣耀；单凭这个，哥龙便不死了。这是戈昔式，是世界上最宏大的戈昔式教堂之一。建筑在一二四八年，到一八八〇年才全部落成。欧洲教堂往往如此，大约总是钱不够之故。教堂门墙伟丽，尖拱和直棱，特意繁密，又雕了些小花，小动物，和《圣经》人物，零星点缀着；近前细看，其精工真令人惊叹。门墙上两尖塔，高五百十五英尺，直入云霄。戈昔式要的是高而灵巧，让灵魂容易上通于天。这也是月光里看好。淡蓝的天干干净净的，只有两条尖尖的影子映在上面；像是人天仅有的通路，又像是人类祈祷的一双胳膊。森严肃穆，不说一字，抵得千言万语。教堂里非常宽大，顶高一百六十英尺。大石柱一行行的，高的一百四十八英尺，低的也六十英尺，都可合抱；在里面走，就像在大森林里，和世界隔绝。尖塔可以上去，玲珑剔透，有凌云之势。塔下通回廊。廊中向下看教堂里，觉得别人小得可怜，自己高得可怪，真是颠倒梦想。

乞 丐

“外国也有乞丐”，是的；但他们的丐道或丐术不大一样。近些年在上海常见的，马路旁水门汀上用粉笔写着一大堆困难情形，求人帮助，粉笔字一边就坐着那写字的人——北平也见过这种乞丐，但路旁没有水门汀，便只能写在纸上或布上——却和外国乞丐相像；这办法不知是“来路货”呢，还是“此心同，此理同”呢？

伦敦乞丐在路旁画画的多，写字的却少。只在特拉伐加方场附近见过一个长须老者（外国长须的不多），在水门汀上端坐着，面前几行潦草的白粉字。说自己是大学出身，现在一寒至此，大学又有何用，这几句牢骚话似乎颇打动了一些来来往往的人，加上老者那炯炯的双眼，不露半星儿可怜相，也教人有点肃然。他右首放着一只小提箱，打开了，预备人望里扔钱。那地方本是四通八达的闹市，扔钱的果然不少。箱子内外都撒的铜子儿（便士）；别的乞丐却似乎没有这么好的运气。

画画的大半用各色粉笔，也有用颜料的。见到的有三种花样。或双钩To Live（求生）二字，每一个字母约一英尺见方，在双钩的轮廓里精细地作画。字母整齐匀净，通体一笔不苟。或双钩Good Luck（好运）二字，也有只用Luck（运气）一字的——“求生”是自道；“好运”“运气”是为过客颂祷之辞。或画着四五方风景，每方大小也在一英尺左右。通常画者坐在画的一头，那一头将他那旧帽子翻过来放着，铜子儿就扔在里面。

这些画丐有些在艺术学校受过正式训练，有些平日爱画两笔，算是“玩意儿”。到没了落儿，便只好在水门汀上动起手来了。一九三二年五月十日，这些人还来了一回展览会。那天的晚报（*The Evening News*）上选印了几幅，有两幅是彩绣的。绣的人诨名“牛津街开特尔老大”，“拳乱”时做水手，来过中国，他还记得那时情形。这两幅画绣在帆布（画布）上，每幅下了八万针。他绣过英王爱德华像，据说颇为当今王后所赏识；那是他生平最得意的时候。现在却只在牛津街上浪荡着。

晚报上还记着一个人。他在杂戏馆（Halls）干过三十五年，名字常大书在海报上。三年前还领了一个杂戏班子游行各处，他扮演主要的角色。英伦三岛的城市都到过；大陆上到过百来处，美国也到过十来处。也认识贾波林。可是时运不济，“老伦敦”却没一个子儿。他想起从前朋友们说过静物写生多么有意思，自己也曾学着玩儿；到了此时，说不得只好凭着这点“玩意儿”在泰晤士河长堤上混混了。但是他怕认得他的人太多，老是背向着路中，用大帽檐遮了脸儿。他说在水门汀上作画颇不容易；最怕下雨，几分钟的雨也许毁了整天的工作。他说总想有朝一日再到戏台上去。

画丐外有乐丐。牛津街见过一个，开着话匣子，似乎是坐在三轮自行车上；记得颇有些堂哉皇也的神气。复活节星期五在冷街中却见过一群，似乎一人推着风琴，一人按着，一人高唱《颂圣歌》——那推琴的也和着。这群人样子却就狼狈了。据说话匣子等等都是赁来；他们大概总有得赚的。另一条冷街上见过一个男的带着两个女的，穿着得像刚从垃圾堆里出来似的。一个女的还抹着胭脂，简直是一块块红土！男的奏乐，女的乱七八糟地跳舞，在刚下完雨泥滑滑的马路上。这种女乞丐像很少。又见过一个拉小提琴的人，似乎很年轻，很文雅，向着步道上的过客站着。右手本来抱着个小猴儿；拉琴时先把它抱在左肩头蹲着。拉了没几弓子，猴儿尿了；他只若无其事，让衣服上淋淋漓漓的。

牛津街上还见过一个，那真狼狈不堪。他大概赁话匣子等等的力量都没有；只找了块板儿，三四尺长，五六寸宽，上面安上条弦子，用只玻璃水杯将弦子绷起来。把板儿放在街沿下，便蹲着，两只手穿梭般弹奏着。那是明灯初上的时候，步道上人川流不息；一双双脚从他身边匆匆地跨过去，看见他的似乎不多。街上汽车声脚步声谈话声混成一片，他那独弦的细声细气，怕也不容易让人听见。可是他还是埋着头弹他那一手。

几年前一个朋友还见过背诵迭更斯小说的。大家正在戏园门口排着班等买票；这个人在旁背起《块肉余生述》来，一边念，一边还做着。这该能够多找几个子儿，因为比那些话匣子等等该有趣些。

警察禁止空手空口的乞丐，乞丐便都得变作卖艺人。若是无艺可卖，手里也得拿点东西，如火柴皮鞋带之类。路角落里常有男人或女人拿着这类东西默默站着，脸上大都是黯淡的。其实卖艺，卖物，大半也是幌子；不过到底教人知道自尊些，不许不做事白讨钱。只有瞎子，可以白讨钱。他们站着或坐着；胸前有时挂一面纸牌子，写着“盲人”。又有一种人，在乞丐非乞丐之间。有一回找一家杂耍场不着，请教路角上一个老者。他殷勤领着走，一面说刚失业，没钱花，要我帮个忙儿。给了五个便士（约合中国三毛钱），算是酬劳，他还争呢。其实只有二三百步路罢了。跟着走，诉苦，白讨钱的，只遇着一次；那里街灯很暗，没有警察，路上人也少，我又是外国人，他所以厚了脸皮，放了胆子——他自然不是瞎子。

圣诞节

十二月二十五日圣诞节。英国人过圣诞节，好像我们旧历年的味儿。习俗上宗教上，这一日简直就是“元旦”；据说七世纪时便已如此，十四世纪至十八世纪中叶，虽然将“元旦”改到三月二十五日，但是以后情形又照旧了。至于一月一日，不过名义上的岁首，他们向来是不大看重的。

这年头人们行乐的机会越过越多，不在乎等到逢年过节；所以年情节景一回回地淡下去，像从前那样热狂地期待着，热狂地受用着的事情，怕只在老年人的回忆，小孩子的想象中存在着罢了。大都市里特别是这样；在上海就看得出，不用说更繁华的伦敦了。再说这种不景气的日子，谁还有心肠认真找乐儿？所以虽然圣诞节，大家也只点缀点缀，应个景儿罢了。

可是邮差却忙坏了，成千成万的贺片经过他们的手。贺片之外还有月份牌。这种月份牌一点儿大，装在卡片上，也有画，也有吉语。花样也不少，却比贺片差远了。贺片分两种，一种填上姓名，一种印上姓名。交游广的用后一种，自然贵些；据说前些年也得钩心斗角地出花样，这一年却多半简简单单的，为的好省些钱。前一种却不同，各家书纸店得抢买主，所以花色比以先还多些。不过据说也没有十二分新鲜出奇的样子，这个究竟只是应景的玩意儿呀。但是在一个外国人眼里，五光十色，也就够瞧的。曾经到旧城一家大书纸店里看过，样本厚厚的四大册，足有三千种之多。

样本开头是皇家贺片：英王的是圣保罗堂图；王后的内外两幅画，其一是花园图；威尔士亲王的是候人图；约克公爵夫妇的是一六六〇年圣詹姆士公园冰戏图；马利公主的是行猎图。圣保罗堂庄严宏大，下临伦敦城；园里的花透着上帝的微笑；候人比喻好运气和欢乐在人生的大道上等着你；圣詹姆士公园（在圣詹姆士宫南）代表宫廷，溜冰和行猎代表英国人运动的嗜好。那幅溜冰图古色古香，而且十足神气。这些贺片原样很大，也有小号的，谁都可以买来填上自己名字寄给人。此外有全金色的，晶莹照眼；有“蝴蝶翅”的，闪闪的宝蓝光；有雕空嵌花纱的，玲珑剔透，如嚼冰雪。又有羊皮纸仿四折本的；嵌铜片小风车的；嵌彩玻璃片圣母像的；嵌剪纸的鸟的；在猫头鹰头上粘羊毛的：都为的教人有实体感。

太太们也忙得可以的，张罗着亲戚朋友丈夫孩子的礼物，张罗着装饰屋子，圣诞树，火鸡等等。节前一个礼拜，每天电灯初亮时上牛津街一带去看，步道上挨肩擦背匆匆来往的满是办年货的；不用说是太太们多。装饰屋子有两件东西不可没有，便是冬青和“苹果寄生”（mistletoe）的枝子。前者教堂里也用；后者却只用在人家里；大都插在高处。冬青取其青，有时还带着小红果儿；用以装饰圣诞节，由来已久，有人疑心是基督教徒从罗马风俗里捡来的。“苹果寄生”带着白色小浆果儿，却是英国土俗，至晚十七世纪初就用它了。从前在它底下，少年男人可以和任何女子接吻；但接吻后他得摘掉一粒果子。果子摘完了，就不准再在下面接吻了。

圣诞树也有种种装饰，树上挂着给孩子们的礼物，装饰的繁简大约看人家的情形。我在朋友的房东太太家看见的只是小小一株；据说从乌尔乌斯三六公司（货价只有三便士六便士两码）买来，才六便士，合四五毛钱。可是放在餐桌上，青青的，的里瓜拉挂着些耀眼的玻璃球儿，绕着树更安排些“哀斯基摩人”一类小玩意儿，也热热闹闹地凑趣儿。圣诞树的风俗是从德国来的；德国也许是从斯堪第那维亚传下来的。斯堪第那维亚神话里有所谓世界树，叫作“乙格抓西儿”（Yggdrasil），用根和枝子联系着天地幽冥三界。这是株枯树，可是滴着蜜。根下是诸德之泉；树中间坐着一只鹰，一只松鼠，四只公鹿；根旁一条毒蛇，老是啃着根。松鼠上下窜，在顶上的鹰与聪敏的毒蛇之间挑拨是非。树震动不得，震动了，地底下的妖魔便会起来捣乱。想着这段神话，现在的圣诞树真是更显得温暖可亲了。圣诞树和那些冬青，“苹果寄生”，到了来年六日一齐烧去；烧的时候，在场的都动手，为的是分点儿福气。

圣诞节的晚上，在朋友的房东太太家里。照例该吃火鸡，酸梅布丁；那位房东太太手头颇窘，却还卖了几件旧家具，买了一只二十二磅重的大火鸡来过节。可惜女仆不小心，烤枯了一点儿；老太太自个儿唠叨了几句，大节下，也就算了。可是火鸡味道也并不怎样特别似的。吃饭时候，大家一面扔纸球，一面扯花炮——两个人扯，有时只响一下，有时还夹着小纸片儿，多半是带着“爱”字儿的吉语。饭后做游戏，有音乐椅子（椅子数目比人少一个；乐声止时，众人抢着坐），掩目吹蜡烛，抓瞎，抢人（分队），抢气球等等，大家居然一团孩子气。最后还有跳舞。这一晚过去，第二天差不多什么都照旧了。

新年大家若无其事地过去；有些旧人家愿意上午第一个进门的是个头发深，气色黑些的人，说这样人带进新年是吉利的。朋友的房东太太那早晨特意通电话请一家熟买卖的掌柜上她家去；他正是这样的人。新年也卖历本；人家常用的是老摩尔历本（Old Moore’s Almanack），书纸店里买，价钱贱，只两便士。这一年的，面上印着“乔治王陛下登极第二十三年”；有一块小图，画着日月星地球，地球外一个圈儿，画着黄道十二宫的象，如“白羊”“金牛”“双子”等。古来星座的名字，取象于人物，也另有风味。历本前有一整幅观象图，题道，“将来怎样？”“老摩尔告诉你”。从图中看，老摩尔创于一千七百年，到现在已经二百多年了。每月一面，上栏可以说是“推背图”，但没有神秘气；下栏分日数，星期，大事记，日出没时间，月出没时间，伦敦潮汛，时事预测各项。此外还有月盈缺表，各港潮汛表，行星运行表，三岛集期表，邮政章程，大路规则，做点心法，养家禽法，家事常识。广告也不少，卖丸药的最多，满是给太太们预备的；因为这种历本原是给太太们预备的。

说　话

谁能不说话，除了哑子？有人这个时候说，那个时候不说。有人这个地方说，那个地方不说。有人跟这些人说，不跟那些人说。有人多说，有人少说。有人爱说，有人不爱说。哑子虽然不说，却也有那咿咿呀呀的声音，指指点点的手势。

说话并不是一件容易事。天天说话，不见得就会说话；许多人说了一辈子话，没有说好过几句话。所谓“辩士的舌锋”“三寸不烂之舌”等赞词，正是物稀为贵的证据；文人们讲究“吐属”，也是同样的道理。我们并不想做辩士，说客，文人，但是人生不外言动，除了动就只有言，所谓人情世故，一半儿是在说话里。古文《尚书》里说，“唯口，出好兴戎”，一句话的影响有时是你料不到的，历史和小说上有的是例子。

说话即使不比作文难，也决不比作文容易。有些人会说话不会作文，但也有些人会作文不会说话。说话像行云流水，不能够一个字一个字推敲，因而不免有疏漏散漫的地方，不如作文的谨严。但那些行云流水般的自然，却决非一般文章所及——文章有能到这样境界的，简直当以说话论，不再是文章了。但是这是怎样一个不易到的境界！我们的文章，哲学里虽有“用笔如舌”一个标准，古今有几个人真能“用笔如舌”呢？不过文章不甚自然，还可成为功力一派，说话是不行的；说话若也有功力派，你想，哪怕真够瞧的！

说话到底有多少种，我说不上。约略分别：向大家演说，讲解，乃至说书等是一种，会议是一种，公私谈判是一种，法庭受审是一种，向新闻记者谈话是一种——这些可称为正式的。朋友们的闲谈也是一种，可称为非正式的。正式的并不一定全要拉长了面孔，但是拉长了的时候多。这种话都是成片段的，有时竟是先期预备好的。只有闲谈，可以上下古今，来一个杂拌儿；说是杂拌儿，自然零零碎碎，成片段的是例外。闲谈说不上预备，满是将话搭话，随机应变。说预备好了再去“闲”谈，那岂不是个大笑话？这种种说话，大约都有一些公式，就是闲谈也有——“天气”常是闲谈的发端，就是一例。但是公式是死的，不够用的，神而明之还在乎人。会说的教你眉飞色舞，不会说的教你昏头搭脑，即使是同一个意思，甚至同一句话。

中国人很早就讲究说话。《左传》《国策》《世说》是我们的三部说话的经典。一是外交辞令，一是纵横家言，一是清谈。你看他们的话多么婉转如意，句句字字打进人心坎里。还有一部《红楼梦》，里面的对话也极轻松，漂亮。此外汉代贾君房号为“语妙天下”，可惜留给我们的只有这一句赞词；明代柳敬亭的说书极有大名，可惜我们也无从领略。近年来的新文学，将白话文欧化，从外国文中借用了许多活泼的，精细的表现，同时暗示我们将旧来有些表现重新咬嚼一番。这却给我们的语言一种新风味，新力量。加以这些年说话的艰难，使一般报纸都变乖巧了，他们知道用侧面的，反面的，夹缝里的表现了。这对于读者是一种不容避免的好训练；他们渐渐敏感起来了，只有敏感的人，才能体会那微妙的咬嚼的味儿。这时期说话的艺术确有了相当的进步。论说话艺术的文字，从前著名的似乎只有韩非的《说难》，那是一篇剖析入微的文字。现在我们却已有了不少的精警之作，鲁迅先生的《立论》就是的。这可以证明我所说的相当地进步了。

中国人对于说话的态度，最高的是忘言，但如禅宗“教”人“将嘴挂在墙上”，也还是免不了说话。其次是慎言，寡言，讷于言。这三样又有分别：慎言是小心说话，小心说话自然就少说话，少说话少出错儿。寡言是说话少，是一种深沉或贞静的性格或品德。讷于言是说不出话，是一种浑厚诚实的性格或品德。这两种多半是生成的。第三是修辞或辞令。至诚的君子，人格的力量照彻一切的阴暗，用不着多说话，说话也无须乎修饰。只知讲究修饰，嘴边天花乱坠，腹中矛戟森然，那是所谓小人；他太会修饰了，倒教人不信了。他的戏法总有让人揭穿的一日。我们是介在两者之间的平凡的人，没有那伟大的魄力，可也不至于忘掉自己。只是不能无视世故人情，我们看时候，看地方，看人，在礼貌与趣味两个条件之下，修饰我们的说话。这儿没有力，只有机智；真正的力不是修饰所可得的。我们所能希望的只是：说得少，说得好。

沉　默

沉默是一种处世哲学，用得好时，又是一种艺术。

谁都知道口是用来吃饭的，有人却说是用来接吻的。我说满没有错儿；但是若统计起来，口的最多的（也许不是最大的）用处，还应该是说话，我相信。按照时下流行的议论，说话大约也算是一种“宣传”，自我的宣传。所以说话彻头彻尾是为自己的事。若有人一口咬定是为别人，凭了种种神圣的名字；我却也愿意让步，请许我这样说：说话有时的确只是间接地为自己，而直接地算是为别人！

自己以外有别人，所以要说话；别人也有别人的自己，所以又要少说话或不说话。于是乎我们要懂得沉默。你若念过鲁迅先生的《祝福》，一定会立刻明白我的意思。

一般人见生人时，大抵会沉默的，但也有不少例外。常在火车轮船里，看见有些人迫不及待似的到处向人问讯，攀谈，无论那是搭客或茶房，我只有羡慕这些人的健康；因为在中国这样旅行中，竟会不感觉一点儿疲倦！见生人的沉默，大约由于原始的恐惧，但是似乎也还有别的。假如这个生人的名字，你全然不熟悉，你所能做的工作，自然只是有意或无意的防御——像防御一个敌人。沉默便是最安全的防御战略。你不一定要他知道你，更不想让他发现你的可笑的地方——一个人总有些可笑的地方不是？——你只让他尽量说他所要说的，若他是个爱说的人。末了你恭恭敬敬和他分别。假如这个生人，你愿意和他做朋友，你也还是得沉默。但是得留心听他的话，选出几处，加以简短的，相当的赞词；至少也得表示相当的同意。这就是知己的开场，或说起码的知己也可。假如这个人是你所敬仰的或未必敬仰的“大人物”，你记住，更不可不沉默！大人物的言语，乃至脸色眼光，都有异样的地方；你最好远远地坐着，让那些勇敢的同伴上前线去——自然，我说的只是你偶然地遇着或随众访问大人物的时候。若你愿意专诚拜谒，你得另想办法；在我，那却是一件可怕的事——你看看大人物与非大人物或大人物与大人物间谈话的情形，准可以满足，而不用从牙缝里迸出一个字。说话是一件费神的事，能少说或不说以及应少说或不说的时候，沉默实在是长寿之一道。至于自我宣传，诚哉重要——谁能不承认这是重要呢？——但对于生人，这是白费的；他不会领略你宣传的旨趣，只暗笑你的宣传热；他会忘记得干干净净，在和你一鞠躬或一握手以后。

朋友和生人不同，就在他们能听也肯听你的说话——宣传。这不用说是交换的，但是就是交换的也好。他们在不同的程度下了解你，谅解你；他们对于你有了相当的趣味和礼貌。你的话满足他们的好奇心，他们就趣味地听着；你的话严重或悲哀，他们因为礼貌的缘故，也能暂时跟着你严重或悲哀。在后一种情形里，满足的是你；他们所真感到的怕倒是矜持的气氛。他们知道“应该”怎样做；这其实是一种牺牲，

"应该"也"值得"感谢的。但是即使在知己的朋友面前，你的话也还不应该说得太多；同样的故事，情感，和警句，隽语，也不宜重复地说。《祝福》就是一个好榜样。你应该相当的节制自己，不可妄想你的话占领朋友们整个的心——你自己的心，也不会让别人完全占领呀。你更应该知道怎样藏匿你自己。只有不可知，不可得的，才有人去追求；你若将所有的尽给了别人，你对于别人，对于世界，将没有丝毫意义，正和医学生实习解剖时用过的尸体一样。那时是不可思议的孤独，你将不能支持自己，而倾仆到无底的黑暗里去。一个情人常喜欢说："我愿意将所有的都献给你！"谁真知道他或她所有的是些什么呢？第一个说这句话的人，只是表示自己的慷慨，至多也只是表示一种理想；以后跟着说的，更只是"口头禅"而已。所以朋友间，甚至恋人间，沉默还是不可少的。你的话应该像黑夜的星星，不应该像除夕的爆竹——谁稀罕那彻宵的爆竹呢？而沉默有时更有诗意。譬如在下午，在黄昏，在深夜，在大而静的屋子里，短时的沉默，也许远胜于连续不断的倦怠了的谈话。有人称这种境界为"无言之美"，你瞧，多漂亮的名字！——至于所谓"拈花微笑"，那更了不起了！

可是沉默也有不行的时候。人多时你容易沉默下去，一主一客时，就不准行。你的过分沉默，也许把你的生客惹恼了，赶跑了！倘使你愿意赶他，当然很好；倘使你不愿意呢，你就得不时地让他喝茶，抽烟，看画片，读报，听话匣子，偶然也和他谈谈天气，时局——只是复述报纸的记载，加上几个不能解决的疑问——总以引他说话为度。于是你点点头，哼哼鼻子，时而叹叹气，听着。他说完了，你再给起个头，照样地听着。但是我的朋友遇见过一个生客，他是一位准大人物，因某种礼貌关系去看我的朋友。他坐下时，将两手笼起，搁在桌上。说了几句话，就止住了，两眼炯炯地直看着我的朋友。我的朋友窘极，好容易陆陆续续地找出一句半句话来敷衍。这自然也是沉默的一种用法，是上司对属僚保持威严用的。用在一般交际里，未免太露骨了；而在上述的情形中，不为主人留一些余地，更属无礼。大人物以及准大人物之可怕，正在此等处。至于应付的方法，其实倒也有，那还是沉默；只消照样笼了手，和他对看起来，他大约也就无可奈何了罢？

撩天儿

《世说新语·品藻》篇有这么一段儿：

王黄门兄弟三人俱诣谢公。子猷、子重多说俗事，子敬寒温而已。既出，坐客问谢公："向三贤孰愈？"谢公曰："小者最胜。"客曰："何以知之？"谢公曰："'吉人之辞寡，躁人之辞多。'推此知之。"

王子敬只谈谈天气，谢安引《易·系辞传》的句子称赞他话少的好。《世说》的作者记他的两位哥哥"多说俗事"，那么，"寒温"就是雅事了。"寡言"向来认为美德，原无雅俗可说；谢安所赞美的似乎是"寒温'而已'"，刘义庆所着眼的却似乎是"'寒温'而已"，他们的看法是不一样的。

"寡言"虽是美德，可是"健谈""谈笑风生"，自来也不失为称赞人的语句。这些可以说是美才，和美德是两回事，却并不互相矛盾，只是从另一角度看人罢了。只有"花言巧语"才真是要不得的。古人教人寡言，原来似乎是给执政者和外交官说的。这些人的言语关系往往很大，自然是谨慎的好，少说的好。后来渐渐成为明哲保身的处世哲学，却也有它的缘故。说话不免陈述自己，评论别人。这些都容易落把柄在听话人的手里。旧小说里常见的“逢人只说三分话，未可全抛一片心”，就是教人少陈述自己。《女儿经》里的“张家长，李家短，他家是非你莫管”，就是教人少评论别人。这些不能说没有道理。但是说话并不一定陈述自己，评论别人，像谈谈天气之类。就是陈述自己，评论别人，也不一定就“全抛一片心”，或道“张家长，李家短”。“戏法人人会变，各有巧妙不同”，这儿就用得着那些美才了。但是“花言巧语”却不在这儿所谓“巧妙”的里头，那种人往往是别有用心的。所谓“健谈”“谈笑风生”，却只是无所用心的“闲谈”“谈天”“撩天儿”而已。

“撩天儿”最能表现“闲谈”的局面。一面是“天儿”，是“闲谈”少不了的题目，一面是“撩”，“闲谈”只是东牵西引那么回事。这“撩”字抓住了它的神儿。日常生活里，商量，和解，乃至演说，辩论等等，虽不是别有用心的说话，却还是有所用心的说话。只有“闲谈”，以消遣为主，才可以算是无所为的，无所用心的说话。人们是不甘静默的，爱说话是天性，不爱说话的究竟是很少的。人们一辈子说的话，总计起来，大约还是闲话多，废话多；正经话太用心了，究竟也是很少的。

人们不论怎么忙，总得有休息；“闲谈”就是一种愉快的休息。这其实是不可少的。访问，宴会，旅行等等社交的活动，主要的作用其实还是闲谈。西方人很能认识闲谈的用处。十八世纪的人说，说话是

“互相传达情愫，彼此受用，彼此启发”的。十九世纪的人说，“谈话的本来目的不是增进知识，是消遣”。二十世纪的人说，“人的百分之九十九的谈话并不比苍蝇的哼哼更有意义些；可是他愿意哼哼，愿意证明他是个活人，不是个蜡人。谈话的目的，多半不是传达观念，而是要哼哼”。

“自然，哼哼也有高下；有的像蚊子那样不停地响，真教人生气。可是在晚餐会上，人宁愿作蚊子，不愿作哑子。幸而大多数的哼哼是悦耳的，有些并且是快心的。”看！十八世纪还说“启发”，十九世纪只说“消遣”，二十世纪更只说“哼哼”，一代比一代干脆，也一代比一代透彻了。闲谈从天气开始，古今中外，似乎一例。这正因为天气是个同情的话题，无人不知，无人不晓，而又无须乎陈述自己或评论别人。刘义庆以为是雅事，便是因为谈天气是无所为的，无所用心的。但是后来这件雅事却渐渐成为雅俗共赏了；闲谈又叫“谈天”，又叫“撩天儿”，一面见出天气在闲谈里的重要地位，一面也见出天气这个话题已经普遍化到怎样程度。因为太普遍化了，便有人嫌它古老，陈腐；他们简直觉得天气是个俗不可耐的题目。于是天气有时成为笑料，有时跑到讽刺的笔下去。

有一回，一对未婚的中国夫妇到伦敦结婚登记局里，是下午三四点钟了，天上云沉沉的，那位管事的老头儿却还笑着招呼说，“早晨好！天儿不错，不是吗？”朋友们传述这个故事，都当作笑话。鲁迅先生的《立论》也曾用“今天天气哈哈哈”讽刺世故人的口吻。那位老头儿和那种世故人来的原是“客套”话，因为太“熟套”了，有时就不免离了谱。但是从此可见谈天气并不一定认真地谈天气，往往只是招呼，只是应酬，至多也只是引子。笑话也罢，讽刺也罢，哼哼总得哼哼的，所以我们都不断地谈着天气。天气虽然是个老题目，可是风云不测，变化多端，未必就是个腐题目；照实际情形看，它还是个好题目。去年二月美大使詹森过昆明到重庆去。昆明的记者问他，“此次经滇越路，比上次来昆，有何特殊观感？”他答得很妙：“上次天气炎热，此次气候温和，天朗无云，旅行甚为平安舒适。”这是外交辞令，是避免陈述自己和评论别人的明显的例子。天气有这样的作用，似乎也就无可厚非了。

谈话的开始难，特别是生人相见的时候。从前通行请教“尊姓”“台甫”“贵处”，甚至“贵庚”等等，一半是认真——知道了人家的姓字，当时才好称呼谈话，虽然随后大概是忘掉的多——另一半也只是哼哼罢了。自从有了介绍的方式，这一套就用不着了。这一套里似乎只有“贵处”一问还可以就答案发挥下去；别的都只能一答而止，再谈下去，就非换题目不可，那大概还得转到天气上去，要不然，也得转到别的一些琐屑的节目上去，如“几时到的？路上辛苦吧？是第一次到这儿罢？”之类。用介绍的方式，谈话的开始更只能是这些节目。若是相识的人，还可以说“近来好吧？”“忙得怎么样？”等等。这些琐屑的节目像天气一样是哼哼调儿，可只是特殊的调儿，同时只能说给一个人听，不像天气是普通的调儿，同时可以说给许多人听。所以天气还是打不倒的谈话的引子——从这个引子可以或断或连地牵搭到四方八面去。

但是在变动不居的非常时代，大家关心或感兴趣的题目多，谈话就容易开始，不一定从天气下手。天气跑到讽刺的笔下，大概也就在这当儿。我们的正是这种时代。抗战，轰炸，政治，物价，欧战，随时都容易引起人们的谈话，而且尽够谈一个下午或一个晚上，无须换题目。新闻本是谈话的好题目，在平常日子，大新闻就能够取天气而代之，何况这时代，何况这些又都是关切全民族利害的！政治更是个老题目，向来政府常禁止人们谈，人们却偏爱谈。袁世凯、张作霖的时代，北平茶楼多挂着“莫谈国事”的牌子，正见出人们的爱谈国事来。但是新闻和政治总还是跟在天气后头的多，除了这些，人们爱谈的是些逸闻和故事。这又全然回到茶余酒后的消遣了。还有性和鬼，也是闲谈的老题目。据说美国有个化学家，专心致志地研究他的化学，差不多不知道别的，可就爱谈性，不惜一晚半晚地谈下去。鬼呢，我们相信的明明很少。有时候却也可以独占一个晚上。不过这些都得有个引子，单刀直入是很少的。

谈话也得看是哪一等人。平常总是地位差不多职业相近似的人聚会的时候多，话题自然容易找些。若是聚会里夹着些地位相殊或职业不近的人，那就难点儿。引子倒是有现成的，如上文所说种种，也尽够用了，难的是怎样谈下去。若是知识或见闻够广博的，自然可以抓住些新题目，适合这些特殊的客人的兴趣，同时还不至于冷落了别人。要不然，也可以发挥自己的熟题目，但得说成和天气差不多的雅俗共赏的样子。话题就难在这“共赏”或“同情”上头。不用说，题目的性质是一个决定的因子。可是无论什么地位什么职业的人，总还是人，人情是不相远的。谁都可以谈谈天气，就是眼前的好证据。虽然是自己的熟题目，只要拣那些听起来不费力而可以满足好奇心的节目发挥开去，也还是可以共赏的。这儿得留意隐藏着自己，自己的知识和自己的身份。但是“自己”并非不能作题目，“自己”也是人，只要将“自己”当作一个不多不少的“人”陈述着，不要特别爱惜，更不要得意忘形，人们也会同情的。自己小小的错误或愚蠢，不妨公诸同好，用不着爱惜。自己的得意，若有可以引起一般人兴趣的地方，不妨说是有一个人如此这般，或者以多报少，像不说“很知道”而说“知道一点儿”之类。用自己的熟题目，还有一层便宜处。若有大人物在座，能找出适合他的口味而大家也听得进去的话题，固然很好，可是万一说了外行话，就会引得那大人物或别的人肚子里笑，不如谈自己的倒是善于用短。无论如何，一番话总要能够教座中人悦耳快心，暂时都忘记了自己的地位和职业才好。

有些人只愿意人家听自己的谈话。一个声望高，知识广，听闻多，记性强的人，往往能够独占一个场面，滔滔不绝地谈下去。他谈的也许是若干牵搭着的题目，也许只是一个题目。若是座中只三五个人，这也可以是一个愉快的场面，虽然不免有人抱向隅之感。若是人多了，也许就有另行找伴儿搭话的，那就有些杀风景了。这个独占场面的人若是声望不够高，知识和经验不够广，听话的可窘了。人多还可以找伴儿搭话，人少就只好干耗着，一面想别的。在这种聚会里，主人若是尽可能预先将坐位安排成可分可合的局势，也许方便些。平常的闲谈可总是引申别人一点儿，自己也说一点儿，想着是别人乐意听听的；别人若乐意听下去，就多说点儿。还得让那默默无言的和冷冷儿的收起那长面孔，也高兴地听着。这才有意思。闲谈不一定增进人们的知识，可是对人对事得有广泛的知识，才可以有谈的；有些人还得常常读些书报，才不至于谈的老是那几套儿。并且得有好性儿，要不然，净闹别扭，真成了“话不投机半句多”了。记性和机智不用说也是少不得的。记性坏，往往谈得忽断忽连的，教人始而闷气，继而着急。机智差，往往赶不上点儿，对不上茬儿。闲谈总是断片的多，大段的需要长时间，维持场面不易。又总是报告的描写的多，议论少。议论不能太认真，太认真就不是闲谈；可也不能太不认真，太不认真就不成其为议论；得斟酌乎两者之间，所以难。议论自然可以批评人，但是得泛泛儿的，远远儿的；也未尝不可骂人，但是得用同情口吻。你说这是戏！人生原是戏。戏也是有道理的，并不一定是假的。闲谈要有意思；所谓“语言无味”，就是没有意思。不错，闲谈多半是废话，可是有意思的废话和没有意思的还是不一样。“又臭又长”，没有意思；重复，矛盾，老套儿，也没有意思。“又臭又长”也是机智差，重复和矛盾是记性坏，老套儿是知识或见闻太可怜见的。所以除非精力过人，谈话不可太多，时间不可太久，免得露了马脚。古语道，“言多必失”，这儿也用得着。

还有些人只愿意自己听人家的谈话。这些人大概是些不大能，或不大爱谈话的。世上或者有“一锥子也扎不出一句话”的，可是少。那不是笨货就是怪人，可以存而不论。平常所谓不能谈话的，也许是知识或见闻不够用，也许是见的世面少。这种人在家里，在亲密的朋友里，也能有说有笑的，一到了排场些的聚会，就哑了。但是这种人历练历练，能以成。也许是懒。这种人记性大概不好；懒得谈，其实也没谈的。还有，是矜持。这种人是“语不惊人死不休”的。他们在等着一句聪明的话，可是老等不着。等得着的是“谈言微中”的真聪明人；这种人不能说是不能谈话，只能说是不爱谈话。不爱谈话的却还有深心的人；他们生怕露了什么口风，落了什么把柄似的，老等着人家开口。也还有谨慎的人，他们只是小心，不是深心；只是自己不谈或少谈，并不等着人家。这是明哲保身的人。向来所赞美的“寡言”，其实就是这样的人。但是“寡言”原来似乎是针对着战国时代“好辩”说的。后世有些高雅的人，觉得话多了就免不了说到俗事上去，爱谈话就免不了俗气，这和“寡言”的本义倒还近些。这些爱“寡言”的人也有他们的道理，谢安和刘义庆的赞美都是值得的。不过不能谈话不爱谈话的人，却往往更愿意听人家的谈话，人情究竟是不甘静默的。就算谈话免不了俗气，但俗的是别人，自己只听听，也乐得的。一位英国的无名作家说过：“良心好，不愧于神和人，是第一件乐事，第二件乐事就是谈话。”就一般人看，闲谈这一件乐事其实是不可少的。

荷塘月色

荷塘月色

这几天心里颇不宁静。今晚在院子里坐着乘凉，忽然想起日日走过的荷塘，在这满月的光里，总该另有一番样子吧。月亮渐渐地升高了，墙外马路上孩子们的欢笑，已经听不见了；妻在屋里拍着闰儿，迷迷糊糊地哼着眠歌。我悄悄地披了大衫，带上门出去。

沿着荷塘，是一条曲折的小煤屑路。这是一条幽僻的路；白天也少人走，夜晚更加寂寞。荷塘四面，长着许多树，蓊蓊郁郁的。路的一旁，是些杨柳，和一些不知道名字的树。没有月光的晚上，这路上阴森森的，有些怕人。今晚却很好，虽然月光也还是淡淡的。

路上只我一个人，背着手踱着。这一片天地好像是我的；我也像超出了平常的自己，到了另一世界里。我爱热闹，也爱冷静；爱群居，也爱独处。像今晚上，一个人在这苍茫的月下，什么都可以想，什么都可以不想，便觉是个自由的人。白天里一定要做的事，一定要说的话，现在都可不理。这是独处的妙处，我且受用这无边的荷香月色好了。

曲曲折折的荷塘上面，弥望的是田田的叶子。叶子出水很高，像亭亭的舞女的裙。层层的叶子中间，零星地点缀着些白花，有袅娜地开着的，有羞涩地打着朵儿的；正如一粒粒的明珠，又如碧天里的星星，又如刚出浴的美人。微风过处，送来缕缕清香，仿佛远处高楼上渺茫的歌声似的。这时候叶子与花也有一丝的颤动，像闪电般，霎时传过荷塘的那边去了。叶子本是肩并肩密密地挨着，这便宛然有了一道凝碧的波痕。叶子底下是脉脉的流水，遮住了，不能见一些颜色；而叶子却更见风致了。

月光如流水一般，静静地泻在这一片叶子和花上。薄薄的青雾浮起在荷塘里。叶子和花仿佛在牛乳中洗过一样；又像笼着轻纱的梦。虽然是满月，天上却有一层淡淡的云，所以不能朗照；但我以为这恰是到了好处——酣眠固不可少，小睡也别有风味的。月光是隔了树照过来的，高处丛生的灌木，落下参差的斑驳的黑影，峭楞楞如鬼一般；弯弯的杨柳的稀疏的倩影，却又像是画在荷叶上。塘中的月色并不均匀；但光与影有着和谐的旋律，如梵婀玲上奏着的名曲。

荷塘的四面，远远近近，高高低低都是树，而杨柳最多。这些树将一片荷塘重重围住；只在小路一旁，漏着几段空隙，像是特为月光留下的。树色一例是阴阴的，乍看像一团烟雾；但杨柳的丰姿，便在烟雾里也辨得出。树梢上隐隐约约的是一带远山，只有些大意罢了。树缝里也漏着一两点路灯光，没精打采的，是渴睡人的眼。这时候最热闹的，要数树上的蝉声与水里的蛙声；但热闹是它们的，我什么也没有。

忽然想起采莲的事情来了。采莲是江南的旧俗，似乎很早就有，而六朝时为盛；从诗歌里可以约略知道。采莲的是少年的女子，她们是荡着小船，唱着艳歌去的。采莲人不用说很多，还有看采莲的人。那是一个热闹的季节，也是一个风流的季节。梁元帝《采莲赋》里说得好：

于是妖童媛女，荡舟心许；鷁首徐回，兼传羽杯；棹将移而藻挂，船欲动而萍开。尔其纤腰束素，迁延顾步；夏始春余，叶嫩花初，恐沾裳而浅笑，畏倾船而敛裾。

可见当时嬉游的光景了。这真是有趣的事，可惜我们现在早已无福消受了。于是又记起《西洲曲》里的句子：

采莲南塘秋，莲花过人头；低头弄莲子，莲子清如水。

今晚若有采莲人，这儿的莲花也算得“过人头”了；只不见一些流水的影子，是不行的。这令我到底惦着江南了。——这样想着，猛一抬头，不觉已是自己的门前；轻轻地推门进去，什么声息也没有，妻已睡熟好久了。

歌　声

昨晚中西音乐歌舞大会里“中西丝竹合唱”的三曲清歌，真令我神迷心醉了。

仿佛一个暮春的早晨，霏霏的毛雨默然洒在我脸上，引起润泽、轻松的感觉。新鲜的微风吹动我的衣袂，像爱人的鼻息吹着我的手一样。我立的一条白矾石的甬道上，经了那细雨，正如涂了一层薄薄的乳油；踏着只觉越发滑腻可爱了。

这是在花园里。群花都还做她们的清梦。那微雨偷偷洗去她们的尘垢，她们的甜软的光泽便自焕发了。在那被洗去的浮艳下，我能看到她们在有日光时所深藏着的恬静的红，冷落的紫，和苦笑的白与绿。以前锦绣般在我眼前的，现有都带了黯淡的颜色。——是愁着芳春的消歇么？是感着芳春的困倦么？

大约也因那蒙蒙的雨，园里没了秾郁的香气。涓涓的东风只吹来一缕缕饿了似的花香；夹带着些潮湿的草丛的气息和泥土的滋味。园外田亩和沼泽里，又时时送过些新插的秧，少壮的麦，和成荫的柳树的清新的蒸气。这些虽非甜美，却能强烈地刺激我的鼻观，使我有愉快的倦怠之感。

看啊，那都是歌中所有的：我用耳，也用眼，鼻，舌，身，听着；也用心唱着。我终于被一种健康的麻痹袭取了，于是为歌所有。此后只由歌独自唱着，听着；世界上便只有歌声了。

航船中的文明

第一次乘夜航船，从绍兴府桥到西兴渡口。

绍兴到西兴本有汽油船。我因急于来杭，又因年来逐逐于火车轮船之中，也想“回到”航船里，领略先代生活的异样的趣味；所以不顾亲戚们的坚留和劝说（他们说航船里是很苦的），毅然决然地于下午六时左右下了船。有了“物质文明”的汽油船，却又有“精神文明”的航船，使我们徘徊其间，左右顾而乐之，真是二十世纪中国人的幸福了！

航船中的乘客大都是小商人；两个军弁是例外。满船没有一个士大夫；我区区或者可充个数儿——因为我曾读过几年书，又忝为大夫之后——但也是例外之例外！真的，那班士大夫到哪里去了呢？这不消说得，都到了轮船里去了！士大夫虽也擎着大旗拥护精神文明，但千虑不免一失，竟为那物质文明的孙儿，满身洋油气的小玩意儿骗得定定的，忍心害理地撇了那老相好。于是航船虽然照常行驶，而光彩已减少许多！这确是一件可以慨叹的事；而“国粹将亡”的呼声，似也不是徒然的了。呜呼，是谁之咎欤？

既然来到这“精神文明”的航船里，正可将船里的精神文明考察一番，才不虚此一行。但从哪里下手呢？这可有些为难。踌躇之间，恰好来了一个女人。——我说“来了”，仿佛亲眼看见，而孰知不然；我知道她“来了”，是在听见她尖锐的语音的时候。至于她的面貌，我至今还没有看见呢。这第一要怪我的近视眼，第二要怪那袭人的暮色，第三要怪——哼——要怪那“男女分坐”的精神文明了。女人坐在前面，男人坐在后面；那女人离我至少有两丈远，所以便不可见其脸了。且慢，这样左怪右怪，“其词若有憾焉”，你们或者猜想那女人怎样美呢。而孰知又大大的不然！我也曾“约略地”看来，都是乡下的黄面婆而已。至于尖锐的语音，那是少年的妇女所常有的，倒也不足为奇。然而这一次，那来了的女人的尖锐的语音竟致劳动区区的执笔者，却又另有缘故。在那语音里，表示出对于航船里精神文明的抗议；她说，“男人女人都是人！”她要坐到后面来（因前面太挤，实无他故，合并声明），而航船里的“规矩”是不许的。船家拦住她，她仗着她不是姑娘了，便老了脸皮，大着胆子，慢慢地说了那句话。她随即坐在原处，而“批评家”的议论繁然了。一个船家在船沿上走着，随便地说，“男人女人都是人，是的，不错。做秤钩的也是铁，做秤锤的也是铁，做铁锚的也是铁，都是铁呀！”这一段批评大约十分巧妙，说出诸位“批评家”所要说的，于是众喙都息，这便成了定论。至于那女人，事实上早已坐下了；“孤掌难鸣”，或者她饱饫了诸位“批评家”的宏论，也不要鸣了罢。“是非之心”，虽然“人皆有之”，而撑船经商者流，对于名教之大防，竟能剖辨得这样“详明”，也着实亏他们了。中国毕竟是礼义之邦，文明之古国呀！——我悔不该乱怪那“男女分坐”的精神文明了！

“祸不单行”，凑巧又来了一个女人。她是带着男人来的。——呀，带着男人！正是；所以才“祸不单行”呀！——说得满口好绍兴的杭州话，在黑暗里隐隐露着一张白脸；带着五六分城市气。船家照他们的“规矩”，要将这一对儿生刺刺地分开；男人不好意思做声，女的却抢着说，“我们是‘一堆生’的！”太亲热的字眼，竟在“规规矩矩的”航船里说了！于是船家命令地嚷道：“我们有我们的规矩，不管你‘一堆生’不‘一堆生’的！”大家都微笑了。有的沉吟地说：“一堆生的？”有的惊奇地说：“一‘堆’生的！”有的嘲讽地说：“哼，一堆生的！”在这四面楚歌里，凭你怎样伶牙俐齿，也只得服从了！“妇者，服也”，这原是她的本行呀。只看她毫不置辩，毫不懊恼，还若无其事地和人攀谈，便知她确乎是“服也”了。这不能不感谢船家和乘客诸公“卫道”之功；而论功行赏，船家尤当首屈一指。呜呼，可以风矣！

在黑暗里征服了两个女人，这正是我们的光荣；而航船中的精神文明，也粲然可见了——于是乎书。

飘　零

一个秋夜，我和P坐在他的小书房里，在晕黄的电灯光下，谈到W的小说。

“他还在河南吧？C大学那边很好吧？”我随便问着。

“不，他上美国去了。”

“美国？做什么去？”

“你觉得很奇怪吧？——波定谟约翰郝勃金医院打电报约他做助手去。”

“哦！就是他研究心理学的地方！他在那边成绩总很好？——这回去他很愿意吧？”

“不见得愿意。他动身前到北京来过，我请他在启新吃饭；他很不高兴的样子。”

“这又为什么呢？”

“他觉得中国没有他做事的地方。”

“他回来才一年呢。C大学那边没有钱吧？”

“不但没有钱，他们说他是疯子！”

“疯子！”

我们默然相对，暂时无话可说。

我想起第一回认识W的名字，是在《新生》杂志上。那时我在P大学读书，W也在那里。我在《新生》上看见的是他的小说；但一个朋友告诉我，他心理学的书读得真多；P大学图书馆里所有的，他都读了。文学书他也读得不少。他说他是无一刻不读书的。我第一次见他的面，是在P大学宿舍的走道上；他正和朋友走着。有人告诉我，这就是W了。微曲的背，小而黑的脸，长头发和近视眼，这就是W了。以后我常常看他的文字，记起他这样一个人。有一回我拿一篇心理学的译文，托一个朋友请他看看。他逐一给我改正了好几十条，不曾放松一个字。永远的惭愧和感谢留在我心里。

我又想到杭州那一晚上。他突然来看我了。他说和P游了三日，明早就要到上海去。他原是山东人；这回来上海，是要上美国去的。我问起哥伦比亚大学的《心理学，哲学，与科学方法》杂志，我知道那是有名的杂志。但他说里面往往一年没有一篇好文章，没有什么意思。他说近来各心理学家在英国开了一个会，有几个人的话有味。他又用铅笔随便地在桌上一本簿子的后面，写了《哲学的科学》一个书名与其出版处，说是新书，可以看看。他说要走了。我送他到旅馆里。见他床上摊着一本《人生与地理》，随便拿过来翻着。他说这本小书很著名，很好的。我们在晕黄的电灯光下，默然相对了一会儿，又问答了几句简单的话；我就走了。直到现在，还不曾见过他。

他到美国去后，初时还写了些文字，后来就没有了。他的名字，在一般人心里，已如远处的云烟了。我倒还记着他。两三年以后，才又在《文学日报》上见到他一篇诗，是写一种清趣的。我只念过他这一篇诗。他的小说我却念过不少；最使我不能忘记的是那篇《雨夜》，是写北京人力车夫的生活的。W是学科学的人，应该很冷静，但他的小说却又很热很热的。这就是W了。

P也上美国去，但不久就回来了。他在波定谟住了些日子，W是常常见着的。他回国后，有一个热天，和我在南京清凉山上谈起W的事。他说W在研究行为派的心理学。他几乎终日在实验室里；他解剖过许多老鼠，研究它们的行为。P说自己本来也愿意学心理学的；但看了老鼠临终的颤动，他执刀的手便战战地放不下去了。因此只好改行。而W是"奏刀騞然"，"踌躇满志"，P觉得那是不可及的。P又说W研究动物行为既久，看明它们所有的生活，只是那几种生理的欲望，如食欲，性欲，所玩的把戏，毫无什么大道理存乎其间。因而推想人的生活，也未必别有何种高贵的动机；我们第一要承认我们是动物，这便是真人。W的确是如此做人的。P说他也相信W的话；真的，P回国后的态度是大大的不同了。W只管做他自己的人，却得着P这样一个信徒，他自己也未必料得着的。

P又告诉我W恋爱的故事。是的，恋爱的故事！P说这是一个日本人，和W一同研究的，但后来走了，这件事也就完了。P说得如此冷淡，毫不像我们所想的恋爱的故事！P又曾指出《来日》上W的一篇《月光》给我看。这是一篇小说，叙述一对男女趁着月光在河边一只空船里密谈。那女的是个有夫之妇。这时四无人迹，他俩谈得亲热极了。但P说W的胆子太小了，所以这一回密谈之后，便撒了手。这篇文字是

W自己写的，虽没有如火如荼的热闹，但却别有一种意思。科学与文学，科学与恋爱，这就是W了。

“‘疯子’！”我这时忽然似乎彻悟了说，“也许是的吧？我想。一个人冷而又热，是会变疯子的。”

“唔，”P点头，“他其实大可以不必管什么中国不中国了；偏偏又恋恋不舍的！”

“是啰。W这回真不高兴。K在美国借了他的钱。这回他到北京，特地老远地跑去和K要钱。K的没钱，他也知道；他也并不指望这笔钱用。只想借此去骂他一顿罢了，据说拍了桌子大骂呢！”

“这与他的写小说一样的道理呀！唉，这就是W了。”

P无语，我却想起一件事：“W到美国后有信来么？”

“长远了，没有信。”

我们于是都又默然。

女　人

白水是个老实人，又是个有趣的人。他能在谈天的时候，滔滔不绝地发出长篇大论。这回听勉子说，日本某杂志上有《女？》一文，是几个文人以“女”为题的桌话的记录。他说，“这倒有趣，我们何不也来一下？”我们说，“你先来！”他搔了搔头发道：“好！就是我先来；你们可别临阵脱逃才好。”我们知道他照例是开口不能自休的。果然，一番话费了这多时候，以致别人只有补充的工夫，没有自叙的余裕。那时我被指定为临时书记，曾将桌上所说，拉杂写下。现在整理出来，便是以下一文。因为十之八是白水的意见，便用了第一人称，作为他自述的模样；我想，白水大概不至于不承认吧。

老实说，我是个欢喜女人的人；从国民学校时代直到现在，我总一贯地欢喜着女人。虽然不曾受着什么“女难”，而女人的力量，我确是常常领略到的。女人就是磁石，我就是一块软铁；为了一个虚构的或实际的女人，呆呆地想了一两点钟，乃至想了一两个星期，真有不知肉味光景——这种事是屡屡有的。在路上走，远远地有女人来了，我的眼睛便像蜜蜂们嗅着花香一般，直攫过去。但是我很知足，普通的女人，大概看一两眼也就够了，至多再掉一回头。像我的一位同学那样，遇见了异性，就立正——向左或向右转，仔细用他那两只近视眼，从眼镜下面紧紧追出去半日，然后看不见，然后开步走——我是用不着的。我们地方有句土话说："乖子望一眼，呆子望到晚。"我大约总在"乖子"一边了。我到无论什么地方，第一总是用我的眼睛去寻找女人。在火车里，我必走遍几辆车去发见女人；在轮船里，我必走遍全船去发见女人。我若找不到女人时，我便逛游戏场去，赶庙会去——我大胆地加一句——参观女学校去；这些都是女人多的地方。于是我的眼睛更忙了！我拖着两只脚跟着她们走，往往直到疲倦为止。

我所追寻的女人是什么呢？我所发见的女人是什么呢？这是艺术的女人。从前人将女人比作花，比作鸟，比作羔羊；他们只是说，女人是自然手里创造出来的艺术，使人们欢喜赞叹——正如艺术的儿童是自然的创作，使人们欢喜赞叹一样。不独男人欢喜赞叹，女人也欢喜赞叹；而"妒"便是欢喜赞叹的另一面，正如"爱"是欢喜赞叹的一面一样。受欢喜赞叹的，又不独是女人，男人也有。"此柳风流可爱，似张绪当年"便是好例；而"美丰仪"一语，尤为"史不绝书"。但男人的艺术气分，似乎总要少些；贾宝玉说得好：男人的骨头是泥做的，女人的骨头是水做的。这是天命呢？还是人事呢？我现在还不得而知；只觉得事实是如此罢了。——你看，目下学绘画的"人体习作"的时候，谁不用了女人做他的模特儿呢？这不是因为女人的曲线更为可爱么？我们说，自有历史以来，女人是比男人更其艺术的；这句话总该不会错吧？所以我说，艺术的女人。所谓艺术的女人，有三种意思：是女人中最为艺术的，是女人的艺术的一面，是我们以艺术的眼去看女人。我说女人比男人更其艺术的，是一般的说法；说女人中最为艺术的，是个别的说法。——而“艺术”一词，我用它的狭义，专指眼睛的艺术而言，与绘画，雕刻，跳舞同其范类。艺术的女人便是有着美好的颜色和轮廓和动作的女人，便是她的容貌，身材，姿态，使我们看了感到“自己圆满”的女人。这里有一块天然的界碑，我所说的只是处女、少妇，中年妇人，那些老太太们，为她们的年岁所侵蚀，已上了凋零与枯萎的路途，在这一件上，已是落伍者了。女人的圆满相，只是她的“人的诸相”之一；她可以有大才能，大智慧，大仁慈，大勇毅，大贞洁等等，但都无碍于这一相。诸相可以帮助这一相，使其更臻于充实；这一相也可帮助诸相，分其圆满于它们，有时更能遮盖它们的缺处。我们之看女人，若被她的圆满相所吸引，便会不顾自己，不顾她的一切，而只陶醉于其中；这个陶醉是刹那的，无关心的，而且在沉默之中的。

我们之看女人，是欢喜而决不是恋爱。恋爱是全般的，欢喜是部分的。恋爱是整个“自我”与整个“自我”的融合，故坚深而久长；欢喜是“自我”间断片的融合，故轻浅而飘忽。这两者都是生命的趣味，生命的姿态。但恋爱是对人的，欢喜却兼人与物而言。——此外本还有“仁爱”，便是“民胞物与”之怀；再进一步，“天地与我并生，万物与我为一”，便是“神爱”“大爱”了。这种无分物我的爱，非我所要论；但在此又须立一界碑，凡伟大庄严之像，无论属人属物，足以吸引人心者，必为这种爱；而优美艳丽的光景则始在“欢喜”的阈中。至于恋爱，以人格的吸引为骨子，有极强的占有性，又与二者不同。Y君以人与物平分恋爱与欢喜，以为“喜”仅属物，“爱”乃属人；若对人言

"喜"，便是蔑视他的人格了。现在有许多人也以为将女人比花，比鸟，比羔羊，便是侮辱女人；赞颂女人的体态，也是侮辱女人。所以者何？便是蔑视她们的人格了！但我觉得我们若不能将"体态的美"排斥于人格之外，我们便要慢慢地说这句话！而美若是一种价值，人格若是建筑于价值的基石上，我们又何能排斥那"体态的美"呢？所以我以为只须将女人的艺术的一面作为艺术而鉴赏它，与鉴赏其他优美的自然一样；艺术与自然是"非人格"的，当然便说不上"蔑视"与否。在这样的立场上，将人比物，欢喜赞叹，自与因袭的玩弄的态度相差十万八千里，当可告无罪于天下。——只有将女人看作"玩物"，才真是蔑视呢；即使是在所谓的"恋爱"之中。艺术的女人，是的，艺术的女人！我们要用惊异的眼去看她，那是一种奇迹！

我之看女人，十六年于兹了，我发现了一件事，就是将女人作为艺术而鉴赏时，切不可使她知道；无论是生疏的，是较熟悉的。因为这要引起她性的自卫的羞耻心或他种嫌恶心，她的艺术味便要变稀薄了；而我们因她的羞耻或嫌恶而关心，也就不能静观自得了。所以我们只好秘密地鉴赏；艺术原来是秘密的呀，自然的创作原来是秘密的呀。但是我所欢喜的艺术的女人，究竟是怎样的呢？您得问了。让我告诉您：我见过西洋女人，日本女人，江南江北两个女人，城内的女人，名闻浙东西的女人；但我的眼光究竟太狭了，我只见过不到半打的艺术的女人！而且其中只有一个西洋人，没有一个日本人！那西洋的处女是在Y城里一条僻巷的拐角上遇着的，惊鸿一瞥似的便过去了。其余有两个是在两次火车里遇着的，一个看了半天，一个看了两天；还有一个是在乡村里遇着的，足足看了三个月。——我以为艺术的女人第一是有她的温柔的空气；使人如听着箫管的悠扬，如嗅着玫瑰花的芬芳，如躺着在天鹅绒的厚毯上。她是如水的蜜，如烟的轻，笼罩着我们；我们怎能不欢喜赞叹呢？这是由她的动作而来的；她的一举步，一伸腰，一掠鬓，一转眼，一低头，乃至衣袂的微飏，裙幅的轻舞，都如蜜的流，风的微漾；我们怎能不欢喜赞叹呢？最可爱的是那软软的腰儿；从前人说临风的垂柳，《红楼梦》里说晴雯的“水蛇腰儿”，都是说腰肢的细软的；但我所欢喜的腰呀，简直和苏州的牛皮糖一样，使我满舌头的甜，满牙齿的软呀。腰是这般软了，手足自也有飘逸不凡之概。你瞧她的足胫多么丰满呢！从膝关节以下，渐渐地隆起，像新蒸的面包一样；后来又渐渐渐渐地缓下去了。这足胫上正罩着丝袜，淡青的？或者白的？拉得紧紧的，一些儿绉纹没有，更将那丰满的曲线显得丰满了；而那闪闪的鲜嫩的光，简直可以照出人的影子。你再往上瞧，她的两肩又多么亭匀呢！像双生的小羊似的，又像两座玉峰似的；正是秋山那般瘦，秋水那般平呀。肩以上，便到了一般人讴歌颂赞所集的“面目”了。我最不能忘记的，是她那双鸽子般的眼睛，伶俐到像要立刻和人说话。在惺忪微倦的时候，尤其可喜，因为正像一对睡了的褐色小鸽子。和那润泽而微红的双颊，苹果般照耀着的，恰如曙色之与夕阳，巧妙地相映衬着。再加上那覆额的，稠密而蓬松的发，像天空的乱云一般，点缀得更有情趣了。而她那甜蜜的微笑也是可爱的东西；微笑是半开的花朵，里面流溢着诗与画与无声的音乐。是的，我说的已多了；我不必将我所见的，一个人一个人分别说给你，我只将她们融合成一个sketch给你看——这就是我的惊异的型，就是我所谓艺术的女子的型。但我的眼光究竟太狭了！我的眼光究竟太狭了！

在女人的聚会里，有时也有一种温柔的空气；但只是笼统的空气，没有详细的节目。所以这是要由远观而鉴赏的，与个别的看法不同；若近观时，那笼统的空气也许会消失了的。说起这艺术的“女人的聚会”，我却想着数年前的事了，云烟一般，好惹人怅惘的。在P城一个礼拜日的早晨，我到一所宏大的教堂里去做礼拜；听说那边女人多，我是礼拜女人去的。那教堂是男女分坐的。我去的时候，女座还空着，似乎颇遥遥的；我的遐想便去充满了每个空座里。忽然眼睛有些花了，在薄薄的香泽当中，一群白上衣，黑背心，黑裙子的女人，默默地，远远地走进来了。我现在不曾看见上帝，却看见了带着翼子的这些安琪儿了！另一回在傍晚的湖上，暮霭四合的时候，一只插着小红花的游艇里，坐着八九个雪白雪白的白衣的姑娘；湖风舞弄着她们的衣裳，便成一片浑然的白。我想她们是湖之女神，以游戏三昧，暂现色相于人间的呢！第三回在湖中的一座桥上，淡月微云之下，倚着十来个，也是姑娘，朦朦胧胧的与月一齐白着。在抖荡的歌喉里，我又遇着月姊儿的化身了！——这些是我所发见的又一型。

是的，艺术的女人，那是一种奇迹！

博物院

伦敦的博物院带画院，只检大的说，足足有十个之多。在巴黎和柏林，并不“觉得”博物院有这么多似的。柏林的本来少些；巴黎的不但不少，还要多些，但除卢佛宫外，都不大。最要紧的，伦敦各院陈列得有条有理的，又疏朗，房屋又亮，得看；不像卢佛宫，东西那么挤，屋子那么黑，老教人喘不出气。可是，伦敦虽然得看，说起来也还是千头万绪；真只好检大的说罢了。

先看西南角。维多利亚亚伯特院最为堂皇富丽。这是个美术博物院，所收藏的都是美术史材料，而装饰用的工艺品尤多，东方的西方的都有。漆器，瓷器，家具，织物，服装，书籍装订，道地五光十色。这里颇有中国东西。漆器瓷器玉器不用说，壁画佛像，罗汉木像，还有乾隆宝座也都见于该院的《东方百珍图录》里。图录里还有明朝李麟（原作Li Ling，疑系此人）画的《波罗球戏图》；波罗球骑着马打，是唐朝从西域传来的。中国现在似乎没存着这种画。院中卖石膏像，有些真大。

自然史院是从不列颠博物院分出来的。这里才真古色古香，也才真“巨大”。看了各种史前人的模型，只觉得远烟似的时代，无从凭吊，无从怀想——满够不上分儿。中生代大爬虫的骨架，昂然站在屋顶下，人还够不上它们一条腿那么长，不用提"项背"了。现代鲸鱼的标本虽然也够大的，但没腿，在陆居的我们眼中就差多了。这里有夜莺，自然是死的，那样子似乎也并不特别秀气；嗓子可真脆真圆，我在话匣片里听来着。

欧战院成立不过十来年。大战各方面，可以从这里略见一斑。这里有模型，有透视画（dioramas），有照相，有电影机，有枪炮等等。但最多的还是画。大战当年，英国情报部雇用一群少年画家，教他们搁下自己的工作，大规模地画战事画，以供宣传，并作为历史纪录。后来少年画家不够用，连老画家也用上了。那时情报部常常给这些画家开展览会，个人的或合伙的。欧战院的画便是那些展览作品的一部分。少年画家大约都是些立体派，和老画家的浪漫作风迥乎不同。这些画家都透视了战争，但他们所成就的却只是历史纪录，艺术是没有什么的。

现在该到西头来，看人所熟知的不列颠博物院了。考古学的收藏，名人文件，抄本和印本书籍，都数一数二；顾恺之《女史箴》卷子和《敦煌》卷子便在此院中。瓷器也不少，中国的，土耳其的，欧洲各国的都有；中国的不用说，土耳其的青花，浑厚朴拙，比欧洲金的蓝的或刻镂的好。考古学方面，埃及王拉米塞斯第二（约公元前1250）巨大的花岗石像，几乎有自然史院大爬虫那么高，足为我们扬眉吐气；也有坐像。坐立像都僵直而四方，大有虽地动山摇不倒之势。这些像的石质尺寸和形状，表示统治者永久的超人的权力。还有贝叶的《死者的书》，用象形字和俗字两体写成。罗塞他石，用埃及两体字和希腊文刻着诏书一通（公元前195），一七九八年出土；从这块石头上，学者比对希腊文，才读通了埃及文字。

希腊巴昔农庙（Parthenon）各件雕刻，是该院最足以自豪的。这个庙在雅典，奉祀女神雅典巴昔奴；配利克里斯（Pericles）时代，教成千带万的艺术家，用最美的大理石，重建起来，总其事的是配氏的好友兼顾问，著名雕刻家费迪亚斯（Phidias）。那时物阜民丰，费了二十年工夫，到了西元前四三五年，才造成。庙是长方形，有门无窗；或单行或双行的石柱围绕着，像女神的马队一般。短的两头，柱上承着三角形的楣；这上面都雕着像。庙墙外上部，是著名的刻壁。庙在一六八七年让威尼斯人炸毁了一部分；一八〇一年，爱而近伯爵从雅典人手里将三角楣上的像，刻壁，和些别的买回英国，费了七万镑，约合百多万元；后来转卖给这博物院，却只要一半价钱。院中特设了一间爱而近室陈列那些艺术品，并参考巴黎国家图书馆所藏的巴昔农庙诸图，做成庙的模型，巍巍然立在石山上。

希腊雕像与埃及大不相同，绝无僵直和紧张的样子。那些艺术家比较自由，得以研究人体的比例；骨架，肌理，皮肉，他们都懂得清楚，而且有本事表现出来。又能抓住要点，使全体和谐不乱。无论坐像立像，都自然，庄严，造成希腊艺术的特色：清明而有力。当时运动竞技极达；艺术家雕神像，常以得奖的人为“模特儿”，赤裸裸的身体里充满了活动与力量。可是究竟是神像；所以不能是如实的人像而只是理想的人像。这时代所缺少的是热情，幻想；那要等后世艺人去展了。庙的东楣上运命女神三姊妹像，头已经失去了，可是那衣褶如水的轻妙，衣褶下身体的充盈，也从繁复的光影中显现，几乎不相信是石人。那刻壁浮雕着女神节贵家少女献衣的行列。少女们穿着长袍，庄严的衣褶，和运命女神的又不一样，手里各自拿着些东西；后面跟着成队的老人，妇女，雄赳赳的骑士，还有带祭品的人，齐向诸神而进。诸神清明彻骨，在等待着这一行人众。这刻壁上那么多人，却不繁杂，不零散，打成一片，布局时必然煞费苦心。而细看诸少女诸骑士，也各有精神，绝不一律；其间刀锋或深或浅，光影大异。少壮的骑士更像生龙活虎，千载如见。

院中所藏名人的文件太多了。像莎士比亚押房契，密尔顿出卖《失乐园》合同（这合同是书记代签，不出弥氏亲笔），巴格来夫（Palgrave）《金库集》稿，格来《挽歌》稿，哈代《苔丝》稿，达文齐、密凯安杰罗的手册，还有维多利亚后四岁时铅笔签字，都亲切有味。至于荷马史诗的贝叶，公元一世纪所写，在埃及发见的，以及九世纪时希伯来文《旧约圣经》残页，据说也许是世界上最古《圣经》钞本的，却真令人悠然遐想。还有，二世纪时，罗马舰队一官员，向兵丁买了一个七岁的东方小儿为奴，立了一张贝叶契，上端盖着泥印七颗；和英国大宪章的原本，很可比着看。院里藏的中古钞本也不少；那时欧洲僧侣非常闲，日以钞书为事；字用峨特体，多棱角，精工是不用说的。他们最考究字头和插画，必然细心勾勒着上鲜丽的颜色，蓝和金用得多些；颜色也选得精，至今不变。某钞本有《岁历图》，二幅，画十二月风俗，细致风华，极为少见。每幅下另有一栏，画种种游戏，人物短小，却也滑稽可喜。画目如下：正月，析薪；二月，炬舞；三月，种花，伐木；四月，情人园会；五月，荡舟；六月，比武；七月，行猎，刈麦；八月，获稻；九月，酿酒；十月，耕种；十一月，猎归；十二月，屠豕。钞本和印本书籍之多，世界上只有巴黎国家图书馆可与这博物院相比；此处印本共三百二十万余册。有穹窿顶的大阅览室，圆形，室中桌子的安排，好像车轮的辐，可坐四百八十五人；管理员高踞在毂中。

次看画院。国家画院在西中区闹市口，匹对着特拉伐加方场一百八十四英尺高的纳尔逊石柱子。院中的画不算很多，可是足以代表欧洲画史上的各派，他们自诩，在这一方面，世界上那儿也及不上这里。最完全的是意大利十五六世纪的作品，特别是佛罗伦司派，大约除了意大利本国，便得上这儿来了。画按派别排列，可也按着时代。但是要看英国美术，此地不成，得上南边儿泰特（Tate）画院去。那画院在泰晤士河边上；一九二八年水上了岸，给浸坏了特耐尔（Joseph Mallord William Turner，1775—1851）好多画，最可惜。特耐尔是十九世纪英国最大的风景画家，也是印象派的先锋。他是个穷苦的孩子，小时候住在菜市旁的陋巷里，常只在泰晤士河的码头和驳船上玩儿。他对于泰晤士河太熟了，所以后来爱画船，画水，画太阳光。再后来他费了二十多年工夫专研究光影和色彩，轮廓与内容差不多全不管；这便做了印象派的前驱了。他画过一幅《日出：湾头堡子》，那堡子淡得只见影儿，左手一行树，也只有树的意思罢了；可是，瞧，那金黄的朝阳的光，顺着树水似的流过去，你只觉着温暖，只觉着柔和，在你的身上，那光却又像一片海，满处都是的，可是闪闪烁烁，仪态万千，教你无从捉摸，有点儿着急。

特耐尔以前，坚士波罗（Gainsborough，1727—1788）是第一个人脱离荷兰影响，用英国景物作风景画的题材；又以画像著名。何嘉士（Hogarth，1697—1764）画了一套《结婚式》，又生动又亲切，当时刻板流传，风行各处，现存在这画院中。美国大画家惠斯勒（Whistler）称他为英国仅有的大画家。雷诺尔兹（Reynolds，1723—1792）的画像，与坚士波罗并称。画像以性格与身份为主，第一当然要像。可是从看画者一面说，像主若是历史上的或当代的名人，他们的性格与身份，多少总知道些，看起来自然有味，也略能批评得失。若只是平凡的人，凭你怎样像，陈列到画院里，怕就少有去理会的。因此，画家为维持他们永久的生命计，有时候重视技巧，而将“像”放在第二着。雷诺尔兹与坚士波罗似乎就是这样的人。他们画的像，色调鲜明而飘渺。庄严的男相，华贵的女相，优美活泼的孩子相，都算登峰造极；可就是不大“像”。坚氏的女像总太瘦；雷氏的不至于那么瘦，但是像主往往退回他的画，说太不像。——国家画院旁有个国家画像院，专陈列英国历史上名人的像，文学家，艺术家，科学家，政治家，皇族，应有尽有，约共二千一百五十人。油画是大宗，排列依着时代。这儿也看见雷坚二氏的作品；但就全体而论，历史比艺术多得多。

泰特画院中还藏着诗人勃来克（William Blake，1757—1827）和罗塞蒂（Dante Gabriel Rossetti，1828—1882）的画。前一位是浪漫诗人的先驱，号称神秘派。自幼儿想象多，都表现在诗与画里。他的图案非常宏伟；色彩也如火焰，如一飞冲天的翅膀。所画的人体并不切实，只用作表现姿态，表现动的符号而已。后一位是先拉斐尔派的主角；这一派是诗与画双管齐下的。他们不相信“为艺术的艺术”，而以知识为重。画要叙事，要教训，要接触民众的心，让他们相信美的新观念；画笔要细腻，颜色却不必调和。罗氏作品有着清明的调子，强厚的情感；只是理想虽高，气韵却不够生动似的。

当代英国名雕塑家爱勃斯坦（Jacob Epstein）也有几件东西陈列在这里。他是新派的浪漫雕塑家。这派人要在形体的部分中去找新的情感力量；那必是不寻常的部分，足以扩展他们自己情感或感觉的经验的。他们以为这是美，夸张地表现出来；可是俗人却觉得人不像人，物不像物，觉得丑，只认为滑稽画一类。爱氏雕石头，但是塑泥似乎更多：塑泥的表面，决不刮光，就让那么凸凸凹凹地堆着，要的是这股劲儿。塑完了再倒铜。——他也卖素描，形体色调也是那股浪漫劲儿。

以上只有不列颠博物院的历史可以追溯到十八世纪；别的都是十九世纪建立的，但欧战院除外。这些院的建立，固然靠国家的力量，却也靠私人的捐助——捐钱盖房子或捐自己的收藏的都有。各院或全不要门票，像不列颠博物院就是的；或一礼拜中两天要门票，票价也极低。他们印的图片及专册，廉价出售，数量惊人。又差不多都有定期的讲演，一面讲一面领着看；虽然讲的未必怎样精，听讲的也未必怎样多。这种种全为了教育民众，用意是值得我们佩服的。

公园

英国是个尊重自由的国家，从伦敦海德公园（Hyde Park）可以看出。学政治的人一定知道这个名字；近年日报的海外电讯里也偶然有这个公园出现。每逢星期日下午，各党各派的人都到这儿来宣传他们的道理。公说公有理，婆说婆有理，井水不犯河水。从耶稣教到共产党，差不多样样有。每一处说话的总是一个人。他站在桌子上，椅子上，或是别的什么上，反正在听众当中露出那张嘴脸就成；这些桌椅等等可得他们自己预备，公园里的长椅子是只让人歇着的。听的人或多或少。有一回一个讲耶稣教的，没一个人听，却还打起精神在讲；他盼望来来去去的游人里也许有一两个三四个五六个……爱听他的，只要有人驻一下脚，他的口舌就算不白费了。

见过一回共产党示威，演说的东也是，西也是；有的站在大车上，颇有点巍巍然。按说那种马拉的大车平常不让进园，这回大约办了个特许。其中有个女的约莫四十上下，嗓子最大，说的也最长；说的是伦敦土话，凡是开口音，总将嘴张到不能再大的地步，一面用胳膊助势。说到后来，嗓子沙了，还是一字不苟地喊下去。天快黑了，他们整队出园喊着口号，标语旗帜也是五光十色的。队伍两旁，又高又大的马巡缓缓跟着，不说话。出的是北门，外面便是热闹的牛津街。

北门这里一片空旷的沙地，最宜于露天演说家，来得最多。也许就在共产党队伍走后吧，这里有人说到中日的事；那时刚过“一·二八”不久，他颇为我们抱不平。他又赞美甘地；却与贾波林相提并论，说贾波林也是为平民打抱不平的。这一比将听众引得笑起来了；不止一个人和他辩论，一位老太太甚至嘀咕着掉头而去。这个演说的即使不是共产党，大约也不是“高等”英人吧。公园里也闹过一回大事：一八六六年国会改革的暴动（劳工争选举权），周围铁栏干毁了半里多路长，警察受伤了二百五十名。

公园周围满是铁栏干，车门九个，游人出入的门无数，占地二千二百多亩，绕园九里，是伦敦公园中最大的，来的人也最多。园南北都是闹市，园中心却静静的。灌木丛里各色各样野鸟，清脆的繁碎的语声，夏天绿草地上，洁白的绵羊的身影，教人像下了乡，忘记在世界大城里。那草地一片迷蒙的绿，一片芊绵的绿，像水，像烟，像梦；难得的，冬天也这样。西南角上蜿蜒着一条蛇水，算来也占地三百亩，养着好些水鸟，如苍鹭之类。可以摇船，游泳；并有救生会，让下水的人放心大胆。这条水便是雪莱的情人西河女士（Harriet Westbrook）自沉的地方，那是一百二十年前的事了。

南门内有拜伦立像，是五十年前希腊政府捐款造的；又有座古英雄阿契来斯像，是惠灵顿公爵本乡人造了来纪念他的，用的是十二尊法国炮的铜，到如今却有一百多年了。还有英国现负盛名的雕塑家爱勃司坦（Epstein）的壁雕，是纪念自然学家赫德生的。一个似乎要飞的人，张着臂，仰着头，散着发，有原始的朴拙犷悍之气，表现的是自然精神的化身；左右四只鸟在飞，大小旁正都不相同，也有股野劲儿。这件雕刻的价值，引起过许多讨论。南门内到蛇水边一带游人最盛。夏季每天上午有铜乐队演奏；在栏外听算白饶，进栏得花点票钱，但有椅子坐。游人自然步行的多，也有跑车的，骑马的；骑马的另有一条“马”路。

这园子本来是鹿苑，在里面行猎；一六三五年英王查理斯第一才将它开放，作赛马和竞走之用。后来变成决斗场。一八五一年第一次万国博览会开在这里，用玻璃和铁搭盖的会场；闭会后拆了盖在别处，专作展览的处所，便是那有名的水晶宫了。蛇水本没有，只有六个池子；是十八世纪初叶才打通的。

海德公园东南差不多毗连着的，是圣詹姆士公园（St. James' Park），约有五百六七十亩。本是沮洳的草地，英王亨利第八抽了水，砌了围墙，改成鹿苑。查理斯第二扩充园址，铺了路，改为游玩的地方；以后一百年里，便成了伦敦最时髦的散步场。十九世纪初才改造为现在的公园样子。有湖，有悬桥；湖里鹈鹕最多，倚在桥栏上看它们水里玩儿，可以消遣日子。周围是白金罕宫，西寺，国会，各部官署，都是最忙碌的所在；倚在桥栏上的人却能偷闲赏鉴那西寺和国会的戈昔式尖顶的轮廓，也算福气了。

海德公园东北有摄政公园，原也是鹿苑；十九世纪初“摄政王”（后为英王乔治第四）才修成现在样子。也有湖，摇的船最好；坐位下有小轮子，可以进退自如，滚来滚去顶好玩儿的。野鸽子野鸟很多，松鼠也不少。松鼠原是动物园那边放过来的，只几对罢了；现在却繁殖起来了。常见些老头儿带着食物到园里来喂麻雀，鸽子，松鼠。这些小东西和人混熟了，大大方方到人手里来吃食；看去怪亲热的。别的公园里也有这种人。这似乎比提鸟笼有意思些。

动物园在摄政园东北犄角上，属于动物学会，也有了百多年的历史。搜集最完备，有动物四千，其中哺乳类八百，鸟类二千四百。去逛的据说每年超过二百万人。不用问孩子们去的一定不少；他们对于动物比成人亲近得多，关切得多。只看见教科书上或字典上的彩色动物图，就够捉摸的，不用提实在的东西了。就是成人，可不也愿意开开眼，看看没看过的，山里来的，海里来的，异域来的，珍禽，奇兽，怪鱼？要没有动物园，或许一辈子和这些东西都见不着面呢。再说像狮子老虎，哪能随便见面！除非打猎或看马戏班。但打猎遇着这些，正是拼死活的时候，哪里来得及玩味它们的生活状态？马戏班里的呢，也只表演些扭捏的玩艺儿，时候又短，又隔得老远的；哪有动物园里的自然，得看？这还只说的好奇的人；艺术家更可仔细观察研究，成功新创作，如画和雕塑，十九世纪以来，用动物为题材的便不少。近些年电影里的动物趣味，想来也是这么培养出来的；不过那却非动物园所可限了。

伦敦人对动物园的趣味很大，有的报馆专派有动物园的访员，给园中动物作起居注，并报告新来到的东西；他们的通信有些地方就像童话一样。去动物园的人最乐意看喂食的时候，也便是动物和人最亲近的时候。喂食有时得用外交手腕，譬如鱼池吧，若随手将食撒下去，让大家来抢，游得快的，厉害的，不用说占了便宜，剩下的便该活活饿死了。这当然不公道，那一视同仁的管理人一定不愿意的。他得想法子，比方说，分批来喂，那些快的，厉害的，吃完了，便用网将它们拦在一边，再照料别的。各种动物喂食都有一定钟点，著名的裴歹克《伦敦指南》便有一节专记这个。孩子们最乐意的还有骑象，骑骆驼（骆驼在伦敦也算异域珍奇）。再有，游客若能和管理各动物的工人攀谈攀谈，他们会亲切地讲这个那个动物的故事给你听，像传记的片段一般；那时你再去看他说的那些东西，便更有意思了。

园里最好玩儿的事，黑猩猩茶会，白熊洗澡。茶会夏天每日下午五点半举行，有茶，有牛油面包。它们会用两只前足，学人的样子。有时“生手”加入，却往往只用一只前足，牛油也是它来，面包也是它来；这种虽是天然，看的人倒好笑了。白熊就是北极熊，从冰天雪地里来，却最喜欢夏天；越热越高兴，赤日炎炎的中午，它们能整个儿躺在太阳里。也爱下水洗澡，身上老是雪白。它们待在熊台上，有深沟为界；台旁有池，洗澡便在池里。池的一边，隔着一层玻璃可以看它们载浮载沉的姿势。但是一冷到华氏表五十度下，就不肯下水，身上的白雪也便慢慢让尘土封上了。

非洲南部的企鹅也是人们特别乐意看的。它有一岁半婴孩这么大，不会飞，会下水，黑翅膀，灰色胸脯子挺得高高的，昂首缓步，旁若无人。它的特别处就在乎直立着。比鹅大不多少，比鸵鸟，鹤，小得多，可是一直立就有人气，便当另眼相看了。自然，别的鸟也有直立着的，可是太小了，说不上。企鹅又拙得好，现代装饰图案有用它的。只是不耐冷，一到冬天，便没精打采的了。

鱼房鸟房也特别值得看。鱼房分淡水房海水房热带房（也是淡水）。屋内黑洞洞的，壁上嵌着一排镜框似的玻璃，横长方。每框里一种鱼，在水里游来游去，都用电灯光照着，像画。鸟房有两处，热带房里颜色声音最丰富，最新鲜；有种上截脆蓝下截褐红的小鸟，不住地飞上飞下，不住地咭咭呱呱，怪可怜见的。

这个动物园各部分空气光线都不错，又有冷室温室，给动物很周到的设计。只是才二百亩地，实在旋展不开，小东西还罢了，像狮子老虎老是关在屋里，未免委屈英雄，就是白熊等物虽有特备的台子，还是局蹐得很；这与鸟笼子也就差得有限了。固然，让这些动物完全自由，那就无所谓动物园；可是若能给它们较大的自由，让它们活得比较自然些，看的人岂不更得看些。所以一九二七年上，动物学会又在伦敦西北惠勃司奈得（Whipsnade，Bedfordshire）地方成立了一所动物园，有三千多亩；据说，那些庞然大物自如多了，游人看起来也痛快多了。

以上几个园子都在市内，都在泰晤士河北。河南偏西有个大大有名的邱园（Kew Gardens）。却在市外了。邱园正名“王家植物园”，世界最重要，最美丽的植物园之一；大一千七百五十亩，栽培的植物在二万四千种以上。这园子现在归农部所管，原也是王室的产业，一八四一年捐给国家；从此起手研究经济植物学和园艺学，便渐渐著名了。他们编印大英帝国植物志。又移种有用的新植物于帝国境内——如西印度群岛的波罗蜜，印度的金鸡纳霜，都是他们介绍进去的。园中博物院四所；第二所经济植物学博物院设于一八四八，是欧洲最早的一个。

但是外行人只能赏识花木风景而已。水仙花最多，四月尾有所谓“水仙花礼拜日”，游人盛极。温室里奇异的花也不少。园里有什么好花正开着，门口通告牌上逐日都列着表。暖气室最大，分三部：喜马拉耶室养着石楠和山茶，中国石楠也有，小些；中部正面安排着些大凤尾树和棕榈树；凤尾树真大，得仰起脖子看，伸开两胳膊还不够它宽的。周围绕着些时花与灌木之类。另一部是墨西哥室，似乎没有什么特别的东西。

东南角上一座塔，可不能上；十层，一百五十五尺，造于十八世纪中，那正是中国文化流行欧洲的时候，也许是中国的影响吧。据说还有座小小的孔子庙，但找了半天，没找着。不远儿倒有座彩绘的日本牌坊，所谓“敕使门”的，那却造了不过二十年。从塔下到一个人工的湖有一条柏树甬道，也有森森之意；可惜树太细瘦，比起我们中山公园，真是小巫见大巫了。所谓“竹园”更可怜，又不多，又不大，也不秀，还赶不上西山大悲庵那些。

谈抽烟

有人说，“抽烟有什么好处？还不如吃点口香糖，甜甜的，倒不错”。不用说，你知道这准是外行。口香糖也许不错，可是喜欢的怕是女人孩子居多；男人很少赏识这种玩意儿的；除非在美国，那儿怕有些个例外。一块口香糖得咀嚼老半天，还是嚼不完，凭你怎么斯文，那朵颐的样子，总遮掩不住，总有点儿不雅相。这其实不像抽烟，倒像衔橄榄。你见过衔着橄榄的人？腮帮子上凸出一块，嘴里不时地嗞儿嗞儿的。抽烟可用不着这么费劲；烟卷儿尤其省事，随便一叼上，悠然地就吸起来，谁也不来注意你。抽烟说不上是什么味道；勉强说，也许有点儿苦吧。但抽烟的不稀罕那“苦”而稀罕那“有点儿”。他的嘴太闷了，或者太闲了，就要这么点儿来凑个热闹，让他觉得嘴还是他的。嚼一块口香糖可就太多，甜甜的，够多腻味；而且有了糖也许便忘记了“我”。

抽烟其实是个玩意儿。就说抽卷烟吧，你打开匣子或罐子，抽出烟来，在桌上顿几下，衔上，擦洋火，点上。这其间每一个动作都带股劲儿，像做戏一般。自己也许不觉得，但到没有烟抽的时候，便觉得了。那时候你必然闲得无聊；特别是两只手，简直没放处。再说那吐出的烟，袅袅地缭绕着，也够你一回两回地捉摸；它可以领你走到顶远的地方去——即便在百忙当中，也可以让你轻松一忽儿。所以老于抽烟的人，一叼上烟，真能悠然遐想。他霎时间是个自由自在的身子，无论他是靠在沙发上的绅士，还是蹲在台阶上的瓦匠。有时候他还能够叼着烟和人说闲话；自然有些含含糊糊的，但是可喜的是那满不在乎的神气。这些大概也算是游戏三昧吧。

好些人抽烟，为的有个伴儿。譬如说一个人单身住在北平，和朋友在一块儿，倒是有说有笑的，回家来，空屋子像水一样。这时候他可以摸出一支烟抽起来，借点儿暖气。黄昏来了，屋子里的东西只剩些轮廓，暂时懒得开灯，也可以点上一支烟，看烟头上的火一闪一闪的，像亲密的低语，只有自己听得出。要是生气，也不妨迁怒一下，使劲儿吸他十来口。客来了，若你倦了说不得话，或者找不出可说的，干坐着岂不着急？这时候最好拈起一支烟将嘴堵上等你对面的人。若是他也这么办，便尽时间在烟子里爬过去。各人抓着一个新伴儿，大可以盘桓一会儿的。

从前抽水烟旱烟，不过一种不伤大雅的嗜好，现在抽烟却成了派头。抽烟卷儿指头黄了，由他去。用烟嘴不独麻烦，也小气，又跟烟隔得那么老远的。今儿大褂上一个窟窿，明儿坎肩上一个，由他去。一支烟里的尼古丁可以毒死一个小麻雀，也由他去。总之，蹩蹩扭扭的，其实也还是个“满不在乎”罢了。烟有好有坏，味有浓有淡，能够辨味的是内行，不择烟而抽的是大方之家。

冬 天

说起冬天，忽然想到豆腐。是一“小洋锅”（铝锅）白煮豆腐，热腾腾的。水滚着，像好些鱼眼睛，一小块一小块豆腐养在里面，嫩而滑，仿佛反穿的白狐大衣。锅在“洋炉子”（煤油不打气炉）上，和炉子都熏得乌黑乌黑，越显出豆腐的白。这是晚上，屋子老了，虽点着“洋灯”，也还是阴暗。围着桌子坐的是父亲跟我们哥儿三个。“洋炉子”太高了，父亲得常常站起来，微微地仰着脸，觑着眼睛，从氤氲的热气里伸进筷子，夹起豆腐，一一地放在我们的酱油碟里。我们有时也自己动手，但炉子实在太高了，总还是坐享其成的多。这并不是吃饭，只是玩儿。父亲说晚上冷，吃了大家暖和些。我们都喜欢这种白水豆腐；一上桌就眼巴巴望着那锅，等着那热气，等着热气里从父亲筷子上掉下来的豆腐。

又是冬天，记得是阴历十一月十六晚上，跟S君P君在西湖里坐小划子。S君刚到杭州教书，事先来信说：“我们要游西湖，不管它是冬天。”那晚月色真好，现在想起来还像照在身上。本来前一晚是“月当头”；也许十一月的月亮真有些特别吧。那时九点多了，湖上似乎只有我们一只划子。有点风，月光照着软软的水波；当间那一溜儿反光，像新砑的银子。湖上的山只剩了淡淡的影子。山下偶尔有一两星灯火。S君口占两句诗道："数星灯火认渔村，淡墨轻描远黛痕。"我们都不大说话，只有均匀的桨声。我渐渐地快睡着了。P君"喂"了一下，才抬起眼皮，看见他在微笑。船夫问要不要上净寺去；是阿弥陀佛生日，那边蛮热闹的。到了寺里，殿上灯烛辉煌，满是佛婆念佛的声音，好像醒了一场梦。这已是十多年前的事了，S君还常常通着信，P君听说转变了好几次，前年是在一个特税局里收特税了，以后便没有消息。

在台州过了一个冬天，一家四口子。台州是个山城，可以说在一个大谷里。只有一条二里长的大街。别的路上白天简直不大见人；晚上一片漆黑。偶尔人家窗户里透出一点灯光，还有走路的拿着的火把；但那是少极了。我们住在山脚下。有的是山上松林里的风声，跟天上一只两只的鸟影。夏末到那里，春初便走，却好像老在过着冬天似的；可是即便真冬天也并不冷。我们住在楼上，书房临着大路；路上有人说话，可以清清楚楚地听见。但因为走路的人太少了，间或有点说话的声音，听起来还只当远风送来的，想不到就在窗外。我们是外路人，除上学校去之外，常只在家里坐着。妻也惯了那寂寞，只和我们爷儿们守着。外边虽老是冬天，家里却老是春天。有一回我上街去，回来的时候，楼下厨房的大方窗开着，并排地挨着她们母子三个；三张脸都带着天真微笑地向着我。似乎台州空空的，只有我们四人；天地空空的，也只有我们四人。那时是民国十年，妻刚从家里出来，满自在。现在她死了快四年了，我却还老记着她那微笑的影子。

无论怎么冷，大风大雪，想到这些，我心上总是温暖的。

择偶记

自己是长子长孙，所以不到十一岁就说起媳妇来了。那时对于媳妇这件事简直茫然，不知怎么一来，就已经说上了。是曾祖母娘家人，在江苏北部一个小县份的乡下住着。家里人都在那里住过很久，大概也带着我；只是太笨了，记忆里没有留下一点影子。祖母常常躺在烟榻上讲那边的事，提着这个那个乡下人的名字。起初一切都像只在那白腾腾的烟气里。日子久了，不知不觉熟悉起来了，亲昵起来了。除了住的地方，当时觉得那叫作“花园庄”的乡下实在是最有趣的地方了。因此听说媳妇就定在那里，倒也仿佛理所当然，毫无意见。每年那边田上有人来，蓝布短打扮，衔着旱烟管，带好些大麦粉，白薯干儿之类。他们偶然也和家里人提到那位小姐，大概比我大四岁，个儿高，小脚；但是那时我热心的其实还是那些大麦粉和白薯干儿。

记得是十二岁上，那边捎信来，说小姐痨病死了。家里并没有人叹惜；大约他们看见她时她还小，年代一多，也就想不清是怎样一个人了。父亲其时在外省做官，母亲颇为我亲事着急，便托了常来做衣服的裁缝做媒。为的是裁缝走的人家多，而且可以看见太太小姐。主意并没有错，裁缝来说一家人家，有钱，两位小姐，一位是姨太太生的；他给说的是正太太生的大小姐。他说那边要相亲。母亲答应了，定下日子，由裁缝带我上茶馆。记得那是冬天，到日子母亲让我穿上枣红宁绸袍子，黑宁绸马褂，戴上红帽结儿的黑缎瓜皮小帽，又叮嘱自己留心些。茶馆里遇见那位相亲的先生，方面大耳，同我现在年纪差不多，布袍布马褂，像是给谁穿着孝。这个人倒是慈祥的样子，不住地打量我，也问了些念什么书一类的话。回来裁缝说人家看得很细：说我的“人中”长，不是短寿的样子，又看我走路，怕脚上有毛病。总算让人家看中了，该我们看人家了。母亲派亲信的老妈子去。老妈子的报告是，大小姐个儿比我大得多，坐下去满满一圈椅；二小姐倒苗苗条条的。母亲说胖了不能生育，像亲戚里谁谁谁；教裁缝说二小姐。那边似乎生了气，不答应，事情就吹了。

母亲在牌桌上遇见一位太太，她有个女儿，透着聪明伶俐。母亲有了心，回家说那姑娘和我同年，跳来跳去的，还是个孩子。隔了些日子，便托人探探那边口气。那边做的官似乎比父亲的更小，那时正是光复的前年，还讲究这些，所以他们乐意做这门亲。事情已到九成九，忽然出了岔子。本家叔祖母用的一个寡妇老妈子熟悉这家子的事，不知怎么教母亲打听着了。叫她来问，她的话遮遮掩掩的。到底问出来了，原来那小姑娘是抱来的，可是她一家很宠她，和亲生的一样。母亲心冷了。过了两年，听说她已生了痨病，吸上鸦片烟了。母亲说，幸亏当时没有定下来。我已懂得一些事了，也这么想着。

光复那年，父亲生伤寒病，请了许多医生看。最后请着一位武先生，那便是我后来的岳父。有一天，常去请医生的听差回来说，医生家有位小姐。父亲既然病着，母亲自然更该担心我的事。一听这话，便追问下去。听差原只顺口谈天，也说不出个所以然。母亲便在医生来时，教人问他轿夫，那位小姐是不是他家的。轿夫说是的。母亲便和父亲商量，托舅舅问医生的意思。那天我正在父亲病榻旁，听见他们的对话。舅舅问明了小姐还没有人家，便说，像×翁这样人家怎么样？医生说，很好呀。话到此为止，接着便是相亲；还是母亲那个亲信的老妈子去。这回报告不坏，说就是脚大些。事情这样定局，母亲教轿夫回去说，让小姐裹上点儿脚。妻嫁过来后，说相亲的时候早躲开了，看见的是另一个人。至于轿夫捎的信儿，却引起了一段小小风波。岳父对岳母说，早教你给她裹脚，你不信；瞧，人家怎么说来着！岳母说，偏偏不裹，看他家怎么样！可是到底采取了折衷的办法，直到妻嫁过来的时候。

说扬州

在第十期上看到曹聚仁先生的《闲话扬州》，比那本出名的书有味多了。不过那本书将扬州说得太坏，曹先生又未免说得太好；也不是说得太好，他没有去过那里，所说的只是从诗赋中，历史上得来的印象。这些自然也是扬州的一面，不过已然过去，现在的扬州却不能再给我们那种美梦。

自己从七岁到扬州，一住十三年，才出来念书。家里是客籍，父亲又是在外省当差事的时候多，所以与当地贤豪长者并无来往。他们的雅事，如访胜，吟诗，赌酒，书画名家，烹调佳味，我那时全没有份，也全不在行。因此虽住了那么多年，并不能做扬州通，是很遗憾的。记得的只是光复的时候，父亲正病着，让一个高等流氓凭了军政府的名字，敲了一竹杠；还有，在中学的几年里，眼见所谓“甩子团”横行无忌。“甩子”是扬州方言，有时候指那些“怯”的人，有时候指那些满不在乎的人。“甩子团”不用说是后一类；他们多数是绅宦家子弟，仗着家里或者“帮”里的势力，在各公共场所闹标劲，如看戏不买票，起哄等等，也有包揽词讼，调戏妇女的。更可怪的，大乡绅的仆人可以指挥警察区区长，可以大模大样招摇过市——这都是民国五六年的事，并非前清君主专制时代。自己当时血气方刚，看了一肚子气；可是人微言轻，也只好让那口气憋着罢了。

从前扬州是个大地方，如曹先生那文所说：现在盐务不行了，简直就算个没“落儿”的小城。

可是一般人还忘其所以地要气派，自以为美，几乎不知天多高地多厚。这真是所谓“夜郎自大”了。扬州人有“扬虚子”的名字；这个“虚子”有两种意思，一是大惊小怪，二是以少报多，总而言之，不离乎虚张声势的毛病。他们还有个“扬盘”的名字，譬如东西买贵了，人家可以笑话你是“扬盘”；又如店家价钱要得太贵，你可以诘问他，“把我当扬盘看么？”盘是捧出来给别人看的，正好形容要气派的扬州人。又有所谓“商派”，讥笑那些仿效盐商的奢侈生活的人，那更是气派中之气派了。但是这里只就一般情形说，刻苦诚笃的君子自然也有；我所敬爱的朋友中，便不缺乏扬州人。

提起扬州这地名，许多人想到的是出女人的地方。但是我长到那么大，从来不曾在街上见过一个出色的女人，也许那时女人还少出街吧？不过从前人所谓“出女人”，实在指姨太太与妓女而言；那个“出”字就和出羊毛，出苹果的“出”字一样。《陶庵梦忆》里有“扬州瘦马”一节，就记的这类事；但是我毫无所知。不过纳妾与狎妓的风气渐渐衰了，“出女人”那句话怕迟早会失掉意义的吧。

另有许多人想，扬州是吃得好的地方。这个保你没错儿。北平寻常提到江苏菜，总想着是甜甜的腻腻的。现在有了淮扬菜，才知道江苏菜也有不甜的；但还以为油重，和山东菜的清淡不同。其实真正油重的是镇江菜，上桌子常教你腻得无可奈何。扬州菜若是让盐商家的厨子做起来，虽不到山东菜的清淡，却也滋润，利落，决不腻嘴腻舌。不但味道鲜美，颜色也清丽悦目。扬州又以面馆著名。好在汤味醇美，是所谓白汤，由种种出汤的东西如鸡鸭鱼肉等熬成，好在它的厚，和啖熊掌一般。也有清汤，就是一味鸡汤，倒并不出奇。内行的人吃面要“大煮”；普通将面挑在碗里，浇上汤，“大煮”是将面在汤里煮一会儿，更能入味些。

扬州最著名的是茶馆；早上去下午去都是满满的。吃的花样最多。坐定了沏上茶，便有卖零碎的来兜揽，手臂上挽着一个黯淡的柳条筐，筐子里摆满了一些小蒲包分放着瓜子花生炒盐豆之类。又有炒白果的，在担子上铁锅爆着白果，一片铲子的声音。得先告诉他，才给你炒。炒得壳子爆了，露出黄亮的仁儿，铲在铁丝罩里送过来，又热又香。还有卖五香牛肉的，让他抓一些，摊在干荷叶上；叫茶房拿点好麻酱油来，拌上慢慢地吃，也可向卖零碎的买些白酒——扬州普通都喝白酒——喝着。这才叫茶房烫干丝。北平现在吃干丝，都是所谓煮干丝；那是很浓的，当菜很好，当点心却未必合适。烫干丝先将一大块方的白豆腐干飞快地切成薄片，再切为细丝，放在小碗里，用开水一浇，干丝便熟了；逼去了水，抟成圆锥似的，再倒上麻酱油，搁一撮虾米和干笋丝在尖儿，就成。说时迟，那时快，刚瞧着在切豆腐干，一眨眼已端来了。烫干丝就是清得好，不妨碍你吃别的。接着该要小笼点心。北平淮扬馆子出卖的汤包，诚哉是好，在扬州却少见；那实在是淮阴的名字，扬州不该掠美。扬州的小笼点心，肉馅儿的，蟹肉馅儿的，笋肉馅儿的且不用说，最可口的是菜包子菜烧卖，还有干菜包子。菜选那最嫩的，剁成泥，加一点儿糖一点儿油，蒸得白生生的，热腾腾的，到口轻松地化去，留下一丝儿余味。干菜也是切碎，也是加一点儿糖和油，燥湿恰到好处；细细地咬嚼，可以嚼出一点橄榄般的回味来。这么着每样吃点儿也并不太多。要是有饭局，还尽可以从容地去。但是要老资格的茶客才能这样有分寸；偶尔上一回茶馆的本地人外地人，却总忍不住狼吞虎咽，到了儿捧着肚子走出。

扬州游览以水为主，以船为主，已另有文记过，此处从略。城里城外古迹很多，如“文选楼”“天保城”“雷塘”“二十四桥”等，却很少人留意；大家常去的只是史可法的“梅花岭”罢了。倘若有相当的假期，邀上两三个人去寻幽访古倒有意思；自然，得带点花生米，五香牛肉，白酒。

白种人——上帝的骄子！

去年暑假到上海，在一路电车的头等里，见一个大西洋人带着一个小西洋人，相并地坐着。我不能确说他俩是英国人或美国人；我只猜他们是父与子。那小西洋人，那白种的孩子，不过十一二岁光景，看去是个可爱的小孩，引我久长的注意。他戴着平顶硬草帽，帽檐下端正地露着长圆的小脸。白中透红的面颊，眼睛上有着金黄的长睫毛，显出和平与秀美。我向来有种癖气：见了有趣的小孩，总想和他亲热，做好同伴；若不能亲热，便随时亲近亲近也好。在高等小学时，附设的初等里，有一个养着乌黑的西发的刘君，真是依人的小鸟一般；牵着他的手问他的话时，他只静静地微仰着头，小声儿回答——我不常看见他的笑容，他的脸老是那么幽静和真诚，皮下却烧着亲热的火把。我屡次让他到我家来，他总不肯；后来两年不见，他便死了。我不能忘记他！我牵过他的小手，又摸过他的圆下巴。但若遇着蓦生的小孩，我自然不能这么做，那可有些窘了；不过也不要紧，我可用我的眼睛看他—— 一回，两回，十回，几十回！孩子大概不很注意人的眼睛，所以尽可自由地看，和看女人要遮遮掩掩的不同。我凝视过许多初会面的孩子，他们都不曾向我抗议；至多拉着同在的母亲的手，或倚着她的膝头，将眼看她两看罢了。所以我胆子很大。这回在电车里又发了老癖气，我两次三番地看那白种的孩子，小西洋人！

初时他不注意或者不理会我，让我自由地看他。但看了不几回，那父亲站起来了，儿子也站起来了，他们将到站了。这时意外的事来了。那小西洋人本坐在我的对面；走近我时，突然将脸尽力地伸过来了，两只蓝眼睛大大地睁着，那好看的睫毛已看不见了；两颊的红也已褪了不少了。和平，秀美的脸一变而为粗俗，凶恶的脸了！他的眼睛里有话："咄！黄种人，黄种的支那人，你——你看吧！你配看我！"他已失了天真的稚气，脸上满布着横秋的老气了！我因此宁愿称他为"小西洋人"。他伸着脸向我足有两秒钟；电车停了，这才胜利地掉过头，牵着那大西洋人的手走了。大西洋人比儿子似乎要高出一半；这时正注目窗外，不曾看见下面的事。儿子也不去告诉他，只独断独行地伸他的脸；伸了脸之后，便又若无其事的，始终不发一言——在沉默中得着胜利，凯旋而去。不用说，这在我自然是一种袭击，"出其不意，攻其不备"的袭击！

这突然的袭击使我张皇失措；我的心空虚了，四面的压迫很严重，使我呼吸不能自由。我曾在N城的一座桥上，遇见一个女人；我偶然地看她时，她却垂下了长长的黑睫毛，露出老练和鄙夷的神色。那时我也感着压迫和空虚，但比起这一次，就稀薄多了：我在那小西洋人两颗枪弹似的眼光之下，茫然地觉着有被吞食的危险，于是身子不知不觉地缩小——大有在奇境中的阿丽思的劲儿！我木木然目送那父与子下了电车，在马路上开步走；那小西洋人竟未一回头，断然地去了。我这时有了迫切的国家之感！我做着黄种的中国人，而现在还是白种人的世界，他们的骄傲与践踏当然会来的；我所以张皇失措而觉着恐怖者，因为那骄傲我的，践踏我的，不是别人，只是一个十来岁的“白种的”孩子，竟是一个十来岁的白种的“孩子”！我向来总觉得孩子应该是世界的，不应该是一种，一国，一乡，一家的。我因此不能容忍中国的孩子叫西洋人为“洋鬼子”。但这个十来岁的白种的孩子，竟已被撳入人种与国家的两种定型里了。他已懂得凭着人种的优势和国家的强力，伸着脸袭击我了。这一次袭击实是许多次袭击的小影，他的脸上便缩印着一部中国的外交史。他之来上海，或无多日，或已长久，耳濡目染，他的父亲，亲长，先生，父执，乃至同国，同种，都以骄傲践踏对付中国人；而他的读物也推波助澜，将中国编派得一无是处，以长他自己的威风。所以他向我伸脸，决非偶然而已。

这是袭击，也是侮蔑，大大的侮蔑！我因了自尊，一面感着空虚，一面却又感着愤怒；于是有了迫切的国家之念。我要诅咒这小小的人！但我立刻恐怖起来了：这到底只是十来岁的孩子呢，却已被传统所埋葬；我们所日夜想望着的“赤子之心”，世界之世界（非某种人的世界，更非某国人的世界！），眼见得在正来的一代，还是毫无信息的！这是你的损失，我的损失，他的损失，世界的损失；虽然是怎样渺小的一个孩子！但这孩子却也有可敬的地方：他的从容，他的沉默，他的独断独行，他的一去不回头，都是力的表现，都是强者适者的表现。决不婆婆妈妈的，决不黏黏搭搭的，一针见血，一刀两断，这正是白种人之所以为白种人。

我真是一个矛盾的人。无论如何，我们最要紧的还是看看自己，看看自己的孩子！谁也是上帝之骄子；这和昔日的王侯将相一样，是没有种的！

哀韦杰三君

韦杰三君是一个可爱的人；我第一回见他面时就这样想。这一天我正在家里，听到敲门的声音；进来的是一位温雅的少年。我问他“贵姓”的时候，他将他的姓名写在纸上给我看；说是苏甲荣先生介绍他来的。苏先生是我的同学，他的同乡，他说前一晚已来找过我了，我不在家；所以这回又特地来的。我们闲谈了一会儿，他说怕耽误我的时间，就告辞走了。是的，我们只谈了一会儿，而且并没有什么重要的话——我现在已全忘记——但我觉得已懂得他了，我相信他是一个可爱的人。

第二回来访，是在几天之后。那时新生甄别试验刚完，他的国文课是被分在钱子泉先生的班上。他来和我说，要转到我的班上。我和他说，钱先生的学问，是我素来佩服的；在他班上比在我班上一定好。而且已定的局面，因一个人而变动，也不大方便。他应了几声，也没有什么，就走了。从此他就不曾到我这里来。有一回，在三院第一排屋的后门口遇见他，他微笑着向我点头；他本是捧了书及墨盒去上课的，这时却站住了向我说：“常想到先生那里，只是功课太忙了，总想去的。”我说：“你闲时可以到我这里谈谈。”我们就点首作别。三院离我住的古月堂似乎很远，有时想起来，几乎和前门一样。所以半年以来，我只在上课前，下课后几分钟里，偶然遇着他三四次；除上述一次外，都只匆匆地点头走过，不曾说一句话。但我常是这样想：他是一个可爱的人。

他的同乡苏先生，我还是来京时见过一回，半年来不曾再见。我不曾和他谈韦君；我也不曾和别人谈韦君，除了钱子泉先生。钱先生有一日告诉我，说韦君总想转到我班上；钱先生又说："他知道不能转时，也很安心地用功了，笔记做得很详细的。"我说，自然还是在钱先生班上好。以后这件事还谈起一两次。直到三月十九日早，有人误报了韦君的死信；钱先生站在我屋外的台阶上惋惜地说："他寒假中来和我谈。我因他常是忧郁的样子，便问他为何这样；是为了我么？他说：'不是，你先生很好的；我是因家境不宽，老是愁烦着。'他说他家里还有一个年老的父亲和未成年的弟弟；他说他弟弟因为家中无钱，已失学了。他又说他历年在外读书的钱，一小半是自己休了学去做教员弄来的，一大半是向人告贷来的。他又说，下半年的学费还没有着落呢。"但他却不愿平白地受人家的钱；我们只看他给大学部学生会起草的请改奖金制为借贷制与工读制的信，便知道他年纪虽轻，做人却有骨气的。

我最后见他，是在三月十八日早上，天安门下电车时。也照平常一样，微笑着向我点头。他的微笑显示他纯洁的心，告诉人，他愿意亲近一切；我是不会忘记的。还有他的静默，我也不会忘记。据陈云豹先生的《行述》，韦君很能说话；但这半年来，我们听见的，却只有他的静默而已。他的静默里含有忧郁，悲苦，坚忍，温雅等等，是最足以引人深长之思和切至之情的。他病中，据陈云豹君在本校追悼会里报告，虽也有一时期，很是躁急，但他终于在离开我们之前，写了那样平静的两句话给校长；他那两句话包蕴着无穷的悲哀，这是静默的悲哀！所以我现在又想，他毕竟是一个可爱的人。

三月十八日晚上，我知道他已危险；第二天早上，听见他死了，叹息而已！但走去看学生会的布告时，知他还在人世，觉得被鼓励似的，忙着将这消息告诉别人。有不信的，我立刻举出学生会布告为证。我二十日进城，到协和医院想去看看他；但不知道医院的规则，去迟了一点钟，不得进去。我很怅惘地在门外徘徊了一会儿，试问门役道："你知道清华学校有一个韦杰三，死了没有？"他的回答，我原也知道的，是"不知道"三字！那天傍晚回来；二十一日早上，便得着他死的信息——这回他真死了！他死在二十一日上午一时四十八分，就是二十日的夜里，我二十日若早去一点钟，还可见他一面呢。这真是十分遗憾的！二十三日同人及同学入城迎灵，我在城里十二点才见报，已赶不及了。下午回来，在校门外看见杠房里的人，知道柩已来了。我到古月堂一问，知道柩安放在旧礼堂里。我去的时候，正在重殓，韦君已穿好了殓衣在照相了。据说还光着身子照了一张相，是照伤口的。我没有看见他的伤口；但是这种情景，不看见也罢了。照相毕，入殓，我走到柩旁：韦君的脸已变了样子，我几乎不认识了！他的两颧突出，颊肉瘪下，掀唇露齿，哪里还像我初见时的温雅呢？这必是他几日间的痛苦所致的。唉，我们可以想见了！我正在乱想，棺盖已经盖上；唉，韦君，这真是最后一面了！我们从此真无再见之期了！死生之理，我不能懂得，但不能再见是事实，韦君，我们失掉了你，更将从何处觅你呢？

韦君现在一个人睡在刚秉庙的一间破屋里，等着他迢迢千里的老父，天气又这样坏；韦君，你的魂也彷徨着吧！

怀魏握青君

两年前差不多也是这些日子吧，我邀了几个熟朋友，在雪香斋给握青送行。雪香斋以绍酒著名。这几个人多半是浙江人，握青也是的，而又有一两个是酒徒，所以便拣了这地方。说到酒，莲花白太腻，白干太烈；一是北方的佳人，一是关西的大汉，都不宜于浅斟低酌。只有黄酒，如温旧书，如对故友，真是醰醰有味。只可惜雪香斋的酒还上了色；若是“竹叶青”，那就更妙了。握青是到美国留学去，要住上三年；这么远的路，这么多的日子，大家确有些惜别，所以那晚酒都喝得不少。出门分手，握青又要我去中天看电影。我坐下直觉头晕。握青说电影如何如何，我只糊糊涂涂听着；几回想张眼看，却什么也看不出。终于支持不住，出其不意，哇地吐出来了。观众都吃一惊，附近的人全堵上了鼻子；这真有些惶恐。握青扶我回到旅馆，他也吐了。但我们心里都觉得这一晚很痛快。我想握青该还记得那种狼狈的光景吧？

我与握青相识，是在东南大学。那时正是暑假，中华教育改进社借那儿开会。我与方光焘君去旁听，偶然遇着握青；方君是他的同乡，一向认识，便给我们介绍了。那时我只知道他很活动，会交际而已。匆匆一面，便未再见。三年前，我北来作教，恰好与他同事。我初到，许多事都不知怎样做好；他给了我许多帮助。我们同住在一个院子里，吃饭也在一处。因此常和他谈论。我渐渐知道他不只是很活动，会交际；他有他的真心，他有他的锐眼，他也有他的傻样子。许多朋友都以为他是个傻小子，大家都叫他老魏，连听差背地里也是这样叫他；这个太亲昵的称呼，只有他有。

但他决不如我们所想的那么“傻”，他是个玩世不恭的人——至少我在北京见着他是如此。那时他已一度受过人生的戒，从前所有多或少的严肃气分，暂时都隐藏起来了；剩下的只是那冷然的玩弄一切的态度。我们知道这种剑锋般的态度，若赤裸裸地露出，便是自己矛盾，所以总得用了什么法子盖藏着。他用的是一副傻子的面具。我有时要揭开他这副面具，他便说我是《语丝》派。但他知道我，并不比我知道他少。他能由我一个短语，知道全篇的故事。他对于别人，也能知道；但只默喻着，不大肯说出。他的玩世，在有些事情上，也许太随便些。但以或种意义说，他要复仇；人总是人，又有什么办法呢？至少我是原谅他的。

以上其实也只说得他的一面；他有时也能为人尽心竭力。他曾为我决定一件极为难的事。我们沿着墙根，走了不知多少趟；他源源本本，条分缕析地将形势剖解给我听。你想，这岂是傻子所能做的？幸亏有这一面，他还能高高兴兴过日子；不然，没有笑，没有泪，只有冷脸，只有“鬼脸”，岂不郁郁地闷煞人！

我最不能忘的，是他动身前不多时的一个月夜。电灯灭后，月光照了满院，柏树森森地竦立着。屋内人都睡了；我们站在月光里，柏树旁，看着自己的影子。他轻轻地诉说他生平冒险的故事。说一会儿，静默一会儿。这是一个幽奇的境界。他叙述时，脸上隐约浮着微笑，就是他心地平静时常浮在他脸上的微笑；一面偏着头，老像发问似的。这种月光，这种院子，这种柏树，这种谈话，都很可珍贵；就由握青自己再来一次，怕也不一样的。

他走之前，很愿我做些文字送他；但又用玩世的态度说："怕不肯吧？我晓得，你不肯的。"我说："一定做，而且一定写成一幅横披——只是字不行些。"但是我惭愧我的懒，那"一定"早已几乎变成"不肯"了！而且他来了两封信，我竟未复只字。这叫我怎样说好呢？我实在有种坏脾气，觉得路太遥远，竟有些渺茫一般，什么便都因循下来了。好在他的成绩很好，我是知道的；只此就很够了。别的，反正他明年就回来，我们再好好地谈几次，这是要紧的。——我想，握青也许不那么玩世了吧。

三家书店

伦敦卖旧书的铺子，集中在切林克拉斯路（Charing Cross Road）；那是热闹地方，顶容易找。路不宽，也不长，只这么弯弯的一段儿；两旁不短的是书，玻璃窗里齐整整排着的，门口摊儿上乱哄哄摆着的，都有。加上那徘徊在窗前的，围绕着摊儿的，看书的人，到处显得拥拥挤挤，看过去路便更窄了。摊儿上看最痛快，随你翻，用不着“劳驾”“多谢”；可是让风吹日晒的到底没什么好书，要看好的还得进铺子去。进去了有时也可随便看，随便翻，但用得着“劳驾”“多谢”的时候也有；不过爱买不买，决不至于遭白眼。说是旧书，新书可也有的是；只是来者多数为的旧书罢了。

最大的一家要算福也尔（Foyle），在路西；新旧大楼隔着一道小街相对着，共占七号门牌，都是四层，旧大楼还带地下室——可并不是地窨子。店里按着书的性质分二十五部；地下室里满是旧文学书。这爿店二十八年前本是一家小铺子，只用了一个店员；现在店员差不多到了二百人，藏书到了二百万种，伦敦的《晨报》称为“世界最大的新旧书店”。两边店门口也摆着书摊儿，可是比别家的大。我的一本《袖珍欧洲指南》，就在这儿从那穿了满染着书尘的工作衣的店员手里，用半价买到的。在摊儿上翻书的时候，往往看不见店员的影子；等到选好了书四面找他，他却从不知哪一个角落里钻出来了。但最值得流连的还是那间地下室；那儿有好多排书架子，地上还东一堆西一堆的。乍进去，好像掉在书海里；慢慢地才找出道儿来。屋里不够亮，土又多，离窗户远些的地方，白日也得开灯。可是看得自在；他们是早七点到晚九点，你待个几点钟不在乎，一天去几趟也不在乎。只有一件，不可着急。你得像逛庙会逛小市那样，一半玩儿，一半当真，翻翻看看，看看翻翻；也许好几回碰不见一本合意的书，也许霎时间到手了不止一本。

开铺子少不了生意经，福也尔的却颇高雅。他们在旧大楼的四层上留出一间美术馆，不时地展览一些画。去看不花钱，还送展览目录；目录后面印着几行字，告诉你要买美术书可到馆旁艺术部去。展览的画也并不坏，有卖的，有不卖的。他们又常在馆里举行演讲会，讲的人和主席的人当中，不缺少知名的。听讲也不用花钱；只每季的演讲程序表下，“恭请你注意组织演讲会的福也尔书店”。还有所谓文学午餐会，记得也在馆里。他们请一两个小名人做主角，随便谁，纳了餐费便可加入；英国的午餐很简单，费不会多。假使有闲工夫，去领略领略那名隽的谈吐，倒也值得的，不过去的却并不怎样多。

牛津街是伦敦的东西通衢，繁华无比，街上呢绒店最多；但也有一家大书铺，叫作彭勃思（Bumpus）的便是。这铺子开设于一七九〇年左右，原在别处；一八五〇年在牛津街开了一个分店，十九世纪末便全挪到那边去了，维多利亚时代，店主多马斯彭勃思很通声气，来往的有迭更斯，兰姆，麦考莱，威治威斯等人；铺子就在这时候出了名。店后本连着旧法院，有看守所，守卫室等，十几年来都让店里给买下了。这点古迹增加了人对于书店的趣味。法院的会议圆厅现在专作书籍展览会之用；守卫室陈列插图的书，看守所变成新书的货栈。但当日的光景还可从一些画里看出：如十八世纪罗兰生（Rowlandson）所画守卫室内部，是晚上各守卫提了灯准备去查监的情形，瞧着很忙碌的样子。再有一个图，画的是一七二九的一个守卫，神气够凶的。看守所也有一幅画，砖砌的一重重大拱门，石板铺的地，看守室的厚木板门严严锁着，只留下一个小方窗，还用十字形的铁条界着；真是铜墙铁壁，插翅也飞不出去。

这家铺子是五层大楼，却没有福也尔家地方大。下层卖新书，三楼卖儿童书，外国书，四楼五楼卖廉价书；二楼卖绝版书，难得的本子，精装的新书，还有《圣经》，祈祷书，书影等等，似乎是菁华所在。他们有初印本，精印本，著者自印本，著者签字本等目录，搜罗甚博，福也尔家所不及。新书用小牛皮或摩洛哥皮（山羊皮——羊皮也可仿制）装订，烫上金色或别种颜色的立体派图案；稀疏的几条平直线或弧线，还有“点儿”，错综着配置，透出干净，利落，平静，显豁，看了心目清朗。装订的书，数这儿讲究，别家书店里少见。书影是仿中世纪的抄本的一页，大抵是祷文之类。中世纪抄本用黑色花体字，文首第一字母和页边空处，常用蓝色金色画上各种花饰，典丽矞皇，穷极工巧，而又经久不变；仿本自然说不上这些，只取其也有一点古色古香罢了。

一九三一年里，这铺子举行过两回展览会，一回是剑桥书籍展览，一回是近代插图书籍展览，都在那“会议厅”里。重要的自然是第一回。牛津剑桥是英国最著名的大学；各有印刷所，也都著名。这里从前展览过牛津书籍，现在再展览剑桥的，可谓无遗憾了。这一年是剑桥目下的辟特印刷所（The Pitt Press）奠基百年纪念，展览会便为的庆祝这个。展览会由鼎鼎大名的斯密兹将军（General Smuts）开幕，到者有科学家詹姆士金斯（James Jeans），亚特爱丁顿（Arthur Eddington），还有别的人。展览分两部，现在出版的书约莫四千册是一类；另一类是历史部分。剑桥的书字型清晰，墨色匀称，行款合式，书扉和书衣上最见功夫；尤其擅长的是算学书，专门的科学书。这两种书需要极精密的技巧，极仔细的校对；剑桥是第一把手。但是这些东西，还有他们印的那些冷僻的外国语书，都卖得少，赚不了钱。除了是大学印刷所，别家大概很少愿意承印。剑桥又承印《圣经》；英国准印《圣经》的只剑桥牛津和王家印刷人。斯密兹说剑桥就靠《圣经》和教科书赚钱。可是《泰晤士报》社论中说现在印《圣经》的责任重大，认真地考究地印，也只能够本罢了。—— 一五八八年英国最早的《圣经》便是由剑桥承印的。

英国印第一本书，出于伦敦威廉甲克司登（William Caxton）之手，那是一四七七年。到了一五二一，约翰席勃齐（John Siberch）来到剑桥，一年内印了八本书，剑桥印刷事业才创始。八年之后，大学方面因为有一家书纸店与异端的新教派勾结，怕他们利用书籍宣传，便呈请政府，求英王核准，在剑桥只许有三家书铺，让他们宣誓不卖未经大学检查员审定的书。那时英王是亨利第八；一五三四年颁给他们敕书，授权他们选三家书纸店兼印刷人，或书铺，“印行大学校长或他的代理人等所审定的各种书籍”。这便是剑桥印书的法律根据。不过直到一五八三年，他们才真正印起书来。那时伦敦各家书纸店有印书的专利权，任意抬高价钱。他们妒忌剑桥印书，更恨的是卖得贱。恰好一六二〇年剑桥翻印了他们一本文法书，他们就在法庭告了一状。剑桥师生老早不乐意他们抬价钱，这一来更愤愤不平；大学副校长第二年趁英王詹姆士第一上新市场去，半路上就递上一件呈子，附了一个比较价目表。这样小题大做，真有些书呆子气。王和诸大臣商议了一下，批道，我们现在事情很多，没工夫讨论大学与诸家书纸店的权益；但准大学印刷人出售那些文法书，以救济他的支绌。这算是碰了个软钉子，可也算是胜利。那呈子，那批，和上文说的那本《圣经》都在这一回展览中。席勃齐印的八本书也有两种在这里。此外还有一六二九年初印的定本《圣经》，书扉雕刻繁细，手艺精工至极。又密尔顿《力息达斯》（Lycidas）的初本也在展览着，那是经他亲手校改过的。

近代插图书籍展览，在圣诞节前不久，大约是让做父母的给孩子们多买点节礼吧。但在一个外国人，却也值得看看。展览的是七十年来的作品，虽没有什么系统，在这里却可以找着各种美，各种趋势。插图与装饰画不一样，得吟味原书的文字，透出自己的机锋。心要灵，手要熟，二者不可缺一。或实写，或想象，因原书情境，画人性习而异——童话的插图却只得凭空着笔，想象更自由些；在不自由的成人看来，也许别有一种滋味。看过赵译《阿丽思漫游奇境记》里谭尼尔（John Tenniel）的插画的，当会有同感吧。——所展览的，幽默，秀美，粗豪，典重，各擅胜场，琳琅满目；有人称为“视觉的音乐”，颇为近之。最有味的，同一作家，各家插画所表现的却大不相同。譬如莪默伽亚谟（Omar Khayyam），莎士比亚，几乎在一个人手里一个样子；展览会里书多，比较着看方便，可以扩充眼界。插图有“黑白”的，有彩色的；“黑白”的多，为的省事省钱。就黑白画而论，从前是雕版，后来是照相；照相虽然精细，可是失掉了那种生力，只要拿原稿对看就会觉出。这儿也展览原稿，或是灰笔画，或是水彩画；不但可以“对看”，也可以让那些艺术家更和我们接近些。《观察报》记者记这回展览会，说插图的书，字往往印得特别大，意在和谐；却实在不便看。他主张书与图分开，字还照寻常大小印。他自然指大本子而言。但那种“和谐”其实也可爱；若说不便，这种书原是让你慢慢玩赏的，哪能像读报一样目下数行呢？再说，将配好了的对儿生生拆开，不但大小不称，怕还要多花钱。

诗籍铺（The Poetry Bookshop）真是米米小，在一个大地方的一道小街上。“叫名”街，实在一条小胡同吧。门前不大见车马，不说；就是行人，一天也只寥寥几个。那道街斜对着无人不知的大英博物院；街口钉着小小的一块字号木牌。初次去时，人家教在博物院左近找。问院门口守卫，他不知道有这个铺子，问路上戴着常礼帽的老者，他想没有这么一个铺子；好容易才找着那块小木牌，真是“远在天边，近在眼前”。这铺子从前在另一处，那才冷僻，连裴歹克的地图上都没名字，据说那儿是一所老宅子，才真够诗味，挪到现在这样平常的地带，未免太可惜。那时候美国游客常去，一个原因许是美国看不见那样老宅子。

诗人赫洛德孟罗（Harold Monro）在一九一二年创办了这爿诗籍

铺。用意在让诗与社会发生点切实的关系。孟罗是二十多年来伦敦文学生涯里一个要紧角色。从一九一一给诗社办《诗刊》（Poetry Review）起知名。在第一期里，他说："诗与人生的关系得再认真讨论，用于别种艺术的标准也该用于诗。"他觉得能做诗的该做诗，有困难时该帮助他，让他能做下去；一般人也该念诗，受用诗。为了前一件，他要自办杂志，为了后一件，他要办读诗会；为了这两件，他办了诗籍铺。这铺子印行过《乔治诗选》（Georgian Poetry），乔治是现在英王的名字，意思就是当代诗选，所收的都是代表作家。第一册出版，一时风靡，买诗念诗的都多了起来；社会确乎大受影响。诗选共五册；出第五册时在一九二二，那时乔治诗人的诗兴却渐渐衰了。一九一九到一九二五年铺子里又印行《市本》月刊（The Chapbook）登载诗歌，评论，木刻等，颇多新进作家。

读诗会也在铺子里；星期四晚上准六点钟起，在一间小楼上。一年中也有些时候定好了没有。从创始以来，差不多没有间断过。前前后后著名的诗人几乎都在这儿读过诗：他们自己的诗，或他们喜欢的诗。入场券六便士，在英国算贱，合四五毛钱。在伦敦的时候，也去过两回。那时孟罗病了，不大能问事，铺子里颇为黯淡。两回都是他夫人爱立达克莱曼答斯基（Alida Klementaski）读，说是找不着别人。那间小楼也容得下四五十位子，两回去，人都不少；第二回满了座，而且几乎都是女人——还有挨着墙站着听的。屋内只读诗的人小桌上一盏蓝罩子的桌灯亮着，幽幽的。她读济兹和别人的诗，读得很好，口齿既清楚，又有顿挫，内行说，能表出原诗的情味。英国诗有两种读法，将每个重音咬得清清楚楚，顿挫的地方用力，和说话的调子不相像，约翰德林瓦特（John Drinkwater）便主张这一种。他说，读诗若用说话的调子，太随便，诗会跑了。但是参用一点儿，像克莱曼答斯基女士那样，也似乎自然流利，别有味道。这怕要看什么样的诗，什么样的读诗人，不可一概而论。但英国读诗，除不吟而诵，与中国根本不同之处，还有一件：他们按着文气停顿，不按着行，也不一定按着韵脚。这因为他们的诗以轻重为节奏，文句组织又不同，往往一句跨两行三行，却非作一句读不可，韵脚便只得轻轻地滑过去。读诗是一种才能，但也需要训练；他们注重这个，训练的机会多，所以是诗人都能来一手。

铺子在楼下，只一间，可是和读诗那座楼远隔着一条甬道。屋子有点黑，四壁是书架，中间桌上放着些诗歌篇子（sheets），木刻画。篇子有宽长两种，印着诗歌，加上些零星的彩画，是给大人和孩子玩儿的。犄角儿上一张账桌子，坐着一个戴近视眼镜的，和蔼可亲的，圆脸的中年妇人。桌前装着火炉，炉旁蹲着一只大白狮子猫，和女人一样胖。有时也遇见克莱曼答斯基女士，匆匆地来匆匆地去。孟罗死在一九三二年三月十五日。第二天晚上到铺子里去，看见两个年轻人在和那女人司账说话；说到诗，说到人生，都是哀悼孟罗的。话音很悲伤，却如清泉流泻，差不多句句像诗；女司账说不出什么，唯唯而已。孟罗在日最尽力于诗人文人的结合，他老让各色的才人聚在一块儿。又好客，家里炉旁（英国终年有用火炉的时候）常有许多人聚谈，到深夜才去。这两位青年的伤感不是偶然的。他的铺子可是赚不了钱；死后由他夫人接手，勉强张罗，现在许还开着。

文人宅

杜甫《最能行》云，“若道士无英俊才，何得山有屈原宅？”《水经注》，秭归“县北一百六十里有屈原故宅，累石为屋基”。看来只是一堆烂石头，杜甫不过说得嘴响罢了。但代远年湮，渺茫也是当然。往近里说，《孽海花》上的“李纯客”就是李慈铭，书里记着他自撰的楹联，上句云，“保安寺街藏书一万卷”；但现在走过北平保安寺街的人，谁知道哪一所屋子是他住过的？更不用提屋子里怎么个情形，他住着时怎么个情形了。要凭吊，要流连，只好在街上站一会儿出出神而已。

西方人崇拜英雄可真当回事儿，名人故宅往往保存得好。譬如莎士比亚吧，老宅子，新宅子，太太老太太宅子，都好好的；连家具什物都存着。莎士比亚也许特别些，就是别人，若有故宅可认的话，至少也在墙上用木牌标明，让访古者有低回之处；无论宅里住着人或已经改了铺子。这回在伦敦所见的四文人宅，时代近，宅内情形比莎士比亚的还好；四所宅子大概都由私人捐款收买，布置起来，再交给公家的。

约翰生博士（Samuel Johnson，1709—1784）宅，在旧城，是三层楼房，在一个小方场的一角上，静静的。他一七四八年进宅，直住了十一年；他太太死在这里。他和助手就在三层楼上小屋里编成了他那部大字典。那部寓言小说（allegorical novel）《刺塞拉斯》（*Rasselas*）大概也在这屋子里写成；是晚上写的，只写了一礼拜，为的要付母亲下葬的费用。屋里各处，如门堂，复壁板，楼梯，碗橱，厨房等，无不古气盎然。那著名的大字典陈列在楼下客室里；是第三版，厚厚的两大册。他编著这部字典，意在保全英语的纯粹，并确定字义；因为当时作家采用法国字的实在太多了。字典中所定字义有些很幽默：如“女诗人，母诗人也”（she-poet，盖准she-goat——母山羊——字例），又如“燕麦，谷之一种，英格兰以饲马，而苏格兰则以为民食也”，都够损的。——伦敦约翰生社便用这宅子作会所。

济兹（John Keats，1795—1821）宅，在市北汉姆司台德区（Hampstead）。他生卒虽然都不在这屋子里，可是在这儿住，在这儿恋爱，在这儿受人攻击，在这儿写下不朽的诗歌。那时汉姆司台德区还是乡下，以风景著名，不像现时人烟稠密。济兹和他的朋友布朗（Charles Armitage Brown）同住。屋后是个大花园，绿草繁花，静如隔世；中间一棵老梅树，一九二一年干死了，干子还在。据布朗的追记，济兹《夜莺歌》似乎就在这棵树下写成。布朗说：“一八一九年春天，有只夜莺做窠在这屋子近处。济兹常静听它歌唱以自怡悦；一天早晨吃完早饭，他端起一张椅子坐到草地上梅树下，直坐了两三点钟。进屋子的时候，见他拿着几张纸片儿，塞向书后面去。问他，才知道是歌咏我们的夜莺之作。”这里说的梅树，也许就是花园里那一棵。但是屋前还有草地，地上也是一棵三百岁老桑树，枝叶扶疏，至今结桑椹；有人想《夜莺歌》也许在这棵树下写的。济兹的好诗在这宅子里写得最多。

他们隔壁住过一家姓布龙（Brawne）的。有位小姐叫凡耐（Fanny），让济兹爱上了，他俩订了婚，他的朋友颇有人不以为然，为的女的配不上；可是女家也大不乐意，为的济兹身体弱，又像疯疯癫癫的。济兹自己写小姐道："她个儿和我差不多——长长的脸蛋儿——多愁善感——头梳得好——鼻子不坏，就是有点小毛病——嘴有坏处有好处——脸侧面看好，正面看，又瘦又少血色，像没有骨头。身架苗条，姿态如之——胳膊好，手差点儿——脚还可以——她不止十七岁，可是天真烂漫——举动奇奇怪怪的，到处跳跳蹦蹦，给人编诨名，近来愣叫我'自美自的女孩子'——我想这并非生性坏，不过爱闹一点漂亮劲儿罢了。"

一八二〇年二月，济兹从外面回来，吐了一口血。他母亲和三弟都死在痨病上，他也是个痨病底子；从此便一天坏似一天。这一年九月，他的朋友赛焚（Joseph Severn）伴他上罗马去养病；次年二月就死在那里，葬新教坟场，才二十六岁。现在这屋子里陈列着一圈头发，大约是赛焚在他死后从他头上剪下来的。又次年，赛焚向人谈起，说他保存着可怜的济兹一点头发，等个朋友捎回英国去；他说他有个怪想头，想照他的希腊琴的样子作根别针，就用济兹头发当弦子，送给可怜的布龙小姐，只恨找不到这样的手艺人。济兹头发的颜色在各人眼里不大一样：有的说赤褐色，有的说棕色，有的说暖棕色，他二弟两口子说是金红色，赛焚追画他的像，却又画作深厚的棕黄色。布龙小姐的头发，这儿也有一并存着。

他俩订婚戒指也在这儿，镶着一块红宝石。还有一册仿四折本《莎士比亚》，是济兹常用的。他对于莎士比亚，下过一番苦功夫；书中页边行里都画着道儿，也有些精湛的评语。空白处亲笔写着他见密尔顿发和独坐重读《黎琊王》剧作两首诗；书名页上记着“给布龙凡耐，一八二〇”，照年份看，准是上意大利去时送了作纪念的。珂罗版印的《夜莺歌》墨迹，有一份在这儿，另有哈代《汉姆司台德宅作》一诗手稿，是哈代夫人捐赠的，宅中出售影印本。济兹书法以秀丽胜，哈代的以苍老胜。

这屋子保存下来却并不易。一九二一年，业主想出售，由人翻盖招租。地段好，脱手一定快的；本区市长知道了，赶紧组织委员会募款一万镑。款还募得不多，投机的建筑公司已经争先向业主讲价钱。在这千钧一发的当儿，亏得市长和本区四委员迅速行动，用私人名义担保付款，才得挽回危局。后来共收到捐款四千六百五十镑（约合七八万元），多一半是美国人捐的；那时正当大战之后，为这件事在英国募款是不容易的。

加莱尔（Thomas Carlyle，1795—1881）宅，在泰晤士河旁乞而西区（Chelsea）；这一区至今是文人艺士荟萃之处。加莱尔是维多利亚时代初期的散文家，当时号为“乞而西圣人”。一八三四年住到这宅子里，一直到死。书房在三层楼上，他最后一本书《弗来德力大帝传》就在这儿写的。这间房前面临街，后面是小园子；他让前后都砌上夹墙，为的怕那街上的嚣声，园中的鸡叫。他著书时坐的椅子还在；还有一件呢浴衣。据说他最爱穿浴衣，有不少件；苏格兰国家画院所藏他的画像，便穿着灰呢浴衣，坐在沙发上读书，自有一番宽舒的气象。画中读书用的架子还可看见。宅里存着他几封信，女司事愿意念给访问的人听，朗朗有味。二楼加莱尔夫人屋里放着架小屏，上面横的竖的斜的正的贴满了世界各处风景和人物的画片。

迭更斯（Charles Dickens，1812—1870）宅，在“西头”，现在是热闹地方。迭更斯出身贫贱，熟悉下流社会情形；他小说里写这种情形，最是酣畅淋漓之至。这使他成为“本世纪最通俗的小说家，又，英国大幽默家之一”，如他的老友浮斯大（John Forster）给他作的传开端所说。他一八三六年动手写《比克维克秘记》（*Pickwick Papers*），在月刊上发表。起初是绅士比克维克等行猎故事，不甚为世所重；后来仆人山姆（Sam Weller）出现，诙谐嘲讽，百变不穷，那月刊顿时风行起来。迭更斯手头渐宽，这才迁入这宅子里，时在一八三七年。

他在这里写完了《比克维克秘记》，就是这一年印成单行本。他算是一举成名，从此直到他死时，三十四年间，总是蒸蒸日上。来这屋子不多日子，他借了一个饭店举行《秘记》发表周年纪念，又举行他夫妇结婚周年纪念。住了约莫两年，又写成《块肉余生述》《滑稽外史》等。这其间生了两个女儿，房子挤不下了；一八三九年终，他便搬到别处去了。

屋子里最热闹的是画，画着他小说中的人物，墙上大大小小，突梯滑稽，满是的。所以一屋子春气。他的人物虽只是类型，不免奇幻荒唐之处，可是有真味，有人味；因此这么让人欢喜赞叹。屋子下层一间厨房，所谓“丁来谷厨房”，道地老式英国厨房，是特地布置起来的——“丁来谷”是比克维克一行下乡时寄住的地方。厨房架子上摆着带釉陶器，也都画着迭更斯的人物。这宅里还存着他的手杖，头发；一朵玫瑰花，是从他尸身上取下来的；一块小窗户，是他十一岁时住的楼顶小屋里的；一张书桌，他带到美洲去过，临死时给了二女儿，现时罩着紫色天鹅绒，蛮伶俐的。此外有他从这屋子寄出的两封信，算回了老家。

这四所宅子里的东西，多半是人家捐赠；有些是特地买了送来的。也有借得来陈列的。管事的人总是在留意搜寻着，颇为苦心热肠。经常用费大部靠基金和门票、指南等余利；但门票卖得并不多，指南照顾得更少，大约维持也不大容易。

格雷（Thomas Gray，1716—1771）以《挽歌辞》（“Elegy Written in a Country Churchyard”）著名。原题中所云“作于乡村教堂墓地中”，指司妥克波忌士（Stoke Poges）的教堂而言。诗作于一七四二格雷二十五岁时，成于一七五〇，当时诗人怀古之情，死生之感，亲近自然之意，诗中都委婉达出，而句律精妙，音节谐美，批评家以为最足代表英国诗，称为诗中之诗。诗出后，风靡一时，诵读模拟，遍于欧洲各国；历来引用极多，至今已成为英美文学教育的一部分。司妥克波忌士在伦敦西南，从那著名的温泽堡（Windsor Castle）去是很近的。四月一个下午，微雨之后，我们到了那里。一路幽静，似乎鸟声也不大听见。拐了一个小弯儿，眼前一片平铺的碧草，点缀着稀疏的墓碑；教堂木然孤立，像戏台上布景似的。小路旁一所小屋子，门口有小木牌写着格雷陈列室之类。出来一位白发老人，殷勤地引我们去看格雷墓，长方形，特别大，是和他母亲、姨母合葬的，紧挨着教堂墙下。又看水松树（yew-tree），老人说格雷在那树下写《挽歌辞》来着；《挽歌辞》里提到水松树，倒是确实的。我们又兜了个大圈子，才回到小屋里，看《挽歌辞》真迹的影印本。还有几件和格雷关系很疏的旧东西。屋后有井，老人自己汲水灌园，让我们想起“灌园叟”来；临别他送我们每人一张教堂影片。

论书生的酸气

读书人又称书生。这固然是个可以骄傲的名字，如说“一介书生”，“书生本色”，都含有清高的意味。但是正因为清高，和现实脱了节，所以书生也是嘲讽的对象。人们常说“书呆子”“迂夫子”“腐儒”“学究”等，都是嘲讽书生的。“呆”是不明利害，“迂”是绕大弯儿，“腐”是顽固守旧，“学究”是指一孔之见。总之，都是知古不知今，知书不知人，食而不化地读死书或死读书，所以在现实生活里老是吃亏、误事、闹笑话。总之，书生的被嘲笑是在他们对于书的过分的执着上；过分地执着书，书就成了话柄了。

但是还有“寒酸”一个话语，也是形容书生的。“寒”是“寒素”，对“膏粱”而言，是魏晋南北朝分别门第的用语。“寒门”或“寒人”并不限于书生，武人也在里头；“寒士”才指书生。这“寒”指生活情形，指家世出身，并不关涉到书；单这个字也不含嘲讽的意味。加上“酸”字成为连语，就不同了，好像一副可怜相活现在眼前似的。“寒酸”似乎原作“酸寒”。韩愈《荐士》诗，“酸寒溧阳尉”，指的是孟郊。后来说“郊寒岛瘦”，孟郊和贾岛都是失意的人，作的也是失意诗。“寒”和“瘦”映衬起来，够可怜相的，但是韩愈说“酸寒”，似乎“酸”比“寒”重。可怜别人说“酸寒”，可怜自己也说“酸寒”，所以苏轼有“故人留饮慰酸寒”的诗句。陆游有“书生老瘦转酸寒”的诗句。“老瘦”固然可怜相，感激“故人留饮”也不免有点儿。范成大说“酸”是“书生气味”，但是他要“洗尽书生气味酸”，那大概是所谓“大丈夫不受人怜”罢？

为什么“酸”是“书生气味”呢？怎么样才是“酸”呢？话柄似乎还是在书上。我想这个“酸”原是指读书的声调说的。晋以来的清谈很注重说话的声调和读书的声调。说话注重音调和辞气，以朗畅为好。读书注重声调，从《世说新语·文学》篇所记殷仲堪的话可见；他说，“三日不读《道德经》，便觉舌本闲强”，说到舌头，可见注重发音，注重发音也就是注重声调。《任诞》篇又记王孝伯说“名士不必须奇才，但使常得无事，痛饮酒，熟读《离骚》，便可称名士”。这“熟读《离骚》”该也是高声朗诵，更可见当时风气。《豪爽》篇记“王司州（胡之）在谢公（安）坐，咏《离骚》、《九歌》‘入不言兮出不辞，乘回风兮载云旗’，语人云，‘当尔时，觉一坐无人’”。正是这种名士气的好例。读古人的书注重声调，读自己的诗自然更注重声调。《文学》篇记着袁宏的故事：

袁虎（宏小名虎）少贫，尝为人佣载运租。谢镇西经船行，其夜清风朗月，闻江渚间估客船上有咏诗声，甚有情致，所诵五言，又其所未尝闻，叹美不能已。即遣委曲讯问，乃是袁自咏其所作咏史诗。因此相要，大相赏得。

从此袁宏名誉大盛，可见朗诵关系之大。此外《世说新语》里记着“吟啸”“啸咏”“讽咏”“讽诵”的还很多，大概也都是在朗诵古人的或自己的作品罢。

这里最可注意的是所谓“洛下书生咏”或简称“洛生咏”。《晋书·谢安传》说：

安本能为洛下书生咏。有鼻疾，故其音浊。名流爱其咏而弗能及，或手掩鼻以效之。

《世说新语·轻诋》篇却记着：

人问顾长康“何以不作洛生咏？”答曰：“何至作老婢声！”

刘孝标注，“洛下书生咏音重浊，故云‘老婢声’”。所谓“重浊”，似乎就是过分悲凉的意思。当时诵读的声调似乎以悲凉为主。王孝伯说“熟读《离骚》，便可称名士”，王胡之在谢安坐上咏的也是《离骚》《九歌》，都是《楚辞》。当时诵读《楚辞》，大概还知道用楚声楚调，乐府曲调里也正有楚调。而楚声楚调向来是以悲凉为主的。当时的诵读大概受到和尚的梵诵或梵唱的影响很大，梵诵或梵唱主要的是长吟，就是所谓“咏”。《楚辞》本多长句，楚声楚调配合那长吟的梵调，相得益彰，更可以“咏”出悲凉的“情致”来。袁宏的咏史诗现存两首，第一首开始就是“周昌梗概臣”一句，“梗概”就是“慷慨”“感慨”；“慷慨悲歌”也是一种“书生本色”。沈约《宋书·谢灵运传》论所举的五言诗名句，钟嵘《诗品·序》里所举的五言诗名句和名篇，差不多都是些“慷慨悲歌”。《晋书》里还有一个故事。晋朝曹摅的《感旧》诗有“富贵他人合，贫贱亲戚离”两句。后来殷浩被废为老百姓，送他的心爱的外甥回朝，朗诵这两句，引起了身世之感，不觉泪下。这是悲凉的朗诵的确例。但是自己若是并无真实的悲哀，只去学时髦，捏着鼻子学那悲哀的“老婢声”的“洛生咏”，那就过了分，那也就是赵宋以来所谓“酸”了。

唐朝韩愈有《八月十五夜赠张功曹》诗，开头是：

纤云四卷天无河，
清风吹空月舒波，
沙平水息声影绝，
一杯相属君当歌。

接着说：

君歌声酸辞且苦，
不能听终泪如雨。

接着就是那“酸”而“苦”的歌辞：

洞庭连天九疑高，

蛟龙出没猩鼯号。

十生九死到官所，

幽居默默如藏逃。

下床畏蛇食畏药，

海气湿蛰熏腥臊。

昨者州前捶大鼓，

嗣皇继圣登夔皋。

赦书一日行万里，

罪从大辟皆除死。

迁者追回流者还，

涤瑕荡垢朝清班。

州家申名使家抑，

坎坷只得移荆蛮。

判司卑官不堪说，

未免捶楚尘埃间。

同时辈流多上道，

天路幽险难追攀！

张功曹是张署，和韩愈同被贬到边远的南方，顺宗即位，只奉命调到近一些的江陵做个小官儿，还不得回到长安去，因此有了这一番冤苦的话。这是张署的话，也是韩愈的话。但是诗里却接着说：

君歌且休听我歌，

我歌今与君殊科。

韩愈自己的歌只有三句：

一年明月今宵多，

人生由命非由他，

有酒不饮奈明何！

他说认命算了，还是喝酒赏月罢。这种达观其实只是苦情的伪装而已。前一段“歌”虽然辞苦声酸，倒是货真价实，并无过分之处。由那“声酸”知道吟诗的确有一种悲凉的声调，而所谓“歌”其实只是讽咏。大概汉朝以来不像春秋时代一样，士大夫已经不会唱歌，他们大多数是书生出身，就用讽咏或吟诵来代替唱歌。他们——尤其是失意的书生——的苦情就发泄在这种吟诵或朗诵里。

战国以来，唱歌似乎就以悲哀为主，这反映着动乱的时代。《列子·汤问》篇记秦青“抚节悲歌，声振林木，响遏行云”，又引秦青的话，说韩娥在齐国雍门地方“曼声哀哭，一里老幼悲愁垂涕相对，三日不食”，后来又“曼声长歌，一里老幼，善跃抃舞，弗能自禁”。这里说韩娥虽然能唱悲哀的歌，也能唱快乐的歌，但是和秦青自己独擅悲歌的故事合看，就知道还是悲歌为主。再加上齐国杞梁殖的妻子哭倒了城的故事，就是现在还在流行的孟姜女哭倒长城的故事，悲歌更为动人，是显然的。书生吟诵，声酸辞苦，正和悲歌一脉相传。但是声酸必须辞苦，辞苦又必须情苦；若是并无苦情，只有苦辞，甚至连苦辞也没有，只有那供人酸鼻的声调，那就过了分，不但不能动人，反要遭人嘲弄了。书生往往自命不凡，得意的自然有，却只是少数，失意的可太多了。所以总是叹老嗟卑，长歌当哭，哭丧着脸一副可怜相。朱子在《楚辞辨证》里说汉人那些模仿的作品"诗意平缓，意不深切，如无所疾痛而强为呻吟者"。"无所疾痛而强为呻吟"就是所谓"无病呻吟"。后来的叹老嗟卑也正是无病呻吟。有病呻吟是紧张的，可以得人同情，甚至叫人酸鼻；无病呻吟，病是装的，假的，呻吟也是装的，假的，假装可以酸鼻的呻吟，酸而不苦像是丑角扮戏，自然只能逗人笑了。

苏东坡有《赠诗僧道通》的诗：

雄豪而妙苦而腴，
只有琴聪与蜜殊。
语带烟霞从古少，
气含蔬笋到公无。

查慎行注引叶梦得《石林诗话》说：

近世僧学诗者极多，皆无超然自得之趣，往往掇拾模仿士大夫所残弃，又自作一种体，格律尤俗，谓之"酸馅气"。子瞻……尝语人云，“颇解‘蔬笋’语否？为无‘酸馅气’也。”闻者无不失笑。

东坡说道通的诗没有“蔬笋”气，也就没有“酸馅气”，和尚修苦行，吃素，没有油水，可能比书生更“寒”更“瘦”；一味反映这种生活的诗，好像酸了的菜馒头的馅儿，干酸，吃不得，闻也闻不得，东坡好像是说，苦不妨苦，只要“苦而腴”，有点儿油水，就不至于那么扑鼻酸了。这酸气的“酸”还是从“声酸”来的。而所谓“书生气味酸”该就是指的这种“酸馅气”。和尚虽苦，出家人原可“超然自得”，却要学吟诗，就染上书生的酸气了。书生失意的固然多，可是叹老嗟卑的未必真的穷苦到他们嗟叹的那地步；倒是“常得无事”，就是“有闲”，有闲就无聊，无聊就作成他们的“无病呻吟”了。宋初西昆体的领袖杨亿讥笑杜甫是“村夫子”，大概就是嫌他叹老嗟卑的太多。但是杜甫“窃比稷与契”，嗟叹的其实是天下之大，决不止于自己的鸡虫得失。杨亿是个得意的人，未免忘其所以，才说出这样不公道的话。可是像陈师道的诗，叹老嗟卑，吟来吟去，只关一己，的确叫人腻味。这就落了套子，落了套子就不免有些“无病呻吟”，也就是有些“酸”了。

道学的兴起表示书生的地位加高，责任加重，他们更其自命不凡了，自嗟自叹也更多了。就是眼光如豆的真正的“村夫子”或“三家村学究”，也要哼哼唧唧地在人面前卖弄那背得的几句死书，来嗟叹一切，好搭起自己的读书人的空架子。鲁迅先生笔下的“孔乙己”，似乎是个更破落的读书人，然而“他对人说话，总是满口之乎者也，教人半懂不懂的”。人家说他偷书，他却争辩着，“窃书不能算偷……窃书！……读书人的事，能算偷么？”“接连便是难懂的话，什么‘君子固穷’，什么‘者乎’之类，引得众人都哄笑起来。”孩子们看着他的茴香豆的碟子。

孔乙己着了慌，伸开五指将碟子罩住，弯下腰去说道，“不多了，我已经不多了。”直起身又看一看豆，自己摇头说，“不多不多！‘多乎哉？不多也。’”于是这一群孩子都在笑声里走散了。

破落到这个地步，却还只能“满口之乎者也”，和现实的人民隔得老远的，“酸”到这地步真是可笑又可怜了。“书生本色”虽然有时是可敬的，然而他的酸气总是可笑又可怜的。最足以表现这种酸气的典型，似乎是戏台上的文小生，尤其是昆曲里的文小生，那哼哼唧唧、扭扭捏捏、摇摇摆摆的调调儿，真够“酸”的！这种典型自然不免夸张些，可是也许差不离儿罢。

向来说“寒酸”“穷酸”，似乎酸气老聚在失意的书生身上。得意之后，见多识广，加上“一行作吏，此事便废”，那时就会不再执着在书上，至少不至于过分地执着在书上，那“酸气味”是可以多多少少“洗”掉的。而失意的书生也并非都有酸气。他们可以看得开些，所谓达观，但是达观也不易，往往只是伪装。他们可以看远大些，“梗概而多气”是雄风豪气，不是酸气。至于近代的知识分子，让时代逼得不能读死书或死读书，因此也就不再执着那些古书。文言渐渐改了白话，吟诵用不上了；代替吟诵的是又分又合的朗诵和唱歌。最重要的是他们看清楚了自己，自己是在人民之中，不能再自命不凡了。他们虽然还有些闲，可是要“常得无事”却也不易。他们渐渐丢了那空架子，脚踏实地向前走去。早些时还不免带着感伤的气氛，自爱自怜，一把眼泪一把鼻涕的；这也算是酸气，虽然念诵的不是古书而是洋书。可是这几年时代逼得更紧了，大家只得抹干了鼻涕眼泪走上前去。这才真是“洗尽书生气味酸”了。

朱自清经典作品集

春·匆匆

朱自清 著

北方联合出版传媒（集团）股份有限公司
春风文艺出版社
·沈阳·

图书在版编目（CIP）数据

朱自清经典作品集 : 全 4 册 / 朱自清著 . — 沈阳 : 春风文艺出版社 , 2023.11（2025. 3重印）
ISBN 978-7-5313-6523-5

Ⅰ . ①朱… Ⅱ . ①朱… Ⅲ . ①散文集—中国—现代 Ⅳ . ① I266

中国国家版本馆 CIP 数据核字 (2023) 第 163836 号

目　录

春

匆匆

春

春

盼望着，盼望着，东风来了，春天的脚步近了。

一切都像刚睡醒的样子，欣欣然张开了眼。山朗润起来了，水涨起来了，太阳的脸红起来了。

小草偷偷地从土里钻出来，嫩嫩的，绿绿的。园子里，田野里，瞧去，一大片一大片满是的。坐着，躺着，打两个滚，踢几脚球，赛几趟跑，捉几回迷藏。风轻悄悄的，草绵软软的。

桃树、杏树、梨树，你不让我，我不让你，都开满了花赶趟儿。红的像火，粉的像霞，白的像雪。花里带着甜味，闭了眼，树上仿佛已经满是桃儿、杏儿、梨儿。花下成千成百的蜜蜂嗡嗡地闹着，大小的蝴蝶飞来飞去。野花遍地是：杂样儿，有名字的，没名字的，散在草丛里，像眼睛，像星星，还眨呀眨的。

“吹面不寒杨柳风”，不错的，像母亲的手抚摸着你。风里带来些新翻的泥土的气息，混着青草味儿，还有各种花的香，都在微微润湿的空气里酝酿。鸟儿将巢安在繁花嫩叶当中，高兴起来了，呼朋引伴地卖弄清脆的喉咙，唱出宛转的曲子，与轻风流水应和着。牛背上牧童的短笛，这时候也成天嘹亮地响着。

雨是最寻常的，一下就是三两天。可别恼，看，像牛毛，像花针，像细丝，密密地斜织着，人家屋顶上全笼着一层薄烟。树叶儿却绿得发亮，小草也青得逼你的眼。傍晚时候，上灯了，一点点黄晕的光，烘托出一片安静而和平的夜。在乡下，小路上，石桥边，有撑起伞慢慢走着的人，地里还有工作的农民，披着蓑戴着笠。他们的房屋，稀稀疏疏的，在雨里静默着。

天上风筝渐渐多了，地上孩子也多了。城里乡下，家家户户，老老小小，也赶趟儿似的，一个个都出来了。舒活舒活筋骨，抖擞抖擞精神，各做各的一份事去。“一年之计在于春”，刚起头儿，有的是工夫，有的是希望。

春天像刚落地的娃娃，从头到脚都是新的，它生长着。

春天像小姑娘，花枝招展的，笑着，走着。

春天像健壮的青年，有铁一般的胳膊和腰脚，他领着我们上前去。

温州的踪迹

一、“月朦胧，鸟朦胧，帘卷海棠红”

这是一张尺多宽的小小的横幅，马孟容君画的。上方的左角，斜着一卷绿色的帘子，稀疏而长；当纸的直处三分之一，横处三分之二。帘子中央，着一黄色的，茶壶嘴似的钩儿——就是所谓软金钩么？“钩弯”垂着双穗，石青色；丝缕微乱，若小曳于轻风中。纸右一圆月，淡淡的青光遍满纸上；月的纯净，柔软与平和，如一张睡美人的脸。从帘的上端向右斜伸而下，是一枝交缠的海棠花。花叶扶疏，上下错落着，共有五丛；或散或密，都玲珑有致。叶嫩绿色，仿佛掐得出水似的；在月光中掩映着，微微有浅深之别。花正盛开，红艳欲流；黄色的雄蕊历历的，闪闪的，衬托在丛绿之间，格外觉着妖娆了。枝欹斜而腾挪，如少女的一只臂膊。枝上歇着一对黑色的八哥，背着月光，向着帘里。一只歇得高些，小小的眼儿半睁半闭的，似乎在入梦之前，还有所留恋似的。那低些的一只别过脸来对着这一只，已缩着颈儿睡了。帘下是空空的，不着一些痕迹。

试想在圆月朦胧之夜，海棠是这样的妩媚而嫣润；枝头的好鸟为什么却双栖而各梦呢？在这夜深人静的当儿，那高踞着的一只八哥儿，又为何尽撑着眼皮儿不肯睡去呢？他到底等什么来着？舍不得那淡淡的月儿么？舍不得那疏疏的帘儿么？不，不，不，您得到帘下去找，您得向帘中去找——您该找着那卷帘人了？他的情韵风怀，原是这样这样的哟！朦胧的岂独月呢；岂独鸟呢？但是，咫尺天涯，教我如何耐得？我拼着千呼万唤；你能够出来么？

这页画布局那样经济，设色那样柔活，故精彩足以动人，虽是区区尺幅，而情韵之厚，已足沦肌浃髓而有余。我看了这画，瞿然而惊；留恋之怀，不能自已。故将所感受的印象细细写出，以志这一段因缘。但我于中西的画都是门外汉，所说的话不免为内行所笑。——那也只好由他了。

二、绿

我第二次到仙岩的时候，我惊诧于梅雨潭的绿了。

梅雨潭是一个瀑布潭。仙岩有三个瀑布，梅雨瀑最低。走到山边，便听见哗哗哗哗的声音；抬起头，镶在两条湿湿的黑边儿里的，一带白而发亮的水便呈现于眼前了。我们先到梅雨亭。梅雨亭正对着那条瀑布；坐在亭边，不必仰头，便可见它的全体了。亭下深深的便是梅雨潭。这个亭踞在突出的一角的岩石上，上下都空空儿的；仿佛一只苍鹰展着翼翅浮在天宇中一般。三面都是山，像半个环儿拥着；人如在井底了。这是一个秋季的薄阴的天气。微微的云在我们顶上流着；岩面与草丛都从润湿中透出几分油油的绿意。而瀑布也似乎分外地响了。那瀑布从上面冲下，仿佛已被扯成大小的几绺；不复是一幅整齐而平滑的布。岩上有许多棱角；瀑流经过时，作急剧的撞击，便飞花碎玉般乱溅着了。那溅着的水花，晶莹而多芒；远望去，像一朵朵小小的白梅，微雨似的纷纷落着。据说，这就是梅雨潭之所以得名了。但我觉得像杨花，格外确切些。轻风起来时，点点随风飘散，那更是杨花了。——这时偶然有几点送入我们温暖的怀里，便倏的钻了进去，再也寻它不着。

梅雨潭闪闪的绿色招引着我们；我们开始追捉她那离合的神光了。揪着草，攀着乱石，小心探身下去，又鞠躬过了一个石穹门，便到了汪汪一碧的潭边了。瀑布在襟袖之间；但我的心中已没有瀑布了。我的心随潭水的绿而摇荡。那醉人的绿呀，仿佛一张极大极大的荷叶铺着，满是奇异的绿呀。我想张开两臂抱住她；但这是怎样一个妄想呀。——站在水边，望到那面，居然觉着有些远呢！这平铺着，厚积着的绿，着实可爱。她松松地皱缬着，像少妇拖着的裙幅；她轻轻地摆弄着，像跳动的初恋的处女的心；她滑滑地明亮着，像涂了“明油”一般，有鸡蛋清那样软，那样嫩，令人想着所曾触过的最嫩的皮肤；她又不杂些儿尘滓，宛然一块温润的碧玉，只清清的一色——但你却看不透她！我曾见过北京什刹海拂地的绿杨，脱不了鹅黄的底子，似乎太淡了。我又曾见过杭州虎跑寺近旁高峻而深密的“绿壁”，丛叠着无穷的碧草与绿叶的，那又似乎太浓了。其余呢，西湖的波太明了，秦淮河的又太暗了。可爱的，我将什么来比拟你呢？我怎么比拟得出呢？大约潭是很深的，故能蕴蓄着这样奇异的绿；仿佛蔚蓝的天融了一块在里面似的，这才这般的鲜润呀。——那醉人的绿呀！我若能裁你以为带，我将赠给那轻盈的舞女；她必能临风飘举了。我若能挹你以为眼，我将赠给那善歌的盲妹；她必明眸善睐了。我舍不得你；我怎舍得你呢？我用手拍着你，抚摩着你，如同一个十二三岁的小姑娘。我又掬你入口，便是吻着她了。我送你一个名字，我从此叫你“女儿绿”，好么？

我第二次到仙岩的时候，我不禁惊诧于梅雨潭的绿了。

三、白水漈

几个朋友伴我游白水漈。

这也是个瀑布；但是太薄了，又太细了。有时闪着些须的白光；等你定睛看去，却又没有——只剩一片飞烟而已。从前有所谓“雾縠”，大概就是这样了。所以如此，全由于岩石中间突然空了一段；水到那里，无可凭依，凌虚飞下，便扯得又薄又细了。当那空处，最是奇迹。白光嬗为飞烟，已是影子；有时却连影子也不见。有时微风过来，用纤手挽着那影子，它便袅袅地成了一个软弧；但她的手才松，它又像橡皮带儿似的，立刻服服帖帖地缩回来了。我所以猜疑，或者另有双不可知的巧手，要将这些影子织成一个幻网。——微风想夺了她的，它怎么肯呢？

幻网里也许织着诱惑；我的依恋便是个老大的证据。

四、生命的价格——七毛钱

生命本来不应该有价格的；而竟有了价格！人贩子，老鸨，以至近来的绑票土匪，都就他们的所有物，标上参差的价格，出卖于人；我想将来许还有公开的人市场呢！在种种“人货”里，价格最高的，自然是土匪们的票了，少则成千，多则成万；大约是有历史以来，“人货”的最高的行情的。其次是老鸨们所有的妓女，由数百元到数千元，是常常听到的。最贱的要算是人贩子的货色！他们所有的，只是些男女小孩，只是些“生货”，以便卖不起价钱了。

人贩子只是“仲买人”，他们还得取给于“厂家”，便是出卖孩子们的人家。“厂家”的价格才真是道地呢！《青光》里曾有一段记载，说三块钱买了一个丫头；那是移让过来的，但价格之低，也就够令人惊诧了！“厂家”的价格，却还有更低的！三百钱，五百钱买一个孩子，在灾荒时不算难事！但我不曾见过。我亲眼看见的一条最贱的生命，是七毛钱买来的！这是一个五岁的女孩子。一个五岁的“女孩子”卖七毛钱，也许不能算是最贱；但请您细看：将一条生命的自由和七枚小银元各放在天平的一个盘里，您将发现，正如九头牛与一根牛毛一样，两个盘儿的重量相差实在太远了！

我见这个女孩，是在房东家里。那时我正和孩子们吃饭；妻走来叫我看一件奇事，七毛钱买来的孩子！孩子端端正正地坐在条凳上；面孔黄黑色，但还丰润；衣帽也还整洁可看。我看了几眼，觉得和我们的孩子也没有什么差异；我看不出她的低贱的生命的符记——如我们看低贱的货色时所容易发现的符记。我回到自己的饭桌上，看看阿九和阿菜，始终觉得和那个女孩没有什么不同！但是，我毕竟发现真理了！我们的孩子所以高贵，正因为我们不曾出卖他们，而那个女孩所以低贱，正因为她是被出卖的；这就是她只值七毛钱的缘故了！呀，聪明的真理！

妻告诉我这孩子没有父母，她哥嫂将她卖给房东家姑爷开的银匠店里的伙计，便是带着她吃饭的那个人。他似乎没有老婆，手头很窘的，而且喜欢喝酒，是一个糊涂的人！我想这孩子父母若还在世，或者还舍不得卖她，至少也要迟几年卖她；因为她究竟是可怜的小羔羊。到了哥嫂的手里，情形便不同了！家里总不宽裕，多一张嘴吃饭，多费些布做衣，是显而易见的。将来人大了，由哥嫂卖出，究竟是为难的；说不定还得找补些儿，才能送出去。这可多么冤呀！不如趁小的时候，谁也不注意，做个人情，送了干净！您想，温州不算十分穷苦的地方，也没碰着大荒年，干什么得了七个小毛钱，就心甘情愿地将自己的小妹子捧给人家呢？说等钱用？谁也不信！七毛钱了得什么急事！温州又不是没人买的！大约买卖两方本来相知；那边恰要个孩子玩儿，这边也乐得出脱，便半送半卖地含糊定了交易。我猜想那时伙计向袋里一摸，一股脑儿掏了出来，只有七毛钱！哥哥原也不指望着这笔钱用，也就大大方方收了完事。于是财货两交，那女孩便归伙计管业了！

这一笔交易的将来，自然是在运命手里；女儿本姓“碰”，由她去碰吧了！但可知的，运命决不加惠于她！第一幕的戏已启示于我们了！照妻所说，那伙计必无这样耐心，抚养她成人长大！他将像豢养小猪一样，等到相当地肥壮的时候，便卖给屠户，任他宰割去；这其间他得了赚头，是理所当然的！但屠户是谁呢？在她卖做丫头的时候，便是主人！“仁慈的”主人只宰割她相当的劳力，如养羊而剪它的毛一样。到了相当的年纪，便将她配人。能够这样，她虽然被撳在丫头坯里，却还算不幸中之幸哩。但在目下这钱世界里，如此大方的人究竟是少的；

我们所见的，十有六七是刻薄人！她若卖到这种人手里，他们必搒榨她过量的劳力。供不应求时，便骂也来了，打也来了！等她成熟时，却又好转卖给人家做妾；平常搒榨得不够，这儿又找补一个尾子！偏生这孩子模样儿又不好；入门不能得丈夫的欢心，容易遭大妇的凌虐，又是显然的！她的一生，将消磨于眼泪中了！也有些主人自己收婢做妾的；但红颜白发，也只空断送了她的一生！和前例相较，只是五十步与百步而已。——更可危的，她若被那伙计卖在妓院里，老鸨才真是个令人肉颤的屠户呢！我们可以想到：她怎样逼她学弹学唱，怎样驱遣她去做粗活！怎样用藤筋打她，用针刺她！怎样督责她承欢卖笑！她怎样吃残羹冷饭！怎样打熬着不得睡觉！怎样终于生了一身毒疮！她的相貌使她只能做下等的妓女；她的沦落风尘是终生的！她的悲剧也是终生的！——唉！七毛钱竟买了你的全生命——你的血肉之躯竟抵不上区区七个小银元么？生命真太贱了！生命真太贱了！

因此想到自己的孩子的运命，真有些胆寒！钱世界里的生命市场存在一日，都是我们孩子的危险！都是我们孩子的侮辱！您有孩子的人呀，想想看，这是谁之罪呢？这是谁之责呢？

旅行杂记

这次中华教育改进社在南京开第三届年会，我也想观观光；故“不远千里”地从浙江赶到上海，决于七月二日附赴会诸公的车尾而行。

一、殷勤的招待

七月二日正是浙江与上海的社员乘车赴会的日子。在上海这样大车站里，多了几十个改进社社员，原也不一定能够显出什么异样；但我却觉得确乎是不同了，“一时之盛”的光景，在车站的一角上，是显然可见的。这是在茶点室的左边；那里丛着一群人，正在向两位特派的招待员接洽。壁上贴着一张黄色的磅纸，写着龙蛇飞舞的字：“二等四元A，三等二元A。”两位招待员开始执行职务了；这时已是六点四十分，离开车还有二十分钟了。招待员所应做的第一大事，自然是买车票。买车票是大家都会的，买半票却非由他们二位来“优待”一下不可。“优待”可真不是容易的事！他们实行“优待”的时候，要向每个人取名片，票价——还得找钱。他们往还于茶点室和售票处之间，少说些，足有二十次！他们手里是拿着一沓名片和钞票洋钱；眼睛总是张望着前面，仿佛遗失了什么，急急寻觅一样；面部筋肉平板地紧张着；手和足的运动都像不是他们自己的。好容易费了九牛二虎之力，居然买了几张票，凭着名片分发了。每次分发时，各位候补人都一拥而上。等到得不着票子，便不免有了三三两两的怨声了。那两位招待员买票事大，却也顾不得这些。可是钟走得真快，不觉七点还欠五分了。这时票子还有许多人没买着，大家都着急；而招待员竟不出来！有的人急忙寻着他们，情愿取回了钱，自买全票；有的向他们顿足舞手地责备着。他们却只是忙着照名片退钱，一言不发。——真好性儿！于是大家三步并作两步，自己去买票子；这一挤非同小可！我除照付票价外，还出了一身大汗，才弄到一张三等车票。这时候对两位招待员的怨声真载道了："这样的饭桶！""真饭桶！""早做什么事的？""六点钟就来了，还是自己买票，冤不冤！"我猜想这时候两位招待员的耳朵该有些儿热了。其实我倒能原谅他们，无论招待的成绩如何，他们的眼睛和腿总算忙得可以了，这也总算是殷勤了；他们也可以对得起改进社了，改进社也可以对得起他们的社员了。——上车后，车就开了；有人问，"两个饭桶来了没有？""没有吧！"车是开了。

二、"躬逢其盛"

七月二日的晚上，花了约莫一点钟的时间，才在大会注册组买了一张旁听的标识。这个标识很不漂亮，但颇有实用。七月三日早晨的年会开幕大典，我得躬逢其盛，全靠着它呢。

七月三日的早晨，大雨倾盆而下。这次大典在中正街公共讲演厅举行。该厅离我所住的地方有六七里路远；但我终于冒了狂风暴雨，乘了黄包车赴会。在这一点上，我的热心决不下于社员诸君的。

到了会场门首，早已停着许多汽车，马车；我知道这确乎是大典了。走进会场，坐定细看，一切都很从容，似乎离开会的时间还远得很呢！——虽然规定的时间已经到了。楼上正中是女宾席，似乎很是寥寥；两旁都是军警席——正和楼下的两旁一样。一个黑色的警察，间着一个灰色的兵士，静默地立着。他们大概不是来听讲的，因为既没有赛瓷的社员徽章，又没有和我一样的旁听标识，而且也没有真正的“席”——坐位（我所谓“军警席”，是就实际而言，当时场中并无此项名义，合行声明）。听说督军省长都要“驾临”该场；他们原是保卫“两长”来的，他们原是监视我们来的，好一个武装的会场！

那时“两长”未到，盛会还未开场；我们忽然要做学生了！一位教员风的女士走上台来，像一道光闪在听众的眼前；她请大家练习《尽力中华》歌。大家茫然地立起，跟着她唱。但“出其不意，攻其不备”，有些人不敢高唱，有些人竟唱不出。所以唱完的时候，她温和地笑着向大家说：“这回太低了，等等再唱一回。”她轻轻地鞠了躬，走了。等了一等，她果然又来了。说完“一——二——三——四”之后，《尽力中华》的歌声果然很响地起来了。她将左手叉在腰间，右手上下地挥着，表示节拍；挥手的时候，腰部以上也随着微微地向左右倾侧，显出极为柔软的曲线；她的头略略偏右仰着，嘴唇轻轻地动着，嘴唇以上，尽是微笑。唱完时，她仍笑着说，“好些了，等等再唱。”再唱的时候，她拍着两手，发出清脆的响，其余和前回一样。唱完，她立刻又“一——二——三——四”地要大家唱。大家似乎很惊愕，似乎她真看得大家和学生一样了；但是半秒钟的惊愕与不耐以后，终于又唱起来了——自然有一部分人，因疲倦而休息。于是大家的临时的学生时代告终。不一会儿，场中忽然纷扰，大家的视线都集中在东北角上；这是齐督军，韩省长来了，开会的时间真到了！

空空的讲坛上，这时竟济济一台了。正中有三张椅子，两旁各有一排椅子。正中的三人是齐燮元，韩国钧，另有一个西装少年；后来他演说，才知是“高督办”——就是讳“恩洪”的了——的代表。这三人端坐在台的正中，使我联想到大雄宝殿上的三尊佛像；他们虽坦然地坐着，我却无端地为他们“惶恐”着。——于是开会了，照着秩序单进行。详细的情形，有各报记述可看，毋庸在下再来饶舌。现在单表齐燮元，韩国钧和东南大学校长郭秉文博士的高论。齐燮元究竟是督军兼巡阅使，他的声音是加倍地洪亮；那时场中也特别肃静——齐燮元究竟与众不同呀！他咬字眼儿真咬得清白；他的话是“字本位”，是一个字一个字吐出来的。字与字间的时距，我不能指明，只觉比普通人说话延长罢了；最令我惊异而且焦躁的，是有几句说完之后。那时我总以为第二句应该开始了，岂知一等不来，二等不至，三等不到；他是在唱歌呢，这儿碰着全休止符了！等到三等等完，四拍拍毕，第二句的第一个字才姗姗地来了。这其间至少有一分钟；要用主观的计时法，简直可说足有五分钟！说来说去，究竟他说的是什么呢？我恭恭敬敬地答道：半篇八股！他用拆字法将“中华教育改进社”一题拆为四段：先做“教育”二字，是为第一股；次做“教育改进”，是为第二股；“中华教育改进”是第三股；加上“社”字，是第四股。层层递进，如他由督军而升巡阅使一样。齐燮元本是廪贡生，这类文章本是他的拿手戏；只因时代维新，不免也要改良一番，才好应世；八股只剩了四股，大约便是为此了。最教我不忘记的，是他说完后的那一鞠躬。那一鞠躬真是与众不同，鞠下去时，上半身全与讲桌平行，我们只看见他一头的黑发；他然后慢慢地立起退下。这其间费了普通人三个一鞠躬的时间，是的的确确的。接着便是韩国钧了。他有一篇改进社开会词，是开会前已分发了的。里面曾有一节，论及现在学风的不良，颇有痛心疾首之概。我很想听听他的高见。但他却不曾照本宣扬，他这时另有一番说话。他也经过了许多时间；但不知是我的精神不济，还是另有原因，我毫没有领会他的意思。只有煞尾的时候，他提高了喉咙，我也竖起了耳朵，这才听见他的警句了。他说："现在政治上南北是不统一的。今天到会诸君，却南北都有，同以研究教育为职志，毫无畛域之见。可见统一是要靠文化的，不能靠武力！"这最后一句话确是漂亮，赢得如雷的掌声和许多轻微的赞叹。他便在掌声里退下。这时我们所注意的，是在他肘腋之旁的齐燮元；可惜我眼睛不佳，不能看到他面部的变化，因而他的心情也不能详说：这是很遗憾的。于是——是我行文的"于是"，不是事实的"于是"，请注意——来了郭秉文博士。他说，我只记得他说，"青年的思想应稳健，正确。"旁边有一位告诉我说："这是齐燮元的话。"但我却发见了，这也是韩国钧的话，便是开会辞里所说的。究竟是谁的话呢？或者是"英雄所见，大略相同"么？这却要请问郭博士自己了。但我不能明白：什么思想才算正确和稳健呢？郭博士的演说里不曾下注脚，我也只好终于莫测高深了。

还有一事，不可不记。在那些点缀会场的警察中，有一个瘦长的，始终笔直地站着，几乎不曾移过一步，真像石像一般，有着可怕的静默。我最佩服他那昂着的头和垂着的手；那天真苦了他们三位了！另有一个警官，也颇可观。他那肥硬的身体，凸出的肚皮，老是背着的双手，和那微微仰起的下巴，高高翘着的仁丹胡子，以及胸前累累挂着的徽章——那天场中，这后两件是他所独有的——都显出他的身份和骄傲。他在楼下左旁往来地徘徊着，似乎在督率着他的部下。我不能忘记他。

三、第三人称

七月A日，正式开会。社员全体大会外，便是许多分组会议。我们知道全体大会不过是那么回事，值得注意的是后者。我因为也忝然地做了国文教师，便决然无疑地投到国语教学组旁听。不幸听了一次，便生了病，不能再去。那一次所议的是“采用他，她，牠案”（大意如此，原文忘记了）；足足议了两个半钟头，才算不解决地解决了。这次讨论，总算详细已极，无微不至；在讨论时，很有几位英雄，舌本翻澜，妙绪环涌，使得我茅塞顿开，摇头佩服。这不可以不记。

其实我第一先应该佩服提案的人！在现在大家已经“采用”“他，她，牠”的时候，他才从容不迫地提出了这件议案，真可算得老成持重，“不敢为天下先”，确遵老子遗训的了。在我们礼义之邦，无论何处，时间先生总是要先请一步的；所以这件议案不因为他的从容而被忽视，反因为他的从容而被尊崇，这就是所谓“让德”。且看当日之情形，谁不兴高而采烈？便可见该议案的号召之力了。本来呢，“新文学”里的第三人称代名词也太纷歧了！既“她”“伊”之互用，又“她”“它”之不同，更有“佢”“彼”之流，蹿跳其间；于是乎乌烟瘴气，一塌糊涂！提案人虽只为辨“性”起见，但指定的三字，皆属于也字系统，俨然有正名之意。将来“也”字系统若竟成为正统，那开创之功一定要归于提案人的。提案人有如彼的力量，如此的见解，怎不教人佩服？

讨论的中心点是在女人，就是在“她”字。“人”让他站着，“牛”也让它站着；所饶不过的是“女”人，就是“她”字旁边立着的那“女”人！于是辩论开始了。一位教师说，“据我的‘经验’，女学生总不喜欢‘她’字——男人的‘他’，只标一个‘人’字旁，女子的‘她’，却特别标一个‘女’字旁，表明是个女人；这是她们所不平的！我发出的讲义，上面的‘他’字，她们常常要将‘人’字旁改成‘男’字旁，可以见她们报复的意思了。”大家听了，都微微笑着，像很有味似的。另一位却起来驳道，“我也在女学堂教书，却没有这种情形！”海格尔的定律不错，调和派来了，他说，“这本来有两派：用文言的欢喜用‘伊’字，如周作人先生便是；用白话的欢喜用‘她’字，‘伊’字用得少些；其实两个字都是一样的。”“用文言的欢喜用‘伊’字”这句话却有意思！文言里间或有“伊”字看见，这是真理；但若说那些“伊”都是女人，那却不免委屈了许多男人！周作人先生提倡用“伊”字也是实，但只是用在白话里；我可保证，他决不曾有什么“用文言”的话！而且若是主张“伊”字用于文言，那和主张人有两只手一样，何必周先生来提倡呢？于是又冤枉了周先生！——调和终于无效，一位女教师立起来了。大家都倾耳以待，因为这是她们的切身问题，必有一番精当之论！她说话快极了，我听到的警句只是，“历来加‘女’字旁的字都是不好的字；‘她’字是用不得的！”一位“他”立刻驳道，“‘好’字岂不是‘女’字旁么？”大家都大笑了，在这大笑之中。忽有苍老的声音：“我看‘他’字譬如我们普通人坐三等车；‘她’字加了‘女’字旁，是请她们坐二等车，有什么不好呢？”这回真哄堂了，有几个人笑得眼睛亮晶晶的，眼泪几乎要出来；真是所谓“笑中有泪”了。后来的情形可有些模糊，大约便在谈笑中收了场；于是乎一幕喜剧告成。“二等车”，“三等车”这一个比喻，真是新鲜，足为修辞学开一崭新的局面，使我有永远的趣味。从前贾宝玉说男人的骨头是泥做的，女人的骨头是水做的，至今传为佳话；现在我们的辩士又发明了这个“二三等车”的比喻，真是媲美前修，启迪来学了。但这个“二三等之别”究竟也有例外；我离开南京那一晚，明明在三等车上看见三个“她”！我想：“她”“她”“她”何以不坐二等车呢？难道客气不成？——那位辩士的话应该是不错的！

论无话可说

十年前我写过诗；后来不写诗了，写散文；入中年以后，散文也不大写得出了——现在是，比散文还要“散”地无话可说！许多人苦于有话说不出，另有许多人苦于有话无处说；他们的苦还在话中，我这无话可说的苦却在话外。我觉得自己是一张枯叶，一张烂纸，在这个大时代里。

在别处说过，我的“忆的路”是“平如砥”“直如矢”的；我永远不曾有过惊心动魄的生活，即使在别人想来最风华的少年时代。我的颜色永远是灰的。我的职业是三个教书；我的朋友永远是那么几个，我的女人永远是那么一个。有些人生活太丰富了，太复杂了，会忘记自己，看不清楚自己，我是什么时候都“了了玲玲地”知道，记住，自己是怎样简单的一个人。

但是为什么还会写出诗文呢？——虽然都是些废话。这是时代为之！十年前正是五四运动的时期，大伙儿蓬蓬勃勃的朝气，紧逼着我这个年轻的学生；于是乎跟着人家的脚印，也说说什么自然，什么人生。但这只是些范畴而已。我是个懒人，平心而论，又不曾遭过怎样了不得的逆境；既不深思力索，又未亲自体验，范畴终于只是范畴，此处也只是廉价的，新瓶里装旧酒地感伤。当时芝麻黄豆大的事，都不惜郑重地写出来，现在看看，苦笑而已。

先驱者告诉我们说自己的话。不幸这些自己往往是简单的，说来说去是那一套；终于说的听的都腻了——我便是其中的一个。这些人自己其实并没有什么话，只是说些中外贤哲说过的和并世少年将说的话。真正有自己的话要说的是不多的几个人；因为真正一面生活一面吟味那生活的只有不多的几个人。一般人只是生活，按着不同的程度照例生活。

这点简单的意思也还是到中年才觉出的；少年时多少有些热气，想不到这里。中年人无论怎样不好，但看事看得清楚，看得开，却是可取的。这时候眼前没有雾，顶上没有云彩，有的只是自己的路。他负着经验的担子，一步步踏上这条无尽的然而实在的路。他回看少年人那些情感的玩意儿，觉得一种轻松的意味。他乐意分析他背上的经验，不止是少年时的那些；他不愿远远地捉摸，而愿剥开来细细地看。也知道剥开后便没了那跳跃着的力量，但他不在乎这个，他明白在冷静中有他所需要的。这时候他若偶然说话，决不会是感伤的或印象的，他要告诉你怎样走着他的路，不然就是，所剥开的是些什么玩意儿。但中年人是很胆小的；他听别人的话渐渐多了，说了的他不说，说得好的他不说。所以终于往往无话可说——特别是一个寻常的人像我。但沉默又是寻常的人所难堪的，我说苦在话外，以此。

中年人若还打着少年人的调子——姑不论调子的好坏——原也未尝不可，只总觉“像煞有介事”。他要用很大的力量去写出那冒着热气或流着眼泪的话；一个神经敏锐的人对于这个是不容易忍耐的，无论在自己在别人。这好比上了年纪的太太小姐们还涂脂抹粉地到大庭广众里去卖弄一般，是殊可不必的了。

其实这些都可以说是废话，只要想一想咱们这年头。这年头要的是“代言人”，而且将一切说话的都看作“代言人”；压根儿就无所谓自己的话。这样一来，如我辈者，倒可以将从前狂妄之罪减轻，而现在是更无话可说了。

但近来在戴译《唯物史观的文学论》里看到，法国俗语“无话可说”竟与“一切皆好”同意。呜呼，这是多么损的一句话，对于我，对于我的时代！

给亡妇

谦，日子真快，一眨眼你已经死了三个年头了。这三年里世事不知变化了多少回，但你未必注意这些个，我知道。你第一惦记的是你几个孩子，第二便轮着我。孩子和我平分你的世界，你在日如此；你死后若还有知，想来还如此的。告诉你，我夏天回家来着：迈儿长得结实极了，比我高一个头。闰儿父亲说是最乖，可是没有先前胖了。采芷和转子都好。五儿全家夸她长得好看；却在腿上生了湿疮，整天坐在竹床上不能下来，看了怪可怜的。六儿，我怎么说好，你明白，你临终时也和母亲谈过，这孩子是只可以养着玩儿的，他左挨右挨去年春天，到底没有挨过去。这孩子生了几个月，你的肺病就重起来了。我劝你少亲近他，只监督着老妈子照管就行。你总是忍不住，一会儿提，一会儿抱的。可是你病中为他操的那一份儿心也够瞧的。那一个夏天他病的时候多，你成天儿忙着，汤呀，药呀，冷呀，暖呀，连觉也没有好好儿睡过。哪里有一分一毫想着你自己。瞧着他硬朗点儿你就乐，干枯的笑容在黄蜡般的脸上，我只有暗中叹气而已。

从来想不到做母亲的要像你这样。从迈儿起，你总是自己喂乳，一连四个都这样。你起初不知道按钟点儿喂，后来知道了，却又弄不惯；孩子们每夜里几次将你哭醒了，特别是闷热的夏季。我瞧你的觉老没睡足。白天里还得做菜，照料孩子，很少得空儿。你的身子本来坏，四个孩子就累你七八年。到了第五个，你自己实在不成了，又没乳，只好自己喂奶粉，另雇老妈子专管她。但孩子跟老妈子睡，你就没有放过心；夜里一听见哭，就竖起耳朵听，工夫一大就得过去看。十六年初，和你到北京来，将迈儿，转子留在家里；三年多还不能去接他们，可真把你惦记苦了。你并不常提，我却明白。你后来说你的病就是惦记出来的；那个自然也有份儿，不过大半还是养育孩子累的。你的短短的十二年结婚生活，有十一年耗费在孩子们身上；而你一点不厌倦，有多少力量用多少，一直到自己毁灭为止。你对孩子一般儿爱，不问男的女的，大的小的。也不想到什么“养儿防老，积谷防饥”，只拼命地爱去。你对于教育老实说有些外行，孩子们只要吃得好玩得好就成了。这也难怪你，你自己便是这样长大的。况且孩子们原都还小，吃和玩本来也要紧的。你病重的时候最放不下的还是孩子。病得只剩皮包着骨头了，总不信自己不会好；老说：“我死了，这一大群孩子可苦了。”后来说送你回家，你想着可以看见迈儿和转子，也愿意；你万不想到会一走不返的。我送车的时候，你忍不住哭了，说：“还不知能不能再见？”可怜，你的心我知道，你满想着好好儿带着六个孩子回来见我的。谦，你那时一定这样想，一定的。

除了孩子，你心里只有我。不错，那时你父亲还在；可是你母亲死了，他另有个女人，你老早就觉得隔了一层似的。出嫁后第一年你虽还一心一意依恋着他老人家，到第二年上我和孩子可就将你的心占住，你再没有多少工夫惦记他了。你还记得第一年我在北京，你在家里。家里来信说你待不住，常回娘家去。我动气了，马上写信责备你。你教人写了一封覆信，说家里有事，不能不回去。这是你第一次也可以说第末次的抗议，我从此就没给你写信。暑假时带了一肚子主意回去，但见了面，看你一脸笑，也就拉倒了。打这时候起，你渐渐从你父亲的怀里跑到我这儿。你换了金镯子帮助我的学费，叫我以后还你；但直到你死，我没有还你。你在我家受了许多气，又因为我家的缘故受你家里的气，你都忍着。这全为的是我，我知道。那回我从家乡一个中学半途辞职出走。家里人讽你也走。哪里走！只得硬着头皮往你家去。那时你家像个冰窖子，你们在窖里足足住了三个月。好容易我才将你们领出来了，一同上外省去。小家庭这样组织起来了。你虽不是什么阔小姐，可也是自小娇生惯养的，做起主妇来，什么都得干一两手；你居然做下去了，而且高高兴兴地做下去了。菜照例满是你做，可是吃的都是我们；你至多夹上两三筷子就算了。你的菜做得不坏，有一位老在行大大地夸奖过你。你洗衣服也不错，夏天我的绸大褂大概总是你亲自动手。你在家老不乐意闲着；坐前几个“月子”，老是四五天就起床，说是躺着家里事没条没理的。其实你起来也还不是没条理；咱们家那么多孩子，哪儿来条理？在浙江住的时候，逃过两回兵难，我都在北平。真亏你领着母亲和一群孩子东藏西躲的；末一回还要走多少里路，翻一道大岭。这两回差不多只靠你一个人。你不但带了母亲和孩子们，还带了我一箱箱的书；你知道我是最爱书的。在短短的十二年里，你操的心比人家一辈子还多；谦，你那样身子怎么禁得住！你将我的责任一股脑儿担负了去，压死了你；我如何对得起你！

你为我的劳什子书也费了不少神；第一回让你父亲的男用人从家乡捎到上海去。他说了几句闲话，你气得在你父亲面前哭了。第二回是带着逃难，别人都说你傻子。你有你的想头：“没有书怎么教书？况且他又爱这个玩意儿。”其实你没有晓得，那些书丢了也并不可惜；不过教你怎么晓得，我平常从来没和你谈过这些个！总而言之，你的心是可感谢的。这十二年里你为我吃的苦真不少，可是没有过几天好日子。我们在一起住，算来也还不到五个年头。无论日子怎么坏，无论是离是合，你从来没对我发过脾气，连一句怨言也没有——别说怨我，就是怨命也没有过。老实说，我的脾气可不大好，迁怒的事儿有的是。那些时候你往往抽噎着流眼泪，从不回嘴，也不号啕。不过我也只信得过你一个人，有些话我只和你一个人说，因为世界上只你一个人真关心我，真同情我。你不但为我吃苦，更为我分苦；我之有我现在的精神，大半是你给我培养着的。这些年来我很少生病。但我最不耐烦生病，生了病就呻吟不绝，闹那伺候病的人。你是领教过一回的，那回只一两点钟，可是也够麻烦了。你常生病，却总不开口，挣扎着起来；一来怕搅我，二来怕没人做你那份儿事。我有一个坏脾气，怕听人生病，也是真的。后来你天天发烧，自己还以为南方带来的疟疾，一直瞒着我。明明躺着，听见我的脚步，一骨碌就坐起来。我渐渐有些奇怪，让大夫一瞧，这可糟了，你的一个肺已烂了一个大窟窿了！大夫劝你到西山去静养，你丢不下孩子，又舍不得钱；劝你在家里躺着，你也丢不下那份儿家务。越看越不行了，这才送你回去。明知凶多吉少，想不到只一个月工夫你就完了！本来盼望还见得着你，这一来可拉倒了。你也何尝想到这个？父亲告诉我，你回家独住着一所小住宅，还嫌没有客厅，怕我回去不便哪。

前年夏天回家，上你坟上去了。你睡在祖父母的下首，想来还不孤单的。只是当年祖父母的坟太小了，你正睡在圹底下。这叫作“抗圹”，在生人看来是不安心的；等着想办法哪。那时圹上圹下密密地长着青草，朝露浸湿了我的布鞋。你刚埋了半年多，只有圹下多出一块土，别的全然看不出新坟的样子。我和隐今夏回去，本想到你的坟上来；因为她病了没来成。我们想告诉你，五个孩子都好，我们一定尽心教养他们，让他们对得起死了的母亲——你！谦，好好儿放心安睡吧，你。

你我

现在受过新式教育的人，见了无论生熟朋友，往往喜欢你我相称。这不是旧来的习惯而是外国语与翻译品的影响。这风气并未十分通行；一般社会还不愿意采纳这种办法——所谓粗人一向你呀我的，却当别论。有一位中等学校校长告诉人，一个旧学生去看他，左一个“你”，右一个“你”，仿佛用指头点着他鼻子，真有些受不了。在他想，只有长辈该称他“你”，只有太太和老朋友配称他“你”。够不上这个份儿，也来“你”呀“你”的，倒像对当差老妈子说话一般，岂不可恼！可不是，从前小说里“弟兄相呼，你我相称”，也得够上那份儿交情才成。而俗语说的“你我不错”，“你我还这样那样”，也是托熟的口气，指出彼此的依赖与信任。

同辈你我相称，言下只有你我两个，旁若无人；虽然十目所视，十手所指，视他们的，指他们的，管不着。杨震在你我相对的时候，会想到你我之外的“天知地知”，真是一个玄远的托辞，亏他想得出。常人说话称你我，却只是你说给我，我说给你；别人听见也罢，不听见也罢，反正说话的一点儿没有想着他们那些不相干的。自然也有时候“取瑟而歌”，也有时候“指桑骂槐”，但那是话外的话或话里的话，论口气却只对着那一个“你”。这么着，一说你看，你我便从一群人里除外，单独地相对着。离群是可怕又可怜的，只要想想大野里的独行，黑夜里的独处就明白。你我既甘心离群，彼此便非难解难分不可；否则岂不要吃亏？难解难分就是亲昵；骨肉是亲昵，结交也是个亲昵，所以说只有长辈该称“你”，只有太太和老朋友配称“你”。你我相称者，你我相亲而已。然而我们对家里当差老妈子也称“你”，对街上的洋车夫也称“你”，却不是一个味儿。古来以“尔汝”为轻贱之称；就指的这一类。但轻贱与亲昵有时候也难分，譬如叫孩子为“狗儿”，叫情人为“心肝”，明明将人比物，却正是亲昵之至。而长辈称晚辈为“你”，也夹杂着这两种味道——那些亲谊疏远的称“你”，有时候简直毫无亲昵的意思，只显得辈分高罢了。大概轻贱与亲昵有一点相同；就是，都可以随随便便，甚至于动手动脚。

生人相见不称“你”。通称是“先生”，有带姓不带姓之分；不带姓好像来者是自己老师，特别客气，用得少些。北平人称“某爷”“某几爷”，如“冯爷”“吴二爷”，也是通称，可比“某先生”亲昵些。但不能单称“爷”，与“先生”不同。“先生”原是老师，“爷”却是“父亲”；尊人为师犹之可，尊人为父未免吃亏太甚（听说前清的太监有称人为“爷”的时候，那是刑余之人，只算例外）。至于“老爷”，多一个“老”字，就不会与父亲相混，所以仆役用以单称他的主人，旧式太太用以单称她的丈夫。女的通称“小姐”“太太”“师母”，却都带姓；“太太”“师母”更其如此。因为单称“太太”，自己似乎就是老爷，单称“师母”，自己似乎就是门生，所以非带姓不可。“太太”是北方的通称，南方人却嫌官僚气；“师母”是南方的通称，北方人却嫌头巾气。女人麻烦多，真是无法奈何。比“先生”亲近些是“某某先生”“某某兄”，“某某”是号或名字；称“兄”取其仿佛一家人。再进一步就以号相称，同时也可称“你”。在正式的聚会里，有时候得称职衔，如“张部长”“王经理”；也可以不带姓，和“先生”一样；偶尔还得加上一个“贵”字，如“贵公使”。下属对上司也得称职衔。但像科员等小角色却不便称衔，只好屈居在“先生”一辈里。

仆役对主人称“老爷”“太太”，或“先生”“师母”；与同辈分别的，一律不带姓。他们在同一时期内大概只有一个老爷，太太，或先生，师母，是他们衣食的靠山；不带姓正所以表示只有这一对儿才是他们的主人。对于主人的客，却得一律带姓；即使主人的本家，也得带上号码儿，如“三老爷”“五太太”——大家庭用的人或两家合用的人例外。“先生”本可不带姓，“老爷”本是下对上的称呼，也常不带姓；女仆称“老爷”，虽和旧式太太称丈夫一样，但身份声调既然各别，也就不要紧。仆役称“师母”，决无门生之嫌，不怕尊敬过分；女仆称“太太”，毫无疑义，男仆称“太太”，与女仆称“老爷”同例。晚辈称长辈，有“爸爸”“妈妈”“伯伯”“叔叔”等称。自家人和近亲不带姓，但有时候带号码儿；远亲和父执，母执，都带姓；干亲带“干”字，如“干娘”；父亲的盟兄弟，母亲的盟姊妹，有些人也以自家人论。

这种种称呼，按刘半农先生说，是“名词替代代词”，但也可说是他称替代对称。不称“你”而称“某先生”，是将分明对面的你变成一个别人；于是乎对你说的话，都不过是关于“他”的。这么着，你我间就有了适当的距离，彼此好提防着；生人间说话提防着些，没有错儿。再则一般人都可以称你“某先生”，我也跟着称“某先生”，正见得和他们一块儿，并没有单独挨近你身边去。所以“某先生”一来，就对面无你，旁边有人。这种替代法的效用，因所代的他称广狭而转移。譬如“某先生”，谁对谁都可称，用以代“你”，是十分“敬而远之”；又如“某部长”，只是僚属对同官与长官之称，“老爷”只是仆役对主人之称，敬意过于前者，远意却不及；至于“爸爸”“妈妈”，只是弟兄姊妹对父母的称，不像前几个名字可以移用在别人身上，所以虽不用“你”，还觉得亲昵，但敬远的意味总免不了有一些；在老人家前头要像在太太或老朋友前头那么自由自在，到底是办不到的。

北方话里有个“您”字，是“你”的尊称，不论亲疏贵贱全可用，方便之至。这个字比那拐弯抹角的替代法干脆多了，只是南方人听不进去，他们觉得和“你”也差不多少。这个字本是闭口音，指众数；“你们”两字就从此出。南方人多用“你们”代“你”。用众数表尊称，原是语言常例。指的既非一个，你旁边便仿佛还有些别人和你亲近的，与说话的相对着；说话的天然不敢侵犯你，也不敢妄想亲近你。这也还是个“敬而远之”。湖北人尊称人为“你家”，“家”字也表众数，如“人家”“大家”可见。

此外还有个方便的法子，就是利用呼位，将他称与对称拉在一块儿。说话的时候先叫声“某先生”或别的，接着再说“你怎样怎样”；

这么着好像“你”字儿都是对你以外的“某先生”说的，你自己就不会觉得唐突了。这个办法上下一律通行。在上海，有些不三不四的人问路，常叫一声“朋友”，再说“你”；北平老妈子彼此说话，也常叫声“某姐”，再“你”下去——她们觉得这么称呼倒比说“您”亲昵些。但若说“这是兄弟你的事”“这是他爸爸你的责任”，“兄弟”“你”，“他爸爸”“你”简直连成一串儿，与用呼位的大不一样。这种口气只能用于亲近的人。第一例的他称意在加重全句的力量，表示虽与你亲如弟兄，这件事却得你自己办，不能推给别人。第二例因“他”而及“你”，用他称意在提醒你的身份，也是加重那个句子；好像说你我虽亲近，这件事却该由做他爸爸的你，而不由做自己的朋友的你负责任；所以也不能推给别人。又有对称在前他称在后的；但除了“你先生”“你老兄”还有敬远之意以外，别的如“你太太”“你小姐”“你张三”“你这个人”“你这家伙”“你这位先生”“你这该死的”“你这没良心的东西”，却都是些亲口埋怨或破口大骂的话。“你先生”“你老兄”的“你”不重读，别的“你”都是重读的。“你张三”直呼姓名，好像听话的是个远哉遥遥的生人，因为只有毫无关系的人，才能直呼姓名；可是加上“你”字，却变了亲昵与轻贱两可之间。近指形容词“这”，加上量词“个”成为“这个”，都兼指人与物；说“这个人”和说“这个碟子”，一样地带些无视的神气在指点着。加上“该死的”“没良心的”“家伙”“东西”，无视的神气更足。只有“你这位先生”稍稍客气些；不但因为那“先生”，并且因为那量词“位”字。“位”指“地位”，用以称人，指那有某种地位的，就与常人有别。至于“你老”“你老人家”“老人家”是众数，“老”是敬辞——老人常受人尊重。但“你老”用得少些。

最后还有省去对称的办法，却并不如文法书里所说，只限于祈使语气，也不限于上辈对下辈的问语或答语，或熟人间偶然的问答语：如“去吗”“不去”之类。有人曾遇见一位颇有名望的省议会议长，随意谈天儿。那议长的说话老是这样的：

去过北京吗？

在哪儿住？

觉得北京怎么样？

几时回来的？

始终没有用一个对称，也没有用一个呼位的他称，仿佛说到一个不知是谁的人。那听话的觉得自己没有了，只看见俨然的议长。可是偶然要敷衍一两句话，而忘了对面人的姓，单称“先生”又觉不值得的时候，这么办却也可以救眼前之急。

生人相见也不多称“我”。但是单称“我”只不过傲慢，仿佛有点儿瞧不起人，却没有那过分亲昵的味儿，与称你我的时候不一样。所以自称比对称麻烦少些。若是不随便称“你”，“我”字尽可麻麻糊糊通用；不过要留心声调与姿态，别显出拍胸脯指鼻尖的神儿。若是还要谨慎些，在北京可以说“咱”，说“俺”，在南方可以说“我们”；“咱”和“俺”原来也都是闭口音，与“我们”同是众数。自称用众数，表示听话的也在内，“我”说话，像是你和我或你我他联合宣言；这么着，我的责任就有人分担，谁也不能说我自以为是了。也有说“自己”的，如“只怪自己不好”“自己没主意，怨谁！”但同样的句子用来指你我也成。至于说“我自己”，那却是加重的语气，与这个不同。又有说“某人”“某某人”的；如张三说，“他们老疑心这是某人做的，其实我一点也不知道”。

这个“某人”就是张三，但得随手用“我”字点明。若说“张某人岂是那样的人！”却容易明白。又有说“人”“别人”“人家”“别人家”的；如，“这可叫人怎么办？”“也不管人家死活。”指你我也成。这些都是用他称（单数与众数）替代自称，将自己说成别人；但都不是明确的替代，要靠上下文，加上声调姿态，才能显出作用，不像替代对称那样。而其中如“自己”“某人”，能替代“我”的时候也不多，可见自称在我的关系多，在人的关系少，老老实实用“我”字也无妨；所以历来并不十分费心思去找替代的名词。

演说称“兄弟”“鄙人”“个人”或自己名字，会议称“本席”，也是他称替代自称，却一听就明白。因为这几个名词，除“兄弟”代“我”，平常谈话里还偶然用得着之外，别的差不多都已成了向公众说话专用的自称。“兄弟”“鄙人”全是谦词，“兄弟”亲昵些；“个人”就是“自己”；称名字不带姓，好像对尊长说话——称名字的还有仆役与幼儿。仆役称名字兼带姓，如“张顺不敢”。幼儿自称乳名，却因为自我观念还未十分发达，听见人家称自己乳名，也就如法炮制，可教大人听着乐，为的是“像煞有介事”——“本席”指“本席的人”，原来也该是谦称；但以此自称的人往往有一种施施然的声调姿态，所以反觉得傲慢了。这大约是“本”字作怪，从“本总司令”到“本县长”，虽也是以他称替代自称，可都是告诫下属的口气，意在显出自己的身份，让他们知所敬畏。这种自称用的机会却不多。对同辈也偶然有要自称职衔的时候，可不用“本”字而用“敝”字。但“司令”可“敝”，“县长”可“敝”，“人”却“敝”不得；“敝人”是凉薄之人，自己骂得未免太苦了些。同辈间也可用“本”字，是在开玩笑的当儿，如“本科员”“本书记”“本教员”，取其气昂昂的，有俯视一切的样子。

他称比“我”更显得傲慢的还有；如“老子”“咱老子”“大爷我”“我某几爷”“我某某某”。老子本非同辈相称之词，虽然加上众数的“咱”，似乎只是壮声威，并不为的分责任。“大爷”，“某几爷”也都是尊称，加在“我”上，是增加“我”的气焰的。对同辈自称姓名，表示自己完全是个无关系的陌生人；本不如此，偏取了如此态度，将听话的远远地推开去，再加上“我”，更是神气。这些“我”字都是重读的。但除了“我某某某”，那几个别的称呼大概是丘八流氓用得多。他称也有比“我”显得亲昵的。如对儿女自称“爸爸”“妈”，说“爸爸疼你”“妈在这儿，别害怕”。对他们称“我”的太多了，对他们称“爸爸”“妈”的却只有两个人，他们最亲昵的两个人。所以他们听起来，“爸爸”，“妈”比“我”鲜明得多。幼儿更是这样；他们既然还不甚懂得什么是“我”，用“爸爸”“妈”就更要鲜明些。听了这两个名字，不用捉摸，立刻知道是谁而得着安慰；特别在他们正专心一件事或者快要睡觉的时候。若加上“你”，说“你爸爸”“你妈”，没有“我”，只有“你的”，让大些的孩子听了，亲昵的意味更多。对同辈自称“老某”，如“老张”，或“兄弟我”，如“交给兄弟我办吧，没错儿”，也是亲昵的口气。“老某”本是称人之词。单称姓，表示彼此非常之熟，一提到姓就会想起你，再不用别的；同姓的虽然无数，而提到这一姓，却偏偏只想起你。“老”字本是敬辞，但平常说笑惯了的人，忽然敬他一下，只是惊他以取乐罢了；姓上加“老”字，原来怕不过是个玩笑，正和“你老先生”“你老人家”有时候用作滑稽的敬语一种。日子久了，不觉得，反变成“熟得很”的意思。于是自称“老张”，就是“你熟得很的张”，不用说，顶亲昵的。“我”在“兄弟”之下，指的是做兄弟的“我”，当然比平常的“我”客气些；但既有他称，还用自称，特别着重那个“我”，多少免不了自负的味儿。这个“我”字也是重读的。用“兄弟我”的也以江湖气的人为多。自称常可省去；或因叙述的方便，或因答语的方便，或因避免那傲慢的字。

“他”字也须因人而施，不能随便用。先得看“他”在不在旁边儿。还得看“他”与说话的和听话的关系如何——是长辈，同辈，晚辈，还是不相干的，不相识的？北平有个“怹”字，用以指在旁边的别人与不在旁边的尊长；别人既在旁边听着，用个敬词，自然合适些。这个字本来也是闭口音，与“您”字同是众数，是“他们”所从出。可是不常听见人说；常说的还是“某先生”。也有称职衔，行业，身份，行次，姓名号的。“他”和“你”“我”情形不同，在旁边的还可指认，不在旁边的必得有个前词才明白。前词也不外乎这五样儿。职衔如“部长”“经理”。行业如店主叫“掌柜的”，手艺人叫“某师傅”，是通称；做衣服的叫“裁缝”，做饭的叫“厨子”，是特称。身份如妻称夫为“六斤的爸爸”，洋车夫称坐车人为“坐儿”，主人称女仆为“张妈”“李嫂”——“妈”“嫂”“师傅”都是尊长之称，却用于既非尊长，又非同辈的人，也许称“张妈”是借用自己孩子们的口气，称“师傅”是借用他徒弟的口气，只有称“嫂”才是自己的口气，用意都是要亲昵些。借用别人口气表示亲昵的，如媳妇跟着他孩子称婆婆为“奶奶”，自己矮下一辈儿；又如跟着熟朋友用同样的称呼称他亲戚，如“舅母”“外婆”等，自己近走一步儿；只有“爸爸”“妈”，假借得极少。对于地位同的既可如此假借，对于地位低的当然更可随便些；反正谁也明白，这些不过说得好听罢了。——行次如称朋友或儿女用“老大”“老二”；称男仆也常用“张二”“李三”。称号在亲子间，夫妇间，朋友间最多，近亲与师长也常这么称。称姓名往往是不相干的人。有一回政府不让报上直称当局姓名，说应该称衔带姓，想来就是恨这个不相干的劲儿。又有指点似的说“这个人”“那个人”的，本是疏远或轻贱之称。可是有时候不愿，不便，或不好意思说出一个人的身份或姓名，也用“那个人”；这里头却有很亲昵的，如要好的男人或女人，都可称“那个人”。至于“这东西”“这家伙”“那小子”，是更进一步；爱憎同辞，只看怎么说出。又有用泛称的，如“别怪人”“别怪人家”“一个人别太不知足”“人到底是人”。但既是泛称，指你我也未尝不可。又有用虚称的，如“他说某人不好，某人不好”；“某人”虽确有其人，却不定是谁，而两个“某人”所指也非一人。还有“有人”

就是“或人”。用这个称呼有四种意思：一是不知其人，如“听说有人译这本书”。二是知其人而不愿明言，如“有人说怎样怎样”，这个人许是个大人物，自己不愿举出他的名字，以免矜夸之嫌。这个人许是个不甚知名的角色，提起来听话的未必知道，乐得不提省事。又如“有人说你的闲话”，却大大不同。三是知其人而不屑明言，如“有人在一家报纸上骂我”。四是其人或他的关系人就在一旁，故意“使子闻之”；如：“有人不乐意，我知道。”“我知道，有人恨我，我不怕。”——这么着简直是挑战的态度了。又有前词与“他”字连文的，如“你爸爸他辛苦了一辈子，真是何苦来？”是加重的语气。

亲近的及不在旁边的人才用“他”字；但这个字可带有指点的神儿，仿佛说到的就在眼前一样。自然有些古怪，在眼前的尽管用“您”或别的向远处推；不在的却又向近处拉。其实推是为说到的人听着痛快；他既在一旁，听话的当然看得亲切，口头上虽向远处推无妨。拉却是为听话人听着亲切，让他听而如见。因此“他”字虽指你我以外的别人，也有亲昵与轻贱两种情调，并不含含糊糊地“等量齐观”。最亲昵的“他”，用不着前词；如流行甚广的“看见她”歌谣里的“她”字——一个多情多义的“她”字。这还是在眼前的。新婚少妇谈到不在眼前的丈夫，也往往没头没脑地说“他如何如何”，一面还红着脸儿。但如“管他，你走你的好了”，“他——他只比死人多口气”，就是轻贱的“他”了。不过这种轻贱的神儿若“他”不在一旁却只能从上下文看出；不像说“你”的时候永远可以从听话的一边直接看出。“他”字除人以外，也能用在别的生物及无生物身上；但只在孩子们的话里如此。指猫指狗用“他”是常事；指桌椅指树木也有用“他”的时候。譬如孩子让椅子绊了一跤，哇地哭了；大人可以将椅子打一下，说“别哭。是他不好。我打他”。孩子真会相信，回嗔作喜，甚至于也捏着小拳头帮着捶两下。孩子想着什么都是活的，所以随随便便地“他”呀“他”的，大人可就不成。大人说“他”，十回九回指人；别的只称名字，或说“这个”“那个”“这东西”“这件事”“那种道理”。但也有例外，像“听他去吧”“管他成不成，我就是这么办”。这种“他”有时候指事不指人。还有个“彼”字，口语里已废而不用，除了说“不分彼此”，“彼此都是一样”。这个“彼”字不是“他”而是与“这个”相对的“那个”，已经在“人称”之外。“他”字不能省略，一省就与你我相混；只除了在直截的答语里。

代词的三称都可用名词替代，三称的单数都可用众数替代，作用是“敬而远之”。但三称还可互代；如“大难临头，不分你我”，“他们你看我，我看你，一句话不说”，“你”“我”就是“彼”“此”。又如“此公人弃我取”，“我”是“自己”。又如论别人，“其实你去不去与人无干，我们只是尽朋友之道罢了。”“你”实指“他”而言。因为要说得活灵活现，才将三人间变为二人间，让听话的更觉得亲切些。意思既指别人，所以直呼“你”“我”，无需避忌。这都以自称对称替代他称。又如自己责备自己说：“咳，你真糊涂！”这是化一身为两人。又如批评别人，“凭你说干了嘴唇皮，他听你一句才怪！”“你”就是“我”，是让你设身处地替自己想。又如，“你只管不动声色地干下去，他们知道我怎么办？”“我”就是“你”；是自己设身处地替对面人想。这都是着急的口气：我的事要你设想，让你同情我；你的事我代设想，让你亲信我。可不一定亲昵，只在说话当时见得彼此十二分关切就是了。只有“他”字，却不能替代“你”“我”，因为那么着反把话说远了。

众数指的是一人与一人，一人与众人，或众人与众人，彼此间距离本远，避忌较少。但是也有分别；名词替代，还用得着。如“各位”，“诸位”，“诸位先生”，都是“你们”的敬词；“各位”是逐指，虽非众数而作用相同。代词名词连文，也用得着。如“你们这些人”“你们这班东西”，轻重不一样，却都是责备的口吻。又如发牢骚的时候不说“我们”而说“这些人”，“我们这些人”，表示多多少少，是与众不同的人。但替代“我们”的名词似乎没有。又如不说“他们”而说“人家”“那些位”“这班东西”“那班东西”，或“他们这些人”。三称众数的对峙，不像单数那样明白地鼎足而三。“我们”“你们”“他们”相对的时候并不多；说“我们”，常只与“你们”“他们”二者之一相对着。这儿的“你们”包括“他们”，“他们”也包括“你们”；所以说“我们”的时候，实在只有两边儿。所谓“你们”，有时候不必全都对面，只是与对面的在某些点上相似的人；所谓“我们”，也不一定全在身旁，只是与说话的在某些点上相似的人。所以“你们”“我们”之中，都有“他们”在内。“他们”之近于“你们”的，就收编在“你们”里；“他们”之近于“我们”的，就收编在“我们”里；于是“他们”就没有了。“我们”与“你们”也有相似的时候，“我们”可以包括“你们”，“你们”就没有了；只剩下

“他们”和“我们”相对着。演说的时候，对听众可以说“你们”，也可以说“我们”。说“你们”显得自己高出他们之上，在教训着；说“我们”，自己就只在他们之中，在彼此勉励着。听众无疑的是愿意听“我们”的。只有“我们”，永远存在，不会让人家收编了去；因为没有“我们”，就没有了说话的人。“我们”包罗最广，可以指全人类，而与一切生物无生物对峙着。“你们”“他们”都只能指人类的一部分；而“他们”除了特别情形，只能指不在眼前的人，所以更狭窄些。

北平自称的众数有“咱们”“我们”两个。第一个发见这两个自称的分别的是赵元任先生。他在《阿丽思漫游奇境记》的凡例里说：

“咱们”是对他们说的，听话的人也在内的。

“我们”是对你们或他们说的，听话的人不在内的。

赵先生的意思也许说，“我们”是对你们或（你们和）他们说的。这么着“咱们”就收编了“你们”，“我们”就收编了“他们”——不能收编的时候，“我们”就与“你们”，“他们”成鼎足之势。这个分别并非必需，但有了也好玩儿；因为说“咱们”亲昵些，说“我们”疏远些，又多一个花样。北平还有个“俩”字，只能两个，“咱们俩”“你们俩”“他们俩”，无非显得两个人更亲昵些；不带“们”字也成。还有“大家”是同辈相称或上称下之词，可用在“我们”“你们”“他们”之下。单用是所有相关的人都在内；加“我们”拉得近些，加“你们”推得远些，加“他们”更远些。至于“诸位大家”，当然是个笑话。

代词三称的领位，也不能随随便便的。生人间还是得用替代，如称自己丈夫为“我们老爷”，称朋友夫人为“你们太太”，称别人父亲为“某先生的父亲”。但向来还有一种简便的尊称与谦称，如“令尊”“令堂”“尊夫人”“令弟”“令郎”，以及“家父”“家母”“内人”“舍弟”“小儿”等等。“令”字用得最广，不拘哪一辈儿都加得上，“尊”字太重，用处就少，“家”字只用于长辈同辈，“舍”字，“小”字只用于晚辈。熟人也有用通称而省去领位的，如自称父母为“老人家”——长辈对晚辈说他父母，也这么称——称朋友家里人为“老太爷”“老太太”“太太”“少爷”“小姐”；可是没有称人家丈夫为“老爷”或“先生”的，只能称“某先生”“你们先生”。此外有称“老伯”“伯母”“尊夫人”的，为的亲昵些；所省去的却非“你的”而是“我的”。更熟的人可称“我父亲”“我弟弟”“你学生”“你姑娘”，却并不大用“的”字。“我的”往往只用于呼位：如“我的妈呀！”“我的儿呀！”“我的天呀！”被领位若不是人而是事物，却可随便些。“的”字还用于独用的领位，如“你的就是我的”“去他的”。领位有了“的”字，显得特别亲昵似的。也许“的”字是齐齿音，听了觉得挨挤着，紧缩着，才有此感。平常领位，所领的若是人，而也用“的”字，就好像有些过火；“我的朋友”差不多成了一句嘲讽的话，一半怕就是为了那个“的”字。众数的领位也少用“的”字。其实真正众数的领位用的机会也少；用的大多是替代单数的。“我家”“你家”“他家”有时候也可当众数的领位用，如“你家孩子真懂事”“你家厨子走了”“我家运气不好”。北平还有一种特别称呼，也是关于自称领位的。譬如女的向人说：“你兄弟这样长那样短。”“你兄弟”却是她丈夫；男的向人说：“你侄儿这样短，那样长。”“你侄儿”却是他儿子。这也算对称替代自称，可是大规模的；用意可以说是“敬而近之”。因为“近”，才直称“你”。被领位若是事物，领位除可用替代外，也有用“尊”字的，如“尊行”（行次），“尊寓”，但少极；带滑稽味而上“尊”号的却多，如“尊口”“尊须”“尊靴”“尊帽”等等。

外国的影响引我们抄近路，只用“你”“我”“他”“我们”“你们”“他们”，倒也是干脆的办法；好在声调姿态变化是无穷的。“他”分为三，在纸上也还有用，口头上却用不着；读“她”为“ㄧ”，“它”或“牠”为“ㄊㄜ”，大可不必，也行不开去。“它”或“牠”用得也太洋味儿，真别扭，有些实在可用“这个”“那个”。再说代词用得太多，好些重复是不必要的；而领位“的”字也用得太滥点儿。

巴　黎

塞纳河穿过巴黎城中，像一道圆弧。河南称为左岸，著名的拉丁区就在这里。河北称为右岸，地方有左岸两个大，巴黎的繁华全在这一带；说巴黎是“花都”，这一溜儿才真是的。右岸不是穷学生苦学生所能常去的，所以有一位中国朋友说他是左岸的人，抱“不过河”主义；区区一衣带水，却分开了两般人。但论到艺术，两岸可是各有胜场；我们不妨说整个儿巴黎是一座艺术城。从前人说“六朝”卖菜佣都有烟水汽，巴黎人谁身上大概都长着一两根雅骨吧。你瞧公园里，大街上，有的是喷水，有的是雕像，博物院处处是，展览会常常开；他们几乎像呼吸空气一样呼吸着艺术气，自然而然就雅起来了。

右岸的中心是刚果方场。这方场很宽阔，四通八达，周围都是名胜。中间巍巍地矗立着埃及拉米塞司第二的纪功碑。碑是方锥形，高七十六英尺，上面刻着象形文字。一八三六年移到这里，转眼就是一百年了。左右各有一座铜喷水，大得很。水池边环列着些铜雕像，代表着法国各大城。其中有一座代表司太司堡。自从一八七〇年那地方割归德国以后，法国人每年七月十四国庆日总在像上放些花圈和大草叶，终年地搁着让人惊醒。直到一九一八年十一月和约告成，司太司堡重归法国，这才停止。纪功碑与喷水每星期六晚用弧光灯照耀。那碑像从幽暗中脱颖而出；那水像山上崩腾下来的雪。这场子原是法国革命时候断头台的旧址。在“恐怖时代”，路易十六与王后，还有各党各派的人轮班在这儿低头受戮。但现在一点痕迹也没有了。

场东是砖厂花园。也有一个喷水池；白石雕像成行，与一丛丛绿树掩映着。在这里徘徊，可以一直徘徊下去，四围那些纷纷的车马，简直若有若无。花园是所谓法国式，将花草分成一畦畦的，各各排成精巧的花纹，互相对称着。又整洁，又玲珑，教人看着赏心悦目；可是没有野情，也没有蓬勃之气，像北平的叭儿狗。这里春天游人最多，挤挤挨挨的。有时有音乐会，在绿树荫中。乐韵悠扬，随风飘到场中每一个人的耳朵里。再东是加罗塞方场，只隔着一道不宽的马路。路易十四时代，这是一个校场。场中有一座小凯旋门，是拿破仑造来纪胜的，仿罗马某一座门的式样。拿破仑叫将从威尼斯圣马克堂抢来的驷马铜像安在门顶上。但到了一八一四年，那铜像终于回了老家。法国只好换上一个新的，光彩自然差得多。

刚果方场西是大名鼎鼎的仙街，直达凯旋门。有四里半长。凯旋门地势高，从刚果方场望过去像没多远似的，一走可就知道。街的东半截儿，两旁简直是园子，春天绿叶子密密地遮着；西半截儿才真是街。街道非常宽敞。夹道两行树，笔直笔直地向凯旋门奔凑上去。凯旋门巍峨爽朗地盘踞在街尽头，好像在半天上。欧洲名都街道的形势，怕再没有赶上这儿的；称为“仙街”，不算说大话。街上有戏院，舞场，饭店，够游客们玩儿乐的。凯旋门一八〇六年开工，也是拿破仑造来纪功的。但他并没有看它的完成。门高一百六十英尺，宽一百六十四英尺，进身七十二英尺，是世界凯旋门中最大的。门上雕刻着一七九二至一八一五年间法国战事片段的景子，都出于名手。其中罗特（Burgundian Rude，十九世纪）的“出师”一景，慷慨激昂，至今还可以作我们的气。这座门更有一个特别的地方：在拿破仑周忌那一天，从仙街向上看，团团的落日恰好扣在门圈儿里。门圈儿底下是一个无名兵士的墓；他埋在这里，代表大战中死难的一百五十万法国兵。墓是平的，地上嵌着文字；中央有个纪念火，焰子粗粗的，红红的，在风里摇晃着。这个火每天由参战军人团团员来点。门顶可以上去，乘电梯或爬石梯都成；石梯是二百七十三级。上面看，周围不下十二条林荫路，都辐辏到门下，宛然一个大车轮子。

刚果方场东北有四道大街衔接着，是巴黎最繁华的地方。大铺子差不多都在这一带，珠宝市也在这儿。各店家陈列窗里五花八门，五光十色，珍奇精巧，兼而有之；管保你走一天两天看不完，也看不倦。步道上人挨挨凑凑，常要躲闪着过去。电灯一亮，更不容易走。街上“咖啡”东一处西一处的，沿街安着座儿，有点儿像北平中山公园里的茶座儿。客人慢慢地喝着咖啡或别的，慢慢地抽烟，看来往的人。“咖啡”本是法国的玩意儿；巴黎差不多每道街都有，怕是比哪儿都多。巴黎人喝咖啡几乎成了癖，就像我国南方人爱上茶馆。“咖啡”里往往备有纸笔，许多人都在那儿写信；还有人让“咖啡”收信，简直当作自己的家。文人画家更爱坐“咖啡”；他们爱的是无拘无束，容易会朋友，高谈阔论。爱写信固然可以写信，爱做诗也可以做诗。大诗人魏尔仑（Verlaine）的诗，据说少有不在“咖啡”里写的。坐“咖啡”也有派别。一来“咖啡”是熟的好，二来人是熟的好。久而久之，某派人坐某“咖啡”便成了自然之势。这所谓派，当然指文人艺术家而言。一个人独自去坐“咖啡”，偶尔一回，也许不是没有意思，常去却未免寂寞得慌；这也与我国南方人上茶馆一样。若是外国人而又不懂话，那就更可不必去。巴黎最大的“咖啡”有三个，却都在左岸。这三座“咖啡”名字里都含着“圆圆的”意思，都是文人艺术家荟萃的地方。里面装饰满是新派。其中一家，电灯壁画满是立体派，据说这些画全出于名家之手。另一家据说时常陈列着当代画家的作品，待善价而沽之。坐“咖啡”之外还有站“咖啡”，却有点像我国南方的喝柜台酒。这种“咖啡”大概小些。柜台长长的，客人围着要吃的喝的。吃喝都便宜些，为的是不用多伺候你，你吃喝也比较不舒服些。站“咖啡”的人脸向里，没有什么看的，大概吃喝完了就走。但也有人用胳膊肘儿斜靠在柜台上，半边身子偏向外，写意地眺望，谈天儿。巴黎人吃早点，多半在“咖啡”里。普通是一杯咖啡，两三个月芽饼就够了，不像英国人吃得那么多。月芽饼是一种面包，月芽形，酥而软，趁热吃最香；法国人本会烘面包，这一种不但好吃，而且好看。

卢森堡花园也在左岸，因卢森堡宫而得名。宫建于十七世纪初年，曾用作监狱，现在是上议院。花园甚大。里面有两座大喷水，背对背紧挨着。其一是梅迭契喷水，雕刻的是亚西司（Acis）与加拉台亚（Galatea）的故事。巨人波力非摩司（Polyphamos）爱加拉台亚。他晓得她喜欢亚西司，便向他头上扔下一块大石头，将他打死。加拉台亚无法使亚西司复活，只将他变成一道河水。这个故事用在一座喷水上，倒有些远意。园中绿树成行，浓荫满地，白石雕像极多，也有铜的。巴黎的雕像真如家常便饭。花园南头，自成一局，是一条荫道。最南头，天文台前面又是一座喷水，中央四个力士高高地扛着四限仪，下边环绕着四对奔马，气象雄伟得很。这是卡波（Carpeaus，十九世纪）所作。卡波与罗特同为写实派，所作以形线柔美著。

沿着塞纳河南的河墙，一带旧书摊儿，六七里长，也是左岸特有的风光。有点像北平东安市场里旧书摊儿。可是背景太好了。河水终日悠悠地流着，两头一眼望不尽；左边卢佛宫，右边圣母堂，古香古色的。书摊儿黯黯的，低低的，窄窄的一溜；一小格儿一小格儿，或连或断，可没有东安市场里的大。摊上放着些破书；旁边小凳子上坐着掌柜的。到时候将摊儿盖上，锁上小铁锁就走。这些情形也活像东安市场。

铁塔在巴黎西头，塞纳河东岸，高约一千英尺，算是世界上最高的塔。工程艰难浩大，建筑师名爱非尔（Eiffel），也称为爱非尔塔。全塔用铁骨造成，如网状，空处多于实处，轻便灵巧，亭亭直上，颇有戈昔式的余风。塔基占地十七亩，分三层。头层离地一百八十六英尺，二层三百七十七英尺，三层九百二十四英尺，连顶九百八十四英尺。头二层有“咖啡”，酒馆及小摊儿等。电梯步梯都有，电梯分上下两厢，一厢载直上直下的客人，一厢载在头层停留的客人。最上层却非用电梯不可。那梯口常常拥挤不堪。壁上贴着“小心扒手”的标语，收票人等嘴里还不住地唱道，“小心呀！”这一段儿走得可慢极，大约也是“小心”吧。最上层只有卖纪念品的摊儿和一些问心机。这种问心机欧洲各游戏场中常见；是些小铁箱，一箱管一事。放一个钱进去，便可得到回答；回答若干条是印好的，指针所停止的地方就是专答你。也有用电话回答的。譬如你要问流年，便向流年箱内投进钱去。这实在是一种开心的玩意儿。这层还专设一信箱；寄的信上盖铁塔形邮戳，好让亲友们留作纪念。塔上最宜远望，全巴黎都在眼下。但尽是密匝匝的房子，只觉应接不暇而无苍茫之感。塔上满缀着电灯，晚上便是种种广告；在暗夜里这种明妆倒值得一番领略。隔河是特罗卡代罗（Trocadéro）大厦，有道桥笔直地通着。这所大厦是为一八七八年的博览会造的。中央圆形，圆窗圆顶，两支高高的尖塔分列顶侧；左右翼是新月形的长房。下面许多级台阶，阶下一个大喷水池，也是圆的。大厦前是公园，铁塔下也是的；一片空阔，一片绿。所以大厦远看近看都显出雄巍巍的。大厦的正厅可容五千人。它的大在横里；铁塔的大在直里。一横一直，恰好称得住。

歌剧院在右岸的闹市中。门墙是威尼斯式，已经乌暗暗的，走近前细看，才见出上面精美的雕饰。下层一排七座门，门间都安着些小雕像。其中罗特的《舞群》，最有血有肉，有情有力。罗特是写实派作家，所以如此。但因为太生动了，当时有些人还见不惯；一八六九年这些雕像揭幕的时候，一个宗教狂的人，趁夜里悄悄地向这群像上倒了一瓶墨水。这件事传开了，然而罗特却因此成了一派。院里的楼梯以宏丽著名。全用大理石，又白，又滑，又宽；栏杆是低低儿的。加上罗马式圆拱门，一对对爱翁匿克式石柱，雕像上的电灯烛，真是堆花簇锦一般。那一片电灯光像海，又像月，照着你缓缓走上梯去。幕间休息的时候，大家都离开座儿各处走。这儿休息的时间特别长，法国人乐意趁这闲工夫在剧院里散散步，谈谈话，来一点吃的喝的。休息室里散步的人最多。这是一间顶长顶高的大厅，华丽的灯光淡淡地布满了一屋子。一边是成排的落地长窗，一边是几座高大的门；墙上略略有些装饰，地下铺着毯子。屋里空落落的，客人穿梭般来往。太太小姐们大多穿着各色各样的晚服，露着脖子和膀子。“衣香鬓影”，这里才真够味儿。歌剧院是国家的，只演古典的歌剧，间或也演队舞（Ballet），总是堂皇富丽的玩意儿。

国葬院在左岸。原是巴黎护城神圣也奈韦夫（St. Genevi é ve）的教堂；大革命后，一般思想崇拜神圣不如崇拜伟人了，于是改为这个；后来又改回去两次，一八五五年才算定了。伏尔泰，卢梭，雨果，左拉，都葬在这里。院中很为宽宏，高大的圆拱门，架着些圆顶，都是罗马式。顶上都有装饰的图案和画。中央的穹隆顶高二百七十二英尺，可以上去。院中壁上画着法国与巴黎的历史故事，名笔颇多。沙畹（Puvisde Chavannes，十九世纪）的便不少。其中《圣也奈韦夫俯视着巴黎城》一幅，正是月圆人静的深夜，圣还独对着油盏火；她似乎有些倦了，慢慢踱出来，凭栏远望，全巴黎城在她保护之下安睡了；瞧她那慈祥和蔼一往情深的样子。圣也奈韦夫于五世纪初年，生在离巴黎二十四里的囊台儿村（Nanterre）里。幼时听圣也曼讲道，深为感悟。圣也曼也说她根器好，着实勉励了一番。后来她到巴黎，尽力于救济事业。五世纪中叶，匈奴将来侵巴黎，全城震惊。她力劝人民镇静，依赖神明，颇能教人相信。匈奴到底也没有成。以后巴黎真经兵乱，她于救济事业加倍努力。她活了九十岁。晚年倡议在巴黎给圣彼得与圣保罗修一座教堂。动工的第二年，她就死了。等教堂落成，却发见她已葬在里头；此外还有许多奇异的传说。因此这座教堂只好作为奉祀她的了。这座教堂便是现在的国葬院。院的门墙是希腊式，三角楣下，一排哥林斯式的石柱。院旁有圣爱的昂堂，不大。现在是圣也奈韦夫埋灰之所。祭坛前的石刻花屏极华美，是十六世纪的东西。

左岸还有伤兵养老院。其中兵甲馆，收藏废弃的武器及战利品。有一间满悬着三色旗，屋顶上正悬着，两壁上斜插着，一面挨一面的。屋子很长，一进去但觉千层百层鲜明的彩色，静静地交映着。院有穹隆顶，高三百四十英尺，直径八十六英尺，造于十七世纪中，优美庄严，胜于国葬院的。顶下原是一个教堂，拿破仑墓就在这里。堂外有宽大的台阶儿，有多力克式与哥林斯式石柱。进门最叫你舒服的是那屋里的光。那是从染色玻璃窗射下来的淡淡的金光，软得像一股水。堂中央一个窖，圆的，深二十英尺，直径三十六英尺，花岗石柩居中，十二座雕像环绕着，代表拿破仑重要的战功；像间分六列插着五十四面旗子，是他的战利品。堂正面是祭坛；周围许多龛堂，埋着王公贵人。一律圆拱门；地上嵌花纹，窖中也这样。拿破仑死在圣海仑岛，遗嘱愿望将骨灰安顿在塞纳河旁，他所深爱的法国人民中间。待他死后十九年，一八四零，这愿望才达到了。

塞纳河里有两个小洲，小到不容易觉出。西头的叫城洲，洲上两所教堂是巴黎的名迹。洲东的圣母堂更为煊赫。堂成于十二世纪，中间经过许多变迁，到十九世纪中叶重修，才有现在的样子。这是“装饰的戈昔式”建筑的最好的代表。正面朝西，分三层。下层三座尖拱门。这种门很深，门圈儿是一棱套着一棱的，越往里越小；棱间与门上雕着许多大像小像，都是《圣经》中的人物。中层是窗子，两边的尖拱形，分雕着亚当夏娃像；中央的浑圆形，雕着“圣处女”像。上层是栏杆。最上两座钟楼，各高二百二十七英尺；两楼间露出后面尖塔的尖儿，一个伶俐瘦劲的身影。这座塔是勒丢克（Viellet ie Duc，十九世纪）所造，比钟楼还高五十八英尺；但从正面看，像一般高似的，这正是建筑师的妙用。朝南还有一个旁门，雕饰也繁密得很。从背后看，左右两排支墙（Buttress）像一对对的翅膀，作飞起的势子。支墙上虽也有些装饰，却不为装饰而有。原来戈昔式的房子高，窗子大，墙的力量支不住那些石头的拱顶，因此非从墙外想法不可。支墙便是这样来的。这是戈昔式的致命伤；许多戈昔式建筑容易记毁，正是为此。堂里满是彩绘的高玻璃窗子，阴森森的，只看见石柱子，尖拱门，肋骨似的屋顶。中间神堂，两边四排廊路，周围三十七间龛堂，像另自成个世界。堂中的讲坛与管风琴都是名手所作。歌队座与牧师座上的动植物木刻，也以精工著。戈昔式教堂里雕绘最繁；其中取材于教堂所在地的花果的尤多。所雕绘的大抵以近真为主。这种一半为装饰，一半也为教导，让那些不识字的人多知道些事物，作用和百科全书差不多。堂中有宝库，收藏历来珍贵的东西，如金龛，金十字架之类，灿烂耀眼。拿破仑于一八零四年在这儿加冕，那时穿的长袍也陈列在这个库里。北钟楼许人上去，可以看见墙角上石刻的妖兽，奇丑怕人，俯视着下方，据说是吐溜水的。雨果写过《巴黎圣母堂》一部小说，所叙是四百年前的情形，有些还和现在一样。

圣龛堂在洲西头，是全巴黎戈昔式建筑中之最美丽者。罗斯金更说是“北欧洲最珍贵的一所戈昔式”。在一二三八那一年，“圣路易”王听说君士坦丁皇帝包尔温将“棘冠”押给威尼斯商人，无力取赎，“棘冠”已归商人们所有，急得什么似的。他要将这件无价之宝收回，便异想天开地在犹太人身上加了一种“苛捐杂税”。过了一年，“棘冠”果然弄回来，还得了些别的小宝贝，如“真十字架”的片段等等。他这一乐非同小可，命令某建筑师造一所教堂供奉这些宝物；要造得好，配得上。一二四五年起手，三年落成。名建筑家勒丢克说，“这所教堂内容如此复杂，花样如此繁多，活儿如此利落，材料如此美丽，真想不出在那样短的时期里如何成功的。”这样两个龛堂，一上一下，都是金碧辉煌的。下堂尖拱重叠，纵横交互；中央拱抵而阔，所以地方并不大而极有开朗之势。堂中原供的“圣处女”像，传说灵迹甚多。上堂却高多了，有彩绘的玻璃窗子十五堵；窗下沿墙有龛，低得可怜相。柱上相间地安着十二使徒像；有两尊很古老，别的都是近世仿作。玻璃绘画似乎与戈昔艺术分不开；十三世纪后者最盛，前者也最盛。画法用许多颜色玻璃拼合而成，相连处以铅焊之，再用铁条夹住。着色有浓淡之别。淡色所以使日光柔和缥缈。但浓色的多，大概用深蓝作地子，加上点儿黄白与宝石红，取其衬托鲜明。这种窗子也兼有装饰与教导的好处；所画或为几何图案，或为人物故事。还有一堵“玫瑰窗”，是象征“圣处女”的；画是圆形，花纹都从中心分出。据说这堵窗是玫瑰窗中最亲切有味的，因为它的温暖的颜色比别的更接近看的人。但这种感想东方人不会有。这龛堂有一座金色的尖塔，是勒丢克造的。

毛得林堂在刚果方场之东北，造于近代。形式仿希腊神庙，四面五十二根哥林斯式石柱，围成一个廊子。壁上左右各有一排大龛子，安着群圣的像。堂里也是一行行同式的石柱；却使用各种颜色的大理石，华丽悦目。圣心院在巴黎市外东北方，也是近代造的，至今还未完成，堂在一座小山的顶上，山脚下有两道飞阶直通上去。也通索子铁路。堂的规模极宏伟，有四个穹隆顶，一个大的，带三个小的，都量卑赞廷式；另外一座方形高钟楼，里面的钟重二万九千斤。堂里能容八千人，但还没有加以装饰。房子是白色，台阶也是的，一种单纯的力量压得住人。堂高而大，巴黎周围若干里外便可看见。站在堂前的平场里，或爬上穹隆顶里，也可看个五六十里。造堂时工程浩大，单是打地基一项，就花掉约四百万元；因为土太松了，撑不住，根基要一直打到山脚下。所以有人半真半假地说，就是移了山，这教堂也不会倒的。

巴黎博物院之多，真可算甲于世界。就这一桩儿，便可教你流连忘返。但须徘徊玩索才有味，走马看花是不成的。一个行色匆匆的游客，在这种地方往往无可奈何。博物院以卢佛宫（Louvre）为最大；这是就全世界论，不单就巴黎论。卢佛宫在加罗塞方场之东；主要的建筑是口字形，南头向西伸出一长条儿。这里本是一座堡垒，后来改为王宫。大革命后，各处王宫里的画，宫苑里的雕刻，都保存在此；改为故宫博物院，自然是很顺当的。博物院成立后，历来的政府都尽力搜罗好东西放进去；拿破仑从各国"搬"来大宗的画，更为博物院生色不少。宫房占地极宽，站在那方院子里，颇有海阔天空的意味。院子里养着些鸽子，成群地孤单地仰着头挺着胸在地上一步步地走，一点不怕人。撒些饼干面包之类，它们便都向你身边来。房子造得秀雅而庄严，壁上安着许多王公的雕像。熟悉法国历史的人，到此一定会发思古之幽情的。

卢佛宫好像一座宝山，蕴藏的东西实在太多，教人不知从哪儿说起好。画为最，还有雕刻，古物，装饰美术等等，真是琳琅满目。乍进去的人一时摸不着头脑，往往弄得糊里糊涂。就中最脍炙人口的有三件。一是达文齐的《摩那丽沙》像，大约作于一五零五年前后，是觉孔达（Joconda）夫人的画像。相传达文齐这幅像画了四个年头，因为要那甜美的微笑的样子，每回"临像"的时候，总请些乐人弹唱给她听，让她高高兴兴坐着。像画好了，他却爱上她了。这幅画是佛兰西司第一手里买的，他没有准儿许认识那女人。一九一一年画曾被人偷走，但两年之后，到底从意大利找回来了。十六世纪中叶，意大利已公认此画为不可有二的画像杰作，作者在与造化争巧。画的奇处就在那一丝儿微笑上。那微笑太飘忽了，太难捉摸了，好像常常在变幻。这果然是个"奇迹"，不过也只是造形的"奇迹"罢了。这儿也有些理想在内；达文齐笔下夹带了一些他心目中的圣母的神气。近世讨论那微笑的可太多了。诗人，哲学家，有的是；他们都想找出点儿意义来。于是摩那丽沙成为一个神秘的浪漫的人了；她那微笑成为“人狮（Sphinx）的凝视”或“鄙薄的讽笑”了。这大概是她与达文齐都梦想不到的吧。

二是米罗（Milo）《爱神》像。一八二零年米罗岛一个农人发见这座像，卖给法国政府只卖了五千块钱。据近代考古家研究，这座像当作于纪元前一百年左右。那两只胳膊都没有了；它们是怎么个安法，却大大费了一班考古家的心思。这座像不但有生动的形态，而且有温暖的骨肉。她又强壮，又清明；单纯而伟大，朴真而不奇。所谓清明，是身心都健的表象，与麻木不同。这种作风颇与纪元前五世纪希腊巴昔农（Panthenon）庙的监造人，雕刻家费铁亚司（Phidias）相近。因此法国学者雷那西（S. Reinach，新近去世）在他的名著《亚波罗》（美术史）中相信这座像作于纪元前四世纪中。他并且相信这座像不是爱神微那司而是海女神安非特利特（Amphitrite）；因为它没有细腻，缥缈，娇羞，多情的样子。

三是沙摩司雷司（Samothrace）的《胜利女神像》。女神站在冲波而进的船头上，吹着一支喇叭。但是现在头和手都没有了，剩下翅膀与身子。这座像是还愿的。纪元前三〇六年波立尔塞特司（Demetrius Poliorcetes）在塞勃勒司（Cyprus）岛打败了埃及大将陶来买（Ptolemy）的水师，便在沙摩司雷司岛造了这座像。衣裳雕得最好；那是一件薄薄的软软的衣裳，光影的准确，衣褶的精细流动；加上那下半截儿被风吹得好像弗弗有声，上半截儿却紧紧地贴着身子，很有趣地对照着。因为衣裳雕得好，才显出那筋肉的力量；那身子在摇晃着，在挺进着，一团胜利的喜悦的劲儿。还有，海风呼呼地吹着，船尖儿嗤嗤地响着，将一片碧波分成两条长长的白道儿。

卢森堡博物院专藏近代艺术家的作品。他们或新故，或还生存。这里比卢佛宫明亮得多。进门去，宽大的甬道两旁，满陈列着雕像等；里面却多是画。雕刻里有彭彭（Pompon）的《狗熊》与《水禽》等，真是大巧若拙。彭彭现在大概有七八十岁了，天天上动物园去静观禽兽的形态。他熟悉它们，也亲爱它们，所以做出来的东西神气活现；可是形体并不像照相一样地真切，他在天然的曲线里加上些小小的棱角，便带着点“建筑”的味儿。于是我们才看见新东西。那《狗熊》和实物差不多大，是石头的；那《水禽》等却小得可以供在案头，是铜的。雕像本有两种手法，一是干脆地砍石头，二是先用泥塑，再浇铜。彭彭从小是石匠，石头到他手里就像豆腐。他是巧匠而兼艺术家。动物雕像盛于十九世纪的法国；那时候动物园发达起来，供给艺术家观察，研究，描摹的机会。动物素描之成为画的一支，也从这时候起。院里的画受后期印象派的影响，找寻人物的“本色”（local colour），大抵是鲜明的调子。不注重画面的“体积”而注重装饰的效用。也有细心分别光影的，但用意还在找寻颜色，与印象派之只重光影不一样。

砖场花园的南犄角上有网球场博物院，陈列外国近代的画与雕像。北犄角上有奥兰纪利博物院，陈列的东西颇杂，有马奈（Manet，九世纪法国印象派画家）的画与日本的浮世绘等。浮世绘的着色与构图给十九世纪后半法国画家极深的影响。摩奈（Monet）画院也在这里。他也是法国印象派巨子，一九二六年才过去。印象派兴于十九世纪中叶，正是照相机流行的时候。这派画家想赶上照相机，便专心致志地分别光影；他们还想赶过照相机，照相没有颜色而他们有。他们只用原色；所画的画近看但见一处处的颜色块儿，在相当的距离看，才看出光影分明的全境界。他们的看法是迅速的综合的，所以不重"本色"（人物固有的颜色，随光影而变化），不重细节。摩奈以风景画著于世；他不但是印象派，并且是露天画派（Pleinairiste）。露天画派反对画室里的画，因为都带着那黑影子；露天里就没有这种影子。这个画院里有摩奈八幅顶大的画，太大了，只好嵌在墙上。画院只有两间屋子，每幅画就是一堵墙，画的是荷花在水里。摩奈欢喜用蓝色，这几幅画也是如此。规模大，气魄厚，汪汪欲溢的池水，疏疏密密的乱荷，有些像在树荫下，有些像在太阳里。据内行说，这些画的章法，简直前无古人。

罗丹博物院在左岸。大战后罗丹的东西才收集在这里；已完成的不少，也有些未完成的。有群像，单像，胸像；有石膏仿本。还有画稿，塑稿。还有罗丹的遗物。罗丹是十九世纪雕刻大师；或称他为自然派，或称他为浪漫派。他有匠人的手艺，诗人的胸襟；他借雕刻来表现自己的情感。取材是不平常的，手法也是不平常的。常人以为美的，他觉得已无用武之地；他专找常人以为丑的，甚至于借重性交的姿势。又因为求表现的充分，不得不夸饰与变形。所以他的东西乍一看觉得"怪"，不是玩意儿。从前的雕刻讲究光洁，正是"裁缝不露针线迹”的道理；而浪漫派艺术家恰相反，故意要显出笔触或刀痕，让人看见他们在工作中情感激动的光景。罗丹也常如此。他们又多喜欢用塑法，因为泥随意些，那凸凸凹凹的地方，那大块儿小条儿，都可以看得清楚。

克吕尼馆（Cluny）收藏罗马与中世纪的遗物颇多，也在左岸。罗马时代执政的宫在这儿。后来法兰族诸王也住在这宫里。十五世纪的时候，宫毁了，克吕尼寺僧改建现在这所房子，作他们的下院，是“后期戈昔”与“文艺复兴”的混合式。法国王族来到巴黎，在馆里暂住过的，也很有些人。这所房子后来又归了一个考古家。他搜集了好些古董；死后由政府收买，并添凑成一万件。画，雕刻，木刻，金银器，织物，中世纪上等家具，瓷器，玻璃器，应有尽有。房子还保存着原来的样子。入门就如活在几百年前的世界里，再加上陈列的零碎的东西，触鼻子满是古气。与这个馆毗连着的是罗马时代的浴室，原分冷浴热浴等，现在只看见些残门断柱（也有原在巴黎别处的），寂寞地安排着。浴室外是园子，树间草上也散布着古代及中世纪巴黎建筑的一鳞一爪，其中“圣处女门”最秀雅。

此外巴黎美术院（即小宫），装饰美术院都是杂拌儿。后者中有一间扇室，所藏都是十八世纪的扇面，是某太太的遗赠。十八世纪中国玩意儿在欧洲颇风行，这也可见一斑。扇面满是西洋画，精工鲜丽；几百张中，只有一张中国人物，却板滞无生气。又有吉买博物院（Guimet），收藏远东宗教及美术的资料。伯希和取去敦煌的佛画，多数在这里。日本小画也有些。还有蜡人馆。据说那些蜡人做得真像，可是没见过那些人或他们的照相的，就感不到多大兴味，所以不如画与雕像。不过“隧道”里阴惨惨的，人物也代表着些阴惨惨的故事，却还可看。楼上有镜宫，满是镜子，顶上与周围用各色电光照耀，宛然千门万户，像到了万花筒里。

一九三二年春季的官“沙龙”在大宫中，顶大的院子里罗列着雕像；楼上下八十几间屋子满是画，也有些装饰美术。内行说，画像太多，真有“官”气。其中有安南阮某一幅，奖银牌；中国人一看就明白那是阮氏祖宗的影像。记得有个笑话，说一个贼混入人家厅堂偷了一幅古画，卷起夹在腋下。跨出大门，恰好碰见主人。那贼情急智生，便将画卷儿一扬，问道，“影像，要买吧？”主人自然大怒，骂了一声走进去。贼于是从容溜之乎也。那位安南阮某与此贼可谓异曲同工。大宫里，同时还有一个装饰艺术的“沙龙”，陈列的是家具，灯，织物，建筑模型等等，大都是立体派的作风。立体派本是现代艺术的一派，意大利最盛。影响大极了，建筑，家具，布匹，织物，器皿，汽车，公路，广告，书籍装订，都有立体派的份儿。平静，干脆，是古典的精神，也是这时代重理智的表现。在这个“沙龙”里看，现代的屋子内外都俨然是些几何的图案，和从前华丽的藻饰全异。还有一个“沙龙”，专陈列幽默画。画下多有说明。各画或描摹世态，或用大小文野等对照法，以传出那幽默的情味。有一幅题为《长褂子》，画的是夜宴前后客室中的景子：女客全穿短褂子，只有一人穿长的，大家的眼睛都盯着她那长出来的一截儿。她正在和一个男客谈话，似乎不留意。看她的或偏着身子，或偏着头，或操着手，或用手托着腮（表示惊讶），倚在丈夫的肩上，或打着看戏用的放大镜子，都是一副尴尬面孔。穿长褂子的女客在左首，左首共三个人；中央一对夫妇，右首三个女人，疏密向背都恰好；还点缀着些不在这一群里的客人。画也有不幽默的，也有太恶劣的；本来是幽默并不容易。

巴黎的坟场，东头以倍雷拉谢斯（Père Lachaise）为最大，占地七百二十亩，有二里多长。中间名人的坟颇多，可是道路纵横，找起来真费劲儿。阿培拉德与哀绿绮思两坟并列，上有亭子盖着；这是重修过的。王尔德的坟本葬在别处；死后九年，也迁到此场。坟上雕着个大飞人，昂着头，直着脚，长翅膀，像是合埃及的“狮人”与亚述的翅儿牛而为一，雄伟飞动，与王尔德并不很称。这是英国当代大雕刻家爱勃司坦（Epstein）的巨作；钱是一位倾慕王尔德的无名太太捐的。场中有巴什罗米（Bartholom é ）雕的一座纪念碑，题为《致死者》。碑分上下两层，上层中间是死门，进去的两个人倒也行无所事的；两侧向门走的人群却牵牵拉拉，哭哭啼啼，跌跌倒倒，不得开交似的。下层像是生者的哀伤。此外北头的蒙马特，南头的蒙巴那斯两坟场也算大。茶花女埋在蒙马特场，题曰一八二四年正月十五日生，一八四七年二月三日卒。小仲马，海涅也在那儿。蒙巴那斯场有圣白孚，莫泊桑，鲍特莱尔等；鲍特莱尔的坟与纪念碑不在一处，碑上坐着一个悲伤的女人的石像。

巴黎的夜也是老牌子。单说六个地方。非洲饭店带澡堂子，可以洗蒸汽澡，听黑人浓烈的音乐；店员都穿着埃及式的衣服。三藩咖啡看“爵士舞”，小小的场子上一对对男女跟着那繁声促节直扭腰儿。最警动的是那小圆木筒儿，里面像装着豆子之类。不时地紧摇一阵子。圆屋听唱法国的古歌；一扇门背后的墙上油画着蹲着在小便的女人。红磨坊门前一架小红风车，用电灯做了轮廓线；里面看小戏与女人跳舞。这在蒙巴特区。蒙马特是流浪人的区域。十九世纪画家住在这一带的不少，画红磨坊的常有。塔巴林看女人跳舞，不穿衣服，意在显出好看的身子。里多在仙街，最大。看变戏法，听威尼斯夜曲。里多岛本是威尼斯娱乐的地方。这儿的里多特意砌了一个池子，也有一支"刚朵拉"，夜曲是男女对唱，不过意味到底有点儿两样。

巴黎的野色在波隆尼林与圣克罗园里才可看见。波隆尼林在西北角，恰好在塞因河河套中间，占地一万四千多亩，有公园，大路，小路，有两个湖，一大一小，都是长的；大湖里有两个洲，也是长的。要领略林子的好处，得闲闲地拣深僻的地儿走。圣克罗园还在西南，本有离宫，现在毁了，剩下些喷水和林子。林子里有两条道儿很好。一条渐渐高上去，从树里两眼望不尽；一条窄而长，漏下一线天光；远望路口，不知是云是水，茫茫一大片。但真有野味的还得数枫丹白露的林子。枫丹白露在巴黎东南，一点半钟的火车。这座林子有二十七万亩，周围一百九十里。坐着小马车在里面走，幽静如远古的时代。太阳光将树叶子照得透明，却只一圈儿一点儿地洒到地上。路两旁的树有时候太茂盛了，枝叶交错成一座拱门，低低的；远看去好像拱门那面另有一界。林子里下大雨，那一片沙沙沙沙的声音，像潮水，会把你心上的东西冲洗个干净。林中有好几处山峡，可以试腰脚，看野花野草，看旁逸斜出，稀奇古怪的石头，像枯骨，像刺猬。亚勃雷孟峡就是其一，地方大，石头多，又是忽高忽低，走起来好。

枫丹白露宫建于十六世纪，后经重修。拿破仑一八一四年临去爱而巴岛的时候，在此告别他的诸将。这座宫与法国历史关系甚多。宫房外观不美，里面却精致，家具等等也考究。就中侍从武官室与亨利第二厅最好看。前者的地板用嵌花的条子板；小小的一间屋，共用九百条之多。复壁板上也雕绘着繁细的花饰，炉壁上也满是花儿，挂灯也像花正开着。后者是一间长厅，其大少有。地板用了二万六千块，一色，嵌成规规矩矩的几何图案，光可照人。厅中间两行圆拱门。门柱下截镶复壁板，上截镶油画；楣上也画得满满的。天花板极意雕饰，金光耀眼。宫外有园子，池子，但赶不上凡尔赛宫的。

凡尔赛宫在巴黎西南，算是近郊。原是路易十三的猎宫，路易十四觉得这个地方好，便大加修饰。路易十四是所谓“上帝的代表”，凡尔赛宫便是他的庙宇。那时法国贵人多一半住在宫里，伺候王上。他的侍从共一万四千人；五百人伺候他吃饭，一百个贵人伺候他起床，更多的贵人伺候他睡觉。那时法国艺术大盛，一切都成为御用的，集中在凡尔赛和巴黎两处。凡尔赛宫里装饰力求富丽奇巧，用钱无数。如金漆彩画的天花板，木刻，华美的家具，花饰，贝壳与多用错综交会的曲线纹等，用意全在教来客惊奇：这便是所谓“罗科科式”（Rococo）。宫中有镜厅，十七个大窗户，正对着十七面同样大小的镜子；厅长二百四十英尺，宽三十英尺，高四十二英尺。拱顶上和墙上画着路易十四打胜德国，荷兰，西班牙的情形，画着他是诸国的领袖，画着他是艺术与科学的广大教主。近十几年来成为世界祸根的那和约便是一九一九年六月二十八那一天在这座厅里签的字。宫旁一座大园子，也是路易十四手里布置起来的。看不到头的两行树，有万千的气象。有湖，有花园，有喷水。花园一畦一个花样，小松树一律修剪成圆锥形，集法国式花园之大成。喷水大约有四十多处，或铜雕，或石雕，处处都别出心裁，也是集大成。每年五月到九月，每月第一星期日，和别的节日，都有大水法。从下午四点起，到处银花飞舞，雾气沾人，衬着那齐斩斩的树，软茸茸的草，觉得立着看，走着看，不拘怎么看总成。海龙王喷水池，规模特别大；得等五点半钟大水法停后，让它单独来二十分钟。有时晚上大放花炮，就在这里。各色的电彩照耀着一道道喷水。花炮在喷水之间放上去，也是一道道的；同时放许多，便氤氲起一团雾。这时候电光换彩，红的忽然变蓝的，蓝的忽然变白的，真真是一眨眼。

卢梭园在爱尔莽浓镇（Ermenonville），巴黎的东北；要坐一点钟火车，走两点钟的路。这是道地乡下，来的人不多。园子空旷得很，有种荒味。大树，怒草，小湖，清风，和中国的郊野差不多，真自然得不可言。湖里有个白杨洲，种着一排白杨树，卢梭坟就在那小洲上。日内瓦的卢梭洲在仿这个；可是上海式的街市旁来那么个洲子，总有些不伦不类。

一九三一年夏天，“殖民地博览会”开在巴黎之东的万散园（Vincennes）里。那时每日人山人海。会中建筑都仿各地的式样，充满了异域的趣味。安南庙七塔参差，峥嵘肃穆，最为出色。这些都是用某种轻便材料造的，去年都拆了。各建筑中陈列着各处的出产，以及民俗。晚上人更多，来看灯光与喷水。每条路一种灯，都是立体派的图样。喷水有四五处，也是新图样；有一处叫“仙人球”喷水，就以仙人球做底样，野拙得好玩儿。这些自然都用电彩。还有一处水桥，河两岸各喷出十来道水，凑在一块儿，恰好是一座弧形的桥，教人想着走上一个水晶的世界去。

是喽嘛

初来昆明的人，往往不到三天，便学会了“是喽嘛”这句话。这见出“是喽嘛”在昆明，也许在云南罢，是一句普遍流行的应诺语。别地方的应诺语也很多，像“是喽嘛”这样普遍流行的似乎少有，所以引起初来的人的趣味。初来的人学这句话，一面是闹着玩儿，正和到别的任何一个新地方学着那地方的特别话的心情一样。譬如到长沙学着说“毛得”，就是如此。但是这句话不但新奇好玩儿，简直太新奇了，乍听不惯，往往觉得有些不客气，特别是说在一些店员和人力车夫的嘴里。他们本来不太讲究客气，而初来的人跟他们接触最多；一方面在他们看来，初来的人都是些趾高气扬的外省人，也有些不顺眼。在这种小小的摩擦里，初来的人左听是一个生疏的“是喽嘛”，右听又是一个生疏的“是喽嘛”，不知不觉就对这句话起了反感，学着说，多少带点报复的意味。

“是喽嘛”有点像绍兴话的“是唉”格嘴，“是唉”读成一个音，那句应诺语乍听起来有时候也好像带些不客气。其实这两句话都可以算是平调，固然也跟许多别的话一样可以说成不客气的强调，可还是说平调的多。

现在且只就“是喽嘛”来看。“喽”字大概是“了”字的音转，这“喽”字是肯定的语助词。“嘛”字是西南官话里常用的语助词，如说“吃嘛”“看嘛”“听嘛”“睡嘛”“唱嘛”，还有“振个嘛”，“振”是“这们”的合音，“个”相当于“样”，好像是说“这们着罢”。“是喽”或“是了”并不特别，特别的是另加的“嘛”字的煞尾。这个煞尾的语助词通常似乎表示着祈使语气，是客气的请求或不客气的命令。在“是喽嘛”这句话里却不一样，这个“嘛”似乎只帮助表示肯定的语气，对于“是喽”有加重或强调的作用。也许就是这个肯定的强调，引起初来的人的反感。但是日子久了，听惯了，就不觉其为强调了；一句成天在嘴上在耳边的话，强调是会变为平调的。昆明人还说“好喽嘛”，语气跟“是喽嘛”一样。

昆明话的应诺语还有“是嘞”这一句，也是别地方没有的。它的普遍的程度，不如“是喽嘛”，却在别的应诺语之上。前些时有个云南朋友（他不是昆明人）告诉我，“是嘞”是旧的说法，“是喽嘛”是新的。我疑心他是依据这两句话普遍的程度而自己给定出的解释。据我的观察，“是嘞”是女人和孩子说得多，是一句客气的应诺语。“是嘞”就是“是呢”，“呢”字在这里也用作肯定的语助词。北平话读“呢”为“哪”，例如说，“还没有来哪”“早着哪”，都是平调，可不说“是哪”。昆明读成“嘞”，比“哪”字显得细声细气的，所以觉得客气；男人不大爱说，也许就为了这个原故。

从字音上说，“喽”字的子音（l）比“嘞”字的子音（n）硬些，“嘛”字的母音（ɑ）比“嘞”字的母音（ei）宽些，所以“喽嘛”这个语助词显得粗鲁些。“是喽嘛”这句话，若将“是”字或“嘛”字重读或拖长，就真成了不客气的强调。听的人觉得是在受教训似的，像一位前辈先生老气横秋地向自己说，“你的话算说对啦！”要不然，就会觉得说话的是在厌烦自己似的，他好像是说，“得勒，别废话啦！”“是嘞”这句话却不相同，它带点儿嫩气，总是客客气气的。昆明人也说“好嘞”，跟“好喽嘛”在语气上的分别，和两个“是”字句一样。

昆明话的应诺语，据我所听到的，还有两个。一个是“是噢！”说起来像一个多少的“少”字。这是下对上的应诺语，有如北平的“着”字，但是用得很少，比北平的“着”字普遍的程度差得多。又一个是“是的喽吵”。有一回走过菜市，听见一个外省口音的太太向一个卖东西的女人说，“我常买你的！”那女人应着“是的喽吵”，下文却不知怎么样。这句话似乎也是强调转成了平调，别处倒也有的。

上面说起“着”字，我想到北平的应诺语。北平人说“是得（的）”，是平调。“是呀”带点同情，是“你说着了”的味儿。“可不是！”“可不是吗！”比“是呀”同情又多些。“是啊？”表示有点儿怀疑，也许不止一点儿怀疑，可是只敢或者只愿意表示这一点儿。“是吗？”怀疑就多一些，“是吗！”却带点儿惊。这些都不特别另加语助词，都含着多多少少的客气。

不知道

世间有的是以不知为知的人。孔子老早就教人“知之为知之，不知为不知，是知也”。这是知识的诚实。知道自己的不知道，已经难，承认自己的不知道，更是难。一般人在知识上总爱表示自己知道，至少不愿意教人家知道自己不知道。苏格拉底也早看出这个毛病，他可总是盘问人家，直到那些人承认不知道而止。他是为真理。那些受他盘问的人，让他一层层逼下去，到了儿无可奈何，才只得承认自己不知道；但凡有一点儿躲闪的地步，这班人一定还要强词夺理，不肯轻易吐出“不知道”那句话的。在知识上肯坦白地承认自己不知道的，是个了不得的人，即使不是圣人，也该是君子人。知道自己的不知道，并且让人家知道自己的不知道，这是诚实，是勇敢。孔子说“是知也”，这个不知道其实是真知道——至少真知道自己，所谓自知之明。

世间可也有以不知为妙的人。《庄子·齐物论》记着：

啮缺问乎王倪曰，“子知物之所同是乎？”曰，“吾恶乎知之！”“子知子之所不知邪？”曰，“吾恶知之！”“然则物无知邪？”曰，“吾恶乎知之！虽然，尝试言之，庸讵知吾所谓知之非不知邪？庸讵知吾所谓不知之非知邪？……”

三问而三不知。最后啮缺问道，“子不知利害，则至人固不知利害乎？”王倪的回答是，至人神妙不测，还有什么利害呢！他虽然似乎知道至人，可是并不知道至人知道不知道利害，所以还是一个不知。所以《应帝王》里说，“啮缺问于王倪，四问而四不知，啮缺因跃而大喜。”庄学反对知识，王倪才会说知也许是不知，不知也许是知——再进一层说，那神妙不测的境界简直是个不可知。王倪的四个不知道使啮缺恍然悟到了那境界，所以他“跃而大喜”。这是不知道的妙处，知道了妙处就没有了。《桃花源》里人“不知有汉，无论魏晋”。太上隐者“山中无历日，寒尽不知年”，人与自然为一，也是个不知道的妙。

人情上也有以不知道为妙的。章回小说叙到一位英雄落难，正在难解难分的生死关头，突然打住道，“不知英雄性命如何，且听下回分解。”这叫作“卖关子”。作书的或“说话的”明知道那英雄的性命如何，“看官”或听书的也明知道他知道，他却卖痴卖呆地装作不知道，愣说不知道。他知道大家关心，急着要知道，却偏偏且不说出，让大家更担心，更着急，这才更不能不去听他的看他的。妙就妙在这儿。再说少男少女未结婚的已结婚的提到他们的爱人或伴儿，往往只秃头说一个“他”或“她”字。你若问他或她是谁，那说话的会赌气似的答你，“不知道！”赌气似的是为你明知故问，害羞带撒娇可是一大半儿。孩子在赌气的时候，你问什么，他往往会给你一个“不知道！”专心的时候也会如此。就是不赌气不专心的时候，你若问到他忌讳或瞒人的话，他还会给你那个“不知道！”而且会赌起气来，至少也会赌气似的。孩子们总还是天真，他的不知道就是天真的妙。这些个不知道其实是“不告诉你！”或“不理你！”或“我管不着！”

有些脾气不好的成人，在脾气发作的时候也会像孩子似的，问什么都不知道。特别是你弄坏了他的东西或事情向他商量怎么办的时候，他的第一句答话往往是重重的或冷冷的一个“不知道！”这儿说的还是和你平等的人，若是他高一等，那自然更够受的——孩子遇见这种情形，大概会哭闹一场，可是哭了闹了就完事，倒不像成人会放在心里的——这个“不知道！”其实是“不高兴说给你！”成人也有在专心的时候问什么都不知道的，那是所谓忘性儿大的人，不太多，而且往往是一半儿忘，一半儿装。忌讳的或瞒人的话，成人的比孩子的多而复杂，不过临到人家问着，他大概会用轻轻的一个“不知道”遮掩过去；他不至于动声色，为的是动了声色反露出马脚。至于像“你这个人真是，不知道利害！”还有，“咳，不知道得多少钱才够我花的！”这儿的不知道却一半儿认真，一半闹着玩儿。认真是真不知道，因为谁能知道呢？你可以说：“天知道你这个人多利害！”“鬼知道得多少钱才够我花的！”还是一样的语气。“天知道”“鬼知道”，明明没有人知道。既然明明没有人知道，还要说“不知道”，不是废话？闹着玩儿？闹着玩可并非没有意义，这个不知道其实是为了加重语气，为了强调“你这个人多利害”“得多少钱才够我花的”那两句话。

世间可也有成心以知为不知的，这是世故或策略。俗语道，“一问三不知”，就指的这种世故人。他事事怕惹是非，担责任，所以老是给你一个不知道。他不知道，他没有说什么，闹出了大小错儿是你们的，牵不到他身上去。这个可以说是“明哲保身”的不知道。老师在教室里问学生的书，学生回答“不知道”。也许他懒，没有看书，答不出；也许他看了书，还弄不清楚，想着答错了还不如回一个不知道，老师倒可以多原谅些。后一个不知道便是策略。五四运动的时候，北平有些学生被警察厅逮去送到法院。学生会请刘崇佑律师作辩护人。刘先生教那些学生到法院受讯的时候，对于审判官的问话如果不知道怎样回答才好，或者怕出了岔儿，就干脆说一个“不知道”。真的，你说“不知道”，人家抓不着你的把柄，派不着你的错处。从前用刑讯，即使真不知道，也可以逼得你说“知道”，现在的审判官却只能盘问你，用话套你，逼你，或诱你，说出你知道的。你如果小心提防着，多说些个“不知道”，审判官也没法奈何你。这个不知道更显然是策略。不过这策略的运用还在乎人。老辣的审判官在一大堆废话里夹带上一两句要紧话，让你提防不着，也许你会漏出一两个知道来，就定了案，那时候你所有的不知道就都变成废物了。

最需要“不知道”这策略的，是政府人员在回答新闻记者的问话的时候。记者若是提出不能发表或不便发表的内政外交问题来，政府发言人在平常的情形之下总得答话，可是又着不得一点儿边际，所以有些左右为难。固然他有时也可以“默不作声”，有时也可以老实答道，“不能奉告”或“不便奉告”；但是这么办得发言人的身份高或问题的性质特别严重才成，不然便不免得罪人。在平常的情形之下，发言人可以只说“不知道”，既得体，又比较婉转。

这个不知道其实是“无可奉告”，比“不能奉告”或“不便奉告”语气略觉轻些。至于发言人究竟是知道，是不知道，那是另一回事儿，可以不论。现代需用这一个不知道的机会很多。每回的局面却不完全一样。发言人斟酌当下的局面，有时将这句话略加变化，说得更婉转些，也更有趣些，教那些记者不至于窘着走开去。这也可以说是新的人情世故，这种新的人情世故也许比老的还要来得微妙些。

这个“不知道”的变化，有时只看得出一个“不”字。例如说，“未获得续到报告之前，不能讨论此事”，其实就是“现在无可奉告”的意思。前年九月二十日，美国赫尔国务卿接见记者时，“某记者问，外传美国远东战队已奉令集中菲律宾之加维特之说是否属实。赫尔答称，‘微君言，余固不知此事。’”从现在看，赫尔的话大概是真的，不过在当时似乎只是一句幽默的辞令，他的“不知”似乎只是策略而已。去年八月罗斯福总统和邱吉尔首相在大西洋上会晤，华盛顿六日国际社电——“海军当局宣称：当局接得总统所发波多马克号游艇来电，内称游艇现正沿海岸缓缓前进；电讯中并未提及总统将赴海上某地与英首相会晤。”这是一般的宣告，因为当时全世界都在关心这件事。但是宣告里只说了些闲话，紧要关头却用“电讯中并未提及”一句遮掩过去，跟没有说一样。还有，威尔基去年从英国回去，参议员克拉克问他，“威尔基先生，你在周游英伦时，英国希望美国派舰护送军备，你有些知道吗？”威尔基答道，“我想不起有人表示过这样的愿望。”“想不起”比“不知道”活动得多；参议员不是新闻记者，威尔基不能不更婉转些，更谨慎些——可是结果也还是一个“无可奉告”。

这个不知道有时甚至会变成知道，不过知道的都是些似相干又似不相干的事儿，你摸不着头脑，还是一般无二。前年十月八日华盛顿国际社电，说罗斯福总统“恐亚洲局势因滇缅路重开而将发生突变”，“日来屡与空军作战部长史塔克，海军舰队总司令李却逊，及前海军作战部长现充国防顾问李海等三巨头会商。总统并于接见记者时称，彼等会谈时仅研究地图而已云云”。“仅研究地图而已”是答应了“知道”，但是这样轻描淡写的，还是“不知道”的比“知道”的多。去年五月，澳总理孟席尔到美国去，谒见罗斯福总统，“会谈一小时之久。后孟氏对记者称：吾人仅对数项事件，加以讨论，吾人实已经行地球一周，结果极令人振奋云。澳驻美公使加赛旋亦对记者称，澳总理与总统所商谈者为古今与将来之事件”。“经行地球一周”“古今与将来之事件”，“知道”的圈儿越大，圈儿里“不知道”的就越多。

这个不知道还会变成“他知道”。去年八月二十七日华盛顿合众社电，说记者“问总统对于野村大使所谓日美政策之睽隔必须弥缝，有何感想。总统避不作答，仅谓现已有人以此事询诸赫尔国务卿矣”。已经有人去问赫尔国务卿，国务卿知道，总统就不必作答了。去年五月十六日华盛顿合众社电，说罗斯福总统今日接见记者，说“美国过去曾两次不宣而战，第一次系北非巴巴拉之海盗，曾于一八八三年企图封锁地中海上美国之航行。第二次美将派海军至印度，以保护美国商业，打击英、法、西之海盗”。“记者询以‘今日亦有巴巴拉海盗式之人物乎？’总统称，‘请诸君自己判断可也。’”“诸君自己判断”，你们自己知道，总统也就不必作答了。“他知道”或“你知道”，还用发言人的“我”说什么呢?——这种种的变形，有些虽面目全非，细心吟味，却都从那一个不知道脱胎换骨，不过很微妙就是了。发言人临机应变，尽可层出不穷，但是百变不离其宗；这个不知道也算是神而明之的了。

论做作

做作就是“佯”，就是“乔”，也就是“装”。苏北方言有“装佯”的话，“乔装”更是人人皆知。旧小说里女扮男装是乔装，那需要许多做作。难在装得像。只看坤角儿扮须生的，像的有几个？何况做戏还只在戏台上装，一到后台就可以照自己的样儿，而女扮男装却得成天儿到处那么看！侦探小说里的侦探也常在乔装，装得像也不易，可是自在得多。不过——难也罢，易也罢，人反正有时候得装。其实你细看，不但“有时候”，人简直就爱点儿装。“三分模样七分装”是说女人，男人也短不了装，不过不大在模样上罢了。装得像难，装得可爱更难；一番努力往往只落得个“矫揉造作！”所以“装”常常不是一个好名儿。

“一个做好，一个做歹”，小呢逼你出些码头钱，大呢就得让你去做那些不体面的尴尬事儿。这已成了老套子，随处可以看见。那做好的是装做好，那做歹的也装得格外歹些；一松一紧地拉住你，会弄得你啼笑皆非。这一套儿做作够受的。贫和富也可以装。贫寒人怕人小看他，家里尽管有一顿没一顿的，还得穿起好衣服在街上走，说话也满装着阔气，什么都不在乎似的。——所谓“苏空头”。其实“空头”也不止苏州有。——有钱人却又怕人家打他的主意，开口闭口说穷，他能特地去当点儿什么，拿当票给人家看。这都怪可怜见的。还有一些人，人面前老爱论诗文，谈学问，仿佛天生他一副雅骨头。装斯文其实不能算坏，只是未免“雅得这样俗”罢了。

有能耐的人，有权位的人有时不免“装模作样”“装腔作势”。马上可以答应的，却得“考虑考虑”；直接可以答应的，却让你绕上几个大弯儿。论地位也只是“上不在天，下不在田”，而见客就不起身，只点点头儿，答话只喉咙里哼一两声儿。谁教你求他，他就是这么着！——“笑骂由他笑骂，好官儿什么的我自为之！”话说回来，拿身份，摆架子有时也并非全无道理。老爷太太在仆人面前打情骂俏，总不大像样，可不是得装着点儿？可是，得恰到分际，“过犹不及”。总之别忘了自己是谁！别尽拣高枝爬，一失脚会摔下来的。老想着些自己，谁都装着点儿，也就不觉得谁在装。所谓“装模做样”“装腔作势”，却是特别在装别人的模样，别人的腔和势！为了抬举自己，装别人；装不像别人，又不成其为自己，也怪可怜见的。

“不痴不聋，不作阿姑阿翁”，有些事大概还是装聋作哑的好。倒不是怕担责任，更不是存着什么坏心眼儿。有些事是阿姑阿翁该问的，值得问的，自然得问；有些是无需他们问的，或值不得他们问的，若不痴不聋，事必躬亲，阿姑阿翁会做不成，至少也会不成其为阿姑阿翁。记得那儿说过美国一家大公司经理，面前八个电话，每天忙累不堪，另一家经理，室内没有电话，倒是从容不迫的。这后一位经理该是能够装聋作哑的人。“不闻不问”，有时候该是一句好话；“充耳不闻”“闭目无睹”，也许可以作“无为而治”的一个注脚。其实无为多半也是装出来的。至于装作不知，那更是现代政治家外交家的惯技，报纸上随时看得见——他们却还得钩心斗角地“做姿态”，大概不装不成其为政治家外交家罢？

装欢笑，装悲泣，装嗔，装恨，装惊慌，装镇静，都很难；固然难在像，有时还难在不像而不失自然。“小心赔笑”也许能得当局的青睐，但是旁观者在恶心。可是“强颜为欢”，有心人却领会那欢颜里的一丝苦味。假意虚情地哭泣，像旧小说里妓女向客人那样，尽管一把眼泪一把鼻涕的，也只能引起读者的微笑。——倒是那“忍泪佯低面”，教人老大不忍。佯嗔薄怒是女人的“作态”，作得恰好是爱娇，所以《乔醋》是一折好戏。爱极翻成恨，尽管“恨得人牙痒痒的”，可是还不失为爱到极处。“假意惊慌”似乎是旧小说的常语，事实上那“假意”往往露出马脚。镇静更不易，秦舞阳心上有气脸就铁青，怎么也装不成，荆轲的事，一半儿败在他的脸上。淝水之战谢安装得够镇静的，可是不觉得意忘形摔折了屐齿。所以一个人喜怒不形于色，真够一辈子半辈子装的。《乔醋》是戏，其实凡装，凡做作，多少都带点儿戏味——有喜剧，有悲剧。孩子们爱说“假装”这个，“假装”那个，戏味儿最厚。他们认真“假装”，可是悲喜一场，到头儿无所为。成人也都认真地装，戏味儿却淡薄得多；戏是无所为的，至少扮戏中人的可以说是无所为，而人们的做作常常是有所为的。所以戏台上装得像的多，人世间装得像的少。戏台上装得像就有叫好儿的，人世间即使装得像，逗人爱也难。逗人爱的大概是比较地少有所为或只消极地有所为的。前面那些例子，值得我们吟味，而装痴装傻也许是值得重提的一个例子。

作阿姑阿翁得装几分痴，这装是消极的有所为；“金殿装疯”也有所为，就是积极的。历来才人名士和学者，往往带几分傻气。那傻气多少有点儿装，而从一方面看，那装似乎不大有所为，至多也只是消极的有所为。陶渊明的“我醉欲眠卿且去”说是率真，是自然；可是看魏晋人的行径，能说他不带着几分装？不过装得像，装得自然罢了。阮嗣宗大醉六十日，逃脱了和司马昭做亲家，可不也一半儿醉一半儿装？他正是“喜怒不形于色”的人，而有一向当时人多说他痴，他大概是颇能做作的罢？

装睡装醉都只是装糊涂。睡了自然不说话，醉了也多半不说话——就是说话，也尽可以装疯装傻的，给他个驴头不对马嘴。郑板桥最能懂得装糊涂，他那“难得糊涂”一个警句，真喝破了千古聪明人的秘密。还有善忘也往往是装傻，装糊涂；省麻烦最好自然是多忘记，而“忘怀”又正是一件雅事儿。到此为止，装傻，装糊涂似乎是能以逗人爱的；才人名士和学者之所以成为才人名士和学者，至少有几分就仗着他们那不大在乎的装劲儿能以逗人爱好。可是这些人也良莠不齐，魏晋名士颇有仗着装糊涂自私自利的。这就“在乎”了，有所为了，这就不再可爱了。在四川话里装糊涂称为“装疯迷窍”，北平话却带笑带骂地说“装蒜”“装孙子”，可见民众是不大赏识这一套的——他们倒是下的稳着儿。

春晖的一月

去年在温州，常常看到本刊，觉得很是欢喜。本刊印刷的形式，也颇别致，更使我有一种美感。今年到宁波时，听许多朋友说，白马湖的风景怎样怎样好，更加向往。虽然于什么艺术都是门外汉，我却怀抱着爱“美”的热诚，三月二日，我到这儿上课来了。在车上看见“春晖中学校”的路牌，白地黑字的，小秋千架似的路牌，我便高兴。出了车站，山光水色，扑面而来，若许我抄前人的话，我真是“应接不暇”了。于是我便开始了春晖的第一日。

走向春晖，有一条狭狭的煤屑路。那黑黑的细小的颗粒，脚踏上去，便发出一种摩擦的噪音，给我多少清新的趣味。而最系我心的，是那小小的木桥。桥黑色，由这边慢慢地隆起，到那边又慢慢地低下去，故看去似乎很长。我最爱桥上的栏杆，那变形的纹的栏杆；我在车站门口早就看见了，我爱它的玲珑！桥之所以可爱，或者便因为这栏杆哩。我在桥上逗留了好些时。这是一个阴天。山的容光，被云雾遮了一半，仿佛淡妆的姑娘。但三面映照起来，也就青得可以了，映在湖里，白马湖里，接着水光，却另有一番妙景。我右手是个小湖，左手是个大湖。湖有这样大，使我自己觉得小了。湖水有这样满，仿佛要漫到我的脚下。湖在山的趾边，山在湖的唇边；它俩这样亲密，湖将山全吞下去了。吞的是青的，吐的是绿的，那软软的绿呀，绿的是一片，绿的却不安于一片；它无端地皱起来了。如絮的微痕，界出无数片的绿；闪闪闪闪的，像好看的眼睛。湖边系着一只小船，四面却没有一个人，我听见自己的呼吸。想起“野渡无人舟自横”的诗，真觉物我双忘了。

好了，我也该下桥去了；春晖中学校还没有看见呢。弯了两个弯儿，又过了一重桥。当面有山挡住去路；山旁只留着极狭极狭的小径。挨着小径，抹过山角，豁然开朗；春晖的校舍和利落的几处人家，都已在望了。远远看去，房屋的布置颇疏散有致，决无拥挤、局促之感。我缓缓走到校前，白马湖的水也跟我缓缓地流着。我碰着丏尊先生。他引我过了一座水门汀的桥，便到了校里。校里最多的是湖，三面潺潺地流着；其次是草地，看过去芊芊的一片。我是常住城市的人，到了这种空旷的地方，有莫名的喜悦！乡下人初进城，往往有许多的惊异，供给笑话的材料；我这城里人下乡，却也有许多的惊异——我的可笑，或者竟不下于初进城的乡下人。闲言少叙，且说校里的房屋、格式、布置固然疏落有味，便是里面的用具，也无一不显出巧妙的匠意；决无笨伯的手泽。晚上我到几位同事家去看，壁上有书有画，布置井井，令人耐坐。这种情形正与学校的布置，自然界的布置是一致的。美的一致，一致的美，是春晖给我的第一件礼物。

有话即长，无话即短，我到春晖教书，不觉已一个月了。在这一个月里，我虽然只在春晖登了十五日（我在宁波四中兼课），但觉甚是亲密。因为在这里，真能够无町畦。我看不出什么界线，因而也用不着什么防备，什么顾忌；我只照我所喜欢的做就是了。这就是自由了。从前我到别处教书时，总要做几个月的“生客”，然后才能坦然。对于“生客”的猜疑，本是原始社会的遗形物，其故在于不相知。这在现社会，也不能免的。但在这里，因为没有层叠的历史，又结合比较的单纯，故没有这种习染。这是我所深愿的！这里的教师与学生，也没有什么界限。在一般学校里，师生之间往往隔开一无形界限，这是最足减少教育效力的事！学生对于教师，“敬鬼神而远之”；教师对于学生，尔为尔，我为我，休戚不关，理乱不闻！这样两橛的形势，如何说得到人格感化？如何说得到“造成健全人格”？这里的师生却没有这样情形。无论何时，都可自由说话；一切事务，常常通力合作。校里只有协治会而没有自治会。感情既无隔阂，事务自然都开诚布公，无所用其躲闪。学生因无须矫情饰伪，故甚活泼有意思。又因能顺全天性，不遭压抑；加以自然界的陶冶：故趣味比较纯正——也有太随便的地方，如有几个人上课时喜欢谈闲天，有几个人喜欢吐痰在地板上，但这些总容易矫正的——春晖给我的第二件礼物是真诚，一致的真诚。

春晖是在极幽静的乡村地方，往往终日看不见一个外人！寂寞是小事；在学生的修养上却有了问题。现在的生活中心，是城市而非乡村。乡村生活的修养能否适应城市的生活，这是一个问题。此地所说适应，只指两种意思：一是抵抗诱惑，二是应付环境——明白些说，就是应付人，应付物。乡村诱惑少，不能养成定力；在乡村是好人的，将来一入城市做事，或者竟抵挡不住。从前某禅师在山中修道，道行甚高；一旦入闹市，“看见粉白黛绿，心便动了”。这话看来有理，但我以为其实无妨。就一般人而论，抵抗诱惑的力量大抵和性格、年龄、学识、经济力等有“相当”的关系。除经济力与年龄外，性格、学识，都可用教育的力量提高它，这样增加抵抗诱惑的力量。提高的意思，说得明白些，便是以高等的趣味替代低等的趣味；养成优良的习惯，使不良的动机不容易有效。用了这种方法，学生达到高中毕业的年龄，也总该有相当的抵抗力了；入城市生活又何妨？（不及初中毕业时者，因初中毕业，仍须续入高中，不必自己挣扎，故不成问题。）有了这种抵抗力，虽还有经济力可以作祟，但也不能有大效。前面那禅师所以不行，一因他过的是孤独的生活，故反动力甚大，一因他只知克制，不知替代；故外力一强，便“虎兕出于神”（应为“柙”，出自《论语·季氏》）了！这岂可与现在这里学生的乡村生活相提并论呢？至于应付环境，我以为应付物是小问题，可以随时指导；而且这与乡村，城市无大关系。我是城市的人，但初到上海，也曾因不会乘电车而跌了一跤，跌得皮破血流；这与乡下诸公又差得几何呢？若说应付人，无非是机心！什么“逢人只说三分话，未可全抛一片心”，便是代表的教训。教育有改善人心的使命；这种机心，有无养成的必要，是一个问题。姑不论这个，要养成这种机心，也非到上海这种地方去不成；普通城市正和乡村一样，是没有什么帮助的。凡以上所说，无非要使大家相信，这里的乡村生活的修养，并不一定不能适应将来城市的生活。况且我们还可以举行旅行，以资调剂呢。况且城市生活的修养，虽自有它的好处；但也有流弊。如诱惑太多，年龄太小或性格未佳的学生，或者转易陷溺——那就不但不能磨练定力，反早早地将定力丧失了！所以城市生活的修养不一定比乡村生活的修养有效。只有一层，乡村生活足以减少少年人的进取心，这却是真的！

说到我自己，却甚喜欢乡村的生活，更喜欢这里的乡村的生活。我是在狭的笼的城市里生长的人，我要补救这个单调的生活，我现在住在繁嚣的都市里，我要以闲适的境界调和它。我爱春晖的闲适！闲适的生活可说是春晖给我的第三件礼物！

我已说了我的“春晖的一月”；我说的都是我要说的话。或者有人说，赞美多而劝勉少，近乎“戏台里喝彩”！假使这句话是真的，我要切实声明：我的多赞美，必是情不自禁之故，我的少劝勉，或是观察时期太短之故。

刹 那

我所谓“刹那”，指“极短的现在”而言。

在这个题目下面，我想略略说明我对于人生的态度。现在人说到人生，总要谈它的意义与价值；我觉得这种“谈”是没有意义与价值的。且看古今多少哲人，他们对于人生，都曾试作解人，议论纷纷，莫衷一是；他们“各思以其道易天下”，但是谁肯真个信从呢？——他们只有自慰自驱罢了！我觉得人生的意义与价值横竖是寻不着的——至少现在的我们是如此——而求生的意志却是人人都有的。既然求生，当然要求好好的生。如何求好好的生，是我们各人“眼前的”最大的问题；而全人生的意义与价值却反是大而无当的东西，尽可搁在一旁，存而不论。因为要求好好的生，断不能用总解决的办法；若用总解决的办法，便是“好好的”三个字的意义，也尽够你一生的研究了，而“好好的生”终于不能努力去求的！这不是走入牛角湾里去了么？要求好好的生，须零碎解决，须随时随地去体会我生“相当的”意义与价值；我们所要体会的是刹那间的人生，不是上下古今东西南北的全人生！

着眼于全人生的人，往往忘记了他自己现在的生活。他们或以为人生的意义与价值在于过去；时时回顾着从前的黄金时代，涎垂三尺！而不知他们所回顾的黄金时代，实是传说的黄金时代！——就是真有黄金时代；区区的回顾又岂能将它招回来呢？他们又因为念旧的情怀，往往将自己的过去任情扩大，加以点染，作为回顾的资料，惆怅的因由。这种人将在惆怅，惋惜之中度了一生，永没有满足的现在—— 一刹那也没有！惆怅惋惜常与彷徨相伴；他们将彷徨一生而无一刹那的成功的安息！这是何等的空虚呀。着眼于全人生的，或以为人生的意义与价值在于将来；时时等待着将来的奇迹。而将来的奇迹真成了奇迹，永不降临于笼着手，垫着脚，抻着颈，只知道"等待"的人！他们事事都等待"明天"去做，"今天"却专作为等待之用；自然的，到了明天，又须等待明天的明天了。这种人到了死的一日，将还留着许许多多明天"要"做的事——只好来生再做了吧！他们以将来自驱，在徒然的盼望里送了一生，成功的安慰不用说是没有的，于是也没有满足的一刹那！"虚空的虚空"便是他们的运命了！这两种人的毛病，都在远离了现在——尤其是眼前的一刹那。

着眼于现在的人未尝没有。自古所谓"及时行乐"，正是此种。但重在行乐，容易流于纵欲；结果偏向一端，仍不能得着健全的，谐和的发展——仍不能得着好好的生！况且所谓"及时行乐"，往往"醉翁之意不在酒"；不过借此掩盖悲哀，并非真正在行乐。杨恽说，"及时行乐耳；须富贵何时严"，明明是不得志时的牢骚语。"遇饮酒时须饮酒，得高歌处且高歌"，明明是哀时事不可为而厌世的话。这都是消极的！消极的行乐，虽属及时，而意别有所寄；所以便不能认真做去，所以便不能体会行乐的一刹那的意义与价值——虽然行乐，不满足还是依然，甚至变本加厉呢！欧洲的颓废派，自荒于酒色，以求得刹那间官能的享乐为满足；在这些时候，他们见着美丽的幻象，认识了自己。他们的官能虽较从前人敏锐多多，但心情与纵欲的及时行乐的人正是大同小异。他们觉到现世的苦痛，已至忍无可忍的时候，才用颓废的方法，以求暂时的遗忘；正如糖面金鸡纳霜丸一般，面子上一点甜，里面却到心都是苦呀！友人某君说，颓废便是慢性的自杀，实能道出这一派的精微处。总之，无论行乐派，颓废派，深浅虽有不同，却都是"伤心人别有怀抱"；他们有意地或无意地企图"生之毁灭"。这是求生意志的消极的表现；这种表现当然不能算是好好地生了。他们面前的满足安慰他们的力量，决不抵他们背后的不满足压迫他们的力量；他们终于不能解脱自己，仅足使自己沉沦得更深而已！他们所认识的自己，只是被苦痛压得变形了的，虚空的自己；决不是充实的生命，决不是的！所以他们虽着眼于现在，而实未体会现在一刹那的生活的真味；他们不曾体会着一刹那的意义与价值，仍只是白辜负他们的刹那的现在！

我们目下第一不可离开现在，第二还应执着现在。我们应该深入现在的里面，用两只手揿牢它，愈牢愈好！已往的人生如何地美好，或如何地乏味而可憎；已往的我生如何地可珍惜，或如何地可厌弃，"现在"都可不必去管它，因为过去的已"过去"了——孔子岂不说："往者不可谏"么？将来的人生与我生，也应作如是观；无论是有望，是无望，是绝望，都还是未来的事，何必空空地操心呢？要晓得“现在”是最容易明白的；“现在”虽不是最好，却是最可努力的地方，就是我们最能管的地方。因为是最能管的，所以是最可爱的。古尔孟曾以葡萄喻人生：说早晨还酸，傍晚又太熟了，最可口的是正午时摘下的。这正午的一刹那，是最可爱的一刹那，便是现在。事情已过，追想是无用的；事情未来，预想也是无用的；只有在事情正来的时候，我们可以把捉它，发展它，改正它，补充它：使它健全，谐和，成为完满的一段落，一历程。历程的满足，给我们相当的欢喜。譬如我来此演讲，在讲的一刹那，我只专心致志地讲；决不想及演讲以前吃饭，看书等事，也不想及演讲以后发表讲稿，毁誉等事。我说我所爱说的，说一句是一句，都是我心里的话。我说完一句时，心里便轻松了一些，这就是相当的快乐了。这种历程的满足，便是我所谓“我生相当的意义与价值”，便是“我们所能体会的刹那间的人生”。无论您对于全人生有如何的见解，这刹那间的意义与价值总是不可埋没的。您若说人生如电光泡影，则刹那便是光的一闪，影的一现。这光影虽是暂时的存在，但是有不是无，是实在不是空虚；这一闪一现便是实现，也便是发展——也便是历程的满足。您若说人生是不朽的，刹那的生当然也是不朽的。您若说人生向着死之路，那么，未死前的一刹那总是生，总值得好好地体会一番的；何况未死前还有无量数的刹那呢？您若说人生是无限的，好，刹那也可说是无限的。无论怎样说，刹那总是有的，总是真的；刹那间好好的生总可以体会的。好了，不要思前想后的了，耽误了“现在”，又是后来惋惜的资料，向谁去追索呀？你们“正在”做什么，就尽力做什么吧；最好的是-ing，可宝贵的-ing呀！你们要努力满足“此时此地此我”！——这叫作“三此”，又叫作刹那。

言尽于此，相信我的，不要再想，赶快去做你今晚的事吧；不相信的，也不要再想，赶快去做你今晚的事吧！

买　书

买书也是我的嗜好，和抽烟一样。但这两件事我其实都不在行，尤其是买书。在北平这地方，像我那样买，像我买的那些书，说出来真寒尘（应为“碜”）死人；不过本文所要说的既非诀窍，也算不得经验，只是些小小的故事，想来也无妨的。

在家乡中学时候，家里每月给零用一元。大部分都报效了一家广益书局，取回些杂志及新书。那老板姓张，有点儿抽肩膀，老是捧着水烟袋；可是人好，我们不觉得他有市侩气。他肯给我们这班孩子记账。每到节下，我总欠他一元多钱。他催得并不怎么紧；向家里商量商量，先还个一元也就成了。那时候最爱读的一本《佛学易解》（贾丰臻著，中华书局印行）就是从张手里买的。那时候不买旧书，因为家里有。只有一回，不知哪儿来检《文心雕龙》的名字，急着想看，便去旧书铺访求：有一家拿出一部广州套版的，要一元钱，买不起；后来另买到一部，书品也还好，纸墨差些，却只花了小洋三角。这部书还在，两三年前给换上了磁青纸的皮儿，却显得配不上。

到北平来上学入了哲学系，还是喜欢找佛学书看。那时候佛经流通处在西城卧佛寺街鹫峰寺。在街口下了车，一直走，快到城根儿了，才看见那个寺。那是个阴沉沉的秋天下午，街上只有我一个人。到寺里买了《因明入正理论疏》《百法明门论疏》《翻译名义集》等。这股傻劲儿回味起来颇有意思；正像那回从天坛出来，挨着城根，独自个儿，探险似的穿过许多没人走的碱地去访陶然亭一样。在毕业的那年，到琉璃厂华洋书庄去，看见新版韦伯斯特大字典，定价才十四元。可是十四元并不容易找。想来想去，只好硬了心肠将结婚时候父亲给做的一件紫毛（猫皮）水獭领大氅亲手拿着，走到后门一家当铺里去，说当十四元钱。柜上人似乎没有什么留难就答应了。这件大氅是布面子，土式样，领子小而毛杂——原是用了两副“马蹄袖”拼凑起来的。父亲给做这件衣服，可很费了点张罗。拿去当的时候，也踌躇了一下，却终于舍不得那本字典。想着将来准赎出来就是了。想不到竟不能赎出来，这是直到现在翻那本字典时常引为遗憾的。

重来北平之后，有一年忽然想搜集一些杜诗。一家小书铺叫文雅堂的给找了不少，都不算贵；那伙计是个麻子，一脸笑，是铺子里少掌柜的。铺子靠他父亲支持，并没有什么好书，去年他父亲死了，他本人不大内行，让伙计吃了，现在长远不来了，他不知怎么样。说起杜诗，有一回，一家书铺送来高丽本《杜律分韵》，两本书，索价三百元。书极不相干而索价如此之高，荒谬之至，况且书面上原购者明明写着“以银二两得之”。第二天另一家送来一样的书，只要二元钱，我立刻买下。北平的书价，离奇有如此者。

旧历正月里厂甸的书摊值得看；有些人天天巡礼去。我住得远，每年只去一个下午——上午摊儿少。土地祠内外人山人海摩肩接踵地来往。也买过些零碎东西；其中有一本是《伦敦竹枝词》，花了三毛钱。买来以后，恰好《论语》要稿子，选抄了些寄去，加上一点说明，居然得着五元稿费。这是仅有的一次，买的书赚了钱。

在伦敦的时候，从寓所出来，走过近旁小街。有一家小书店门口摆着一架旧书。上前去徘徊了一下，看见一本《牛津书话选》（The book Lovers' Anthology），烫花布面，装订不马虎，四百多面，本子也不小，准有七八成新，才一先令六便士，那时合中国一元三毛钱，比东安市场旧洋书还贱些。这选本节录许多名家诗文，说到书的各方面的；性质有点像叶德辉氏《书林清话》，但不像《清话》有系统；他们旨趣原是两样的。因为买这本书，结识了那掌柜的；他以后给我找了不少便宜的旧书。有一种书，他找不到旧的；便和我说，他们批购新书按七五扣，他愿意少赚一扣，按九扣卖给我。我没有要他这么办，但是很感谢他的好意。

松堂游记

去年夏天，我们和S君夫妇在松堂住了三日。难得这三日的闲，我们约好了什么事不管，只玩儿，也带了两本书，却只是预备闲得真没办法时消消遣的。

出发的前夜，忽然雷雨大作。枕上颇为怅怅，难道天公这么不做美吗！第二天清早，一看却是个大晴天。上了车，一路树木带着宿雨，绿得发亮，地下只有一些水塘，没有一点尘土，行人也不多。又静，又干净。

想着到还早呢，过了红山头不远，车却停下了。两扇大红门紧闭着，门额是国立清华大学西山牧场。拍了一会门，没人出来，我们正在没奈何，一个过路的孩子说这门上了锁，得走旁门。旁门上挂着牌子，“内有恶犬”。小时候最怕狗，有点趑趄。门里有人出来，保护着进去，一面吆喝着汪汪的群犬，一面只是说，“不碍不碍”。

过了两道小门，真是豁然开朗，别有天地。一眼先是亭亭直上，又刚健又婀娜的白皮松。白皮松不算奇，多得好，你挤着我我挤着你也不算奇，疏得好，要像住宅的院子里，四角上各来上一棵，疏不是？谁爱看？这儿就是院子大得好，就是四方八面都来得好。中间便是松堂，原是一座石亭子改造的，这座亭子高大轩敞，对得起那四围的松树，大理石柱，大理石栏干（应为“杆”），都还好好的，白，滑，冷。白皮松没有多少影子，堂中明窗净儿，坐下来清清楚楚觉得自己真太小，在这样高的屋顶下。树影子少，可不热，廊下端详那些松树灵秀的姿态，洁白的皮肤，隐隐的一丝儿凉意便袭上心头。

堂后一座假山，石头并不好，堆叠得还不算傻瓜。里头藏着个小洞，有神龛，石桌，石凳之类。可是外边看，不仔细看不出。得费点心去发现。假山上满可以爬过去，不顶容易，也不顶难。后山有座无梁殿，红墙，各色琉璃砖瓦，屋脊上三个瓶子，太阳里古艳照人。殿在半山，岿然独立，有俯视八极气象。天坛的无梁殿太小，南京灵谷寺的太黯淡，又都在平地上。山上还残留着些旧碉堡，是乾隆打金川时在西山练健锐云梯营用的，在阴雨天或斜阳中看最有味。又有座白玉石牌坊，和碧云寺塔院前那一座一般，不知怎样，前年春天倒下了，看着怪不好过的。

可惜我们来的还不是时候，晚饭后在廊下黑暗里等月亮，月亮老不上，我们什么都谈，又赌背诗词，有时也沉默一会儿。黑暗也有黑暗的好处，松树的长影子阴森森的有点像鬼物拿土。但是这么看的话，松堂的院子还差得远，白皮松也太秀气，我想起郭沫若君《夜步十里松原》那首诗，那才够阴森森的味儿——而且得独自一个人。好了，月亮上来了，却又让云遮去了一半，老远地躲在树缝里，像个乡下姑娘，羞答答的。从前人说：“千呼万唤始出来，犹抱琵琶半遮面。”真有点儿！云越来越厚，由他罢，懒得去管了。可是想，若是一个秋夜，刮点西风也好。虽不是真松树，但那奔腾澎湃的“涛”声也该得听吧。

西风自然是不会来的。临睡时，我们在堂中点上了两三支洋蜡。怯怯的焰子让大屋顶压着，喘不出气来。我们隔着烛光彼此相看，也像蒙着一层烟雾。外面是连天漫地一片黑，海似的。只有远近几声犬吠，教我们知道还在人间世里。

这一天

这一天是我们新中国诞生的日子。

从二十六年这一天以来，我们自己，我们的友邦，甚至我们的敌人，开始认识我们新中国的面影。

从前只知道我们是文化的古国，我们自己只能有意无意地夸耀我们的老，世界也只有意无意地夸奖我们的老。同时我们不能不自伤老大，自伤老弱；世界也无视我们这老大的老弱的中国。中国几乎成了一个历史上的或地理上的名词。

从两年前这一天起，我们惊奇我们也能和东亚的强敌抗战，我们也能迅速地现代化，迎头赶上去。世界也刮目相看，东亚病夫居然奋起了，睡狮果然醒了。从前只是一大块沃土，一大盘散沙的死中国，现在是有血有肉的活中国了。从前中国在若有若无之间，现在确乎是有了。

从两年后的这一天看，我们不但有光荣的古代，而且有光荣的现代；不但有光荣的现代，而且有光荣的将来无穷的世代。新中国在血火中成长了。

“双十”是我们新中国孕育的日子，“七七”是我们新中国诞生的日子。

普益图书馆记

古今藏书者众矣，或集精椠，或搜秘籍。大抵有所得则什袭而纳诸箧笥，不轻以示人。间有具雅量者，亦只辑印书目，传刊善本；所以为人者，如是而已。

图书馆之盛肇自近代。所以网罗群籍，供应众览。其启迪民智促学术之功，远在藏书家上。然必群策群力，始克观成。公家为之，其势顺而易；一二人为之，其势逆而难。其有一二人之力集事者，则必位尊而金多者也。

冯君月樵独不然。君，今之有心人也，创设成都开明书店，垂二十年。沪上新书日出，君毕力致之，以飨学子。其经营也，不孳孳为利而惟启迪民智促进学术是务。故人争趋之。君之有意于图书馆久矣。身本布衣，又非素封之家，虑无以成其志。则就所得书择其尤精者，各储副本。日往月来，所积遂多。此普益图书馆之始基也。设馆之议，甫定于抗战前年。经历世变，荏苒至今。君念兹在兹，锲而不舍，卒底于成。自经始以迄于乐成，皆君一人力也。其发愿之宏，立意之坚，盖所谓难能而贵者。岂彼沾沾自喜之藏书家所可同日语哉！

成都固有图书馆，而所藏多旧籍。往求新书者辄如入宝山，空手而返。君今设兹馆，足以弥此缺憾。所谓独具只眼者非耶？“普益”之称，诚哉名副其实矣。国中不乏有心之士，有闻冯君之风而兴起者乎？余日望之矣。

我是扬州人

有些国语教科书里选得有我的文章，注解里或说我是浙江绍兴人，或说我是江苏江都人——就是扬州人。有人疑心江苏江都人是错了，特地老远地写信托人来问我。我说两个籍贯都不算错，但是若打官话，我得算浙江绍兴人。浙江绍兴是我的祖籍或原籍，我从进小学就填的这个籍贯；直到现在，在学校里服务快三十年了，还是报的这个籍贯。不过绍兴我只去过两回，每回只住了一天；而我家里除先母外，没一个人会说绍兴话。

我家是从先祖才到江苏东海做小官。东海就是海州，现在是陇海路的终点。我就生在海州。四岁的时候先父又到邵伯镇做小官，将我们接到那里。海州的情形我全不记得了，只对海州话还有亲热感，因为父亲的扬州话里夹着不少海州口音。在邵伯住了差不多两年，是住在万寿宫里。万寿宫的院子很大，很静；门口就是运河。河坎很高，我常向河里扔瓦片玩儿。邵伯有个铁牛湾，那儿有一条铁牛镇压着。父亲的当差常抱我去看它，骑它，抚摩它。镇里的情形我也差不多忘记了。只记住在镇里一家人家的私塾里读过书，在那里认识了一个好朋友叫江家振。我常到他家玩儿，傍晚和他坐在他家荒园里一根横倒的枯树干上说着话，依依不舍，不想回家。这是我第一个好朋友，可惜他未成年就死了；记得他瘦得很，也许是肺病罢？

六岁那一年父亲将全家搬到扬州。后来又迎养先祖父和先祖母。父亲曾到江西做过几年官，我和二弟也曾去过江西一年；但是老家一直在扬州住着。我在扬州读初等小学，没毕业；读高等小学，毕了业；读中学，也毕了业。我的英文得力于高等小学里一位黄先生，他已经过世了。还有陈春台先生，他现在是北平著名的数学教师。这两位先生讲解英文真清楚，启发了我学习的兴趣；只恨我始终没有将英文学好，愧对这两位老师。还有一位戴子秋先生，也早过世了，我的国文是跟他老人家学着做通了的，那是辛亥革命之后在他家夜塾里的时候。中学毕业，我是十八岁，那年就考进了北京大学预科，从此就不常在扬州了。

就在十八岁那年冬天，父亲母亲给我在扬州完了婚。内人武钟谦女士是杭州籍，其实也是在扬州长成的。她从不曾去过杭州；后来同我去是第一次。她后来因为肺病死在扬州，我曾为她写过一篇《给亡妇》。我和她结婚的时候，祖父已死了好几年了。结婚后一年祖母也死了。他们两老都葬在扬州，我家于是有祖茔在扬州了。后来亡妇也葬在这祖茔里。母亲在抗战前两年过去，父亲在胜利前四个月过去，遗憾的是我都不在扬州；他们也葬在那祖茔里。这中间叫我痛心的是死了第二个女儿！她性情好，爱读书，做事负责任，待朋友最好。已经成人了，不知什么病，一天半就完了！她也葬在祖茔里。我有九个孩子。除第二个女儿外，还有一个男孩不到一岁就死在扬州；其余亡妻生的四个孩子都曾在扬州老家住过多少年。这个老家直到今年夏初才解散了，但是还留着一位老年的庶母在那里。

我家跟扬州的关系，大概够得上古人说的“生于斯，死于斯，歌哭于斯”了。现在亡妻生的四个孩子都已自称为扬州人了；我比起他们更算是在扬州长成的，天然更该算是扬州人了。但是从前一直马马虎虎地骑在墙上，并且自称浙江人的时候还多些，又为了什么呢？这一半因为报的是浙江籍，求其一致；一半也还有些别的道理。这些道理第一桩就是籍贯是无所谓的。那时要做一个世界人，连国籍都觉得狭小，不用说省籍和县籍了。那时在大学里觉得同乡会最没有意思。我同住的和我来往的自然差不多都是扬州人，自己却因为浙江籍，不去参加江苏或扬州同乡会。可是虽然是浙江绍兴籍，却又没跟一个道地浙江人来往，因此也就没人拉我去开浙江同乡会，更不用说绍兴同乡会了。这也许是两栖或骑墙的好处罢？然而出了学校以后到底常常会到道地绍兴人了。我既然不会说绍兴话，并且除了花雕和兰亭外几乎不知道绍兴的别的情形，于是乎往往只好自己承认是假绍兴人。那虽然一半是玩笑，可也有点儿窘的。

还有一桩道理就是我有些讨厌扬州人；我讨厌扬州人的小气和虚气。小是眼光如豆，虚是虚张声势，小气无须举例。虚气例如已故的扬州某中央委员，坐包车在街上走，除拉车的外，又跟上四个人在车子边推着跑着。我曾经写过一篇短文，指出扬州人这些毛病。后来要将这篇文收入散文集《你我》里，商务印书馆不肯，怕再闹出“闲话扬州”的案子。这当然也因为他们总以为我是浙江人，而浙江人骂扬州人是会得罪扬州人的。但是我也并不抹煞扬州的好处，曾经写过一篇《扬州的夏日》，还有在《看花》里也提起扬州福缘庵的桃花。再说现在年纪大些了，觉得小气和虚气都可以算是地方气，绝不止是扬州人如此。从前自己常答应人说自己是绍兴人，一半又因为绍兴人有些戆气，而扬州人似乎太聪明。其实扬州人也未尝没戆气，我的朋友任中敏（二北）先生，办了这么多年汉民中学，不管人家理会不理会，难道还不够"戆"的！绍兴人固然有戆气，但是也许还有别的气我讨厌的，不过我不深知罢了。这也许是阿Q的想法罢？然而我对于扬州的确渐渐亲热起来了。

扬州真像有些人说的，不折不扣是个有名的地方。不用远说，李斗《扬州画舫录》里的扬州就够羡慕的。可是现在衰落了，经济上是一日千丈地衰落了，只看那些没精打采的盐商家就知道。扬州人在上海被称为江北老，这名字总而言之表示低等的人。江北老在上海是受欺负的，他们于是学些不三不四的上海话来冒充上海人。到了这地步他们可竟会忘其所以地欺负起那些新来的江北老了。这就养成了扬州人的自卑心理。抗战以来许多扬州人来到西南，大半都自称为上海人，就靠着那一点不三不四的上海话；甚至连这一点都没有，也还自称为上海人。其实扬州人在本地也有他们的骄傲的。他们称徐州以北的人为侉子，那些人说的是侉话。他们笑镇江人说话土气，南京人说话大舌头，尽管这两个地方都在江南。英语他们称为蛮话，说这种话的当然是"蛮子"了。然而这些话只好关着门在家里说，到上海一看，立刻就会矮上半截，缩起舌头不敢啧一声了。扬州真是衰落得可以啊！

我也是一个江北老，一大堆扬州口音就是招牌，但是我却不愿做上海人；上海人太狡猾了。况且上海对我太生疏，生疏的程度跟绍兴对我也差不多；因为我知道上海虽然也许比知道绍兴多些，但是绍兴究竟是我的祖籍，上海是和我水米无干的。然而年纪大起来了，世界人到底做不成，我要一个故乡。俞平伯先生有一行诗，说“把故乡掉了”。其实他掉了故乡又找到了一个故乡；他诗文里提到苏州那一股亲热，是可羡慕的，苏州就算是他的故乡了。他在苏州度过他的童年，所以提起来一点一滴都亲亲热热的，童年的记忆最单纯最真切，影响最深最久；种种悲欢离合，回想起来最有意思。“青灯有味是儿时”，其实不止青灯，儿时的一切都是有味的。这样看，在那儿度过童年，就算那儿是故乡，大概差不多罢？这样看，就只有扬州可以算是我的故乡了。何况我的家又是“生于斯，死于斯，歌哭于斯”呢？所以扬州好也罢，歹也罢，我总该算是扬州人的。

匆匆

匆　匆

燕子去了，有再来的时候；杨柳枯了，有再青的时候；桃花谢了，有再开的时候。但是，聪明的，你告诉我，我们的日子为什么一去不复返呢？——是有人偷了他们罢：那是谁？又藏在何处呢？是他们自己逃走了罢：现在又到了哪里呢？

我不知道他们给了我多少日子，但我的手确乎是渐渐空虚了。在默默里算着，八千多日子已经从我手中溜去；像针尖上一滴水滴在大海里，我的日子滴在时间的流里，没有声音，也没有影子。我不禁头涔涔而泪潸潸了。

去的尽管去了，来的尽管来着；去来的中间，又怎样地匆匆呢？早上我起来的时候，小屋里射进两三方斜斜的太阳。太阳他有脚啊，轻轻悄悄地挪移了，我也茫茫然跟着旋转。于是——洗手的时候，日子从水盆里过去；吃饭的时候，日子从饭碗里过去；默默时，便从凝然的双眼前过去。我觉察他去的匆匆了，伸出手遮挽时，他又从遮挽着的手边过去，天黑时，我躺在床上，他便伶伶俐俐地从我身上跨过，从我脚边飞去了。等我睁开眼和太阳再见，这算又溜走了一日。我掩着面叹息。但是新来的日子的影儿又开始在叹息里闪过了。

在逃去如飞的日子里，在千门万户的世界里的我能做些什么呢？只有徘徊罢了，只有匆匆罢了；在八千多日的匆匆里，除徘徊外，又剩些什么呢？过去的日子如轻烟，被微风吹散了，如薄雾，被初阳蒸融了；我留着些什么痕迹呢？我何曾留着像游丝样的痕迹呢？我赤裸裸来到这世界，转眼间也将赤裸裸的回去罢？但不能平的，为什么偏要白白走这一遭啊？

你聪明的，告诉我，我们的日子为什么一去不复返呢？

阿 河

我这一回寒假，因为养病，住到一家亲戚的别墅里去。那别墅是在乡下。前面偏左的地方，是一片淡蓝的湖水，对岸环拥着不尽的青山。山的影子倒映在水里，越显得清清朗朗的。水面常如镜子一般。风起时，微有皱痕；像少女们皱她们的眉头，过一会子就好了。湖的余势束成一条小港，缓缓地不声不响地流过别墅的门前。门前有一条小石桥，桥那边尽是田亩。这边沿岸一带，相间地栽着桃树和柳树，春来当有一番热闹的梦。别墅外面缭绕着短短的竹篱，篱外是小小的路。里边一座向南的楼，背后便倚着山。西边是三间平屋，我便住在这里。院子里有两块草地，上面随便放着两三块石头。另外的隙地上，或罗列着盆栽，或种莳着花草。篱边还有几株枝干蟠曲的大树，有一株几乎要伸到水里去了。

我的亲戚韦君只有夫妇二人和一个女儿。她在外边念书，这时也刚回到家里。她邀来三位同学，同到她家过这个寒假；两位是亲戚，一位是朋友。她们住着楼上的两间屋子。韦君夫妇也住在楼上。楼下正中是客厅，常是闲着，西间是吃饭的地方；东间便是韦君的书房，我们谈天，喝茶，看报，都在这里。我吃了饭，便是一个人，也要到这里来闲坐一回。我来的第二天，韦小姐告诉我，她母亲要给她们找一个好好的女用人；长工阿齐说有一个表妹，母亲叫他明天就带来做做看呢。她似乎很高兴的样子，我只是不经意地答应。

平屋与楼屋之间，是一个小小的厨房。我住的是东面的屋子，从窗子里可以看见厨房里人的来往。这一天午饭前，我偶然向外看看，见一个面生的女用人，两手提着两把白铁壶，正往厨房里走；韦家的李妈在她前面领着，不知在和她说什么话。她的头发乱蓬蓬的，像冬天的枯草一样。身上穿着镶边的黑布棉袄和夹裤，黑里已泛出黄色；棉袄长与膝齐，夹裤也直拖到脚背上。脚倒是双天足，穿着尖头的黑布鞋，后跟还带着两片同色的“叶拔儿”。想这就是阿齐带来的女用人了；想完了就坐下看书。晚饭后，韦小姐告诉我，女用人来了，她的名字叫“阿河”。我说，“名字很好，只是人土些；还能做么？”她说，“别看她土，很聪明呢。”我说，“哦。”便接着看手中的报了。

以后每天早上，中上，晚上，我常常看见阿河挈着水壶来往；她的眼似乎总是望前看的。两个礼拜匆匆地过去了。韦小姐忽然和我说，你别看阿河土，她的志气很好，她是个可怜的人。我和娘说，把我前年在家穿的那身棉袄裤给了她吧。我嫌那两件衣服太花，给了她正好。娘先不肯，说她来了没有几天；后来也肯了。今天拿出来让她穿，正合适呢。我们教给她打绒绳鞋，她真聪明，一学就会了。她说拿到工钱，也要打一双穿呢。我等几天再和娘说去。

“她这样爱好！怪不得头发光得多了，原来都是你们教她的。好！你们尽教她讲究，她将来怕不愿回家去呢。”大家都笑了。

旧新年是过去了。因为江浙的兵事，我们的学校一时还不能开学。我们大家都乐得在别墅里多住些日子。这时阿河如换了一个人。她穿着宝蓝色挑着小花儿的布棉袄裤；脚下是嫩蓝色毛绳鞋，鞋口还缀着两个半蓝半白的小绒球儿。我想这一定是她的小姐们给帮忙的。古语说得好，“人要衣裳马要鞍”，阿河这一打扮，真有些楚楚可怜了。她的头发早已是刷得光光的，覆额的刘海也梳得十分服帖。一张小小的圆脸，如正开的桃李花；脸上并没有笑，却隐隐地含着春日的光辉，像花房里充了蜜一般。这在我几乎是一个奇迹；我现在是常站在窗前看她了。我觉得在深山里发见了一粒猫儿眼；这样精纯的猫儿眼，是我生平所仅见！我觉得我们相识已太长久，极愿和她说一句话——极平淡的话，一句也好。但我怎好平白地和她攀谈呢？这样郁郁了一礼拜。

这是元宵节的前一晚上。我吃了饭，在屋里坐了一会儿，觉得有些无聊，便信步走到那书房里。拿起报来，想再细看一回。忽然门钮一响，阿河进来了。她手里拿着三四支颜色铅笔，出乎意料地走近了我。她站在我面前了，静静地微笑着说：“白先生，你知道铅笔刨在哪里？”一面将拿着的铅笔给我看。我不自主地立起来，匆忙地应道，“在这里。”我用手指着南边柱子。但我立刻觉得这是不够的。我领她走近了柱子。这时我像闪电似的踌躇了一下，便说，“我……我……”她一声不响地已将一支铅笔交给我。我放进刨子里刨给她看。刨了两下，便想交给她；但终于刨完了一支，交还了她。她接了笔略看一看，仍仰着脸向我。我窘极了。刹那间念头转了好几个圈子；到底硬着头皮搭讪着说，“就这样刨好了。”我赶紧向门外一瞥，就走回原处看报去。但我的头刚低下，我的眼已抬起来了。于是远远地从容地问道，“你会么？”她不曾掉过头来，只“嘤”了一声，也不说话。我看了她背影一会儿。觉得应该低下头了。等我再抬起头来时，她已默默地向外走了。她似乎总是往前看的；我想再问她一句话，但终于不曾出口。我撇下了报，站起来走了一会儿，便回到自己屋里。

我一直想着些什么，但什么也没有想出。

第二天早上看见她往厨房里走时，我发愿我的眼将老跟着她的影子！她的影子真好。她那几步路走得又敏捷，又匀称，又苗条，正如一只可爱的小猫。她两手各提着一只水壶，又令我想到在一条细细的索儿上抖擞精神走着的女子。这全由于她的腰；她的腰真太软了，用白水的话说，真是软到使我如吃苏州的牛皮糖一样。不止她的腰，我的日记里说得好：“她有一套和云霞比美，水月争灵的曲线，织成大大的一张迷惑的网！”而那两颊的曲线，尤其甜蜜可人。她两颊是白中透着微红，润泽如玉。她的皮肤，嫩得可以掐出水来；我的日记里说，“我很想去掐她一下呀！”她的眼像一双小燕子，老是在滟滟的春水上打着圈儿。她的笑最使我记住，像一朵花漂浮在我的脑海里。我不是说过，她的小圆脸像正开的桃花么？那么，她微笑的时候，便是盛开的时候了：花房里充满了蜜，真如要流出来的样子。她的发不甚厚，但黑而有光，柔软而滑，如纯丝一般。只可惜我不曾闻着一些儿香。唉！从前我在窗前看她好多次，所得的真太少了；若不是昨晚一见——虽只几分钟——我真太对不起这样一个人儿了。

午饭后，韦君照例地睡午觉去了，只有我，韦小姐和其他三位小姐在书房里。我有意无意地谈起阿河的事。我说："你们怎知道她的志气好呢？"

"那天我们教给她打绒绳鞋，"一位蔡小姐便答道，"看她很聪明，就问她为什么不念书？她被我们一问，就伤心起来了。"

"是的，"韦小姐笑着抢了说，"后来还哭了呢；还有一位傻子陪她淌眼泪呢。"

那边黄小姐可急了，走过来推了她一下。蔡小姐忙拦住道，"人家说正经话，你们尽闹着玩儿！让我说完了呀——""我代你说啵，"韦小姐仍抢着说，"——她说她只有一个爹，没有娘。嫁了一个男人，倒有三十多岁，土头土脑的，脸上满是疤！他是李妈的邻舍，我还看见过呢……""好了，底下我说吧。"蔡小姐接着道，"她男人又不要好，尽爱赌钱；她一气，就住到娘家来，有一年多不回去了。"

"她今年几岁？"我问。

"十七不知十八？前年出嫁的，几个月就回家了。"蔡小姐说。

"不，十八，我知道。"韦小姐改正道。

"哦。你们可曾劝她离婚？"

"怎么不劝，"韦小姐应道，"她说十八回去吃她表哥的喜酒，要和她的爹去说呢。"

"你们教她的好事，该当何罪！"我笑了。

她们也都笑了。

十九的早上，我正在屋里看书，听见外面有嚷嚷的声音；这是从来没有的。我立刻走出来看；只见门外有两个乡下人要走进来，却给阿齐拦住。他们只是央告，阿齐只是不肯。这时韦君已走出院中，向他们道，“你们回去吧。人在我这里，不要紧的。快回去，不要瞎吵！”

两个人面面相觑，说不出一句话；俄延了一会儿，只好走了。我问韦君什么事？他说，“阿河啰！还不是瞎吵一回子。”

我想他于男女的事向来是懒得说的，还是回头问他小姐的好；我们便谈到别的事情上去。

吃了饭，我赶紧问韦小姐，她说，“她是告诉娘的，你问娘去。”

我想这件事有些尴尬，便到西间里问韦太太；她正看着李妈收拾碗碟呢。她见我问，便笑着说，“你要问这些事做什么？她昨天回去，原是借了阿桂的衣裳穿了去的，打扮得娇滴滴的，也难怪，被她男人看见了，便约了些不相干的人，将她抢回去过了一夜。今天早上，她骗她男人，说要到此地来拿行李。她男人就会信她，派了两个人跟着。哪知她到了这里，便叫阿齐拦着那跟来的人；她自己便跪在我面前哭诉，说死也不愿回她男人家去。你说我有什么法子。只好让那跟来的人先回去再说。好在没有几天，她们要上学了，我将来交给她的爹吧。唉，现在的人，心眼儿真是越过越大了；一个乡下女人，也会闹出这样惊天动地的事了！”

“可不是，”李妈在旁插嘴道，“太太你不知道；我家三叔前儿来，我还听他说呢。我本不该说的，阿弥陀佛！太太，你想她不愿意回婆家，老愿意住在娘家，是什么道理？家里只有一个单身的老子；你想那该死的老畜生！他舍不得放她回去呀！”

“低些，真的么？”韦太太惊诧地问。

“他们说得千真万确的。我早就想告诉太太了，总有些疑心；今天看她的样子，真有几分对呢。太太，你想现在还成什么世界！”

“这该不至于吧。”我淡淡地插了一句。

“少爷，你哪里知道！”韦太太叹了一口气，“——好在没有几天了，让她快些走吧；别将我们的运气带坏了。她的事，我们以后也别谈吧。”

开学的通告来了，我定在二十八走。二十六的晚上，阿河忽然不到厨房里挈水了。韦小姐跑来低低地告诉我，“娘叫阿齐将阿河送回去了；我在楼上，都不知道呢。”我应了一声，一句话也没有说。正如每日有三顿饱饭吃的人，忽然绝了粮；却又不能告诉一个人！而且我觉得她的前面是黑洞洞的，此去不定有什么好歹！那一夜我是没有好好地睡，只翻来覆去地做梦，醒来却又一例茫然。这样昏昏沉沉地到了二十八早上，懒懒地向韦君夫妇和韦小姐告别而行，韦君夫妇坚约春假再来住，我只得含糊答应着。出门时，我很想回望厨房几眼；但许多人都站在门口送我，我怎好回头呢？

到校一打听，老友陆已来了。我不及料理行李，便找着他，将阿河的事一五一十告诉他。他本是个好事的人；听我说时，时而皱眉，时而叹气，时而擦掌。听到她只十八岁时，他突然将舌头一伸，跳起来道，“可惜我早有了我那太太！要不然，我准得想法子娶她！”

“你娶她就好了；现在不知鹿死谁手呢。”

我俩默默相对了一会儿，陆忽然拍着桌子道，“有了，老汪不是去年失了恋么？他现在还没有主儿，何不给他俩撮合一下。”

我正要答说，他已出去了。过了一会子，他和汪来了，进门就嚷着说，“我和他说，他不信；要问你呢！”

“事是有的，人呢，也真不错。只是人家的事，我们凭什么去管！”我说。

“想法子呀！”陆嚷着。

“什么法子？你说！”

“好，你们尽和我开玩笑，我才不理会你们呢！”汪笑了。

我们几乎每天都要谈到阿河，但谁也不曾认真去“想法子”。

一转眼已到了春假。我再到韦君别墅的时候，水是绿绿的，桃腮柳眼，着意引人。我却只惦着阿河，不知她怎么样了。那时韦小姐已回来两天。我背地里问她，她说，“奇得很！阿齐告诉我，说她二月间来求娘来了。她说她男人已死了心，不想她回去；只不肯白白地放掉她。他教她的爹拿出八十块钱来，人就是她爹的了；他自己也好另娶一房人。可是阿河说她的爹哪有这些钱？她求娘可怜可怜她！娘的脾气你知道。她是个古板的人；她数说了阿河一顿，一个钱也不给！我现在和阿齐说，让他上镇去时，带个信儿给她，我可以给她五块钱。我想你也可以帮她些，我教阿齐一块儿告诉她吧。只可惜她未必肯再上我们这儿来啰！”

“我拿十块钱吧，你告诉阿齐就是。”

我看阿齐空闲了，便又去问阿河的事。他说，“她的爹正给她东找西找地找主儿呢。只怕难吧，八十块大洋呢！”

我忽然觉得不自在起来，不愿再问下去。

过了两天，阿齐从镇上回来，说，“今天见着阿河了。娘的，齐整起来了。穿起了裙子，做老板娘娘了！据说是自己拣中的；这种年头！”

我立刻觉得，这一来全完了！只怔怔地看着阿齐，似乎想在他脸上找出阿河的影子。咳，我说什么好呢？愿命运之神长远庇护着她吧！

第二天我便托故离开了那别墅；我不愿再见那湖光山色，更不愿再见那间小小的厨房！

儿　女

我现在已是五个儿女的父亲了。想起圣陶喜欢用的“蜗牛背了壳”的比喻，便觉得不自在。新近一位亲戚嘲笑我说，“要剥层皮呢！”更有些悚然了。十年前刚结婚的时候，在胡适之先生的《藏晖室札记》里，见过一条，说世界上有许多伟大的人物是不结婚的；文中并引培根的话，“有妻子者，其命定矣。”当时确吃了一惊，仿佛梦醒一般；但是家里已是不由分说给娶了媳妇，又有什么可说？现在是一个媳妇，跟着来了五个孩子；两个肩头上，加上这么重一副担子，真不知怎样走才好。“命定”是不用说了；从孩子们那一面说，他们该怎样长大，也正是可以忧虑的事。我是个彻头彻尾自私的人，做丈夫已是勉强，做父亲更是不成。自然，“子孙崇拜”“儿童本位”的哲理或伦理，我也有些知道；既做着父亲，闭了眼抹杀孩子们的权利，知道是不行的。可惜这只是理论，实际上我是仍旧按照古老的传统，在野蛮地对付着，和普通的父亲一样。近来差不多是中年的人了，才渐渐觉得自己的残酷；想着孩子们受过的体罚和叱责，始终不能辩解——像抚摩着旧创痕那样，我的心酸溜溜的。有一回，读了有岛武郎《与幼小者》的译文，对了那种伟大的，沉挚的态度，我竟流下泪来了。去年父亲来信，问起阿九，那时阿九还在白马湖呢；信上说，“我没有耽误你，你也不要耽误他才好。”我为这句话哭了一场；我为什么不像父亲的仁慈？我不该忘记，父亲怎样待我们来着！人性许真是二元的，我是这样地矛盾；我的心像钟摆似的来去。

你读过鲁迅先生的《幸福的家庭》么？我的便是那一类的“幸福的家庭”！每天午饭和晚饭，就如两次潮水一般。先是孩子们你来他去地在厨房与饭间里查看，一面催我或妻发“开饭”的命令。急促繁碎的脚步，夹着笑和嚷，一阵阵袭来，直到命令发出为止。他们一递一个地跑着喊着，将命令传给厨房里用人；便立刻抢着回来搬凳子。于是这个说，“我坐这儿！”那个说，“大哥不让我！”大哥却说，“小妹打我！”我给他们调解，说好话。但是他们有时候很固执，我有时候也不耐烦，这便用着叱责了；叱责还不行，不由自主地，我的沉重的手掌便到他们身上了。于是哭的哭，坐的坐，局面才算定了。接着可又你要大碗，他要小碗，你说红筷子好，他说黑筷子好；这个要干饭，那个要稀饭，要茶要汤，要鱼要肉，要豆腐，要萝卜；你说他菜多，他说你菜好。妻是照例安慰着他们，但这显然是太迂缓了。我是个暴躁的人，怎么等得及？不用说，用老法子将他们立刻征服了；虽然有哭的，不久也就抹着泪捧起碗了。吃完了，纷纷爬下凳子，桌上是饭粒呀，汤汁呀，骨头呀，渣滓呀，加上纵横的筷子，欹斜的匙子，就如一块花花绿绿的地图模型。吃饭而外，他们的大事便是游戏。游戏时，大的有大主意，小的有小主意，各自坚持不下，于是争执起来；或者大的欺负了小的，或者小的竟欺负了大的，被欺负的哭着嚷着，到我或妻的面前诉苦；我大抵仍旧要用老法子来判断的，但不理的时候也有。最为难的，是争夺玩具的时候：这一个的与那一个的是同样的东西，却偏要那一个的；而那一个便偏不答应。在这种情形之下，不论如何，终于是非哭了不可的。这些事件自然不至于天天全有，但大致总有好些起。我若坐在家里看书或写什么东西，管保一点钟里要分几回心，或站起来一两次的。若是雨天或礼拜日，孩子们在家的多，那么，摊开书竟看不下一行，提起笔也写不出一个字的事，也有过的。我常和妻说，“我们家真是成日地千军万马呀！”有时是不但“成日”，连夜里也有兵马在进行着，在有吃乳或生病的孩子的时候！

我结婚那一年，才十九岁。二十一岁，有了阿九；二十三岁，又有了阿菜。那时我正像一匹野马，哪能容忍这些累赘的鞍鞯，辔头和缰绳？摆脱也知是不行的，但不自觉地时时在摆脱着。现在回想起来，那些日子，真苦了这两个孩子；真是难以宽宥的种种暴行呢！阿九才两岁半的样子，我们住在杭州的学校里。不知怎的，这孩子特别爱哭，又特别怕生人。一不见了母亲，或来了客，就哇哇地哭起来了。学校里住着许多人，我不能让他扰着他们，而客人也总是常有的；我懊恼极了，有一回，特地骗出了妻，关了门，将他按在地下打了一顿。这件事，妻到现在说起来，还觉得有些不忍；她说我的手太辣了，到底还是两岁半的孩子！我近年常想着那时的光景，也觉黯然。阿菜在台州，那是更小了；才过了周岁，还不大会走路。也是为了缠着母亲的缘故吧，我将她紧紧地按在墙角里，直哭喊了三四分钟；因此生了好几天病。妻说，那时真寒心呢！但我的苦痛也是真的。我曾给圣陶写信，说孩子们的折磨，实在无法奈何；有时竟觉着还是自杀的好。这虽是气愤的话，但这样的心情，确也有过的。后来孩子是多起来了，磨折也磨折得久了，少年的锋棱渐渐地钝起来了；加以增长的年岁增长了理性的裁制力，我能够忍耐了——觉得从前真是一个“不成材的父亲”，如我给另一个朋友信里所说。但我的孩子们在幼小时，确比别人的特别不安静，我至今还觉如此。我想这大约还是由于我们抚育不得法；从前只一味地责备孩子，让他们代我们负起责任，却未免是可耻的残酷了！

正面意义的“幸福”，其实也未尝没有。正如谁所说，小的总是可爱，孩子们的小模样，小心眼儿，确有些教人舍不得的。阿毛现在五个月了，你用手指去拨弄她的下巴，或向她做趣脸，她便会张开没牙的嘴咯咯地笑，笑得像一朵正开的花。她不愿在屋里待着；待久了，便大声儿嚷。妻常说，“姑娘又要出去溜达了。”她说她像鸟儿般，每天总得到外面遛一些时候。闰儿上个月刚过了三岁，笨得很，话还没有学好呢。他只能说三四个字的短语或句子，文法错误，发音模糊，又得费气力说出；我们老是要笑他的。他说“好”字，总变成“小”字；问他“好不好？”他便说“小”，或“不小”。我们常常逗着他说这个字玩儿；他似乎有些觉得，近来偶然也能说出正确的“好”字了——特别在我们故意说成“小”字的时候。他有一只搪瓷碗，是一毛来钱买的；买来时，老妈子教给他，“这是一毛钱。”他便记住“一毛”两个字，管那只碗叫“一毛”，有时竟省称为“毛”。这在新来的老妈子，是必须翻译了才懂的。他不好意思，或见着生客时，便咧着嘴痴笑；我们常用了土话，叫他做“呆瓜”。他是个小胖子，短短的腿，走起路来，蹒跚可笑；若快走或跑，便更“好看”了。他有时学我，将两手叠在背后，一摇一摆的；那是他自己和我们都要乐的。他的大姊便是阿菜，已是七岁多了，在小学校里念着书。在饭桌上，一定得啰啰唆唆地报告些同学或他们父母的事情；气喘喘地说着，不管你爱听不爱听。说完了总问我：“爸爸认识么？”“爸爸知道么？”妻常禁止她吃饭时说话，所以她总是问我。她的问题真多：看电影便问电影里的是不是人？是不是真人？怎么不说话？看照相也是一样。不知谁告诉她，兵是要打人的。她回来便问，兵是人么？为什么打人？近来大约听了先生的话，回来又问张作霖的兵是帮谁的？蒋介石的兵是不是帮我们的？诸如此类的问题，每天短不了，常常闹得我不知怎样答才行。她和闰儿在一处玩儿，一大一小，不很合适，老是吵着哭着。但合适的时候也有：譬如这个往床底下躲，那个便钻进去追着；这个钻出来，那个也跟着——从这个床到那个床，只听见笑着，嚷着，喘着，真如妻所说，像小狗似的。现在在京的，便只有这三个孩子；阿九和转儿是去年北来时，让母亲暂时带回扬州去了。

阿九是欢喜书的孩子。他爱看《水浒》《西游记》《三侠五义》《小朋友》等；没有事便捧着书坐着或躺着看。只不欢喜《红楼梦》，说是没有味儿。是的，《红楼梦》的味儿，一个十岁的孩子，哪里能领略呢？去年我们事实上只能带两个孩子来；因为他大些，而转儿是一直跟着祖母的，便在上海将他俩丢下。我清清楚楚记得那分别的一个早上。我领着阿九从二洋泾桥的旅馆出来，送他到母亲和转儿住着的亲戚家去。妻嘱咐说，“买点吃的给他们吧。”我们走过四马路，到一家茶食铺里。阿九说要熏鱼，我给买了；又买了饼干，是给转儿的。便乘电车到海宁路。下车时，看着他的害怕与累赘，很觉恻然。到亲戚家，因为就要回旅馆收拾上船，只说了一两句话便出来；转儿望望我，没说什么，阿九是和祖母说什么去了。我回头看了他们一眼，硬着头皮走了。后来妻告诉我，阿九背地里向她说："我知道爸爸欢喜小妹，不带我上北京去。"其实这是冤枉的。他又曾和我们说，"暑假时一定来接我啊！"我们当时答应着；但现在已是第二个暑假了，他们还在迢迢的扬州待着。他们是恨着我们呢？还是惦着我们呢？妻是一年来老放不下这两个，常常独自暗中流泪；但我有什么法子呢！想到"只为家贫成聚散"一句无名的诗，不禁有些凄然。转儿与我较生疏些。但去年离开白马湖时，她也曾用了生硬的扬州话（那时她还没有到过扬州呢），和那特别尖的小嗓子向着我："我要到北京去。"她晓得什么北京，只跟着大孩子们说罢了；但当时听着，现在想着的我，却真是抱歉呢。这兄妹俩离开我，原是常事，离开母亲，虽也有过一回，这回可是太长了；小小的心儿，知道是怎样忍耐那寂寞来着！

我的朋友大概都是爱孩子的。少谷有一回写信责备我，说儿女的吵闹，也是很有趣的，何至可厌到如我所说；他说他真不解。子恺为他家华瞻写的文章，真是"蔼然仁者之言"。圣陶也常常为孩子操心：小学毕业了，到什么中学好呢？——这样的话，他和我说过两三回了。我对他们只有惭愧！可是近来我也渐渐觉着自己的责任。我想，第一该将孩子们团聚起来，其次便该给他们些力量。我亲眼见过一个爱儿女的人，因为不曾好好地教育他们，便将他们荒废了。他并不是溺爱，只是没有耐心去料理他们，他们便不能成材了。我想我若照现在这样下去，孩子们也便危险了。我得计划着，让他们渐渐知道怎样去做人才行。但是要不要他们像我自己呢？这一层，我在白马湖教初中学生时，也曾从师生的立场上问过丏尊，他毫不踌躇地说，“自然啰。”近来与平伯谈起教子，他却答得妙，“总不希望比自己坏啰。”是的，只要不“比自己坏”就行，“像”不“像”倒是不在乎的。职业，人生观等，还是由他们自己去定的好；自己顶可贵，只要指导，帮助他们去发展自己，便是极贤明的办法。

予同说，“我们得让子女在大学毕了业，才算尽了责任。”SK说，“不然，要看我们的经济，他们的材质与志愿；若是中学毕了业，不能或不愿升学，便去做别的事，譬如做工人吧，那也并非不行的。”自然，人的好坏与成败，也不尽靠学校教育；说是非大学毕业不可，也许只是我们的偏见。在这件事上，我现在毫不能有一定的主意；特别是这个变动不居的时代，知道将来怎样？好在孩子们还小，将来的事且等将来吧。目前所能做的，只是培养他们基本的力量——胸襟与眼光；孩子们还是孩子们，自然说不上高的远的，慢慢从近处小处下手便了。这自然也只能先按照我自己的样子：“神而明之，存乎其人。”光辉也罢，倒霉也罢，平凡也罢，让他们各尽各的力去。我只希望如我所想的，从此好好地做一回父亲，便自称心满意。——想到那“狂人”“救救孩子”的呼声，我怎敢不悚然自勉呢？

说梦

伪《列子》里有一段梦话，说得甚好："周之尹氏大治产，其下趣役者，侵晨昏而不息。有老役夫筋力竭矣，而使之弥勤。昼则呻呼而即事，夜则昏惫而熟寐。精神荒散，昔昔梦为国君：居人民之上，总一国之事；游燕宫观，恣意所欲，其乐无比。觉则复役人。……尹氏心营世事，虑钟家业，心形俱疲，夜亦昏惫而寐。昔昔梦为人仆：趋走作役，无不为也；数骂杖挞，无不至也。眠中啽呓呻呼，彻旦息焉。……"

此文原意是要说出"苦逸之复，数之常也；若欲觉梦兼之，岂可得邪？"这其间大有玄味，我是领略不着的；我只是断章取义地赏识这件故事的自身，所以才老远地引了来。我只觉得梦不是一件坏东西。即真如这件故事所说，也还是很有意思的。因为人生有限，我们若能夜夜有这样清楚的梦，则过了一日，足抵两日，过了五十岁，足抵一百岁；如此便宜的事，真是落得的。至于梦中的"苦乐"，则照我素人的见解，毕竟是"梦中的"苦乐，不必斤斤计较的。若必欲斤斤计较，我要大胆地说一句：他和那些在墙上贴红纸条儿，写着"夜梦不祥，书破大吉"的，同样地不懂得梦！

但庄子说道，"至人无梦。"伪《列子》里也说道，"古之真人，其觉自忘，其寝不梦。”——张湛注曰，“真人无往不忘，乃当不眠，何梦之有？”可知我们这几位先哲不甚以做梦为然，至少也总以为梦是不大高明的东西。但孔子就与他们不同，他深以“不复梦见周公”为憾；他自然是爱做梦的，至少也是不反对做梦的。——殆所谓时乎做梦则做梦者欤？我觉得“至人”“真人”，毕竟没有我们的份儿，我们大可不必妄想；只看“乃当不眠”一个条件，你我能做到么？唉，你若主张或实行“八小时睡眠”，就别想做“至人”“真人”了！但是，也不用担心，还有为我们掮木梢的：我们知道，愚人也无梦！他们是一枕黑甜，哼呵到晓，一些儿梦的影子也找不着的！我们侥幸还会做几个梦，虽因此失了“至人”“真人”的资格，却也因此而得免于愚人，未尝不是运气。至于“至人”“真人”之无梦和愚人之无梦，究竟有何分别，却是一个难题。我想偷懒，还是摭拾上文说过的话来答吧：“真人……乃当不眠……”而愚人是“一枕黑甜，哼呵到晓”的！再加一句，此即孔子所谓“上智与下愚不移”也。说到孔子，孔子不反对做梦，难道也做不了“至人”“真人”？我说，“唯唯，否否！”孔子是“圣人”，自有他的特殊的地位，用不着再来争“至人”“真人”的名号了。但得知道，做梦而能梦周公，才能成其所以为圣人；我们也还是够不上格儿的。

我们终于只能做第二流人物。但这中间也还有个高低。高的如我的朋友P君：他梦见花，梦见诗，梦见绮丽的衣裳……真可算得有梦皆甜了。低的如我：我在江南时，本忝在愚人之列，照例是漆黑一团地睡到天光；不过得声明，哼呵是没有的。北来以后，不知怎样，陡然聪明起来，夜夜有梦，而且不一其梦。但我究竟是新升格的，梦尽管做，却做不着一个清清楚楚的梦！成夜地乱梦颠倒，醒来不知所云，恍然若失。最难堪的是每早将醒未醒之际，残梦依人，腻腻不去；忽然双眼一睁，如坠深谷，万象寂然——只有一角日光在墙上痴痴地等着！我此时决不起来，必凝神细想，欲追回梦中滋味于万一；但照例是想不出，只惘惘然茫茫然似乎怀念着些什么而已。虽然如此，有一点是知道的：梦中的天地是自由的，任你徜徉，任你翱翔；一睁眼却就给密密的麻绳绑上了，就大大地不同了！我现在确乎有些精神恍惚，这里所写的就够教你知道。但我不因此诅咒梦；我只怪我做梦的艺术不佳，做不着清楚的梦。若做着清楚的梦，若夜夜做着清楚的梦，我想精神恍惚也无妨的。照现在这样一大串儿糊里糊涂的梦，直是要将这个“我”化成漆黑一团，却有些儿不便。是的，我得学些本事，今夜做他几个好好的梦。我是彻头彻尾赞美梦的，因为我是素人，而且将永远是素人。

潭柘寺　戒坛寺

早就知道潭柘寺，戒坛寺。在商务印书馆的《北平指南》上，见过潭柘的铜图，小小的一块，模模糊糊的，看了一点没有想去的意思。后来不断地听人说起这两座庙；有时候说路上不平静，有时候说路上红叶好。说红叶好的劝我秋天去；但也有人劝我夏天去。有一回骑驴上八大处，赶驴的问逛过潭柘没有，我说没有。他说潭柘风景好，那儿满是老道，他去过，离八大处七八十里地，坐轿骑驴都成。我不大喜欢老道的装束，尤其是那满蓄着的长头发，看上去啰里啰唆，龌里龌龊的。更不想骑驴走七八十里地，因为我知道驴子与我都受不了。真打动我的倒是"潭柘寺"这个名字。不懂不是？就是不懂的妙。躲懒的人念成"潭柘寺"，那更莫名其妙了。这怕是中国文法的花样；要是来个欧化，说是"潭和柘的寺"，那就用不着咬嚼或吟味了。还有在一部诗话里看见近人咏戒台松的七古，诗腾挪夭矫，想来松也如此。所以去。但是在夏秋之前的春天，而且是早春；北平的早春是没有花的。

这才认真打听去过的人。有的说住潭柘好，有的说住戒坛好。有的人说路太难走，走到了筋疲力尽，再没兴致玩儿；有人说走路有意思。又有人说，去时坐了轿子，半路上前后两个轿夫吵起来，把轿子搁下，直说不抬了。于是心中暗自决定，不坐轿，也不走路；取中道，骑驴子。又按普通说法，总是潭柘寺在前，戒坛寺在后，想着戒坛寺一定远些；于是决定住潭柘，因为一天回不来，必得住。门头沟下车时，想着人多，怕雇不着许多驴，但是并不然——雇驴的时候，才知道戒坛去便宜一半，那就是说近一半。这时候自己忽然逞起能来，要走路。走吧。

这一段路可够瞧的。像是河床，怎么也挑不出没有石子的地方，脚底下老是绊来绊去的，教人心烦。又没有树木，甚至于没有一根草。这一带原是煤窑，拉煤的大车往来不绝，尘土里饱和着煤屑，变成黯淡的深灰色，教人看了透不出气来。走一点钟光景。自己觉得已经有点办不了，怕没有走到便筋疲力尽；幸而山上下来一条驴，如获至宝似的雇下，骑上去。这一天东风特别大。平常骑驴就不稳，风一大真是祸不单行。山上东西都有路，很窄，下面是斜坡；本来从西边走，驴夫看风势太猛，将驴拉上东路。就这么着，有一回还几乎让风将驴吹倒；若走西边，没有准儿会驴我同归哪。想起从前人画风雪骑驴图，极是雅事；大概那不是上潭柘寺去的。驴背上照例该有些诗意，但是我，下有驴子，上有帽子眼镜，都要照管；又有迎风下泪的毛病，常要掏手巾擦干。当其时真恨不得生出第三只手来才好。

东边山峰渐起，风是过不来了；可是驴也骑不得了，说是坎儿多。坎儿可真多。这时候精神倒好起来了：崎岖的路正可以练腰脚，处处要眼到心到脚到，不像平地上。人多更有点竞赛的心理，总想走上最前头去，再则这儿的山势虽然说不上险，可是突兀，丑怪，巉刻的地方有的是。我们说这才有点儿山的意思；老像八大处那样，真教人气闷闷的。于是一直走到潭柘寺后门；这段坎儿路比风里走过的长一半，小驴毫无用处，驴夫说："咳，这不过给您做个伴儿！"

墙外先看见竹子，且不想进去。又密，又粗，虽然不够绿。北平看竹子，真不易。又想到八大处了，大悲庵殿前那一溜儿，薄得可怜，细得也可怜，比起这儿，真是小巫见大巫了。进去过一道角门，门旁突然亭亭地矗立着两竿粗竹子，在墙上紧紧地挨着；要用批文章的成语，这两竿竹子足称得起"天外飞来之笔"。

正殿屋角上两座琉璃瓦的鸱吻，在台阶下看，值得徘徊一下。神话说殿基本是青龙潭，一夕风雨，顿成平地，涌出两鸱吻。只可惜现在的两座太新鲜，与神话的朦胧幽秘的境界不相称。但是还值得看，为的是大得好，在太阳里嫩黄得好，闪亮得好；那拴着的四条黄铜链子也映衬得好。寺里殿很多，层层折折高上去，走起来已经不平凡，每殿大小又不一样，塑像摆设也各出心裁。看完了，还觉得无穷无尽似的。正殿下延清阁是待客的地方，远处群山像屏障似的。屋子结构甚巧，穿来穿去，不知有多少间，好像一所大宅子。可惜尘封不扫，我们住不着。话说回来，这种屋子原也不是预备给我们这么多人挤着住的。寺门前一道深沟，上有石桥；那时没有水，若是现在去，倚在桥上听潺潺的水声，倒也可以忘我忘世。过桥四株马尾松，枝枝覆盖，叶叶交通，另成一个境界。西边小山上有个古观音洞。洞无可看，但上去时在山坡上看潭柘的侧面，宛如仇十洲的《仙山楼阁图》；往下看是陡峭的沟岸，越显得深深无极，潭柘简直有海上蓬莱的意味了。寺以泉水著名，到处有石槽引水长流，倒也涓涓可爱。只是流觞亭雅得那样俗，在石地上愣刻着蚯蚓般的槽；那样流觞，怕只有孩子们愿意干。现在兰亭的“流觞曲水”也和这儿的一鼻孔出气，不过规模大些。晚上因为带的铺盖薄，冻得睁着眼，却听了一夜的泉声；心里想要不冻着，这泉声够多清雅啊！寺里并无一个老道，但那几个和尚，满身铜臭，满眼势利，教人老不能忘记，倒也麻烦的。

第二天清早，二十多人满雇了牲口，向戒坛而去，颇有浩浩荡荡之势。我的是一匹骡子，据说稳得多。这是第一回，高高兴兴骑上去。这一路要翻罗喉岭。只是土山，可是道儿窄，又曲折，虽不高，老那么凸凸凹凹的。许多处只容得一匹牲口过去。平心说，是险点儿。想起古来用兵，从间道袭敌人，许也是这种光景吧。

戒坛在半山上，山门是向东的。一进去就觉得平旷；南面只有一道低低的砖栏，下边是一片平原，平原尽处才是山，与众山屏蔽的潭柘气象便不同。进二门，更觉得空阔疏朗，仰看正殿前的平台，仿佛汪洋千顷。这平台东西很长，是戒坛最胜处，眼界最宽，教人想起“振衣千仞冈”的诗句。三株名松都在这里。“卧龙松”与“抱塔松”同是偃仆的姿势，身躯奇伟，鳞甲苍然，有飞动之意。“九龙松”老干槎枒，如张牙舞爪一般。若在月光底下，森森然的松影当更有可看。此地最宜低回流连，不是匆匆一览所可领略。潭柘以层折胜，戒坛以开朗胜；但潭柘似乎更幽静些。戒坛的和尚，春风满面，却远胜于潭柘的；我们之中颇有悔不该在潭柘的。戒坛后山上也有个观音洞。洞宽大而深，大家点了火把嚷嚷闹闹地下去；半里光景的洞满是油烟，满是声音。洞里有石虎，石龟，上天梯，海眼等等，无非是凑凑人的热闹而已。

还是骑骡子。回到长辛店的时候，两条腿几乎不是我的了。

《伦敦杂记》序

一九三一到一九三二年承国立清华大学给予休假的机会，得在欧洲住了十一个月，其中在英国住了七个月。回国后写过一本《欧游杂记》，专记大陆上的游踪。在英国的见闻，原打算另写一本，比《欧游杂记》要多些。但只写成九篇就打住了。现在开明书店惠允印行；因为这九篇都只写伦敦生活，便题为《伦敦杂记》。

当时自己觉得在英国住得久些，尤其是伦敦这地方，该可以写得详尽些。动手写的时候，虽然也参考裴歹克的《伦敦指南》，但大部分还是凭自己的经验和记忆。可是动手写的时候已经在回国两三年之后，记忆已经不够新鲜的，兴趣也已经不够活泼的。——自己却总还认真地写下去。有一天，看见《华北日报》上有记载伦敦拉衣恩司公司的文字，著者的署名已经忘记。自己在《吃的》那一篇里也写了拉衣恩司食堂；但看了人家源源本本的叙述，惭愧自己知道的真太少。从此便有搁笔之意，写得就慢了。抗战后才真搁了笔。

不过在英国的七个月毕竟是我那旅程中最有意思的一段儿。承柳无忌先生介绍，我能以住到歇卜士太太家去。这位老太太如《房东太太》那篇所记，不但是我们的房东，而且成了我们的忘年朋友。她的风趣增加我们在异国旅居的意味。《圣诞节》那篇所记的圣诞节，就是在她家过的。那加尔东尼市场，也是她说给我的。她现在不知怎样了，但愿还活着！伦敦的文人宅，我是和李健吾先生同去的。他那时从巴黎到伦敦玩儿。有了他对于那些文人的深切的向往，才引起我访古的雅兴。这个也应该感谢。

在英国的期间，赶上莎士比亚故乡新戏院落成。我和刘崇先生，陈麟瑞先生，柳无忌先生夫妇，同赶到“爱文河上的斯特拉福特”去“躬逢其盛”。我们连看了三天戏。那几天看的，走的，吃的，住的，样样都有意思。莎翁的遗迹触目皆是，使人思古的幽油然而生。而那安静的城市，安静的河水，亲切的旅馆主人，亲切的旅馆客人，也都使人乐于住下去。至于那新戏院，立体的作风，简朴而精雅，不用说是值得盘桓的。我还赶上《阿丽思漫游奇境记》的作者加乐尔的纪念——记得当时某刊物上登着那还活着的真的阿丽思十三岁时的小影。而《泰晤士报》举行纪念，登载《伦敦的五十年》的文字，也在这时候。其中一篇写五十年来的男女社交，最惹起人今昔之感。这些我本打算都写在我的杂记里。我的拟目比写出的要多一半。其中有关于伦敦的戏的，我特别要记吉尔伯特和瑟利文的轻快而活泼的小歌剧。还有一篇要记高斯华绥的读诗会。——那回读诗会是动物救济会主办的。当场有一个工人背出高斯华绥《法网》那出戏里的话责问他，说他有钱了，就不管正义了。他打住了一下，向全场从容问道，“诸位女士，诸位先生，你们要我读完么？”那工人终于嘀咕着走了。——但是我知道的究竟太少，也许还是藏拙为佳。

写这些篇杂记时，我还是抱着写《欧游杂记》的态度，就是避免“我”的出现。“身边琐事”还是没有，浪漫的异域感也还是没有。并不一定讨厌这些。只因新到异国还摸不着头脑，又不曾交往异国的朋友，身边一些琐事差不多都是国内带去的，写出来无非老调儿。异域感也不是没有，只因已入中年，不够浪漫的。为此只能老老实实写出所见所闻，像新闻的报道一般；可是写得太认真，又不能像新闻报道那么轻快，真是无可如何的。游记也许还是让“我”出现，随便些的好；但是我已经来不及了。但是这九篇里写活着的人的比较多些，如《乞丐》《圣诞节》《房东太太》，也许人要比《欧游杂记》里多些罢。

这九篇里除《公园》《加尔东尼市场》《房东太太》三篇外，都曾登在《中学生》杂志上。那时开明书店就答应我出版，并且已经在随排随等了。记得“七七”前不久开明的朋友还来信催我赶快完成这本书，说免得彼此损失。但是抗战开始了，开明印刷厂让敌人的炮火毁了，那排好的《杂记》版也就跟着葬在灰里了。直到前些日子，在旧书堆里现了这九篇稿子。这是抗战那年从北平带出来的，跟着我走了不少路，陪着我这几年——有一篇已经残缺了。我重读这些文字，不免怀旧的感慨，又记起和开明的一段因缘，就交给开明印。承他们答应了，那残缺的一篇并已由叶圣陶先生设法抄补，感谢之至！只可惜图片印不出，恐怕更会显出我文字的笨拙来，这是很遗憾的。

罗马

罗马（Rome）是历史上大帝国的都城，想象起来，总是气象万千似的。现在它的光荣虽然早过去了，但是从七零八落的废墟里，后人还可仿佛于百一。这些废墟，旧有的加上新发掘的，几乎随处可见，像特意点缀这座古城的一般。这边几根石柱子，那边几段破墙，带着当年的尘土，寂寞地陷在大坑里；虽然在夏天中午的太阳，照上去也黯黯淡淡，没有多少劲儿。就中罗马市场（Forum Romanum）规模最大。这里是古罗马城的中心，有法庭，神庙，与住宅的残迹。卡司多和波鲁斯庙的三根哥林斯式的柱子，顶上还有片石相连着；在全场中最为秀拔，像三个丰姿飘洒的少年用手横遮着额角，正在眺望这一片古市场。想当年这里终日挤挤闹闹的也不知有多少人，各有各的心思，各有各的手法；现在只剩三两起游客指手画脚地在死一般的寂静里。犄角上有一所住宅，情形还好；一面是三间住屋，有壁画，已模糊了，地是嵌石铺成的；旁厢是饭厅，壁画极讲究，画的都是正大的题目，他们是很看重饭厅的。市场上面便是巴拉丁山，是饱历兴衰的地方。最早是一个村落，只有些茅草屋子；罗马共和末期，一姓贵族聚居在这里；帝国时代，更是繁华。游人走上山去，两旁宏壮的住屋还留下完整的黄土坯子，可以见出当时阔人家的气局。屋顶一片平场，原是许多花园，总名法内塞园子，也是四百年前的旧迹；现在点缀些花木，一角上还有一座小喷泉。在这园子里看脚底下的古市场，全景都在望中了。

市场东边是斗狮场，还可以看见大概的规模；在许多宏壮的废墟里，这个算是情形最好的。外墙是一个大圆圈儿，分四层，要仰起头才能看到顶上。下三层都是一色的圆拱门和柱子，上一层只有小长方窗户和楞子，这种单纯的对照教人觉得这座建筑是整整的一块，好像直上云霄的松柏，老干亭亭，没有一些繁枝细节。里面中间原是大平场；中古时在这儿筑起堡垒，现在满是一道道颓毁的墙基，倒成了四不像。这场子便是斗狮场；环绕着的是观众的坐位。下两层是包厢，皇帝与外宾的在最下层，上层是贵族的；第三层公务员坐；最上层平民坐：共可容四五万人。狮子洞还在下一层，有口直通场中。斗狮是一种刑罚，也可以说是一种裁判：罪囚放在狮子面前，让狮子去搏他；他若居然制死了狮子，便是直道在他一边，他就可自由了。但自然是让狮子吃掉的多；这些人大约就算活该。想到临场的罪囚和他亲族的悲苦与恐怖，他的仇人的痛快，皇帝的威风，与一般观众好奇的紧张的面目，真好比一场噩梦。这个场子建筑在一世纪，原是戏园子，后来才改作斗狮之用。

斗狮场南面不远是卡拉卡拉浴场。古罗马人颇讲究洗澡，浴场都造得好，这一所更其华丽。全场用大理石砌成，用嵌石铺地；有壁画，有雕像，用具也不寻常。房子高大，分两层，都用圆拱门，走进去觉得稳稳的；里面金碧辉煌，与壁画雕像相得益彰。居中是大健身房，有喷泉两座。场子占地六英亩，可容一千六百人洗浴。洗浴分冷热水蒸气三种，各占一所屋子。古罗马人上浴场来，不单是为洗澡；他们可以在这儿商量买卖，和解讼事等等，正和我们上茶店上饭店一般作用。这儿还有好些游艺，他们公余或倦后来洗一个澡，找几个朋友到游艺室去消遣一回，要不然，到客厅去谈谈话，都是很“写意”的。现在却只剩下一大堆遗迹。大理石本来还有不少，早给搬去造圣彼得等教堂去了；零星的物件陈列在博物院里。我们所看见的只是些巍巍峨峨参参差差的黄土骨子，站在太阳里，还有学者们精心研究出来的《卡拉卡拉浴场图》的照片，都只是所谓过屠门大嚼而已。

罗马从中古以来便以教堂著名。康南海《罗马游纪》中引杜牧的诗“南朝四百八十寺，多少楼台烟雨中”，光景大约有些相像的；只可惜初夏去的人无从领略那烟雨罢了。圣彼得堂最精妙，在城北尼罗圆场的旧址上。尼罗在此地杀了许多基督教徒。据说圣彼得上十字架后也便葬在这里。这教堂几经兴废，现在的房屋是十六世纪初年动工，经了许多建筑师的手。密凯安杰罗七十二岁时，受保罗第三的命，在这儿工作了十七年。后人以为天使保罗第三假手于这一个大艺术家，给这座大建筑定下了规模；以后虽有增改，但大体总是依着他的。教堂内部参照卡拉卡拉浴场的式样，许多高大的圆拱门稳稳地支着那座穹隆顶。教堂长六百九十六英尺，宽四百五十英尺，穹隆顶高四百〇三英尺，可是乍看不觉得是这么大。因为平常看屋子大小，总以屋内饰物等为标准，饰物等的尺寸无形中是有谱子的。圣彼得堂里的却大得离了谱子，“天使像巨人，鸽子像老鹰”；所以教堂真正的大小，一下倒不容易看出了。但是你若看里面走动着的人，便渐渐觉得不同。教堂用彩色大理石砌墙，加上好些嵌石的大幅的名画，大都是亮蓝与朱红二色；鲜明丰丽，不像普通教堂一味阴沉沉的。密凯安杰罗雕的彼得像，温和光洁，别是一格，在教堂的犄角上。

圣彼得堂两边的列柱回廊像两只胳膊拥抱着圣彼得圆场；留下一个口子，却又像个玦。场中央是一座埃及的纪功方尖柱，左右各有大喷泉。那两道回廊是十七世纪时亚历山大第三所造，成于倍里尼（Pernini）之手。廊子里有四排多力克式石柱，共二百八十四根；顶上前后都有栏杆，前面栏杆上并有许多小雕像。场左右地上有两块圆石头，站在上面看同一边的廊子，觉得只有一排柱子，气魄更雄伟了。这个圆场外有一道弯弯的白石线，便是梵蒂冈与意大利的分界。教皇每年复活节站在圣彼得堂的露台上为人民祝福，这个场子内外据说是拥挤不堪的。

圣保罗堂在南城外，相传是圣保罗葬地的遗址，也是柱子好。门前一个方院子，四面廊子里都是些整块石头凿出来的大柱子，比圣彼得的两道廊子却质朴得多。教堂里面也简单空廓，没有什么东西。但中间那八十根花岗石的柱子，和尽头处那六根蜡石的柱子，纵横地排着，看上去仿佛到了人迹罕至的远古的森林里。柱子上头墙上，周围安着嵌石的历代教皇像，一律圆框子。教堂旁边另有一个小柱廊，是十二世纪造的。这座廊子围着一所方院子，在低低的墙基上排着两层各色各样的细柱子——有些还嵌着金色玻璃块儿。这座廊子精工可以说像湘绣，秀美却又像王羲之的书法。

在城中心的威尼斯方场上巍然盘踞着的，是也马奴儿第二的纪功廊。这是近代意大利的建筑，不缺少力量。一道弯弯的长廊，在高大的石基上。前面三层石级：第一层在中间，第二三层分开左右两道，通到廊子两头。这座廊子左右上下都匀称，中间又有那一弯，便兼有动静之美了。从廊前列柱间看到暮色中的罗马全城，觉得幽远无穷。

罗马艺术的宝藏自然在梵蒂冈宫；卡辟多林博物院中也有一些，但比起梵蒂冈来就太少了。梵蒂冈有好几个雕刻院，收藏约有四千件，著名的《拉奥孔》（Laocooen）便在这里。画院藏画五十幅，都是精品，拉飞尔的《基督现身图》是其中之一，现在却因修理关着。梵蒂冈的壁画极精彩，多是拉飞尔和他门徒的手笔，为别处所不及。有四间拉飞尔室和一些廊子，里面满是他们的东西。拉飞尔由此得名。他是乌尔比奴人，父亲是诗人兼画家。他到罗马后，极为人所爱重，大家都要教他画；他忙不过来，只好收些门徒作助手。他的特长在画人体。这是实在的人，肢体圆满而结实，有肉有骨头。这自然受了些佛罗伦司派的影响，但大半还是他的天才。他对于气韵，远近，大小与颜色也都有敏锐的感觉，所以成为大家。他在罗马住的屋子还在，坟在国葬院里。歇司丁堂与拉飞尔室齐名，也在宫内。这个神堂是十五世纪时歇司土司第四造的，第一百三十三英尺，宽四十五英尺。两旁墙的上部，都由佛罗伦司派画家装饰，有波铁乞利在内。屋顶的画满都是密凯安杰罗的，歇司丁堂著名在此。密凯安杰罗是佛罗伦司派的极峰。他不多作画，一生精华都在这里。他画这屋顶时候，以深沉肃穆的心情渗入画中。他的构图里气韵流动着，形体的勾勒也自然灵妙，还有那雄伟出尘的风度，都是他独具的好处。堂中祭坛的墙上也是他的大画，叫作《最后的审判》。

这幅壁画是以后多年画的，费了他七年工夫。

罗马城外有好几处隧道，是一世纪到五世纪时候基督教徒挖下来做墓穴的，但也用作敬神的地方。尼罗搜杀基督教徒，他们往往避难于此。最值得看的是圣卡里斯多隧道。那儿还有一种热诚花，十二瓣，据说是代表十二使徒的。我们看的是圣赛巴司提亚堂底下的那一处，大家点了小蜡烛下去。曲曲折折的狭路，两旁是大大小小深深浅浅的墓穴；现在自然是空的，可是有时还看见些零星的白骨。有一处据说圣彼得住过，成了龛堂，壁上画得很好。另处也还有些壁画的残迹。这个隧道似乎有四层，占的地方也不小。圣赛巴司提亚堂里保存着一块石头，上有大脚印两个；他们说是耶稣基督的，现在供养在神龛里。另一个教堂也供着这么一块石头，据说是仿本。

缧绁堂建于第五世纪，专为供养拴过圣彼得的一条铁链子。现在这条链子还好好地在一个精美的龛子里。堂中周理乌司第二纪念碑上有密凯安杰罗雕的几座像；摩西像尤为著名。那种原始的坚定的精神和勇猛的力量从眉目上，胡须上，胳膊上，手上，腿上，处处透露出来，教你觉得见着了一个伟大的人。又有个阿拉古里堂，中有圣婴像。这个圣婴自然便是耶稣基督；是十五世纪耶路撒冷一个教徒用橄榄木雕的。他带它到罗马，供养在这个堂里。四方来许愿的很多，据说非常灵验；它身上密层层地挂着许多金银饰器都是人家还愿的。还有好些信写给它，表示敬慕的意思。

罗马城西南角上，挨着古城墙，是英国坟场或叫作新教坟场。这里边葬的大都是艺术家与诗人，所以来参谒来凭吊的意大利人和别国的人终日不绝。就中最有名的自然是十九世纪英国浪漫诗人雪莱与济兹的墓。雪莱的心葬在英国，他的遗灰在这儿。墓在古城墙下斜坡上，盖有一块长方的白石；第一行刻着“心中心”，下面两行是生卒年月，再下三行是莎士比亚《风暴》中的仙歌。

彼无毫毛损，
海涛变化之，
从此更神奇。

好在恰恰关合雪莱的死和他的为人。济兹墓相去不远，有墓碑，上面刻着道：

这座坟里是
英国一位少年诗人的遗体；
他临死时候，
想着他仇人们的恶势力，
痛心极了，叫将下面这一句话
刻在他的墓碑上：
“这儿躺着一个人，
他的名字是用水写的。”

末一行是速朽的意思；但他的名字正所谓“不废江河万古流”，

又岂是当时人所料得到的。后来有人别作新解，根据这一行话做了一首诗，连济兹的小像一块儿刻铜嵌在他墓旁墙上。这首诗的原文是很有风趣的。

济兹名字好，

说是水写成；

一点一滴水，

后人的泪痕——

英雄枯万骨，

难如此感人。

安睡吧，

陈词虽挂漏，

高风自峥嵘。

这座坟场是罗马富有诗意的一角；有些爱罗马的人虽不死在意大利，也会遗嘱葬在这座“永远的城”的永远的一角里。

滂卑故城

滂卑（Pompei）故城在奈波里之南，意大利半岛的西南角上。维苏威火山在它的正东，像一座围屏。纪元七十九年，维苏威初次喷火。喷出的熔岩倒没有什么；可是那崩裂的灰土，山一般压下来，到底将一座繁华的滂卑城活活地埋在底下，不透一丝风儿。那时是半夜里。好在大多数人瞧着兆头不妙，早卷了细软走了；剩下的并不多，想来是些穷小子和傻瓜吧。城是埋下去了，年岁一久，谁也忘记了。只存下当时一个叫小勃里尼的人的两封信，里面叙述滂卑陷落的情形；但没有人能指出这座故城的遗址来。直到一七四八年大剧场与别的几座房子出土，才有了头绪；系统的发掘却迟到一八六〇年。到现在这座城大半都出来了；工作还继续着。

滂卑的文化很高，从道路，建筑，壁画，雕刻，器皿等都可看出。后三样大部分陈列在奈波里国家博物院中；去滂卑的人最好先到那里看看。但是这种文化大体从希腊输入，罗马人自己的极少。当时罗马的将领打过了好些个胜仗，闲着没事，便风雅起来，搜罗希腊的美术品，装饰自己的屋子。这些东西有的是打仗时抢来的，有的是买的。古语说得好：“上有好者，下必有甚焉者。”这种美术的嗜好渐渐成了风气。那时罗马人有的是钱；希腊人却穷了，乐得有这班好主顾。“物聚于所好”，滂卑还只是第三等的城市，大户人家陈设的美术品已经像一所不寒尘（应为“碜”）的博物院，别的大城可想而知。

滂卑沿海，当时与希腊交通，也是个商业的城市，人民是很富裕的。他们的生活非常奢靡，正合“饱暖思淫欲”一句话。滂卑的淫风似乎甚盛。他们崇拜男根，相信可以给人好运气，倒不像后世人作不净想。街上走，常见墙上横安着黑的男根；器具也常以此为饰。有一所大住宅，是两个姓魏提的单身男子住的，保存得最好；里面一间小屋子，墙上满是春画，据说他们常从外面叫了女人到这里。院子里本有一座喷泉，泉水以小石像的男根为出口；这座像现在也藏在那间小屋中。廊下还有一幅壁画，画着一架天平；左盘里是钱袋，一个人以他的男根放在右盘中，左盘便高起来了。可见滂卑人所重在彼而不在此。另有妓院一所，入门中间是穿堂，两边有小屋五间，每间有一张土床，床以外隙地便不多。穿堂墙上是春画；小屋内墙上间或刻着人名，据说这是游客的题名保荐，让他的朋友们看了，也选他的相好。

从来酒色连文，滂卑人在酒上也是极放纵的。只看到处是酒店，人家里多有藏酒的地窖子便知道了。滂卑的酒店有些像杭州绍兴一带的，酒垆与柜台都在门口，里面没有多少地方；来者大约都是喝“柜台酒”的。现在还可以见许多残破的酒垆和大大小小的酒甏；人家地窖里堆着的酒甏也不少。这些酒甏是黄土做的，长颈细腹尖底，样子灵巧，可是放不稳，不知当时如何安置。

上面说起魏提的住宅，是很讲究的。宅子高大，屋子也多；一所空阔的院子，周围是深深的走廊。廊下悬着石雕的面具；院中也放着许多雕像，中间是喷泉和鱼池。屋后还有花园。滂卑中上人家大概都有喷泉，鱼池与花园，大小称家之有无；喷泉与鱼池往往是分开的。水从山上用铅管引下来，办理得似乎不坏。魏提家的壁画颇多，墙壁用红色，粉刷得光润无比，和大理石差不多。画也精工美妙。饭厅里画着些各行手艺，仿佛宋人《懋迁图》的味儿。但做手艺的都是带翅子的小爱神，便不全是写实了。在红墙上画出一条黑带儿，在这条道儿上面再用鲜明的蓝黄等颜色作画，映照起来最好看；蓝色中渗一点粉，用来画衣裳与爱神的翅膀等，真是飘飘欲举。这种画分明仿希腊的壁雕，所以结构亭匀不乱。膳厅中画最多；黑带子是在墙下端，上面是一幅幅地并列着，却没有甚大的。膳厅中如何布置，已不可知。曾见别两家的是这样：中间一座长方的小石灰台子，红色，这便是桌子。围着是马蹄形的坐位，也是石灰砌的，颜色相同。近台子那一圈低些阔些，是坐的，后面狭狭的矮矮的四五层斜着上去，像是靠背用的，最上层便又阔了。但那两家规模小，魏提家当然要阔些。至于地用嵌石铺，是在意中的。这些屋子里的银器铜器玻璃器等与壁画雕像大部分保存在奈波里；还有涂上石灰的尸首及已化炭的面包和谷类，都是城陷时的东西。

滂卑人是会享福的，他们的浴场造得很好。冷热浴蒸汽浴都有；场中存衣柜，每个浴客一个，他们可以舒舒服服地放心洗澡去。场宽阔高大，墙上和圆顶上满是画。屋顶正中开一个大圆窗子，光从这里下来，雨也从这里下来；但他们不在乎雨，场里面反正是湿的。有一处浴场对门便是饭馆，洗完澡，就上这儿吃点儿喝点儿，真“美”啊。滂卑城并不算大，却有三个戏园子。大剧场为最，能容两万人，大约不常用，现在还算完好。常用的两个比较小些，已颓毁不堪；一个据说有顶，是夜晚用的，一个无顶，是白天用的。城中有好几个市场，是公众买卖与娱乐的地方；法庭庙宇都在其中；现在却只见几片长方的荒场和一些破坛断柱而已。

街市中除酒店外，别种店铺的遗迹也还不少。曾走过一家药店，架子上还零乱地放着些玻璃瓶儿；又走过一家饼店，五个烘饼的小砖炉也还好好的。街旁常见水槽；槽里的水是给马喝的，上面另有一个管子，行人可以就着喝。喝时须以一只手按着槽边，翻过身仰起脸来。这个姿势也许好看，舒服是并不的。日子多了，槽边经人按手的地方凹了下去，磨得光滑滑的。街路用大石铺成，也还平整宽舒；中间常有三大块或两大块椭圆的平石分开放着，是为上下马车用的。车有两轮，恰好从石头空处过去。街道是直的，与后世取曲势的不同。虽然一望到头，可是衬着两旁一排排的距离相似高低相仿的颓垣断户，倒仿佛无穷无尽似的。从整齐划一中见伟大，正中古罗马人的长处。

瑞　士

瑞士有“欧洲的公园”之称。起初以为有些好风景而已；到了那里，才知无处不是好风景，而且除了好风景似乎就没有什么别的。这大半由于天然，小半也是人工。瑞士人似乎是靠游客活的，只看很小的地方也有若干若干的旅馆就知道。他们拼命地筑铁道通轮船，让爱逛山的爱游湖的都有落儿；而且车船两便，票在手里，爱怎么走就怎么走。瑞士是山国，铁道依山而筑，隧道极少；所以老是高高低低，有时像差得很远的。还有一种爬山铁道，这儿特别多。狭狭的双轨之间，另加一条特别轨：有时是一个个方格儿，有时是一个个钩子；车底下带一种齿轮似的东西，一步步咬着这些方格儿，这些钩子，慢慢地爬上爬下。这种铁道不用说工程大极了；有些简直是笔陡笔陡的。

逛山的味道实在比游湖好。瑞士的湖水一例是淡蓝的，真正平得像镜子一样。太阳照着的时候，那水在微风里摇晃着，宛然是西方小姑娘的眼。若遇着阴天或者下小雨，湖上迷迷蒙蒙的，水天混在一块儿，人如在睡里梦里。也有风大的时候；那时水上便皱起粼粼的细纹，有点像颦眉的西子。可是这些变幻的光景在岸上或山上才能整个儿看见，在湖里倒不能领略许多。况且轮船走得究竟慢些，常觉得看来看去还是湖，不免也腻味。逛山就不同，一会儿看见湖，一会儿不看见；本来湖在左边，不知怎么一转弯，忽然挪到右边了。湖上固然可以看山，山上还可看山，阿尔卑斯有的是重峦叠嶂，怎么看也不会穷。山上不但可以看山，还可以看谷；稀稀疏疏错错落落的房舍，仿佛有鸡鸣犬吠的声音，在山肚里，在山脚下。看风景能够流连低回固然高雅，但目不暇接地过去，新境界层出不穷，也未尝不淋漓痛快；坐火车逛山便是这个办法。

卢参（Luzerne）在瑞士中部，卢参湖的西北角上。出了车站，一眼就看见那汪汪的湖水和屏风般的青山，真有一股爽气扑到人的脸上。与湖连着的是劳思河，穿过卢参的中间。

河上低低的一座古水塔，从前当作灯塔用；这儿称灯塔为“卢采那”，有人猜“卢参”这名字就是由此而出。这座塔低得有意思；依傍着一架曲了又曲的旧木桥，倒配了对儿。这架桥带顶，像廊子；分两截，近塔的一截低而窄，那一截却突然高阔起来，仿佛彼此不相干，可是看来还只有一架桥。不远儿另是一架木桥，叫龛桥，因上有神龛得名，曲曲的，也古。许多对柱子支着桥顶，顶底下每一根横梁上两面各钉着一大幅三角形的木板画，总名“死神的跳舞”。每一幅配搭的人物和死神跳舞的姿态都不相同，意在表现社会上各种人的死法。画笔大约并不算顶好，但这样上百幅的死的图画，看了也就够劲儿。过了河往里去，可以看见城墙的遗迹。墙依山而筑，蜿蜒如蛇；现在却只见一段一段地嵌在住屋之间。但九座望楼还好好的，和水塔一样都是多角锥形；多年的风吹日晒雨淋，颜色是黯淡得很了。

冰河公园也在山上。古代有一个时期北半球全埋在冰雪里，瑞士自然在内。阿尔卑斯山上积雪老是不化，越堆越多。在底下的渐渐地结成冰，最底下的一层渐渐地滑下来，顺着山势，往谷里流去。这就是冰河。冰河移动的时候，遇着夏季，便大量地溶化。这样溶化下来的一股大水，力量无穷；石头上一个小缝儿，在一个夏天里，可以冲成深深的大潭。这个叫磨穴。有时大石块被带进潭里去，出不来，便只在那儿跟着水转。初起有棱角，将潭壁上磨了许多道儿；日子多了，棱角慢慢光了，就成了一个大圆球，还是转着。这个叫磨石。冰河公园便以这类遗迹得名。大大小小的石潭，大大小小的石球，现在是安静了；但那粗糙的样子还能教你想见多少万年前大自然的气力。可是奇怪，这些不言不语的顽石，居然背着多少万年的历史，比我们人类还老得多多；要没人卓古证今地说，谁相信。这样讲，古诗人慨叹“磊磊涧中石”，似乎也很有些道理在里头了。这些遗迹本来一半埋在乱石堆里，一半埋在草地里，直到一八七二年秋天才偶然间被发现。还发现了两种化石：一种上是些蚌壳，足见阿尔卑斯脚下这一块土原来是滔滔的大海。另一种上是片棕叶，又足见此地本有热带的大森林。这两期都在冰河期前，日子虽然更杳茫，光景却还能在眼前描画得出，但我们人类与那种大自然一比，却未免太微细了。

立矶山（Rigi）在卢参之西，乘轮船去大约要一点钟。去时是个阴天，雨意很浓。四周陡峭的青山的影子冷冷地沉在水里。湖面儿光光的，像大理石一样。上岸的地方叫威兹老，山脚下一座小小的村落，疏疏散散遮遮掩掩的人家，静透了。上山坐火车，只一辆，走得可真慢，虽不像蜗牛，却像牛之至。一边是山，太近了，不好看。一边是湖，是湖上的山；从上面往下看，山像一片一片儿插着，湖也像只有一薄片儿。有时窗外一座大崖石来了，便什么都不见；有时一片树木来了，只好从枝叶的缝儿里张一下。山上和山下一样，静透了，常常听到牛铃儿叮儿当的。牛带着铃儿，为的是跑到哪儿都好找。这些牛真有些“不知汉魏”，有一回居然挡住了火车；开车的还有山上的人帮着，吆喝了半天，才将它们轰走。但是谁也没有着急，只微微一笑就算了。山高五千九百零五英尺，顶上一块不大的平场。据说在那儿可以看见周围九百里的湖山，至少可以看见九个湖和无数的山峰。可是我们的运气坏，上山后云便越浓起来；到了山顶，什么都裹在云里，几乎连我们自己也在内。在不分远近的白茫茫里闷坐了一点钟，下山的车才来了。

交湖（Interlaken）在卢参的东南。从卢参去，要坐六点钟的火车。车子走过勃吕尼山峡。这条山峡在瑞士是最低的，可是最有名。沿路的风景实在太奇了。车子老是挨着一边儿山脚下走，路很窄。那边儿起初也只是山，青青青青的。越往上走，那些山越高了，也越远了，中间豁然开朗，一片一片的谷，是从来没看见过的山水画。车窗里直望下去，却往往只见一丛丛的树顶，到处是深的绿，在风里微微波动着。路似乎颇弯曲的样子，一座大山峰老是看不完；瀑布左一条右一条的，多少让山顶上的云掩护着，清淡到像一些声音都没有，不知转了多少转，到勃吕尼了。这儿高三千二百九十六英尺，差不多到了这条峡的顶。从此下山，不远便是勃利安湖的东岸，北岸就是交湖了。车沿着湖走。太阳出来了，隔岸的高山青得出烟，湖水在我们脚下百多尺，闪闪的像珐琅一样。

交湖高一千八百六十六英尺，勃利安湖与森湖交会于此。地方小极了，只有一条大街；四周让阿尔卑斯的群峰严严地围着。其中少妇峰最为秀拔，积雪皑皑，高出云外。街北有两条小径。一条沿河，一条在山脚下，都以幽静胜。小径的一端，依着座小山的形势参差地安排着些别墅般的屋子。街南一块平原，只有稀稀的几个人家，显得空旷得不得了。早晨从旅馆的窗子看，一片清新的朝气冉冉地由远而近，仿佛在古时的村落里。街上满是旅馆和铺子；铺子不外卖些纪念品，咖啡，酒饭等等，都是为游客预备的；还有旅行社，更是的。这个地方简直是游客的地方，不像属于瑞士人。纪念品以刻木为最多，大概是些小玩意儿；是一种涂紫色的木头，虽然刻得粗略，却有气力。在一家铺子门前看见一个美国人在说，“你们这些东西都没有用处；我不欢喜玩意儿。”买点纪念品而还要考较用处。此君真美国得可以了。

从交湖可以乘车上少妇峰，路上要换两次车。在老台勃鲁能换爬山电车，就是下面带齿轮的。这儿到万根，景致最好看。车子慢慢爬上去，窗外展开一片高山与平陆，宽旷到一眼望不尽。坐在车中，不知道车子如何爬法；却看那边山上也有一条陡峻的轨道，也有车子在上面爬着，就像一只甲虫。到万格那尔勃可见冰川，在太阳里亮晶晶的。到小夏代格再换车，轨道中间装上一排铁钩子，与车底下的齿轮好咬得更紧些。这条路直通到少妇峰前头，差不多整个儿是隧道；因为山上满积着雪，不得不打山肚里穿过去。这条路是欧洲最高的铁路，费了十四年工夫才造好，要算近代顶伟大的工程了。

在隧道里走没有多少意思，可是哀格望车站值得看。那前面的看廊是从山岩里硬凿出来的。三个又高又大又粗的拱门般的窗洞，教你觉得自己渺小。望出去很远；五千九百零四英尺下的格林德瓦德也可见。少妇峰站的看廊却不及这里；一眼尽是雪山，雪水从檐上滴下来，别的什么都没有。虽在一万一千三百四十二英尺的高处，而不能放开眼界，未免令人有些怅怅。但是站里有一架电梯，可以到山顶上去。这是小小一片高原，在明西峰与少妇峰之间，三百二十英尺长，厚厚地堆着白雪。雪上虽只是淡淡的日光，乍看竟耀得人睁不开眼。这儿可望得远了。一层层的峰峦起伏着，有戴雪的，有不戴的；总之越远越淡下去。山缝里躲躲闪闪一些玩具般的屋子，据说便是交湖了。原上一头插着瑞士白十字国旗，在风里飒飒地响，颇有些气势。山上不时地雪崩，沙沙沙沙流下来像水一般，远看很好玩儿。脚下的雪滑极，不走惯的人寸步都得留神才行。少妇峰的顶还在二千三百二十五英尺之上，得凭着自己的手脚爬上去。

下山还在小夏代格换车，却打这儿另走一股道，过格林德瓦德直到交湖，路似乎平多了。车子绕明西峰走了好些时候。明西峰比少妇峰低些，可是大。少妇峰秀美得好，明西峰雄奇得好。车子紧挨着山脚转，陡陡的山势似乎要向窗子里直压下来，像传说中的巨人。这一路有几条瀑布；瀑布下的溪流快极了，翻着白沫，老像沸着的锅子。早九点多在交湖上车，回去是五点多。

司皮也兹（Spiez）是玲珑可爱的一个小地方：临着森湖，如浮在湖上。路依山而建，共有四五层，台阶似的。街上常看不见人。在旅馆楼上待着，远处偶然有人过去，说话声音听得清清楚楚的。傍晚从露台上望湖，山脚下的暮霭混在一抹轻蓝里，加上几星儿刚放的灯光，真有味。孟特罗（Mondtreux）的果子可可糖也真有味。日内瓦像上海，只湖中大喷水，高二百余英尺，还有卢梭岛及他出生的老屋，现在已开了古董铺的，可以看看。

加尔东尼市场

在北平住下来的人，总知道逛庙会逛小市的趣味。你来回踱着，这儿看看，那儿站站；有中意的东西，磋磨磋磨价钱，买点儿回去让人一看，说真好；再提价钱，说哪有这么巧的。你这一乐，可没白辛苦一趟！要什么都没买成，那也不碍；就凭看中的一两件三四件东西，也够你讲讲说说的。再说在市上流连一会子，到底过了"蘑菇"的瘾，还有什么抱怨的？

伦敦人纷纷上加尔东尼市场（Caldonian Market），也正是这股劲儿。房东太太客厅里炉台儿上放着一个手榴弹壳，是盛烟灰用的。比甜瓜小一点，面上擦得精亮，方方的小块儿，界着又粗又深的黑道儿，就是蛮得好，傻得好。房东太太说还是她家先生在世时逛加尔东尼市场买回来的。她说这个市场卖旧货，可以还价，花样不少，有些是偷来的，倒也有好东西；去的人可真多。市场只在星期二星期五上午十时至下午四时开放，有些像庙会；市场外另有几家旧书旧货铺子，却似乎常做买卖，又有些像小市。

先到外头一家旧书铺。没窗没门。仰面灰蓬蓬的，土地，刚下完雨，门口还积着个小小水潭儿。从乱书堆中间进去，一看倒也分门别类的。"文学"在里间，空气变了味，扑鼻子一阵阵的——到如今三年了，不忘记，可也叫不出什么味。《圣经》最多，整整一箱子。不相干的小说左一堆右一堆；却也挑出了一本莎翁全集，几本正正经经诗选。莎翁全集当然是普通本子，可是只花了九便士，才合五六毛钱。铺子里还卖旧话匣片子，不住地开着让人听，三五个男女伙计穿梭似的张罗着。别几家铺子没进去，外边瞧了瞧，也一团灰土气。

市场门口有小牌子写着开放日期，又有一块写着“谨防扒手”——伦敦别处倒没见过这玩意儿。地面大小和北平东安市场差不多，一半带屋顶，一半露天；干净整齐，却远不如东安市场。满是摊儿，屋里没有地摊儿，露天里有。

摆摊儿的，男女老少，色色俱全；还有缠着头的印度人。卖的是日用什物，布匹，小摆设；花样也不怎样多，多一半古旧过了头。有几件日本瓷器，中国货色却不见。也有卖吃的，卖杂耍的。蹿了半天，看见一个铜狮子镇纸，够重的，狮子颇有点威武；要价三先令（二元余），还了一先令，没买成。快散了，却瞥见地下大大的厚厚的一本册子，拿起来翻着，原来是书纸店里私家贺年片的样本。这些旧贺年片虽是废物，却印得很好看，又各不相同；问价钱才四便士，合两毛多，便马上买了。出门时又买了个擦皮鞋的绒卷儿，也贱——到现在还用着。这时正愁大册子夹着不便，抬头却见面前立着个卖硬纸口袋的，大小都有，买了东西的人，大概全得买上那么一只；这当口门外沿路一直到大街上，挨挨擦擦的，差不离尽是提纸口袋的。我口袋里那册贺年片样本，回国来让太太小姐孩子们瞧，都爱不释手；让她们猜价儿，至少说四元钱。我忍不住要想，逛那么一趟加尔东尼，也算值得了。

吃的

提到欧洲的吃喝，谁总会想到巴黎，伦敦是算不上的。不用说别的，就说煎山药蛋吧。法国的切成小骨牌块儿，黄澄澄的，油汪汪的，香喷喷的；英国的“条儿”（chips）却半黄半黑，不冷不热，干干儿的什么味也没有，只可以当饱罢了。再说英国饭吃来吃去，主菜无非是煎炸牛肉排羊排骨，配上两样素菜；记得在一个人家住过四个月，只吃过一回煎小牛肝儿，算是新花样。可是菜做得简单，也有好处；材料坏容易见出，像大陆上厨子将坏东西做成好样子，在英国是不会的。大约他们自己也觉着腻味，所以一九二六那一年有一位华衣脱女士（E. White）组织了一个英国民间烹调社，搜求各市各乡的食谱，想给英国菜换点儿花样，让它好吃些。一九三一年十二月烹调社开了一回晚餐会，从十八世纪以来的食谱中选了五样菜（汤和点心在内），据说是又好吃，又不费事。这时候正是英国的国货年，所以报纸上颇为揄扬一番。可是，现在欧洲的风气，吃饭要少要快，那些陈年的老古董，怕总有些不合时宜吧。

吃饭要快，为的忙，欧洲人不能像咱们那样慢条斯理儿的，大家知道。干吗要少呢？为的卫生，固然不错，还有别的：女的男的都怕胖。女的怕胖，胖了难看；男的也爱那股标劲儿，要像个运动家。这个自然说的是中年人少年人；老头子挺着个大肚子的却有的是。欧洲人一日三餐，分量颇不一样。像德国，早晨只有咖啡面包，晚间常冷食，只有午饭重些。法国早晨是咖啡，月芽饼，午饭晚饭似乎一般分量。英国却早晚饭并重，午饭轻些。英国讲究早饭，和我国成都等处一样。有麦粥，火腿蛋，面包，茶，有时还有熏咸鱼，果子。午饭顶简单的，可以只吃一块烤面包，一杯咖啡；有些小饭店里出卖午饭盒子，是些冷鱼冷肉之类，却没有卖晚饭盒子的。

伦敦头等饭店总是法国菜，二等的有意大利菜，法国菜，瑞士菜之分；旧城馆子和茶饭店等才是本国味道。茶饭店与煎炸店其实都是小饭店的别称。茶饭店的“饭”原指的午饭，可是卖的东西并不简单，吃晚饭满成；煎炸店除了煎炸牛肉排羊排骨之外，也卖别的。头等饭店没去过，意大利的馆子却去过两家。一家在牛津街，规模很不小，晚饭时有女杂耍和跳舞。只记得那回第一道菜是生蚝之类；一种特制的盘子，边上围着七八个圆格子，每格放半个生蚝，吃起来很雅相。另一家在由斯敦路，也是个热闹地方。这家却小小的，通心细粉做得最好；将粉切成半分来长的小圈儿，用黄油煎熟了，平铺在盘儿里，撒上干酪（计司）粉，轻松鲜美，妙不可言。还有炸“搦气蚝”，鲜嫩清香，蝤蛑，瑶柱，都不能及；只有宁波的蛎黄仿佛近之。

茶饭店便宜的有三家：拉衣恩司（Lyons），快车奶房，ABC面包房。每家都开了许多店子，遍布市内外；ABC比较少些，也贵些，拉衣恩司最多。快车奶房炸小牛肉小牛肝和红烧鸭块都还可口；他们烧鸭块用木炭火，所以颇有中国风味。ABC炸牛肝也可吃，但火急肝老，总差点儿事；点心烤得却好，有几件比得上北平法国面包房。拉衣恩司似乎没什么出色的东西；但他家有两处“角店”，都在闹市转角处，那里却有好吃的。角店一是上下两大间，一是三层三大间，都可容一千五百人左右；晚上有乐队奏乐。一进去只见黑压压地坐满了人，过道处窄得可以，但是气象颇为阔大（有个英国学生讥为“穷人的宫殿”，也许不错）；在那里往往找了半天站了半天才等着空位子。这三家所有的店子都用女侍者，只有两处角店里却用了些男侍者——男侍者工钱贵些。男女侍者都穿了黑制服，女的更戴上白帽子，分层招待客人。也只有在角店里才要给点小费（虽然门上标明“无小费”字样），别处这三家开的铺子里都不用给的。曾去过一处角店，烤鸡做得还入味；但是一只鸡腿就合中国一元五角，若吃鸡翅还要贵点儿。茶饭店有时备着骨牌等等，供客人消遣，可是向侍者要了玩的极少；客人多的地方，老是有人等位子，干脆就用不着备了。此外还有一些生蚝店，专吃生蚝，不便宜；一位房东太太告诉我说“不卫生”，但是吃的人也不见少。吃生蚝却不宜在夏天，所以英国人说月名中没有“R”（五六七八月），生蚝就不当令了。伦敦中国饭店也有七八家，贵贱差得很大，看地方而定。菜虽也有些高低，可都是变相的广东味儿，远不如上海新雅好。在一家广东楼要过一碗鸡肉馄饨，合中国一元六角，也够贵了。

茶饭店里可以吃到一种甜烧饼（muffin）和窝儿饼（crumpet）。甜烧饼仿佛我们的火烧，但是没馅儿，软软的，略有甜味，好像掺了米粉做的。窝儿饼面上有好些小窝窝儿，像蜂房，比较薄，也像掺了米粉。

这两样大约都是法国来的；但甜烧饼来得早，至少二百年前就有了。厨师多住在祝来巷（Drury Lane），就是那著名的戏园子的地方；从前用盘子顶在头上卖，手里摇着铃子。那时节人家都爱吃，买了来，多多抹上黄油，在客厅或饭厅壁炉上烤得热辣辣的，让油都浸进去，一口咬下来，要不沾到两边口角上。这种偷闲的生活是很有意思的。但是后来的窝儿饼浸油更容易，更香，又不太厚，太软，有咬嚼些，样式也颇俏；人们渐渐地喜欢它，就少买那甜烧饼了。一位女士看了这种光景，心下难过；便写信给《泰晤士报》，为甜烧饼抱不平。《泰晤士报》特地做了一篇小社论，劝人吃甜烧饼以存古风；但对于那位女士所说的窝儿饼的坏话，却宁愿存而不论，大约那论者也是爱吃窝儿饼的。

复活节（三月）时候，人家吃煎饼（pancake），茶饭店里也卖；这原是忏悔节（二月底）忏悔人晚饭后去教堂之前吃了好熬饿的，现在却在早晨吃了。饼薄而脆，微甜。北平中原公司卖的“胖开克”（煎饼的音译）却未免太“胖”，而且软了。说到煎饼，想起一件事来：美国麻省勃克夏地方（Berkshire Country）有“吃煎饼竞争”的风俗，据《泰晤士报》说，一九三二的优胜者一气吃下四十二张饼，还有腊肠热咖啡。这可算“真正大肚皮”了。

英国人每日下午四时半左右要喝一回茶，就着烤面包黄油。请茶会时，自然还有别的，如火腿夹面包，生豌豆苗夹面包，茶馒头（tea scone）等等。他们很看重下午茶，几乎必不可少。又可乘此请客，比请晚饭简便省钱得多。英国人喜欢喝茶，对于喝咖啡，和法国人相反；他们也煮不好咖啡。喝的茶现在多半是印度茶；茶饭店里虽卖中国茶，但是主顾寥寥。不让利权外溢固然也有关系，可是不利于中国茶的宣传（如说制时不干净）和茶味太淡才是主要原因。印度茶色浓味苦，加上牛奶和糖正合适；中国红茶不够劲儿，可是香气好。奇怪的是茶饭店里卖的，色香味都淡得没影子。那样茶怎么会运出去，真莫名其妙。

街上偶然会碰着提着筐子卖落花生的（巴黎也有），推着四轮车卖炒栗子的，教人有故国之思。花生栗子都装好一小口袋一小口袋的，栗子车上有炭炉子，一面炒，一面装，一面卖。这些小本经纪在伦敦街上也颇古色古香，点缀一气。栗子是干炒，与我们“糖炒”的差得太多了。英国人吃饭时也有干果，如核桃，榛子，榧子，还有巴西乌菱（原名Brazils，巴西出产，中国通称“美国乌菱”），乌菱实大而肥，香脆爽口，运到中国的太干，便不大好。他们专有一种干果夹，像钳子，将干果夹进去，使劲一握夹子柄，“格”的一声，皮壳碎裂，有些蹦到远处，也好玩儿的。苏州有瓜子夹，像剪刀，却只透着玲珑小巧，用不上劲儿去。

话中有鬼

不管我们相信有鬼或无鬼，我们的话里免不了有鬼。我们话里不但有鬼，并且铸造了鬼的性格，描画了鬼的形态，赋予了鬼的才智。凭我们的话，鬼是有的，并且是活的。这个来历很多，也很古老，我们有的是鬼传说，鬼艺术，鬼文学。但是一句话，我们照自己的样子创出了鬼，正如宗教家的上帝照他自己的样子创出了人一般。鬼是人的化身，人的影子。我们讨厌这影子，有时可也喜欢这影子。正因为是自己的化身，才能说得活灵活现的，才会老挂在嘴边儿上。

“鬼”通常不是好词儿。说“这个鬼！”是在骂人，说“死鬼”也是的。还有“烟鬼”“酒鬼”“馋鬼”等，都不是好话。不过骂人有怒骂，也有笑骂；怒骂是恨，笑骂却是爱——俗语道，“打是疼，骂是爱”，就是明证。这种骂尽管骂的人装得牙痒痒的，挨骂的人却会觉得心痒痒的。女人喜欢骂人“鬼……”“死鬼！”大概就是这个道理。至于“刻薄鬼”“啬刻鬼”“小气鬼”等，虽然不大惹人爱似的，可是笑嘻嘻地骂着，也会给人一种热，光却不会有——鬼怎么会有光？光天化日之下怎么会有鬼呢？固然也有“白日见鬼”这句话，那跟“见鬼”“活见鬼”一样，只是说你“与鬼为邻”，说你是个鬼。鬼没有阳气，所以没有光。所以只有“老鬼”“小鬼”，没有“少鬼”“壮鬼”，老年人跟小孩子阳气差点儿，凭他们的年纪就可以是鬼，青年人，中年人阳气正盛，不能是鬼。青年人，中年人也可以是鬼，但是别有是鬼之道，不关年纪。“阎王好见，小鬼难当”，那“小”的是地位，所以可怕可恨；若凭年纪，“老鬼”跟“小鬼”倒都是恨也成，爱也成——若说“小鬼头”，那简直还亲亲儿的，热热儿的。又有人爱说“鬼东西”，那也还只是鬼，“鬼”就是“东西”，“东西”就是“鬼”。总而言之，鬼贪，鬼小，所以“有钱使得鬼推磨”；鬼是一股阴气，是黑暗的东西。人也贪，也小，也有黑暗处，鬼其实是代人受过的影子。所以我们只说“好人”“坏人”，却只说“坏鬼”；恨也罢，爱也罢，从来没有人说“好鬼”。

“好鬼”不在话下，“美鬼”也不在话下，“丑鬼”倒常听见。说“鬼相”，说“像个鬼”，也都指鬼而言。不过丑的未必就不可爱，特别像一个女人说“你看我这副鬼相！”“你看我像个鬼！”她真会想教人讨厌她吗？“做鬼脸”也是鬼，可是往往惹人爱，引人笑。这些都是丑得有意思。“鬼头鬼脑”不但丑，并且丑得小气。“鬼胆”也是小的，“鬼心眼儿”也是小的。“鬼胎”不用说的怪胎，“怀着鬼胎”不用说得担惊害怕。还有，书上说，“冷如鬼手馨！”鬼手是冰凉的，尸体原是冰凉的。“鬼叫”“鬼哭”都刺耳难听。“鬼胆”和“鬼心眼儿”却有人爱，为的是怪可怜见的。从我们话里所见的鬼的身体，大概就是这一些。

再说“鬼鬼祟祟的”虽然和“鬼头鬼脑”差不多，可只描画那小气而不光明的态度，没有指出身体部分。这就跟着“出了鬼！”“其中有鬼！”固然，“鬼”“诡”同音，但是究竟因“鬼”而“诡”，还是因“诡”而“鬼”，似乎是个兜不完的圈子。我们也说“出了花样”“其中有花样”，“花样”正是“诡”，是“谲”；鬼是诡谲不过的，所以花样多的人，我们说他“鬼得很！”书上的“鬼蜮伎俩”，口头的“鬼计多端”，指的就是这一类人。这种人只惹人讨厌招人恨，谁爱上了他们才怪！这种人的话自然常是“鬼话”。不过“鬼话”未必都是这种人的话，有些居然娓娓可听，简直是“昵昵儿女语”，或者是“海外奇谈”。说是“鬼话”！尽管不信可是爱听的，有的是。寻常诳语也叫作“鬼话”，王尔德说得有理，诳原可以是很美的，只要撒得好。鬼并不老是那么精明，也有马虎的时候，说这种“无关心”的“鬼话”，就是他马虎的时候。写不好字叫作“鬼画符”，做不好活也叫作“鬼画符”，都是马马虎虎的，敷敷衍衍的。若连不相干的“鬼话”都不爱说，“符”也不爱“画”，那更是“懒鬼”。“懒鬼”还可以希望他不懒，最怕的是“鬼混”，“鬼混”就简直没出息了。

从来没有听见过“笨鬼”，鬼大概总有点儿聪明，所谓“鬼聪明”。“鬼聪明”虽然只是不正经的小聪明，却也有了不起处。“什么鬼玩意儿！”尽管你瞧不上眼，他的可是一套玩意儿。你笑，你骂，你有时笑不得，哭不得，总之，你不免让“鬼玩意儿”要一回。“鬼聪明”也有正经的，书上叫作“鬼才”。李贺是唯一的号为“鬼才”的诗人，他的诗浓丽和幽险，森森然有鬼气。更上一层的“鬼聪明”，书上叫作“鬼工”；“鬼工”险而奇，非人力所及。这词儿用来夸赞佳山水，大自然的创作，但似乎更多用来夸赞人们文学的和艺术的创作。还有“鬼斧神工”，自然奇妙，也是这一类颂辞。借了“神”的光，“鬼”才能到这“自然奇妙”的一步，不然只是“险而奇”罢了。可是借光也不大易，论书画的将“神品”列在第一，绝不列“鬼品”，“鬼”到底不能上品，真也怪可怜的。

中国学术界的大损失

——悼闻一多先生

一

闻一多先生在昆明惨遭暗杀，激起全国的悲愤。这是民主运动的大损失，又是中国学术的大损失。关于后一方面，作者知道的比较多，现在且说个大概，来追悼这一位多年敬佩的老朋友。

大家都知道闻先生是一位诗人。他的《红烛》，尤其他的《死水》，读过的人很多。这些集子的特色之一，是那些爱国诗。在抗战以前他也许是唯一的爱国新诗人。这里可以看出他对文学的态度。新文学运动以来，许多作者都认识了文学的政治性和社会性而有所表现，可是闻先生认识得特别亲切，表现得特别强调。他在过去的诗人中最敬爱杜甫，就因为杜诗政治性和社会性最浓厚。后来他更进一步，注意原始人的歌舞：这是集团的艺术，也是与生活打成一片的艺术。他要的是热情，是力量，是火一样的生命。

但是他并不忽略语言的技巧，大家都记得他是提倡诗的新格律的人，也是创造诗的新格律的人。他创造自己的诗的语言，并且创造自己的散文的语言。诗大家都知道，不必细说；散文如《唐诗杂论》，可惜只有五篇，那经济的字句，那完密而短小的篇幅，简直是诗。我听他近来的演说，有两三回也是这么精悍，字字句句好似称量而出，却又那么自然流畅。他因此也特别能够体会古代语言的曲折处。当然，以上这些都得靠学力，但是更得靠才气，也就是想象。单就读古书而论，固然得先通文字声韵之学；可是还不够，要没有活泼的想象力，就只能做出点滴的饾饤的工作，决不能融会贯通的。这里需要细心，更需要大胆。闻先生能够体会到古代语言的表现方式，他的校勘古书，有些地方胆大得吓人，但却得细心吟味所得；平心静气读下去，不由人不信。校书本有死校活校之分；他自然是活校，而因为知识和技术的一般进步，他的成就骎骎乎驾活校的高邮王氏父子而上之。

他研究中国古代，可是他要使局部化了石的古代复活在现代人的心目中。因为这古代与现代究竟属于一个社会，一个国家，而历史是连贯的。我们要客观地认识古代；可是，是“我们”在客观地认识古代，现代的我们要能够在心目中想象古代的生活，要能够在心目中分享古代的生活，才能认识那活的古代，也许才是那真的古代——这也才是客观地认识古代。闻先生研究伏羲的故事或神话，是将这神话跟人们的生活打成一片；神话不是空想，不是娱乐，而是人民的生命欲和生活力的表现。这是死活存亡的消息，是人与自然斗争的记录，非同小可。他研究《楚辞》的神话，也是一样的态度。他看屈原，也将他放在整个时代整个社会里看。他承认屈原是伟大的天才；但天才是活人，不是偶像，只有这么看，屈原的真面目也许才能再现在我们心中。他研究《周易》里的故事，也是先有一整个社会的影像在心里。研究《诗经》也如此，他看出那些情诗里不少歌咏性生活的句子；他常说笑话，说他研究《诗经》，越来越“形而下”了——其实这正表现着生命的力量。

他是有幽默感的人；他的认识古代，有时也靠着这种幽默感。看《匡斋尺牍》里《狼跋》一篇，便知道他能够体会到别人从不曾体会到的古人的幽默感。而所谓“匡斋”本于匡衡说诗解人颐那句话，正是幽默的意思。他的《死水》里《闻一多先生的书桌》，也是一首难得的幽默的诗。他有着强大的生命力，常跟我们说要活到八十岁，现在还不满四十八岁，竟惨死在那卑鄙恶毒的枪下！有个学生曾瞻仰他的遗体，见他“遍身血迹，双手抱头，全身痉挛”。唉！他是不甘心的，我们也是不甘心的！

二

闻先生的惨死尤其是中国文学方面一个不容易补偿的损失。

闻先生的专门研究是《周易》、《诗经》、《庄子》、《楚辞》、唐诗，许多人都知道。他的研究工作至少有了二十年，发表的文字虽然不算太多，但积存的稿子却很多。这些并非零散的稿子，大都是成篇的，而且他亲手抄写得很工整。只是他总觉得还不够完密，要再加些功夫才愿意编篇成书。这可见他对于学术忠实而谨慎的态度。

他最初在唐诗上多用力量。那时已见出他是个考据家，并已见出他的考据的本领。他注重诗人的年代和诗的年代。关于唐诗的许多错误的解释与错误的批评，都由于错误的年代。他曾将唐代一部分诗人生卒年代可考者制成一幅图表，谁看了都会一目了然。他是学过图案画的，这帮助他在考据上发现了一种新技术；这技术是值得发展的。但如一般所知，他又是个诗人，并且是个在领导地位的新诗人，他亲自经过创作的甘苦，所以更能欣赏诗人与诗。他的《唐诗杂论》虽然只有五篇，但都是精彩逼人之作。这些不但将欣赏和考据融化得恰到好处，并且创造了一种诗样精粹的风格，读起来句句耐人寻味。

后来他在《诗经》《楚辞》上多用力量。我们知道要了解古代文学，必须从语言下手，就是从文字声韵下手。但必须能够活用文字声韵的种种条例，才能有所创获。闻先生最佩服王念孙父子，常将《读书杂志》《经义述闻》当作消闲的书读着。他在古书通读上有许多惊人而确切的发明。对于甲骨文和金文，也往往有独到之见。他研究《诗经》，注重那时代的风俗和信仰等等；这几年更利用弗洛依德以及人类学的理论得到一些深入的解释。他对《楚辞》的兴趣似乎更大，而尤集中于其中的神话。他的研究神话，实在给我们学术界开辟了一条新的大路。关于伏羲的故事，他曾将许多神话综合起来，头头是道，创见最多，关系极大。曾听他谈过大概，可惜写出来的还只是一小部分。他研究《周易》，是爱其中的片段的故事，注重的是社会生活经济生活的表现。近三四年他又专力研究《庄子》，探求原始道教的面目，并发见庄子一派政治上不合作的态度。以上种种都跟传统的研究不同：眼光扩大了，深入了，技术也更进步了，更周密了。所以贡献特别多，特别大。近年他又注意整个的中国文学史，打算根据经济史观去研究一番，可惜还没有动手就殉了道。

这真是我们一个不容易补偿的损失啊！

回来杂记

回到北平来，回到原来服务的学校里，好些老工友见了面用道地的北平话道：“您回来啦！”是的，回来啦。去年刚一胜利，不用说是想回来的。可是这一年来的情形使我回来的心淡了，想象中的北平，物价像潮水一般涨，整个的北平也像在潮水里晃荡着。然而我终于回来了。飞机过北平城上时，那棋盘似的房屋，那点缀着的绿树，那紫禁城，那一片黄琉璃瓦，在晚秋的夕阳里，真美。在飞机上看北平市，我还是第一次。这一看使我连带地想起北平的多少老好处，我忘怀一切，重新爱起北平来了。

在西南接到北平朋友的信，说生活虽艰难，还不至如传说之甚，说北平的街上还跟从前差不多的样子。是的，北平就是粮食贵得凶，别的还差不离儿。因为只有粮食贵得凶，所以从上海来的人，简直松了一大口气，只说“便宜呀！便宜呀！”我们从重庆来的，却没有这样胃口。再说虽然只有粮食贵得凶，然而粮食是人人要吃日日要吃的。这是一个浓重的阴影，罩着北平的将来。但是现在谁都有点儿且顾眼前，将来，管得它呢！粮食以外，日常生活的必需品，大致看来不算少；不是必需而带点儿古色古香的那就更多。旧家具，小玩意儿，在小市里，地摊上，有得挑选的，价钱合适，有时候并且很贱。这是北平老味道，就是不大有耐心去逛小市和地摊的我，也深深在领略着。从这方面看，北平算得是“有”的都市，西南几个大城比起来真寒碜相了。再去故宫一看，吓，可了不得！虽然曾游过多少次，可是从西南回来这是第一次。东西真多，小市和地摊儿自然不在话下。逛故宫简直使人不想买东西，买来买去，买多买少，算得什么玩意儿！北平真“有”，真“有”它的！

北平不但在这方面和从前一样“有”，并且在整个生活上也差不多和从前一样闲。本来有电车，又加上了公共汽车，然而大家还是悠悠儿的。电车有时来得很慢，要等得很久。从前似乎不至如此，也许是线路加多，车辆并没有比例地加多吧？公共汽车也是来得慢，也要等得久。好在大家有的是闲工夫，慢点儿无妨，多等点时候也无妨。可是刚从重庆来的却有些不耐烦。别瞧现在重庆的公共汽车不漂亮，可是快，上车，卖票，下车都快。也许是无事忙，可是快是真的。就是在排班等着罢，眼看着一辆辆来车片刻间上满了客开了走，也觉痛快，比望眼欲穿地看不到来车的影子总好受些。重庆的公共汽车有时也挤，可是从来没有像我那回坐宣武门到前门的公共汽车那样，一面挤得不堪，一面卖票人还在中途站从容地给争着上车的客人排难解纷。这真闲得可以。

现在北平几家大型报都有几种副刊，中型报也有在拉人办副刊的。副刊的水准很高，学术气非常重。各报又都特别注重学校消息，往往专辟一栏登载。前一种现象别处似乎没有，后一种现象别处虽然有，却不像这儿的认真——几乎有闻必录。北平早就被称为“大学城”

和“文化城”，这原是旧调重弹，不过似乎弹得更响了。学校消息多，也许还可以认为有点生意经；也许北平学生多，这么着报可以多销些？副刊多却决不是生意经，因为有些副刊的有些论文似乎只有一些大学教授和研究院学生能懂。这种论文原应该出现在专门杂志上，但目前出不起专门杂志，只好暂时委屈在日报的余幅上：这在编副刊的人是有理由的。在报馆方面，反正可以登载的材料不多，北平的广告又未必太多，多来它几个副刊，一面配合着这古城里看重读书人的传统，一面也可以镇静镇静这多少有点儿晃荡的北平市，自然也不错。学校消息多，似乎也有点儿配合着看重读书人的传统的意思。研究学术本来要悠闲，这古城里向来看重的读书人正是那悠闲的读书人。我也爱北平的学术空气。自己也只是一个悠闲的读书人，并且最近也主编了一个带学术性的副刊，不过还是觉得这么多的学术的副刊确是北平特有的闲味儿。

然而北平究竟有些和从前不一样了。说它“有”罢，它“有”贵重的古董玩器，据说现在主顾太少了。从前买古董玩器送礼，可以巴结个一官半职的。现在据说懂得爱古董玩器的就太少了。礼还是得送，可是上了句古话，什么人爱钞，什么人都爱钞了。这一来倒是简单明了，不过不是老味道了。古董玩器的冷落还不足奇，更使我注意的是中山公园和北海等名胜的地方，也萧条起来了。我刚回来的时候，天气还不冷，有一天带着孩子们去逛北海。大礼拜的，漪澜堂的茶座上却只寥寥的几个人。听隔家茶座的伙计在向一位客人说没有点心卖，他说因为客人少，不敢预备。这些原是中等经济的人物常到的地方；他们少来，大概是手头不宽心头也不宽了吧。

中等经济的人家确乎是紧起来了。一位老住北平的朋友的太太，原来是大家小姐，不会做家里粗事，只会做做诗，画画画。这回见了面，瞧着她可真忙。她告诉我，用人减少了，许多事只得自己干；她笑着说现在操练出来了。她帮忙我捆书，既麻利，也还结实；想不到她真操练出来了。这固然也是好事，可是北平到底不和从前一样了。穷得没办法的人似乎也更多了。我太太有一晚九点来钟带着两个孩子走进宣武门里一个小胡同，刚进口不远，就听见一声："站住！"向前一看，十步外站着一个人，正在从黑色的上装里掏什么，说时迟，那时快，顺着灯光一瞥，掏出来的乃是一把明晃晃的尖刀！我太太大声怪叫，赶紧转身向胡同口跑，孩子们也跟着怪叫，跟着跑。绊了石头，母子三个都摔倒；起来回头一看，那人也转了身向胡同里跑。这个人穿得似乎还不寒碜，白白的脸，年轻轻的。想来是刚走这个道儿，要不然，他该在胡同中间等着，等来人近身再喊"站住！"这也许真是到了无可奈何才来走险的。近来报上常见路劫的记载，想来这种新手该不少罢。从前自然也有路劫，可没有听说这么多。北平是不一样了。

电车和公共汽车虽然不算快，三轮车却的确比洋车快得多。这两种车子的竞争是机械和人力的竞争，洋车显然落后。洋车夫只好更贱卖自己的劳力。有一回雇三轮儿，出价四百元，三轮儿定要五百元。一个洋车夫赶上来说，"我去，我去。"上了车他向我说要不是三轮儿，这么远这个价他是不干的。还有在雇三轮儿的时候常有洋车夫赶上来，若是不理他，他会说，"不是一样吗？"可是，就不一样！三轮车以外，自行车也大大地增加了。骑自行车可以省下一大笔交通费。出钱的人少，出力的人就多了。省下的交通费可以帮补帮补肚子，虽然是小补，到底是小补啊。可是现在北平街上可不是闹着玩儿的，骑车不但得出力，有时候还得拼命。按说北平的街道够宽的，可是近来常出事儿。我刚回来的一礼拜，就死伤了五六个人。其中王振华律师就是在自行车上被撞死的。这种交通的混乱情形，美国军车自然该负最大的责任。但是据报载，交通警察也很怕咱们自己的军车。警察却不怕自行车，更不怕洋车和三轮儿。他们对洋车和三轮儿倒是一视同仁，一个不顺眼就拳脚一齐来。曾在宣武门里一个胡同口看见一辆三轮儿横在口儿上和人讲价，一个警察走来，不问三七二十一，抓住三轮车夫一顿拳打脚踢。拳打脚踢倒从来如此，他却骂得怪，他骂道，“你有民主思想的妈妈！”那车夫挨着拳脚不说话，也是从来如此。可是他也怪，到底是三轮车夫罢，在警察去后，却向着背影责问道，“你有权利打人吗？”这儿看出了时代的影子，北平是有点儿晃荡了。

别提这些了，我是贪吃得了胃病的人，还是来点儿吃的。在西南大家常谈到北平的吃食，这呀那的，一大堆。我心里却还惦记一样不登大雅的东西，就是马蹄儿烧饼夹果子。那是一清早在胡同里提着筐子叫卖的。这回回来却还没有吃到。打听住家人，也说少听见了。这马蹄儿烧饼用硬面做，用吊炉烤，薄薄的，却有点儿韧，夹果子（就是脆而细的油条）最是相得益彰，也脆，也有咬嚼，比起有心子的芝麻酱烧饼有意思得多。可是现在劈柴贵了，吊炉少了，做马蹄儿并不能多卖钱，谁乐意再做下去！于是大家一律用芝麻酱烧饼来夹果子了。芝麻酱烧饼厚，倒更管饱些。然而，然而不一样了。

朱自清经典作品集

桨声灯影里的秦淮河

朱自清 著

北方联合出版传媒（集团）股份有限公司
春风文艺出版社
·沈阳·

图书在版编目（CIP）数据

朱自清经典作品集：全 4 册 / 朱自清著 .— 沈阳：春风文艺出版社，2023.11（2025. 3重印）

ISBN 978-7-5313-6523-5

Ⅰ．①朱… Ⅱ．①朱… Ⅲ．①散文集—中国—现代 Ⅳ．① I266

中国国家版本馆 CIP 数据核字 (2023) 第 163836 号

目　录

桨声灯影里的秦淮河

一九二三年八月的一晚，我和平伯同游秦淮河；平伯是初泛，我是重来了。我们雇了一只“七板子”，在夕阳已去，皎月方来的时候，便下了船。于是桨声汩——汩，我们开始领略那晃荡着蔷薇色的历史的秦淮河的滋味了。

秦淮河里的船，比北京万牲园、颐和园的船好，比西湖的船好，比扬州瘦西湖的船也好。这几处的船不是觉着笨，就是觉着简陋、局促；都不能引起乘客们的情韵，如秦淮河的船一样。秦淮河的船约略可分为两种：一是大船；一是小船，就是所谓“七板子”。大船舱口阔大，可容二三十人。里面陈设着字画和光洁的红木家具，桌上一律嵌着冰凉的大理石面。窗格雕镂颇细，使人起柔腻之感。窗格里映着红色蓝色的玻璃；玻璃上有精致的花纹，也颇悦人目。“七板子”规模虽不及大船，但那淡蓝色的栏杆，空敞的舱，也足系人情思。而最出色处却在它的舱前。舱前是甲板上的一部。上面有弧形的顶，两边用疏疏的栏杆支着。里面通常放着两张藤的躺椅。躺下，可以谈天，可以望远，可以顾盼两岸的河房。大船上也有这个，便在小船上更觉清隽罢了。舱前的顶下，一律悬着灯彩；灯的多少，明暗，彩苏的精粗，艳晦，是不一的。但好歹总还你一个灯彩。这灯彩实在是最能勾人的东西。夜幕垂垂地下来时，大小船上都点起灯火。从两重玻璃里映出那辐射着的黄黄的散光，反晕出一片朦胧的烟霭；透过这烟霭，在黯黯的水波里，又逗起缕缕的明漪。在这薄霭和微漪里，听着那悠然的间歇的桨声，谁能不被引入它的美梦去呢？只愁梦太多了，这些大小船儿如何载得起呀？我们这时模模糊糊地谈着明末的秦淮河的艳迹，如《桃花扇》及《板桥杂记》里所载的。我们真神往了。我们仿佛亲见那时华灯映水，画舫凌波的光景了。于是我们的船便成了历史的重载了。我们终于恍然秦淮河的船所以雅丽过于他处，而又有奇异的吸引力的，实在是许多历史的影像使然了。

秦淮河的水是碧阴阴的；看起来厚而不腻，或者是六朝金粉所凝么？我们初上船的时候，天色还未断黑，那漾漾的柔波是这样的恬静，委婉，使我们一面有水阔天空之想，一面又憧憬着纸醉金迷之境了。等到灯火明时，阴阴的变为沉沉了：黯淡的水光，像梦一般；那偶然闪烁着的光芒，就是梦的眼睛了。我们坐在舱前，因了那隆起的顶棚，仿佛总是昂着首向前走着似的；于是飘飘然如御风而行的我们，看着那些自在的湾泊着的船，船里走马灯般的人物，便像是下界一般，迢迢地远了，又像在雾里看花，尽朦朦胧胧的。这时我们已过了利涉桥，望见东关头了。沿路听见断续的歌声：有从沿河的妓楼飘来的，有从河上船里度来的。我们明知那些歌声，只是些因袭的言词，从生涩的歌喉里机械地发出来的；但它们经了夏夜的微风的吹漾和水波的摇拂，袅娜着到我们耳边的时候，已经不单是它们的歌声，而混着微风和河水的密语了。

于是我们不得不被牵惹着，震撼着，相与浮沉于这歌声里了。从东关头转弯，不久就到大中桥。大中桥共有三个桥拱，都很阔大，俨然是三座门儿；使我们觉得我们的船和船里的我们，在桥下过去时，真是太无颜色了。桥砖是深褐色，表明它的历史的长久；但都完好无缺，令人叹息于古昔工程的坚美。桥上两旁都是木壁的房子，中间应该有街路？这些房子都破旧了，多年烟熏的迹，遮没了当年的美丽。我想象秦淮河的极盛时，在这样宏阔的桥上，特地盖了房子，必然是髹漆得富富丽丽的；晚间必然是灯火通明的。现在却只剩下一片黑沉沉！但是桥上造着房子，毕竟使我们多少可以想见往日的繁华；这也慰情聊胜无了。过了大中桥，便到了灯月交辉，笙歌彻夜的秦淮河；这才是秦淮河的真面目哩。

大中桥外，顿然空阔，和桥内两岸排着密密的人家的大异了。一眼望去，疏疏的林，淡淡的月，衬着蓝蔚的天，颇像荒江野渡光景；那边呢，郁丛丛的，阴森森的，又似乎藏着无边的黑暗：令人几乎不信那是繁华的秦淮河了。但是河中眩晕着的灯光，纵横着的画舫，悠扬着的笛韵，夹着那吱吱的胡琴声，终于使我们认识绿如茵陈如酒的秦淮水了。此地天裸露着的多些，故觉夜来得独迟些；从清清的水影里，我们感到的只是薄薄的夜——这正是秦淮河的夜。大中桥外，本来还有一座复成桥，是船夫口中的我们的游踪尽处，或也是秦淮河繁华的尽处了。我的脚曾踏过复成桥的脊，在十三四岁的时候。但是两次游秦淮河，却都不曾见着复成桥的面；明知总在前途的，却常觉得有些虚无缥缈似的。我想，不见倒也好。这时正是盛夏。我们下船后，借着新生的晚凉和河上的微风，暑气已渐渐消散；到了此地，豁然开朗，身子顿然轻了——习习的清风荏苒在面上，手上，衣上，这便又感到了一缕新凉了。南京的日光，大概没有杭州猛烈；西湖的夏夜老是热蓬蓬的，水像沸着一般，秦淮河的水却尽是这样冷冷地绿着。任你人影的憧憧，歌声的扰扰，总像隔着一层薄薄的绿纱面幂似的；它尽是这样静静地，冷冷地绿着。我们出了大中桥，走不上半里路，船夫便将船划到一旁，停了桨由它宕着。他以为那里正是繁华的极点，再过去就是荒凉了，所以让我们多多赏鉴一会儿。他自己却静静地蹲着。他是看惯这光景的了，大约只是一个无可无不可。这无可无不可，无论是升的沉的，总之，都比我们高了。

那时河里热闹极了；船大半泊着，小半在水上穿梭似的来往。停泊着的都在近市的那一边，我们的船自然也夹在其中。因为这边略略地挤，便觉得那边十分地疏了。在每一只船从那边过去时，我们能画出它的轻轻的影和曲曲的波，在我们的心上；这显着是空，且显着是静了。那时处处都是歌声和凄厉的胡琴声，圆润的喉咙，确乎是很少的。但那生涩的，尖脆的调子能使人有少年的，粗率不拘的感觉，也正可快我们的意。况且多少隔开些儿听着，因为想象与渴慕的做美，总觉更有滋味；而竞发的喧嚣，抑扬的不齐，远近的杂沓，和乐器的嘈嘈切切，合成另一意味的谐音，也使我们无所适从，如随着大风而走。这实在因为我们的心枯涩久了，变为脆弱；故偶然润泽一下，便疯狂似的不能自主了。但秦淮河确也腻人。即如船里的人面，无论是和我们一堆儿泊着的，无论是从我们眼前过去的，总是模模糊糊的，甚至渺渺茫茫的；任你张圆了眼睛，揩净了眵垢，也是枉然。这真够人想呢。在我们停泊的地方，灯光原是纷然的；不过这些灯光都是黄而有晕的。黄已经不能明了，再加上了晕，便更不成了。灯愈多，晕就愈甚；在繁星般的黄的交错里，秦淮河仿佛笼上了一团光雾。光芒与雾气腾腾地晕着，什么都只剩了轮廓了；所以人面的详细的曲线，便消失于我们的眼底了。但灯光究竟夺不了那边的月色；灯光是浑的，月色是清的。在浑沌的灯光里，渗入了一派清辉，却真是奇迹！那晚月儿已瘦削了两三分。她晚妆才罢，盈盈地上了柳梢头。天是蓝得可爱，仿佛一汪水似的；月儿便更出落得精神了。岸上原有三株两株的垂杨树，淡淡的影子，在水里摇曳着。它们那柔细的枝条浴着月光，就像一支支美人的臂膊，交互地缠着，挽着；又像是月儿披着的发。而月儿偶然也从它们的交叉处偷偷窥看我们，大有小姑娘怕羞的样子。岸上另有几株不知名的老树，光光地立着；在月光里照起来。却又俨然是精神矍铄的老人。远处——快到天际线了，才有一两片白云，亮得现出异彩，像美丽的贝壳一般。白云下便是黑黑的一带轮廓；是一条随意画的不规则的曲线。这一段光景，和河中的风味大异了。但灯与月竟能并存着，交融着，使月成了缠绵的月，灯射着渺渺的灵辉；这正是天之所以厚秦淮河，也正是天之所以厚我们了。

这时却遇着了难解的纠纷。秦淮河上原有一种歌妓，是以歌为业的。从前都在茶舫上，唱些大曲之类。每日午后一时起；什么时候止，却忘记了。晚上照样也有一回。也在黄晕的灯光里。我从前过南京时，曾随着朋友去听过两次。因为茶舫里的人脸太多了，觉得不大适意，终于听不出所以然。前年听说歌妓被取缔了，不知怎的，颇涉想了几次——却想不出什么。这次到南京，先到茶舫上去看看，觉得颇是寂寥，令我无端地怅怅了。不料她们却仍在秦淮河里挣扎着，不料她们竟会纠缠到我们，我于是很张皇了。她们也乘着“七板子”，她们总是坐在舱前的。舱前点着石油汽灯，光亮炫人眼目：坐在下面的，自然是纤毫毕见了——引诱客人们的力量，也便在此了。舱里躲着乐工等人，映着汽灯的余辉蠕动着；他们是永远不被注意的。每船的歌妓大约都是二人；天色一黑，她们的船就在大中桥外往来不息地兜生意。无论行着的船，泊着的船，都要来兜揽的。这都是我后来推想出来的。那晚不知怎样，忽然轮着我们的船了。我们的船好好地停着，一只歌舫划向我们来的；渐渐和我们的船并着了。铄铄的灯光逼得我们皱起了眉头；我们的风尘色全给它托出来了，这使我踧踖不安了。那时一个伙计跨过船来，拿着摊开的歌折，就近塞向我的手里，说：“点几出吧！”他跨过来的时候，我们船上似乎有许多眼光跟着。同时相近的别的船上也似乎有许多眼睛炯炯地向我们船上看着。我真窘了！我也装出大方的样子，向歌妓们瞥了一眼，但究竟是不成的！我勉强将那歌折翻了一翻，却不曾看清了几个字；便赶紧递还那伙计，一面不好意思地说，“不要，我们……不要。”他便塞给平伯。平伯掉转头去，摇手说，“不要！”那人还腻着不走。平伯又回过脸来，摇着头道，“不要！”于是那人重到我处。我窘着再拒绝了他。他这才有所不屑似的走了。我的心立刻放下，如释了重负一般。我们就开始自白了。

我说我受了道德律的压迫，拒绝了她们；心里似乎很抱歉的。这所谓抱歉，一面对于她们，一面对于我自已。她们于我们虽然没有很奢的希望；但总有些希望的。我们拒绝了她们，无论理由如何充足，却使她们的希望受了伤；这总有几分不做美了。这是我觉得很怅怅的。至于我自已，更有一种不足之感。我这时被四面的歌声诱惑了，降服了；但是远远的，远远的歌声总仿佛隔着重衣搔痒似的，越搔越搔不着痒处。我于是憧憬着贴耳的妙音了。在歌舫划来时，我的憧憬，变为盼望；我固执地盼望着，有如饥渴。虽然从浅薄的经验里，也能够推知，那贴耳的歌声，将剥去了一切的美妙；但一个平常的人像我的，谁愿凭了理性之力去丑化未来呢？我宁愿自己骗着了。不过我的社会感性是很敏锐的；我的思力能拆穿道德律的西洋镜，而我的感情却终于被它压服着，我于是有所顾忌了，尤其是在众目昭彰的时候。道德律的力，本来是民众赋予的；在民众的面前，自然更显出它的威严了。我这时一面盼望，一面却感到了两重的禁制：一、在通俗的意义上，接近妓者总算一种不正当的行为；二、妓是一种不健全的职业，我们对于她们，应有哀矜勿喜之心，不应赏玩地去听她们的歌。在众目睽睽之下，这两种思想在我心里最为旺盛。她们暂时压倒了我的听歌的盼望，这便成就了我的灰色的拒绝。那时的心实在异常状态中，觉得颇是昏乱。歌舫去了，暂时宁静之后，我的思绪又如潮涌了。两个相反的意思在我心头往复：卖歌和卖淫不同，听歌和狎妓不同，又干道德甚事？——但是，但是，她们既被逼得以歌为业，她们的歌必无艺术味的；况她们的身世，我们究竟该同情的。所以拒绝倒也是正办。但这些意思终于不曾撇开我的听歌的盼望。它力量异常坚强；它总想将别的思绪踏在脚下。从这重重的争斗里，我感到了浓厚的不足之感。这不足之感使我的心盘旋不安，起坐都不安宁了。唉！我承认我是一个自私的人！平伯呢，却与我不同。他引周启明先生的诗，“因为我有妻子，所以我爱一切的女人，因为我有子女，所以我爱一切的孩子。”他的意思可以见了。他因为推及的同情，爱着那些歌妓，并且尊重着她们，所以拒绝了她们。在这种情形下，他自然以为听歌是对于她们的一种侮辱。但他也是想听歌的，虽然不和我一样，所以在他的心中，当然也有一番小小的争斗；争斗的结果，是同情胜了。至于道德律，在他是没有什么的；因为他很有蔑视一切的倾向，民众的力量在他是不大觉着的。这时他的心意的活动比较简单，又比较松弱，故事后还怡然自若；我却不能了。这里平伯又比我高了。

在我们谈话中间，又来了两只歌舫。伙计照前一样地请我们点戏，我们照前一样地拒绝了。我受了三次窘，心里的不安更甚了。清艳的夜景也为之减色。船夫大约因为要赶第二趟生意，催着我们回去；我们无可无不可地答应了。我们渐渐和那些晕黄的灯光远了，只有些月色冷清清地随着我们的归舟。我们的船竟没个伴儿，秦淮河的夜正长哩！到大中桥近处，才遇着一只来船。这是一只载妓的板船，黑漆漆的没有一点光。船头上坐着一个妓女；暗里看出，白地小花的衫子，黑的下衣。她手里拉着胡琴，口里唱着青衫的调子。她唱得响亮而圆转；当她的船箭一般驶过去时，余音还袅袅地在我们耳际，使我们倾听而向往。想不到在弩末的游踪里，还能领略到这样的清歌！这时船过大中桥了，森森的水影，如黑暗张着巨口，要将我们的船吞了下去，我们回顾那渺渺的黄光，不胜依恋之情；我们感到了寂寞了！这一段地方夜色甚浓，又有两头的灯火招邀着；桥外的灯火不用说了，过了桥另有东关头疏疏的灯火。我们忽然仰头看见依人的素月，不觉深悔归来之早了！走过东关头，有一两只大船湾泊着，又有几只船向我们来着。嚣嚣的一阵歌声人语，仿佛笑我们无伴的孤舟哩。东关头转湾，河上的夜色更浓了；临水的妓楼上，时时从帘缝里射出一线一线的灯光；仿佛黑暗从酣睡里眨了一眨眼。我们默然地对着，静听那汩——汩的桨声，几乎要入睡了；朦胧里却温寻着适才的繁华的余味。我那不安的心在静里愈显活跃了！这时我们都有了不足之感，而我的更其浓厚。我们却只不愿回去，于是只能由懊悔而怅惘了。船里便满载着怅惘了。直到利涉桥下，微微嘈杂的人声，才使我豁然一惊；那光景却又不同。右岸的河房里，都大开了窗户，里面亮着晃晃的电灯，电灯的光射到水上，蜿蜒曲折，闪闪不息，正如跳舞着的仙女的臂膊。我们的船已在她的臂膊里了；如睡在摇篮里一样，倦了的我们便又入梦了。那电灯下的人物，只觉像蚂蚁一般，更不去萦念。这是最后的梦；可惜是最短的梦！黑暗重复落在我们面前，我们看见傍岸的空船上一星两星的，枯燥无力而又摇摇不定的灯光。我们的梦醒了，我们知道就要上岸了；我们心里充满了幻灭的情思。

海行杂记

这回从北京南归，在天津搭了通州轮船，便是去年曾被盗劫的。盗劫的事，似乎已很渺茫；所怕者船上的肮脏，实在令人不堪耳。这是英国公司的船；这样的肮脏似乎尽够玷污了英国国旗的颜色。但英国人说：这有什么呢？船原是给中国人乘的，肮脏是中国人的自由，英国人管得着！英国人要乘船，会去坐在大菜间里，那边看看是什么样子？那边，官舱以下的中国客人是不许上去的，所以就好了。是的，这不怪同船的几个朋友要骂这只船是“帝国主义”的船了。“帝国主义的船”！我们到底受了些什么“压迫”呢？有的，有的！

我现在且说茶房吧。

我若有常常恨着的人，那一定是宁波的茶房了。他们的地盘，一是轮船，二是旅馆。他们的团结，是宗法社会而兼梁山泊式的；所以未可轻侮，正和别的“宁波帮”一样。他们的职务本是照料旅客；但事实正好相反，旅客从他们得着的只是侮辱，恫吓，与欺骗罢了。中国原有“行路难”之叹，那是因交通不便的缘故；但在现在便利的交通之下，即老于行旅的人，也还时时发出这种叹声，这又为什么呢？茶房与码头工人之艰于应付，我想比仅仅的交通不便，有时更显其“难”吧！所以从前的“行路难”是唯物的；现在的却是唯心的。这固然与社会的一般秩序及道德观念有多少关系，不能全由当事人负责任；但当事人的“性格恶”实也占着一个重要的地位的。

我是乘船既多，受侮不少，所以姑说轮船里的茶房。你去定舱位的时候，若遇着乘客不多，茶房也许会冷脸相迎；若乘客拥挤，你可就倒霉了。他们或者别转脸，不来理你；或者用一两句比刀子还尖的话，打发你走路——譬如说：“等下趟吧。”他说得如此轻松，凭你急死了也不管。大约行旅的人总有些异常，脸上总有一副着急的神气。他们是以逸待劳的，乐得和你开开玩笑，所以一切反应总是懒懒的，冷冷的；你愈急，他们便愈乐了。他们于你也并无仇恨，只想玩弄玩弄，寻寻开心罢了，正和太太们玩弄叭儿狗一样。所以你记着：上船定舱位的时候，千万别先高声呼唤茶房。你不是急于要找他们说话么？但是他们先得训你一顿，虽然只是低低地自言自语：“啥事体啦？哇啦哇啦的！”接着才响声说，“噢，来哉，啥事体啦？”你还得记着：你的话说得愈慢愈好，愈低愈好；不要太客气，也不要太不客气。这样你便是门槛里的人，便是内行；他们固然不见得欢迎你，但也不会玩弄你了。——只冷脸和你简单说话；要知道这已算承蒙青眼，应该受宠若惊的了。

定好了舱位，你下船是愈迟愈好；自然，不能过了开船的时候。最好开船前两小时或一小时到船上，那便显得你是一个有“涵养工夫”的，非急莘莘的“阿木林”可比了。而且茶房也得上岸去办他自己的事，去早了倒绊住了他；他虽然可托同伴代为招呼，但总之麻烦了。为了客人而麻烦，在他们是不值得，在客人是不必要；所以客人便只好受

"阿木林"的待遇了。有时船于明早十时开行，你今晚十点上去，以为晚上总该合适了；但也不然。晚上他们要打牌，你去了足以扰乱他们的清兴；他们必也恨恨不平的。这其间有一种"分"，一种默喻的"规矩"，有一种"门槛经"，你得先做若干次"阿木林"，才能应付得"恰到好处"呢。

开船以后，你以为茶房闲了，不妨多呼唤几回。你若真这样做时，又该受教训了。茶房日里要谈天，料理私货；晚上要抽大烟，打牌，哪有闲工夫来伺候你！他们早上给你舀一盆脸水，日里给你开饭，饭后给你拧手巾；还有上船时给你摊开铺盖，下船时给你打起铺盖：好了，这已经多了，这已经够了。此外若有特别的事要他们做时，那只算是额外效劳。你得自己走出舱门，慢慢地叫着茶房，慢慢地和他说，他也会照你所说的做，而不加损害于你。最好是预先打听了两个茶房的名字，到这时候悠然叫着，那是更其有效的。但要叫得大方，仿佛很熟悉的样子，不可有一点讷讷。叫名字所以更其有效者，被叫者觉得你有意和他亲近（结果酒资不会少给），而别的茶房或竟以为你与这被叫者本是熟悉的，因而有了相当的敬意；所以你第二次第三次叫时，别人往往会帮着你叫的。但你也只能偶尔叫他们；若常常麻烦，他们将发见，你到底是"阿木林"而冒充内行，他们将立刻改变对你的态度了。至于有些人睡在铺上高声朗诵地叫着"茶房"的，那确似乎搭足了架子；在茶房眼中，其为"阿"字号无疑了。他们于是忿然地答应："啥事体啦？哇啦啦！"但走来倒也会走来的。你若再多叫两声，他们又会说："啥事体啦？茶房当山歌唱！"除非你真麻木，或真生了气，你大概总不愿再叫他们了吧。

“子入太庙，每事问”，至今传为美谈。但你入轮船，最好每事不必问。茶房之怕麻烦，之懒惰，是他们的特征；你问他们，他们或说不晓得，或故意和你开开玩笑，好在他们对客人们，除行李外，一切是不负责任的。大概客人们最普遍的问题，“明天可以到吧？”“下午可以到吧？”一类。他们或随便答复，或说，“慢慢来好啰，总会到的。”或简单地说，“早呢！”总是不得要领的居多。他们的话常常变化，使你不能确信；不确信自然不回了。他们所要的正是耳根清净呀。

茶房在轮船里，总是盘踞在所谓“大菜间”的吃饭间里。他们常常围着桌子闲谈，客人也可插进一两个去。但客人若是坐满了，使他们无处可坐，他们便恨恨了；若在晚上，他们老实不客气将电灯灭了，让你们暗中摸索去吧。所以这吃饭间里的桌子竟像他们专利的。当他们围桌而坐，有几个固然有话可谈；有几个却连话也没有，只默默坐着，或者在打牌。我似乎为他们觉着无聊，但他们也就这样过去了。他们的脸上充满了倦怠，嘲讽，麻木的气氛，仿佛下功夫练就了似的。最可怕的就是这满脸：所谓“施施然拒人于千里之外”者，便是这种脸了。晚上映着电灯光，多少遮过了那灰滞的颜色；他们也开始有了些生气。他们搭了铺抽大烟，或者拖开桌子打牌。他们抽了大烟，渐有笑语；他们打牌，往往通宵达旦——牌声，争论声充满那小小的“大菜间”里。客人们，尤其是抱了病，可睡不着了；但于他们有什么相干呢？活该你们洗耳恭听呀！他们也有不抽大烟，不打牌的，便搬出香烟画片来一张张细细赏玩：这却是“雅人深致”了。

我说过茶房的团结是宗法社会而兼梁山泊式的，但他们中间仍不免时有战氛。浓郁的战氛在船里是见不着的；船里所见，只是轻微淡远的罢了。“唯口出好兴戎”，茶房的口，似乎很值得注意。他们的口，一例是练得极其尖刻的；一面自然也是地方性使然。他们大约是“宁可输在腿上，不肯输在嘴上”。所以即使是同伴之间，往往因为一句有意的或无意的，不相干的话，动了真气，抡眉竖目地恨恨半天而不已。这时脸上全失了平时冷静的颜色，而换上热烈的狰狞了。但也终于只是口头“恨恨”而已，真个拔拳来打，举脚来踢的，倒也似乎没有。语云，“君子动口，小人动手。”茶房们虽有所争乎，殆仍不失为君子之道也。有人说，“这正是南方人之所以为南方人。”我想，这话也有理。茶房之于客人，虽也“不肯输在嘴上”，但全是玩弄的态度，动真气的似乎很少；而且你愈动真气，他倒愈可以玩弄你。这大约因为对于客人，是以他们的团体为靠山的；客人总是孤单的多，他们“倚众欺”起来，不怕你不就范的：所以用不着动真气。而且万一吃了客人的亏，那也必是许多同伴陪着他同吃的，不是一个人失了面子：又何必动真气呢？剋实说来，客人要他们动真气，还不够资格哪！至于他们同伴间的争执，那才是切身的利害，而且单枪匹马做去，毫无可恃的现成的力量；所以便是小题，也不得不大做了。

茶房若有向客人微笑的时候，那必是收酒资的几分钟了。酒资的数目照理虽无一定，但却有不成文的谱。你按着谱斟酌给与，虽也不能得着一声“谢谢”，但言语的压迫是不会来的了。你若给得太少，离谱太远，他们会始而嘲你，继而骂你，你还得加钱给他们；其实既受了骂，大可以不加的了，但事实上大多数受骂的客人，慑于他们的威势，总是加给他们的。加了以后，还得听许多唠叨才罢。有一回，和我同船的一个学生，本该给一元钱的酒资的，他只给了小洋四角。茶房狠狠力争，终不得要领，于是说：“你好带回去做车钱吧！”将钱向铺上一撂，忿然而去。那学生后来终于添了一些钱重交给他；他这才默然拿走，面孔仍是板板的，若有所不屑然。——付了酒资，便该打铺盖了；这时仍是要慢慢来的，一急还是要受教训，虽然你已给过酒资了。铺盖打好以后，茶房的压迫才算是完了，你再预备受码头工人和旅馆茶房的压迫吧。

我原是声明了叙述通州轮船中事的，但却做了一首“诅茶房文”；在这里，我似乎有些自己矛盾。不，“天下老鸦一般黑”，我们若很谨慎地将这句话只用在各轮船里的宁波茶房身上，我想是不会悖谬的。所以我虽就一般立说，通州轮船的茶房却已包括在内；特别指明与否，是无关重要的。

“海阔天空”与“古今中外”

有一天，我和一位新同事闲谈。我偶然问道：“你第一次上课，讲些什么？”他笑着答我，“我古今中外了一点钟！”他这样说明事实，且示谦逊之意。我从来不曾想到“古今中外”一个兼词可以作动词用，并且可以加上“了”字表时间的过去；骤然听了，很觉新鲜，正如吃刚上市的广东蚕豆。隔了几日，我用同样的问题问另一位新同事。他却说道：“海阔天空！海阔天空！”我原晓得“海阔凭鱼跃，天空任鸟飞”的联语——是在一位同学家的厅堂里常常看见的——但这样的用法，却又是第一次听到！我真高兴，得着两个新鲜的意思，让我对于生活的方法，能触类旁通地思索一回。

黄远生在《东方杂志》上曾写过一篇《国民之公毒》，说中国人思想笼统的弊病。他举小说里的例，文的必是琴棋书画无所不晓，武的必是十八般武艺件件精通！我想，他若举《野叟曝言》里的文素臣，《九尾龟》里的章秋谷，当更适宜，因为这两个都是文武全才！好一个文武“全”才！这“全”字儿竟成了“国民之公毒”！我们自古就有那“博学无所成名”的“大成至圣先师”，又有“一物不知，儒者之耻”的传统的教训，还有那“谈天雕龙”的邹衍之流，所以流风余韵，扇播至今；大家变本加厉，以为凡是大好老必“上知天文，下识地理”，而“中学为体，西学为用”便是这大好老的另一面。“笼统”固然是“全”，“钩通”“调和”也正是“全”呀！“全”来“全”去，“全”得乌烟瘴气，一塌糊涂！你瞧西洋人便聪明多了，他们悄悄地将“全知”“全能”送给上帝，决不想自居“全”名；所以处处“算账”，刀刀见血，一点儿不含糊！——他们不懂得那八面玲珑的劲儿！

但是王尔德也说过一句话，貌似我们的公毒而实非；他要“吃尽地球花园里的果子”！他要享乐，他要尽量地享乐！他什么都不管！可是他是“人”，不像文素臣、章秋谷辈是妖怪；他是呆子，不像钩通中西者流是滑头。总之，他是反传统的。他的话虽不免夸大，但不如中国传统思想之甚；因为只说地而不说天。况且他只是“要”而不是“能”，和文素臣辈又是有别；“要”在人情之中，“能”便出人情之外了！“全知”“全能”，或者真只有上帝一个；但“全”的要求是谁都有权利的——有此要求，才成其为“人生”！——还有易卜生“全或无”的“全”，那却是一把锋利的钢刀；因为是另一方面的，不具论。

但王尔德的要求专属于感觉的世界，我总以为太单调了。人生如万花筒，因时地的殊异，变化不穷，我们要能多方面地了解，多方面地感受，多方面地参加，才有真趣可言；古人所谓“胸襟”“襟怀”“襟度”，略近乎此。但“多方面”只是概括的要求：究竟能有若干方面，却因人的才力而异——我们只希望多多益善而已！这与传统的“求全”

不同，“便是暗中摸索，也可知道吧”。这种胸襟——用此二字所能有的最广义——若要具体地形容，我想最好不过是采用我那两位新同事所说的：“海阔天空”与“古今中外”！我将这两个兼词用在积极的意义上，或者更对得起它们些。——“古今中外”原是骂人的话，初见于《新青年》上，是钱玄同先生造作的。后来周作人先生有一篇杂感，却用它的积极的意义，大概是论知识上的宽容的；但这是两三年前的事了，我于那篇文的内容已模糊了。

法朗士在他的《灵魂之探险》里说：

人之永不能跳出己身以外，实一真理，而亦即吾人最大苦恼之一。苟能用一八方观察之苍蝇视线，观览宇宙，或能用一粗鲁而简单之猿猴的脑筋，领悟自然，虽仅一瞬，吾人何所惜而不为？乃于此而竟不能焉。……吾人被锢于一身之内，不啻被锢于永远监禁之中。

（据杨袁昌英女士译文，见《太平洋》四卷四号）

蔼理斯在他的《感想录》中《自己中心》一则里也说：

我们显然都从自己中心的观点去看宇宙，看重我们自己所演的角色。

（见《语丝》第十三期）

这两种“说数”，我们可总称为“我执”——却与佛法里的“我执”不同。一个人有他的身心，与众人各异；而身心所从来，又有遗传，时代，周围，教育等等，尤其五花八门，千差万别。这些合而织成一个“我”，正如密密的魔术的网一样；虽是无形，而实在是清清楚楚，不易或竟不可逾越的界。于是好的劣的，乖的蠢的，丑的俏的，长的短的，肥的瘦的，各有各的样儿，都来了，都来了。“把戏人人会变，各有巧妙不同”；正因各人变各人的把戏，才有了这大千世界呀。说到各人只会变自己的一套把戏，而且只自以为巧妙，自然有些：“可怜而可气”；“谓天盖高”“谓地盖厚”，区区的“我”，真是何等区区呢！但是——哎呀，且住！亏得尚有“巧妙不同”一句注脚，还可上下其手一番；这“不同”二字正是灵丹妙药，千万不可忽略过去！我们的“我执”，是由命运所决定，其实无法挽回；只有一层，“我”决不是由一架机器铸出来的，决不是从一副印板刷下来的，这其间有种种的不同，上文已约略又约略地拈出了——现在再要拈出一种不同：“我”之广狭是悬殊的！“我执”谁也免不了，也无须免得了，但所执有大有小，有深有浅，这其间却大有文章；所谓上下其手，正指此一关而言。

你想“顶天立地”是一套把戏，是一个“我”，“局天蹐地”，或说“局促如辕下驹”，如井底蛙，如磨坊里的驴子，也是一套把戏，也是一个“我”！这两者之间，相差有多少远呢？说得简截些，一是天，一是地；说得噜苏些，一是九霄，一是九渊；说得新鲜些，一是太阳，一是地球！世界上有些人读破万卷书，有些人游遍万里地，乃至达尔文之创进化说，恩斯坦之创相对原理；但也有些人伏处穷山僻壤，一生只关在家里，亲族邻里之外，不曾见过人，自己方言之外，不曾听过话——天球，地球，固然与他们无干，英国，德国，皇帝，总统，金镑，银洋，也与他们丝毫无涉！他们之所以异于磨坊的驴子者，真是“几希”！也只是蒙着眼，整天儿在屋里绕弯儿，日行千里，足不出户而已。你可以说，这两种人也只是一样，横直跳不出如来佛——“自己”——的掌心；他们都坐在“自己”的监里，盘算着“自己”的重要呢！是的，但你知道这两种人决不会一样！你我跳不出如来佛的掌心，孙悟空也跳不出他老人家的掌心；但你我能翻十万八千里的筋斗么？若说不能，这就不一样了！“不能”尽管“不能”，“不同”仍旧“不同”呀。你想天地是怎样怎样的广大，怎样怎样的悠久！若用数字计算起来，只怕你画一整天的圈儿，也未必能将数目里所有的圈儿都画完哩！在这样的天地的全局里，地球已若一微尘，人更数不上了，只好算微尘之微尘吧！人是这样小，无怪乎只能在“自己”里绕圈儿。但是能知道“自己”的小，便是大了；最要紧是在小中求大！长子里的矮子到了矮子中，便是长子了，这便是小中之大。我们要做矮子中的长子，我们要尽其所能地扩大我们自己！我们还是变自己的把戏，但不仅自以为巧妙，还须自以为“比别人”巧妙；我们不但可在内地开一班小杂货铺，我们要到上海去开先施公司！

“我”有两方面，深的和广的。“自己中心”可说是深的一面；哲学家说的“自知”（“Know thyself”），道德学家说的“自私”——“利己”，也都可算入这一面。如何使得我的身子好？如何使得我的脑子好？我懂得些什么？我喜爱些什么？我做出些什么？我要些什么？怎样得到我所要的？怎样使我成为他们之中一个最重要的角色？这一大串儿的疑问号，总可将深的“我”的面貌的轮廓说给你了；你再“自个儿”去内省一番，就有八九分数了。但你马上也就会发见，这深深的“我”并非独自个儿待着，它还有个亲亲儿的，热热儿的伴儿哩。它俩你搂着我，我搂着你；不知谁给它们缚上了两只脚！就像三足竞走一样，它俩这样永远地难解难分！你若要开玩笑，就说它俩“狼狈为奸”，它俩亦无法自辩的。——可又来！究竟这伴儿是谁呢？这就是那广的“我”呀！我不是说过么？知道世界之大，才知道自己之小！所以“自知”必先要“知他”。兵法有云：“知己知彼，百战百胜。”可以旁证此理。原来“我”即在世界中；世界是一张无大不大的大网，“我”只是一个极微极微的结子；一发尚且会牵动全身，全网难道倒不能牵动一个细小的结子么？实际上，“我”是“极天下之赜”的！“自知”而不先“知他”，只是聚在方隅，老死不相往来的办法；只是“不可以语冰”的“夏虫”，井底蛙，磨坊里的驴子之流而已。能够“知他”，才真有“自知之明”；正如铁扇公主的扇子一样，要能放才能收呀。所知愈多，所接愈广；将“自己”散在天下，渗入事事物物之中看它的大小方圆，看它的轻重疏密，这才可以剖析毫芒地渐渐渐渐地认出“自己”的真面目呀。俗语说：“把你烧成了灰，我都认得你！”我们正要这样想：先将这个“我”一拳打碎了，碎得成了灰，然后随风飏举，或飘茵席之上，或堕溷厕之中，或落在老鹰的背上，或跳在珊瑚树的梢上，或藏在爱人的鬓边，或沾在关云长的胡子里……然后再收灰入掌，抟灰成形，自然便须眉毕现，光彩照人，不似初时“浑沌初开”的情景了！所以深的“我”即在广的“我”中，而无深的“我”，广的“我”亦无从立脚；这是不做矮子，也不吹牛的道地老实话，所谓有限的无穷也。

在有限中求无穷，便是我们所能有的自由。这或者是“野马以被骑乘的自由为更多”的自由，或者是“和猪有飞的自由一样”；但自由总和不自由不同，管他是白的，是黑的！说“猪有飞的自由”，在半世纪前，正和说“人有飞的自由”一样。但半世纪后的我们，已可见着自由飞着的人了，虽然还是要在飞机或飞艇里。你或者冷笑着说，有所待而然！有所待而然！至多仍旧是“被骑乘的自由”罢了！但这算什么呢？鸟也要靠翼翅的呀！况且还有将来呢，还有将来的将来呢！就如上文所引法朗士的话：“倘若我们能够一刹那间用了苍蝇的多面的眼睛去观察天地……”目下诚然是做不到的，但竟有人去企图了！我曾见过一册日本文的书——记得是《童谣の缀方》，卷首有一幅彩图，下面题着《苍蝇眼中的世界》（大意）。图中所有，极其光怪陆离；虽明知苍蝇眼中未必即是如此，而颇信其如此——自己仿佛飘飘然也成了一匹小小的苍蝇，陶醉在那奇异的世界中了！这样前去，谁能说法朗士的“倘若”永不会变成“果然”呢！——“语丝”拉得太长了，总而言之，统而言之，我们只是要变比别人巧妙的把戏，只是要到上海去开先施公司；这便是我们所能有的自由。“秀才不出门，能知天下事。”这种或者稍嫌旧式的了；那么，来个新的，“看世界面上”，我们来做个“世界民”吧——“世界民”（Cosmopolitan）者，据我的字典里说，是“无定居之人”，又有“弥漫全世界”“世界一家”等义；虽是极简单的解释，我想也就够用，恕不再翻那笨重的大字典了。

我“海阔天空”或“古今中外”了九张稿纸；尽绕着圈儿，你或者有些“头痛”吧？“只听楼板响，不见人下来！”你将疑心开宗明义第一节所说的“生活的方法”，我竟不曾“思索”过，只冤着你，“青山隐隐水迢迢”地逗着你玩儿！不！别着急，这就来了也。既说“海阔天空”与“古今中外”，又要说什么“方法”，实在有些儿像左手往外推，右手又赶着往里拉，岂不可笑！但古语说得好，“大丈夫能屈能伸”，我正可老着脸借此解嘲；况且一落言诠，总有边际，你又何苦斤斤较量呢？况且“方法”虽小，其中也未尝无大；这也是所谓“有限的无穷”也。说到“无穷”，真使我为难！方法也正是千头万绪，比“一部十七史”更难得多多；虽说“大处着眼，小处下手”，但究竟从何处下手，却着实费我踌躇！——有了！我且学着那李逵，从黑松林里跳了出来，挥动板斧，随手劈他一番便了！我就是这个主意！李逵决非吴用；当然不足语于丝丝入扣的谨严的论理的！但我所说的方法，原非斗胆为大家开方案，只是将我所喜欢用的东西，献给大家看看而已。这只是我的“到自由之路”，自然只是从我的趣味中寻出来的；而在大宇长宙之中，无量数的“我”之内，区区的我，真是何等区区呢？而且我“本人”既在企图自己的放大，则他日之趣味，是否即今日之趣味，也殊未可知。所以此文也只是我姑妄言之，你姑妄听之；但倘若看了之后，能自己去思索一番，想出真个巧妙的方法，去做个“海阔天空”与“古今中外”的人，那时我虽觉着自己更是狭窄，非另打主意不可，然而总很高兴了；我将仰天大笑，到草帽从头上落下为止。

其实关于所谓“方法”，我已露过些口风了：“我们要能多方面地了解，多方面地感受，多方面地参加，才有真趣可言。”

我现在做着教书匠。我做了五年教书匠了，真个腻得慌！黑板总是那样黑，粉笔总是那样白，我总是那样的我！成天儿浑淘淘的，有时对于自己的活着，也会惊诧。我想我们这条生命原像一湾流水，可以随意变成种种的花样；现在却筑起了堰，截断它的流，使它怎能不变成浑淘淘呢？所以一个人老做一种职业，老只觉着是“一种”职业，那真是一条死路！说来可笑，我是常常在想改业的；正如未来派剧本说的“换个丈夫吧”，我也不时地提着自己，“换个行当吧！”我不想做官，但很想知道官是怎样做的。这不是一件容易事！《官场现形记》所形容的究竟太可笑了！况且现在又换了世界！《努力周刊》的记者在王内阁时代曾引汤尔和——当时的教育总长——的话：“你们所论的未尝无理；但我到政府里去看看，全不是那么一回事！”（大意）“全不是那么一回事！”可见不入虎穴，焉得虎子！我于是想做个秘书，去看看官到底是怎样做的。因秘书而想到文书科科员：我想一个人赚了大钱，成了资本家，不知究竟是怎样活着的。最要紧，他是怎样想的。我们只晓得他有汽车，有高大的洋房，有姨太太，那是不够的。——由资本家而至于小伙计，他们又怎样度他们的岁月？银行的行员尽爱买马票，当铺的朝奉尽爱在夏天打赤膊——其余的，其余的我便有些茫茫了！我们初到上海，总要到大世界去一回。但上海有个五光十色的商世界，我们怎可不去逛逛呢？我于是想做个什么公司里的文书科科员，尝些商味儿。上海不但有个商世界，还有个新闻世界。我又想做个新闻记者，可以多看些稀奇古怪的人，稀奇古怪的事。此外我想做的事还多！戴着龌龊的便帽，穿着蓝布衫裤的工人，拖着黄泥腿，衔着旱烟管的农人，扛着枪的军人，我都想做做他们的生活看。可是谈何容易；我不是上帝，究竟是没有把握的！这些都是非分的妄想，岂不和癞蛤蟆想吃天鹅肉一样！——话虽如此；“不问收获，只问耕耘”，也未尝不是一种解嘲的办法。况且退一万步讲，能够这样想想，也未尝没有淡淡的味儿，和“加力克”香烟一样的味儿。况且我们的上帝万一真个吝惜他的机会，我也想过了：我从今日今时起，努力要在“黑白生涯”中找寻些味儿，不像往日随随便便地上课下课，想来也是可以的！意大利Amicis的《爱的教育》里说有一位先生，在一个小学校里做了六十年的先生；年老退职之后，还时时追忆从前的事情：一闭了眼，就像有许多的孩子，许多的班级在眼前；偶然听到小孩的书声，便悲伤起来，说：“我已没有学校没有孩子了！”可见天下无难事，只怕有心人！但我一面羡慕这位可爱的先生，一面总还打不断那些妄想；我的心不是一条清静的荫道，而是十字街头呀！

我的妄想还可以减价；自己从不能做“诸色人等”，却可以结交“诸色人等”的朋友。从他们的生活里，我也可以分甘共苦，多领略些人味儿；虽然到底不如亲自出马的好。《爱的教育》里说：“只在一阶级中交际的人，恰和只读一册书籍的学生一样。”真是“有理呀有理”！现在的青年，都喜欢结识几个女朋友；一面固由于性的吸引，一面也正是要润泽这干枯而单调的生活。我的一位先生曾经和我们说：他有一位朋友，新从外国回到北京；待了一个多月，总觉有一件事使他心里不舒畅，却又说不出是什么事。后来有一天，不知怎样，竟被他发见了：原来北京的街上太缺乏女人！他觉得这样的生活，实在干燥无味！但单是女朋友，我觉得还是不够；我又常想结识些小孩子，做我的小朋友。有人说和孩子们做伴，和孩子们共同生活，会使自己也变成一个孩子，一个大孩子；所以小学教师是不容易老的。这话颇有趣，使我相信。我去年上半年和一位有着童心的朋友，曾约了附近一所小学校的学生，开过几回同乐会；大家说笑话，讲故事，拍七，吃糖果，看画片，都很高兴的。后来暑假期到了，他们还抄了我们的地址，说要和我们通信呢。不但学龄儿童可以做我的朋友，便是幼稚园里的也可以的，而且更加有趣哩。且请看这一段：

终于，母亲逃出了庭间了。小孩们追到栏栅旁，脸挡住了栅缝，把小手伸出，纷纷地递出面包呀，苹果片呀，牛油块等东西来。一齐叫说：“再会，再会！明天再来，再请过来！”

（见《爱的教育》译本第七卷内《幼儿院》）

倘若我有这样的小朋友，我情愿天天去呀！此外，农人，工人，也要相与些才好。我现在住在乡下，常和邻近的农人谈天，又曾和他们喝过酒，觉得另有些趣味。我又晓得在北京，上海的我的朋友的朋友，每天总找几个工人去谈天；我且不管他们谈的什么，只觉每天换几个人谈谈，是很使人新鲜的。若再能交结几个外国朋友，那是更别致了。从前上海中华世界语学会教人学世界语，说可以和各国人通信；后来有人非议他们，说世界语的价值岂就是如此的！非议诚然不错。但与各国人通信，到底是一件有趣的事呀！——还有一件，自己的妻和子女，若在别一方面作为朋友看时，也可得着新的启示的。不信么？试试看！

若你以为阶级的障壁不容易打破，人心的隔膜不容易揭开；你于是皱着眉，咂着嘴，说："要这样地交朋友，真是千难万难！"是的；但是——你太小看自己了，那里就这样地不济事！也罢，我还有一套便宜些的变给你瞧瞧；这就叫作"知人"呀。交不着朋友是没法的，但晓得些别人的"闲事"，总可以的；只须不尽着去自扫门前雪，而能多管些一般人所谓"闲事"，就行了。我所谓"多管闲事"，其实只是"参加"的别名。譬如前次上海日本纱厂工人大罢工，我以为是要去参加的；或者帮助他们，或者只看看那激昂的实况，都无不可。总之，多少知道了他们，使自己与他们间多少有了关系，这就得了。又如我的学生和报馆打官司，我便要到法庭里去听审；这样就可知道法官和被告是怎样的人了。又如吴稚晖先生，我本不认识的；但听过他的讲演，读过他的书，我便能约略晓得他了。——读书真是巧算盘！不但可以知今人，且可以知古人；不但可以知中国人，且可以知洋人。同样的巧算盘便是看报！看报可以遇着许多新鲜的问题，引起新鲜的思索。譬如共产党加入国民党，究竟是利用呢，还是联合作战呢？孙中山先生若死在"段执政"自己夸诩的“革命”之前，曹锟当国的时候，一班大人，老爷，绅士乃至平民，会不会（姑不说“敢不敢”）这样“热诚地”追悼呢？黄色的班禅在京在沪，为什么也会受着那样“热诚的”欢迎呢？英国退还庚子赔款，始而说“用于教育的目的”，继而说“用于相互有益之目的”——于是有该国的各工业联合会建议，痛斥中国教育之无效，主张用此款筑路——继而又说用于中等教育；真令人目迷五色，到底他们什么葫芦里卖什么药呢？德国新总统为什么会举出兴登堡将军，后事又如何呢？还有，“一夫多妻的新护符”和“新性道德”究竟是一是二呢？欧阳予倩的《回家以后》，到底是不是提倡东方道德呢？——这一大篇账都是从报上“过”过来的，毫不稀奇；但可以证明，看报的确是最便宜的办法，可以知道许多许多的把戏。

旅行也是刷新自己的一贴清凉剂。我曾做过一个设计：四川有三峡的幽峭，有栈道的蜿蜒，有峨嵋的雄伟，我是最向慕的！广东我也想去得长久了。乘了香港的上山电车，可以“上天”；而广州的市政，长堤，珠江的繁华，也使我心痒痒的！由此而北，蒙古的风沙，的牛羊，的天幕，又在招邀着我！至于红墙黄土的北平，六朝烟水汽的南京，先施公司的上海，我总算领略过了。这样游了中国以后，便跨出国门：到日本看她的樱花，看她的富士；到俄国看列宁的墓，看第三国际的开会；到德国访康德的故居，听《月光曲》的演奏；到美国瞻仰巍巍的自由神和世界第一的大望远镜。再到南美洲去看看那莽莽的大平原，到南非洲去看看那茫茫的大沙漠，到南洋群岛去看看那郁郁的大森林——于是浩然归国；若有机缘，再到北极去探一回险，看看冰天雪海，到底如何，那更妙了！梁绍文说得有理：

我们不赞成别人整世地关在一个地方而不出来和世界别一部分相接触，倘若如此，简直将数万里的地球缩小到数英里，关在那数英里的圈子内就算过了一生，这未免太不值得！所以我们主张：能够遍游全世界，将世界上的事事物物都放在脑筋里的炽炉中锻炼一过，然后才能成为一种正确的经验，才算有世界的眼光。

（《南洋旅行漫记》上册二五三页）

但在一钱不名的穷措大如我辈者，这种设计恐终于只是“过屠门而大嚼”而已；又怎样办呢？我说正可学胡，梁二先生开国学书目的办法，不妨随时酌量核减；只看能力如何。便是真个不名一钱，也非全无法想。听说日本的谁，因无钱旅行，便在室中绕着圈儿，口里只是叫着，某站到啦，某埠到啦；这样也便过了瘾。这正和孩子们搀瞎子一样：一个蒙了眼做瞎子，一个在前面用竹棒引着他，在室中绕行；这引路的尽喊着到某处啦，到某处啦的口号，彼此便都满足。正是，精神一到，何事不成！这种人却决非磨坊里的驴子；他们的足虽不出户，他们的心尽会日行千里的！

说到心的旅行，我想到《文心雕龙·神思篇》说的：

古人云：“形在江海之上，心存魏阙之下。”神思之谓也……故寂然凝虑，思接千载；悄然动容，视通万里……

罗素论“哲学的价值”，也说：

保存宇宙内的思辨（玄想）之兴趣……总是哲学事业的一部。

或者它的最要之价值，就是它所潜思的对象之伟大，结果，便解脱了偏狭的和个人的目的。

哲学的生活是幽静的，自由的。

本能利益的私世界是一个小的世界，搁在一个大而有力的世界中间，迟早必把我们私的世界，磨成粉碎。

我们若不扩大自己的利益，汇涵那外面的整个世界，就好像一个兵卒困在炮台里边，知道敌人不准逃跑，投降是不可避免的一样。

哲学的潜思就是逃脱的一种法门。

（摘抄黄凌霜译《哲学问题》第十五章）

所谓神思，所谓玄想之兴味，所谓潜思，我以为只是三位一体，只是大规模的心的旅行。心的旅行决不以现有的地球为限！到火星去的不是很多么？到太阳去的不也有么？到太阳系外，和我们隔着三十万光年的星上去的不也有么？这三十万光年，是美国南加州威尔逊山绝顶上，口径百英寸之最大反射望远镜所能观测的世界之最远距离。“换言之，现在吾人一目之下所望见之世界，不仅现在之世界而已，三十余万年之大过去以来，所有年代均同时见之。历史家尝谓吾人由书籍而知过去，直忘却吾人能直接而见过去耳。”吾人固然能直接而见过去，由书籍而见过去，还能由岩石地层等而见过去，由骨殖化石等而见过去。目下我们所能见的过去，真是悠久，真是伟大！将现在和它相比，真是大海里一根针而已！姑举一例：德国的谁假定地球的历史为二十四点钟，而人类有历史的时期仅为十分钟；人类有历史已五千年了，一千年只等于二分钟而已！一百年只等于十二秒钟而已！十年只等于一又十分之二秒而已！这还是就区区的地球而论呢。若和全宇宙的历史（人能知道么？）相较量，那简直是不配！又怎样办呢？但毫不要紧！心尽可以旅行到未曾凝结的星云里，到大爬虫的中生代，到类人猿的脑筋里；心究竟是有些儿自由的。不过旅行要有向导；我觉《最近物理学概观》《科学大纲》《古生物学》《人的研究》等书都很能胜任的。

心的旅行又不以表面的物质世界为限！它用实实在在的一支钢笔，在实实在在的白瑞典纸簿上一张张写着日记；它马上就能看出钢笔与白纸只是若干若干的微点，叫作电子的——各电子间有许多的空隙，比各电子的总积还大。这正像一张“有结而无线的网”，只是这么空空的；其实说不上什么“一支”与“一张张”的！这么看时，心便旅行到物质的内院，电子的世界了。而老的物质世界只有三根台柱子（三次元），现在新的却添上了一根（四次元）；心也要去逛逛的。心的旅行并且不以物质世界为限！精神世界是它的老家，不用说是常常光顾的。意识的河流里，它是常常驶着一只小船的。但这个年头儿，世界是越过越多了。用了坐标轴作地基，竖起方程式的柱子，架上方程式的梁，盖上几何形体的瓦，围上几何形体的墙，这是数学的世界。将各种“性质的共相”（如“白”“头”等概念）分门别类地陈列在一个极大的弯弯曲曲，层层叠叠的场上；在它们之间，再点缀着各种“关系的共相”（如“大”“类似”“等于”等概念）。这是论理的世界。将善人善事的模型和恶人恶事的分门别类陈列着的，是道德的世界。但所谓“模型”，却和城隍庙所塑“二十四孝”的像与十王殿的像绝不相同。模型又称规范，如“正义”“仁爱”“奸邪”等——只是善恶的度量衡也；道德世界里，全摆着大大小小的这种度量衡。还是艺术的世界，东边是音乐的旋律，西边是跳舞的曲线，南边是绘画的形色，北边是诗歌的情韵。——心若是好奇的，它必像唐三藏经过三十六国一样，一一经过这些国土的。

更进一步说，心的旅行也不以存在的世界为限！上帝的乐园，它是要去的；阎罗的十殿，它也是要去的。爱神的弓箭，它是要看看的；孙行者的金箍棒，它也要看看的。总之，神话的世界，它要穿上梦的鞋去走一趟。它从神话的世界回来时，便道又可游玩童话的世界。在那里有苍蝇目中的天地，有永远不去的春天；在那里鸟能唱歌，水也能唱歌，风也能唱歌；在那里有着靴的猫，有在背心里掏出表来的兔子；在那里有水晶的宫殿，带着小白翼子的天使。童话的世界的那边，还有许多邻国，叫作乌托邦，它也可迂道一往观的。姑举一二给你看看。你知道吴稚晖先生是崇拜物质文明的，他的乌托邦自然也是物质文明的。他说，将来大同世界实现时，街上都该铺大红缎子。他在春晖中学校讲演时，曾指着“电灯开关”说：

科学发达了，我们讲完的时候，啤啼叭哒几声，要到房里去的就到了房里，要到宁波的就到了宁波，要到杭州的就到了杭州：这也算不来什么奇事。

（见《春晖》二十九期）

呀！啤啼叭哒几声，心已到了铺着大红缎子的街上了！——若容我借了法朗士的话来说，这些正是“灵魂的冒险”呀。

上面说的都是“大头天话”，现在要说些小玩意儿，新新耳目，所谓能放能收也。我曾说书籍可作心的旅行的向导，现在就谈读书吧。周作人先生说他目下只想无事时喝点茶，读点新书。喝茶我是无可无不可，读新书却很高兴！读新书有如幼时看西洋景，一页一页都有活鲜鲜的意思；又如到一个新地方，见一个新朋友。读新出版的杂志，也正是如此，或者更闹热些。读新书如吃时鲜鲥鱼，读新杂志如到惠罗公司去看新到的货色。我还喜欢读冷僻的书。冷僻的书因为冷僻的缘故，在我觉着和新书一样；仿佛旁人都不熟悉，只我有此眼福，便高兴了。我之所以喜欢搜阅各种笔记，就是这个缘故。尺牍，日记等，也是我所爱读的；因为原是随随便便，老老实实地写来，不露咬牙切齿的样子，便更加亲切，不知不觉将人招了入内。同样的理由，我爱读野史和逸事；在它们里，我见着活泼泼的真实的人。——它们所记，虽只一言一动之微，却包蕴着全个的性格；最要紧的，包蕴着与众不同的趣味。旧有的《世说新语》，新出的《欧美逸话》，都曾给我满足。我又爱读游记；这也是穷措大替代旅行之一法，从前的雅人叫作“卧游”的便是。从游记里，至少可以“知道”些异域的风土人情；好一些，还可以培养些异域的情调。前年在温州师范学校图书馆中，翻看《小方壶斋舆地丛钞》的目录，里面全是游记，虽然已是过时货，却颇引起我的向往之诚。“这许多好东西哟！”尽这般地想着；但终于没有勇气去借来细看，真是很可恨的！后来《徐霞客游记》石印出版，我的朋友买了一部，我又欲读不能！近顷《南洋旅行漫记》和《山野掇拾》出来了，我便赶紧买得，复仇似的读完，这才舒服了。我因为好奇，看报看杂志，也有特别的脾气。看报我总是先看封面广告的。一面是要找些新书，一面是要找些新闻；广告里的新闻，虽然是不正式的，或者算不得新闻，也未可知，但都是第一身第二身的，有时比第三身的正文还值得注意呢。譬如那回中华制糖公司董事的互讦，我看得真是热闹煞了！又如“印送安士全书”的广告，“读报至此，请念三声阿弥陀佛”的广告，真是“好聪明的糊涂法子”！看杂志我是先查补白，好寻着些轻松而隽永的东西：或名人的趣语，或当世的珍闻，零金碎玉，更见异彩！——请看“二千年前玉门关外一封情书”，“时新旦角戏”等标题便知分晓。

我不是曾恭维看报么？假如要参加种种趣味的聚会，那也非看报不可。譬如前一两星期，报上登着世界短跑家要在上海试跑；我若在上海，一定要去看看跑是如何短法？又如本月十六日上海北四川路有洋狗展览会，说有四百头之多；想到那高低不齐的个儿，松密互映，纯驳争辉的毛片，或嘤嘤或呜呜或汪汪的吠声，我也极愿意去的。又我记得在《上海七日刊》上见过一幅法国儿童同乐会的摄影。摄影中济济一堂地满是儿童——这其间自然还有些抱着的母亲，领着的父亲，但不过二三人，容我用了四舍五入法，将他们略去吧。那前面的几个，丰腴圆润的庞儿，覆额的短发，精赤的小腿，我现在还记着呢。最可笑的，高高的房子，塞满了这些儿童，还空着大半截，大半截；若塞满了我们，空气一定是没有那么舒服的，便宜了空气了！这种聚会不用说是极使我高兴的！只是我便在上海，也未必能去；说来可恨恨！这里却要引起我别的感慨，我不说了。此外如音乐会，绘画展览会，我都乐于赴会的。四年前秋天的一个晚上，我曾到上海市政厅去听“中西音乐大会”；那几支广东小调唱得真入神，靡靡是靡靡到了极点，令人欢喜赞叹！而歌者隐身幕内，不露一丝色相，尤动人无穷之思！绘画展览会，我在北京，上海也曾看过几回。但都像走马看花似的，不能自知冷暖——我真是太外行了，只好慢慢来吧。我却最爱看跳舞。五六年前的正月初三的夜里，我看了一个意大利女子的跳舞：黄昏的电灯光映着她裸露的微红的两臂，和游泳衣似的粉红的舞装；那腰真软得可怜，和麦粉搓成的一般。她两手擎着小小的钹，钹孔里拖着深红布的提头；她舞时两臂不住地向各方扇动，两足不住地来往跳跃，钹声便不住地清脆地响着——她舞得如飞一样，全身的曲线真是瞬息万变，转转不穷，如闪电吐舌，如星星眨眼；使人目眩心摇，不能自主。我看过了，恍然若失！从此我便喜欢跳舞。前年暑假时，我到上海，刚碰着卡尔登影戏院开演跳舞片的末一晚，我没有能去一看。次日写信去“特烦”，却如泥牛入海；至今引为憾事！我在北京读书时，又颇爱听旧戏；因为究竟是“外江”人，更爱听旦角戏，尤爱听尚小云的戏——但你别疑猜，我却不曾用这支笔去捧过谁。我并不懂戏词，甚至连情节也不甚仔细，只爱那宛转凄凉的音调和楚楚可怜的情韵。我在理论上也左袒新戏，但那时的北京实在没有可称为新戏的新戏给我看；我的心也就渐渐冷了。南归以后，新戏固然和北京是“一丘之貉”，旧戏也就每况愈下，毫无足观。我也看过一回机关戏，但只足以广见闻，无深长的趣味可言。直到去年，上海戏剧协社演《少奶奶的扇子》，朋友们都说颇有些意思——在所曾寓目的新戏中，这是得未曾有的。又实验剧社演《葡萄仙子》，也极负时誉；黎明辉女士所唱“可怜的秋香”一句，真是脍炙人口——便是不曾看过这戏的我，听人说了此句，也会有“一种薄醉似的感觉，超乎平常所谓舒适以上”。——《少奶奶的扇子》，我也还无一面之缘——真非到上海去开先施公司不可！上海的朋友们又常向我称述影戏；但我之于影戏，还是“猪八戒吃人参果”呢！也只好慢慢来吧。说起先施公司，我总想起惠罗公司。我常在报纸的后幅看见他家的广告，满幅画着新货色的图样，真是日本书店里所谓“诱惑状”了。我想若常去看看新货色，也是一乐。最好能让我自由地鉴赏地看一回；心爱的也不一定买来，只须多多地，重重地看上几眼，便可权当占有了——朋友有新东西的时候，我常常把玩不肯释手，便是这个主意。

若目下不能到上海去开先施公司，或到上海而无本钱去开先施公司，则还有个经济的办法，我现在正用着呢。不过这种办法，便是开先施公司，也可同时采用的；因为我们原希望“多多益善”呀。现在我所在的地方，是没有绘画展览会；但我和人家借了左一册右一册的摄影集，画片集，也可使我的眼睛饱餐一顿。我看见“群羊”，在那淡远的旷原中，披着乳一样白，丝一样软的羽衣的小东西，真和浮在浅浅的梦里的仙女一般。我看见“夕云”，地上是疏疏的树木，偃蹇欹侧作势，仿佛和天上的乱云负固似的；那云是层层叠叠的，错错落落的，斑斑驳驳的，使我觉得天是这样厚，这样厚的！我看见“五月雨”，是那般蒙蒙密密的一片，三个模糊的日本女子，正各张着有一道白圈儿的纸伞，在台阶上走着，走上一个什么坛去呢；那边还有两个人，却只剩了影儿！

我看见“现在与未来”；这是一个人坐着，左手托着一个骷髅，两眼凝视着，右手正支颐默想着。这还是摄影呢，画片更是美不胜收了！弥爱的《晚祷》是世界的名作，不用说了。

意大利Gino的名画《跳舞》，满是跃着的腿儿，牵着的臂儿，并着的脸儿；红的，黄的，白的，蓝的，黑的，一片片地飞舞着——那边还攒动着无数的头呢。是夜的繁华哟！是肉的熏蒸哟！还有日本中泽弘光的《夕潮》：红红的落照轻轻地涂在玲珑的水阁上；阁之前浅蓝的潮里，伫立着白衣编发的少女，伴着两只夭矫的白鹤；她们因水光的映射，这时都微微地蓝了；她只扭转头凝视那斜阳的颜色。又椎冢猪知雄的《花》，三个样式不同，花色互异的精巧的瓶子，分插着红白各色的，大的小的鲜花，都丰丰满满的。另有一个细长的和一个荸荠样的瓶子，放在三个大瓶之前和之间；一高一矮，甚是别致，也都插着鲜花，只一瓶是小朵的，一瓶是大朵的。我说的已多了——还有图案画，有时带着野蛮人和儿童的风味，也是我所爱的。书籍中的插画，偶然也有很好的；如什么书里有一幅画，显示惠士敏斯特大寺的里面，那是很伟大的——正如我在灵隐寺的高深的大殿里一般。而房龙《人类的故事》中的插画，尤其别有心思，马上可以引人到他所画的天地中去。

我所在的地方，也没有音乐会。幸而有留声机，机片里中外歌曲乃至国语唱歌都有；我的双耳尚不至大寂寞的。我或向人借来自开自听，或到别人寓处去听，这也是“揩油”之一道了。大约借留声机，借画片，借书，总还算是雅事，不致像借钱一样，要看人家脸孔的（虽然也不免有例外）；所以有时竟可大大方方地揩油。自然，自己的油有时也当大大方方地被别人揩的。关于留声机，北平有零卖一法。一个人背了话匣子（即留声机）和唱片，沿街叫卖；若要买的，就喊他进屋里，让他开唱几片，照定价给他铜子——唱完了，他仍旧将那话匣子等用蓝布包起，背了出门去。我们做学生时，每当冬夜无聊，常常破费几个铜子，买他几曲听听：虽然没有佳片，却也算消寒之一法。听说南方也有做这项生意的人——我所在的地方，宁波是其一。宁波S中学现有无线电话收音机，我很想去听听大陆报馆的音乐。这比留声机又好了！不但声音更是亲切，且花样日日翻新；二者相差，何可以道里计呢！除此以外，朋友们的箫声与笛韵，也是很可过瘾的；但这看似易得而实难，因为好手甚少。我从前有一位朋友，吹箫极悲酸幽抑之致，我最不能忘怀！现在他从外国回来，我们久不见面，也未写信，不知他还能来一点儿否？

内地虽没有惠罗公司，却总有古董店，尽可以对付一气。我们看看古瓷的细润秀美，古泉币的陆离斑驳，古玉的丰腴有泽，古印的肃肃有仪，胸襟也可豁然开朗。况内地更有好处，为五方杂处，众目具瞻的上海等处所不及的；如花木的趣味，盆栽的趣味便是。上海的匆忙使一般人想不到白鸽笼外还有天地；花是怎样美丽，树是怎样青青，他们似乎早已忘怀了！这是我的朋友郢君所常常不平的。“暮春三月，江南草长，杂花生树，群莺乱飞。”——这在上海人怕只是一场春梦吧！像我所在的乡间：芊芊的碧草踏在脚上软软的，正像吃樱花糖；花是只管开着，来了又去，来了又去——杨贵妃一般的木笔，红着脸的桃花，白着脸的绣球……好一个“香遍满，色遍满的花儿的都”呀！上海是不容易有的！我所以虽向慕上海式的繁华，但也不舍我所在的白马湖的幽静。我爱白马湖的花木，我爱S家的盆栽——这其间有诗有画，我且说给你。一盆是小小的竹子，栽在方的小白石盆里；细细的竿子疏疏地隔着，疏疏的叶子淡淡地撇着，更点缀上两三块小石头；颇有静远之意。上灯时，影子写在壁上，尤其清隽可亲。另一盆是棕竹，瘦削的竿子亭亭地立着；下部是绿绿的，上部颇劲健地坼着几片长长的叶子，叶根有细极细极的棕丝网着。这像一个丰神俊朗而蓄着微须的少年。这种淡白的趣味，也自是天地间不可少的。

天地间还有一种不可少的趣味，也是简便易得到的，这是“谈天”——普通话叫作“闲谈”；但我以“谈天”二字，更能说出那“闲旷”的味儿！傅孟真先生在《心气薄弱之中国人》一评里，引顾宁人的话，说南方之学者，“群居终日，言不及义”；北方之学者，“饱食终日，无所用心”。他说“到了现在已经二百多年了，这评语仍然是活泼泼的”。“谈天”大概也只能算“不及义”的言；纵有“及义”

的时候，也只是偶然碰到，并非立意如此。若立意要“及义”，那便不是“谈天”而是“讲茶”了。“讲茶”也有“讲茶”的意思，但非我所要说。“终日言不及义”，诚哉是无益之事；而且岂不疲倦？“舌敝唇焦”，也未免“穷斯滥矣”！不过偶尔“茶余酒后”，“月白风清”，约两个密友，吸着烟卷儿，尝着时新果子，促膝谈心，随兴趣之所至。时而上天，时而入地，时而论书，时而评画，时而纵谈时局，品鉴人伦，时而剖析玄理，密诉衷曲……等到兴尽意阑，便各自回去睡觉；明早一觉醒来，再各奔前程，修持“胜业”，想也不致耽误的。或当公私交集，身心俱倦之后，约几个相知到公园里散散步，不愿散步时，便到绿荫下长椅上坐着；这时作无定向的谈话，也是极有意味的。至于“‘辟克匿克’来江边”，那更非“谈天”不可！我想这种“谈天”，无论如何，总不能算是大过吧。人家说清谈亡了晋朝，我觉得这未免是栽赃的办法。请问晋人的清谈，谁为为之？孰令致之？——这且不说，我单觉得清谈也正是一种“生活之艺术”，只要有节制。有的如针尖的微触，有的如剪刀的一断；恰像吹皱一池春水，你的心便会这般这般了。

“谈天”本不想求其有用，但有时也有大用；英哲洛克（Locke）的名著《人间悟性论》中述他著书之由——说有一日，与朋友们谈天，端绪愈引而愈远，不知所从来，也不知所届；他忽然惊异：人知的界限在何处呢？这便是他的大作最初的启示了——这是我的一位先生亲口告诉我的。

我说海说天，上下古今谈了一番，自然仍不曾跳出我佛世尊——

自己——的掌心，现在我还是卷旗息鼓，“回到自己的灵魂”吧。自己有今日的自己，有昨日的自己，有北京时的自己，有南京时的自己，有在父母怀抱中的自己……乃至一分钟有一个自己，一秒钟有一个自己。每一个自己无论大的，小的，都各提挈着一个世界，正如旅客带着一只手提箱一样。各个世界，各个自己之不相同，正如旅客手提箱里所装的东西之不同一样。各个自己与它所提挈的世界是一个大大的联环，决不能拆开的。譬如去年十月，我正仆仆于轮船火车之中。我现在回想那时的我，第一不能忘记的，是江浙战争；第二便是国庆。因战争而写来的父亲的岳父的信，一页页在眼前翻过；因战争而搬家的人，一阵阵在面前走过；眼看学校一日日挨下去，直到关门为止。念头忽然转弯：林纾死了，法朗士死了；国际联盟第五届大会也闭幕了！……正如水的漪涟一样，一圈一圈地尽管晕开去，可以至于非常之多。只区区一个月的我，所提挈的已这样多，则积了三百几十个月的我，所提挈的当有无穷！要算起账来，倒是“大笔头”呢！若有那样细心，再把月化为日，日化为时，时化为分秒，我的世界当更不得了了！这其间有吃的，有睡的，有玩的，有笑的，有哭的，有糊涂的，有聪明的……若能将它们陈列起来，必大有意思；若能影戏片似的将它们摇过去，那更有意思了！人总有念旧之情的。我的一个朋友回到母校做教师的时候，偶然在故纸堆中翻到他十四岁时投考该校的一张相片，便爱它如儿子。我们对于过去的自己，大都像嚼橄榄一样，总有些儿甜的。我们依着时光老人的导引，一步步去温寻已失的自己；这走的便是“忆之路”。在“忆之路”上愈走得远，愈是有味；因苦味渐已蒸散而甜味却还留着的缘故。最远的地方是“儿时”，在那里只有一味极淡极淡的甜；所以许多人都惦记着那里。这“忆之路”是颇长的，也是世界上一条大路。要成为一个自由的“世界民”，这条路不可不走走的。

我的把戏变完了——咳！多么贫呢！我总之羡慕齐天大圣；他虽也跳不出佛爷的掌心，但到底能翻十万八千里的筋斗，又有七十二变化的！

佛罗伦司

佛罗伦司（Florence）最教你忘不掉的是那色调鲜明的大教堂与在它一旁的那高耸入云的钟楼。教堂靠近闹市，在狭窄的旧街道与繁密的市房中，展开它那伟大的个儿，好像一座山似的。它的门墙全用大理石砌成，黑的红的白的线条相间着。长方形是基本图案，所以直线虽多，而不觉严肃，也不觉浪漫；白天里绕着教堂走，仰着头看，正像看达文齐的《摩那丽沙》（Monalisa）像，她在你上头，可也在你里头。这不独是线形温和平静的缘故，那三色的大理石，带着它们的光泽，互相显映，也给你鲜明稳定的感觉；加上那朴素而黯淡的周围，衬托着这富丽堂皇的建筑，像给它打了很牢固的基础一般。夜晚就不同些；在模糊的街灯光里，这庞然的影子便有些压迫着你了。教堂动工在十三世纪，但门墙只是十九世纪的东西；完成在一八八四年，算到现在才四十九年。教堂里非常简单，与门墙决不相同，只穹隆顶宏大而已。

钟楼在教堂的右首，高二百九十二英尺，是乔陀（Giotto，十四世纪）的杰作。乔陀是意大利艺术的开山祖师；从这座钟楼可以看出他的大匠手。这也用颜色大理石砌成墙面；宽度与高度正合式，玲珑而不显单薄。墙面共分七层：下四层很短，是打根基的样子，最上层最长，以助上耸之势。窗户越高越少越大，最上层只有一个；在长方形中有金字塔形的妙用。教堂对面是受洗所，以吉拜地（Ghiberti）做的铜门著名。有两扇最工，上刻《圣经》故事图十方，分远近如画法，但未免太工些；门上并有作者的肖像。密凯安杰罗说过这两扇门真配做天上乐园的门，传为佳话。

教堂内容富丽的，要推送子堂，以《送子图》得名。门外廊子里有沙陀（Sarto，十六世纪）的壁画，他自己和他太太都在画中；画家以自己或太太作模特儿是常见的。教堂里屋顶以金漆花纹界成长方格子，灿烂之极。门内左边有一神龛，明灯照耀，香花供养，墙上便是《送子图》。画的是天使送耶稣给处女玛利亚，相传是天使的手笔。平常遮着不让我们俗眼看；每年只复活节的礼拜五揭开一次。这是塔斯干省最尊的神龛了。

梅迭契（Medici）家庙也以富丽胜，但与别处全然不同。梅迭契家是中古时大公爵，治佛罗伦司多年。那时佛罗伦司非常富庶，他们家穷极奢华；佛罗伦司艺术的兴盛，一半便由于他们的爱好。这个家庙是历代大公爵家族的葬所。房屋是八角形，有穹隆顶；分两层，下层是坟墓，上层是雕像与纪念碑等。上层墙壁，全用各色上好大理石做面子，中间更用宝石嵌成花纹，地也用大理石嵌花铺成；屋顶是名人的画。光彩焕发，五色纷纶；嵌工最精细，平滑如天然。佛罗伦司嵌石是与威尼斯嵌玻璃齐名的，梅迭契家造这个庙，用过二千万元，但至今并未完成；雕像座还空着一大半，地也没有全铺好。旁有新庙，是密凯安杰罗所建，朴质无华；中有雕像四座，叫作《昼》《夜》《晨》《昏》，是纪念碑的装饰，是出于密凯安杰罗的手，颇有名。

十字堂是“佛罗伦司的西寺”“塔斯干的国葬院”；前面是但丁的造像。密凯安杰罗与科学家格里雷的墓都在这里，但丁也有一座纪念碑；此外名人的墓还很多。佛罗伦司与但丁有关系的遗迹，除这所教堂外，在送子堂附近是他的住宅；是一所老老实实的小砖房，带一座方楼，据说那时阔人家都有这种方楼的。他与他的情人佩特拉齐相遇，传说是在一座桥旁；这个景常见于图画中。这座有趣的桥，照画看便是阿奴河上的三一桥；桥两头各有雕像两座，风光确是不坏。佩特拉齐的住宅离但丁的也不远；她葬在一个小教堂里，就在住宅对面小胡同内。这个教堂双扉紧闭，破旧得可以，据说是终年不常开的。但丁与佩特拉齐的屋子，现在都已作别用，不能进去，只墙上钉些纪念的木牌而已。佩特拉齐住宅墙上有一块木牌，专钞但丁的诗两行，说他遇见了一个美人，却有些意思。还有一所教堂，据说原是但丁写《神曲》的地方；但书上没有，也许是“齐东野人”之语罢。密凯安杰罗住过的屋子在十字堂近旁，是他侄儿的住宅。现在是一所小博物院，其中两间屋子陈列着密凯安杰罗塑的小品，有些是名作的雏形，都奕奕有神采。在这一层上，他似乎比但丁还有幸些。

佛罗伦司著名的方场叫作官方场，据说也是历史的和商业的中心，比威尼斯的圣马克方场黯淡冷落得多。东边未周府，原是共和时代的议会，现在是市政府。要看中古时佛罗伦司的堡子，这便是个样子，建筑仿佛铜墙铁壁似的。门前有密凯安杰罗《大卫》（David）像的翻本（原件存本地国家美术院中）。府西是著名的喷泉，雕像颇多；中间亚波罗驾四马，据说是一块大理石凿成。但死板板的没有活气，与旁边有血有肉的《大卫》像一比，便看出来了。密凯安杰罗说这座像白费大理石，也许不错。府东是朗齐亭，原是人民会集的地方，里面有许多好的古雕像；其中一座像有两个面孔，后一个是作者自己。

方场东边便是乌费齐画院（Uffizi Gallery）。这画院是梅迭契家立的，收藏十四世纪到十六世纪的意大利画最多；意大利画的精华荟萃于此，比那儿都好。乔陀，波铁乞利（Botticelli，意大利文艺复兴时画家），达文齐（十五世纪），拉飞尔（十六世纪），密凯安杰罗，铁沁的作品，这儿都有；波铁乞利和铁沁的最多。乔陀，波铁乞利，达文齐都是佛罗伦司派，重形线与构图；拉飞尔曾到佛罗伦司，也受了些影响。铁沁是威尼斯派，重着色。这两个潮流是西洋画的大别。波铁乞利的作品如《勃里马未拉的寓言》，《爱神的出生》等似乎最能代表前一派；达文齐的《送子图》，构图也极巧妙。铁沁的《佛罗拉像》和《爱神》，可以看出丰富的颜色与柔和的节奏。另有《蓝色圣母像》，沙琐费拉陀（Sossoferrato，十七世纪）所作，后来临摹的很多；《小说月报》曾印作插图。古雕像以《梅迭契爱神》，《摔跤》为最：前者情韵欲流，后者精力饱满，都是神品。隔阿奴河有辟第（Pitti）画院，有长廊与乌费齐相通；这条长廊架在一座桥的顶上，里面挂着许多画像。辟第画院是辟第（Luca Pitti）立的。他和梅迭契是死冤家。可是后来扩充这个画院的还是梅迭契家。收藏的名画有拉飞尔的两幅《圣母像》，《福那利那像》与铁沁的《马达来那像》等。福那利那是拉飞尔的未婚妻，是他许多名作的模特儿。铁沁此幅和《佛罗拉像》作风相近，但金发飘拂，节奏更要生动些。

两个画院中常看见女人坐在小桌旁用描花笔蘸着粉临摹小画像，这种小画像是将名画临摹在一块长方的或椭圆的小纸上，装在小玻璃框里，作案头清供之用。因为地方太小，只能临摹半身像。这也是西方一种特别的艺术，颇有些历史。看画院的人走过那些小桌子旁，她们往往请你看她们的作品；递给你扩大镜让你看出那是一笔不苟的。每件大约二十元上下。她们特别拉住些太太们，也许太太们更能赏识她们的耐心些。

十字堂邻近，许多做嵌石的铺子。黑地嵌石的图案或带图案味的花卉人物等都好；好在颜色与光泽彼此衬托，恰到佳处。有几块小丑像，趣极了。但临摹风景或图画的却没有什么好。无论怎么逼真，总还隔着一层；嵌石决不能如作画那么灵便的。再说就使做得和画一般，也只是因难见巧，没有一点新东西在内。威尼斯嵌玻璃却不一样。他们用玻璃小方块嵌成风景图；这些玻璃块相似而不尽相同，它们所构成的不是一个简单的平面，而是许多颜色的点儿。你看时会觉得每一点都触着你，它们间的光影也极容易跟着你的角度变化；至少这“触着你”一层，画是办不到的。不过佛罗伦司所用大理石，色泽胜于玻璃多多；威尼斯人虽会着色，究竟还赶不上。

房东太太

歇卜士太太（Mrs. Hibbs）没有来过中国，也并不怎样喜欢中国，可是我们看，她有中国那老味儿。她说人家笑她母女是维多利亚时代的人，那是老古板的意思；但她承认她们是的，她不在乎这个。

真的，圣诞节下午到了她那间黯淡的饭厅里，那家具，那人物，那谈话，都是古气盎然，不像在现代。这时候她还住在伦敦北郊芬乞来路（Finchley Road）。那是一条阔人家的路；可是她的房子已经抵押满期，经理人已经在她门口路边上立了一座木牌，标价招买，不过半年多还没人过问罢了。那座木牌，和篮球架子差不多大，只是低些；一走到门前，准看见。晚餐桌上，听见厨房里尖叫了一声，她忙去看了，回来说，火鸡烤枯了一点，可惜，二十二磅重，还是卖了几件家具买的呢。她可惜的是火鸡，倒不是家具；但我们一点没吃着那烤枯了的地方。

她爱说话，也会说话，一开口滔滔不绝；押房子，卖家具等等，都会告诉你。但是只高高兴兴地告诉你，至少也平平淡淡地告诉你，决不垂头丧气，决不唉声叹气。她说话是个趣味，我们听话也是个趣味（在她的话里，她死了的丈夫和儿子都是活的，她的一些住客也是活的）；所以后来虽然听了四个多月，倒并不觉得厌倦。有一回早餐时候，她说有一首诗，忘记是谁的，可以做她的墓铭，诗云：

这儿一个可怜的女人，

她在世永没有住过嘴。

上帝说她会复活，

我们希望她永不会。

其实我们倒是希望她会的。

道地的贤妻良母，她是；这里可以看见中国那老味儿。她原是个阔小姐，从小送到比利时受教育，学法文，学钢琴。钢琴大约还熟，法文可生疏了。她说街上如有法国人向她问话，她想起答话的时候，那人怕已经拐了弯儿了。结婚时得着她姑母一大笔遗产；靠着这笔遗产，她支持了这个家庭二十多年。歇卜士先生在剑桥大学毕业，一心想作诗人，成天住在云里雾里。他二十年只在家里待着，偶然教几个学生。他的诗送到剑桥的刊物上去，原稿却寄回了，附着一封客气的信。他又自己花钱印了一小本诗集，封面上注明，希望出版家采纳印行，但是并没有什么回响。太太常劝先生删诗行，譬如说，四行中可以删去三行罢；但是他不肯割爱，于是乎只好敝帚自珍了。

歇卜士先生却会说好几国话。大战后太太带了先生小姐，还有一个朋友去逛意大利；住旅馆雇船等等，全交给诗人的先生办，因为他会说意大利话。幸而没出错儿。临上火车，到了站台上，他却不见了。眼见车就要开了，太太这一急非同小可，又不会说给别人，只好教小姐去张看，却不许她远走。好容易先生钻出来了，从从容容的，原来他上“更衣室”来着。

太太最伤心她的儿子。他也是大学生，长得一表人才。大战时去从军；训练的时候偶然回家，非常爱惜那庄严的制服，从不教它有一个折儿。大战快完的时候，却来了恶消息，他尽了他的职务了。太太最伤心的是这个时候的这种消息，她在举世庆祝休战声中，迷迷糊糊过了好些日子。后来逛意大利，便是解闷儿去的。她那时甚至于该领的恤金，无心也不忍去领。等到限期已过，即使要领，可也不成了。

小姐现在是她唯一的亲人；她就为这个女孩子活着。早晨一块儿拾掇拾掇屋子，吃完了早饭，一块儿上街散步，回来便坐在饭厅里，说说话，看看通俗小说，就过了一天。晚上睡在一屋里。一星期也同出去看一两回电影。小姐大约有二十四五了，高个儿，总在五英尺十寸左右；蟹壳脸，露牙齿，脸上倒是和和气气的。爱笑，说话也天真得像个十二三岁小姑娘。先生死后，他的学生爱利斯（Ellis）很爱歇卜士太太，几次想和她结婚，她不肯。爱利斯是个传记家，有点小名气。那回诗人德拉梅在伦敦大学院讲文学的创造，曾经提到他的书。他很高兴，在歇卜士太太晚餐桌上特意说起这个。但是太太说他的书干燥无味，他送来，她们只翻了三五页就搁在一边儿了。她说最恨猫怕狗，连书上印的狗都怕，爱利斯却养着一大堆。她女儿最爱电影，爱利斯却瞧不起电影。她的不嫁，怎么穷也不嫁，一半为了女儿。

这房子招徕住客，远在歇卜士先生在世时候。那时只收一个人，每日供早晚两餐，连宿费每星期五镑钱，合八九十元，够贵的。广告登出了，第一个来的是日本人，他们答应下了。第二天又来了个西班牙人，却只好谢绝了。从此住这所房的总是日本人多；先生死了，住客多了，后来竟有“日本房”的名字。这些日本人有一两个在外边有女人，有一个还让女人骗了，他们都回来在饭桌上报告，太太也同情地听着。有一回，一个人忽然在饭桌上谈论自由恋爱，而且似乎是冲着小姐说的。这一来太太可动了气。饭后就告诉那个人，请他另外找房住。这个人走了，可是日本人有个俱乐部，他大约在俱乐部里报告了些什么，以后日本人来住的便越过越少了。房间老是空着，太太的积蓄早完了；还只能在房子上打主意，这才抵押了出去。那时自然盼望赎回来，可是日子一天一天过去，情形并不见好。房子终于标卖，而且圣诞节后不久，便卖给一个犹太人了。她想着年头不景气，房子且没人要呢，哪知犹太人到底有钱，竟要了去，经理人限期让房。快到期了，她直说来不及。经理人又向法院告诉，法院出传票教她去。她去了，女儿搀扶着；她从来没上过堂，法官说欠钱不让房，是要坐牢的。她又气又怕，几乎昏倒在堂上；结果只得答应了加紧找房。这种种也都是为了女儿，她可一点儿不悔。

她家里先后也住过一个意大利人，一个西班牙人，都和小姐做过爱；那西班牙人并且和小姐订过婚，后来不知怎样解了约。小姐倒还惦着他，说是“身架真好看！”太太却说，“那是个坏家伙！”后来似乎还有个“坏家伙”，那是太太搬到金树台的房子里才来住的。他是英国人，叫凯德，四十多了。先是作公司兜售员，沿门兜售电气扫除器为生。有一天撞到太太旧宅里去了，他要表演扫除器给太太看，太太拦住他，说不必，她没有钱；她正要卖一批家具，老卖不出去，烦着呢。凯德说可以介绍一家公司来买；那一晚太太很高兴，想着他定是个大学毕业生。没两天，果然介绍了一家公司，将家具买去了。他本来住在他姊姊家，却搬到太太家来了。他没有薪水，全靠兜售的佣金；而电气扫除器那东西价钱很大，不容易脱手。所以便干搁起来了。这个人只是个买卖人，不是大学毕业生。大约穷了不止一天，他有个太太，在法国给人家看孩子，没钱，接不回来；住在姊姊家，也因为穷，让人家给请出来了。搬到金树台来，起初整付了一回房饭钱，后来便零碎地半欠半付，后来索性付不出了。不但不付钱，有时连午饭也要叨光。如是者两个多月，太太只得将他赶了出去。回国后接着太太的信，才知道小姐却有点喜欢凯德这个"坏蛋"，大约还跟他来往着。太太最提心这件事，小姐是她的命，她的命决不能交在一个"坏蛋"手里。

小姐在芬乞来路时，教着一个日本太太英文。那时这位日本太太似乎非常关心歇卜士家住着的日本先生们，老是问这个问那个的；见了他们，也很亲热似的。歇卜士太太瞧着不大顺眼，她想着这女人有点儿轻狂。凯德的外甥女有一回来了，一个摩登少女。她照例将手绢掖在袜带子上，拿出来用时，让太太看在眼里。后来背地里议论道，"这多不雅相！"太太在小事情上是很敏锐的。有一晚那爱尔兰女仆端菜到饭厅，没有戴白帽檐儿。太太很不高兴，告诉我们，这个侮辱了主人，也侮辱了客人。但那女仆是个"社会主义"的贪婪的人，也许匆忙中没想起戴帽檐儿；压根儿她怕就觉得戴不戴都是无所谓的。记得那回这女仆带了男朋友到金树台来，是个失业的工人。当时刚搬了家，好些零碎事正得一个人。太太便让这工人帮帮忙，每天给点钱。这原是一举两得，各厢情愿的。不料女仆却当面说太太揩了穷小子的油。太太听说，简直有点莫名其妙。

太太不上教堂去，可是迷信。她虽是新教徒，可是有一回丢了东西，却照人家传给的法子，在家点上一支蜡，一条腿跪着，口诵安东尼圣名，说是这么着东西就出来了。拜圣者是旧教的花样，她却不管。每回做梦，早餐时总翻翻占梦书。她有三本占梦书；有时她笑自己；三本书说的都不一样，甚至还相反呢。喝碗茶，碗里的茶叶，她也爱看；看像什么字头，便知是姓什么的来了。她并不盼望访客，她是在盼望住客啊。到金树台时，前任房东太太介绍一位英国住客继续住下。但这位半老的住客却嫌客人太少，女客更少，又嫌饭桌上没有笑，没有笑话，只看歇卜士太太的独角戏，老母亲似的唠唠叨叨，总是那一套。他终于托故走了，搬到别处去了。我们不久也离开英国，房子于是乎空空的。去年接到歇卜士太太来信，她和女儿已经作了人家管家老妈了；"维多利亚时代"的上流妇人，这世界已经不是她的了。

动乱时代

这是一个动乱时代。一切都在摇荡不定之中，一切都在随时变化之中。人们很难计算他们的将来，即使是最短的将来。这使一般人苦闷；这种苦闷或深或浅的笼罩着全中国，也或厚或薄地弥漫着全世界。在这一回世界大战结束的前两年，就有人指出一般人所表示的幻灭感。这种幻灭感到了大战结束后这一年，更显著了；我们中国尤其如此。

中国经过八年艰苦的抗战，一般人都挣扎地生活着。胜利到来的当时，我们喘一口气，情不自禁地在心头描画着三五年后可能实现的一个小康时代。我们也明白太平时代还遥远，所以先只希望一个小康时代。但是胜利的欢呼闪电似的过去了，接着是一阵阵闷雷响着。这个变化太快了，幻灭得太快了，一般人失望之余，不由得感到眼前的动乱的局势好像比抗战期中还要动乱些。再说这动乱是世界性的，像我们中国这样一个国家，大概没有足够的力量来控制这动乱；我们不能计算，甚至也难以估计，这动乱将到何时安定，何时才会出现一个小康时代。因此一般人更深沉地幻灭了。

中国向来有一治一乱相循环的历史哲学。机械的循环论，现代大概很少人相信了，然而广义地看来，相对地看来，治乱的起伏似乎可以说是史实，所谓广义的，是说不限于政治，如经济恐慌，也正是一种动乱的局势。所谓相对的，是说有大治大乱，有小治小乱；各个国家，各个社会的情形不同，却都有它们的治乱的起伏。这里说治乱的起伏，表示人类是在走着曲折的路；虽然走着曲折的路，但是总在向着目标走上前去。我相信人类有目标，因此也有进步。每一回治乱的起伏，清算起来，这里那里多多少少总有些进展的。

但是人们一般都望治而不好乱。动乱时代望小康时代，小康时代望太平时代——真正的“太平”时代，其实只是一种理想。人类向着这个理想曲折地走着；所以曲折，便因为现实与理想的冲突。现实与理想都是人类的创造，在创造的过程中，不免试验与错误，也就不免冲突。现实与现实冲突，现实与理想冲突，理想与理想冲突，样样有。从一方面看，人生充满了矛盾；从另一方面看，矛盾中却也有一致的地方。人类在种种冲突中进展。

动乱时代中冲突更多，人们感觉不安，彷徨，失望，于是乎幻灭。幻灭虽然幻灭，可还得活下去。虽然活下去，可是厌倦着，诅咒着。于是摇头，皱眉毛，“没办法！没办法”地说着，一天天混过去。可是，这如果是一个常态的中年人，他还有相当的精力，他不会甘心老是这样混过去；他要活得有意思些。他于是颓废——烟，赌，酒，女人，尽情地享乐自己。一面献身于投机事业，不顾一切原则，只要于自己有利就干。反正一切原则都在动摇，谁还怕谁？只要抓住现在，抓住自己，管什么社会国家！古诗道：“我躬不阅，遑恤我后！”可以用来形容这些人。

有些人也在幻灭之余活下去，可是憎恶着，愤怒着。他们不怕幻灭，却在幻灭的遗迹上建立起一个新的理想。他们要改造这个国家，要改造这个世界。这些人大概是青年多，青年人精力足，顾虑少，他们讨厌传统，讨厌原则；而现在这些传统这些原则既在动摇之中，他们简直想一脚踢开去。他们要创造新传统，新原则，新中国，新世界。他们也是不顾一切，却不是只为自己。他们自然也免不了试验与错误。试验与错误的结果，将延续动乱的局势，还是将结束动乱局势？这就要看社会上矫正的力量和安定的力量，也就是说看他们到底抓得住现实还是抓不住。

还有些人也在幻灭之余活下去，可是对现实认识着，适应着。他们渐渐能够认识这个动乱时代，并接受这个动乱时代。他们大概是些中年人，他们的精力和胆量只够守住自己的岗位，进行自己的工作。这些人不甘颓废，可也不能担负改造的任务，只是大时代一些小人物。但是他们谨慎地调整着种种传统和原则，忠诚地保持着那些。那些传统和原则，虽然有些人要踢开去，然而其中主要的部分自有它们存在的理由。因为社会是联贯的，历史是联贯的。一个新社会不能凭空从天上掉下，它得从历来的土壤里长出。社会的安定力固然在基层的衣食住，在中国尤其是农民的衣食住；可是这些小人物对于社会上层机构的安定，也多少有点贡献。他们也许抵不住时代潮流的冲击而终于失掉自己的岗位甚至生命，但是他们所抱持的一些东西还是会存在的。

以上三类人，只是就笔者自己常见到的并且相当知道的说，自然不能包罗一切。但这三类人似乎都是这动乱时代的主要分子。笔者希望由于描写这三类人可以多少说明了这时代的局势。他们或多或少地认识了现实，也或多或少地抓住了现实；那后两类人一方面又都有着或近或远或小或大的理想。有用的是这两类人。那颓废者只是消耗，只是浪费，对于自己，对于社会都如此。那投机者扰害了社会的秩序，而终于也归到消耗和浪费一路上。到处摇头苦脸说着“没办法”的人不过无益，这些人简直是有害了。改造者自然是时代的领导人，但希望他们不至于操之过切，欲速不达。调整者原来可以与改造者相辅为用，但希望他们不至于保守太过，抱残守阙。这样维持着活的平衡，我们可以希望比较快地走入一个小康时代。

如面谈

朋友送来一匣信笺，笺上刻着两位古装的人，相对拱揖，一旁题了“如面谈”三个大字。是明代钟惺的尺牍选第一次题这三个字，这三个字恰说出了写信的用处。信原是写给“你”或“你们几个人”看的；原是“我”对“你”或“你们几个人”的私人谈话，不过是笔谈罢了。对谈的人虽然亲疏不等，可是谈话总不能像是演说的样子，教听话的受不了。写信也不能像作论的样子，教看信的受不了，总得让看信的觉着信里的话是给自己说的才成。这在乎各等各样的口气。口气合适，才能够“如面谈”。但是写信究竟不是“面谈”；不但不像“面谈”时可以运用声调表情姿态等等，并且老是自己的独白，没有穿插和掩映的方便，也比“面谈”难。写信要“如面谈”，比“面谈”需要更多的心思和技巧，并不是一下笔就能做到的。

可是在一种语言里，这种心思和技巧，经过多少代多少人的运用，渐渐地程式化。只要熟习了那些个程式，应用起来，“如面谈”倒也不见得怎样难。我们的文言信，就是久经程式化了的，写信的人利用那些程式，可以很省力地写成合适的，多多少少“如面谈”的信。若教他们写白话，倒不容易写成这样像信的信。《两般秋雨随笔》记着一个人给一个妇人写家信，那妇人要照她说的写，那人周章了半天，终归搁笔。他没法将她说的那些话写成一封像信的信。文言信是有样子的，白话信压根儿没有样子；那人也许觉得白话压根儿就不能用来写信。同样心理，测字先生代那些不识字的写信，也并不用白话；他们宁可用那些不通的文言，如“来信无别”之类。我们现在自然相信白话可以用来写信，而且有时也实行写白话信。但是常写白话文的人，似乎除了胡适之先生外，写给朋友的信，还是用文言的时候多，这只要翻翻现代书简一类书就会相信的。原因只是一个“懒”字。文言信有现成的程式，白话信得句句斟酌，好像作文一般，太费劲，谁老有那么大工夫？文言至今还能苟偷懒，慢慢找出些白话应用文的程式，文言就真“死”了。

林语堂先生在《论语录体之用》（《论语》二十六期）里说过：

一人修书，不曰“示悉”，而曰“你的芳函接到了”，不曰“至感”“歉甚”，而曰“很感谢你”“非常惭愧”，便是噜哩噜苏，文章不经济。

“示悉”“至感”“歉甚”，都是文言信的程式，用来确是很经济，很省力的。但是林先生所举的三句“噜哩噜苏”的白话，恐怕只是那三句文言的直译，未必是实在的例子。我们可以说“来信收到了”“感谢”“对不起”“对不起得很”，用不着绕弯儿从文言直译。若真有这样绕弯儿的，那一定是新式的测字先生！这几句白话似乎也是很现成，很经济的。字数比那几句相当的文言多些，但是一种文体有一种经济的标准，白话的字句组织与文言不同，它们其实是两种语言，繁简当以各自的组织为依据，不当相提并论。白话文固然不必全合乎口语，白话信却总该是越能合乎口语，才越能“如面谈”。这几个句子正是我们口头常用的，至少是可以上口的，用来写白话信，我想是合适的。

麻烦点儿的是“敬启者”“专此”“敬请大安”，这一套头尾。这是一封信的架子；有了它才像一封信，没有它就不像一封信。“敬启者”如同我们向一个人谈话，开口时用的“我对你说”那句子，“专此”“敬请大安”相当于谈话结束时用的“没有什么啦，再见”那句子。但是“面谈”不一定用这一套儿，往往只要一转脸向着那人，就代替了那第一句话，一点头就代替了那第二句话。这是写信究竟不“如面谈”的地方。现在写白话信，常是开门见山，没有相当于“敬启者”的套头。但是结尾却还是装上的多，可也只用“此祝健康！”“祝你进步！”“祝好！”一类，像“专此”“敬请大安”那样分截的形式是不见了。“敬启者”的渊源是很悠久的，司马迁《报任少卿书》开头一句是“太史公牛马走司马迁再拜言，少卿足下”，“再拜言”就是后世的“敬启者”。“少卿足下”在“再拜言”之下，和现行的格式将称呼在“敬启者”前面不一样。既用称呼开头，“敬启者”原不妨省去；现在还因循地写着，只是遗形物罢了。写白话信的人不理会这个，也是自然而然的。“专此”“敬请大安”下面还有称呼做全信的真结尾，也可算是遗形物，也不妨省去。但那“套头”差不多全剩了形式，这“套尾”多少还有一些意义，白话信里保存着它，不是没有理由的。

在文言信里，这一套儿有许多变化，表示写信人和受信人的身份。如给父母去信，就须用“敬禀者”“谨此”“敬请福安”，给前辈去信，就须用“敬肃者”“敬请道安”，给后辈去信，就须用“启者”“专泐”“顺问近佳”之类，用错了是会让人耻笑的——尊长甚至于还会生气。白话信的结尾，虽然还没讲究到这些，但也有许多变化；那些变化却只是修辞的变化，并不表明身份。因为是修辞的变化，所以不妨掉掉笔头，来点新鲜花样，引起看信人的趣味，不过总也得和看信人自身有些关切才成。如“敬祝抗战胜利”，虽然人同此心，但是“如面谈”的私人的信里，究竟嫌肤廓些。又如“谨致民族解放的敬礼”，除非写信人和受信人的双方或一方是革命同志，就不免不亲切的毛病。这都有些像演说或作论的调子。修辞的变化，文言的结尾里也有。如“此颂文祺”“敬请春安”“敬颂日祉”“恭请痊安”，等等，一时数不尽，这里所举的除“此颂文祺”是通用的简式外，别的都是应时应景的式子，不能乱用。写白话信的人既然不愿扔掉结尾，似乎就该试试多造些表示身份以及应时应景的式子。只要下笔时略略用些心，这是并不难的。

最麻烦的要数称呼了。称呼对于口气的关系最是直截的，一下笔就见出，拐不了弯儿。谈话时用称呼的时候少些，闹了错儿，还可以马虎一些。写信不能像谈话那样面对面的，用称呼就得多些；闹了错儿，白纸上见黑字，简直没个躲闪的地方。文言信里称呼的等级很繁多，再加上称呼底下带着的敬语，真是数不尽。开头的称呼，就是受信人的称呼，有时还需要重叠，如“父母亲大人”“仁兄大人”“先生大人”

等。现在“仁兄大人”等是少用了，却换了“学长我兄”之类；至于“父母亲”加上“大人”，依然是很普遍的。开头的称呼底下带着的敬语，有的似乎原是些位置词，如“膝下”“足下”；这表示自己的信不敢直率地就递给受信人，只放在他或他们的“膝下”“足下”，让他或他们得闲再看。有的原指伺候的人，如“阁下”“执事”；这表示只敢将信递给“阁下”的公差，或“执事”的人，让他们觑空儿转呈受信人看。可是用久了，用熟了，谁也不去注意那些意义，只当作敬语用罢了。但是这些敬语表示不同的身份，用的人是明白的。这些敬语还有一个紧要的用处。在信文里称呼受信人有时只用“足下”“阁下”“执事”就成；这些缩短了，替代了开头的那些繁琐的词儿——信文里并有专用的简短的称呼，像“台端”便是的。另有些敬语，却真的只是敬语，如“大鉴”“台鉴”“钧鉴”“勋鉴”“道鉴”等，“有道”也是的。还有些只算附加语，不能算敬语，像“如面”“如晤”“如握”，以及“览”“阅”“见字”“知悉”等，大概用于亲近的人或晚辈。

结尾的称呼，就是写信人的自称，跟带着的敬语，现在还通用的，却没有这样繁杂。“弟”用得最多，“小弟”“愚弟”只偶然看见。光头的名字，用得也最多，“晚”“后学”“职”也只偶然看见。其余还有“儿”“侄”等：“世侄”也用得着，“愚侄”却少——这年头自称“愚”的究竟少了。敬语是旧的“顿首”和新的“鞠躬”最常见；“谨启”太质朴，“再拜”太古老，“免冠”虽然新，却又不今不古的，这些都少用。对尊长通用“谨上”“谨肃”“谨禀”——“叩禀”“跪禀”有些稀罕了似的；对晚辈通用“泐”“字”等，或光用名字。

白话里用主词句子多些，用来写信，需要称呼的地方自然也多些。但是白话信的称呼似乎最难。文言信用的那些，大部分已经成了遗形物，用起来即使不至于觉得封建气，即使不至于觉得满是虚情假意，但是不亲切是真的。要亲切，自然得向“面谈”里去找。可是我们口头上的称呼，还在演变之中，凝成定型的绝无仅有，难的便是这个。我们现在口头上通用于一般人的称呼，似乎只有“先生”。而这个“先生”又不像“密斯忒”“麦歇”那样真可以通用于一般人。譬如英国大学里教师点名，总称“密斯忒某某”，中国若照样在点名时称“某某先生”，大家就觉得客气得过火点儿。“先生”之外，白话信里最常用的还有“兄”，口头上却也不大听见。这是从文言信里借来称呼比“先生”亲近些的人的。按说十分亲近的人，直写他的名号，原也未尝不可，难的是那些疏不到“先生”，又亲不到直呼名号的。所以“兄”是不可少的词儿——将来久假不归，也未可知。

更难的是称呼女人，刘半农先生曾主张将“密斯”改称“姑娘”，却只成为一时的谈柄；我们口头上似乎就没有一个真通用的称呼女人的词儿。固然，我们常说“某小姐”“某太太”，但写起信来，麻烦就来了。开头可以很自然地写下“某小姐”“某太太”，信文里再称呼却就绕手；还带姓儿，似乎不像信，不带姓儿，又像丫头老妈子们说话。只有我们口头上偶而一用的“女士”，倒可以不带姓儿，但是又有人嫌疑它生剌剌的。我想还是“女士”大方些，大家多用用就熟了。要不，不分男女都用“先生”也成，口头上已经有这么称呼的——不过显得太单调罢了。至于写白话信的人称呼自己，用“弟”的似乎也不少，不然就是用名字。“弟”自然是从文言信里借来的，虽然口头上自称“兄弟”的也有。光用名字，有时候嫌不大客气，这“弟”字也是不可少的，但女人给普通男子写信，怕只能光用名字，称“弟”既不男不女的，称“妹”显然又太亲近了——正如开头称“兄”一样。男人写给普通女子的信，不用说，也只能光用名字。白话信的称呼却都不带敬语，只自称下有时装上“鞠躬”“谨启”“谨上”，也都是借来的，可还是懒得装上的多。这不带敬语，却是欧化。那些敬语现在看来原够腻味的，一笔勾销，倒也利落，干净。

五四运动后，有一段儿还很流行称呼的欧化。写白话信的人开头用“亲爱的某某先生”或“亲爱的某某”，结尾用“你的朋友某某”或“你的真挚的朋友某某”，是常见的，近年来似乎不大有了，即使在青年人的信里。这一套大约是从英文信里抄袭来的。可是在英文里，口头的“亲爱的”和信上的“亲爱的”，亲爱的程度迥不一样。口头的得真亲爱的才用得上，人家并不轻易使唤这个词儿；信上的不论你是谁，认识的，不认识的，都得来那么一个“亲爱的”——用惯了，用滥了，完全成了个形式的敬语，像我们文言信里的“仁兄”似的。我们用“仁兄”，不管他“仁”不“仁”；他们用“亲爱的”，也不管他“亲爱的”不“亲爱的”。可是写成我们的文字，“亲爱的”就是不折不扣的亲爱的——在我们的语言里，“亲爱”真是亲爱，一向是不折不扣的——因此看上去老有些碍眼，老觉着过火点儿；甚至还肉麻呢。再说“你的朋友”和“你的真挚的朋友”。有人曾说“我的朋友”是标榜，那是用在公开的论文里的。我们虽然只谈不公开的信，虽然普通用“朋友”这词儿，并不能表示客气，也不能表示亲密，可是加上“你的”，大书特书，怕也免不了标榜气。至于“真挚的”，也是从英文里搬来的。毛病正和“亲爱的”一样。当然，要是给真亲爱的人写信，怎么写也成，上面用“我的心肝”，下面用“你的宠爱的叭儿狗”，都无不可，不过本文是就一般程式而论，只能以大方为主罢了。

白话信还有领格难。文言信里差不多是看不见领格的，领格表现在特种敬语里。如“令尊”“嫂夫人”“潭府”“惠书”“手教”“示”“大著”“鼎力”“尊裁”“家严”“内人”“舍下”“拙著”“绵薄”“鄙见”等等，比起别种程式，更其是数不尽。有些口头上有，大部分却是写信写出来的。这些足以避免称呼的重复，并增加客气。文言信除了写给子侄，是不能用“尔”“汝”“吾”“我”等词的，若没有这些敬语，遇到领格，势非一再称呼不可；虽然信文里的称呼简短，可是究竟嫌累赘些。这些敬语口头上还用着的，白话信里自然还可以用，如“令尊”“大著”“家严”“内人”“舍下”“拙著”等，但是这种非常之少。白话信里的领格，事实上还靠重复称呼，要不就直用“你”“我”字样。称呼的重复免不了累赘，“你”“我”相称，对于生疏些的人，也不合适。这里我想起了“您”字。国语的“您”可用于尊长，是个很方便的敬辞——本来是复数，现在却只用作单数。放在信里，做主词也好，做领格也好，既可以减少那累赘的毛病，也不至于显得太托熟似的。

写信的种种程式，作用只在将种种不同的口气标准化，只在将

“面谈”时的一些声调表情姿态等等标准化。熟悉了这些程式，无需句斟字酌，在口气上就有了一半的把握，就不难很省力地写成合适的，多多少少“如面谈”的信。写信究竟不是“面谈”，所以得这样办；那些程式有的并不出于“面谈”，而是写信写出来的，也就是为此。各色各样的程式，不是要笔头，不是掉枪花，都是实际需要逼出来的。文言信里还不免残存着一些不切用的遗物，白话信却只嫌程式不够用，所以我们不能偷懒，得斟酌情势，多试一些，多造一些。一番番自觉的努力，相信可以使白话信的程式化完成得更快些。

但是程式在口气的传达上至多只能帮一半忙，那一半还得看怎么写信文儿。这所谓“神而明之，存乎其人”，没什么可说的。不过这里可以借一个例子来表示同一事件可以有怎样不同的口气。胡适之先生说过这样一个故事：

有一裁缝，花了许多钱送他儿子去念书。一天，他儿子来了一封信。他自己不认识字，他的邻居一个杀猪的倒识字，不过识的字很少。他把信拿去叫杀猪的看。杀猪的说信里是这样的话，“爸爸！赶快给我拿钱来！我没有钱了，快给我钱！”裁缝说，“信里是这样地说吗！好！我让他从中学到大学念了这些年书，念得一点礼貌都没有了！”说着就难过起来。正在这时候，来了一个牧师，就问他为什么难过。他把原因一说，牧师说，“拿信来，我看看。”就接过信来，戴上眼镜，读道，“父亲老大人，我现在穷得不得了了，请你寄给我一点钱罢！寄给我半镑钱就够了，谢谢你。”裁缝高兴了，就寄两镑钱给他儿子。

（《中国禅学的发展史》讲演词，王石子记，一九三四年十二月十六日《北平晨报》）

有人说，日记和书信里，最能见出人的性情来，因为日记只给自己看，信只给一个或几个朋友看，写来都不做作。“不做作”可不是“信笔所之”。日记真不准备给人看，也许还可以“信笔所之”一下；信究竟是给人看的，虽然不能像演说和作论，可也不能只顾自己痛快，真的“信笔”写下去。“如面谈”不是胡帝胡天的，总得有“一点礼貌”，也就是一份客气。客气要大方，恰到好处，才是味儿，“如面谈”是需要火候的。

论东西

中国读书人向来不大在乎东西。“家徒四壁”不失为书生本色，做了官得“两袖清风”才算好官；爱积聚东西的只是俗人和贪吏，大家是看不起的。这种不在乎东西可以叫作清德。至于像《世说新语》里记的：

王恭从会稽还，王大看之，见其坐六尺簟，因语恭，“卿东来，故应有此物。可以一领及我。”恭无言。大去后，即举所坐者送之。既无余席，便坐荐上。后大闻之，甚惊曰，“吾本谓卿多，故求耳。”对曰，“丈人不悉恭，恭作人无长物。”

“作人无长物”也是不在乎东西，不过这却是达观了。后来人常说“身外之物，何足计较！”一类话，也是这种达观的表现，只是在另一角度下。不为物累，才是自由人，“清”是从道德方面看，“达”是从哲学方面看，清是不浊，达是不俗，是雅。

读书人也有在乎东西的时候，他们有的有收藏癖。收藏的可只是书籍，字画，古玩，邮票之类。这些人爱逛逛书店，逛逛旧货铺，地摊儿，积少也可成多，但是不能成为大收藏家。大收藏家总得沾点官气或商气才成。大收藏家可认真地在乎东西，书生的爱美的收藏家多少带点儿游戏三昧——他们随时将收藏的东西公诸同好，有时也送给知音的人，并不严封密裹，留着“子孙永宝用”。这些东西都不是实用品，这些爱美的收藏家也还不失为雅癖。日常的实用品，读书人是向来不在乎也不屑在乎的。事实上他们倒也短不了什么，一般地说，吃的穿的总有的。吃的穿的有了，别的短点儿也就没什么了。这些人可老是舍不得添置日用品，因此常跟太太们闹别扭。而在搬家或上路的时候，太太们老是要多带东西，他们老是要多丢东西，更会大费唇舌——虽然事实上是太太胜利的多。

现在读书人可也认真地在乎东西了，而且连实用品都一视同仁了。这两年东西实在涨得太快，电兔儿都追不上，一般读书人吃的穿的渐渐没把握；他们虽然还在勉力保持清德，但是那种达观却只好暂时搁在一边儿了。于是乎谈烟，谈酒，更开始谈柴米油盐布。这儿是第一回，先生们和太太们谈到一路上去了。酒不喝了，烟越抽越坏，越抽越少，而且在打主意戒了——将来收藏起烟斗烟嘴儿当古玩看。柴米油盐布老在想法子多收藏点儿，少消费点儿。什么都爱惜着，真做到了“一粥一饭当思来处不易”。这些人不但不再是痴聋的阿家翁，而且简直变成克家的令子了。那爱美的雅癖，不用说也得暂时地搁在一边儿。这些人除了职业的努力以外，就只在柴米油盐布里兜圈子，好像可怜见儿的。其实倒也不然。他们有那一把清骨头，够自己骄傲的。再说柴米油盐布里也未尝没趣味，特别是在现在这时候。例如今天忽然知道了油盐有公卖处，便宜那么多；今天知道了王老板家的花生油比张老板的每斤少五毛钱；今天知道柴涨了，幸而昨天买了三百斤收藏着。这些消息都可以教人带着胜利的微笑回家。这是挣扎，可也是消遣不是？能够在柴米油盐布里找着消遣的是有福的。在另一角度下，这也是达观或雅癖哪。

读书人大概不乐意也没本事改行，他们很少会摇身一变成为囤积居奇的买卖人的。他们现在虽然也爱惜东西，可是更爱惜自己；他们爱惜东西，其实也只能爱惜自己的。他们不用说爱惜自己需要的柴米油盐布，还有就只是自己箱儿笼儿里一些旧东西，书籍呀，衣服呀，什么的。这些东西跟着他们在自己的中国里流转了好多地方，几个年头，可是他们本人一向也许并不怎样在意这些旧东西，更不会跟它们亲热过一下子。可是东西越来越贵了，而且有的越来越少了，他们这才打开自己的箱笼细看，嘿！多么可爱呀，还存着这么多东西哪！于是乎一样样拿起来端详，越端详越有意思，越有劲儿，像多年不见的老朋友似的，不知道怎样亲热才好。有了这些，得闲儿就去摩挲一番，尽抵得上逛旧货铺，地摊儿，也尽抵得上喝一回好酒，抽几支好烟的。再说自己看自己原也跟别人看自己一般，压根儿是穷光蛋一个；这一来且不管别人如何，自己确是觉得富有了。瞧，寄售所，拍卖行，有的是，暴发户的买主有的是，今天拿去卖点儿，明天拿去卖点儿，总该可以贴补点儿吃的穿的。等卖光了，抗战胜利的日子也就到了，那时候这些读书人该是老脾气了，那时候他们会这样想，“一些身外之物算什么哪，又都是破烂儿！咱们还是等着逛书店，旧货铺，地摊儿罢。”

论无话说

编辑先生让写点稿子，先是延宕；不能再延宕了，拿起笔来；却无话说。但是得找话说，姑且就论无话说吧。

无话说这句话却"有"许多说法，各具各的意义；现在只就所想到的说。若有遗漏，盼望有人告诉我。

"无话""不在话下"：旧小说里常用这两句话。"无话"也许真正无话，也许有话之至，例如"一宿无话"。旧小说叙事，贵在原原本本，处处得"交代"明白，所以即便真正无话，也必说一句话以了之。现在读小说的聪明多了，这种废话，大概要淘汰掉了吧。"不在话下"原是搁下不谈。但近年来有人沿"不在眼下"的例，用作开玩笑的不敬语；说"某某如何如何，这且不在话下"，其词若有憾焉，还带点狎侮的味道。

"无言"："呜呼，予欲无言。"孔子显然感慨着生了气。可是有时"予欲无言"也用成欢喜赞叹的话。至于"无言"的常义是不用说的。

"不说""不谈""莫谈"："不说"就是不说；小孩子或情人的"不说""偏不说"，也许不乐意，也许撒娇。平常说话里，从前少用“不说”，现在人痛快些，渐渐有用的。是不便说，不愿说，或不乐意说；妙在老显着一股别扭劲儿——也可以说是一种姿态。“咱们不谈吧”“不谈这个吧”，有时是话不投机，有时是避人耳目。“莫谈国事”或“莫谈国是”是民国四五年间北京茶楼的标语，与“各照衣帽”同等地位。但后来似乎用开了。在茶楼上时，只是怕事的警告；用开了时却带着点愤愤不平之气了。

“不能说话”“不肯说话”“不赞一辞”“一言不发”“没有话说”“无话可说”：“现在不能说话”“这儿不能说话”，是有所畏忌的样子。不会说话也叫“不能说话”；不能进言也叫“不能说话”，意思是说不进话去；不能发言也叫“不能说话”，意思是不便或不配说话。“不肯说话”也许是不愿说话，也许是不愿发言或进言。“不赞一辞”原是“不能赞一辞”，是孔子太高明之故。可是又用作“不说什么”之意，仿佛袖手旁观似的。“一言不发”，也许不赞成，也许深沉，也许装傻，也许是个愣小子。“没有话说”有时候就是无话说，有时候是赞成；例如，“你要是出头主张，当然没有话说”。“无话可说”并非无话，而是无“可说的话”。自己可说的也许别人听不懂，听不进去，也许触犯时忌，得罪人；前者可不说，后者不可说。别人乐意听的，自己也往往觉得可以不说。至于像现在这个时势，你说天下太平，没有话说，或无话可说，都成。

“不用说”“不敢说”“不能谈”“不可言”“不可说”“说不上”“没说头”：“不用说”常读作甭说，作“自然”“当然”用，作本义用时，也有读“甭”的（宁波人说“费话来”，带着宁波人的很很之情，与国语又不同）。可是若说“这件事不用说啦”，却不如说“不用提啦”。“不敢说”就是没有胆量说；但若重读“说”字，便是“说不定”的别称；例如“这边怕要败吧？”“不敢说”。谈风不健叫“不能谈”；谈不上口（不值得谈）也叫“不能谈”。“不可言”略当于“眼花缭乱口难言”的“难言”，例如“妙不可言”；引申开去，也可以说“妙不可以酱油醋”。“不可说”除顺文直解外，又是法华经的名句，十足神秘气。“没说头”妙用于事是“无谓”，用于人是“轻贱”；这一句也许是“江北话”。

“说不出”“说不得”：未见世面的人，乍见世面，说不出话；气急脸红的人，说不出话；对于题目无所知的人，说不出话。至于满肚子才学，“说不出”，满肚子苦恼“说不出”，才真够瞧的。“说不得”是禁止或讥刺之词；但如“说不得，去走一趟吧！”就是没奈何了。

“不知所云”：仓皇失措时，是“不知所云”；话说得乱七八糟，也是“不知所云”。

悼何一公君

一公初病的一礼拜，有一天，他的同乡夏君匆匆地和我说：“一公病了；他请你给周刊帮忙。”那时我正要上课，不曾详问病情；以为总不过是寻常的病罢了。到了那礼拜六的傍晚，李健吾君因事找我，由他的稿子说到一公的病；我才知道一公的病很厉害，不过那两日已好些了。我和健吾约了晚饭后去看他。晚饭后我到医院去时，听差告诉我他已搬到协和医院去了。这使我吃了一惊，因为总是病又厉害了才到协和去的！我于是想下一个礼拜六进城去看他；哪里知道他到礼拜四便和我们撒手了！礼拜日的早上，我却去参加他的殡式，这真如做梦一般。

一公逝世的消息，是礼拜四那晚上，李惟果君在图书馆楼上告诉我的。那时我刚从一个宴会回来，正在图书馆检书；李君突然跑来和我说：“先生，你知道何鸿烈已死了？”我怔了一怔，觉得人间哀乐，真不可测，黯然而已。李君说他们这一级很不幸，周明群君之后，又弱了一个；而且两个都很不错！他说他们同级前回议纪念册事，大家说将这本纪念册“致献”于周明群君；并说这该是最后的可以“致献”的一个人了。谁知道还有何君呢？李君又说，一公初病时，他去看他，曾和他开玩笑道：“一公先生病了；几时死？我们好预备挽联与祭文。”一公也笑道："好，你快预备吧。"这些也竟都成了谶语，真是梦想不到的。

一公的死，谁也梦想不到的！便是他自己病着时，也想不到的！举殡那一天，他的同乡叶君告诉我，他不曾有一句遗言；他们曾几次试探，他始终没有觉得似的。他，一个活泼泼的少年，哪里会想到他竟要和死神见面呢？他真是一个活泼的人，又是一个极和蔼的人。他的死，凡相识的都同声悼惜；我想他是会被人常常记着的。

一公最会谈话。前年暑假后，我初到清华，同学中第一个来和我谈话的是他，我第一个认识的同学也是他。这因他是温州人，而我在温州教过书，所以我一到他就来看我。那是一个晚上；我们足谈了两个钟头。所谈的题目，我已不能记起，大约牵连得很远的。我只记着他的话和他谈话的神气都是很有趣的。以后他还和我长谈过一两回。有一回，孙春台君到清华来画菊花，住了一礼拜。他和一公也是朋友。一公晚上常来找他谈话；我只记得有一回他谈到两点钟才回宿舍去。第二天春台告诉我，他谈的是戏剧与政治，他将来所要专攻的，也就是这两科，他爱好戏剧，我是早知道的；他有志于政治，我是这回才晓得的。但他平常谈话，实在是说到戏剧时多。

他的爱好戏剧，爱好文学，似乎过于政治；我总是这样想。这由同学给他的"莎士比亚"的评号可以证明。他对于戏剧真是热心。他编过几种剧本，但我没有细看过；我在前年本校国庆庆祝会中，看过他编撰兼导演的一个戏。他后来虽谦逊着说不好，我觉得实是不错的。他对于本校的演剧，有种种计划；因缺乏帮助，都还未能实现。但李健吾君告我，一公病前还和他说，在最近的期间内，一定要演一回戏。现在是什么都完了！一公论戏剧，论文学，常有精警的话。去年暑假回南，我和他同船。有一晚，我们都在凭栏看月：月是正圆时，银光一片；下面是波涛澎湃，浪花不时地卷上，打得我们身上都湿了。一公和我谈论自然与创作；他的话都是很有分量的。

李惟果君告我，一公病前和他谈起最近的计划：说毕业后打算和他的未婚夫人去法国住两年；一九二九年回国应本校第一次留美公开考试，再到美国去。他的计划与志愿都好，但现在只是“虚空的虚空”罢了。我们又能说些什么呢？一公殓时，面上似乎还带着生时的微笑，我们知道他现在又怎么想呢？

悼王善瑾君

我与王善瑾君相处确只一年，但知道他是一个勤苦好学而又具有正确判断力的人。

他现在死了！他的朋友告诉我他的死信的时候，真使我失惊：这样一个有为的青年，竟这样草草完了他的一生！生死的道理，真是参不透的么？

但他的病来得这样快，只腹痛了两日，一切便都完了！他死在江苏阜宁县城；他家在离城很远的乡下。没有和家人见一面，他便撒了手，阜宁是个偏僻的地方，只有几个不中用的医生。他的病，没有人知道名字；他便这样糊里糊涂地死了。

他家本可勉强过活；但他一读书，便不得不负债了。他独自挣扎着，好容易才得到大学待了一年。他实在不能支持下去了，只得忍了心休学，想做点事，积些钱，过一年再来；他自己和我们，谁会想到他永远不能再来呢？

但若仍在清华，而不去办那一身兼编辑、校对、发行的报纸，或许不会有这样的病吧？就有，也不至于不可救吧？他在清华病过两三个月，后来似乎好了。这回或是复发的旧病，或是袭来的新病，无论如何，他若不在那样偏僻的地方，我们的希望总要多些。

他这几年的日子真不好过。他家因他受累，他不能不时时感到自己的责任；一面还得为自己张罗着。而家乡的腐败情形，他也十二分关心。他曾经使得绅士们不安，他们恨他，直到现在。

这种种引导他到死路上去，病或者只是一个最近的原因吧？我说生死的道理是参不透的，但他的生死却又似乎有些参得透的；所以更觉着可惜了。

他死后，他的朋友们告诉我他的一切；但他并不曾告诉过我什么，虽然我们是一个中学校里的先后同学。这见得他是能谨慎能忍耐的人，值得我们想念的。

白马湖

今天是个下雨的日子。这使我想起了白马湖；因为我第一回到白马湖，正是微风飘萧的春日。

白马湖在甬绍铁道的驿亭站，是个极小极小的乡下地方。在北方说起这个名字，管保一百个人一百个人不知道。但那却是一个不坏的地方。这名字先就是一个不坏的名字。据说从前（宋时？）有个姓周的骑白马入湖仙去，所以有这个名字。这个故事也是一个不坏的故事。假使你乐意搜集，或也可编成一本小书，交北新书局印去。

白马湖并非圆圆的或方方的一个湖，如你所想到的，这是曲曲折折大大小小许多湖的总名。湖水清极了，如你所能想到的，一点儿不含糊，像镜子。沿铁路的水，再没有比这里清的，这是公论。遇到旱年的夏季，别处湖里都长了草，这里却还是一清如故。白马湖最大的，也是最好的一个，便是我们住过的屋的门前那一个。那个湖不算小，但湖口让两面的山包抄住了。外面只见微微的碧波而已，想不到有那么大的一片。湖的尽里头，有一个三四十户人家的村落，叫作西徐岙，因为姓徐的多。这村落与外面本是不相通的，村里人要出来得撑船。后来春晖中学在湖边造了房子，这才造了两座玲珑的小木桥，筑起一道煤屑路，直通到驿亭车站。那是窄窄的一条人行路，蜿蜒曲折的，路上虽常不见人，走起来却不见寂寞——尤其在微雨的春天，一个初到的来客，他左顾右盼，是只有觉得热闹的。

春晖中学在湖的最胜处，我们住过的屋也相去不远，是半西式。湖光山色从门里从墙头进来，到我们窗前、桌上。我们几家接连着；丏翁的家最讲究。屋里有名人字画，有古瓷，有铜佛，院子里满种着花。屋子里的陈设又常常变换，给人新鲜的受用。他有这样好的屋子，又是好客如命，我们便不时地上他家里喝老酒。丏翁夫人的烹调也极好，每回总是满满的盘碗拿出来，空空的收回去。白马湖最好的时候是黄昏。湖上的山笼着一层青色的薄雾，在水里映着参差的模糊的影子。水光微微地暗淡，像是一面古铜镜。轻风吹来，有一两缕波纹，但随即平静了。天上偶见几只归鸟，我们看着它们越飞越远，直到不见为止。这个时候便是我们喝酒的时候。我们说话很少；上了灯话才多些，但大家都已微有醉意。是该回家的时候了。若有月光也许还得徘徊一会；若是黑夜，便在暗里摸索醉着回去。

白马湖的春日自然最好。山是青得要滴下来，水是满满的、软软的。小马路的两边，一株间一株地种着小桃与杨柳。小桃上各缀着几朵重瓣的红花，像夜空的疏星。杨柳在暖风里不住地摇曳。在这路上走着，时而听见锐而长的火车的笛声是别有风味的。在春天，不论是晴是雨，是月夜是黑夜，白马湖都好。雨中田里菜花的颜色最早鲜艳；黑夜虽什么不见，但可静静地受用春天的力量。夏夜也有好处，有月时可以在湖里划小船，四面满是青霭。船上望别的村庄，像是蜃楼海市，浮在水上，迷离惝恍的；有时听见人声或犬吠，大有世外之感。若没有月呢，便在田野里看萤火。那萤火不是一星半点的，如你们在城中所见；那是成千成百的萤火。一片儿飞出来，像金线网似的，又像要着许多火绳似的。只有一层使我愤恨。那里水田多，蚊子太多，而且几乎全闪闪烁烁是疟蚊子。我们一家都染了疟疾，至今三四年了，还有未断根的。蚊子多足以减少露坐夜谈或划船夜游的兴致，这未免是美中不足了。

离开白马湖是三年前的一个冬日。前一晚"别筵"上，有丏翁与云君，我不能忘记丏翁，那是一个真挚豪爽的朋友。但我也不能忘记云君，我应该这样说，那是一个可爱的——孩子。

哀互生

三月里刘薰宇君来信，说互生病了，而且是没有希望的病，医生说只好等日子了。四月底在《时事新报》上见到立达学会的通告，想不到这么快互生就殁了！后来听说他病中的光景，那实在太惨；为他想，早点去，少吃些苦头，也未尝不好的。但丢下立达这个学校，这班朋友，这班学生，他一定不甘心，不瞑目！

互生最叫我们纪念的是他做人的态度。他本来是一副铜筋铁骨，黑皮肤衬着那一套大布之衣，看去像个乡下人。他什么苦都吃得，从不晓得享用，也像乡下人。他心里那一团火，也像乡下人。那一团火是热，是力，是光。他不爱多说话，但常常微笑；那微笑是自然的，温暖的。在他看，人是可以互相爱着的，除了一些成见已深，不愿打开窗户说亮话的。他对这些人却有些憎恶，不肯假借一点颜色。世界上只有能憎的人才能爱；爱憎没有定见，只是毫无作为的角色。互生觉得青年成见还少，希望最多；所以愿意将自己的生命一滴不剩而献给他们，让爱的宗教在他们中间发荣滋长，让他们都走向新世界去。互生不好发议论，只埋着头干干干，是儒家的真正精神。我和他并没有深谈过，但从他的行事看来，相信我是认识他的。

互生办事的专心，少有人及得他。他办立达便饮食坐卧只惦着立达，再不想别的。立达好像他的情人，他的独子。他性情本有些狷介，但为了立达，也常去看一班大人先生，更常去看那些有钱可借的老板之类。他东补西凑地为立达筹款子，还要跑北京，跑南京。有一回他本可以留学去。但丢不下立达，到底没有去。他将生命献给立达，立达也便是他的生命。他办立达这么多年，并没有让多少人知道他个人的名字；他早忘记了自己。现在他那样壮健的身子到底为立达牺牲了。他殉了自己的理想，是有意义的。只是这理想刚在萌芽；我们都该想想，立达怎样才可不死呢？立达不死，互生其实也便不死了。

初到清华记

从前在北平读书的时候，老在城圈儿里待着。四年中虽也游过三五回西山，却从没来过清华；说起清华，只觉得很远很远而已。那时也不认识清华人，有一回北大和清华学生在青年会举行英语辩论，我也去听。清华的英语确是流利得多，他们胜了。那回的题目和内容，已忘记干净；只记得复辩时，清华那位领袖很神气，引着孔子的什么话。北大答辩时，开头就用了furiously一个字叙述这位领袖的态度。这个字也许太过，但也道着一点儿。那天清华学生是坐大汽车进城的，车便停在青年会前头；那时大汽车还很少。那是冬末春初，天很冷。一位清华学生在屋里只穿单大褂，将出门却套上厚厚的皮大氅。这种“行”和“衣”的路数，在当时却透着一股标劲儿。

初来清华，在十四年夏天。刚从南方来北平，住在朝阳门边一个朋友家。那时教务长是张仲述先生，我们没见面。我写信给他，约定第三天上午去看他。写信时也和那位朋友商量过，十点赶得到清华么，从朝阳门哪儿？他那时已经来过一次，但似乎只记得“长林碧草”——他写到南方给我的信这么说——说不出路上究竟要多少时候。他劝我八点动身，雇洋车直到西直门换车，免得老等电车，又换来换去的，耽误事。那时西直门到清华只有洋车直达；后来知道也可以搭香山汽车到海甸再乘洋车，但那是后来的事了。

第三天到了，不知是起得晚了些还是别的，跨出朋友家，已经九点挂零。心里不免有点儿急，车夫走得也特别慢似的。到西直门换了车。据车夫说本有条小路，雨后积水，不通了；那只得由正道了。刚出城一段儿还认识，因为也是去万生园的路；以后就茫然。到黄庄的时候，瞧着些屋子，以为一定是海甸了；心里想清华也就快到了吧，自己安慰着。快到真的海甸时，问车夫，“到了吧？”“没哪。这是海——甸。”这一下更茫然了。海甸这么难到，清华要何年何月呢？而车夫说饿了，非得买点儿吃的。吃吧，反正豁出去了。这一吃又是十来分钟。说还有三里多路呢。那时没有燕京大学，路上没什么看的，只有远处淡淡的西山——那天没有太阳——略略可解闷儿。好容易过了红桥，喇嘛庙，渐渐看见两行高柳，像穹门一般。十刹海的垂杨虽好，但没有这么多这么深，那时路上只有我一辆车，大有长驱直入的神气。柳树前一面牌子，写着“入校车马缓行”；这才真到了，心里想，可是大门还够远的，不用说西院门又骗了我一次，又是六七分钟，才真真到了。坐在张先生客厅里一看钟，十二点还欠十五分。

张先生住在乙所，得走过那“长林碧草”，那浓绿真可醉人。张先生客厅里挂着一副有正书局印的邓完白隶书长联。我有一个会写字的同学，他喜欢邓完白，他也有这一副对联；所以我这时如见故人一般。张先生出来了。他比我高得多，脸也比我长得多。一眼看出是个顶能干的人。我向他道歉来得太晚，他也向我道歉，说刚好有个约会，不能留我吃饭。谈了不大工夫，十二点过了，我告辞。到门口，原车还在，坐着回北平吃饭去。过了一两天，我就搬行李来了。这回却坐了火车，是从环城铁路朝阳门站上车的。

以后城内城外来往得多了，得着一个诀窍；就是在西直门一上洋车，且别想“到”清华，不想着不想着也就到了。香山汽车也搭过一两次，可真够瞧的。两条腿有时候简直无放处，恨不得不是自己的。有一回，在海甸下了汽车，在现在“西园”后面那个小饭馆里，拣了临街一张四方桌，坐在长凳上，要一碟苜蓿肉，两张家常饼，二两白玫瑰，吃着喝着，也怪有意思；而且还在那桌上写了《我的南方》一首歪诗。那时海甸到清华一路常有穷女人或孩子跟着车要钱。他们除“您修好”等等常用语句外，有时会说“您将来做校长”，这是别处听不见的。

清华的一日

早晨上两课。第一课国文，讲《史通叙事篇》。篇中力说叙事应该省句省字，但本文铺张排比的地方就不少。这是被当时骈体所限，不能冲出网罗的缘故。骈文宜于表情，记事说理，都不能精确。

第三课宋诗，讲王介甫《明妃曲》。宋人攻击王介甫，说他将明妃写成一个不忠君不爱国的人；其实是断章取义，故入人罪，细读全诗，王介甫所写的明妃还是那不忘汉的老明妃，不过加了些配角，说了些汉恩浅的话，以资映衬，以资翻新出奇而已。

本日星期三，十一时至十二时是看书样子的时候。浦江清、余冠英二先生分看五家的样子。样子不多，不到十二时就完了。在书单上签字的时候，见不拟购买的书名里有《白石山翁印存》和《印（寿石工先生）印存》。这两位是故都刻印的名手，时间又还早，便翻阅了一回。寿氏不废规矩，风华中却见工力，甲骨钟鼎小篆各体都有，所收以诗词句的印为多。齐氏朴拙苍老，独创一格，有时却不免粗野。所收以人名印为多；周作人、罗家伦、徐悲鸿的都在这里。

齐氏的脾气据说颇有点古怪。他家里润格单上印着许多话，教人不可和他讲价，惹他老年人生气。这《印存》里有“见贤思齐”一印，边款云：

旧京刊印者无多人，有一二少年皆受业于余，学成自夸师古，背其恩本。君子耻之，人格低矣。中年人于非厂，刻石真工，亦余门客。独仲子先生之刻，古工秀劲，殊能绝伦；其人品亦驾人上，余所佩仰，为刊此石。因先生有感人类之高下，偶尔记于先生之印侧，可笑也。

可以见此老之火气。又“不知有汉”一印，边款云：

余之刊印不能工，但脱离汉人窠臼而已。同侣多不称许。独松厂老人尝谓曰：“西施善颦，未闻东施见妒。”仲子先生刊印，古劲秀雅，高出一时，既倩余刊“见贤思齐”印，又倩刊此。欧阳永叔所谓有知己之恩，为余言也。

可以见此老之独创和自诩。

午后读王介甫诗。四时开评议会，通过清寒公费生章程的修正条文。晚读日本历史教科书。

北平沦陷那一天

二十六年七月二十七日的下午，风声很紧，我们从西郊搬到西单牌楼左近胡同里朋友的屋子里。朋友全家回南，只住着他的一位同乡和几个仆人。我们进了城，城门就关上了。街上有点乱，但是大体上还平静。听说敌人有哀的美敦书给我们北平的当局，限二十八日答复，实在就是叫咱们非投降不可。要不然，二十八日他们便要动手。我们那时虽然还猜不透当局的意思。但是看光景，背城一战是不可免的。

二十八日那一天，在床上便听见隆隆的声音。我们想，大概是轰炸西苑兵营了。赶紧起来，到胡同口买报去。胡同口正冲着西长安街。这儿有西城到东城的电车道，可是这当儿两头都不见电车的影子。只剩两条电车轨在闪闪地发光。街上洋车也少，行人也少。那么长一条街，显得空空的，静静的。胡同口，街两边走道儿上却站着不少闲人，东望望，西望望，都不做声，像等着什么消息似的。街中间站着一个警察，沉着脸不说话。有一个骑车的警察，扶着车和他咬了几句耳朵，又匆匆上车走了。

报上看出咱们是决定打了。我匆匆拿着报看着回到住的地方。隆隆的声音还在稀疏地响着。午饭匆匆地吃了。门口接二连三地叫“号外！号外！”买进来抢着看，起先说咱们抢回丰台，抢回天津老站了，后来说咱们抢回廊坊了，最后说咱们打进通州了。这一下午，屋里的电话铃也直响。有的朋友报告消息，有的朋友打听消息。报告的消息有的从地方政府里得来，有的从外交界得来，都和“号外”里说的差不多。我们眼睛忙着看号外，耳朵忙着听电话，可是忙得高兴极了。

六点钟的样子，忽然有一架飞机嗡嗡地出现在高空中。大家都到院子里仰起头看，想看看是不是咱们中央的。飞机绕着弯儿，随着弯儿，均匀地撒着一沓一沓的纸片儿，像个长尾巴似的。纸片儿马上散开了，纷纷扬扬的像蝴蝶儿乱飞。我们明白了，这是敌人打得不好，派飞机来撒传单冤人了。仆人们开门出去，在胡同里捡了两张进来，果然是的。满纸荒谬的劝降的话。我们略看一看，便撕掉扔了。

天黑了，白天里稀疏的隆隆的声音却密起来了。这时候屋里的电话铃也响得密起来了。大家在电话里猜着，是敌人在进攻西苑了，是敌人在进攻南苑了。这是炮声，一下一下响的是咱们的，两下两下响的是他们的。可是敌人怎么就能够打到西苑或南苑呢？谁都在闷葫芦里！一会儿警察挨家通知，叫塞严了窗户跟门儿什么的，还得准备些土，拌上尿跟葱，说是夜里敌人的飞机许来放毒气。我们不相信敌人敢在北平城里放毒气。但是仆人们照着警察吩咐的办了。我们焦急地等着电话里的好消息，直到十二点才睡。睡得不坏，模糊地凌乱地做着胜利的梦。

二十九日天刚亮，电话铃响了。一个朋友用确定的口气说，宋哲元、秦德纯昨儿夜里都走了！北平的局面变了！就算归了敌人了！他说昨儿的好消息也不是全没影儿，可是说得太热闹些。他说我们现在像从天顶上摔下来了，可是别灰心！瞧昨儿个大家那么焦急地盼望胜利的消息，那么热烈地接受胜利的消息，可见北平的人心是不死的。只要人心不死，最后的胜利终久是咱们的！等着瞧罢，北平是不会平静下去的，总有那么一天，咱们会更热闹一下。那就是咱们得着决定的胜利的日子！这个日子不久就会到来的！我相信我的朋友的话句句都不错！

重庆行记

这回暑假到成都看看家里人和一些朋友，路过陪都，停留了四日。每天真是东游西走，几乎车不停轮，脚不停步。重庆真忙，像我这个无事的过客，在那大热天里，也不由自主地好比在旋风里转，可见那忙的程度。这倒是现代生活现代都市该有的快拍子。忙中所见，自然有限，并且模糊而不真切。但是换了地方，换了眼界，自然总觉得新鲜些，这就乘兴记下了一点儿。

飞

我从昆明到重庆是飞的。人们总羡慕海阔天空，以为一片茫茫，无边无界，必然大有可观。因此以为坐海船坐飞机是“不亦快哉”！其实也未必然。晕船晕机之苦且不谈，就是不晕的人或不晕的时候，所见虽大，也未必可观。海洋上见的往往是一片汪洋，水，水，水。当然有浪，但是浪小了无可看，大了无法看——那时得躲进舱里去。船上看浪，远不如岸上，更不如高处。海洋里看浪，也不如江湖里，海洋里只是水，只是浪，显不出那大气力。江湖里有的是遮遮碍碍的，山哪，城哪，什么的，倒容易见出一股劲儿。“江间波浪兼云涌”为的是巫峡勒住了江水；“波撼岳阳城”，得有那岳阳城，并且得在那岳阳城楼上看。

不错，海洋里可以看日出和日落，但是得有运气。日出和日落全靠云霞烘托才有意思。不然，一轮呆呆的日头简直是个大傻瓜！云霞烘托虽也常有，但往往淡淡的，懒懒的，那还是没意思。得浓，得变，一眨眼一个花样，层出不穷，才有看头。这是可遇而不可求的。平生只见过两回的落日，都在陆上，不在水里。水里看见的，日出也罢，日落也罢，只是些傻瓜而已。这种奇观若是有意为之，大概白费气力居多。有一次大家在衡山上看日出，起了个大清早等着。出来了，出来了，有些人跳着嚷着。那时一丝云彩没有，日光直射，教人睁不开眼，不知那些人看到了些什么，那么跳跳嚷嚷的。许是在自己催眠吧。自然，海洋上也有美丽的日落和日出，见于记载的也有。但是得有运气，而有运气的并不多。

赞叹海的文学，描摹海的艺术，创作者似乎是在船里的少，在岸上的多。海太大太单调，真正伟大的作家也许可以单刀直入，一般离了岸却掉不出枪花来，像变戏法的离开了道具一样。这些文学和艺术引起未曾航海的人许多幻想，也给予已经航海的人许多失望。天空跟海一样，也大也单调。日月星的，云霞的文学和艺术似乎不少，都是下之视上，说到整个儿天空的却不多。星空，夜空还见点儿，昼空除了“青天”“明蓝的晴天”或“阴沉沉的天”一类词儿之外，好像再没有什么说的。但是初次坐飞机的人虽无多少文学艺术的背景帮助他的想象，却总还有那“天宽任鸟飞”的想象；加上别人的经验，上之视下，似乎不只是苍苍而已，也有那翻腾的云海，也有那平铺的锦绣。这就够揣摩的。

但是坐过飞机的人觉得也不过如此，云海飘飘拂拂地弥漫了上下四方，的确奇。可是高山上就可以看见；那可以是云海外看云海，似乎比飞机上云海中看云海还清切些。苏东坡说得好："不识庐山真面目，只缘身在此山中。"飞机上看云，有时却只像一堆堆破碎的石头，虽也算得天上人间，可是我们还是愿看流云和停云，不愿看那死云，那荒原上的乱石堆。至于锦绣平铺，大概是有的，我却还未眼见。我只见那"亚洲第一大水扬子江"可怜得像条臭水沟似的。城市像地图模型，房屋像儿童玩具，也多少给人滑稽感。自己倒并不觉得怎样藐小，却只不明白自己是什么玩意儿。假如在海船里有时会觉得自己是傻子，在飞机上有时便会觉得自己是丑角吧。然而飞机快是真的，两点半钟，到重庆了，这倒真是个"不亦快哉"！

热

昆明虽然不见得四时皆春，可的确没有一般所谓夏天。今年直到七月初，晚上我还随时穿上衬绒袍。飞机在空中走，一直不觉得热，下了机过渡到岸上，太阳晒着，也还不觉得怎样热。在昆明听到重庆已经很热。记得两年前端午节在重庆一间屋里坐着，什么也不做，直出汗，那是一个时雨时晴的日子。想着一下机必然汗流浃背，可是过渡花了半点钟，满晒在太阳里，汗珠儿也没有沁出一个。后来知道前两天刚下了雨，天气的确清凉些，而感觉既远不如想象之甚，心里也的确清凉些。

滑竿沿着水边一线的泥路走，似乎随时可以滑下江去，然而毕竟上了坡。有一个坡很长，很宽，铺着大石板。来往的人很多，他们穿着各样的短衣，摇着各样的扇子，真够热闹的。片段的颜色和片段的动作混成一幅斑驳陆离的画面，像出于后期印象派之手。我赏识这幅画，可是好笑那些人，尤其是那些扇子。那些扇子似乎只是无所谓地机械地摇着，好像一些无事忙的人。当时我和那些人隔着一层扇子，和重庆也隔着一层扇子，也许是在滑竿儿上坐着，有人代为出力出汗，会那样心地清凉罢。

第二天上街一走，感觉果然不同，我分别了重庆的热了。扇子也买在手里了。穿着成套的西服在大太阳里等大汽车，等到了车，在车里挤着，实在受不住，只好脱了上装，折起挂在膀子上。有一两回勉强穿起上装站在车里，头上脸上直流汗，手帕子简直揩抹不及，眉毛上，眼镜架上常有汗偷偷地滴下。这偷偷滴下的汗最教人担心，担心它会滴在面前坐着的太太小姐的衣服上，头脸上，就不是太太小姐，而是绅士先生，也够那个的。再说若碰到那脾气躁的人，更是吃不了兜着走。曾在北平一家戏园里见某甲无意中碰翻了一碗茶，泼些在某乙的竹布长衫上，某甲直说好话，某乙却一声不响地拿起茶壶向某甲身上倒下去。碰到这种人，怕会大闹街车，而且是越闹越热，越热越闹，非到宪兵出面不止。

话虽如此，幸而倒没有出什么岔儿，不过为什么偏要白白地将上装挂在膀子上，甚至还要勉强穿上呢？大概是为的绷一手儿罢。在重庆人看来，这一手其实可笑，他们的夏威夷短裤儿照样绷得起，何必要多出汗呢？这重庆人和我到底还隔着一个心眼儿。再就说防空洞罢，重庆的防空洞，真是大大有名、死心眼儿的以为防空洞只能防空，想不到也能防热的，我看沿街的防空洞大半开着，洞口横七竖八地安些床铺、马札子、椅子、凳子，横七竖八地坐着、躺着各样衣着的男人、女人。在街心里走过，瞧着那懒散的样子，未免有点儿烦气。这自然是死心眼儿，但是多出汗又好烦气，我似乎倒比重庆人更感到重庆的热了。

行

衣食住行，为什么却从行说起呢？我是行客，写的是行记，自然以为行第一。到了重庆，得办事，得看人，非行不可，若是老在屋里坐着，压根儿我就不会上重庆来了。再说昆明市区小，可以走路；反正住在那儿，这回办不完的事，还可以留着下回办，不妨从从容容的，十分忙或十分懒的时候，才偶尔坐回黄包车、马车或公共汽车。来到重庆可不能这么办，路远、天热，日子少、事情多，只靠两腿怎么也办不了。况这儿的车又相应、又方便，又何乐而不坐坐呢？

前几年到重庆，似乎坐滑竿最多，其次黄包车，其次才是公共汽车。那时重庆的朋友常劝我坐滑竿，因为重庆东到西长，有一圈儿马路，南到北短，中间却隔着无数层坡儿。滑竿可以爬坡，黄包车只能走马路，往往要兜大圈子。至于公共汽车，常常挤得水泄不通，半路要上下，得费出九牛二虎之力，所以那时我总是起点上终点下的多，回数自然就少。坐滑竿上下坡，一是脚朝天，一是头冲地，有些惊人，但不要紧，滑竿夫倒把得稳。从前黄包车下打铜街那个坡，却真有惊人的着儿，车夫身子向后微仰，两手紧压着车把，不拉车而让车子推着走，脚底下不由自主地忽紧忽慢，看去有时好像不点地似的，但是一个不小心，压不住车把，车子会翻过去，那时真的是脚不点地了，这够险的。所以后来黄包车禁止走那条街，滑竿现在也限制了，只准上坡时坐。可是公共汽车却大进步了。

这回坐公共汽车最多，滑竿最少。重庆的公用汽车分三类，一是特别快车，只停几个大站，一律廿五元，从哪儿坐到哪儿都一样，有些人常拣那候车人少的站口上车，兜个圈子回到原处，再向目的地坐；这样还比走路省时省力，比雇车省时省力省钱。二是专车，只来往政府区的上清寺和商业区的都邮街之间，也只停大站，廿五元。三是公共汽车，站口多，这回没有坐，好像一律十五元，这种车比较慢，行客要的是快，所以我没有坐。慢固然因停得多，更因为等得久。重庆汽车，现在很有秩序了，大家自动地排成单行，依次而进，坐位满人，卖票人便宣布还可以挤几个，意思是还可以“站”几个。这时愿意站的可以上前去，不妨越次，但是还得一个跟一个“挤”满了，卖票宣布停止，叫等下次车，便关门吹哨子走了。公共汽车站多价贱，排班老是很长，在腰站上，一次车又往往上不了几个，因此一等就是二三十分钟，行客自然不能那么耐着性儿。

衣

二十七年春初过桂林，看见满街都是穿灰布制服的，长衫极少，女子也只穿灰衣和裙子。那种整齐，利落，朴素的精神，叫人肃然起敬；这是有训练的公众。后来听说外面人去得多了，长衫又多起来了。国民革命以来，中山服渐渐流行，短衣日见其多，抗战后更其盛行。从前看不起军人，看不惯洋人，短衣不愿穿，只有女人才穿两截衣，哪有堂堂男子汉去穿两截衣的。可是时世不同了，男子倒以短装为主，女子反而穿一截衣了。桂林长衫增多，增多的大概是些旧长衫，只算是回光返照。可是这两三年各处却有不少的新长衫出现，这是因为公家发的平价布不能做短服，只能做长衫，是个将就局儿。相信战后材料方便，还要回到短装的，这也是一种现代化。

四川民众苦于多年的省内混战，对于兵字深恶痛绝，特别称为“二尺五”和“棒客”，列为一等人。我们向来有“短衣帮”的名目，是泛指，“二尺五”却是特指，可都是看不起短衣。四川似乎特别看重长衫，乡下人赶场或入市，往往头缠白布，脚蹬草鞋，身上却穿着青布长衫。是粗布，有时很长，又常东补一块，西补一块的，可不含糊是长衫。也许向来是天府之国，衣食足而后知礼义，便特别讲究仪表，至今还留着些流风余韵罢？然而城市中人却早就在赶时髦改短装了。短装原是洋派，但是不必遗憾，赵武灵王不是改了短装强兵强国吗？短装至少有好些方便的地方：夏天穿个衬衫短裤就可以大模大样地在街上走，长衫就似乎不成。只有广东天热，又不像四川在意小节，短衫裤可以行街。可是所谓短衫裤原是长裤短衫，广东的短衫又很长，所以还行得通，不过好像不及衬衫短裤的派头。

不过衬衫短裤似乎到底是便装，记得北平有个大学开教授会，有一位教授穿衬衫出入，居然就有人提出风纪问题来。三年前的夏季，在重庆我就见到有穿衬衫赴宴的了，这是一位中年的中级公务员，而那宴会是很正式的，座中还有位老年的参政员。可是那晚的确热，主人自己脱了上装，又请客人宽衣，于是短衫和衬衫围着圆桌子，大家也就一样了。西服的客人大概搭着上装来，到门口穿上，到屋里经主人一声“宽衣”，便又脱下，告辞时还是搭着走。其实真是多此一举，那么热还绷个什么呢？不如衬衫入座倒干脆些。可是中装的却得穿着长衫来去，只在室内才能脱下。西服客人累累赘赘带着上装，倒可以陪他们受点儿小罪，叫他们不至于因为这点不平而对于世道人心长吁短叹。

战时一切从简，衬衫赴宴正是“从简”。“从简”提高了便装的地位，于是乎造成了短便装的风气。先有皮夹克，春秋冬三季（在昆明是四季），大街上到处都见，黄的、黑的、拉链的、扣纽的、收底的、不收底边的，花样繁多。穿的人青年中年不分彼此，只除了六十以上的老头儿。从前穿的人多少带些个“洋”关系，现在不然，我曾在昆明乡下见过一个种地的，穿的正是这皮夹克，虽然旧些。不过还是司机穿的最早，这成了司机文化一个重要项目。皮夹克更是哪儿都可去，昆明我的一位教授朋友，就穿着一件老皮夹克教书、演讲、赴宴、参加典礼，到重庆开会，差不多是皮夹克为记。这位教授穿皮夹克，似乎在学晏子穿狐裘，三十年就靠那一件衣服，他是不是赶时髦，我不能冤枉人，然而皮夹克上了运是真的。

再就是我要说的这两年至少在重庆风行的夏威夷衬衫，简称夏威夷衫，最简称夏威衣。这种衬衫创自夏威夷，就是檀香山，原是一种土风。夏威夷岛在热带，译名虽从音，似乎也兼义。夏威夷衣自然只宜于热天，只宜于有“夏威”的地方，如中国的重庆等。重庆流行夏威衣却似乎只是近一两年的事。去年夏天一位朋友从重庆回到昆明，说是曾看见某首长穿着这种衣服在别墅的路上散步，虽然在黄昏时分，我的这位书生朋友总觉得不大像样子。今年我却看见满街都是的，这就是所谓上行下效罢？

夏威衣翻领像西服的上装，对襟面袖，前后等长，不收底边，不开衩儿，比衬衫短些。除了翻领，简直跟中国的短衫或小衫一般无二。但短衫穿不上街，夏威衣即可堂哉皇哉在重庆市中走来走去。那翻领是具体而微的西服，不缺少洋味，至于凉快，也是有的。夏威衣的确比衬衫通风；而看起来飘飘然，心上也爽利。重庆的夏威衣五光十色，好像白绸子黄咔叽居多，土布也有，绸的便更见其飘飘然，配长裤的好像比配短裤的多一些。在人行道上有时通过持续来了三五件夏威衣，一阵飘过去似的，倒也别有风味，参差零落就差点劲儿。夏威衣在重庆似乎比皮夹克还普遍些，因为便宜得多，但不知也会像皮夹克那样上品否。到了成都时，宴会上遇见一位上海新来的青年衬衫短裤入门，却不喜欢夏威衣（他说上海也有），说是无礼貌。这可是在成都、重庆人大概不会这样想吧？

《子恺漫画》代序

子恺兄：

知道你的漫画将出版，正中下怀，满心欢喜。

你总该记得，有一个黄昏，白马湖上的黄昏，在你那间天花板要压到头上来的，一颗骰子似的客厅里，你和我读着竹久梦二的漫画集。你告诉我那篇序做得有趣，并将其大意译给我听。我对于画，你最明白，彻头彻尾是一条门外汉。但对于漫画，却常常要像煞有介事地点头或摇头；而点头的时候总比摇头的时候多——虽没有统计，我肚里有数。那一天我自然也乱点了一回头。

点头之余，我想起初看到一本漫画，也是日本人画的。里面有一幅，题目似乎是《AA子爵の泪》（上两字已忘记），画着一个微侧的半身像：他严肃的脸上戴着眼镜，有三五颗双钩的泪珠儿，滴滴答答历历落落地从眼睛里掉下来。我同时感到伟大的压迫和轻松的愉悦，一个奇怪的矛盾！梦二的画有一幅——大约就是那画集里的第一幅——也使我有类似的感觉。那幅的题目和内容，我的记性真不争气，已经模糊得很。只记得画幅下方的左角或右角里，并排地画着极粗极肥又极短的一个“！”和一个“？”。可惜我不记得他们哥儿俩谁站在上风，谁站在下风。我明白（自己要脸）他们俩就是整个儿的人生的谜；同时又觉着像是那儿常常见着的两个胖孩子。我心眼里又是糖浆，又是姜汁，说不上是什么味儿。无论如何，我总得惊异；涂呀抹的几笔，便造起个小世界，使你又要叹气又要笑。叹气虽是轻轻的，笑虽是微微的，似一把锋利的裁纸刀，戳到喉咙里去，便可要你的命。而且同时要笑又要叹气，真是不当人子，闹着玩儿！

话说远了。现在只问老兄，那一天我和你说什么来着？——你觉得这句话有些儿来势汹汹，不易招架么？不要紧，且看下文——我说："你可和梦二一样，将来也印一本。"你大约不曾说什么；是的，你老是不说什么的。我之说这句话，也并非信口开河，我是真的那么盼望着的。况且那时你的小客厅里，互相垂直的两壁上，早已排满了那小眼睛似的漫画的稿；微风穿过它们间时，几乎可以听出飒飒的声音。我说的话，便更有把握。现在将要出版的《子恺漫画》，他可以证明我不曾说谎话。

你这本集子里的画，我猜想十有八九是我见过的。我在南方和北方与几个朋友空口白嚼的时候，有时也嚼到你的漫画。我们都爱你的漫画有诗意；一幅幅的漫画，就如一首首的小诗——带核儿的小诗。你将诗的世界东一鳞西一爪地揭露出来，我们这就像吃橄榄似的，老觉着那味儿。《花生米不满足》使我们回到惫懒的儿时，《黄昏》使我们沉入悠然的静默。你到上海后的画，却又不同。你那和平愉悦的诗意，不免要搀上了胡椒末；在你的小小的画幅里，便有了人生的鞭痕。我看了《病车》，叹气比笑更多，正和那天看梦二的画时一样。但是，老兄，真有你的，上海到底不曾太委屈你，瞧你那《买粽子》的劲儿！你的画里也有我不爱的：如那幅《楼上黄昏，马上黄昏》，楼上与马上的实在隔得太近了。你画过的《忆》里的小孩子，他也不赞成。

今晚起了大风。北方的风可不比南方的风，使我心里扰乱；我不再写下去了。

《萍因遗稿》跋

冯延巳词："风乍起，吹皱一池春水。"

《世说》："司马太傅斋中夜坐。于时天月明净，都无纤翳。太傅叹以为佳。谢景重答曰：'意谓乃不如微云点缀。'"

《惊梦》中杜丽娘唱："袅晴丝吹来闲庭院，摇漾春如线。"

世间有一种得已而不得已的事：风与水无干，却偏要去吹着。人与风与水无干，却偏要惦去着。其实吹了又怎样，惦着又怎样，当局者是不会想着的；只觉得点缀点缀也好而已。晴丝的袅娜，原是任运东西；她自己固然不想去管，怕也管不了的。晏同叔真有他的！"无可奈何"四个好轻巧的字，却能摄住了古今天下风风水水花花草草的魂儿！你说，"理他呢，过一会子就好了！"可是"好了也就了了"，你可甘心愿意？"凡蜜是一例酸的"，我们还不是得忍耐着！然而天下从此多事了。司马太傅戏谢景重曰："强欲滓秽太清耶？"我们大约也只好担上这个罪名吧。萍因有知，当不河汉吾言。

《子恺画集》跋

子恺将画集的稿本寄给我，让我先睹为快，并让我选择一番。这是很感谢的！

这一集和第一集，显然地不同，便是不见了诗词句图，而只留着生活的速写。诗词句图，子恺所作。尽有好的；但比起他那些生活的速写来，似乎较有逊色。第一集出世后，颇见到听到一些评论，大概都如此说。本集索性专载生活的速写，却觉得精彩更多。还有一个重要的不同，便是本集里有了工笔的作品。子恺告我，这是“摹虹儿”的。虹儿是日本的画家，有工笔的漫画集；子恺所摹，只是他的笔法，题材等等，还是他自己的。这是一种新鲜的趣味！落落不羁的子恺，也会得如此细腻风流，想起来真怪有意思的！集中几幅工笔画，我说没有一幅不妙。

集中所写，儿童和女子为多。我们知道子恺最善也最爱画杨柳与燕子；朋友平伯君甚至要送他“丰柳燕”的徽号。我猜这是因为他欢喜春天，所以紧紧地挽着她；至少不让她从他的笔底下溜过去。在春天里，他要开辟他的艺术的国土。最宜于艺术的国土的，物中有杨柳与燕子，人中便有儿童和女子。所以他自然而然地将他们收入笔端了。

第一集里，如《花生米不满足》《阿宝赤膊》《穿了爸爸的衣服》，都是很好的儿童描写。但那些还只是神气好，还只是描写。本集所收，却能为儿童另行创造一个世界。《瞻瞻的脚踏车》《阿宝两只脚，凳子四只脚》，才小试其锋而已；至于《瞻瞻的四梦》，简直是“再团，再炼，再调和，好依着你我的意思重新造过”了。我为了儿童，也为了自己，张开两臂，欢迎这个新世界！另有《憧憬》一幅，虽是味儿不同，也是象征着新世界的。在那《虹的桥》里，有着无穷无穷的美丽的国，我们是不会知道的！

《三年前的花瓣》《泪的伴侣》，似乎和第一集里《第三张笺》属于一类的，都很好。但《挑荠菜》《春雨》《断线鹞》《卖花女》《春昼》便自不同；这些是莫之为而为，无所为而为的一种静境，诗词中所有的。第一集中，只有《翠拂行人》一幅，可以相比。我说这些简直是纯粹的诗。就中《断线鹞》一幅里倚楼的那女子，和那《卖花女》，最惹人梦思。我指前者给平伯君说，这是南方的女人。别一个朋友也指着后者告我，北方是看不见这种卖花的女郎的。

《东洋与西洋》便是现在的中国，真宽大的中国！《教育》，教育怎样呢？

方光焘君真像。《明日的讲义》是刘心如君。他老是从从容容的；第一集里的《编辑者》，瞧那神儿！但是，《明日的讲义》可就苦了他也！我和他俩又好久不见了，看了画更惦着了。

想起写第一集的《代序》，现在已是一年零九天，真快哪！

《粤东之风》序

从民国六年，北京大学征集歌谣以来，歌谣的搜集成为一种风气，直到现在。梁实秋先生说，这是我们现今中国文学趋于浪漫的一个凭据。他说：

歌谣在文学里并不占最高的位置。中国现今有人极热心地搜集歌谣，这是对中国历来因袭的文学一个反抗，也是……“皈依自然”的精神的表现。

（《浪漫的与古典的》三十七页）

我想，不管他的论旨如何，他说的是实在情形；看了下面的刘半农先生的话，便可明白：

我以为若然文艺可以比作花的香，那么民歌的文艺，就可以比作野花的香。要是有时候，我们被纤丽的芝兰的香味熏得有些腻了，或者尤其不幸，被戴春林的香粉香，或者是coty公司的香水香，熏得头痛得可以，那么，且让我们走到野外去，吸一点永远清新的野花香来醒醒神罢。

（《瓦釜集》八十九页）

这不但说明了那“反抗”是怎样的，并且将歌谣的文学的价值，也具体地估计出来。我们现在说起歌谣，是容易联想到新诗上去。这两者的关系，我想不宜夸张地说；刘先生的话，固然很有分寸，但周启明先生的所论，似乎更具体些：他以为歌谣“可以供诗的变迁的研究，或做新诗创作的参考”——从文艺方面看。

严格地说，我以为在文艺方面，歌谣只可以“供诗的变迁的研究”；我们将它看作原始的诗而加以衡量，是最公平的办法。因为是原始的“幼稚的文体”，“缺乏细腻的表现力”，如周先生在另一文里所说，所以“做新诗创作的参考”，我以为还当附带相当的条件才行。歌谣以声音的表现为主，意义的表现是不大重要的，所以除了曾经文人润色的以外，真正的民歌，字句大致很单调，描写也极简略，直致，若不用耳朵去听而用眼睛去看，有些竟是浅薄无聊之至。固然用耳朵去听，也只是那一套靡靡的调子，但究竟是一件完成的东西；从文字上看，却有时竟粗糙得不成东西。我也承认歌谣流行中有民众的修正，但这是没计划，没把握的；我也承认歌谣也有本来精练的，但这也只是偶然一见，不能常常如此。歌谣的好处却有一桩，就是率真，就是自然。这个境界，是诗里所不易有；即有，也已加过一番烹炼，与此只相近而不相同。刘半农先生比作“野花的香”，很是确当。但他说的“清新”，应是对诗而言，因为歌谣的自然是诗中所无，故说是“清新”；就歌谣的本身说，“清”是有的，“新”却很难说，——我宁可说，它的材料与思想，大都是有一定的类型的。

在浅陋的我看来，“念”过的歌谣里，北京的和客家的，艺术上比较要精美些。北京歌谣的风格是爽快简炼，念起来脆生生的；客家歌谣的风格是缠绵曲折，念起来袅袅有余情，这自然只是大体的区别。其他各处的未免松懈或平庸，无甚特色；就是吴歌，佳处也怕在声音而不在文字。

不过歌谣的研究，文艺只是一方面，此外还有民俗学，言语学，教育，音乐等方面。我所以单从文艺方面说，只是性之所近的缘故。歌谣在文艺里，诚然“不占最高的位置”，如梁先生所说；但并不因此失去研究的价值。在学术里，只要可以研究，喜欢研究的东西，我们不妨随便选择；若必计较高低，估量大小，那未免是势利的见解。从研究方面论，学术总应是平等的；这是我的相信。所以歌谣无论如何，该有它独立的价值，只要不夸张地，恰如其分地看去便好。

这册《粤东之风》，是罗香林先生几年来搜集的结果，便是上文说过的客家歌谣。近年来搜集客家歌谣的很多，罗先生的比较是最后的，最完备的，只看他《前经采集的成绩》一节，便可知道。他是歌谣流行最少的兴宁地方的人，居然有这样成绩，真是难能可贵。他除排比歌谣之外，还做了一个系统的研究。他将客家歌谣的各方面，一一论到；虽然其中有些处还待补充材料，但规模已具。就中论客家歌谣的背景，及其与客家诗人的关系，最可注意；《前经采集的成绩》一节里罗列的书目，也颇有用。

就书中所录的歌谣看来，约有二种特色：一是比体极多，二是谐音的双关语极多。这两种都是六朝时“吴声歌曲”的风格，当时是很普遍的。现在吴歌里却少此种，反盛行于客家歌谣里，正是可以研究的事。“吴声歌曲”的“缠绵宛转”是我们所共赏；客家歌谣的妙处，也正在此。这种风格，在恋歌里尤多，——其实歌谣里，恋歌总是占大多数——也与“吴声歌曲”一样。这与北京歌谣之多用赋体，措语洒落，恰是一个很好的对比，各有各的胜境。

歌谣的研究，历史甚短。这种研究的范围，虽不算大，但要作总括的，贯通的处理，却也不是目前的事。现在只有先搜集材料随时作局部的整理。搜集的方法有两种：一是分地，二是分题；分题的如“看见她”。分地之中，京语，吴语，粤语的最为重要，因为这三种方言，各有其特异之处，而产生的文学也很多。（说本胡适之先生）所以罗先生的工作，是极有分量的。这才是第一集，我盼望他继续做下去。

我所见的清华精神

这半年来同事们和同学们常常谈到“清华精神”。自己虽然不是清华人，但是在校服务多年，对这个问题也感到很大的兴趣。有一回和一位同学谈话，曾经假定清华精神是“服务”。后来和钱伟长先生谈起，他似乎觉得清华精神是“独立的、批评的”，例如清华人到一个机关服务，往往喜欢表示自己的意见，不甘心苟同。我承认钱先生的看法，连带着他的例子，是有理由的。但是关于“服务”，我还请申说一下。

提到“服务”，很容易想到青年会。青年会的服务精神有它的好处和缺点，这里不想讨论。我所假定的清华的服务精神，跟青年会的不同。为清楚起见，我现在想改为“实干”。清华毕业生不论旧制新制，在社会的各部门里做中级干部的最多。顾樵先生十多年前说过这样的话，现在看来大体似乎还是如此。顾先生说这些中级干部是平实的工作者，他们的贡献虽然是点滴的，然而总起来看也够重大的。钱先生的看法是指出他们的不重世故。这正是为了重事，要实干，要认真地干。青年人讨厌世故，重实干，虽然程度不同，原是一般的趋向。不过清华跟都市隔得远些，旧制生出洋五年，更跟中国隔得远些，加上清华学生入学时一般年岁也许小些，因此这种现象就特别显著。有些人谈清华精神，强调在学时期的爱清洁守秩序等。乍看这些似乎是小事，可是实在是跟毕业后服务时期的按部就班的实干精神密切地联系着的。

有人也许觉得这种实干的精神固然很好，不过太强调了这种精神，有时会使人只见树而不见林。然而这是春秋责备贤者的话，能够一棵树一棵树地修整着，究竟是对林子有帮助的。

论说话的多少

圣经贤传都教我们少说话，怕的是惹祸，你记得金人铭开头就是“古之慎言人也。戒之哉！戒之哉！无多言！多言多败”。岂不森森然有点可怕的样子。再说，多言即使不惹祸，也不过颠倒是非，决非好事。所以孔子称“仁者，其言也讱”，又说“恶夫佞者”。苏秦张仪之流以及后世小说里所谓“掉三寸不烂之舌”的辩士，在正统派看来，也许比佞者更下一等。所以“沉默寡言”“寡言笑”，简直就成了我们的美德。

圣贤的话自然有道理，但也不可一概而论。假如你身居高位，一个字一句话都可影响大局，那自然以少说话，多点头为是。可是反过来，你如去见身居高位的人，那可就没有准儿。前几年南京有一位著名会说话的和一位著名不说话的都做了不小的官。许多人踌躇起来，还是说话好呢？还是不说话好呢？这是要看情形的：有些人喜欢说话的人，有些人不。有些事必得会说话的人去干，譬如宣传员；有些事必得少说话的人去干，譬如机要秘书。

至于我们这些平人，在访问，见客，聚会的时候，若只是死心眼儿，一个劲儿少说话，虽合于圣贤之道，却未见得就顺非圣贤人的眼。

要是熟人，处得久了，彼此心照，倒也可以原谅的；要是生人或半生半熟的人，那就有种种看法。他也许觉得你神秘，仿佛天上眨眼的星星；也许觉得你老实，所谓“仁者，其言也讱”；也许觉得你懒，不愿意卖力气；也许觉得你利害，专等着别人的话（我们家乡称这种人为“等口”）；也许觉得你冷淡，不容易亲近；也许觉得你骄傲，看不起他，甚至讨厌他。这自然也看你和他的关系，以及你的相貌神气而定，不全在少说话；不过少说话是个大原因。这么着，他对你当然敬而远之，或不敬而远之。若是你真如他所想，那倒是“求仁得仁”；若是不然，就未免有点冤哉枉也。民国十六年的时候，北平有人到汉口去回来，一个同事问他汉口怎么样。他说，“很好哇，没有什么。”话是完了，那位同事只好点点头走开。他满想知道一点汉口的实在情形，但是什么也没有得着；失望之余，很觉得人家是瞧不起他哪。但是女人少说话，却当别论；因为一般女人总比男人害臊，一害臊自然说不出什么了。再说，传统的压迫也太利害；你想男人好说话，还不算好男人，女人好说话还了得！（王熙凤算是会说话的，可是在《红楼梦》里，她并不算是个好女人。）可是——现在若有会说话的女人，特别是压倒男人的会说话的女人，恭维的人就一定多；因为西方动的文明已经取东方静的文明而代之，“沉默寡言”虽有时还用得着，但是究竟不如“议论风生”的难能可贵了。

说起“议论风生”，在传统里原来也是褒辞。不过只是美才，而不是美德；若是以德论，这个怕也不足重轻罢。现在人也还是看作美才，只不过看得重些罢了。

“议论风生”并不只是口才好；得有材料，有见识，有机智才成——口才不过机智，那是不够的。这个并不容易办到；我们平人所能做的只是在普通情形之下，多说几句话，不要太冷落场面就是。许多人喝下酒时生气时爱说话，但那是往往多谬误的。说话也有两路，一是游击式，一是包围式。有一回去看新从欧洲归国的两位先生，他们都说了许多话。甲先生从客人的话里选择题目，每个题目说不上几句话就牵引到别的上去。当时觉得也还有趣，过后却什么也想不出。乙先生也从客人的话里选题目，可是他却粘在一个题目上，只叙说在欧洲的情形。他并不用什么机智，可是说得很切实，让客人觉着有所得而去。他的殷勤，客人在口头在心上，都表示着谢意。

普通说话大概都用游击式；包围式组织最难，多人不能够，也不愿意去尝试。再说游击式可发可收，爱听就多说些，不爱听就少说些；我们这些人许犯贫嘴到底还不至于的。要说像“哑妻”那样，不过是法朗士的牢骚，事实上大致不会有。倒是有像老太太的，一句话重三倒四地说，也不管人家耳朵里长茧不长。这一层最难，你得记住哪些话在哪些人面前说过，才不至于说重了。有时候最难为情的是，你刚开头儿，人家就客客气气地问，“啊，后来是不是怎样怎样的？”包围式可麻烦得多。最麻烦的是人多的时候，说得半半拉拉的，大家或者交头接耳说他们自己的私话，或者打盹儿，或者东看看西看看，轻轻敲着指头想别的，或者勉强打起精神对付着你。这时候你一个人霸占着全场，说下去太无聊，不说呢，又收不住，真是骑虎之势。大概这种说话，人越多，时候越不宜长；各人的趣味不同，决不能老听你的——换题目另说倒成。说得也不宜太慢，太慢了怎么也显得长。曾经听过两位著名会说话的人说故事，大约因为唤起注意的缘故罢，加了好些个助词，慢慢地叙过去，足有十多分钟，算是完了；大家虽不至疲倦，却已暗中着急。声音也不宜太平，太平了就单调；但又丝毫不能做作。这种说话只宜叙说或申说，不能掺一些教导气或劝导气。长于演说的人往往免不了这两种气味。有个朋友说某先生口才太好，教人有戒心，就是这个意思。所以包围式说话要靠天才，我们平人只能学学游击式，至多规模较大而已。我们在普通情形之下，只不要像林之孝家两口子“一锥子扎不出话来”，也就行了。

欢喜老墓碑

欢喜老者，莫知其所从来，或云蓟州人。姓贾氏。山居岩处，人至其前，无贵贱老幼，恒嘻嘻说欢喜语不绝口，人人称为“欢喜老”，故名字莫得而知焉。居常好唱太平歌，歌多鄙俚；或涉儒墨，或涉黄老，语无伦次。人问之，益入于无稽，而莫知其所指。然味其辞，皆与父言慈，与子言孝，劝人安分为善以寻欢乐。故王公大人亦爱而近之。示之书，曰不识字；不知果识与否也。素性淡泊，与之鲜衣美食，亦不甚却，余则以周贫乏。得果饵，间袖以啖小儿。所至村童牧竖皆相随歌舞以为乐，遇大寒大暑，不火不扇。拂逆窘穷，喜笑如常。盖尘世间之荣枯得丧，了不足以犯其灵台者，数十年如一日也。于康熙六十年岁次辛丑七月二十三日，无疾而终，寿九十有四岁。此老也，殆得春气之多者欤？或曰，人禀五行之气而生，不可偏胜；太喜毗于阳，有道者不若是。余曰，不然。庄子云，人上寿百岁，中寿八十，下寿六十。除病瘦死丧尤患，其中开口而笑者，四五日而已。而此老独能无日不笑。余又闻之抱朴子云，人主有道，国有善政，则四七从度，五星不逆，霜不秋繁，雪不冬泄，喜瑞并臻，灾厉寝灭。此则天喜。今此老生天喜之世，继“歌衢”“击壤”之流，斯陶斯咏于化日之下者，将及百年，非有道者而能若是乎！今葬于树村大佛寺之后，建塔其上。恐其日久而渐泯也，乃刻石而揭之原。

六十一年壬寅四月初二日，善庆主人记。

右录碑文讫。

树村在北平北郊；从清华园后门去，约六七里。朋友里第一个发现这地方的是叶公超先生，是三年前的事了。他最爱出去走；清华园东沿溪一条小道，我们常常去散步的，也是他的发现。有一回他告诉我们说，有这么一个树村；村里一块“欢喜老墓碑”很好。他说欢喜老是清初人，也许是个明朝遗老的儿子。他又说那是个回教的村子；孩子们比较干净。

当时也想去看看那块碑，但我是懒走路的人，想想就算了。直到去年夏末秋初，一个朋友为了一个什么人苦闷得走投无路；我们夫妇想起树村，便约他去走走，解闷儿。那是下午。出了清华园后门，便是乡下；我们沿着土路向西北角迤逦而行，问了好几回人，过了好几回桥，才进了一个村口。路又阔又直又长，气象颇好；以为定是所谓树村，就是那有“欢喜老墓碑”的了。哪知这是正白旗，还得往西去。

走进树村，穿出一条窄窄的胡同，便到了正街上。准对胡同口是一个小摊儿，卖的也就是花生，烟卷之类，那摆摊儿的却胖得像一尊弥勒佛，一条腿瘸得利害，立起来就非靠杖不可。我们买了几个铜子花生剥着，一面问胖子“欢喜老墓碑”在哪儿。他说从没听见过这个碑。摊子原摆在一家油盐店门外，他便掉头问里面柜上的人；柜上的人也不知道。他教我们到村子那一头看看；那头有个庙。

街上倒也有五六家铺子，不知是不是下午的缘故，门前冷清清的。孩子不少，可是也不见得干净；前两年许好些。庙里设着私塾，一个戴老光眼镜的老先生正忙着听孩子们背书。孩子们将书放在先生桌角上，背过身去，摇摆着，嚷着；我想到三十年前自己的影子。庙里还是没有碑，我们已经打算回头走。只我偏不甘心，试向一个老和尚问了一句。他不说有，也不说没有，却教我们跟他走。原来碑就在庙后面田里。他问，是不是？一看，可不正是“欢喜老墓碑”！

碑身约高四五尺，座子约高三尺。额上雕着二龙戏珠，嵌着一个“寿”字，雕工粗糙得很。字近乎赵体，刻得很浅很随便。碑文有公安派气息；欢喜老是个游戏人间的人，他的墓碑也是游戏三昧——所谓文如其人，大约可以这么解吧。那时许多孩子围着；我们看碑，他们看我们。将花生送给他们吃，有的接，有的不接；一个十四五岁小姑娘还红了脸，我们那朋友说，她知道害羞呢。

今年夏末，教大儿和一个仆人同去抄那碑文。回来告诉，碑已经斜了；孩子们都问他们从哪儿来，是谁让来的；说有一回这块碑几乎让人偷走了。因为抄本有几个字不清楚，我们又自己去校了一回。碑果然斜了，但我疑心是土松了的缘故，未必真有这样雅贼。往回走时，天已薄暮，在村口却遇见一个疯子；问讯了几句，便东说西说，眼泪直流，又将我们认作他的亲人。他心里的委屈大概很多；但是村里女人孩子都在笑他，他们在区里叫出巡警来将他轰走了。

此碑未见著录；善庆主人也不知是谁。

蒙自杂记

我在蒙自住过五个月，我的家也在那里住过两个月。我现在常常想起这个地方，特别是在人事繁忙的时候。

蒙自小得好，人少得好。看惯了大城的人，见了蒙自的城圈儿会觉得像玩具似的，正像坐惯了普通火车的人，乍踏上个碧石小火车，会觉得像玩具似的一样。但是住下来，就渐渐觉得有意思。城里只有一条大街，不消几趟就走熟了。书店，文具店，点心店，电筒店，差不多闭了眼可以找到门儿。城外的名胜去处，南湖，湖里的崧岛，军山，三山公园，一下午便可走遍，怪省力的。不论城里城外，在路上走，有时候会看不见一个人。整个儿天地仿佛是自己的；自我扩展到无穷远，无穷大。这教我想起了台州和白马湖，在那两处住的时候，也有这种静味。

大街上有一家卖糖粥的，带着卖煎粑粑。桌子凳子乃至碗匙等都很干净，又便宜，我们联大师生照顾得特别多。掌柜是个四川人，姓雷，白发苍苍的。他脸上常挂着微笑，却并不是巴结顾客的样儿。他爱点古玩什么的，每张桌子上，竹器瓷器占着一半儿；糖粥和粑粑便摆在这些桌子上吃。他家里还藏着些“精品”，高兴的时候，会特地去拿来请顾客赏玩一番。老头儿有个老伴儿，带一个伙计，就这么活着，倒也自得其乐。我们管这个铺子叫“雷稀饭”，管那掌柜的也叫这名儿；他的人缘儿是很好的。

城里最可注意的是人家的门对儿。这里许多门对儿都切合着人家的姓。别地方固然也有这么办的，但没有这里的多。散步的时候边看边猜，倒很有意思。但是最多的是抗战的门对儿。昆明也有，不过按比例说，怕不及蒙自的多；多了，就造成一种氛围气，叫在街上走的人不忘记这个时代的这个国家。这似乎也算利用旧形式宣传抗战建国，是值得鼓励的。眼前旧历年就到了，这种抗战春联，大可提倡一下。

蒙自的正式宣传工作，除党部的标语外，教育局的努力，也值得记载。他们将一座旧戏台改为演讲台，又每天张贴油印的广播消息。这都是有益民众的。他们的经费不多，能够逐步做去，是很有希望的。他们又帮忙北大的学生办了一所民众夜校。报名的非常踊跃，但因为教师和坐位的关系，只收了二百人。夜校办了两三个月，学生颇认真，成绩相当可观。那时蒙自的联大要搬到昆明来，便只得停了。教育局长向我表示很可惜；看他的态度，他说的是真心话。蒙自的民众相当地乐意接受宣传。联大的学生曾经来过一次灭蝇运动。四五月间蒙自苍蝇真多。有一位朋友在街上笑了一下，一张口便飞进一个去。灭蝇运动之后，街上许多食物铺子，备了冷布罩子，虽然简陋，不能不说是进步。铺子的人常和我们说，“这是你们来了之后才有的呀。”可见他们是很虚心的。

蒙自有个火把节，四乡是在阴历六月二十四晚上，城里是二十五晚上。那晚上城里人家都在门口烧着芦秆或树枝，一处处一堆堆熊熊的火光，围着些男男女女大人小孩；孩子们手里更提着烂布浸油的火球儿晃来晃去的，跳着叫着，冷静的城顿然热闹起来。这火是光，是热，是力量，是青年。四乡地方空阔，都用一棵棵小树烧；想象着一片茫茫的大黑暗里涌起一团团的热火，光景够雄伟的。四乡那些夷人，该更享受这个节，他们该更热烈地跳着叫着罢。这也许是个祓除节，但暗示着生活力的伟大，是个有意义的风俗；在这抗战时期，需要鼓舞精神的时期，它的意义更是深厚。

南湖在冬春两季水很少，有一半简直干得不剩一点二滴儿。但到了夏季，涨得溶溶滟滟的，真是返老还童一般。湖堤上种了成行的由加利树；高而直的干子，不差什么也有“参天”之势。细而长的叶子，像惯于拂水的垂杨，我一站到堤上禁不住想到北平的十刹海。再加上崧岛那一带田田的荷叶，亭亭的荷花，更像十刹海了。崧岛是个好地方，但我看还不如三山公园曲折幽静。这里只有三个小土堆儿。几个朴素小亭儿。可是回旋起伏，树木掩映，这儿那儿更点缀着一些石桌石墩之类；看上去也罢，走起来也罢，都让人有点余味可以咀嚼似的。这不能不感谢那位李崧军长。南湖上的路都是他的军士筑的，崧岛和军山也是他重新修整的；而这个小小的公园，更见出他的匠心。这一带他写的匾额很多。他自然不是书家，不过笔势瘦硬，颇有些英气。

联大租借了海关和东方汇理银行旧址，是蒙自最好的地方。海关里高大的由加利树，和一片软软的绿草是主要的调子，进了门不但心胸一宽，而且周身觉得润润的。树头上好些白鹭，和北平太庙里的“灰鹤”是一类，北方叫作“老等”。那洁白的羽毛，那伶俐的姿态，耐人看，一清早看尤好。在一个角落里有一条灌木林的甬道，夜里月光从叶缝里筛下来，该是顶有趣的。另一个角落长着些芒果树和木瓜树，可惜太阳力量不够，果实结得不肥，但沾着点热带味，也叫人高兴。银行里花多，遍地的颜色，随时都有，不寂寞。最艳丽的要数叶子花。花是浊浓的紫，脉络分明活像叶，一丛丛的，一片片的，真是“浓得化不开”。花开的时候真久。我们四月里去，它就开了，八月里走，它还没谢呢。

回来杂记

回到北平来，回到原来服务的学校里，好些老工友见了面用道地的北平话道：“您回来啦！”是的，回来啦。去年刚一胜利，不用说是想回来的。可是这一年来的情形使我回来的心淡了，想象中的北平，物价像潮水一般涨，整个的北平也像在潮水里晃荡着。然而我终于回来了。飞机过北平城上时，那棋盘似的房屋，那点缀着的绿树，那紫禁城，那一片黄琉璃瓦，在晚秋的夕阳里，真美。在飞机上看北平市，我还是第一次。这一看使我联带地想起北平的多少老好处，我忘怀一切，重新爱起北平来了。

在西南接到北平朋友的信，说生活虽艰难，还不至如传说之甚，说北平的街上还跟从前差不多的样子。是的，北平就是粮食贵得凶，别的还差不离儿。因为只有粮食贵得凶，所以从上海来的人，简直松了一大口气，只说“便宜呀！便宜呀！”我们从重庆来的，却没有这样胃口。再说虽然只有粮食贵得凶，然而粮食是人人要吃日日要吃的。这是一个浓重的阴影，罩着北平的将来。但是现在谁都有点儿且顾眼前，将来，管得它呢！粮食以外，日常生活的必需品，大致看来不算少；不是必需而带点儿古色古香的那就更多。旧家具，小玩意儿，在小市里，地摊上，有得挑选的，价钱合式，有时候并且很贱。这是北平老味道，就是不大有耐心去逛小市和地摊的我，也深深在领略着。从这方面看，北平算得是“有”的都市，西南几个大城比起来真寒尘相了。再去故宫一看，吓，可了不得！虽然曾游过多少次，可是从西南回来这是第一次。东西真多，小市和地摊儿自然不在话下。逛故宫简直使人不想买东西，买来买去，买多买少，算得什么玩意儿！北平真“有”，真“有”它的！

北平不但在这方面和从前一样“有”，并且在整个生活上也差不多和从前一样闲。本来有电车，又加上了公共汽车，然而大家还是悠悠儿的。电车有时来得很慢，要等得很久。从前似乎不至如此，也许是线路加多，车辆并没有比例地加多吧？公共汽车也是来得慢，也要等得久。好在大家有的是闲工夫，慢点儿无妨，多等点时候也无妨。可是刚从重庆来的却有些不耐烦。别瞧现在重庆的公共汽车不漂亮，可是快，上车，卖票，下车都快。也许是无事忙，可是快是真的。就是在排班等着罢，眼看着一辆辆来车片刻间上满了客开了走，也觉痛快，比望眼欲穿地看不到来车的影子总好受些。重庆的公共汽车有时也挤，可是从来没有像我那回坐宣武门到前门的公共汽车那样，一面挤得不堪，一面卖票人还在中途站从容地给争着上车的客人排难解纷。这真闲得可以。

现在北平几家大型报都有几种副刊，中型报也有在拉人办副刊的。副刊的水准很高，学术气非常重。各报又都特别注重学校消息，往往专辟一栏登载。前一种现象别处似乎没有，后一种现象别处虽然有，却不像这儿的认真——几乎有闻必录。北平早就被称为“大学城”和“文化城”，这原是旧调重弹，不过似乎弹得更响了。学校消息多，也许还可以认为有点生意经；也许北平学生多，这么着报可以多销些？副刊多却决不是生意经，因为有些副刊的有些论文似乎只有一些大学教授和研究院学生能懂。这种论文原应该出现在专门杂志上，但目前出不起专门杂志，只好暂时委屈在日报的余幅上：这在编副刊的人是有理由的。在报馆方面，反正可以登载的材料不多，北平的广告又未必太多，多来它几个副刊，一面配合着这古城里看重读书人的传统，一面也可以镇静镇静这多少有点儿晃荡的北平市，自然也不错。学校消息多，似乎也有点儿配合着看重读书人的传统的意思。研究学术本来要悠闲，这古城里向来看重的读书人正是那悠闲的读书人。我也爱北平的学术空气。自己也只是一个悠闲的读书人，并且最近也主编了一个带学术性的副刊，不过还是觉得这么多的这么学术的副刊确是北平特有的闲味儿。

然而北平究竟有些和从前不一样了。说它“有”罢，它“有”贵重的古董玩器，据说现在主顾太少了。从前买古董玩器送礼，可以巴结个一官半职的。现在据说懂得爱古董玩器的就太少了。礼还是得送，可是上了句古话，什么人爱钞，什么人都爱钞了。这一来倒是简单明了，不过不是老味道了。古董玩器的冷落还不足奇，更使我注意的是中山公园和北海等名胜的地方，也萧条起来了。我刚回来的时候，天气还不冷，有一天带着孩子们去逛北海。大礼拜的，漪澜堂的茶座上却只寥寥的几个人。听隔家茶座的伙计在向一位客人说没有点心卖，他说因为客人少，不敢预备。这些原是中等经济的人物常到的地方；他们少来，大概是手头不宽心头也不宽了吧。

中等经济的人家确乎是紧起来了。一位老住北平的朋友的太太，原来是大家小姐，不会做家里粗事，只会做做诗，画画画。这回见了面，瞧着她可真忙。她告诉我，佣人减少了，许多事只得自己干；她笑着说现在操练出来了。她帮忙我捆书，既麻利，也还结实；想不到她真操练出来了。这固然也是好事，可是北平到底不和从前一样了。穷得没办法的人似乎也更多了。我太太有一晚九点来钟带着两个孩子走进宣武门里一个小胡同，刚进口不远，就听见一声："站住！"向前一看，十步外站着一个人，正在从黑色的上装里掏什么，说时迟，那时快，顺着灯光一瞥，掏出来的乃是一把明晃晃的尖刀！我太太大声怪叫，赶紧转身向胡同口跑，孩子们也跟着怪叫，跟着跑。绊了石头，母子三个都摔倒；起来回头一看，那人也转了身向胡同里跑。这个人穿得似乎还不寒尘，白白的脸，年轻轻的。想来是刚走这个道儿，要不然，他该在胡同中间等着，等来人近身再喊"站住！"这也许真是到了无可奈何才来走险的。近来报上常见路劫的记载，想来这种新手该不少罢。从前自然也有路劫，可没有听说这么多。北平是不一样了。

电车和公共汽车虽然不算快，三轮车却的确比洋车快得多。这两种车子的竞争是机械和人力的竞争，洋车显然落后。洋车夫只好更贱卖自己的劳力。有一回雇三轮儿，出价四百元，三轮儿定要五百元。一个洋车夫赶上来说，"我去，我去。"上了车他向我说要不是三轮儿，这么远这个价他是不干的。还有在雇三轮儿的时候常有洋车夫赶上来，若是不理他，他会说，“不是一样吗？”可是，就不一样！三轮车以外，自行车也大大地增加了。骑自行车可以省下一大笔交通费。出钱的人少，出力的人就多了。省下的交通费可以帮补帮补肚子，虽然是小补，到底是小补啊。可是现在北平街上可不是闹着玩儿的，骑车不但得出力，有时候还得拼命。按说北平的街道够宽的，可是近来常出事儿。我刚回来的一礼拜，就死伤了五六个人。其中王振华律师就是在自行车上被撞死的。这种交通的混乱情形，美国军车自然该负最大的责任。但是据报载，交通警察也很怕咱们自己的军车。警察却不怕自行车，更不怕洋车和三轮儿。他们对洋车和三轮儿倒是一视同仁，一个不顺眼就拳脚一齐来。曾在宣武门里一个胡同口看见一辆三轮儿横在口儿上和人讲价，一个警察走来，不问三七二十一，抓住三轮车夫一顿拳打脚踢。拳打脚踢倒从来如此，他却骂得怪，他骂道，“×你有民主思想的妈妈！”那车夫挨着拳脚不说话，也是从来如此。可是他也怪，到底是三轮车夫罢，在警察去后，却向着背影责问道，“你有权利打人吗？”这儿看出了时代的影子，北平是有点儿晃荡了。

别提这些了，我是贪吃得了胃病的人，还是来点儿吃的。在西南大家常谈到北平的吃食，这呀那的，一大堆。我心里却还惦记一样不登大雅的东西，就是马蹄儿烧饼夹果子。那是一清早在胡同里提着筐子叫卖的。这回回来却还没有吃到。打听住家人，也说少听见了。这马蹄儿烧饼用硬面做，用吊炉烤，薄薄的，却有点儿韧，夹果子（就是脆而细的油条）最是相得益彰，也脆，也有咬嚼，比起有心子的芝麻酱烧饼有意思得多。可是现在劈柴贵了，吊炉少了，做马蹄儿并不能多卖钱，谁乐意再做下去！于是大家一律用芝麻酱烧饼来夹果子了。芝麻酱烧饼厚，倒更管饱些。然而，然而不一样了。

抗战与诗

抗战以来的新诗，我读的不多。前些日子从朋友处借了些来看，并见到了《文艺月刊》七月号里的《四年来的新诗》一篇论文（论文题目大概如此，作者的名字已经记不起了），自己也有些意见。现在写在这里。

抗战以来的新诗的一个趋势，似乎是散文化。抗战以前新诗的发展可以说是从散文化逐渐走向纯诗化的路。为方便起见，用我在《新文学大系·诗集》《导言》里假定的名称来说明。自由诗派注重写景和说理。而一般的写景又只是铺叙而止，加上自由的形式，诗里的散文成分实在很多。格律诗派才注重抒情，而且是理想的抒情，不是写实的抒情。他们又努力创造“新格式”；他们的诗要有“音乐的美”“绘画的美”和“建筑的美”——诗行是整齐的。象征诗派倒不在乎格式，只要“表现一切”；他们虽用文字，却朦胧了文字的意义，用暗示来表现情调。后来卞之琳先生、何其芳先生虽然以敏锐的感觉为题材，又不相同，但是借暗示表现情调，却可以说是一致的。从格律诗以后，诗以抒情为主，回到了它的老家。从象征诗以后，诗只是抒情，纯粹的抒情，可以说钻进了它的老家。可是这个时代是个散文的时代，中国如此。世界也如此，诗钻进了老家，访问的就少了。抗战以来的诗又走到了散文化的路上，也是自然的。

从新诗开始的时候起，多少作者都在努力发现或创造新形式，足以替代五七言和词曲那些旧形式的。这种努力从胡适之先生所谓“自然的音节”起手。胡先生教人注意诗篇里词句的组织和安排，要达到“自然的和谐”的地步。他自己虽还不能摆脱旧诗词曲的腔调，但一般青年作者却都在试验白话的音节。一般新诗的形式确不是五七言诗，不是词曲，不是歌谣，而已是不成形式的新形式了。这就渐渐进展到格律诗。格律运动虽然当时好像失败了，但它的势力潜存着，延续着。象征诗开始时用自由的形式，可是后来也就多用格律了。

抗战以来的诗，注重明白晓畅，暂时偏向自由的形式。这是为了诉诸大众，为了诗的普及。抗战以来，一切文艺形式为了配合抗战的需要，都朝普及的方向走，诗作者也就从象牙塔里走上十字街头。他们可也用格律；就是用自由的形式，一般诗行也比自由诗派来得整齐些。他们的新的努力是在组织和词句方面容纳了许多散文成分。艾青先生和臧克家先生的长诗最容易见出。就连卞之琳先生的《慰劳信集》，何其芳先生的近诗，也都表示这种倾向。这时代诗里的散文成分是有意为之，不像初期自由诗派的只是自然的趋势。而这时代的诗采用的散文成分比自由诗派的似乎规模还要大些。这也可以说是民间化的趋势。抗战以来文坛上对于利用民间旧形式有过热烈的讨论。整个儿利用似乎已经证明不成，但是民间化这个意念却发生了很广大的影响。民间化自然得注重明白和流畅，散文化是必然的。而朗诵诗的提倡更是诗的散文化的一个显著的节目。不过话说回来，民间形式暗示格律的需要，朗诵诗虽在散文化，但为了便于朗诵，也多少需要格律。所以散文化民间化同时还促进了格律的发展。这正是所谓矛盾的发展。

诗的民间化还有两个现象：一是复沓多，二是铺叙多。复沓是歌谣的生命。歌谣的组织整个儿靠复沓，韵并不是必然的。歌谣的单纯就建筑在复沓上，现在的诗多用复沓，却只取其接近歌谣，取其是民间熟悉的表现法，因而可以教诗和大众接近些。还有，散文化的诗里用了重叠，便散中有整，也是一种调剂的技巧。详尽的铺叙是民间文艺里常见的，为的是明白易解而能引起大众的注意。简短地含蓄地写出，是难于诉诸大众的。现在的诗着意铺叙的，可以举柯仲平先生《平汉铁路工人破坏大队的产生》和老舍先生的《剑北篇》做例子。柯先生铺叙故事的节目，老舍先生铺叙景物的节目，可是他们有意在使诗民间化是一样的。《剑北篇》试用大鼓调，更为显然。因为民间化，这两篇长诗都有着整齐的形式。

抗战以来的新诗的另一个趋势是胜利的展望。这是全民族的情绪，诗以这个情绪为表现的中心，也是当然的，但是诗作者直接描写前线描写战争的却似乎很少。一般诗作者描写抗战，大都从侧面着笔。如我军的英勇，敌伪的懦怯或残暴，都从士兵或民众的口中叙出。这大概是经验使然。一般诗作者所熟悉的，努力的，是在大众的发现和内地的发现。他们发现大众的力量的强大，是我们抗战建国的基础。他们发现内地的广博和美丽，增强我们的爱国心和自信心。像艾青先生的《火把》和《向太阳》，可以代表前者；臧克家先生的《东线归来》以及

《淮上吟》，可以代表后者。《剑北篇》也属于后者。

《火把》跟《向太阳》的写法不同。如一位朋友所说，艾青先生有时还用象征的表现，《向太阳》就是的。《火把》却近乎铺叙了。这篇诗描写火把游行，正是大众的力量的表现，而以恋爱的故事结尾，在结构上也许欠匀称些。可是指示私生活的公众化一个倾向，而又不至于公式化，却是值得特别注意的。臧先生在创造新鲜的隐喻上见出他的本领，但是纪行体的诗有时不免散漫，《淮上吟》似乎就如此。《剑北篇》的铺叙也许有人觉得太零碎些，逐行用韵也许有人会觉得太铿锵些。但我曾请老舍先生自己朗读给我听；他只按语气的自然节奏读下去，并不重读韵脚。这也就觉得能够连贯一气，不让韵隔成一小片儿一小段儿的了。可见诗的朗读确是很重要的。

爱国诗

死去元知万事空，但悲不见九州同。

王师北定中原日，家祭无忘告乃翁！

这是南宋爱国诗人陆放翁（游）临终《示儿》的诗，直到现在还传诵着。读过法国都德的《柏林之围》的人，会想到陆放翁和那朱屋大佐分享着同样悲惨的命运；可是他们也分享着同样爱国的热诚。我说“同样”，是有特殊意义的。原来我们的爱国诗并不算少，汪静之先生的《爱国诗选》便是明证；但我们读了那些诗，大概不会想到朱屋大佐身上去。这些诗大概不外乎三个项目。一是忠于一朝，也就是忠于一姓。其次是歌咏那勇敢杀敌的将士。其次是对异族的同仇。所谓“非我族类，其心必异”。第二项可能只是一姓的忠良，也可能是“执干戈以卫社稷”的“国殇”。说“社稷”便是民重君轻，跟效忠一姓的不一样。《楚辞》的《国殇》所以特别教人注意，至少一半为了这个道理。第三项以民族为立场，范围便更广大。现在的选家选录爱国诗，特别注意这一种，所谓民族诗。社稷和民族两个意念凑合起来，多少近于我们现在所说的“国家”，但“理想的完整性”还不足；若说是“爱国”，

"理想的完美性"更不足。顾亭林第一个说出"天下兴亡，匹夫有责"这警句，提示了一个理想的完整的国家，确是他的伟大处。放翁还不能有这样明白的意念，但他的许多诗，尤其这首《示儿》诗里，确已多少表现了"国家至上"的理想；所以我们才会想到具有近代国家意念的朱屋大佐身上去。

放翁虽做过官，他的爱国热诚却不仅为了赵家一姓。他曾在西北从军，加强了他的敌忾；为了民族，为了社稷，他永怀着恢复中原的壮志。这种壮志常常表现在他的梦里；他用诗来描画这些梦。这些梦有些也许只是昼梦，睁着眼做梦，但可见他念兹在兹，可见他怎样将满腔的爱国热诚理想化。《示儿》诗是临终之作，不说到别的，只说"北定中原"，正是他的专一处。这种诗只是对儿子说话，不是甚么遗疏遗表的，用不着装腔作势，他尽可以说些别的体己的话；可是他只说这个，他正以为这是最体己的话。诗里说"元知万事空"，万事都搁得下；"但悲不见九州同"，只这一件搁不下。他虽说"死去"，虽然"'不见'九州同"，可是相信"王师"终有"北定中原日"，所以叮嘱他儿子"家祭无忘告乃翁"！教儿子"无忘"，正见自己的念念不"忘"。这是他的爱国热诚的理想化，这理想便是我们现在说的"国家至上"的信念的雏形，在这情形下，放翁和朱屋大佐可以说是"同样"的。过去的诗人里，也许只有他才配称为爱国诗人。

辛亥革命传播了近代的国家意念，五四运动加强了这意念。可是我们跑得太快了，超越了国家，跨上世界主义的路。诗人是领着大家走的，当然更是如此。这是发现个人发现自我的时代。自我力求扩大，一面向着大自然，一面向着全人类；国家是太狭隘了，对于一个是他自己的人。于是乎新诗诉诸人道主义，诉诸泛神论，诉诸爱与死，诉诸颓废的和敏锐的感觉——只除了国家。这当然还有错综而层折的因缘，此处无法详论。但是也有例外，如康白情先生《别少年中国》，郭沫若先生《炉中煤（眷念祖国的情绪）》等诗便是的。我们愿意特别举出闻一多先生；抗战以前，他差不多是唯一有意大声歌咏爱国的诗人。他歌咏爱国的诗有十首左右；《死水》里收了四首。且先看他的《一个观念》：

你隽永的神秘，你美丽的谎，
你倔强的质问，你一道金光，
一点儿亲密的意义，一股火，
一缥缈缈的呼声，你是什么？
我不疑，这因缘一点也不假，
我知道海洋不骗他的浪花。
既然是节奏，就不该抱怨歌。
啊，横暴的威灵，你降伏了我，
你降伏了我！他绚缦的长虹——
五千多年的记忆，你不要动，
如今我只问怎样抱得紧你……
你是那样的横蛮，那样的美丽！

这里国家的观念或意念是近代的；他爱的是一个理想的完整的中

国，也是一个理想的完美的中国。

这个国家意念是抽象的，作者将它形象化了。第一将它化作“你”，成了一个对面听话的。“五千多年的记忆”，这是中国的历史。“抱得紧你”就是“爱你”。怎样爱中国呢？中国“那样美丽”，“美丽”得像“谎”似的。它是“亲密的”，又是“神秘”的，怎样去爱呢？它“倔强的质问”为什么不爱它，又“缥缈的”呼喊人去爱它。我们该爱它，浪花是该爱海的；难爱也得爱，节奏是“不该抱怨歌”的。它“绚缦”得可爱，却又“横暴”得可怕；爱它，怕它，只得降了它。降了它为的爱，爱就得抱紧它。但是怎样“抱得紧”呢？作者彷徨自问；我们也都该彷徨自问的。陆放翁的《示儿》诗以“九州同”和“王师北定中原”两项具体的事件或理想为骨干。所谓“同”，指社稷，也指民族。“九州”便是二者的形象化。顾亭林说“匹夫”，也够具体的。但“一个观念”超越了社稷和民族，也统括了社稷和民族，是一个完整的意念，完整的理想；而且不但“提示”了，简直“代表”着，一个理想的完整的国家。这种抽象的国家意念，不必讳言是外来的，有了这种国家意念才有近代的国家。诗里形象化的手法也是外来的，却象征着表现着一个理想的完美的中国。可是理想上虽然完美，事实上不免破烂；所以作者彷徨自问，怎样爱它呢？真的，国民革命以来，特别是“九一八”以来，我们都在这般彷徨地自问着。——我们终于抗战了！

抗战以后，我们的国家意念迅速地发展而普及，对于国家的情绪达到最高潮。爱国诗大量出现。但都以具体的事件为歌咏的对象，理想的中国在诗里似乎还没有看见。当然，抗战是具体的、现实的。具体的节目太多了，现实的关系太大了，诗人们一方面俯拾即是，一方面利害切身，没工夫去孕育理想，也是真的。他们发现内地的美丽，民众的英勇，赞颂杀敌的英雄，预言最后的胜利，确是尽了最大的努力。但是我们的抗战，如我们的领导者屡次所昭示的，是坚贞的现实，也是美丽的理想。我们在抗战，同时我们在建国：这便是理想。理想是事实之母；抗战的种子便孕育在这个理想的胞胎中。我们希望这个理想不久会表现在新诗里。诗人是时代的前驱，他有义务先创造一个新中国在他的诗里。再说这也是时候了。抗战以来，第一次我们获得真正的统一；第一次我们每个国民都感觉到有一个国家——第一次我们每个人都感觉到中国是自己的。完整的理想已经变成完整的现实了，固然完美的中国还在开始建造中，还是一个理想；但我相信我们的国家意念已经发展到一个程度，我们可以借用美国一句话："我的国呵，对也罢，不对也罢，我的国呵。"（这句话可以有种种解释；这里是说，我国对也罢，不对也罢，我总不忍不爱它。）"如今我只问怎样抱得紧你……"，要"抱得紧"，得整个儿抱住；这得有整个儿理想，包孕着笼罩着片段的现实，也包孕着笼罩着整个的现实的理想。

现在我们再来看看《死水》里的《一句话》：

有一句话说出就是祸，
有一句话能点得着火。
别看五千年没有说破，

你猜得透火山的缄默？

说不定是突然着了魔，

突然青天里一个霹雳

爆一声

“咱们的中国！”

这话教我今天怎么说？

你不信铁树开花也可，

那么有一句话你听着：

等火山忍不住了缄默，

不要发抖，伸舌头，顿脚，

等到青天里一个霹雳

爆一声

“咱们的中国！”

现在，真的，铁树开了花，“火山忍不住缄默”，“那五千年没有说破”的“一句话”，那“青天里一个霹雳”似的一声，果然“爆”出来了。火已经点着了：说是“祸”也可，但是“祸兮福所倚”，六年半的艰苦抗战奠定了最后胜利的基础。最后的胜利必然是我们的。这首诗写在十七八年前头，却像预言一般，现在开始应验了。我们现在重读这首诗，更能感觉到它的意义和力量。它还是我们的预言：“咱们的中国！”这一句话正是我们人人心里的一句话，现实的，也是理想的。

憎

我生平怕看见干笑，听见敷衍的话；更怕冰搁着的脸和冷淡的言词，看了，听了，心里便会发抖。至于惨酷的佯笑，强烈的揶揄，那简直要我全身都痉挛般掣动了。在一般看惯、听惯、老于世故的前辈们，这些原都是“家常便饭”，很用不着大惊小怪地去张扬；但如我这样一个阅历未深的人，神经自然容易激动些，又痴心渴望着爱与和平，所以便不免有些变态。平常人可以随随便便过去的，我不幸竟是不能；因此增加了好些苦恼，减却了好些“生力”——这真所谓“自作孽”了！

前月我走过北火车站附近。马路上横躺着一个人：微侧着拳曲的身子。脸被一破芦苇遮了，不曾看见；穿着黑布夹袄，垢腻的淡青的衬里，从一处处不规则地显露，白斜纹的单裤，受了尘秽的沾染，早已变成灰色；双足是赤着，脚底满涂着泥土，脚面满积着尘垢，皮上却绉着网一般的细纹，映在太阳里，闪闪有光。这显然是一个劳动者的尸体了。一个不相干的人死了，原是极平凡的事；况是一个不相干又不相干的劳动者呢？所以围着看的虽有十余人，却都好奇地睁着眼，脸上的筋肉也都冷静而弛缓。我给周遭的冷淡噤住了；但因为我的老脾气，终于茫漠地想着：他的一生是完了；但于他曾有什么价值呢？他的死，自然，不自然呢？上海像他这样人，知道有多少？像他这样死的，知道一日里又有多少？再推到全世界呢？……这不免引起我对于人类运命的一种杞忧了！但是思想忽然转向，何以那些看闲的，于这一个同伴的死如此冷淡呢？倘然死的是他们的兄弟，朋友，或相识者，他们将必哀哭切齿，至少也必惊惶；这个不识者，在他们却是无关得失的，所以便漠然了？但是，果然无关得失么？"叫天子一声叫"，尚能"撕去我一缕神经"，一个同伴悲惨的死，果然无关得失么？一人生在世，倘只有极少极少的所谓得失相关者顾念着，岂不是太孤寂又太狭隘了么？狭隘，孤寂的人间，哪里有善良的生活！唉！我不愿再往下想了！

这便是遍满现世间的"漠视"了。我有一个中学同班的同学。他在高等学校毕了业；今年恰巧和我同事。我们有四五年不见面，不通信了；相见时我很高兴，滔滔汩汩地向他说知别后的情形；称呼他的号，和在中学时一样。他只支持着同样的微笑听着。听完了，仍旧支持那微笑，只用极简单的话说明他中学毕业后的事，又称了我几声"先生"。我起初不曾留意，陡然发见那干涸的微笑，心里先有些怯了；接着便是那机器榨出来的几句话和"敬而远之"的一声声的"先生"，我全身都不自在起来；热烈的想望早冰结在心坎里！可是到底鼓勇说了这一句话："请不要这样称呼罢；我们是同班的同学哩！"他却笑着不理会，只含糊应了一回；另一个"先生"早又从他嘴里送出了！我再不能开口，只蜷缩在椅子里，眼望着他。他觉得有些奇怪，起身，鞠躬，告辞。我点了头，让他走了。这时羞愧充满在我心里；世界上有什么东西在我身上，使人弃我如敝屣呢？

约莫两星期前，我从大马路搭电车到车站。半路上上来一个魁梧奇伟的华捕。他背着手直挺挺地靠在电车中间的转动机上。穿着青布制服，戴着红缨凉帽，蓝的绑腿，黑的厚重的皮鞋：这都和他别的同伴一样。另有他的一张粗黑的盾形的脸，在那脸上表现出他自己的特色。在那脸，嘴上是抿了，两眼直看着前面，筋肉像浓霜后的大地一般冷重；一切有这样的严肃，我几乎疑惑那是黑的石像哩！从他上车，我端详了好久，总不见那脸上有一丝的颤动；我忽然感到一种压迫的感觉，仿佛有人用一条厚棉被连头夹脑紧紧地捆了我一般，呼吸便渐渐地低迫促了。那时电车停了；再开的时候，从车后匆匆跑来一个贫妇。伊有褴褛的古旧的浑沌色的竹布长褂和裤；跑时只是用两只小脚向前挣扎，蓬蓬的黄发纵横地飘拂着；瘦黑多皱襞的脸上，闪烁着两个热望的眼珠，嘴唇不住地开合——自然是喘息了。伊大概有紧要的事，想搭乘电车。来得慢了，捏捉着车上的铁柱。早又被它从伊手里滑去；于是伊只有踉踉跄跄退下了！这时那位华捕忽然出我意外，赫然地笑了；他看着拙笨的伊，叫道：“哦——呵！”他颊上，眼旁，霜浓的筋肉都开始显出匀称的皱纹；两眼细而润泽，不似先前的枯燥；嘴是咧开了，露出两个灿灿的金牙和一色洁白的大齿；他身体的姿势似乎也因此变动了些。他的笑虽然暂时地将我从冷漠里解放；但一刹那间，空虚之感又使我几乎要被身份的大气压扁！因为从那笑的貌和声里，我锋利地感着一切的骄傲，狡猾，侮辱，残忍；只要有“爱的心”“和平的光芒”的，谁的全部神经能不被痉挛般掣动着呢？

这便是遍满现世间的“蔑视”了。我今年春间，不自量力，去任某校教务主任。同事们多是我的熟人，但我于他们，却几乎是个完全的生人；我遍尝漠视和膜视的滋味，感到莫名的孤寂！那时第一难事是拟订日课表。因了师生们关系的复杂，校长交来三十余条件；经验缺乏、脑筋简单的我，真是无所措手足！挣揣了五六天工夫，好容易勉强凑成了。却有一位在别校兼课的，资望深重的先生，因为有几天午后的第一课和别校午前的第四课衔接，两校相距太远，又要回家吃饭，有些赶不及，便大不满意。他这兼课情形，我本不知，校长先生的条件里，也未开入；课表中不能顾到，似乎也“情有可原”。但这位先生向来是面若冰霜，气如虹盛；他的字典里大约是没有“恕”字的，于是挑战的信来了，说什么“既难枵腹，又无汽车；如何设法，还希见告”！我当时受了这意外的，滥发的，冷酷的讽刺，极为难受；正是满肚皮冤枉，没申诉处，我并未曾有一些开罪于他，他却为何待我如仇敌呢？我便写一信复他，自己略略辩解；对于他的态度，表示十分的遗憾：我说若以他的失当的谴责，便该不理这事，可是因为向学校的责任，我终于给他设法了。他接信后，“上诉”于校长先生。校长先生请我去和他对质。狡黠的复仇的微笑在他脸上，正和有毒的菌类显着光怪陆离的彩色一般。他极力说得慢些，说低些：“为什么说‘便该不理’呢？课表岂是‘钦定’的么？——若说态度，该怎样啊！许要用‘请愿’罢？”这里每一个字便像一把利剑，缓缓地，但是深深地，刺入我心里！——他完全胜利，脸上换了愉快的微笑，侮蔑地看着默了的我，我不能再支持，立刻辞了职回去。

这便是遍满现世间的“敌视”了。

小舱中的现代

“洋糖百合稀饭，三个铜板一碗，那个吃的？”

“竹耳扒，破费你老人家一个板；只当空手要的！”

“吃面吧，那个吃饺面吧？”

“潮糕要吧？开船早哩！”

“行好的大先生，你可怜可怜我们娘儿俩啵——肚子饿了好两天罗！”

“梨子，一角钱五个，不甜不要钱！”

“到扬州住那一家？照顾我们吧；有小房间，二角八分一天！”

“看份报消消遣？”

“花生、高粱酒吧？”

“铜锁要吧？带一把家去送送人！”

“郭郭郭郭”，一叠春画儿闪过我的眼前；卖者眼里的声音，“要吧！”

“快开头了，贱卖啦，梨子，一角钱八个，那个要哩？”

拥拥挤挤堆堆迭迭间，只剩了尺来宽的道儿；在溷浊而紧张的空气里，一个个畸异的人形，憧憧地赶过了——梯子上下来，梯子上上去。

上去，上去！

下来，下来！

灰与汗涂着张张黄面孔，炯炯地有饥饿的眼光；笑的两颊，叫的口，捡点的手，更都有着异样的展开的曲线，显出努力的痕迹；就像饿了的野兽们本能地想攫着些鲜血和肉一般，他们也被什么驱迫着似的，想攫着些黯淡的铜板，白亮的角子！在他们眼里，舱里拥挤着的堆叠着的，正是些铜元和角子！——只饰着人形罢了，只饰着人形罢了。

可是他们试试攫取的时候，人形们也居然反抗了；于是开始了那一番战斗！小舱变了战场，他们变了战士，我们是被看做了敌人！

从他们的叫嚣里，我听出杀杀的喊呼；从他们的顾盼里，我觉出索索的颤抖；从他们的招徕里，我看出他们受伤似的挣扎。

而掠夺的贪婪，对待的残酷，隐约在他们间，也正和在沙场上兵们间一样！这也是大战了哩。

我，参战的一员，从小舱的一切里，这样，这样，悄然认识了那窒着息似的现代了。

细　雨

东风里，

掠过我脸边，

星呀星的细雨，

是春天的绒毛呢。

赠 友

你的手像火把，你的眼像波涛，你的言语如石头，

怎能使我忘记呢？你飞渡洞庭湖，你飞渡扬子江；

你要建红色的天国在地上！地上是荆棘呀，地上是狐兔呀，

地上是行尸呀；你将为一把快刀，披荆斩棘的快刀！

你将为一声狮子吼，狐兔们披靡奔走！你将为春雷一震，

让行尸们惊醒！我爱看你的骑马，在尘土里驰骋——

一会儿，不见踪影！我爱看你的手杖，那铁的铁的手杖；

它有颜色，有斤两，有铮铮的声响！

我想你是一阵飞沙走石的狂风，要吹倒那不能摇撼的黄金的王宫！

那黄金的王宫！呜——吹呀！去年一个夏天大早我见着你：

你何其憔悴呢？你的眼还涩着，你的发太长了！

但你的血的热加倍地熏灼着！在灰泥里辗转的我，

仿佛被焙炙着一般！——你如郁烈的雪茄烟，

你如酽酽的白兰地，你如通红通红的辣椒，我怎能忘记你呢？

杂 感

万千风雨逼人来，世事都成劫里灰。

秋老干戈人老病，中天皓月几时回？

古　风

举步荆榛，极目烟尘，请君看此好河山。
薄水深渊，持危扶颠，吾侪相勉为其难。
同学少年，同学少年，一往气无前。
极深研几，赏奇析疑，毋忘弼时荷肩。
殊涂同归，矢志莫违，吾侪所贵者同心。
切莫逡巡，切莫浮沉，岁月不待人。

七律平生感怀

盛年今已尽蹉跎，游骑无归可奈何？
转眼行看四十至，无闻还畏后生多。
前尘项背遥难望，当世权衡苦太苛。
剩欲向人贾余勇，漫将顽石自磋磨。

忆诸儿

平生六男女，昼夜别情牵。
逝母悲黄口，游兵警故廛。
笑啼如昨日，梨栗付谁边。
最忆迎兼迈，相离已四年。

无　题

莽莽洞庭湖，五日两飞渡。
雪浪拍长空，阴森疑鬼怒。
问今何所世？豺虎满道路。
禽狝歼除之，我行适我素。
莽莽洞庭湖，五日两飞渡。
秋水含落晖，彩霞如赤柱。
问将为何世，共产均贫富。
惨淡经营之，我行适我素。

无　题

月余断行迹，重过夕阳残。
他日轻离别，兹来恻肺肝。
居人半相识，故宇不堪看。
向晚悲风起，萧萧枯树寒。
三年于此住，历历总堪悲。
深浅持家计，恩勤育众儿。
生涯刚及壮，沈痼竟难支。
俯仰幽明隔，白头空自期。
相从十余载，耿耿一心存。
恒值姑嫜怨，频经战伐掀。

靡他生自矢，偕老死难谖。

到此羁孤极，谁招千里魂？

悼　亡

名园去岁共春游，儿女酣嬉兴不休。

饲象弄猴劳往复，寻芳选胜与勾留。

今年身已成孤客，千里魂应忆旧俦。

三尺新坟何处是？西郊车马似川流。

世事纷拿新旧历，兹辰设悦忆年年。

浮生卅载忧销骨，幽室千秋梦化烟。

松槚春阴风里重，狐狸日暮陇头眠。

遥怜一昨清明节，稚子随人展暮田。

忆　旧

旧京盛文史，贤隽集如林。

侧陋疏声气，风流忆盖簪。

辞源三峡倒，酒盏一时深。

懒寄江南信，相期印素心。

古抱当筵见，豪情百辈输。

莳花春永在，好客酒频呼。

鞮译勤铅椠，江湖忘有无。

别来尤苦忆，风味足中厨。

忆刘延陵

响濡泉边鲔，飘零海上鸥。

廿年悲女难，一病等俘囚。

破浪舟空往，论交孰与游。

可怜随雁鹜，频为稻粱谋。

赠丰子恺

洲渊黄叔度，语默与时殊。

浩荡月光曲，风华儿女图。

劳歌空自惜，烂醉任人扶。

近闻依净土，还忆六凡无？

赠叶圣陶

狷介不随俗，交亲自有真。

浮沉杯酒冷，融泄一家春。

说部声名久，精思日月新。

付余勤拣择，只恨屡因循。

笑的历史

你问我现在为什么不爱笑了，我现在怎样笑得起来呢?

我幼小时候是很会笑的。娘说我很早就会笑了。她说不论有人引逗，无人引逗，我总常要笑的。她只有我一个女儿，很宠爱我，最喜欢看我笑；她说笑像一朵小白花，开在我的脸上；看了真是受用。她甚至只听了我的咯咯的笑声，也就受用了。她生性怕雷电。但只要我笑了，她便不怕了。她有时受了爸爸的委屈，气得哭了。我笑了，她却就罢了。她在担心着缺柴米的日子，她真急得要寻死了。但她说看了我的笑，又怎样忍心死呢?那些时我每笑总必前仰后合的，好一会才得止住。娘说我是有福的孩子，便因为我笑得容易而且长久。但是，但是爸爸的意见如何呢?你该要问了。他自然不能和母亲一样，然而无论如何，也有些儿和她同好的。不然，她每回和他拌嘴以后，为什么总叫我去和他说笑，使他消消气呢?还有，小五那日在厨房里哗啷啷打碎两只红花碗的时候，她忙忙地叫郭妈妈带我到爸爸面前说笑。她说，“小姐在那里，我就可以不挨骂了。”这又为什么呢?那时我家好像严寒的冬天，我便像一个太阳。所以虽是十分艰窘，大家还能够快快活活地过日子。这样直到十三岁。那年上，娘可怜，死了！郭妈妈却来管家了！我常常想起娘在的时候，暗中难过；便不像往日起劲地笑了。又过了三四年，她们告诉我，姑娘人家要斯文些，笑是没规矩的。小户人家的女儿才到处哈哈哈哈地笑呢！我晓得了这番道理，不由得又要小心，因此忍了许多笑。可是忍不住的时候，究竟有的；那时我便不免前仰后合地大笑一番。她们说这是改不掉的老毛病了！我初到你家，你们不也说我爱笑么？那正是“老毛病”了。

初到你家的时候，满眼都是生人！便是你，也是个生人！我孤鬼似的，只有陪房的小王、老王，是我的人。我时时觉得害怕，怕说错了话，行错了事。他们也再三教我留意。这颗心总是不安的，哪里还会像在家时那样笑呢？便是有时和他们两个微笑着，听见人声，也就得马上放下面孔，做出庄重的样子——因为这原是偷着笑的。那时真是气闷死了。我一个爱说爱笑的人，怎禁得住这样拘束呢？更教我要命的，回门那一天，我原想家里去舒散舒散的；哪知道他们都将我作客人看待，毫不和我玩笑。我自己到家里，也觉得不好意思似的，没有从前那样自在！——这都因为你的缘故吧？我想你家里既都是些生人，我家里的，也都变了些生人，似乎再没有和我亲热的！——便更觉是孤鬼了！幸而七八天后，你家人渐渐有些熟了，不必仔细提防了，不然，真要闷死呢！在家天天要笑的，倒也不觉得怎样快乐。可是这七八天里不曾大笑一回，再想从前，便觉得十分有滋味！这以后，我渐渐地忍不住了，我的老毛病发作了，你们便常常听见我的笑了。不上一个月，你家里和孙家、张家，都知道我爱笑了；我竟在笑上出了名了。我自己是不觉得，我真比别人会笑些么？我的笑真和别人不同么？可是你家究竟不是我家，满了月之后，我的笑就有人很不高兴了。第一便是你！那天大家偶然谈起筷子。你问："在哪里买？"我觉得奇怪，故意反问你："你说在哪里买？"你想了想，说："在南货店里。"大家都笑了，我更大笑不止！你那时大概很难为情，只板着脸咕嘟着嘴不响。好久，才冷冷地向我说："笑完了罢？"等到了房里，你却又说："真的，我劝你少笑些好不好？有什么叫你这样好笑呢？而且笑也何必这样惊天动地呢？"——这些话你总该还记得；我不冤枉你罢？——这是我第一回受人的言语；爸爸和娘一口大气也不曾呵过我的。那时我颇不舒服，但却不愿多说什么；只冷笑了一声，低低地说："你管我呢？"说完，我就走出去了。那句话却不知你听见了没有？但我到底还是孩子气，过了一两日，又常常地笑了。有一回，却又恼了姨娘；也在大家谈话的时候。她大概疑惑我有心笑她，所以狠狠地瞪了我一眼。其实我的笑是随便不过的，哪里会用心呢？我只顾笑得快活，哪里知道别人的难为情呢？我在她瞪眼的时候，心里真是悔恨不迭；想起前回因笑恼了你，今天怎么又忍不住了呢！我立时便收了笑容，痴痴地坐着。大家都诧异说："怎么忽然不响了？"我低头微笑，答不出什么。过了一会，便赳赳地起来走了。走到房里，听见姨娘说："少奶奶太爱笑，也不大好；教人家说太太没规矩似的！我们要劝劝她才好。"这自然是对婆婆说的！我听了，更觉不安了！第二天，婆婆到我房里闲谈，渐渐说起我的笑。她说："也难怪你，你娘死得早，爸爸又不管事，便让你没规没矩的了。但出了门和在家做姑娘时不同，你得学做人，懂得做人的道理，不能再小孩子似的。你在我家，我将你和自己女儿一般看待；所以我特地指点你——以后要忍住些笑；就是笑，也要文气些，而且还要看人！你说我的话是么？”婆婆那时说得很和气，一点没有严厉的样子；比你那冷言冷语好得多了。我自然是很感激的。我说：“婆婆说的都是好话，我也晓得的。只因为在家笑惯了，所以不容易改。以后自然要留意的。”那几日里，用人们也常在厨房里议论我的笑；这真教我难为情的！我想笑原来不是一件好东西！——不，不，小孩子的笑是好的，大人的笑是不好的。但你在客厅里和你那些朋友常常哈哈哈地笑，他们也不曾议论你！——晓得了！男人笑是不妨的，女人笑是没规矩的。我经过两回劝诫，不能不提防着了，我的笑便渐渐地少了。他们都说我才有些成人气了。但我心里老不明白，女人的笑为什么这样不行呢？

满月后二十天，那是阴历正月十二，你动身到北京上学去了。我送你到门口，但并没有什么难过。你也很平常的，头也不回走了。那天我虽觉有些和往日不同，却也颇轻微的。第二天便照常快活了。那时公公正在榷运局差事上，家里钱是不缺的；大家都欢欢喜喜地过着。婆婆们因为我是新娘，待我还算客气的。虽然也有时劝诫我，有时向我发怒，有时向我冷笑，但总不常有的。我呢，究竟还是孩子，也不长久记着这些事。所以虽没有在家里自在，我也算是无忧无虑地过着了。这些日子，我还是常常要笑的，只不大像从前那样前仰后合，那样长久罢了。他们还是说我爱笑的。但婆婆劝过我两回，我到底不曾都改了；他们见惯不惊，也就只好由我了。所以我的笑说不自由，却也自由的。到暑假时，你回来了，住了五十天。你又走了，这一回的走可不同了。你还记得吧？——那夜里我哭了一点多钟，你后来也陪我哭。我们哭得眼睛都红了；你不是还怕他们笑么？走的时候，我不敢送你，并且也不敢看你；因为怕忍不住眼泪，更要让他们笑了！但是到底忍不住！你才走，我便溜到房里哭了。四弟、五妹都来偷看我，我也顾不得了。自从娘死后，我不曾哭过，因为我是爱笑不爱哭的。在你家里，这要算第一回了。从那日起，我常觉失掉一件什么东西似的，心里老是不安了。我这才尝着别离的滋味了！你们男人家在外面有三朋四友地说笑，又有许多游散的地方，想家的心自然渐渐地会淡下去。我们终日在家里闷着：碰来碰去，是这些人；转来转去，是这些地方！没得打岔儿的，教我怎不想呢？越想便越想了，真真有些痴了。这一来我的笑可不容易了。好笑的事情，都觉淡淡的味儿，仿佛酒里掺了水——我的笑的兴致也是这样。况且做了一年的媳妇，规矩晓得的多了，渐渐地脱了孩子气了；我也自然地不像从前爱笑了。这些时候笑是很文气了。微笑多了，大笑少了。他们都说老毛病居然改掉了。

第二年冬天，公公从差事上交卸了，亏空好几百元——是五百元罢？凑巧祖婆婆又死了；真是祸不单行！公公教婆婆和姨娘将金银首饰都拿出来兑钱去。我看她们委委屈屈地将首饰匣交给公公，心里好凄惨的！首饰兑了回来，又当了一件狐皮袍，才凑足了亏空的数目，寄到省里去了。第二天，婆婆便和公公大吵一回。为何起因，我已忘记——你记得么？——只知道实在是为首饰的缘故罢了。那一次吵得真是利害！我到你家还是第一次看见呢。我觉得害怕，并且觉得这是一个恶兆；因为家里的光景真是大不同了！那回丧事是借的钱办的。在丧事里，我只哭了两回；要真伤心，我才会哭，我不会像她们那样哼哼儿。我的伤心，一半因为祖婆婆待我好，一半也愁着以后家里怎样过日子！我晓得愁，也是从前没有的；年纪大了，到底不同了。丧事过后，家里日用，分文没有；便只得或当或借地支持着。这也像严寒的冬天了。而且你家的人还要怄气。只说婆婆那样嫌着公公，说他只一味浪用，不知攒几个钱儿！又和姨娘吵闹，说她只晓得巴结公公，讨他的好！这样情形，还能和和气气地过日子么？我也常给他们解劝，但毫没有用的。这样过了一年多，我眼看着这乱糟糟的家，一天天地衰败下去，不由得不时时担心。婆婆发脾气的时候，又喜欢东拉西扯地牵连着别人。我更加要留意。你又在北京，连一个诉说的人也没有！我心里怎样不郁郁的呢？我的心本来是最宽的；到你家后便渐渐地窄了；仿佛有一块石头压着似的。你说北京有甜井、苦井，我从前的心是甜的，后来便是苦的。那些日子，真没有什么叫我笑了，我连微笑也少了。有一天我回到家里，爸和娘娘他们说："小招真可怜！从前那样爱笑的，现在脸上简直不大看见笑了！"那时我家人待我的情形也渐渐不同了，这叫我最难过的！——谁想自家人也会势利呢？我起初还不觉得；等到他们很冷淡了，我方才明白。你看我这个人糊涂不糊涂？——娘娘他们不用说，便是郭妈妈和小五等人，也有些看不起我似的。只除了爸爸一个人！他们都晓得我们家穷了，所以如此。其实我们穷我们的，与他们何干呢！本来还家去和他们说说笑笑，还可以散散心的。这一来，我还家去做什么呢？这样又过了半年。这一年半里，公公虽曾有过两回短差事，但剩不了钱，也是无用的。好差事又图谋不到！家里便一天亏似一天了！起初人家不知就里，还愿意借钱给我们。后来见公公长久无好差事，家里连利钱也不能够按期付了，大家便都不肯借了；而且都来讨利钱、讨本钱了。他们来的时候，神气了不得！你得先听他讨厌的话，再去用好话敷衍他。敷衍得好的，便怏怏地走了；不好的，便狠狠地发话一场。你那时不在家，我们就成天过这种日子！你想这是人过的日子么？你想我还有一毫快乐的心思么？你想我眼泪直向肚里滚，还有心肠笑么？好容易到了七月里，你毕业了，而且在上海有了事了。那时大家欢喜，我更不用说了——娘娘他们都说我从此可以出头了！我暗中着实快活了好几日，不由得笑了好几回——我本想忍住的，但是忍不住，只好让他们去说吧。这样的光景，谁知道后来的情形却全然相反呢？

自从公公那回交卸以后，家里各人的样子，便大不同了。我刚才不是和你说过么？婆婆已经不像从前客气。她不知听了谁的话，总防着我爬到她头上去。所以常常和我讲究做媳妇的规矩，又一心一意地要向我摆出婆婆的架子。更加家境不好，她成天地没好心思，便要寻是生非地发脾气。碰着谁就是谁。我这下辈人，又是外姓人，自然更倒霉了！她那时常要挑剔我。她虽不明明地骂我，但摆着冷脸子给你看，冷言冷语地讥嘲你，又背地里和用人们议论你，就尽够你受了！姨娘呢，虽不曾和我怎样，但暗中挑拨着婆婆，也甚是利害！你想，我怎能不郁郁的！——只有公公还好，算不曾变了样子。我刚才不说过那时简直不大会笑么？你想，愁都愁不过来，又怎样会笑呢？况且到了后来，便是要笑也不敢了，记得有一回，不知谁说了什么，引得我开口大笑。这其实是偶然又偶然的事。但婆婆却发话了。她说，“少奶奶真爱笑！家里到这地步，怎么一点不晓得愁呢！怎么还能这样嘻嘻哈哈呢！”她的神气严厉极了，叫我害怕，更叫我难堪！——当着众人面前，受这样的责备，真是我平生第一回！我还有什么脸面呢？我气得发抖，只有回房去暗哭！你想，从此以后，我还敢笑么？我还去自讨没趣么？况且家里又是这个样子！一直等到你上海有事的时候，我才高兴起来，才又笑了几回。但是后来更不敢笑了！为什么呢？你有了事以后，虽统共只拿了七十块钱一月，他们却指望你很大。他们恨不得你将这七十块钱全给家里！你自然不能够。你虽然曾寄给他们一半的钱。他们哪里会满意！况你的寄钱，又没有定期，家里等着用，又是焦急！婆婆便只向我啰唆，说你怎样不懂事，怎样不顾家，怎样只管自己用。她又说：“‘养儿防老，积谷防饥。’他想不问吗，怎能够哩！”她说这些话，虽不曾怪我，但她既不高兴你，自然更不高兴我了！从前她对我虽然也存着心眼儿，但却不恨我，所以还容易相处。现在她似乎渐渐有些恨我了！这全是因为你！她恨我，更要挑剔我了。我就更难了！家里是这样艰窘，你又终年在外面，婆婆又有心和我作对。这真真逼死我了！哪知后来还要不行！前年暑假你回来了，身边只剩两个角子。婆婆第一个不高兴。她不是尽着问你钱到哪里去了么？你在家三天，她便唠叨了三天。你本来不响的，后来大约忍不住了，也说了几句。她却和你大吵！第二天，你赌气走了——我何尝不劝你，但怎么劝得住呢？午饭的时候，他们才问起你。我只好直说。婆婆听了，立刻变脸大骂，又硬说是我挑唆你的！她饭不吃了，跳到厨房里向用人们数说。接着又和左右邻舍说了一回。晚上公公回来，她一五一十告诉他。她说："这总是少奶奶的鬼！我们家真晦气，媳妇也娶不到一个好的！自从她进门，你就不曾有过好差事，家境是一天坏似一天！现在又给大金出主意，想教他不寄钱回家；又挑唆他和我吵，使你们一家不和，真真八败命！"——她在对面房里，故意地高声说，教我听得清楚。——后来公公接着道："不寄钱？——哼！他敢！让我写信问他去。我不能给他白养活女人、孩子！——现在才晓得，少奶奶真不是东西！"……以后声音渐低，我也再不能听下去了！那天我不曾吃饭。我又是害怕，又是寒心！我和他们仿佛是敌国了，但是我只有一个人！知道他们怎样来呢？我在床上哭了半夜，只恨自己命苦！从第二天起，我处处提防着。果然第四天的下午，公公便指着一件不相干的事，向我大发脾气。他骂我："不要发昏！"这是四年来不曾有过的！他的骂比婆婆那回更是凶恶。但是我，除了忍受，有什么法子呢？我那晚又哭了半夜。现在是哭比笑多了。世间婆婆骂媳妇是常事；公公骂，却是你家特别的！你看你家的媳妇可是人做的！从那回起，我竟变了罪人！婆婆的明讥暗讽，不用说了。姨娘看见公公不高兴我，本来只是暗中弄松我的，现在却明明地来挑拨我了！四弟、五妹也常说我的坏话了！婆婆和姨娘向我发话的时候，他们也要帮衬几句了！用人们也呼唤不灵了！总之，"墙倒众人推"了。那时候，他们的眼睛都看着我，他们的耳朵都听着我，谁都要在我身上找出些错处，嘲弄一番。你想我怎样当得住呢？我的脸色、话语、举动，几乎都不中他们的意，几乎都要受他们的挑剔——真成了“眼中钉”了！我成日躲在房里，不敢出来。出来时也不敢多说，不敢多动，只如泥塑木雕的一般！这时哪里还想到笑？笑早已到爪哇国里去了。连影子也不见了！本来我到家里住住，也可暂避一时。凑巧那年春天，爸爸过生日，郭妈妈要穿红裙，和他大闹。我帮着爸爸，骂了她一顿。她从此恨我切骨！本就不甚看得起我，这一来，索性不理睬我了！我因此就不能常回去了！到这时候，更不愿回去仰面求她，给她嗤笑了！我真是走投无路。要不是为了你和孩子，我早已死了。那时我差不多每夜要哭，仿佛从前要笑一样。思前想后，十分难过，觉得那样地活着，还是死了的好。等到后来你来信答应照常寄钱，这才稍微好些。但也只是“稍微”好些罢了，和从前总不相同了！直到现在，都是如此。

自从大前年生了狗儿，去年又生了玉儿。这两个孩子可也真累坏了我！你看我初到你家时是怎样壮的，现在怎么样了？人也老了，身子瘦得像一只螳螂——尽是皮包着骨头！多劳碌了，就会头晕眼花；哪里还像二十几岁的人？这一半也因为心境不好，一半也实在是给孩子们磨折的！我从前身体虽然不好，哪里像现在呢？我自己很晓得，我是一日不如一日了，将来一定活不长的！——你不信么？以后总会看见的。说起来我的命只怕真不好！不然，公公在榷运局老不交卸，家里总可以雇两个奶娘。我又何至吃这样的辛苦呢？呀！领孩子的辛苦，真是你们想不到的！我又比别人格外辛苦，所以更伤人！记得狗儿生的时候，我没有满月，就起来帮他们做事，一面还要领孩子。才生的孩子，最难照管。穿衣服怕折了胳膊，盖被又怕捂死了他。我是第一胎，更得提心吊胆的。那时日里夜里，总是悬悬不安！吃饭是匆匆的，睡觉也只管惊醒！婆婆们虽也欢喜狗儿，但却不大能领他。一天到晚，孩子总是在我手里的多！还得给家里做事，所以便很累了。那时我这个人六神无主，失张失智的。没有从前唧溜，也没有从前勤快了。婆婆常常向我唠叨，说我没规矩，一半也因为此。等到孩子大起来了，哭呀，吵呀，总是有的。你们却又讨厌了，说孩子不乖巧，又说我太宠他了！还要打他。我拦住了，你便向我生气。其实这一点大的孩子，晓得什么？怎忍心怪他、打他！但你在家的时候，既然常为了孩子和我啰唆，婆婆后来和我吵，也常常借了孩子起因。我真气极了，孩子不是我一个人私生的，怎么你也怪我，他也怪我呢？我真倒霉，一面要代你受气，一面又要代孩子受气！整整三个年头，我不曾吃过一餐好饭，睡过一夜好觉，到底为了什么呢？狗儿的罪，还没有受完，又来了玉儿！你又老是这个光景，不能带我们出去。我今生今世是莫想抬头的了！——唉，我这几年兴致真过完了！我也不爱干净了，我也不想穿戴了，我也不想出去逛了。终日在家里闷着；闷惯了，倒也罢了。我为了两个孩子，时时觉着有千斤的重担子在我身上。又加上你家里人，都将我看作仇人。我仿佛上了手铐脚镣，被囚在一间牢狱里！你想我还能高兴么？我这样冷冰冰的，真还要死哩！你在家时还好，你不在家时，我寂寞透了！只好逗着孩子们笑着玩儿，但心思总是不能舒舒贴贴的。我此刻哭是哭不出，笑可也不会笑了；你教我笑，也笑不来了。而且看见别人笑，听到别人笑，心中说不出地不愿意。便是有时敷衍人，勉强笑笑，也只觉得苦，觉得很费力！我真是有些反常哩！

好人，好人，几时让我再能像“娘在时”那样随随便便、痛痛快快地笑一回呢？

外东消夏录

引　子

这个题目是仿的高士奇的《江村消夏录》。那部书似乎专谈书画，我却不能有那么雅，这里只想谈一些世俗的事。这回我从昆明到成都来消夏。消夏本来是避暑的意思。若照这个意思，我简直是闹笑话，因为昆明比成都凉快得多，绝无从凉处到热处避暑之理。消夏还有一个新意思，就是换换生活，变变样子。这是外国想头，摩登想头，也有一番大道理。但在这战时，谁还该想这个！我们公教人员谁又敢想这个！可是既然来了，不管为了多俗的事，也不妨取个雅名字，马虎点儿，就算他消夏罢。谁又去打破沙缸问到底呢？

但是问到底的人是有的。去年参加昆明一个夏令营，营地观音山。七月二十三日便散营了。前一两天，有游客问起，我们向他说这是夏令营，就要结束了。他道，“就结束了？夏令完了吗？”这自然是俏皮话。问到底本有两种，一是“耍奸心”，一是死心眼儿。若是耍奸心的话，这儿消夏一词似乎还是站不住。因为动手写的今天是八月二十八日，农历七月初十日，明明已经不是夏天而是秋天。但“录”虽然在秋天，所“录”不妨在夏天；《消夏录》尽可以只录消夏的事，不一定为了消夏而录。还是马虎点儿算了。

外东一词，指的是东门外，跟外西，外南，外北是姊妹花的词儿。成都住的人都懂，但是外省人却弄不明白。这好像是个翻译的名词，跟远东、近东、中东挨肩膀儿。固然为纪实起见，我也可以用草庐或草堂等词，因为我的确住着草房。可是不免高攀诸葛丞相，杜工部之嫌，我怎么敢那样大胆呢？我家是住在一所尼庵里，叫作“尼庵消夏录”原也未尝不可，但是别人单看题目也许会大吃一惊，我又何必故作惊人之笔呢？因此马马虎虎写下“外东消夏录”这个老老实实的题目。

夜大学

四川大学开办夜校，值得我们注意。我觉得与其匆匆忙忙新办一些大学或独立学院，不重质而重量，还不如让一些有历史的大学办办夜校的好。

眉毛高的人也许觉得夜校总不像一回事似的。但是把毕业年限定得长些，也就差不多。东吴大学夜校的成绩好像并不坏。大学教育固然注重提高，也该努力普及，普及也是大学的职分。现代大学不应该像修道院，得和一般社会打成一片才是道理。况且中国有历史的大学不多，更是义不容辞地得这么办。

现在百业发展，从业员增多，其中尽有中学毕业或具有同等学力，有志进修无门可入的人。这些人往往将有用的精力消磨在无聊的酬应和不正当的娱乐上。有了大学夜校，他们便有机会增进自己的学识技能。这也就可以增进各项事业的效率，并澄清社会的恶浊空气。

普及大学教育，有夜校，也有夜班，都得在大都市里，才能有足够的从业员来应试入学。入夜校可以得到大学毕业的资格或学位，入夜班却只能得到专科的资格或证书。学位的用处久经规定，专科资格或证书，在中国因从未办过大学夜班，还无人考虑它们的用处。现时只能办夜校；要办夜班，得先请政府规定夜班毕业的出身才成。固然有些人为学问而学问，但各项从业员中这种人大概不多，一般还是功名心切。就这一般人论，用功名来鼓励他们向学，也并不错。大学生选系，不想到功名或出路的又有多少呢？这儿我们得把眉毛放低些。

四川大学夜校分中国文学、商学、法律三组。法律组有东吴的成例，商学是当今的显学，都在意中。只有中国文学是冷货，居然三分天下有其一，好像出乎意外。不过虽是夜校，却是大学，若全无本国文化的科目，未免难乎其为大，这一组设置可以说是很得体的。这样分组的大学夜校还是初试，希望主持的人用全力来办，更希望就学的人不要三心两意地闹个半途而废才好。

人和书

“人和书”是个好名字，王楷元先生的小书取了这个名字，见出他的眼光和品位。

人和书，大而言之就是世界。世界上哪一桩事离开了人？又哪一桩事离得了书？我是说世界是人所知的一切。知者是人，自然离不了人；有知必录，便也离不开书。小而言之，人和书就是历史，人和书造成了历史；再小而言之就是传记，就是王先生这本书叙述和评论的。传记有大幅，有小品，有工笔，有漫画。这本书是小品，是漫画。虽然是大大的圈儿里一个小小的圈儿，可是不含糊是在大圈儿里，所叙的虽小，所见的却大。

这本书分三部分。第一部分是传记，第三部分也是片段的传记，第二部分评介的著作还是传记。王先生有意“引起读者研读传记的兴趣”，自序里说得明白。撰录近代和现代名人轶事，所谓笔记小说，传统很长。这个传统移植到报纸上，也已多年。可见一般人原是喜欢这种小品的。但是“五四”以来，“现在”遮掩了“过去”，一般青年人减少了历史的兴味，对于这类小品不免冷淡了些。他们可还喜欢简短零星的文坛消息等等，足见到底不能离开人和书。

自序里希望读者“对于伟大人物，由景慕而进于效法，人人以亚贤自许，猛勇精进”。这是一个宏愿。近来在《美国文摘》里见到一文，叙述一位作家叫小亚吉尔的，如何因《褴褛的狄克》一部书而成名，如何专写贫儿努力致富的故事，风行全国，鼓舞人心。他写的是“工作和胜利，上进和前进的故事”，在美国文学中创一新派。他的时代虽然在一九二九以前就过去了，但是许多自己造就的人都还纪念着他的书的深广的影响。可见文学的确有促进人生的力量。王先生的宏愿是可以达成的，有志者大家自勉好了。

成都诗

据说成都是中国第四大城。城太大了，要指出它的特色倒不易。说是有些像北平，不错，有些个。既像北平，似乎就不成其为特色了？然而不然，妙处在像而不像。我记得一首小诗，多少能够抓住这一点儿，也就多少能够抓住这座大城。

这是易君左先生的诗，题目好像就是“成都”两个字。诗道：

细雨成都路，微尘护落花。
据门撑古木，绕屋噪栖鸦。
入暮旋收市，凌晨即品茶。
承平风味足，楚客独兴嗟。

住过成都的人该能够领略这首诗的妙处。它抓住了成都的闲味。北平也闲得可以的，但成都的闲是成都的闲，像而不像，非细辨不知。“绕屋噪栖鸦”，自然是那些“据门撑”着的“古木”上栖鸦在噪着。这正是“入暮”的声音和颜色。但是吵着的东南城有时也许听不见，西北城人少些，尤其住宅区的少城，白昼也静悄悄的，该听得清楚那悲凉的叫唤罢。

成都春天常有毛毛雨，而成都花多，爱花的人家也多，毛毛雨的春天倒正是养花天气。那时节真所谓“天街小雨润如酥”，路相当好，有点泥滑滑，却不至于“行不得也哥哥”。缓缓地走着，呼吸着新鲜而润泽的空气，叫人闲到心里，骨头里。若是在庭园中踱着，时而看见一些落花，静静地飘在微尘里，贴在软地上，那更闲得没有影儿。

成都旧宅于门前常栽得有一株泡桐树或黄桷树，粗而且大，往往叫人只见树，不见屋，更不见门洞儿。说是“撑”，一点儿不冤枉，这些树戆粗偃蹇，老气横秋，北平是见不着的。可是这些树都上了年纪，也只闲闲地“据”着“撑”着而已。

成都收市真早。前几年初到，真搞不惯；晚八点回家，街上铺子便噼噼啪啪一片上门声，暗暗淡淡的，够惨。“早睡早起身体好”，农业社会的习惯，其实也不错。这儿人起得也真早，“入暮旋收市，凌晨即品茶”，是不折不扣的实录。

北平的春天短而多风尘，人家门前也有树，可是成行的多，独据的少。有茶楼，可是不普及，也不够热闹的。北平的闲又是一副格局，这里无须详论。“楚客”是易先生自称。他“兴嗟”于成都的“承平风味”。但诗中写出的“承平风味”，其实无伤于抗战；我们该嗟叹的恐怕是别有所在的。我倒是在想，这种“承平风味”战后还能“承”下去不能呢？在工业化的新中国里，成都这座大城该不能老是这么闲着罢。

蛇　尾

动手写《引子》的时候，一鼓作气，好像要写成一本书。但是写完了上一段，不觉再三衰竭了。到底已是秋天，无夏可消，也就“录”不下去了。古人说得好。“乘兴而来，兴尽而返”，只好以此解嘲。这真是蛇尾，虽然并不见虎头。本想写完上段就戛然而止，来个神龙见首不见尾。可是虎头还够不上，还闹什么神龙呢？话说回来，虎头既然够不上，蛇尾也就称不得，老实点，称为蛇足，倒还有个样儿。

朱自清经典作品集

语文杂谈

朱自清 著

北方联合出版传媒（集团）股份有限公司
春风文艺出版社
·沈阳·

图书在版编目（CIP）数据

朱自清经典作品集：全4册 / 朱自清著 . — 沈阳：春风文艺出版社，2023.11（2025. 3重印）

ISBN 978-7-5313-6523-5

Ⅰ . ①朱… Ⅱ . ①朱… Ⅲ . ①散文集—中国—现代 Ⅳ . ① I266

中国国家版本馆 CIP 数据核字 (2023) 第 163836 号

目　录

论中国文学选本与专籍

有一位朋友在大学里教词史，他的学生问他，读词是哪几种选本好。他和我们谈起这件事，当作一个笑话：大学生还只晓得读选本！他论的是大学生，自然不错。但对于大学生以外的人，譬如说中学生吧，这个意见就很值得讨论了。近世中国学人有一个传统，就是看不起选本。他们觉得读书若只读选本，只算是陋人而不是学人。这也有时代背景的。明朝以来，读书人全靠八股文猎取功名；他们用不着多读书，只消拿几种选本加意揣摩，便什么都有了，所以选本风行一时；大家脑子里有的是文章，而切实地做学问的却少。八股文选本风行以后，别种文体的选本也多起来；取材的标准以至评语圈点，大都受八股文的影响，空疏俗滥，辗转流传。选本为人诟病的主要原因在此。这种风气诚然是陋，是要不得，但因此便抹杀一切选本和选家，却是不公道的。

近代兴办学校以后，大学中学国文课程的标准共有三变：一是以专籍为课本，二是用选本，三还是用选本，但加上课外参考书。一是清光绪中《钦定学堂章程》中所规定，二是自然的转变。转变的原因，据我想，是因为学校中科目太多了，不能在文字上费很多的精力。三是胡适之先生的提倡。他在《中学国文的教授》一文里，力主教学生多读参考书。后来人便纷纷开书目，又分出精读、泛读等名目。中学如此，大学自然更该如此。但实际上学生读那些课外参考书的，截至现在为止，似乎还不多。道尔顿制流行的时候，照实施该制的学校的表册看，应该有些学生真正读过些参考书；可惜未及知其详，该制就渐渐不大有人提起了。结果，大体还是以选本为主，只不过让学生另外多知道些书名而已。选本势力之大，由此可见；虽反对选本的人也不能否认。

大学生姑且不谈；就中学生说，我并不反对他们读选本，无论教授及自修。但单读选本是不够的，还得辅以相当分量的参考书（胡先生所拟议的太多了，中学生即使是文科的，怕也来不及）和严格的督促。我想中学生念国文的目的，不外乎获得文学的常识，培养鉴赏的能力，和练习表现的技术。无论读文言白话，俱是如此。我主张大家都用白话作文，但文言必须要读；词汇与成语，风格与技巧，白话都还有借助于文言的地方。这三种目的里，三是作文方面，现在不论。论前两种，则读选本实为最经济、最有效的办法。旧说选本的毛病共有三件：一是太熟太狭，如上所言。这是取材关系，补救极易。曾国藩《经史百家杂钞》已见及此；近年的选本更多推陈出新，自经史至于笔记、译文、诗、词、曲等，都可入选，只可惜又太零碎了。二是偏而不全，读者往往以一二篇概其余，养成不正确的观念。这是分量关系，也可矫正，详在下节。三是读者易为选者成见所囿，不能运用自家的思考力。但在中学生，常识还不够作判断的根据，只要指给他不至太偏的选本，于他正是适宜的引导。若让他读几本专书，他于这几本书即使能有自己意见，而对于相关的材料知道太少，那样意见也不会正确。若要他将相关的重要专籍都读过，又是时间所不许。——其实真正编得有道理的选本，也还有它的价值。读过专籍的人，可以拿它来印证自己的意见，增进对于原书的了解，不过这已不是中学生的事了。我说的选本是指用心选出来的，有目的有意义的而言；至于随手检阅而得，只要是著名的人著名的篇，便印为讲义，今日预备明日之用，这是碰本，不是选本。这种也许可以叫做“模范文”，但文之可以为“模范”者甚多，碰着的便是“模范”，碰不着的便不是，是什么道理？

选本的标准不同：或以时代，或以体制，或以事类，或以派别，或以人，或以地；也有兼用两种标准的。为中学生起见，我主张初中用分体办法；体不必多，叙事、写景、议论三种便够。因为初中学生对于文字的效用还未了然；这样做，意在给他打好鉴赏力和表现力的基础。类目标明与否，无甚关系，但文应以类相从。材料取近人白话作品及译文为主，辅以古今浅近的文言，不必采录古白话，古白话小说可另作参考之用。去取看表现艺术，思想也当注意。高中用分代分家办法，全选文言。分代只须包括周秦、汉魏、晋南北朝、唐宋的文和诗，加上宋词、元曲。每种只选最重要的几个大家，家数少，每家作品便多，不致有上文所说以一二篇概全体的弊病。每家不能专选一方面，大品与小品都要有。我主张只选这几个时代，并非看轻以后作品，只因最脍炙人口的东西，也就是一般人应有的中国文学常识，都在这几个时代内。中学生是不必求备的，这样尽够了，求备怕反浮而不切了。这种选本分量不至很多，再有简明的注，无须逐字逐句地讲解或检查，便是理科的学生也可相当采取的。文明书局有分代的诗文读本，有注，但还嫌家数太多，方面也太多。分人是进一步的专精的读法。专籍往往太多，且瑕瑜互见，徒乱初学心目：故我也主张用选本。旧有的如《十八家诗钞》，颇合用，《四史菁华录》虽选而且删，却仍然好；——新的各种“精华”（中华、商务都有），当分别地看。这种宜用作参考书。此外可多读小说，古今作译，只要著名的都行，小说增加人的经验，提示种种生活的样式，又有趣味，最是文学入门的捷径。杂剧、传奇也可读，文字也许困难些。最后，各种关于中国文学的通论或导言，也是好的参考书；本刊编者夏先生（夏丏尊）曾说要编辑中学生丛书，其中必有一部分是关于中国文学的。这种书应以精实为贵，但单读这种书，还不免是戏论，非与前说各种选本及参考书印证不可；因为那些是第一原料。

了解与欣赏

——这里讨论的是关于了解与欣赏能力的训练

了解与欣赏为中学国文课程中重要的训练过程。儿童从小就能对于语言渐渐地了解，不过对于文字的了解必须加以强制学习的训练。成年人平时读书阅报大都是采取一种“不求甚解”的态度。这是一般综合的实用的态度。但在国文教学，教师准备时，必须字字查清楚，弄明白。学生呢，在学习时也必须字字求了解。这与一般不求甚解的态度刚好相反。然而不求甚解的那份能力正是经过分章析句的学习过程而得到的，必须有了咬文嚼字的教学培养后，才能真正达到那种不求甚解的境界；没有经过一番文字分析的训练，欲不求甚解，也不易得呢。通常教授国文的，大都很注重字义。实在除掉注重字义的办法以外，还应当顾及下面的几种分析的方法。

一、句子的形式（句式）

某种特殊句子的形式，不仅是作者在技巧方面的表现，也是作者别有用心处。讲解国文时必须加以说明。例如鲁迅先生的《秋夜》的开端：

在我的后园，可以看见墙外有两株树，一株是枣树，还有一株也是枣树。

这不是普通的叙说，句子的形式很特殊，给人一种幽默感。作者存心要表现某种特殊的情感。这儿开始就显示出一个太平凡的境界，因为鲁迅先生所见到的窗外，除掉两株枣树，便一无所见。更使人厌倦的是人坐屋里，一抬头望窗外，立刻映入眼帘的东西，就只是两株枣树，爱看也是这些，不爱看也是这些，引起人腻烦的感觉。一种太平凡的境界，用不平凡的句式来显示，是修辞上的技巧。明白了这两句的意思与作用，就兼有了了解与欣赏。又如同篇：

这上面的夜的天空，奇怪而高。

这是作者在文字排列上用工夫，两句都不是普通的说法。上半句表现两层意思：（一）枣树上的天空，（二）夜的天空。两层意思而用一单位表示，是修辞上的经济办法。文字的经济便是一种文学的技巧。平常的语言，可有两式：

夜间这上面的天空……

上面的天空在夜间……

读起来便都有了停顿，时间上显得十分不经济，意思也没有原句透露。下半句“奇怪而高”，口语中常说“高而奇怪”，单词习惯大多放在前面。现在说“奇怪而高”，句法就显得别致，作者在这里便用来表示秋夜天空的特殊。

二、段落

写段落大意是中学国文课上常用的方法。但通常只把各段的大意写出，而于全文分段的作用与关系，往往缺少综合的说明。教师指导学生写段落大意，每段大意，常只用一二句话表示。这里便应当注意语句间的联络，要能显出原文的组织和发展的次序。

三、主旨

教师必须提醒学生注意一篇文章中足以代表全文主旨的重要语句，和指导学生研究全文主旨如何发展。古人称文章中重要的语句为“警句”。警句往往是全篇的线索。读一篇文章最要紧的事便是要能找到线索。文章的线索作者往往把它隐寓在文中的一二句重要的语句里面，例如龚自珍《说居庸关》，“疑若可守然”五字是全文的主旨所在，教师便须注意此主旨的发展。

四、组织

文章组织的变化，也是作者在技巧上用的工夫，说明这种文章组织的变化，是了解与欣赏范围内极重要的事。例如上举《说居庸关》，“疑若可守然”五字，一段中连用五次；又“自入南口”连用六次。这是叠句法，亦是关键语，在组织上增加一种节奏。最后三小段文章最堪注意，在整齐的组织中寓有变化，末两段一写蒙古人，一写漏税，指出间道，均逼出居庸关之不足守，与前文相应答。这是组织上的一种变化，读者容易忽略过去的，教时应当加以说明。中间写遇到蒙古人，说了一大段，表示清朝的威严，作者是用赞叹的口气。

五、词语

在一篇文章中应当注意作者惯用的词语和词语的特殊意义。例如上举《说居庸关》中“蒙古”一词指的是蒙古人。

六、比喻、典故、例证

先讲比喻。

康白情的《朝气》，内容是描写农家种植的生活，题目何以称为“朝气”呢？农家生活的描写与朝气究竟有何关系呢？这些问题教师是要暗示学生提出来详细讨论的。农家生活的描写实在是一个比喻，作者是别有寄托的。文学作品中的具体故事，往往带上一些抽象性。大概一个比喻的应用，包含三方面的意义。如《朝气》：喻依，农家的生活。喻体，劳工的趣味。意旨，由趣味的工作得到美满的结果，显示出生活中朝气的景象。这是文学上表达技巧很重要的一条原则，应当让学生区分得很清楚的。又如谢冰心的《笑》，用重复的组织，对于雨，月夜，花莲说出三个笑容，表示爱的调和。“如登仙界，如归故乡”，是极普通的比喻，但能显示出纯洁快乐的意味。

次讲典故。

古文中的用典是学生最感觉麻烦的事情。讲解古文时说明古典出处也是极占时间的。但是教师往往只说明古典本身的意义，而常忽略了这个典故在本文里的作用。这样使读者只记古典出处，便感觉乏味了，更谈不到欣赏。原来用典的作用，也是使文字经济的一种办法，作者因为要表达心中的事或情，不必完全直说，借用过去的一桩熟悉的而且与当下相关的事物来显示。大凡文学上的典故都经过许多作家的手改造过，而成为很好的形式。因此用典的作用，一方面是使文字经济，一方面也是避免直说，增加读者的联想，使内容丰富。现代语体文中典故也是常见的。如冰心的《笑》里用“安琪儿”一词，教时也应当说明其出处。

再讲例证。

在说明文和议论文中有些时候往往遇到抽象的概念，教师在说解时必须要设法用一两个较具体的例证加以说明。如蔡元培的《雕刻》里面，许多美术上的概念，教师应当设法举出浅显的实例，加以说明。又如东坡说“画中有诗，诗中有画”，也应当举出实例，说明诗与画两者之间所以沟通的道理。

总结起来说，关于了解与欣赏应该特别注意的有三点：

一是语言的经济。注意句读顿停多少与力量是否集中。

一是比较的方法。讲散文时可用诗句作比较，讲诗时可用散文比较。文中的语句可与口中的说话比较，读鲁迅先生的《秋夜》，便可与叶绍钧先生的《没有秋虫的地方》比较。比较的方法对于了解与欣赏是极有帮助的。

一是文字的新变。一个作家必须要能深得用字的妙趣，古人称为

“练字”，便是指作家用字时打破习惯而变新的地方，教师就也要在这方面求原文作者的用心。

训练的方法，除教师讲解外，在学生方面，熟读的工夫是不可少的。吟诵与了解极有关系，是欣赏必经的步骤。吟诵时对于写在纸上死的语言可以从声音里得其意味，变成活的语气。不过在朗诵时，要能分辨语气的轻重，要使声调有缓急，合于原文意思发展的节奏。注意本文的意思，不要被声音掩盖了，滑过去。默读是不出声的，偏于用眼，但也不要让意思跟了眼睛滑过去。

最后，问题的研究，在读文时是常有的事。但是问题的提出要有分量，要有意义。最好教师只居于被动地位，用暗示方法，帮助学生发现问题，解决问题。

怎样学习国文

国文这科，在学校里是一种重要的功课，与英、算居同等的地位。可是现在呢？国文只是名义上地重要了，其主要的原因，就是一般学生存着错误的观念，以为我们是中国人，学中国文，当然是容易的，于是多半对这门功课不很用功。无论白话文也罢，文言文也罢，在学习的时候，往往词不达意的地方很多，这就是没有对国文这科下过一番工夫的缘故。

最近的舆论，以为中学生的国文程度很低落，这种低落，指的是哪方面？所谓低落，若是在文言文这方面，确实是比较低落，尤其是近十余年来，中学生学做文言，许多地方真是不通。读文言的能力也不够。但从作白话文这方面来说，一般的标准是大大地进步了，对于写景、抒情的能力，尤其非常的可观。可是除此而外，以白话文写议论文及应用文的能力，却非常的落后。

中学生对于"读"的功夫是太差了，现在把"读"的意义，简单地说一说。"读"这方面，它是包含着了解的程度及欣赏的程度。就像看一张图画，你觉得它确实太好了，但问你好到什么境地，那么得由你自己去体会，从体会的能力，就见出欣赏的深浅。

古人作一篇文章，他是有了浓厚的感情，发自他的肺腑，才用文字表现出来的。在文字里隐藏着他的灵魂，使旁人读了能够与作者共感共鸣。我们现在读文言，是因为时间远隔，古今语法不同，词汇差别很大，你能否从文字中体会古人的感情呢，这需要训练，需要用心，慢慢地去揣摩古人的心怀，然后才发现其中的奥蕴，这就是一般人觉得文言文了解的程度，比白话文实在是难的地方。

再进一步，可以说，白话与文言固然不同，白话与口语，又何尝一致呢？在五四运动的时候，有人提出口号“文语一致”。这只是理想而已。“文”是许多字句组织起来的，“语”则不然，说话的时候，有声调、快慢、动作等因素来帮助它，可以随便地说，只要使对方的人能够了解。总之，“语”确实是比“文”容易。

文言文，大学生与中学生都不大喜欢读的，大半因为文言文中的词汇不容易了解，譬如文言文中的“吾谁欺”在白话文中是“我欺负哪一个”的意思。如果你不了解古代文法，也许会想到别的意义上去，然而只要多读它几遍，多体会一下，了解的程度就不同；所以“读”的功夫，我是以为非常重要的。

我们之所以对于典籍冷淡，另一方面，是因为它里面的事实，与我们现在不同。电影汽车飞机等类，在古代书籍中就见不到。反之，古代许多事物在我们现在也无从看到，譬如官制，礼节，服装等等，必须考据才能知道，这都阻碍我们阅读的兴趣。然而。只要用心，是没有什么困难不可以克服的。

生在民国的人们，学做文章，便不须要像做古文那样费很大的力量，只要你多读近代的作品，欣赏过近代的文学作品，博鉴过近代的翻译书籍，文学名著，那么，你写的文章，也可以很通顺，这是不用举例证明的。文言文中的应用文，再过二十年，必定也要达到被废弃的境地，因为白话文的势力，渐渐地侵入往来的公文中，交际的信函中了。

由于文言文在日常应用上渐渐地失去效用，我们对于过去的文言文写的典籍，便漠不关心，这是错误的思想。因为我们过去的典籍，我们阅读它，研究它，可以得到古代的学术思想，了解古代的生活状况，这便是中国人对于中国历史认识的任务，你多读文言，多研究历史，典籍，古文，这阅读工作的本身就是值得尊重的！

读文言最难的一步工作，是需要查字典，找考证，死记忆，有一种人图省事，对这步工作疏忽，囫囵吞枣地读下去，还自号“不求甚解”，这种态度，太错误了。假若我们模仿陶渊明的“好读书，不求甚解”的态度，那是有害无益的。他的不求甚解，是因为学问已经很渊博了，隐居时才自称“不求甚解”的，这句话含着他的人生观，青年人是万万不能从表面去仿效的。如果你以为他的不求甚解，就是马虎过去的意思，那么你非但没有了解“不求甚解”这句话的意义，对于你所读的书，就更无从了解。

碰见文言中不懂的词汇，除了请教国文老师而外，必须自己去查字典，以求“甚解”。如文言中的“驰骋文场”这成语，有一个人译到外国去是“人在书堆里跑马”的意思，这岂不是笑话吗？又如“巨擘”，原意是指拇指叫做巨擘。而它普通的意义是用来表扬“第一等”或“刮刮叫”等意义的赞语，这些地方就得留神，才不会出错。再举一例：

白日依山尽，黄河入海流。欲穷千里目，更上一层楼。

它在辞句上直接表示的意境已非常优美，但这首诗更说出另一种道理，它暗示人生，必须往高处走。所以我们读这首诗的时候，最要紧的是要懂得“言外之意”。又如下例：

铜炉在向往深山的矿苗，瓷壶在向往江边的陶泥……

这两句新诗，它的含义似乎更深了，有些人不解，但如果读了全文，便知道是非常容易明白的话。由此可见，诗里含着高尚的感情，要你多欣赏，多诵读，必能了解得更深刻。

此外关于了解文章的组织，也是必须的，须得把每篇文章做大纲，研究它怎样发展出来，中心在那里，还要注意它表面的次序，这种功夫，须得从现在就养成习惯，训练这种精神。

最后，我要告诉大家的，是关于写作方面，那你必须了解“创作”与“写作”的性质是不同的。自五四运动以后，许多人都希望成为一个作家，可是在今天，我们所能看见成功了的，出名的，确是寥寥无几。推究失败的原因，是到处滥用文学的感情和用语，时时借文字发泄感情，文学的成分太多了，不能恰到好处，反而失去文学真正的意义。

来纠正我们这些坏习惯，必须从报章文体学习。而我们更要学写议论文，从小的范围着手，拣与实际生活有密切关系的问题练习写，像关于学校中的伙食问题，你抓住要点，清清楚楚地写出来，即是有条理的文章。新闻事业在今世突飞猛进，发展的速度可以超乎其他文体之上，因为它是简洁而扼要。这种文体，我希望大家能努力去学。与其想成为一个文学家，不如学做一个切切实实的新闻记者。

语文学常谈

文字学从前称为“小学”。只是教给少年人如何识字，如何写字，所以称为“小学”。这原是实用的技术。后来才发展成为独立的学科，研究字形字音字义的演变。研究的人对这种演变这种历史的本身发生了兴趣，不再注重实用。这种文字学是语言学的一部分。语言学里又包括文法学。中国从前没有文法学，文法学是从西洋输入的。可是实用的文法技术我们也有：做文章讲虚实字，做诗讲对偶，都是的。直到前清末年，少年人学习做文做诗还是从使用虚字和对对子入手。“小学”起头早，诗文作法的讲究却远在其后；这由于时代的演变和进展，但起于实际的需要是相同的。所谓实际的需要固然是应试求官，识字的和会做诗文的能以应试求官；但从这里可以看出文字语言确是支配我们生活的要素之一，文字语言确是我们生活的一部分。从学术方面说，诗文作法没有地位，算不得学术，文法学也只是刚起头；文字学却已有了深厚的传统和广大的发展。但明白了语言文字的作用，就知道文法学是该有将来的。

现在文字学又分为形义和语音两支，各成一科，而关于义的研究又有独立为训诂学的趋势。文字形态部分经过甲骨文字和钟鼎文字的研究，比起专守许慎《说文解字》的时代有了长足的进步。语音部分发展更大，汉语之外，又研究非汉语的泰语和缅藏语，这样比较同系和近系的语言，不但广博，也可以更精确。这种用来比较的非汉语，都是调查得来的现代语。而汉语的研究也开了现代各地方言调查的一条大路。这种注重活的现代语，表示我们学术的兴趣伸展到了现代，虽然未必有关实用，可是跟现代的我们总近些了。其实也未必全然无关实用，非汉语的研究对边疆研究是有用处的。一方面研究活的现代语就不由得会注意到语法，这也促成了文法学的进步。训诂学更是刚起头。训字有顺文说解的意思，诂字是用现代语解说古代语的意思。按照“训诂”的字义和历来训诂的方法，训诂学虽然从字义的历史下手，也得注意到文法和现代语的，但是形态也罢，语音也罢，训诂也罢，文法也罢，都是从历史的兴趣开场，或早或迟渐渐伸展到现代；从现代的兴趣开场伸展到历史的，似乎只有所谓意义学。

“意义学”这个名字是李安宅先生新创的，他用来表示英国人瑞恰慈和奥格登一派的学说。他们说语言文字是多义的。每句话有几层意思，叫做多义。唐代的皎然的《诗式》里说诗有几重旨，几重旨就是几层意思。宋代朱熹也说看诗文不但要识得文义，还要识得意思好处。这也就是“文外的意思”或“字里行间的意思”，都可以叫做多义。瑞恰慈也正是从研究现代诗而悟到多义的作用。他说语言文字的意义有四层：一是文义，就是字面的意思。二是情感，就是梁启超先生说的“笔锋常带情感”的情感。三是口气，好比公文里上行平行下行的口气。四是用意，一是一，二是二是一种用意，指桑骂槐，言在此而意在彼，又是一种用意。他从现代诗下手，是因为现代诗号称难懂，而难懂的缘故就因为一般读者不能辨别这四层意义，不明白语言文字是多义的。他却不限于说诗，而扩展到一般语言文字的作用。

他说听话读书如不能分辨这四层意义，就会不了解，甚至误解。不了解诗或误解诗，固然对自己的享受与修养有亏。不了解或误解某一些语言文字，往往更会误了大事，害了社会。即如关于一些抽象名词的争辩如“自由”“民主”等，就往往因为彼此不了解或误解而起，结果常是很严重的。他以为除科学的说明真乃一是一，二是二以外，一般的语言大都是多义的。因此他觉得兹事体大。瑞恰慈被认为科学的文学批评家，他的学说的根据是心理学。他说的语言文字的作用也许过分些，但他从活的现代语里认识了语言文字支配生活的力量，语言文字不是无灵的。他们这一派并没有立“意义学”的名目，所根据的心理学也未必是定论，意义学独立成为一科大概还早，但单刀直入地从现代生活下手研究语言文字，确是值得我们注意的。

论通俗化

文体通俗化运动起于清朝末年。那时维新的士人急于开通民智，一方面创了报章文体，所谓“新文体”，给受过教育的人说教，一方面用白话印书办报，给识得些字的人说教，再一方面推行官话字母等给没有受过教育的人说教。前两种都是文体的通俗化，后一种虽然注重在新的文字，但就写成的文体而论，也还是通俗化。

这种用字母拼写的文体，在当时所能表现的题材大概是有限的。据记载，这种字母的确曾经深入农村，农民会用字母来写便条，那大概是些很简单的话。最复杂的自然的“新文体”，可是通俗性大概也就比较得最小。居中的是那些白话书报。这种白话我看到的不多，就记得的来说，好像明白详尽，老老实实，直来直去。好像从语录和白话小说化出；我们这些人读起来大概没有什么味儿。

原来这种白话只是给那些识得些字的人预备的，士人们自己是不屑用的。他们还在用他们的“雅言”，就是古文，最低限度也得用“新文体”，俗语的白话只是一种慈善文体罢了。然而革命了，民国了，新文学运动了，胡适之先生和陈独秀先生主张白话是正宗的文学用语，大家该一律用白话作文，不该有士和民的分别。五四运动加速了新文学运动的成功，白话真的成为正宗的文学用语。

而“新文体”也渐渐地在白话化，留心报纸的文体就可以知道。“一律用白话来作文”的日子大概也不远了。

胡先生等提倡的白话，大概还是用语录和白话小说等做底子，只是这时代的他们接受了西化，思想精密了，文章也简洁了。他们将雅俗一元化，而注重在“明白”或“懂得性”上，这也可以说是平民化。然而“欧化”来了，“新典主义”来了。这配合着第一次世界大战给中国带来的暂时的繁荣，和在这繁荣里知识阶级生活欧化或现代化的趋向，也是“势有必至，理有固然”。于是乎已故的宋阳先生指出这是绅士们的白话，他提倡“大众语”，这当儿更有人提倡拼音的“新文字”。这不是通俗化而是大众化。而大众就是大众，再没有“雅”的分儿。

然而那时候这还只能够是理想；大众不能写作，写作的还只是些知识分子。于是乎先试验着从利用民间的旧形式下手，抗战后并且有过一回民族形式的讨论。讨论的结果似乎是：民族形式可以利用，但是还接受“五四”的文学传统，还容许相当的欧化。这时候又有人提倡“通俗文学”，就是利用民族形式的文学。不但提倡，并且写作。

参加的人有些的确熟悉民族形式，认真地做去。但是他们将通俗文学和一般文学分开，不免落了“雅俗”的老套子。于是有人指出，通俗文学的目标该是一元的；扬弃知识阶级的绅士身分，提高大众的鉴赏水准，这样打成一片，平民化，大众化。

但是说来容易做来难。民间文学虽然有天真、朴素、健康等长处，却也免不了丑角气氛，套语烂调，琐屑啰嗦等毛病。这是封建社会麻痹了民众才如此的。利用旧形式而要免去这些毛病，的确很难。除非民众的生活大大地改变，他们自己先在旧瓶里装上新酒，那么用起旧形式来意义才会不同。这自然还是从知识分子方面看，因为从民众里培养出作家，现在还只是理想。不过就是民众生活改变了，知识分子还得和他们共同生活一个时期，多少打成一片，用起旧形式来，才能有血有肉。所以真难。

再说普通所谓旧形式，大概指的是韵文，散文似乎只是说书：这就是说散文是比较地不发达的。原来民众欣赏文艺，一向以音乐性为主，所以对韵文的要求大。他们要故事，但是情节得简单，得有头有尾。描写不要精细曲折，可是得详尽，得全貌。这两种要求并不冲突，因为情节尽管简单，每一个情节或人物还不妨详尽地描写。至于整个故事组织不匀称，他们倒不在乎的。韵文故事如此，散文的更得如此，这就难。

然而有些地方的民众究竟大变了，他们自己先在旧瓶里装上新酒，例如赵树理先生《李有才板话》里的那些段“快板”的语句。这些快板也许多少经过赵先生的润色，但是相信他根据的，原来就已经是旧瓶里的新酒。有了那种生活，才有那种农民，才有那种快板，才有快板里那种新的语言。赵先生和那些农民共同生活了很久，也才能用新的语言写出书里的那些新的故事。这里说“新的语言”，因为快板和那些故事的语言或文体都尽量扬弃了民族形式的封建气氛，而采取了改变中的农民的活的口语。自己正在觉醒的人民，特别宝爱自己的语言，但是李有才这些人还不能自己写作，他们需要赵先生这样的代言人。

书里的快板并不多，是以散文为主。朴素，健康，而不过火，确算得新写实主义的作风。故事简单，有头有尾，有血有肉。描写差不多没有，偶然有，也只就那农村生活里取喻，简截了当，可是新鲜有味。另有长篇《李家庄的变迁》，也是赵先生写的。周扬先生认为赶不上《板话》里那些短篇完整。这里有了比较详尽的描写，故事也有头有尾，虽然不太简单，可是作者利用了重复的手法，就觉得也还单纯。这重复的手法正是主要的民族形式：作者能够活用，就不腻味。而全书文体或语言还能够庄重，简明，不啰嗦。这也就不易了。这的确是在结束通俗化而开始了大众化。

文学与语言

关于这个问题，今天讲的只是常识方面的几句话，打算分作五项讲：

（一）口语与写作

大家都知道，口语在前，写作在后，就是说先有语言，后有文字，口语记录便成为文字。口语跟文字不过是两种工具，用来发表思想表示感情。这两种工具有许多不同的地方，文言跟口语固然差别很多，白话跟口语也不尽同，言文一致只是一种理想，因为口语跟文言、白话的规则有差别，我们有所谓文法句法，应当还有语法。拿口语来讲："他没有来借？"这句话在文字上须写成"他还没有来"，又如"你吃饭过吗"，要写成"你吃过饭吗"才通。

在写作上散文与诗的句法也不相同。譬如"竹喧归浣女"，意思就是"竹喧浣女归"。有些人往往把诗看得很神秘，以为诗不合逻辑就越好，诗人的态度应该是蓄长发穿破皮鞋的。其实诗并无神秘，不过写法不同罢了。最近死去的陈之原，他在张之洞幕府里的时候，有一次伴着张之洞重九登高，作了一首七言律诗，第七句是"作健逢辰领元老”，张之洞看了很不高兴，他以为元老怎么会被人领呢？一被人领了便不元不老了。这句诗的本意就是“作健逢辰元老领”。张之洞也是个诗人，但是他把诗法与文法混在一块了。

其次说到口语，口语的好处，活泼、亲切、自然，说时有姿态、手势来帮助表情。如中国人的眨眨眼，摇摇头，洋人的耸耸肩膀，都表示一种感情。声调语气也有种种变化，有轻重快慢的不同。但说话只能对少数人，广播的说话可以对多数人，不过姿势表情没有了，又少修饰，很使人听得不耐烦。还是不能代替文字的写作。

写作的好处在条理清楚。它没有声调姿势的帮助，便利用条理。文字的简洁或增加，是经过一种选择的。这种选择便是修饰功夫。写作不但条理清楚，而且比说话经济。说五分钟话，写成文字，两分钟就看完了。

（二）白话与文言

白话与文言可说是两种语言。这两种语言的分别，弄清楚了有很多好处。一般人以为文言的阅读需经过脑筋翻译成白话才能明了，写文言文要把白话翻译成文言而后能写成文字。这是一种错误观念。这种观念大概是从学习外国语而来的。因为初学外国语时，须先经过一种翻译才能阅读和写作。其实写文言不必翻译正如精通外国文的人写作和阅读不需要翻译一样。英文学得不好的人，写作时要先打中文稿子，结果便写成中国英文了。拿白话翻成文言，也就不能成真正文言。

有人说文言的好处在简单，白话太繁。这也是不对的，两者都有繁简。博士卖驴，写完三纸，不见驴字。这不是文言的繁吗？繁简只是写作艺术上的问题，不是文言和白话的分别。

就语汇和字汇来分别也不好，白话文中免不了有用文言字的。但就方式说，白话和文言就大不相同了。譬如说，“听父亲的话”听来很顺耳，说“接受父亲的意见”，在一般年纪老一些的人听来便不大舒服了。“五四”以后，青年人的地位渐渐增高了，说“接受父亲的意见”便不觉怎样不对。“接受父亲的意见”这方式文言中是没有的。生活的改变，语言方式有了新的增加。

韩愈讲文气，他说：“气，水也；言，浮物也，水大而物之浮者，小大毕浮，气之与言犹是也。”这里所谓气，应该是新的语式，韩愈讲究文气，就是用新的语式加入文章。有人说韩愈复古，作古文，我以为他是革新，作新文体。明清的古文家，描写人的对话时，也极力想接近当时说话的口气。原因是当时的生活渐渐改变了，旧文体不能胜任，不得不有变化。最明显的改变是清末梁启超所倡的新文体。

“五四”提倡白话到现在，就文学说，刚立好基础，应用则已很广。至于公文等的应用，仍旧用文言。因为其中好多语式未改变，用文言写来比较方便，譬如：文言中的“尊著”，用白话写就是“你的著作”。这似乎太不客气。写作“你的大作”，便客气些，但就带着文言的味道了。再如“仁兄”这个称呼也不易改变。固然，直呼名字，在“五四”时认为前进；“你我”相称，可以表示亲热，若用于尊长，便见得太亲热了，也可说不大庄敬。

语言是有许多阶层的，正如社会有许多阶层一样。语汇和谈话方式各阶层自成一套。因为教育和环境的不同，所以对语言的了解力也不同。此是纵的方面。横的方面看，散文与诗有着差别，前面已经说过了，而骈文散文也不一样。例如："远迹曹爽，洁身懿师。"这句子，依散文的观点来看，像是说阮籍追随着曹爽，其实这是远避的意思。因为骈文与散文在组织与文法上有很大的差别。

专就散文而论，桐城派的古文与从前的《大公报》的社评也不同。后者可称为新文言或变质的文言，其中夹上许多的新名词，而没有声调之美。古文读起来是可以摇头摆尾的，但读《大公报》的社评，头摇不起来，尾也摇不出来。所以我们必须用不同的眼光去观察，把它们看成两种东西。

（三）文字与文学

说到文字与文学，最好先从语言上着眼，语言可分表情的与达意的两种。譬如，你在食堂门口碰见朋友，问他"吃饭了没有？"不吃饭怎么到食堂里来呢？又如问外面进来的朋友："有太阳没有？"太阳当然不会没有的。意思是说看没看见太阳。这些话都是没有什么意思的，不过表示一种对朋友的关心。目的不是达意而是表情。

文学大多是偏重在表示感情的，有人说文字使人知，文学使人感。有把文字的功用分为四种的。一表达意思，二表达感情，三表示口气，四表示目的。其实严格分别是不可能的。大概说来，文字要注重条理，文学更要注重具体描写。例如："五月榴花照眼明""枯藤老树昏鸦，小桥流水人家，古道西风瘦马。夕阳西下，断肠人在天涯"。都是凑合许多形象，如给人一幅画图一样。这是文学，不是文字。

诗是最文学的，所表示的感情特别强烈。有人以为诗与散文的不同，是在韵脚和节奏的有无，但骈文有节奏，赋有韵脚，这并不是诗。用诗意来分别也不好，散文中也有富于诗意的。就形式来分也很难，现在的分行的新诗有许多并不像诗。我看，比较保险的分法就是诗的表情比文更强烈一点。

（四）比喻与文学

比喻在口语中我们常常用到它，但在文学中，比喻尤其重要。山头、山脚，都是比喻，用惯了便不觉得。这种比喻是死的，还有活的比喻，如："这个人的舌头像刀一样。""眼睛像星一样。""日本人的泥脚。"等等。

比喻是文学的重要的一部分，它的来源有二：改变旧的，或创造新的。诗人与文人必须常常制造比喻，改造比喻。典故也是一种比喻。放着许多典不用也觉可惜。不过典应有新的用法，偏僻的典不可用。

（五）组织与排列

这可分三节讲：

1. 颠倒：为了文字的经济，有时要改变普通的组织排列。如韦应物的诗："独夜忆秦关，听钟未眠客。"意思上的次序是说一个孤独的旅人，夜里听着钟声，想念秦关而不能入眠。小说中也常有颠倒的写法，劈空而来，再转头说回去，这样更见得有力。

2. 重复与夸张：重复就是兜着圈子说，表示加重意思。如古诗："行行重行行，与君生别离。相去万余里，各在天一涯。道路阻且长，会面安可知……"

再如："东边一棵杨柳树，西边一棵杨柳树。南边一棵杨柳树，北边一棵杨柳树。任他千万杨柳树，怎能挽得离情住？”说来说去，只是一个别离而已。

至于夸张，例子多不胜举。就说四川的山歌吧：“你的山歌没得我的多，我的山歌比牛毛多。唱了三年六个月，没有唱完一只牛耳朵。”

3. 声律与排比：声律是使文学美化的一个要素，旧诗中的音调都是很美的。新诗则利用节奏。

排比在古文学中甚占地位，白话文也少不了它。胡适之先生的文章大家说好，他就是喜欢用排比的，例如：“写字的要笔好，杀猪的要刀好。”

今天讲的只是个大概，至于证例，诸位在阅读时常可找到的。

高中毕业生国文程度一斑

本年（指1933年，编者注）清华大学入学试验，平沪两处参加的共二千二百多人。作者与几位同事担任看国文试卷中的作文；本人所看的约有四百五十本。看时大家讨论，并随手摘记卷中别字。现在将阅卷后的感想写出来，也许可以供高中国文教学参考。这里并不完全是作者个人的意见，但作者愿负完全的责任。再则这里仅仅是一些零碎的感想，不是精密统计的结果；那要大规模地做，不是仓促间所能办到的。

这回的题目是《苦热》《晓行》《灯》《路》《夜》，考生只要选作一个，文言白话均可。但作文言的很少。五题中选《苦热》的似乎最多，其次是《夜》，又次是《晓行》；选《灯》《路》的最少。这些题的用意在看看考生观察与描写的能力。从前我们也出过些议论题，但看起卷来，总是许多照例的泛而不切的话。我们想高中毕业生所知道的也许还不够发议论，所以变变样子，给些小题目，让他们在日常生活里找点自己的话。但他们大多数还是发照例的议论，自己似乎并没有话说；做《灯》便说灯有菜油灯、煤油灯、电灯，做《路》便说路有泥路、石子路、柏油路，其他别无精义。不发议论的也有，却往往只将题目轻轻一点，便飏了开去，来一大段不相干的故事或不相干的谈话。譬如《夜》吧，就说夜里想到一件故事，而这故事里毫无夜的影子。譬如《晓行》吧，就说早晨走到田野间，遇见一个农人，诉了些苦处，叹息而归，也全不提到早晨的样子。自然我们并不妄想人人能作美文，但希望说些切实的话，所谓“言之有物”。至于运用文字，也极少熟练的；几乎每篇都有些不顺的句子，加上满眼的别字。大部分文从字顺的（虽然没说出什么东西），至多怕只有十分之一。

“苦热”的“苦”字，除了几本例外，都被当作形容词看；或解作既苦且热，或解作苦的热。北平考生做这个，总是分两面立论：“阔人”虽也热得难受，但可以住洋房、用电扇、吃冰激凌，还可以上青岛、北戴河去。“穷人”的热可“苦”了，洋车夫在烈日炎炎的时候还得拉着车跑；跑得气喘汗流，坐车的还叫快走，于是乎倒地而死。这一回卷子里，洋车夫可真死得不少。上海考生做这个题目，也分阔人、穷人两大段，但多说到洋车夫气喘汗流而止，不再说下去。在北平的人到底比在上海的人老实些。但有人说北平的洋车夫确是比上海的苦些；大概也有关系的。做《夜》的也常有分阔人的夜与穷人的夜的。做《晓行》的虽因早晨的乡间不大会有阔人而拉扯不上去，但也常将农人的穷苦与苛捐杂税等等发挥一番。

这种恨富怜穷的思想，是这回南北试卷里的普遍思想。我不说根本思想，因为看出来这并不一定是考生诸君自己真正相信的思想。凡相信一件事，必知道得真，议论得切；但卷子里只是些人云亦云的门面话，像是哪儿捡来似的。有一本卷子文后有小注云：“看见夏丏尊先生所著之文章做法上说，文需从小处描写；又读诸杂志上谓时代渐趋于普罗文学，生遂追时代潮流效夏先生之语而作此。”第一层并未做到，这本不容易；第二层却一做就做到了。“追时代潮流”这一句话，我想可以说明这回卷子里大部分恨富怜穷的思想。我们知道这是近年来最流行的思想，“诸杂志”确是多说的这个。青年人谁不怕落伍？怕便非“追”不可。这个思想自然不止于恨富怜穷，但他们并不想真个见诸行事，所以只要得其大意，便于谈说，就成。见诸他们行事的，怕还是别种思想，那是在他们家庭里社会里多少年培养起来的。那才是他们的基本思想。那种思想固然也可转变，但单是杂志却没有这么大力量。所以就卷子论卷子，我们不禁想到这种恨富怜穷也不过一种洋八股而已。看起来大部分的考生似乎是既不自己张开眼看，也不自己按下心想的。而他们都是高中毕业生。因此我们不能不疑惑高中的教师真个尽了他们的责任。

教学生能自己观察、自己思想，本来很难。上讲堂东引一个文学家，西引一个文学家，这儿捡点儿，那儿凑点儿，可以说得天花乱坠，学生也乐意听。可是东风过耳，听完了除了几句口头禅，还有什么留着？理想的教师不但想到学生的耳朵，还想到他们的脑子。他得先将自己所要讲的仔细想过，再和学生认真讨论，即使面红耳赤也无妨。也得让学生认真多读书，养成他们自己的判断力。无论精读泛览，要读要览才有用；一纸书目，虽天天花样翻新，只是装修门面罢了。精读更须让学生一字一句不放松，在可能范围内，务必得其确解。“读书不求甚解”一句话，照字面讲，最易误人，尤其是青年学生。这回卷子里有“陋巷小胡同”“风所流的才子”等话，都是向来不求甚解，才至于此。

现在青年学生的通病是大而化之，不拘小节。他们专讲兴趣而恨训练；看国文教师只是新思潮的贩子，所有的新思潮他都得来一手儿。国文教师为供给这种需要，也便到处张罗，专心对付；乐得些不看笔记，不改作文，只天天上讲堂去开开话匣子。大家仿佛都觉得做不通的文字不要紧，写别字不要紧，张冠李戴不要紧，指鹿为马不要紧；其实他们也并非真个甘心如此，只是怕麻烦，不上劲儿。事事等兴趣，兴趣不常来，来了不常在；只好马马虎虎一气。这回卷子里像“莫之能也”“亦不觉其以为苦也”“嗅（臭）汗满流夹（浃）背”“饱尝足了”等句子不在少处。又作者看的四百五十本中，粗粗计算，有别字六百九十七个，重复的无数。其中因形声相近而误的三百零八个，因声近而误的一百七十二个，不成形体或增减笔画的一百四十五个，因形近而误的五十九个。有些错得离奇：如“旗袍”作“妓袍”，“蚊子”作“蛟子”；又如“吵闹”作“嗓闹”，是将“吵”误作“噪”，又将“噪”误作“嗓”；又如“袒裼裸裎”作“坦蒂裸陈”，四个字只对了一个字，“蒂”字是因误读“袒裼”的“裼”字，又写成了声近的“蒂”字。这都是平时读书不留意又少练习之故。（又如《苦热》一文，写天热常说摄氏七十度、八十度，直到二百三四十度。这种常识怎么会错？都因不肯用心记，只晓得有个某氏寒暑表，以为就够用了。）

许多人说，现在高中学生的国文程度远不如二十年前的中学生了。这好像所谓“一代不如一代”，其实不然。先前中学生国文好，是家庭的力量而非学校的力量；那时的国文教师实在无教学法，只照本宣科，学生不会得益处。现在家庭里大概都是新人，忙于自己的职业，无暇管这件事；国文教学法虽长足地进步，却又很少人认真实行，学生程度当然就差了。但这是有办法的。中国文字，诚然难学，从前人十年窗下，也只练得这一种手艺；现在学校里功课多，好像有些来不及。不过教学法既进步，又有文法修辞及《词诠》一类书，帮助了解（新出《字辨》一书，辨各种别字颇详，也是有用的工具书。旧书也有这一类，但不易得），只要教师不将就学生，督促他们实行多看多读多作；作了不怕改，并且随时个别地指点，总有功效可见。

论朗读

在语文的教学上，在文艺的发展上，朗读都占着重要的位置。从前私塾里教书，老师照例范读，学生循声朗读。早年学校里教古文，也还是如此。五四以来，中等以上的国文教学不兴这一套；但小学里教国语还用着老法子。一方面白话文学的成立重新使人感到朗读的重要，可是大家都不知道白话文应该怎样朗读才好。私人在这方面做试验的，民国十五年左右就有了。民国二十年以后，朗读会也常有了，朗读广播也有了。抗战以来，朗读成为文艺宣传的重要方法，自然更见流行了。

朗读人多称为“朗诵”，从前有“高声朗诵”的成语，现在有“朗诵诗”的通名。但“诵”本是背诵文辞的意思，和“抽绎义蕴”的“读”不一样；虽然这两个词也可以通用。“高声朗诵”正指背诵或准备背诵而言，倒是名副其实。白话诗文的朗诵，特别注重“义蕴”方面，而腔调也和背诵不同。这该称为“朗读”合式些。再从语文教学方向看，有“默读”，是和“朗读”相对的词；又有“精读”“泛读”，都着眼在意义或“义蕴”上。这些是一套；若单出“朗诵”，倒觉得不大顺溜似的。最有关系的还是“诵”的腔调。所谓“诵”的腔调便是私塾儿童读启蒙书的腔调，也便是现在小学生读国语教科书的腔调；这决不是我们所谓“读”的腔调——如恭读《总理遗嘱》的腔调。我们现在已经知道，白话文宜用“读”的腔调，“诵”是不合式的。所以称“朗诵”不如称“朗读”的好。

黄仲苏先生在《朗诵法》（二十五年，开明）里分“朗诵腔调”为四大类：

一曰诵读　诵谓读之而有音节者，宜用于读散文，如《四书》、诸子、《左传》、《四史》以及专家文集中之议、论、说、辩、序、跋、传记、表奏、书札等等。

二曰吟读　吟，呻也，哦也。宜用于读绝诗、律诗、词曲及其他短篇抒情韵文如诔、歌之类。

三曰咏读　咏者，歌也，与咏通，亦作永。宜用于读长篇韵文，如骈赋、古体诗之类。

四曰讲读　讲者，说也，谈也。说乃说话之“说”，谈则谓对话。宜用于读语体文。

这四分法黄先生是“审辨文体，并依据《说文》字义及个人经验”定的。按作者所知道的实际情形和个人经验，吟读和咏读可以并为一类，叫做“吟”；讲读该再分为“读”和“说”两类；诵读照旧，只叫做“诵”。下面参照黄先生原定的次序逐项说明。

《周礼》：“大司乐以乐语教国子：兴、道、讽、诵、言、语”。郑玄注，“倍文曰讽，以声节之曰诵”。段玉裁道，“倍同背，谓不开读也；诵则非直背文，又为吟咏以声节之”（《说文解字》言部注）。古代的诵是有腔调的，由此可见。腔调虽不可知，但“长言”或“永言”——就是延长字音，——的部分，大概总是有的。《学记》里道，“今之教者，呻其占毕”，“呻”是“吟诵”，是“长咏”（注疏），可以参证。至于近代私塾儿童诵读《百家姓》《千字文》《龙文鞭影》以及《四书》等的腔调，大致两字一拍，每一停顿处字音稍稍延长，恐怕已经是佛教徒“转读”经文的影响，不尽是本国的传统了。吟的腔调也是印度影响，却比诵复杂得多。诵宜于短的句读，作用是便于上口，便于记，便于背；只是“平铺直叙，琅琅诵之”（《朗诵法》一二六面），并没有多少抑扬顿挫。黄先生所举的书，似乎只《四书》还宜于诵；诸子以下句读长，虽也可以诵，却得加些变化，参入吟腔才成。朗读这些书，该算是在吟诵之间。

至于小学国语教科书，无论里面的“国语”离标准语近些远些，总之是“语”，便于上口。文宜吟诵，因为本不是自然的；语只宜读或说；吟诵反失自然，使学生只记辞句，忽略意义。这是教学上一个大损失。现行小学国语教科书有的韵语太多，似乎有意使儿童去“诵”，作者极不以为然。在原编辑人的意思，大概以为韵语便于记忆些，一方面白话诗可选的少，合于小学生程度的更少。韵语便于记忆是事实，可是那种浮滑而不自然的韵语给儿童不好的榜样，损害他们健全的语感，代价未免太大。倒是幸而他们只随口诵读过去，不仔细去体味；不然，真个拿那种韵语做说话和写作的榜样，说出来写出来的恐怕都有点不像话。儿童需要诗歌很迫切，也是事实。但白话诗合用的其实不少见。一般编辑人先就看不起白话诗，不去读，也不肯去翻那些诗集，这怨谁。再说歌谣也是可选的，那些编辑人也懒得找去。他们只会自作聪明地编出些非驴非马的韵语！作者以为此后国语教课书里不妨多选些诗歌：白话诗，歌谣，近于白话的旧诗词曲。白话诗只要“读”，旧诗词曲要吟或吟诵，歌谣要说或吟唱。白话文也只要读，白话只要说。这些下文还要论及。——单纯的诵腔帮助很少，作者以为可以不用。

还有一种诵腔，值得提一下。最早提倡读诗会的是已故的朱湘先生，那是民国十五年。他的读诗会只开过一回或者没有开成，作者已经记不起；但作者曾听过他朗读他的《采莲曲》。那是诵，用的是旧戏里的一种“韵白”。他自己说是试验。《采莲曲》本近于歌，似乎是词和小调的混合物，腔调是很轻快的。“韵白”虽然也轻快，可是渗透一种滑稽味，明明和《采莲曲》不能打成一片，所以听起来总不顺耳似的。这种近歌的诗在白话诗里极少，几乎可以算是例外。应该怎样朗读，很不容易定；也许可用吟腔试试。不过像“韵白”这类腔调，如果做滑稽诗或无意义的诗，也可以利用。这类诗其实也是需要的。

吟特别注重音调节奏，最见出佛经“转读”的影响（参看胡适《白话文学史》上卷二〇五至二一五面）。黄先生说：“所谓吟者，……声韵应叶，音节和谐。吟哦之际，行腔使调，至为舒缓，其抑扬顿挫之间，极尽委婉旋绕之能事。……盖吟读专以表达神韵为要。”又说，“吟读……行腔使调，较咏读为速，而比之诵读则稍缓”（《朗读法》一二六至一二七面）。这里指出的“吟读”“诵读”的分别，确是有的；不过作者认为后者只是吟腔的变化，或者吟诵相杂，所谓吟诵之间，不必另立一类。赵元任先生在《新诗歌集》（商务版）里说过，吟律诗吟词，各地的腔调相近，吟古诗吟文就相差得多。大概律诗和词平仄谐畅，朗读起来，可以按二字一拍一字半拍停顿，每顿又都可以延长字音，每拍每顿听上去都很亭匀的，所以各地差不多。古诗和文，平仄没有定律，就没有这样的客观的一致了。而散文变化更多。唐擘黄先生曾在《散文节拍粗测》（《国故新探》，商务）里记出他朗读韩愈《送董邵南序》和苏洵《乐论》各一段的节拍。前者是二字一顿或一字一顿，如“燕赵古称多慷慨悲歌之士”便有六拍；后者大不相同，如“雨，吾见其所以湿万物也”便只两拍。唐先生说：“每秒时中所念的平均字数之多少随文势之缓急而变。如上示两例，《乐论》比《送董序》每秒平均字数多一倍（前者每秒平均二·四字，后者一·二字）；而它的文势也比《送董序》急得多。文势的缓急是关乎文中所表的情境。”——散文有时得吟，有时得吟诵；黄先生以为诸子专集等等和《四书》同宜于诵，而将吟限于绝律诗、词曲等，似乎不合于实际情形。

“五四”以来，人们喜欢用“摇头摆尾的”去形容那些迷恋古文的人。摇头摆尾正是吟文的丑态，虽然吟文并不必需摇头摆尾。从此青年国文教师都不敢在教室里吟诵古文，怕人笑话，怕人笑话他落伍。学生自然也就有了成见。有一回清华大学举行诵读会，有吟古文的节目，会后一个高才生表示这节目无意义，他不感觉兴趣。那时是民国二十几年了，距离五四已经十几年了。学校里废了吟这么多年，即使是大学高才生，有了这样成见，也不足怪的。但这也是教学上一个大损失。古文和旧诗、词等都不是自然的语言，非看不能知道它们的意义，非吟不能体会它们的口气——不像白话诗文有时只听人家读或说就能了解欣赏，用不着看。吟好像电影里的“慢镜头”，将那些不自然的语言的口气慢慢显示出来，让人们好捉摸着。桐城派的因声求气说该就是这个意思。钱基博先生给《朗诵法》作序，论因声求气法最详尽，值得参考。他引姚鼐的话：“大抵学古文者，必要放声疾读，只久之自悟；若但能默看，即终身作外行也。”（见《尺牍》《与陈硕士》）又引曾国藩的话：“如《四书》《诗》《书》《易经》《左传》《昭明文选》，李、杜、韩、苏之诗，韩、欧、曾、王之文，非高声朗读则不能得其雄伟之概，非密咏恬吟则不能探其深远之趣。二者并进，使古人之声调拂拂然若与我之喉舌相习，则下笔时必有句调凑赴腕下，自觉琅琅可诵矣。”（见《家训》《字谕纪泽》）这都是很精当的。现在多数学生不能欣赏古文旧诗，词等，又不能写作文言，不会吟也不屑吟恐怕是主要的原因之一。作者虽不主张学生写作文言，但按课程标准说，多数学生的这两种现象似乎不能不算是教学上的大损失。近年渐渐有人见到这个道理，重新强调吟的重要；如夏丏尊、叶圣陶二先生的《文心》里便有很好的意见——他们提议的一些吟古文的符号也简明切实。作者主张学校里恢复从前范读的办法，吟、读、说并用。

黄先生所谓“讲读”，是“以说话谈论之语调出之”（《朗诵法》一二八面），只当得作者的“说”类。赵元任先生论白话诗也说过：“白话诗不能吟，……是本来不预备吟的；既然是白话诗，就是预备说的，而且不是像戏台上道白那末印板式的说法，……乃是照最自然最达意表情的语调的抑扬顿挫来说的。”（《新诗歌集》）他们似乎都以为白话诗文本于口语，只要说就成。但口语和文字究竟不能一致，况且白话诗文还有多少欧化的成分，一时也还不能顺口地说出。因此便不能不有“读”的腔调。从前宣读诏书，现在法庭里宣读判词，都是读的腔调。读注重意义，注重清楚，要如朱子所谓“舒缓不迫，字字分明”。不管文言、白话，都用差不多的腔调。这里面也有抑扬顿挫，也有口气，但不显著；每字都该给予相当分量，不宜滑过去。整个的效果是郑重，是平静。现在读腔是大行了，除恭读《总理遗嘱》外，还有宣读国民公约，宣读党员守则等；后两者听众并须循声朗读。但这些也许因为读得太熟，听得太熟了，不免有读得太快、太模糊的时候，似乎不合于读的本意。这些都是应用的文言；一切应用的文言都只宜于读。这也关涉到语文的教学。至于白话诗文，向来是用读腔的。赵元任先生的国语留声机片便是如此。他所谓“说”，和黄先生所谓“讲读”，恐怕也就是作者所谓“读”。这也难怪，白话文里纯粹口语原很少，戏剧能用纯粹口语的，早期只有丁西林先生，近年来才多起来。赵黄两先生似乎只注意到白话诗文本于口语，虽不是纯粹口语，按理想总该是“预备说的”。可是赵先生实地试验起来，便觉有时候并不能那么“最自然”地“说”了，他于是只好迁就着“读”。可是他似乎还想着那也是“说”，不过不是“最自然”的罢了。赵先生说起戏台上的道白。戏台上道白有艺术白和自然白的分别。艺术白郑重，可以说与“读”相当；自然白轻快，丑角多用它，和“说”也有些相象。——白话诗文自当以读为主。

早期白话诗文大概免不了文言调，并渗入欧化调，纯粹口语成分极少。后来口语调渐渐赶掉了文言调，但欧化调也随着发展。近年用纯粹口语——国语，北平话——的才多些，老舍先生是一位代表。但比较起来还是少数。老舍先生的作品富于幽默的成分，“说”起来极有趣味。抗战前北平朱孟实先生家里常有诵读会，有一回一位唐宝钦先生“说”老舍先生的《一天》，活泼轻快，听众都感兴趣，觉着比单是阅读所得的多——已经看过原文的觉得如此，后来补看原文的也觉得如此。作者在清华大学一个集会里也试过浑家先生的《奉劝大爷》（二十五年二月三日《立报》），那是讽劝胡汉民先生的。听众也还感觉趣味。这两篇文都短而幽默。非幽默的长文，作者也在清华诵读会里试说过一回。那是作者自己的《给亡妇》。这篇文是有意用口语写的，但不敢说纯粹到什么程度。说的当儿一面担心时间来不及，一面因为自己说自己的文字有些不好意思，所以说得很快，有点草草了事似的，结果没有能够引起听众的特别注意。作者以为这种文字若用的真是纯粹口语，再由一个会说的人来说，至少可以使听众感到特别真切的。至于用口语写的白话诗，大家最容易想起的该徐志摩先生的那些“无韵体”的诗。作者觉得那些诗用的可以算是纯粹口语。作者曾在清华的诵读会里试说过他的《卡尔佛里》一首。一面是说得不好，一面也许因为题材太生疏罢，失败了。但是还值得试别首，作者想。还有赵元任先生贺胡适之先生四十生日的诗（十九年十二月十八日北平《晨报》），用的道地的北平话，很幽默的，说起来该很好。徐先生还写过一首他的方言（硖石）诗，《一条金色的光痕》，是一个穷老婆子给另一个死了的穷老婆子向一位太太求帮衬的一番话。作者听过他的小同乡蒋慰堂先生说这首诗，觉得亲切有味。因此想起康白情先生的《一封未写完的信》那首诗，信文大部分用的是口语，有些是四川话；作者想若用四川腔去说，该很好。

早期的戏剧，只有丁西林先生的作品演出时像是话，别的便不免有些文气或外国语气，不像真的。近年来戏剧渐渐发展，抗战以后更盛，像话的对话才算成立了。曹禺先生当然是一位很适当的代表。不久得见陈白尘先生的《结婚进行曲》，觉得那前几幕里的对话自然活泼，好像有弹性似的，值得特别注意。戏剧是预备演的，对话得是“最自然”的，所以非用纯粹口语不可。戏剧虽然不止是预备说的，但既然是“最自然”的对话，当然最宜于说；要训练说腔，戏剧是最适合的材料——小说和散文里虽然也有对话，可是纯粹口语比较少。戏剧的发展可以促进说的发展。不过大部分白话诗文还是只宜于读。就白话文作品而论，读是主腔，说是辅腔；我们自当更着重在读上。

现在的诗歌朗诵，其实是朗读。作者还没有机会参加过这一类朗诵会，但曾请老舍先生读过《剑北篇》的一段和《大地龙蛇》里那段押韵的对话。听的所得比看的所得多而且好。特别是在看的时候总觉得那些韵脚太显著，仿佛凸出纸面上似的刺眼，可是听的时候只觉得和谐，韵脚都融化在句子里好像没有了一般。老舍先生不像吟旧诗、词等的样子重读韵脚，而是照外国诗的读法顺着辞气读过去。再说《剑北篇》原用大鼓调句法，他却只读不吟唱，大概是只要郑重和平静的效果的缘故。——读的用处最广大，语文教学上应该特别注重它；现在的学生只在小学里学会了诵，吟、读、说都不曾学。诵在离开小学后恐怕简直用不着；读倒是常常用着。黄先生说到教室内的国文教学，学生“起立读文，……每因害羞，辄以书掩面，草草读毕，或因胆怯，吞吐嗫嚅，期期不能出诸口；偶或出声，亦细微不可辨”（《朗诵法》一三六面）。这是实在情形，正是没有受过读的训练的结果。作者主张小学的国语教学应该废诵重读，兼学吟和说；大中学也该重读，恢复吟，兼学说。有人或许觉得读和说不便于背。其实这是没有根据的成见。背读《总理遗嘱》便是眼前的反证。作者曾试过背读白话诗，觉得至少不比背吟古体诗难。至于背说，演员背戏词也是眼前的例子；还有中小学生背演说的也常见。——语文教学里训练背说，便可以用剧本作材料，让学生分任角色说对话，那么，背起来就更容易了。

诵读教学

前天北平报上有黎锦熙[1]先生谈国语教育的一段记载。“他认为现在教育成绩最坏的是国文，其原因，第一在忽视诵读技术。……他于二十年前曾提倡新文学运动，也曾经提倡过欧化的文句。可是文法组织相当精密，没有漏洞。现在中学生作文与说话失去了联系，文字和语言脱了节。文字本来是统一的，语言一向是纷歧的。拿纷歧的语言来写统一的文字，自然发生这种畸形的病象。因此训练白话文的基本技术，应有统一的语言，使纷歧的个别的语言先加以统一的技术训练。所以大原则就是训练白话文等于训练国语。所谓‘耳治’‘口治’‘目治’这诵读教学三部曲，日渐纯熟，则古人的‘一目十行’‘七步成诗’并非难事。”这一段记载嫌笼统，不能使我们确切地了解黎先生的意思，但他强调“作文与说话失去了联系，文字和语言脱了节”，强调“诵读教学”，值得我们注意。

所谓“作文与说话失去了联系”，是指写作白话文而言。照上下

---

① 黎锦熙（1890—1978），字劭西，湖南湘潭人。著名语言文字学家、词典编纂家、文字改革家、教育家。曾任北京师范大学教授、文学院院长、教务长、校长。

文看，“失去联系”似乎指作文过分欧化，或者夹杂方言。过分欧化自然和语言脱节，夹杂方言是拿“纷歧的个别的语言”来搅乱统一的国语，也就是和国语脱节。欧化是中国现代文化的一般动向，写作的欧化是跟一般文化配合着的。欧化自然难免有时候过分，但是这八九年来在写作方面的欧化似乎已经能够适可而止了。照上下文看，黎先生好像以文法组织严密为适当的欧化的标准。但是一般中国文法书都还在用那欧语的文法做蓝本，在这个意义之下的“文法组织严密”，也许倒会使欧化过分的。这种标准其实还得仔细研究，现时还定不下来。可是我们却能觉察到近些年写作的欧化的确是达到了适可而止的地步。虽然适可而止，欧化总还是欧化，写作和说话总还在脱节。这个要等时候，加上“诵读教学”的帮忙，会渐渐习惯成自然，那时候看上眼顺的，念上口也会顺了，那时候“耳治”“口治”“目治”就一致了。

夹杂方言却与欧化问题不一样。从写作的本人看无论是否中学生，他的文字里夹些方言，恐怕倒觉得合拍些。在读者一面，只要方言用得适当，也会觉得新鲜或别致。这不能算是脱节。我虽然赞成定北平话为标准语，却也欣赏纯方言或夹方言的写作。近些年用四川话写作的颇有几位作家，夹杂四川话或西南官话的写作更多，有些很不错。这个丰富了我们的写的语言；国语似乎该来个门户开放政策，才能成其为国语。

我倒觉察到一些学生作文，过分地依照自己的那“纷歧的个别的语言”，而不知道顾到“统一的文字”。这些学生的作文自己读自己听很顺，自己读别人听也顺，可是别人读就不顺了。他们不大用心诵读别人的文字，没有那“统一的文字”的意念，只让自己的语言支配着，所以就出了毛病。这些学生可都是相当地会说话的；要不然，他自己读的时候别人听起来也就不会觉得顺了。从一方面看，这是作文赶不上说话，算是脱节也未尝不可。这些学生该让他们多多用心诵读各家各派的文字；获得那“统一的文字”的调子或语脉——叫文脉也成。这里就见得“诵读教学”的重要了。

现在流行朗诵，朗诵对于说话和作文也有帮助，因为练习朗诵得咬嚼文字的意义，揣摩说话的神气。但是也许更着重在揣摩上。朗诵其实就是戏剧化，着重在动作上。这是一种特别的才能，有独立性；作品就是看来差些，朗诵家凭自己的才能也还会使听众赞叹的。诵读和朗读却不相同。称为“读”就着重在意义上，“读”字本作抽出意义解，读白话文该和宣读文件一般，自然也讲究疾徐高下，却以清朗为主，用不着什么动作。有些白话文有意用说话体，那就应该照话那么“说”；“说”也是清朗为主，有时需要一些动作，也不多。白话文需要读的却比需要说的多得多，所以读、朗读或诵读更该注重。诵读似乎不难训练，读了白话文去背也并不难。只是一般教师学生用私塾念书的调子去读，或干脆不教学生读，以为不好读或不值得读。前者歪曲了白话文，后者也歪曲了白话文，所谓过犹不及。要增进学生了解和写作白话文的能力，是得从正确的诵读教学下手，黎先生的见解是不错的。

诵读教学与“文学的国语”

黎锦熙先生提倡国语的诵读教学，魏建功先生也提倡国语的诵读教学。魏先生是台湾国语推行委员会主任委员。他为“中国语文诵读方法座谈会”的事写信给我，说“台省国语事业与国文教学不能分离，而于诵读问题尤甚关切”。黎先生也曾说“训练白话文等于训练国语”，因而强调诵读教学。黎先生的话和魏先生的话合看，相得益彰。在语言跟国语大不相同的台湾地区，才更见出诵读教学的重要来。国语对于现在的台湾同胞差不多是一种新的语言；学习新的语言，得从“说”入手；但是要同时学习“说”和“写”，就非注重诵读教学不可。

诵读教学在一般看来是注重了解和写作，黎先生的意见，据报上所记，正是如此。魏先生似乎更注重诵读对于说的效用，就是对于口语的效用。这一层是我们容易忽略的。我们现在学习外国语，一般的倒是从诵读入手，这是事实。照念的“说”出来，虽然不很流利，却也可以成话。这可见诵读可以帮助造成口语。但是我们学习国语，一般地是从“说”入手。这原是更有效的直接办法。不过在台湾这种直接法事实上恐怕一时不能普遍推行，所以就是撇开“写”单就“说”而论，也还得从诵读入手。我猜想魏先生的意思是如此。

我因此却想到一个更大的问题，就是“文学的国语”的问题。胡适之先生当年写的《建设的文学革命论》，提出“国语的文学，文学的国语”两个语。他说“文学的国语”要由“国语的文学”产生。这是不错的。到现在三十年了，“国语的文学”已经伸展到小公务员和小店员群众里，区域是很广大了，读众是很不少了，而“文学的国语”虽然也在成长中，却似乎慢些。就是接触国语文学最多最久的知识青年这阶层，在这三十年里口语上似乎也并没有变化多少，没有丰富多少，这比起国语文学的发达，简直可以说是配合不上。我想这种情形主要的是由于国语的文学有自觉的努力，而文学的国语只在自然地成长。现在是到了我们加以自觉的努力的时候了，这种自觉的努力就是诵读教学。

现在我们的白话文，就是国语文学用的文字，夹杂着一些文言和更多的欧化语式。文言本可上口，不成大问题；成问题的是欧化语式，一般人总觉得不能上口；加以非难。他们要的是顺：看起来顺眼，听起来顺耳，读起来顺口。这里是顺口第一；顺口自然顺耳，而到了顺耳，自然也就顺眼了。所以不断地有人提出“上口”来做白话文的标准。这自然有它的道理，白话本于口语，自然应该“上口”。但是从语言的成长而论，尤其从我们的“文学的国语”的成长而论，这个“上口”或“顺口”的标准却应该活用；有些新的词汇新的语式得给予时间让它们或教它们上口。这些新的词汇和语式，给予了充足的时间，自然就会上口；可是如果加以诵读教学的帮助，需要的时间会少些，也许会少得多。

语言是活的，老是在成长之中，随时吸收新的词汇和语式来变化它自己，丰富它自己。但这是自然而然，所以我们虽然常有些新语上口，却简直不觉得那些是新语。可是在大量新语同时来到的时候，我们就觉得了。清末的“新名词”的问题，就是因为“新名词”一涌而来，消化不了，所以大家才觉得那些是“新名词”，是不顺眼的“新名词”。但是那些“新名词”如“手续”“取消”等，以及新语式如“有……必要”等，现在却早已成了口头熟语了。新名词越来越多，见惯不惊，也已经不成问题了。成问题的是欧化语式。但是反对欧化语式的似乎以老年人和中年人为多；在青年人间，只要欧化得不过分，他们倒愿意接受的。

青年人愿意接受欧化语式，主要的是阅读以及诵读的影响。这时代的青年人，大概在小学和初中时期就接触了白话文，而一般白话文多少都有些欧化。他们诵读一些，可是阅读的很多。高中到大学时期他们还是不断地在阅读欧化的白话文，并且阅读的也许更多。这样自然就愿意接受欧化的语式。只是由于诵读教学的不得法和无标准，他们接受欧化语式，阅读的影响实在比诵读的影响大得多。所以就是他们，也还只能多多接受欧化到笔下，而不能多多接受欧化到口头。白话文确是至今还不能完全上口。写好一篇稿子去演讲广播，照着念下去，自己总觉得有许多地方不顺口，怕人家听不明白。于是这里插进一些解释，那里换掉一些语式，于是白话和白话文还是两家子。说的语言和写的语言多少本有些距离，但是演讲或广播的语言应该近于写的语言，而不应该如我们的相距这么远。白话文像这样不能完全上口，我们的“文学的国语”是不能成立的。

现在我们叙述或讨论日常事项，因为词汇的关系，常常不自觉地采用一些欧化语式，但是范围不大。要配合着这种实际情形，加速“文学的国语”的成长，就得注重诵读教学，建立诵读的标准。如果从小学到初高中一直注重诵读，教师时常范读，学生时常练习，习惯自然，就会觉得白话文并不难上口。这班青年学生到了那时候就不但会接受新的白话文在笔下，并将接受新的白话到口头了。他们更将散布影响到一般社会里，这样会加速国语的成长，也会加速“文学的国语”的造成。诵读教学并不太难。第一得知道诵读就是读，不是吟，也不是唱。这是最简单的标准。第二得多练习，曲不离口，诵读也要如此。这是最简单的办法。过去的诵读教学，拿白话文来吟唱，自然不是味儿；因为不是味儿，也就不愿意多练习。现在得对症下药才成。

关于“月夜蝉声”

我的《荷塘月色》那篇文里提到蝉声。抗战前几年有位陈少白先生——陈先生的名字，我记忆的也许不准确——写信给我，说蝉子夜晚是不叫的。那时我问了好几个人，都说陈先生的话不错。我于是写信请教同事的昆虫学家刘崇乐先生。过了几天，他抄了一段书交给我，只说了一句话，“好容易找到这一段儿！”这一段儿出于什么书，著者是谁，我都忘了。但是文中记录的，确是月夜的蝉声；著者说平常夜晚蝉子是不叫的，那一个月夜，他却听见它们在叫。

当时我觉得刘先生既然“好容易找到这一段儿”，而一般人在常识上又都觉得蝉子夜晚不叫，那么那一段记录也许是个例外。因此我覆陈先生的信，谢谢他，并简单地告诉他我曾经请教过一位生物学家，这位生物学家也说夜晚蝉子不叫。信中没有提刘先生的名字，因为这些话究竟只是我的解释；刘先生是谨慎的科学家，关于这问题，他自己其实没有说一个字。信中我又说《荷塘月色》以后再版，要删掉月夜蝉声那句子。

抗战的一年或其后一年，陈先生在正中书局的《新学生》月刊上发表了一篇文章，讨论这问题，并引了我的信。他好像还引了王安石的

《葛溪驿》诗的故事。诗中也提到月夜蝉声；历来都怀疑他那诗句，因为大家都觉得夜晚蝉子不叫。这个故事增加这问题的兴味。但那时我自己却已又有两回亲耳听到月夜的蝉声。我没有记录时间和地点等等，可是这两回的经验是确实的；因为听到的时候，我都会马上想到这问题和关于它的讨论。

当时我读了陈先生的文章，很想就写封信给他，告诉他关于那位生物学家对我的曲解，和我的新的经验，跟《荷塘月色》中所叙的有相同的地方。可惜不知道他的通信处，没法写这封信。于是又想写篇短文说明这些情形，但是懒着没有动笔。一懒就懒了这些年，真是对不住陈先生和一些读者。

从以上所叙述的，可以知道观察之难。我们往往由常有的经验作概括的推论。例如由有些夜晚蝉子不叫，推论到所有的夜晚蝉子不叫。于是相信这种推论便是真理。其实只是成见。这种成见，足以使我们无视新的不同的经验，或加以歪曲的解释。我自己在这儿是个有趣的例子。在《荷塘月色》那回经验里，我并不知道蝉子平常夜晚不叫。后来读了陈先生的信，问了些别人，又读到王安石《葛溪驿》诗的注，便跟随着跳到“蝉子夜晚是不叫的”那概括的结论，而相信那是真理。于是自己的经验，认为记忆错误；专家的记录，认为也许例外。这些足证成见影响之大。那后来的两回经验，若不是我有这切己的问题在心里，也是很容易忽略过去的。新的观察新的经验的获得，如此艰难，无怪乎《葛溪驿》的诗句久无定论了。

《古诗十九首释》前言

诗是精粹的语言。因为是“精粹的”，便比散文需要更多的思索，更多的吟味；许多人觉得诗难懂，便是为此。但诗究竟是“语言”，并没有真的神秘；语言，包括说的和写的，是可以分析的；诗也是可以分析的。只有分析，才可以得到透彻的了解；散文如此，诗也如此。有时分析起来还是不懂，那是分析得还不够细密，或者是知识不够，材料不足；并不是分析这个方法不成。这些情形，不论文言文、白话文、文言诗、白话诗，都是一样。不过在一般不大熟悉文言的青年人，文言文，特别是文言诗，也许更难懂些罢了。

我们设“诗文选读”这一栏，便是要分析古典和现代文学的重要作品，帮助青年诸君的了解，引起他们的兴趣，更注意的是要养成他们分析的态度。只有能分析的人，才能切实欣赏；欣赏是在透彻的了解里。一般的意见将欣赏和了解分成两橛，实在是不妥的。没有透彻的了解，就欣赏起来，那欣赏也许会驴唇不对马嘴，至多也只是模糊影响。一般人以为诗只能综合地欣赏，一分析诗就没有了。其实诗是最错综的，最多义的，非得细密的分析工夫，不能捉住它的意旨。若是囫囵吞枣地读去，所得着的怕只是声调词藻等一枝一节，整个儿的诗会从你的口头眼下滑过去。

本文选了《古诗十九首》作对象，有两个缘由。一来十九首可以说是我们最古的五言诗，是我们诗的古典之一。所谓“温柔敦厚”“怨而不怒”的作风，三百篇之外，十九首是最重要的代表。直到六朝，五言诗都以这一类古诗为标准；而从六朝以来的诗论，还都以这一类诗为正宗。《十九首》影响之大，从此可知。

二来《十九首》既是诗的古典，说解的人也就很多。古诗原来很不少，梁代昭明太子（萧统）的《文选》里却只选了这十九首。《文选》成了古典，《十九首》也就成了古典；《十九首》以外，古诗流传到后世的，也就有限了。唐代李善和“五臣”给《文选》作注，当然也注了《十九首》。嗣后历代都有说解十九首的，但除了《文选》注家和元代刘履的《选诗补注》，整套作解的似乎没有。清代笺注之学很盛，独立说解《十九首》的很多。近人隋树森先生编有《古诗十九首集释》一书（中华版），搜罗历来《十九首》的整套的解释，大致完备，很可参看。

这些说解，算李善的最为谨慎，切实；虽然他释“事”的地方多，释“义”的地方少。“事”是诗中引用的古事和成辞，普通称为“典故”。“义”是作诗的意思或意旨，就是我们日常说话里的“用意”。有些人反对典故，认为诗贵自然，辛辛苦苦注出诗里的典故，只表明诗句是有“来历”的，作者是渊博的，并不能增加诗的价值。另有些人也反对典故，却认为太麻烦、太琐碎，反足为欣赏之累。

可是，诗是精粹的语言，暗示是它的生命。暗示得从比喻和组织上作工夫，利用读者联想的力量。组织得简约紧凑；似乎断了，实在连着。比喻或用古事成辞，或用眼前景物；典故其实是比喻的一类。这首诗那首诗可以不用典故，但是整个儿的诗是离不开典故的。旧诗如此，新诗也如此；不过新诗爱用外国典故罢了。要透彻地了解诗，在许多时候，非先弄明白诗里的典故不可。陶渊明的诗，总该算“自然”了，但他用的典故并不少。从前人只囫囵读过，直到近人古直先生的《靖节诗笺定本》，才细细地注明。我们因此增加了对于陶诗的了解；虽然我们对于古先生所解释的许多篇陶诗的意旨并不敢苟同。李善注《十九首》的好处，在他所引的“事”都跟原诗的文义和背景切合，帮助我们的了解很大。

别家说解，大都重在意旨。有些是根据原诗的文义和背景，却忽略了典故，因此不免望文生义，模糊影响。有些并不根据全篇的文义、典故、背景，却只断章取义，让“比兴”的信念支配一切。所谓“比兴”的信念，是认为作诗必关教化；凡男女私情、相思离别的作品，必有寄托的意旨——不是“臣不得于君”，便是“士不遇知己”。这些人似乎觉得相思、离别等等私情不值得作诗；作诗和读诗，必须能见其大。但是原作里却往往不见其大处。于是他们便抓住一句两句，甚至一词两词，曲解起来，发挥开去，好凑合那个传统的信念。这不但不切合原作，并且常常不能自圆其说；只算是无中生有，驴唇不对马嘴罢了。

据近人的考证，《十九首》大概作于东汉末年，是建安（献帝）诗的前驱。李善就说过，诗里的地名像宛、洛、上东门，都可以见出有一部分是东汉人作的；但他还相信其中有西汉诗。历来认为《十九首》

里有西汉诗，只有一个重要的证据，便是第七首里“玉衡指孟冬”一句话。李善说，这是汉初的历法。后来人都信他的话，同时也就信《十九首》中一部分是西汉诗。不过李善这条注并不确切可靠，俞平伯先生有过详细讨论，载在《清华学报》里。我们现在相信这句诗还是用的夏历。此外，梁启超先生的意见，《十九首》作风如此相同，不会分开在相隔几百年的两个时代（《美文及其历史》）。徐中舒先生也说，东汉中叶，文人的五言诗还是很幼稚的；西汉若已有《十九首》那样成熟的作品，怎么会有这种现象呢！（《古诗十九首考》，中大语言历史研究所《周刊》六十五期。）

《十九首》没有作者；但并不是民间的作品，而是文人仿乐府作的诗。乐府原是入乐的歌谣，盛行于西汉。到东汉时，文人仿作乐府辞的极多；现存的乐府古辞，也大都是东汉的。仿作乐府，最初大约是依原调，用原题；后来便有只用原题的。再后便有不依原调，不用原题，只取乐府原意作五言诗的了。这种作品，文人化的程度虽然已经很高，题材可还是民间的，如人生不常、及时行乐、离别、相思、客愁等等。这时代作诗人的个性还见不出，而每首诗的作者，也并不限于一个人；所以没有主名可指。《十九首》就是这类诗；诗中常用典故，正是文人的色彩。但典故并不妨害《十九首》的“自然”；因为这类诗究竟是民间味，而且只是浑括的抒叙，还没到精细描写的地步，所以就觉得“自然”了。

本文先抄原诗。诗句下附列数字，李善注便依次抄在诗后；偶有不是李善的注，都在下面记明出处，或加一“补”字。注后是说明；这儿兼采各家，去取以切合原诗与否为准。

论国语教育

三十五年十二月二十四日北平各报有中央社讯一节：

台湾地区国语推行委员会主任委员魏建功，就三十余年来国语教育推行情形，对记者谈：民国二年蔡元培任教育总长，鉴于新文化运动语体文亟须提倡，即开始组织国语推行机构。国语之推行，实际甚为简单，而教育行政负责者不予协助，以致困难重重，国语推行运动似已呈藕断丝连之态。实则国语推行，即在厉行注音符号。赞助有力之国语推行运动者，多为文学方面人物。我国尚无专门从事语文办理国语教育者。现在国语推行人士皆在四十岁以上，后继者寥寥。政府应切实注意之，否则台湾之国语推行，今后十年的工作干部就成问题。

魏先生这一节简短的谈话，充分地叙述了冷落的国语推行的现状。

魏先生说的三十年来的国语教育，是专就民国成立以来说的。若是追溯渊源应该从清末说起。那时的字母运动和白话运动是民国以来国语运动的摇篮。那时的目标是开通民智。字母运动是用拼音字母替代汉字，让一般不识字的民众容易学，容易用。白话运动是编印白话书报给一般识得一些汉字的民众看，让他们得到一些新的知识。前者是清除文盲，后者专开通民智，自然，清除文盲也为的开通民智，那时也印行了好些字母拼音的读物。这两种运动都以一般未受教育或受过很少教育的民众为对象，字母和白话都只是为他们的方便，并非根本的改革文字。那时所谓上等人还是用着汉字和文言，认为当然。再说这两种运动都不曾强调读音的统一；他们注重的只是识字和阅读。

民国以来的国语运动可大大地不同。他们首先注重国音的统一，制出了注音字母，现在改称“注音符号”，后来又将北平话定为标准语。新文学运动接着五四运动，这才强调国语体文，将小学和初中的国文科改为国语科。后来又有废除汉字运动，又制出了国语罗马字，就是注音符号第二式，现在改称“译音符号”。注音字母和国语罗马字，标准语，国语科，都是教育部定的。究竟是民国了，这种国语运动不再分别上等人和下层民众，总算国民待遇，一视同仁。三十年来语体文的发展蒸蒸日上，成绩最好。魏先生说“赞助有力之国语推行运动者，多为文学方面人物”，大概就是偏重语体文的成绩一项而言。其次是注音符号第一式的施用，也在相当的进展。早年有过一个国语讲习所，讲习的主要就是北平话和注音字母。这字母也曾用来印过《国音字典》《字汇》和一些书报。抗战前并已有了注音汉字和注音汉字印的小学教科书。抗战后印刷条件艰难，注音汉字的教科书办不到了，但还有注音小报在后方继续地苦撑着。

《国音字典》《国音常用字汇》以及别的字典里除用第一式符号外，兼用第二式注音。但是第二式制定得晚，又不能配合汉字的形体，所以施用的机会少得多。加上带有政治性的拉丁化或新文字运动，使教育当局有了戒心，他们只将这第二式干搁着，后来才改为“译音符号”，限于译音用；注音字母也早改为“符号”，专作注音用。这些都是表示反对废除汉字改用拼音文字。一方面拉丁化运动者，却称国语罗马字和注音字母所表示的国语为“官僚国语”。本来定一个地方的话为标准语，反对的就不少；他们主张以普通话为标准语。第一次的《国音字典》里的国音就是照这个标准定的。后来才改用北平话，以为这才是自然的标准，不是勉强凑合的普通话。改定以后反对的还是很多。江浙人总说国语没有入声，那几个卷舌音也徒然教孩子们吃苦头。抗战后到了西南，西南的中小学里教学注音符号的似乎极少。我曾参加过成都市小学教师暑期讲习会。讲过一回注音符号，听众似乎全不接头，并且毫无兴趣。这大概是注音符号还没有经教育当局推行到四川的原故。一方面西南官话跟北平也近些，说起来够清楚的，他们也不忙学国语。再说北平话定作标准语是在北平建都时代。首都改到南京以后，大家似乎忙着别的，还没有注意到这个问题上。将来若注意到了，会不会像目下讨论建都问题这样热烈地争执呢？这是很难预测的。

我个人倒是赞成国语有一个自然的标准。自己是苏北人，却赞成将北平话作为标准语。一来因为北平是文化城，二来因为北平话的词汇差不多都写得出，三来因为北平话已经作为标准语多年，虽然还没有“俗成”，“约定”总算“约定”的了。标准语只是标准，“蓝青官话”也罢，“二八京腔”也罢，只要向着这个标准走就成。特别是孩子们向着这个标准走就成。以后交通应该越来越便利，孩子们听国语的机会多，学起来不会难。成人自然难些，但是有个自然的标准，总比那形形色色的或只在字典里而并不上口的普通话好捉摸些。就算是国音乡调，甚至乡音国调，也总可以帮助大家了解些。因此我赞成北平师范学院这回设国语专修科，多培植些“专门从事语文办理国语教育”的人才。这些人该能说纯粹的国语，还得有文学的修养，这才能成为活的自然的标准。他们将来散到各地去服务，标准语就更不难学习了。但是除此以外还有更重要的一件事，就是该快些恢复注音汉字的教科书，如能多有注音汉字的书报更好。

废除汉字在日本还很困难，在中国恐怕更难。我所以主张先行施用注音汉字。联合国文教会议这回建议“全世界联合清除文盲”，我们的国语教育也该以清除文盲为首务。现在讲清除文盲，跟清末讲开通民智态度不同，但需要还是一样迫切，也许更迫切些。清除文盲要教他们容易识字，注音汉字该可以帮忙他们识字。说起识字，又来了一个问题，也在国语教育项下。标准语得有标准音，还得有标准字。这些年注意国民教育的人，有些在研究汉字的基本字汇。战前商务印书馆印行的庄泽宣先生编辑的《基本字汇》，综合九家研究的结果，共五千二百六十九字。照最近陆殿扬先生发表的意见（《文讯》新六号，《关于字汇问题》），“宜以二千五百字为度”。这种基本字汇将常用的汉字统计出来，减轻学习的负担，自然很好。但是统计的时候不能只注意单字，还该注意单字合成的词汇，才能切用。有了这种基本字汇，还得注意字形的划一，这就是陆先生所谓标准字。

陆先生指出汉字形体的分歧和重复，妨害学习很大。这种分歧和重复如任其自然演变，就会越来越多，多到不可收拾的地步。从前历代常要规定正体字，教人民遵用；应国家考试的如不遵用，就是犯规，往往因此不准参加考试。这倒不是妄作威福，而是为了公众的方便，也就是所谓“约定俗成”。记得魏建功先生在教育部召集的一个会议里曾经建议整理汉字形体，搜罗所有汉字的各种形体，编辑成书，同时定出各个汉字的通用形体，也就是标准字。但是这种大规模的工作，需要相当多的人力财力和时间，一时不容易着手。也许还得先有些简易的办法来应急，这种得“专门从事语文”的人共同研究才成。还有，王了一先生也曾强调标准汉字，虽然他没有提出“标准字”这名称。陆先生是主张“整理国字，使之合理化，科学化，统一化，正确化，非从速厘订标准字不可”。有了标准字和基本字汇相辅而行，汉字的学习该比从前减少困难很多，清除文盲才可以加速地进展。同时还得根据标准字的基本字汇编辑国民读物，供一般应用。这种读物似乎不一定要用旧形式，只要浅近清楚就好。目下一般小店员和工人读报的已不少，报纸的文体大部分不是旧形式，他们也能够并且有兴趣地念下去。他们，尤其是年轻的，也愿意学些新花样，并不是一味恋着老古董的。

古文学的欣赏

新文学运动开始的时候，胡适之先生宣布“古文”是“死文学”，给它撞丧钟，发讣闻。所谓“古文”，包括正宗的古文学。他是教人不必再作古文，却显然没有教人不必阅读和欣赏古文学。可是那时提倡新文化运动的人如吴稚晖、钱玄同两位先生，却教人将线装书丢在茅厕里。后来有过一回“骸骨的迷恋”的讨论也是反对作旧诗，不是反对读旧诗。但是两回反对读经运动却是反对“读”的。反对读经，其实是反对礼教，反对封建思想；因为主张读经的人是主张传道给青年人，而他们心目中的道大概不离乎礼教，不离乎封建思想。强迫中小学生读经没有成为事实，却改了选读古书，为的了解“固有文化”。为了解固有文化而选读古书，似乎是国民分内的事，所以大家没有说话。可是后来有了“本位文化”论，引起许多人的反感；本位文化论跟早年的保存国粹论同而不同，这不是残余的而是新兴的反动势力。这激起许多人，特别是青年人，反对读古书。

可是另一方面，在本位文化论之前有过一段关于“文学遗产”的讨论。讨论的主旨是如何接受文学遗产，倒不是扬弃它；自然，讨论到“如何”接受，也不免有所分别扬弃的。讨论似乎没有多少具体的结果，但是“批判地接受”这个广泛的原则，大家好像都承认。接着还有一回范围较小，性质相近的讨论。那是关于《庄子》和《文选》的。说《庄子》和《文选》的词汇可以帮助语体文的写作，的确有些不切实际。接受文学遗产若从“做”的一面看，似乎只有写作的态度可以直接供我们参考，至于篇章字句，文言语体各有标准，我们尽可以比较研究，却不能直接学习。因此许多大中学生厌弃教本里的文言，认为无益于写作；他们反对读古书，这也是主要的原因之一。但是流行的作文法，修辞学，文学概论这些书，举例说明，往往古今中外兼容并包；青年人对这些书里的“古文今解”倒是津津有味地读着，并不厌弃似的。从这里可以看出青年人虽然不愿信古，不愿学古，可是给予适当的帮助，他们却愿意也能够欣赏古文学，这也就是接受文学遗产了。

说到古今中外，我们自然想到翻译的外国文学。从新文学运动以来，语体翻译的外国作品数目不少，其中近代作品占多数；这几年更集中于现代作品，尤其是苏联的。但是希腊、罗马的古典，也有人译，有人读，直到最近都如此。莎士比亚至少也有两种译本。可见一般读者（自然是青年人多）对外国的古典也在爱好着。可见只要能够让他们接近，他们似乎是愿意接受文学遗产的，不论中外。而事实上外国的古典倒容易接近些。有些青年人以为古书古文学里的生活跟现代隔得太远，远得渺渺茫茫的，所以他们不能也不愿接受那些。但是外国古典该隔得更远了，怎么事实上倒反容易接受些呢？我想从头来说起，古人所谓“人情不相远”是有道理的。尽管社会组织不一样，尽管意识形态不一样，人情总还有不相远的地方。喜怒哀乐爱恶欲总还是喜怒哀乐爱恶欲，虽然对象不尽同，表现也不尽同。对象和表现的不同，由于风俗习惯的不同；风俗习惯的不同，由于地理环境和社会组织的不同。使我们跟古代跟外国隔得远的，就是这种种风俗习惯；而使我们跟古文学跟外国文学隔得远的尤其是可以算作风俗习惯的一环的语言文字。语体翻译的外国文学打通了这一关，所以倒比古文学容易接受些。

人情或人性不相远，而历史是连续的，这才说得上接受古文学。但是这是现代，我们有我们的立场。得弄清楚自己的立场，再弄清楚古文学的立场，所谓“知己知彼”，然后才能分别出那些是该扬弃的，那些是该保留的。弄清楚立场就是清算，也就是批判；“批判地接受”就是一面接受着，一面批判着。自己有立场，却并不妨碍了解或认识古文学，因为一面可以设身处地为古人着想，一面还是可以回到自己立场上批判的。这“设身处地”是欣赏的重要的关键，也就是所谓“感情移人”。个人生活在群体中，多少能够体会别人，多少能够为别人着想。关心朋友，关心大众，恕道和同情，都由于设身处地为别人着想；甚至“替古人担忧”也由于此。演戏，看戏，一是设身处地地演出，一是设身处地地看人。做人不要做坏人，做戏有时候却得做坏人。看戏恨坏人，有的人竟会丢石子甚至动手去打那戏台上的坏人。打起来确是过了分，然而不能不算是欣赏那坏人做得好，好得教这种看戏的忘了“我”。这种忘了“我”的人显然没有在批判着。有批判力的就不至如此，他们欣赏着，一面常常回到自己，自己的立场。欣赏跟行动分得开，欣赏有时可以影响行动，有时可以不影响，自己有分寸，做得主，就不至于糊涂了。读了武侠小说就结伴上峨眉山，的确是糊涂。所以培养欣赏力同时得培养批判力：不然，“有毒的”东西就太多了。然而青年人不愿意接受有些古书和古文学，倒不一定是怕那

“毒”，他们的第一难关还是语言文字。

打通了语言文字这一关，欣赏古文学的就不会少，虽然不会赶上欣赏现代文学的多。语体翻译的外国古典可以为证。语体的旧小说如《水浒传》《西游记》《红楼梦》《儒林外史》，现在的读者大概比二三十年前要减少了，但是还拥有相当广大的读众。这些人欣赏打虎的武松，焚稿的林黛玉，却一般地未必崇拜武松，尤其未必崇拜林黛玉。他们欣赏武松的勇气和林黛玉的痴情，却嫌武松无知识，林黛玉不健康。欣赏跟崇拜也是分得开的。欣赏是情感的操练，可以增加情感的广度、深度，也可以增加高度。欣赏的对象或古或今，或中或外，影响行动或浅或深，但是那影响总是间接的，直接的影响是在情感上。有些行动固然可以直接影响情感，但是欣赏的机会似乎更容易得到些。要培养情感，欣赏的机会越多越好；就文学而论，古今中外越多能欣赏越好。这其间古文和外国文学都有一道难关，语言文字。外国文学可用语体翻译，古文学的难关该也不难打通的。

我们得承认古文确是“死文字”，死语言，跟现在的语体或白话不是一种语言。这样看，打通这一关也可以用语体翻译。这办法早就有人用过，现代也还有人用着。记得清末有一部《古文析义》，每篇古文后边有一篇白话的解释，其实就是逐句的翻译。那些翻译够清楚的，虽然罗唆些。但是那只是一部不登大雅之堂的启蒙书，不曾引起人们注意。五四运动以后，整理国故引起了古书今译。顾颉刚先生的《盘庚篇今译》（见《古史辨》），最先引起我们的注意。他是要打破古书奥妙的气氛，所以将《尚书》里佶屈聱牙的这《盘庚》三篇用语体译出来，让大家看出那“鬼治主义”的把戏。他的翻译很谨严，也够确切；最难得的，又是三篇简洁明畅的白话散文，独立起来看，也有意思。近来郭沫若先生在《由周代农事诗论到周代社会》一文（见《青铜时代》）里翻译了《诗经》的十篇诗，风雅颂都有。他是用来论周代社会的，译文可也都是明畅的素朴的白话散文诗。此外还有将《诗经》《楚辞》和《论语》作为文学来今译的，都是有意义的尝试。这种翻译的难处在乎译者的修养；他要能够了解古文学，批判古文学，还要能够照他所了解与批判的译成艺术性的或有风格的白话。

翻译之外，还有讲解，当然也是用白话。讲解是分析原文的意义并加以批判，跟翻译不同的是以原文为主。笔者在《国文月刊》里写的《古诗十九首集释》，叶绍钧先生和笔者合作的《精读指导举隅》（其中也有语体文的讲解），浦江清先生在《国文月刊》里写的《词的讲解》，都是这种尝试。有些读者嫌讲得太琐碎，有些却愿意细心读下去。还有就是白话注释，更是以读原文为主。这虽然有人试过，如《论语》白话注之类，可只是敷衍旧注，毫无新义，那注文又罗里罗唆的。现在得从头做起，最难的是注文用的白话，现行的语体文里没有这一体，得创作，要简明朴实。选出该注释的词句也不易，有新义更不易。此外还有一条路，可以叫做拟作。谢灵运有《拟魏太子邺中集》，综合地拟写建安诗人，用他们的口气作诗。江淹有《杂拟诗》三十首，也是综合而扼要地分别拟写历代无名的五言诗人，也用他们自己的口气。这是用诗来拟诗。英国麦克士·比罗姆著《圣诞花环》，却以圣诞节为题用散文来综合地扼要地拟写当代各个作家。他写照了各个作家，也写照了自己。我们不妨如法炮制，用白话来尝试。以上四条路都通到古文学的欣赏；我们要接受古代作家文学遗产，就可以从这些路子走近去。

鲁迅先生的中国语文观

这里是就鲁迅先生的文章中论到中国语言文字的话，综合地加以说明，不参加自己意见。有些就抄他的原文，但是恕不一一加引号，也不注明出处。

鲁迅先生以为中国的言文一向就并不一致，文章只是口语的提要。我们的古代的纪录大概向来就将不关重要的词摘去，不用说是口语的提要。就是宋人的语录和话本，以及元人杂剧和传奇里的道白，也还是口语的提要。只是他们用的字比较平常，删去的词比较少，所以使人觉得“明白如话”。至于一般所谓古文，又是古代口语的提要而不是当时口语的提要，更隔一层了。

他说中国的文或话实在太不精密。向来作文的秘诀是避去俗字，删掉虚字，以为这样就是好文章。其实不精密。讲话也常常会辞不达意，这是话不够用；所以教员讲书必须借助于粉笔。文与话的不精密，证明思路不精密，换一句话，就是脑筋有些糊涂。倘若永远用着这种糊涂的语言，即使写下来读起来滔滔而下，但归根结蒂所得的还是一些糊涂的影子。要医这糊涂的病，他以为只好陆续吃一点苦，在语言里装进异样的句法去，装进古的，外省外府的，外国的句法去。习惯了，这些句法就可变为己有。

他赞成语言的欧化而反对刘半农先生“归真反朴”的主张。他说欧化文法侵入中国白话的大原因不是好奇，乃是必要。要话说得精密，固有的白话不够用，就只得采取些外国的句法。这些句法比较地难懂，不像茶泡饭似的可以一口吞下去，但补偿这缺点的是精密。反对欧化的人说中国人“话总是会说的”，一点不错，但要前进，全照老样子是不够的。即如“欧化”这两个字本身就是欧化的词儿，可是不用它，成吗？

“归真反朴”是要回到现在的口语，还有语录派，更主张回到中古的口语，鲁迅先生不用说是反对的。他提到林语堂先生赞美的语录的便条，说这种东西在中国其实并未断绝过种子，像上海的街口摊子上的文人代男女工人们写信，用的就是这种文体，似乎不劳重新提倡。他还反对“章回小说体的笔法”，都因为不够用，不精密。

他赞成语言的大众化，包括书法的拉丁化。他主张将文字交给一切人。他将中国话大略分为北方话，江浙话，两湖川贵话，福建话，广东话，主张地方语文的大众化，然后全国语文的大众化。这全国到处通行的大众语，将来如果真有的话，主力恐怕还是北方话。不过不是北方的土话，而是好像普通话模样的东西。

大众语里也有绍兴人所谓“炼话”。这“炼”字好像是熟练的意思，而不是简练的意思。鲁迅先生提到有人以为“大雪纷飞”比“大雪一片一片纷纷地下着”来得简要而神韵。他说在江浙一带口语里，大概用“凶”“猛”或“厉害”来形容这下雪的样子。《水浒传》里的“那雪正下得紧”，倒是接近现代大众语的说法，比“大雪纷飞”多两个字，但那“神韵”却好得远了。这里说的“神韵”大概就是“自然”，“到家”，也就是“熟练”或“炼”的意思。

对文言的“大雪纷飞”，他取“那雪正下得紧”的自然。但一味注重自然是不行的。他主张语言里得常常加进些新成分，翻译的作品最宜担任这种工作。即使为略能识字的读众而译的书，也应该时常加些新的字眼，新的语法在里面。但自然不宜太多；以偶尔遇见而自己想想或问问别人就能懂得的为度。这样逐渐地拣必要的一些新成分灌输进去，群众是会接受的，也许还胜过成见更多的读书人。必需这样，大众语才能够丰富起来。

鲁迅先生主张的是在现阶段一种特别的语言，或四不像的白话，虽然将来会成为“好像普通话模样的东西”。这种特别的语言不该采取太特别的土话，他举北平话的“别闹”“别说”做例子，说太土。可是要上口，要顺口。他说做完一篇小说总要默读两遍，有拗口的地方，就或加或改，到读得顺口为止。但是翻译却宁可忠实而不顺；这种不顺他相信只是暂时的，习惯了就会觉得顺了。若是真不顺，那会被自然淘汰掉的。他可是反对凭空生造；写作时如遇到没有相宜的白话可用的地方，他宁可用古语就是文言，决不生造，决不生造“除自己之外谁也不懂的形容词”。

他也反对“做文章”的“做”，“做”了会生涩，格格不吐。可是太“做”不行，不“做”却又不行。他引高尔基的话“大众语是毛坯，加了工的是文学”，说这该是很中肯的指示。他所需要的特别的语言，总起来又可以这样说：“采说书而去其油滑，听闲谈而去其散漫，博取民众的口语而存其比较的大家能懂的字句，成为四不像的白话。这白话得是活的，因为有些是从活的民众口头取来，有些要从此注入活的民众里面去。”

人 话

在北平呆过的人总该懂得“人话”这个词儿。小商人和洋车夫等彼此动了气，往往破口问这么句话：你懂人话不懂？——要不就说：你会说人话不会？

这是一句很重的话，意思并不是问对面的人懂不懂人话，会不会说人话，意思是骂他不懂人话，不会说人话。不懂人话，不会说人话，干脆就是畜生！这叫拐着弯儿骂人，又叫骂人不带脏字儿。不带脏字儿是不带脏字儿，可到底是“骂街”，所以高尚人士不用这个词儿。他们生气的时候也会说“不通人性”“不像人”“不是人”，还有“不像话”“不成话”等等，可就是不肯用“人话”这个词儿。“不像话”“不成话”，是没道理的意思，“不通人性”“不像人”“不是人”还不就是畜生？比起“不懂人话”“不说人话”来，还少拐了一个弯儿呢。可是高尚人士要在人背后才说那些话，当着面大概他们是不说的。这就听着火气小，口气轻似的，听惯了这就觉得“不通人性”“不像人”“不是人”那几句来得斯文点儿，不像“人话”那么野。其实，按字面儿说，“人话”倒是个含蓄的词儿。

北平人讲究规矩，他们说规矩，就是客气。我们走进一家大点儿的铺子，总有个伙计出来招待，哈哈腰说，“您来啦！”出来的时候，又是个伙计送客，哈哈腰说，“您走啦，不坐会儿啦？”这就是规矩。洋车夫看同伙的问好儿，总说，“您老爷子好？老太太好？”“您少爷在那儿上学？”从不说“你爸爸”“你妈妈”“你儿子”，可也不会说“令尊”“令堂”“令郎”那些个，这也是规矩。有的人觉得这些都是假仁假义，假声假气，不天真，不自然。他们说北平人有官气，说这些就是凭据。不过天真不容易表现，有时也不便表现。只有在最亲近的人面前，天真才有流露的机会，再说天真有时就是任性，也不一定是可爱的。所以得讲规矩。规矩是调节天真的，也就是“礼”，四维之首的“礼”。礼须要调节，得有点儿做作是真的，可不能说是假。调节和做作是为了求中和，求平衡，求自然——这儿是所谓“习惯成自然”。规矩也罢，礼也罢，无非教给人做人的道理。我们现在到过许多大城市，回想北平，似乎讲究规矩并不坏，至少我们少碰了许多硬钉子。讲究规矩是客气，也是人气，北平人爱说的那套话都是他们所谓“人话”。

别处人不用“人话”这个词儿，只说讲理不讲理，雅俗通用。讲理是讲理性，讲道理。所谓“理性”（这是老名词，重读“理”字，翻译的名词“理性”，重读“性”字）自然是人的理性，所谓道理也就是做人的道理。现在人爱说“合理”，那个“理”的意思比“讲理”的“理”宽得多。“讲理”当然“合理”，这是常识，似乎用不着检出西哲亚里士多德的大帽子，说“人是理性的动物”。可是这句话还是用得着，“讲理”是“理性的动物”的话，可不就是“人话”？不过不讲理的人还是不讲理的人，并不明白地包含着“不懂人话”，“不会说人话”所包含着的意思。讲理不一定和平，上海的“讲茶”就常教人触目惊心的。可是看字面儿，“你讲理不讲理？”的确比“你懂人话不懂？”“你会说人话不会？”和平点儿。“不讲理”比“不懂人话”“不会说人话”多拐了个弯儿，就不至于影响人格了。所谓做人的道理大概指的恕道，就是孔子所说的“己所不欲，勿施于人”。而“人话”要的也就是恕道。按说“理”这个词儿其实有点儿灰色，赶不上“人话”那个词儿鲜明，现在也许有人觉得还用得着这么个鲜明的词儿。不过向来的小商人洋车夫等把它用得太鲜明了，鲜明得露了骨，反而糟蹋了它，这真是怪可惜的。

短长书

书业的朋友谈起好销的书，总说翻译的长篇小说第一，创作的长篇小说第二；短篇小说和散文，似乎顾主很少，加上戏剧也重多幕剧，诗也提倡长诗（虽然诗的销路并不佳），都可见近年读书的风气。这些都只是文学书。这两三年出版的书，文学书占第一位，已有人讨论（见《大公报》）；文学书里，读者偏爱长篇小说，翻译的和创作的，这一层好像还少有人讨论。本文想略述鄙见。

有人说这是因为钱多，有人说这是因为书少。钱多，购买力强，买得起大部头的书；而买这些书的并不一定去读，他们也许只为了装饰，就像从前人买《二十四史》陈列在书架上一样。书少，短篇一读即尽，不过瘾，不如长篇可以消磨时日。这两种解释都有几分真理，但显然不充分，何以都只愿花在长篇小说上？再说买这类书的多半是青年，也有些中年。他们还在就学或服务，一般都没有定居；在那一间半间的屋子里还能发生装饰或炫耀的兴趣的，大概不太多。他们买这类书，大概是为了读。至于书少，诚然。但也不一定因此就专爱读起长篇小说来，况且短篇集也可以很长，也可以消磨时日，为甚么却少人过问呢？

主要的原因怕是喜欢故事。故事没有理论的艰深，也不会惹起麻烦，却有趣味，长篇故事里悲欢离合，层折错综，更容易引起浓厚的趣味，这种对于趣味的要求，其实是一种消遣心理。至于翻译的长篇故事更受欢迎，恐怕多少是电影的影响。电影普遍对于男女青年的影响有多大，一般人都觉得出；现在青年的步法、歌声，以至于趣味和思想，或多或少都在电影化。抗战以来看电影的更是满坑满谷，这就普遍化了故事的趣味（话剧的发达，也和电影有关，这里不能详论）。我们这个民族本不注重说故事，第一次从印度学习，就是从翻译的佛典学习（闻一多先生说）；现在是从西洋学习。学生暂时自然还赶不上老师，所以一般读者喜爱翻译的长篇小说，更甚于创作者。当然，现在的译笔注重流畅而不注重风格，使读者不致劳苦，而现在的一般读者从电影的对话里也渐渐习惯了西洋人怎样造句和措辞，才能达到这地步。

现在中国文学里，小说最为发达，进步最快，原已暗示读者对于故事的爱好。但这个倾向直到近年来读者群的扩大才显明可见。读者群的扩大，指的是学生之外加上了青年和中年的公务人员和商人。这些人在小学或中学时代的读物里接触了现代中国文学，所以会有这种爱好。读者群的扩大不免暂时降低文学的标准，减少严肃性而增加消遣作用。现代中国文学开始的时候，强调严肃性，指斥消遣态度，这是对的。当时注重短篇小说，后来注重小品散文，多少也是为了训练读者吟味那严肃的意义，欣赏那经济的技巧。这些是文学的基本条件。但将欣赏和消遣分作两橛，使文学的读者老得正襟危坐着，也未免苦点儿。长篇小说的流行，却让一般读者只去欣赏故事或情节，忽略意义和技巧，而得到娱乐；娱乐就是消遣作用，但这不足忧，普及与提高本相因依。普及之后尽可渐渐提高，趣味跟知识都是可以进步的。况且现在中国文学原只占据了偏小的一角，普及起来才能与公众生活密切联系，才能有坚实的基础，取旧的传统文学和民间文学而代之。

文学不妨见仁见智，完美的作品尽可以让严肃的看成严肃，消遣的看成消遣，而无害于它的本来的价值。这本来的价值却不但得靠严肃的研究，并且得靠消遣的研究，才能抉发出来。这是书评家和批评家的职责，而所谓书评和批评包括介绍而言，我们现时缺乏书评（有些只是戏台里喝彩，只是广告，不能算数），更缺乏完美的公正的批评。前者跟着战区的恢复，出版的增进，应该就可以发达起来，后者似乎还需较长时期的学习与培养。有了好的书评家和批评家，才能提高读者群的趣味，促进文学平衡的发展；那时不论短长书，该都有能欣赏的公众。但就现阶段而论，前文所说的倾向却是必然的，并且也是健康的。

论别字

前年作过一篇文，说到高中毕业生写的别字之多。这一年多又看了多少高中毕业生、大学一年生的国文卷子及作文本子，还是觉得如此。前年十月十一日《申报·自由谈》里《论语》里有过一回别字的讨论，有人说青年人写别字，读别字应当宽恕，有人却主张提倡——因为汉字实在太难，这么着可以给简笔字之类开一条门路。去年《太白》创刊号里也有胡愈之先生《怎样打倒方块字？》一文，提倡写别字，词类连书，准备拉丁化。那是更进一步了。

别字的界说并不容易定；说是以约定俗成为标准，就是以通用为标准，固然不错，可是通用的标准也很难严格说明。譬如"無"字固然通用，"无"字也不僻；"考"字固然通用，"攷"字也不僻。我们可以说"攷"字用得少些；但"无"字情形就不同，普通读书人多用"無"字，而俗刻书里却多用"无"字。从前说"约定俗成"，大概只以普通读书人为限，俗刻书是不算的。按这个标准，"无""攷"两字算是"古字"，而非通用字。——"古字"的名字有语病，实在就是"现在罕用字"的意思。所以旧时写别字固然为人所笑，为功令所斥，写"古字"也算是好奇之过，不讨好。至于读别字，说来也够复杂的。书音和语音不同，如"车水马龙”与“来辆车”的两个“车”字；方音有时不同，如“覃振”的“覃”，北平人读“谈”，湘西人读“琴”；字调（四声）的变化无方，更不用说了。但向来说读别字，只按普通读书人的书音为标准，那却简单得多。还有本来是别字或别音，因为一般人士都当作正字正音用，似乎有渐渐变成正字正音的样子，原有的正字正音倒反要成为“古字”“古音”了。如“竭力”现在通写作“极力”，“滑稽”（骨稽）现在通读作“华稽”都是显例。这算是新的“约定俗成”，我们无须也怕不能深闭固拒。

新教育施行以来，直到近年，写“古字”的差不多很少了，写别字、读别字的却增多。这自然因为学习识字写字的时间减少之故；有人说汉字繁难也是主因，不然别国文字教育，时间也差不多，怎么会成功呢？这样说的人一定忘记了西洋文字教育里拼法错误一个大问题；那其实就是中国的写别字，他们也是至今还未解决的。读别字的问题，在西洋也许少些，但如伦敦俗音，不读h的声音（如Hill读为Ill）之类，也颇为受教育的人所诟病。再说汉字虽然繁复，可是据周先庚先生研究，也有它们的完形性，易于辨识，或为拼音文字所不及（详见周先生《美人判断汉字位置之分析》，《中国测验学会研究报告》之八）。周先生的意思，汉字教学方法若改良，学起来也未必特别难。这个意思虽还是个假设，要等逐步实验才可下断语，可是说汉字繁难是别字的主因，却暂难相信了。

关于教学法改良，在前年那文中已说到应注重训练一层，特别在小学与初中里。具体的办法，该等专家去研究；但默写与字表考试似乎都可施行。字表可分年级制定，与教材连络，这个自然也得靠专家。数笔顺在小学里也是基本；但像前几年所见那样，教小学生们戟指书空，似乎不如让他们用笔写在练习簿上。——不知这句话外行否？关于写字，大约也需要心理技术，听说定县现在有人正在研究。除了教学法之外，简体字的施行，也可使汉字更容易写，即使不更容易识。有人怕简体字施行以后，一面要识简体字，一面还要识寻常汉字，如既要识“变”字，又要识“變”字，岂不更难。但主张简体字的人觉得如定好了一套简体字，由教育部公布，像公布注音符号一样，简体字便很易通行，不久当能取寻常汉字而代之。杂志报纸不用说，便是古书，如有必要，也可用简体字翻印（也有主张简体繁体并用的，过渡时期事实上当不免如此。但不必主张，我们盼望那些繁体将来都变成“古字”）。我们得注意，现在《论语》《人间世》已搀用简体字，《太白》等四种杂志也将搀用，更重要的，教育部已请钱玄同先生编制简体字表，不久就可公布：这个运动已经离开了纯粹讨论的时期了。简体字通行，教学法改良，文字教育易于进步，别字必然减少。至于胡愈之先生的提议，我不以为然。一则拼音文字在中国施行的可能性太小，此层多有论者。二则胡先生故意满纸别字，虽和方块字开了大玩笑，却让读者费了九牛二虎之力；我猜那样满纸写别字，也必定比平常作文多费一两倍工夫。他的提议大概不会有实际影响。

至于现在人写别字读别字，应加宽恕，不必嘲笑，那是不错的。但该分别而论。在学校里的学生还该由教师随时矫正；不过标准可以放宽些，写的方面，可以准写简体字；读的方面，方音和国音可以准其并用。固然，因为上下文关系，写别字读别字实际上并没有什么妨害，但是不写别字不读别字，像穿干净衣服一样，岂不更好。爱好之心，人皆有之，我想没有人是爱写别字、爱读别字的，只是不由自主罢了。至于社会一般人，有机会也可给他们矫正，多一半却只能听其自然。

论诵读

最近魏建功先生举行了一回“中国语文诵读方法座谈会”，参加的有三十人左右，座谈了三小时，大家发表的意见很多。我因为去诊病，到场的时候只听到一些尾声。

但是就从这短短的尾声，也获得不少的启示。昨天又在北平《时报》上读到李长之先生的《致魏建功先生书》，觉得很有兴味。自己在接到开会通知的时候也曾写过一篇短文，说明诵读教学可以促进“文学的国语”的成长，现在还有些补充的意见，写在这里。

抗战以来大家提倡朗诵，特别提倡朗诵诗。这种诗歌朗诵战前就有人提倡。那时似乎是注重诗歌的音节的试验；要试验白话诗是否也有音乐性，是否也可以悦耳，要试验白话诗用那一种音节更听得入耳些。这种朗诵运动为的要给白话诗建立起新的格调，证明它的确可以替代旧诗。战后的诗歌朗诵运动比战前扩大得多，目的也扩大得多。这时期注重的是诗歌的宣传作用，教育作用，也许尤其是团结作用，这是带有政治性的。而这种朗诵，边诵边表情，边动作，又是带有戏剧性的。这实在是将诗歌戏剧化。戏剧化了的诗歌总增加了些什么，不全是诗歌的本来面目。而许多诗歌不适于戏剧化，也就不适于这种朗诵。所以有人特别写作朗诵诗。战前战后的朗诵运动当然也包括小说散文和戏剧，但是特别注重诗；因为是精炼的语言，弹性大，朗诵也最难。

朗诵的发展可以帮助白话诗文的教学，也可以帮助白话诗文的上口，促进“文学的国语”成长。但是两个时期的朗诵运动，都并不以语文教学为目标；语文教学实际上也还没有受到很大的影响。现在魏建功先生，还有黎锦熙先生，都在提倡诵读教学，提倡向这一方面的自觉的努力，这是很好的。这不但与朗诵运动并行不悖，而且会相得益彰。黎先生提倡的诵读教学，据报上他的谈话，似乎注重白话，魏先生的座谈，却包括文言。这种诵读教学自然是以文为主，不以诗为主；因为教材是文多，习作也是文多，应用还是文多。这就和朗诵运动的出发点不一样。

诵读是一种教学过程，目的在培养学生的了解和写作的能力。教学的时候先由教师范读，后由学生跟着读，再由学生自己练习着读，有时还得背诵。除背诵外却都可以看著书。诵读只是诵读，看著书自己读，看著书听人家读，只要做过预习的工夫，当场读得又得法，就可以了解的，用不着再有面部表情和肢体动作。这和战前的朗诵差不多，只是朗诵时听众看不到原作；和战后的朗诵却就差得多。朗诵是艺术，听众在欣赏艺术。诵读是教学，读者和听者在练习技能。这两件事目的原不一样。但是朗诵和诵读都是既非吟，也非唱，都只是说话的调子，这可是一致的。

吟和唱都将文章音乐化，而朗诵和诵读却注重意义，音乐化可以将意义埋起来，或使意义滑过去。战前的朗诵固然可以说是在发现白话诗的音乐性，但是有音乐性不就是音乐化。例如一首律诗，平仄的安排是音乐性，吟起来才是音乐化，读下去就不是的。现在我们注重意义，所以不要音乐化，不要吟和唱。我在别处说过“读”该照宣读文件那样，但是这句话还未甚显明。李长之先生说的才最干脆，他说“所谓诵读一事，也便只有用话的语调（平常说话的语调）去读的一途了”。宣读文件其实就用的是说话的语调。

诵读虽然该用说话的调子，可究竟不是说话。诵读赶不上说话的流畅，多少要比说话做作一些。诵读第一要口齿清楚，吐字分明。唱曲子讲究咬字，诵读也得字字清朗；尽管抑扬顿挫，清朗总得清朗的。李长之先生注重词汇的读出，也就是这个意思。座谈会里潘家洵先生指出私塾儿童读书固然有两字一顿的，却也有一字一顿的；如“孟—子—见—梁—惠—王”之类的读法，我们是常常可以听到的。大概两字一顿是用在整齐的句法上，如读《千字文》《百家姓》《龙文鞭影》《幼学琼林》《千家诗》之类；一字一顿是用在参差的句法上，如读《四书》等。

前者是音乐化，后者逐字用同样强度读出，是让儿童记清每一个字的形和音，像是强调地说话。这后一种诵读，机械性却很大，不像说话那样可以含胡几个字甚至吞咽几个字而反有姿态，有味儿。我们所要的字字清朗的诵读，性质上就近于这后一种，不过顿的字数不一定，再加上抑扬顿挫，跟说话多相像一些罢了。

用说话的调子诵读白话文，自然该最像说话，虽然因为言文总有些分别，不能等于说话。但是现在的白话文是欧化了的，诵读起来也还不能很像说话。相信诵读教学切实施行若干时后，诵读可以帮助变化说话的调子；那时白话文的诵读虽然还是不能等于说话，总该差不离儿了。诵读白话诗，现在是更不像说话；因为诗是精炼的说话，跟随心信口地说话本差着些程度，加上欧化，自然要差得更多。用说话的调子读文言，不论是诗是文，是骈是散，自然还要差得多；但是比吟或唱总近于说话些。从前学习文言乃至欣赏文言，好像非得能吟会唱不可。我想吟唱固然有益，但是诵读也许帮助更大。大概诗词曲和骈文，音乐性本来大些，音乐化的去吟唱可以获得音乐方面的受用，但是在了解和欣赏意义上，吟唱是不如诵读的。至于所谓古文，本来基于平常说话的调子，虽然因为究竟不是口头的语言，不妨音乐化地去吟唱，然而受用似乎并不大；倒是诵读能见出这种古文的本色。所以就是文言，也还该以说话调的诵读为主。但是诵读总得多读熟读，才有效用；“曲不离口”，诵读也是一样道理。

诵读口语体的白话文（这种也可以称为白话），还有诵读小说里的一些对话和话剧，应该就像说话一样，虽然也还未必等于说话。说是未必等于说话，因为说话有声调，又多少总带着一些面部表情和肢体动作，写出来的说话虽然包含着这些，却不分明。诵读这种写出来的说话，得从意义里去揣摩，得从字里行间去揣摩。而写的人虽然想着包含那些，却也未必能包罗一切；揣摩的人也未必真能尽致。这就未必相等了。所以认真的演出话剧，得有戏谱，详细注明声调等等。李长之先生提到的赵元任先生的《最后五分钟》就是这种戏谱。有了这种戏谱，还得再加揣摩。但是舞台上的台词也还是不等于平常的说话。因为台词不但是戏中人在对话，并且是给观众听的对话，固然得流畅，同时也得清朗。所以演戏需要专业的训练，比诵读难。

写的白话不等于说话，写的白话文更不等于说话。写和说到底是两回事。文言时代诵读帮助写的学习，却不大能够帮助说的学习；反过来说话也不大能够帮助写的学习。这时候有些教育程度很高的人会写却说不好，或者会说却写不好，原不足怪。可是，现下白话时代，诵读不但可以帮助写，还可以帮助说，而说话也可以帮助写；可是会写不会说和会说不会写的人还是有。这就见得写和说到底是两回事了。大概学写主要得靠诵读，文言白话都是如此；单靠说话学不成文言也学不好白话。现在许多学生很能说话，却写不通白话文，就因为他们诵读太少，不懂得如何将说话时的声调等等包含在白话文里。他们的作文让他们自己念给别人听，满对，可是让别人看就看出不通来了。他们会说话到一种程度，能以在诵读自己作文的时候，加进那些并没有能够包含在作文里的成分去，所以自己和别人听起来都合式；他们自己看的时候，也还能够如此。等到别人看，别人凭一般诵读的习惯，只能发挥那些作文里包含的有的，却不能无中生有，这就漏了。至于学说话，主要的得靠说话；多读熟白话文，多少有些帮助，多少能够促进，可是主要的还得靠说话。只注重诵读和写作而忽略了说话，自然容易成为会写而说不好的人。至于李长之先生提到鲁迅先生，又当别论。鲁迅先生是会说话的，不过不大会说北平话。他写的是白话文，不是白话。

长之先生赞美座谈会中顾随先生读的《阿Q正传》，说是“觉得鲁迅运用北平的口语实在好极了”。我当时不在场，想来那恐怕一半应该归功于顾先生的诵读的。

再说用说话的调子诵读白话诗，那是比诵读白话文更不等于说话。如上文所说诗是精炼的语言，跟平常的说话自然差得多些。精炼靠着暗示和重叠。暗示靠新鲜的比喻和经济的语句；重叠不是机械的，得变化，得多样。这就近乎歌而带有音乐性了。这种音乐性为的是集中注意的力量，好像电影里特别的镜头。集中了注意力，才能深入每一个词汇和语句，发挥那蕴藏着的意义，这也就是诗之所以为诗。白话诗却不要音乐化，音乐化会掩住了白话诗的个性，磨损了它的曲折处。白话诗所以不会有固定的声调谱，我看就是为此。白话诗所以该用说话调诵读，也是为此。一方面白话诗也未尝不可以全不带音乐性而直用平常说话的调子写作。但是只宜于短篇如此。因为短篇的精炼可以不靠重叠，长些的就不成。苏俄的玛耶可夫斯基的诗，按说就只用平常说话的调子，却宜于朗诵。他的诗就是短篇多，国内也有向这方面努力的，田间先生就是一位。这种诗不用说更该用说话调诵读，诵读起来也许跟口语体的白话文差不多，但要强调些。因为篇幅短，要是读得太流畅，一下子就完了，没有了，所以得滞实些才成。

其实诗的诵读一般的都得滞实些。一方面有弹性，一方面要滞实，所以难。两次朗诵运动都以诗为主，在艺术上算是攻坚。但是诵读只是训练技能，还该从容易的文的诵读下手。

论诗学门径

本文所谓诗，专指中国旧体诗而言；所谓诗学，专指关于旧诗的理解与鉴赏而言。

据我数年来对于大学一年生的观察，推测高中学生学习国文的情形，觉得他们理解与鉴赏旧诗比一般文言困难，但对于诗的兴味却比文大。这似乎是一个矛盾，其实不然。他们的困难在意义，他们的兴味在声调；声调是诗的原始的也是主要的效用，所以他们虽觉难懂，还是乐意。他们更乐意读近体诗；近体诗比古体诗大体上更难理解，可是声调也更谐和，便于吟诵，他们的兴味显然在此。

这儿可以看出吟诵的重要来。这是诗的兴味的发端，也是诗学的第一步。但偶然的随意的吟诵是无用的；足以消遣，不足以受用或成学。那得下一番切实的苦工夫，便是记诵。学习文学而懒于记诵是不成的，特别是诗。一个高中文科的学生，与其囫囵吞枣或走马看花地读十部诗集，不如仔仔细细地背诵三百首诗。这三百首诗虽少，是你自己的；那十部诗集虽多，看过就还了别人。我不是说他们不应该读十部诗集，我是说他们若不能仔仔细细读这些诗集，读了还不和没读一样！

中国人学诗向来注重背诵。俗话说得好："熟读唐诗三百首，不会作诗也会吟。”我现在并不劝高中的学生作旧诗，但这句话却有道理。“熟读”不独能领略声调的好处，并且能熟悉诗的用字、句法、章法。诗是精粹的语言，有它独具的表现法式。初学觉得诗难懂，大半便因为这些法式太生疏之故。学习这些法式最有效的方法是综合，多少应该像小儿学语一般；背诵便是这种综合的方法。也许有人想，声调的好处不须背诵就可领略，仔细说也不尽然。因为声调不但是平仄的分配，还有四声的讲究；不但是韵母的关系，还有声母的关系。这些条目有人说是枷锁，可是要说明旧诗的技巧，便不能不承认它们的存在。这些我们现在其实也还未能完全清楚，一个中学生当然无须详细知道；但他会从背诵里觉出一些细微的分别，虽然不能指明。他会觉出这首诗调子比另一首好，即使是平仄一样的律诗或绝句。这在随便吟诵的人是不成的。

现在的中学生大都不能辨别四声；他们也没有“韵”的观念。这样便不能充分领略诗的意味。四声是平、上、去、入四种字调，最好幼时学习，长大了要难得多。这件事非理论所能帮助，只能用诵读《四声等韵图》（如东、董、冻、笃之类；《康熙字典》卷首有此图）或背诵近体诗两法。学生诵读四声图最好用自己的方音；全读或反复读一行（如东、董、冻、笃）都可。但须常读，到任举一字能辨其声为止。这方法在成人也是有效的，有人用过；不过似乎太机械些。背诵近体诗要有趣得多，而且是一举两得的办法。近体诗的平仄有一定的谱，从那调匀的声调里，你可渐渐地辨别，这方法也有人用过见效；但我想怕只能辨别平仄，要辨别四声，还是得读四声图的。所以若能两法并用最好。

至于“韵”的观念，比较容易获得，方法仍然是背诵近体诗，可是得有人给指出韵的位置和韵书的用法。这是容易说明的，与平仄之全凭天籁不同。不过单是说明，没有应用，不能获得确实的观念，所以还要靠背诵。固然旧诗的韵有时与我们的口音不合：我们以为不同韵的字，也许竟是同韵，我们以为同韵的字，也许竟会不同韵；但这可以预先说明。好在大部分不致差得很远；我们只要明白韵的观念，并非要辨别各字的韵部，这样也就行了。我只举近体诗，因为古体诗用韵较不整齐，又往往换韵，而所用韵字的音与现在相差也更远。至于韵即今日所谓母音或元音，同韵字即同母音或元音的字，押韵即将此类字用在相“当”的地位，这些想是中学生诸君所已知道的。

记诵只是诗学的第一步。单记诵到底不够的；须能明白诗的表现方式，记诵的效才易见。诗是特种的语言，它因音数（四五七言是基本音数）的限制，便有了特种的表现法。它须将一个意思或一层意思或几层意思用一定的字数表现出来；它与自然的散文的语言有时相近，有时相远，但决不是相同的。它需要艺术的工夫。近体诗除长律外，句数有定，篇幅较短，有时还要对偶，所以更其是如此。固然，这种表现法，记诵的诗多了，也可比较同异，渐渐悟出；但为时既久，且未必能鞭辟入里。因此便需要说诗的人。说诗有三种：注明典实，申述文义，评论作法。这三件就是说，用什么材料，表什么意思，使什么技巧。上两件似乎与表现方式无涉；但不知道这些，又怎能看出表现方式？也有诗是没什么典实的，可是文义与技巧总有待说明处；初学者单靠自己捉摸，究竟不成。我常想，最好有“诗例”这种书，略仿俞曲园《古书疑义举例》的体裁，将诗中各种句法或辞例，一一举证说明。坊间诗学入门一类书，也偶然注意及此，但太略、太陋，无甚用处。比较可看而又易得的，只有李锳《诗法易简录》（有铅印本）、朱宝莹《诗式》（中华书局铅印）。《诗法易简录》于古体诗，应用王士祯、赵执信诸家之说，侧重声调一面，所论颇多精到处。于近体诗专重章法，简明易晓，不做惝恍迷离语，也不作牵强附会语。《诗式》专取五七言近体，皆唐人清新浅显之作，逐首加以评语注释。注释太简陋，且不免错误；评语详论句法章法，很明切，便于初学。书中每一体（指绝句、律句）前有一段说明，论近体声调宜忌，能得要领。初学读此书及前书后半部，可增进对于近体诗的理解力和鉴赏力。至于前书古体一部分，却宜等明白四声后再读；早读定莫名其妙。

此外宜多读注本、评本。注本易芜杂，评本易肤泛笼统，选择甚难。我是主张中学生应多读选本的，姑就选本说罢。唐以前的五言诗与乐府，自然用《文选》李善注（仿宋、胡刻《文选》有影印本）；刘履的《选诗补注》（有石印本）和于光华的《文选集评》（石印本名《评注昭明文选》）也可参看。《玉台新咏》（吴兆宜笺注；有石印本）的重要仅次于《文选》；有些著名的乐府只见于此书；又编者徐陵在昭明太子之后，所以收的作家多些。沈德潜《古诗源》也可用，有王莼父笺注本（崇古书社铅印），但笺注颇有误处。唐诗可用沈氏《唐诗别裁集》（有石印本），此书有俞汝昌引典备注（刻本），是正统派选本。另有五代韦縠《才调集》，以晚唐为宗，有冯舒、冯班评语，简当可看（有石印本）；殷元勋、宋邦绥作笺注，石印本无之。以上二书，兼备众体。元好问的《唐诗鼓吹》专选中晚唐七律；元是金人，当然受宋诗的影响，他是别出手眼去取的。此书有郝天挺注，廖文炳解，钱谦益、何焯评（文明书局石印）。有人说这是伪书，钱谦益曾作序辩之；我得见姚华先生说藏元刊本诸序，觉得钱氏所说不误。另有徐增《而庵说唐诗》（刻本），颇能咬嚼文字，启人心思，也是各体都有。宋诗选本有注者似甚少。七古可看闻人倓《古诗笺》（王士禛原选）；七律可看赵彦传《宋今体诗钞注略》（姚鼐有《今体诗钞》，此书只注宋代诸作）。但前书价贵些，后书又少见。张景星《宋诗百一选》（石印本，在《五朝诗别裁集》中）备各体，可惜没有注。选集的评本，除前已提及的外，最多最著的要算纪昀《瀛奎律髓刊误》。纪氏论诗虽不免过苛，但剖析入微，耐人寻味，值得细看。又文明书局有《历代诗评注读本》（分古诗、唐诗、宋元明诗、清诗），也还简明可看。至于汉以前的诗，自然该读《诗经》《楚辞》。《诗经》可全读，用朱熹集注就行；《楚辞》只须读屈、宋诸篇，也可用朱熹集注。

诗话可以补注本、评本之不及，大抵片段的多，系统的少。章学诚分诗话为论诗事与辞两种，最为明白。成书最早的诗话，要推梁钟嵘的《诗品》（许文玉《诗品释》最佳，北京大学的出版社代售），将汉以来五言诗作者分为上中下三品，所论以辞为主。到宋代有“诗话”之名，诗话也是这时才盛。我只举魏庆之《诗人玉屑》及严羽《沧浪诗话》两种。前者采撷南宋诸家诗话，分类编成，能引人入胜；后者始创“诗有别材别趣”之说，影响后世甚大（均有石印本，后者并有注）。袁枚的《诗法丛话》（有石印本）也与《诗人玉屑》同类，但采撷的范围直至清代。至于专论诗话的，有郭绍虞先生的《诗话丛话》，见《小说月报》二十卷一、二、四诸号中，可看。诗话之外，若还愿意知道一些诗的历史，我愿意介绍叶燮《原诗》（见《清诗话》，文明书局发行）；《原诗》中论诗学及历代诗大势，都有特见。黄节先生《诗学》要言不烦，只是已绝版。陆侃如先生《中国诗史》听说已由大江书铺付印，那将是很好的一部诗史，我念过其中一部分。此外邵祖平《唐诗通论》（《学衡》十二期）各论各节都有新意；许文玉《唐诗综论》（北京大学出版社代售）虽琐碎而切实，均可供参考。宋诗有庄蔚心《宋诗研究》（大东书局），材料不多，但多是有用的原料；较《小说月报》《中国文学研究》中陈延杰《宋诗的派别》一文要好些。再有，胡适先生《白话文学史》和《国语文学史》中论诗诸章，以白话的立场说旧诗趋势，也很值得一读的。附注文中忘记说及顾实的《诗法捷要》一书（上海医学书局印）。这本书杂录前人之说（如方回《瀛奎律髓》、周弼《三体唐诗》等），没有什么特见，但因所从出的书有相当价值，所以可看。书分三编：前编论绝句，中编论律诗，均先述声律，次列作法，终举作例；后编专论古诗声韵。初学可先看前两编。

文学的标准与尺度

我们说“标准”，有两个意思。一是不自觉的，一是自觉的。不自觉的是我们接受的传统的种种标准。我们应用这些标准衡量种种事物种种人，但是对这些标准本身并不怀疑，并不衡量，只照样接受下来，作为生活的方便。

自觉的是我们修正了的传统的种种标准，以及采用的外来的种种标准。这种种自觉的标准，在开始出现的时候大概多少经过我们的衡量；而这种衡量是配合着生活的需要的。本文只称不自觉的种种标准为“标准”，改称种种自觉的标准为“尺度”，来显示这两者的分别。“标准”原也离不了尺度，但尺度似乎不像标准那样固定；近来常说“放宽尺度”，既然可以“放宽”，就不是固定的了。这种“标准”和“尺度”的分别，在一个变得快的时代最容易觉得出：在道德方面在学术方面如此，在文学方面也如此。

中国传统的文学以诗文为正宗，大多数出于士大夫之手。士大夫配合君主掌握着政权。做了官是大夫，没有做官是士；士是候补的大夫。君主士大夫合为一个封建集团，他们的利害是共同的。这个集团的传统的文学标准，大概可用“儒雅风流”一语来代表。载道或言志的文学以“儒雅”为标准，缘情与隐逸的文学以“风流”为标准。

有的人“达则兼济天下，穷则独善其身”，表现这种情志的是载道或言志。这个得有“正其谊不谋其利，明其道不计其功”的抱负，得有“怨而不怒”“温柔敦厚”的涵养，得用“熔经铸史”“含英咀华”的语言。这就是“儒雅”的标准。有的人纵情于醇酒妇人，或寄情于田园山水，表现这种种情志的是缘情或隐逸之风。这个得有“妙赏”“深情”和“玄心”，也得用“含英咀华”的语言。这就是“风流”的标准（关于“风流”的解释，用冯友兰先生语，见《论风流》一文中）。在现阶段看整个的传统的文学，我们可以说“儒雅风流”是标准。但是看历代文学的发展，中间还有许多变化。即如诗本是“言志”的，陆机却说“诗缘情而绮靡”，“言志”其实就是“载道”，与“缘情”大不相同。陆机实在是用了新的尺度。“诗言志”这一个语在开始出现的时候，原也是一种尺度；后来得到公认而流传，就成为一种标准。说陆机用了新的尺度，是对“诗言志”那个旧尺度而言。这个新尺度后来也得到公认而流传，成为又一种标准。又如南朝文学的求新，后来文学的复古，其实都是在变化；在变化的时候也都是用着新的尺度。固然这种新尺度大致只伸缩于“儒雅”和“风流”两种标准之间，但是每回伸缩的长短不同，疏密不同，各有各的特色。文学史的扩展从这种种尺度里见出。

这种尺度表现在文论和选集里，也就是表现在文学批评里。中国的文学批评以各种形式出现。魏文帝的“论文”是在一般学术的批评的《典论》里，陆机《文赋》也许可以说是独立的文学批评的创始，他将文作为一个独立的课题来讨论。此后有了选集，这里面分别体类，叙述源流，指点得失，都是批评的工作。又有了《文心雕龙》和《诗品》两部批评专著。还有史书的文学传论，别集的序跋和别集中的书信。这些都是比较有系统的文学批评，各有各的尺度。这些尺度有的依据着“儒雅”那个标准，结果就是复古的文学，有的依据着“风流”那个标准，结果就是标新的文学。但是所谓复古，其实也还是求变化求新异；韩愈提倡古文，却主张务去陈言，戛戛独造，是最显著的例子。古文运动从独造新语上最见出成绩来。胡适之先生说文学革命都从文字或文体的解放开始，是有道理的，因为这里最容易见出改变了的尺度。现代语体文学是标新的，不是复古的，却也可以说是从文字或文体的解放开始；就从这语体上，分明地看出我们的新尺度。

这种语体文学的尺度，如一般人所公认，大部分是受了外国的影响，就是依据着种种外国的标准。但是我们的文学史中原也有这样一股支流，和那正宗的或主流的文学由分而合地相配而行。明代的公安派和竟陵派自然是这支流的一段，但这支流的渊源很古久，截取这一段来说是不正确的。汉以前我们的言和文比较接近，即使不能说是一致。从孔子“有教无类”起，教育渐渐开放给平民，受教育的渐渐多起来。这种受了教育的人也称为“士”，可是跟从前贵族的士不同，这些只是些“读书人”。士的增多影响了语言和文体，话要说得明白，说得详细，当时的著述是说话的纪录，自然也是这样。这里面该有平民语调的参入，虽然我们不能确切地指出。

汉代辞赋发达，主要地作为宫廷文学；后来变为远于说话的骈俪的体制，士大夫就通用这种体制。可是另一方面，游历了通都大邑名山大川的司马迁，却还用那近乎说话的文体作《史记》，古里古怪的扬雄跟《问孔》《刺孟》的王充，也还用这种文体作《法言》和《论衡》；而乐府诗来自民间，不用问更近于说话。可见这种文体是废不掉的。就是骈俪文盛行的时代，也还有《世说新语》，记录那时代的说话。到了唐代的韩愈，提倡“气盛言宜”的古文，“气盛言宜”就是说话的调子，至少是近于说话的调子，还有语录和笔记，起于唐而盛于宋，还有来自民间的词，这些也都用着说话或近于说话的调子。东汉以来逐渐建立起来的门阀，到了唐代中叶垮了台，“寻常百姓”的士又增多起来，加上宋代印刷和教育的发达，所以那种详明如话的文体就大大地发达了。

到了元明两代，又有了戏曲和小说，更是以说话体就是语体为主。公安派竟陵派接受了这股支派，努力想将它变成主流，但是这一个尝试失败了。直到现代，一个新的尝试才完成了语体文学，新文学，也就是现代文学。

从以上一段语体文学发展的简史里可以看出种种伸缩的尺度。这些尺度大体上固然不出乎“儒雅”和“风流”那两个标准，可是像语录和笔记，有些恐怕只够“儒”而不够“雅”，有些恐怕既不够“儒”也不够“雅”，不够“雅”因为用俗语或近乎俗语，不够“儒”因为只是一些细事，无关德教，也与风流不相干。汉乐府跟《世说新语》也用俗语，虽然现在已将那些俗语看作了古典。戏曲和小说有的别忠奸，寓劝惩，叙风流，固然够得上标准，有的却不够儒雅，不算风流。

在过去的文学传统里，这两种本没有地位，所谓不在话下。不过我们现在得给这些不够格的分别来个交代。我们说戏曲和小说可以见人情物理，这可以叫做“观风”的尺度，《礼记》里说诗可以“观民风”；可以观风，也就拐了弯儿达到了“儒雅”那个标准。戏曲和小说不但可以观民风，还可以观士风，而观风就是写实，就是反映社会，反映时代。这是社会的描写，时代的纪录。在我们看来，用不着再绕到“儒雅”那个标准之下，就足够存在的理由了。那些无关政教也不算风流的笔记，也可以这么看。这个“人情物理”或“观风”的尺度原是依据了“儒雅”那个标准定出来的，可是唐代中叶以后，这个尺度似乎已经暗地里独立运用，这已经不是上德化下的尺度而是下情上达的尺度了。人民参加着定了这个尺度，而俗语的参入文学，正与这个尺度配合着。

说是人民参加着订定文学的尺度，如上文所提到的，该起于春秋末年贵族渐渐没落平民渐渐兴起的时候。这些受了教育的平民加入了统治集团，多少还带着他们的情感和语言。这种新的士流日渐增加，自然就影响了文化的面目乃至精神。汉乐府的搜集与流行，就在这样氛围之中。

韩诗解《伐木》一篇说到“饥者歌其食，劳者歌其事”“饥者歌其食，劳者歌其事”正是“人情物理”，正是“观风”；这说明了三百篇诗的一些诗，也说明了乐府里的一些诗。“饥者歌其食，劳者歌其事”，自然周代的贵族也会如此的，可是这两句话带着浓重的平民的色彩；配合着语言的通俗，尤其可以见出。这就是前面说的“参加”，这参加倒是不自觉的。但那“人情物理”或“观风”的尺度的订定却是自觉的。汉以来的社会是士民对立，同时也是士民流通。《世说新语》里纪录一些俗语，取其自然。在“风流”的标准下，一般地固然以“含英咀华”的语言为主，但是到了这时代稍加改变，取了“自然”这个尺度，也不足为怪的。

唐代中叶以后，士民间的流通更自由了，士人是更多了。于是乎“人情物理”的著作也更多。元代蒙古人压迫汉人，士大夫的地位降低下去。真正领导文坛的是一些吏人以及“书会先生”，他们依据了“人情物理”的尺度作了许多戏曲。明代士大夫的地位高了些，但是还在暴君压制之下。他们这时却恢复了文坛的领导权，他们可也在作戏曲，并且在提倡小说，作小说了。公安派竟陵派就是受了这种风气的影响而形成的。清代士大夫的地位又高了些，但是又在外族统治之下，还不能恢复元代以前的地位。他们也在作戏曲和小说，可是戏曲和小说始终还是小道，不能跟诗文并列为正宗。“人情物理”还是一种尺度，不能成为标准。但是平民对文学的影响确乎渐渐在扩大。

原来士民的对立并不是严格的。尤其在文学上，平民所表现的生活还是以他们所“虽不能至，然心向往之”的士大夫生活为标准。他们受自己的生活折磨够了，只羡慕着士大夫的生活，可又只能耐着苦羡慕着，不知道怎样用行动去争取，至多是表现在他们的文学就是民间文学里；低级趣味是免不了的，但那时他们的理想是爬上高处去。这样，士大夫的文学接受他们的影响，也算是个顺势。虽然“人情物理”和“通俗”到清代还没有成为标准，可是“自然”这尺度从晋代以来已渐渐成为一种标准。这究竟显出了人民的力量。

大清帝国改了中华民国，新文化运动新文学运动配合着五四运动画出了一个新时代。大家拥戴的是“德先生”和“赛先生”，就是民主与科学。但是实际上做到的是打倒礼教也就是反封建的工作。反封建解放了个人，也发现了民众，于是乎有了个人主义和人道主义；前者是实践，后者还是理论。这里得指出在那个阶段上，我们是接受了种种外国标准，而向现代化进行着。这时的社会已经不是士民的对立，而是封建的军阀官僚和人民的对立。从清末开设学校，受教育的人大量增多。士或读书人渐渐变了质；到这时一部分成为军阀和官僚的帮闲，大部分却成了游离的知识阶级。知识阶级从军阀和官僚独立，却还不能跟民众联合起来，所以是游离着。这里面大部分是青年学生。这时候的文学是语体文学，开始似乎是应用着“人情物理”“通俗”那两个尺度以及“自然”那个标准。然而“人情物理”变了质成为“打倒礼教”就是“反封建”也就是“个人主义”这个标准，“通俗”和“自然”也让步给那“欧化”的新尺度；这“欧化”的尺度后来并且也成了标准。用欧化的语言表现个人主义，顺带着人道主义，是这时期知识阶级向着现代化的路。

“五卅”运动接着国民革命，发展了反帝国主义运动；于是“反帝国主义”也成了文学的一种尺度。抗战起来了，“抗战”立即成了一切的标准，文学自然也在其中。

胜利却带来了一个动乱时代，民主运动发展，“民主”成了广大应用的尺度，文学也在其中。这时候知识阶级渐渐走近了民众，“人道主义”那个尺度变质成为“社会主义”的尺度，“自然”又调剂着“欧化”，这样与“民主”配合起来。但是实际上做到的还只是暴露丑恶和斗争丑恶。这是向着新社会发脚的路。受教育的越来越多，这条路上的人也将越来越多，文学终于要配合上那新的“民主”的尺度向前迈进的。大概文学的标准和尺度的变换，都与生活配合着，采用外国的标准也如此。表面上好像只是求新，其实求新是为了生活的高度深度或广度。社会上存在着特权阶级的时候，他们只见到高度和深度；特权阶级垮台以后，才能见到广度。从前有所谓雅俗之分，现在也还有低级趣味，就是从高度深度来比较的。可是现在渐渐强调广度，去配合着高度深度，普及同时也提高，这才是新的“民主”的尺度。要使这新尺度成为文学的新标准，还有待于我们自觉的努力。

关于散文写作答《文艺知识》编者问

一

广义的散文，对韵文而言。狭义的散文似乎指带有文艺性的散文而言，那么，小说、小品文、杂文都是的。最狭义的散文是文艺的一部门，跟诗歌、小说、戏剧、文学批评并立着。小品文和杂文似乎都该包括在这一意义的散文里。有人以为这一意义的散文只指小品文而言，杂文是独立的，是在文艺之外的。我却觉得杂文是小品文的转变，无论是讽刺是批评，总带有文艺性，应该算是散文的一种而放在文艺部门里。

二

文艺性的散文也跟论文一样靠见解，靠理论，但是论域得缩小，论点得集中，学识固然不可少，经验似乎更不可少。

三

意境似乎就是形象化，用具体的暗示抽象的。意境的产生靠观察和想像。

四

问：您的《背影》的创作过程是怎样的？怎样发现题材？怎样产生那意境？怎样写成的？

我写《背影》，就因为文中所引的父亲的来信里那句话。当时读了父亲的信，真是泪如泉涌。我父亲待我的许多好处，特别是《背影》里所叙的那一回，想起来跟在眼前一般无二。我这篇文只是写实，似乎说不到意境上去。

五

写作似乎可以说有灵感，但我不愿意用"灵感"这个译名，而愿意用"感兴"这个译名。感兴只是心头一动。这心头一动是由经验的综合来的，有时不自觉，有时自觉。譬如要给某刊物做一篇文，去想题目；想到了适当的题目，也是心头一动，这就是自觉的。总之感兴不必一定要等它来，我们也可去找它；感兴似乎并不神秘的。

六

困苦的生活中吃饭第一，说不到写作。古人说"穷而后工"，那"穷"只是不"达"，就是做不到大官，并不是穷得没饭吃。不做大官，有了闲暇，写作起来可以专心致志，自然就容易"工"了。

七

多诵读才知道怎样润饰字句。朗诵和默读都得练习。朗诵似乎更得加以注意，因为通常都不去练习朗诵。活的语言的获得在多听人家说的话，细细研究，体味并且记住。

八

初学写作，似乎该从广义的散文下手。先把话写清楚了，写通顺了，再注重表情，注重文艺性的发展。这样基础稳固些。否则容易浮滑，不切实。

新诗的进步

在《新文学大系诗集·导言》末尾，我说：

若要强立名目，这十年来的诗坛就不妨分为三派：
自由诗派，格律诗派，象征诗派。

有一位老师不赞成这个分法，他实在不喜欢象征派的诗，说是不好懂。有一位朋友，赞成这个分法，但我的按而不断，他却不以为然。他说这三派一派比一派强，是在进步着的，《导言》里该指出来。他的话不错，新诗是在进步着的。许多人看着作新诗读新诗的人不如十几年前多，而书店老板也不欢迎新诗集，因而就悲观起来，说新诗不行了，前面没有路。路是有的，但得慢慢儿开辟。只靠一二十年工夫便想开辟出到诗国康庄新道，未免太急性儿。

这几年来我们已看出一点路向。《〈大系诗集〉编选感想》里我说要看看启蒙期诗人"怎样从旧镣铐里解放出来，怎样学习新语言，怎样找寻新世界"。但是白话的传统太贫乏，旧诗的传统太顽固，自由诗派的语言大抵俗套多而创作少（闻一多先生在什么地方说新诗的比喻太平凡，正是此意），境界也只是男女和愁叹，差不多千篇一律；咏男女自然和旧诗不同，可是大家都泛泛着笔，也就成了套子。当然有例外，郭沫若先生歌咏大自然，是最特出的。格律诗派的爱情诗，不是纪实的而是理想的爱情诗，至少在中国诗里是新的；他们的奇丽的譬喻——即使不全是新创的——也增富了我们的语言。徐志摩、闻一多两位先生是代表。从这里再进一步，便到了象征诗派。象征诗派要表现的是些微妙的情境，比喻是他们的生命；但是“远取譬”而不是“近取譬”。所谓远近不指比喻的材料而指比喻的方法，他们能在普通人以为不同的事物中间看出同来。他们发见事物间的新关系，并且用最经济的方法将这关系组织成诗；所谓“最经济的”就是将一些联络的字句省掉，让读者运用自己的想像力搭起桥来。没有看惯的只觉得一盘散沙，但实在不是沙，是有机体。要看出有机体，得有相当的修养与训练，看懂了才能说作得好坏——坏的自然有。

另一方面，从新诗运动开始，就有社会主义倾向的诗。旧诗里原有叙述民间疾苦的诗，并有人像白居易，主张只有这种诗才是诗。可是新诗人的立场不同，不是从上层往下看，是与劳苦的人站在一层而代他们说话——虽然只是理论上如此。这一面也有进步。初期新诗人大约对于劳苦的人实生活知道得太少，只凭着信仰的理论或主义发挥，所以不免是概念的，空架子，没力量。近年来乡村运动兴起，乡村的生活实相渐渐被人注意，这才有了有血有肉的以农村为题材的诗。臧克家先生可为代表。概念诗唯恐其空，所以话不厌详，而越详越觉啰嗦。像臧先生的诗，就经济得多。他知道节省文字，运用比喻，以暗示代替说明。

现在似乎有些人不承认这类诗是诗，以为必得表现微妙的情境的才是的。另一些人却以为象征诗派的诗只是玩意儿，于人生毫无益处。这种争论原是多少年解不开的旧连环。就事实上看，表现劳苦生活的诗与非表现劳苦生活的诗历来就并存着，将来也不见得会让一类诗独霸。那么，何不将诗的定义放宽些，将两类兼容并包，放弃了正统意念，省了些无效果的争执呢？从前唐诗派与宋诗派之争辨，是从另一角度着眼。唐诗派说唐以后无诗，宋诗派却说宋诗是新诗。唐诗派的意念也太狭窄，扩大些就不成问题了。

什么是文学?

什么是文学？大家愿意知道，大家愿意回答，答案很多，却都不能成为定论。也许根本就不会有定论，因为文学的定义得根据文学作品，而作品是随时代演变，随时代堆积的。因演变而质有不同，因堆积而量有不同，这种种不同都影响到什么是文学这一问题上。比方我们说文学是抒情的，但是像宋代说理的诗，十八世纪英国说理的诗，似乎也不得不算是文学。又如我们说文学是文学，跟别的文章不一样，然而就像在中国的传统里，经史子集都可以算是文学。经史子集堆积得那么多，文士们都钻在里面生活，我们不得不认这些为文学。当然，集部的文学性也许更大些。现在除经史子集外，我们又认为元明以来的小说戏剧是文学。这固然受了西方的文学意念的影响，但是作品的堆积也多少在逼迫着我们给它们地位。明白了这种种情形，就知道什么是文学这问题大概不会有什么定论，得看作品看时代说话。

新文学运动初期，运动的领导人胡适之先生曾答复别人的问，写了短短的一篇《什么是文学？》。这不是他用力的文章，说的也很简单，一向不曾引起多少注意。他说文字的作用不外达意表情，达意达得好，表情表得妙就是文学。他说文学有三种性：一是懂得性，就是要明白。二是逼人性，要动人。三是美，上面两种性联合起来就是美。这里并不特别强调文学的表情作用；却将达意和表情并列，将文学看作和一般文章一样，文学只是“好”的文章、“妙”的文章、“美”的文章罢了。而所谓“美”就是明白与动人，所谓三种性其实只是两种性。“明白”大概是条理清楚，不故意卖关子；“动人”大概就是胡先生在《谈新诗》里说的“具体的写法”。当时大家写作固然用了白话，可是都求其曲，求其含蓄。他们注重求暗示，觉得太明白了没有馀味。至于“具体的写法”，大家倒是同意的。只是在《什么是文学？》这一篇里，“逼人”“动人”等语究竟太泛了，不像《谈新诗》里说的“具体的写法”那么“具体”，所以还是不能引人注意。

再说当时注重文学的型类，强调白话诗和小说的地位。白话新诗在传统里没有地位，小说在传统里也只占到很低的地位。这儿需要斗争，需要和只重古近体诗与骈散文的传统斗争。这是工商业发展之下新兴的知识分子跟农业的封建社会的士人的斗争，也可以说是民主的斗争。胡先生的不分型类的文学观，在当时看来不免历史癖太重，不免笼统，而不能鲜明自己的旗帜，因此注意他这一篇短文的也就少。文学型类的发展从新诗和小说到了散文——就是所谓美的散文，又叫做小品文的。虽然这种小品文以抒情为主，是外来的影响，但是跟传统的骈散文的一部分却有接近之处。而文学包括这种小说以外的散文在内，也就跟传统的文的意念包括骈散文的有了接近之处。小品文之后有杂文。杂文可以说是继承“随感录”的，但从它的短小的篇幅看，也可以说是小品文的演变。小品散文因应时代的需要从抒情转到批评和说明上，但一般还认为是文学，和长篇议论文说明文不一样。这种文学观就更跟那传统的文的意念接近了。而胡先生说的什么是文学也就值得我们注意了。

传统的文的意念也经过几番演变。南朝所谓“文笔”的文，以有韵的诗赋为主，加上些典故用得好，比喻用得妙的文章；昭明《文选》里就选的是这些。这种文多少带着诗的成分，到这时可以说是诗的时代。宋以来所谓“诗文”的文，却以散文就是所谓古文为主，而将骈文和辞赋附在其中。这可以说是到了散文时代。现代中国文学的发展，虽只短短的三十年，却似乎也是从诗的时代走到了散文时代。初期的文学意念近于南朝的文的意念，而与当时还在流行的传统的文的意念，就是古文的文的意念，大不相同。但是到了现在，小说和杂文似乎占了文坛的首位，这些都是散文，这正是散文时代。特别是杂文的发展，使我们的文学意念近于宋以来的古文家而远于南朝。胡先生的文学意念，我们现在大概可以同意了。

英国德来登早就有知的文学和力的文学的分别，似乎是日本人根据了他的说法而仿造了“纯文学”和“杂文学”的名目。好像胡先生在什么文章里不赞成这种不必要的分目。但这种分类虽然好像将表情和达意分而为二，却也有方便处。比方我们说现在杂文学是在和纯文学争着发展。这就可以见出这时代文学的又一面。杂文固然是杂文学，其他如报纸上的通讯，特写，现在也多数用语体而带有文学意味了，书信有些也如此。甚至宣言，有些也注重文学意味了。这种情形一方面见出一般人要求着文学意味，一方面又意味着文学在报章化。清末古文报章化而有了“新文体”，达成了开通民智的使命。现代文学的报章化，该是德先生和赛先生的吹鼓手罢。这里的文学意味就是“好”，就是“妙”，也就是“美”；却决不是卖关子，而正是胡先生说的“明白”“动人”。报章化要的是来去分明，不躲躲闪闪的。杂文和小品文的不同处就在它的明快，不大绕弯儿，甚至简直不绕弯儿。具体倒不一定。叙事写景要具体，不错。说理呢，举例子固然要得，但是要言不烦，或简截了当也就是干脆，也能够动人。使人威固然是动人，使人信也未尝不是动人。不过这样解释着胡先生的用语，他也许未必同意罢？

什么是文学的“生路”？

杨振声[①]先生在本年十月十三日《大公报》的《星期文艺》第一期上发表了《我们打开一条生路》一篇文。中间有一段道：

“过去种种譬如昨日死”，不是譬如，它真的死亡了；帝国主义的死亡，独裁政体的死亡，资本主义与殖民政策也都在死亡中，因而从那些主义与政策发展出来的文化必然的也有日暮途穷之悲。我们在这里就要一点自我讽刺力与超己的幽默性，去撞自己的丧钟，埋葬起过去的陈腐，从新抖擞起精神做这个时代的人。

这是一个大胆的，良心的宣言。

杨先生在这篇文里可没有说到怎样打开一条生路。十一月一日《星期文艺》上有废名先生《响应“打开一条生路”》一篇文，主张“本着（孔子的）伦常精义，为中国创造些新的文艺作品”，他说伦常就是道，也就是诗。杨先生在文后有一段按语，提到了笔者的疑问，主

① 杨振声（1890—1956），字今甫，亦作金甫，笔名希声，山东蓬莱（今蓬莱市）水城村人。现代著名教育家、作家、教授，曾任国立青岛大学（今山东大学）校长。

张“综合中外新旧，胎育我们新文化的蓓蕾以发为新文艺的花果”。但是他说“这些话还是很笼统”。

具体的打开的办法确是很难。第一得从“做这个时代的人”说起。这是一个动乱时代，是一个矛盾时代。但这是平民世纪。新文化得从矛盾里发展，而它的根基得打在平民身上。中国知识阶级的文人吊在官僚和平民之间，上不在天，下不在田，最是苦闷，矛盾也最多。真是做人难。但是这些人已经觉得苦闷，觉得矛盾，觉得做人难，甚至愿意“去撞自己的丧钟”，就不是醉生梦死。他们愿意做新人，为新时代服务。文艺是他们的岗位，他们的工具。他们要靠文艺为新时代服务。文艺有社会的使命，得是载道的东西。

做过美国副国务卿的诗人麦克里希在一九三九年曾写过一篇文叫做《诗与公众世界》，说：“我们是活在一个革命的时代；在这时代，公众的生活冲过了私有的生命的堤防。……私有经验的世界已经变成了群众，街市，都会，军队，暴徒的世界。”他因而主张诗歌与政治改革发生关系。后来他做罗斯福总统的副国务卿，大概就为了施展他的政治改革的抱负。可惜总统死了，他也就下台了。他的主张，可以说是诗以载道。诗还要载道，不用说文更要载道了。时代是一个，天下是一家，所以大家心同理同。

这个道是社会的使命。要表现它，传达它，得有一番生活的经验，这就难。知识阶级的文人，虽然让“公众的生活冲过了私有的生命的堤防”，但是他们还惰性地守在那越来越窄的私有的生命的角落上。他们能够嘲讽地“去撞自己的丧钟”，可是没有足够的勇气“从新抖擞起精神做这个时代的人”。这就是他们我们的矛盾和苦闷所在。

古代的文人能够代诉民间疾苦，现代的文人也能够表现人道主义。但是这种办法多多少少有些居高临下。平民世纪所要求的不是这个，而是一般高的表现和传达；这就是说文人得作为平民而生活着，然后将那生活的经验表现、传达出来。麦克里希所谓“革命的时代”的“革命”，不知是不是这个意思，然而这确是一种革命。革命需要大勇气，自然难。

然而苦闷要求出路，矛盾会得发展。我们的文人渐渐地在工商业的大都市之外发现了农业的内地。在自己的小小的圈子之外发现了小公务员。他们的视野扩大了，认识也清楚多了，他们渐渐能够把握这个时代了。自然，新文学运动以来的作者早就在写农村，写官僚。然而态度不同，他们是站在知识阶级自己的立场尽了反封建反帝国主义的任务。现在这时代进一步要求他们自己站到平民的立场上来说话。他们写内地，写小公务员，就是在不自觉地多多少少接受着这个要求，所以说是“发现”。再说第一次世界大战以后，个人主义一度猛烈地抬头，一般作者都将注意集中在自己身上，甚至以“身边琐事”为满足。现在由自己转到小公务员，转到内地人，也该算是“发现”。

知识阶级的文人如果再能够自觉地努力发现下去，再多扩大些，再多认识些，再多表现、传达或暴露些，那么，他们会渐渐地终于无形地参加了政治社会的改革的。那时他们就确实站在平民的立场，“做这个时代的人”了。现在举例来说，文人大多数生活在都市里，他们还可以去发现知识青年，发现小店员，还可以发现摊贩：这些人都已经有集团的生活了，去发现也许并不太难。现在的报纸上就有这种特写，那正是一个很好的起头。

说起报纸，我觉得现在的文艺跟报章体并不一定有高低的分别，而是在彼此交融着，看了许多特写可以知道。现在的文艺因为读者群的增大，不能再是“文章千古事，得失寸心知”了，它得诉诸广大的读众。加上话剧和报纸特写的发达和暗示，它不自觉地渐渐地走向明白痛快的写实一路。文艺用的语言虽然总免不掉夹杂文言，夹杂欧化，但是主要的努力是向着活的语言。文艺一面取材于活的语言，一面也要使文艺的语言变成活的语言。在这种情形之下，杂文、小说和话剧自然就顺序地一个赛一个地加速地发展。这三员大将依次的正是我们开路的先锋。杨先生那篇文就是杂文，他用的就是第一员先锋。

什么是中国文学史的主潮？

——林庚著《中国文学史》序

中国文学史的编著有了四十多年的历史，但是我们的文学史的研究实在还在童年。文学史的研究得有别的许多学科做根据，主要的是史学，广义的史学。这许多学科，就说史学罢，也只在近三十年来才有了新的发展，别的社会科学更只算刚起头儿。这样，我们对文学史就不能存着奢望。不过这二十多年来的文学史，的确有了显著的进步。早期的中国文学史大概不免直接间接地以日本人的著述为样本，后来是自行编纂了，可是还不免早期的影响。这些文学史大概包罗经史子集直到小说戏曲八股文，像具体而微的百科全书，缺少的是“见”，是“识”，是史观。叙述的纲领是时序，是文体，是作者；缺少的是“一以贯之”。这二十多年来，从胡适之先生的著作开始，我们有了几部有独见的中国文学史。胡先生的《白话文学史》上卷着眼在白话正宗的“活文学”上，郑振铎先生的《插图本中国文学史》着眼在“时代与民众”以及外来的文学的影响上。这是一方面的进展。刘大杰先生的《中国文学发展史》上卷着眼在各时代的文学主潮和主潮所接受的文学以外的种种影响。这是又一方面的发展。这两方面的发展相辅相成，将来是要合而为一的。

林静希先生（庚）[1]这部《中国文学史》也着眼在主潮的起伏上。他将文学的发展看作是有生机的，由童年而少年而中年而老年；然而文学不止一生，中国文学是可以再生的，他所以用《文艺曙光》这一章结束了全书。他在《关于写〈中国文学史〉》一篇短文里说他的“书写到‘五四’以前，也正是计划着，若将来能有机会写一部新文学史的时候，可以连续下去”。这部新文学史该是从童年的再来开始。因此著者常常指明或暗示我们的文学和文化的衰老和腐化，教我们警觉，去摸索光明。照那篇文里说的，他计划写这部文学史，远在十二年以前，那时他想着“思想的形式与人生的情绪”是“时代的特征”，也就是主潮。这与他的生机观都反映着“五四”那时代。他说“热心于社会改造的人们，以为伟大的文艺就是有助于理想社会的文艺，但爱好文艺的人们，却正以为那理想的社会，必然的是须接近于文艺的社会”。他“相信，那能产生优秀文艺的时代，才是真正伟大的”，因此“只要求那能产生伟大文艺的社会”。明白了著者的这种态度，才能了解他的这部《中国文学史》。

著者有“沟通新旧文学的愿望”。他说“这原来正是文学史应有的任务，所以这部书写的时候，随时都希望能说明一些文坛上普遍的问题，因为普遍的问题自然就与新文学特殊的问题有关”。这确是“文学

① 林庚（1910—2006），字静希，原籍福建闽侯，生于北京。现代诗人、古代文学学者、文学史家。

史应有的任务”，在当前这时代更其如此；著者见到了这一层，值得钦佩。书中提出的普遍的问题，最重要的似乎是规律与自由，模仿与创造——是前两种趋势的消长和后两种趋势的消长。著者有一封来信，申说他书中的意见。他认为“形式化”或“公式化”也就是“正统化”，是衰老和腐化的现象。因此他反对模仿，模仿传统固然不好，模仿外国也不好。在上面提到的那篇文里他说：“我们应当与世界上寻觅主潮的人士，共同投身于探寻的行列中；我们不应当在人家还正在未可知地摸索着的时候，便已经开始模仿了。”信里说他要求解放，但是只靠外来的刺激引起解放的力量是不能持久的，得自己觉醒，用极大的努力“唤起一种真正的创造精神”，而“创造之最高标帜”是文学。

著者认为《诗经》代表写实的“生活的艺术”，所歌咏的是一种“家的感觉”，后来变为儒家思想，却形成了一种束缚或规律。《楚辞》代表“相反的浪漫的创造的精神”，所追求的是“一种异乡情调和惊异”，也就是“一种解放的象征”。这两种势力在历代文坛上是此消彼长的。这里推翻了传统的《诗》《骚》一贯论，否认《骚》出于《诗》。《骚》和《诗》的确是各自独立的，这是中国诗的两大源头。但是得在《诗经》后面加上乐府，乐府和《诗经》在精神上其实是相承的。书中特别强调屈原的悲哀，个人的悲哀；著者认为这种悲哀的觉醒是划时代的。这种悲哀，古人也很重视，班固称为“圣人失志”，确是划时代的。是从屈原起，才开始了我们的自觉的诗的时代。著者在那信里认为中国是“诗的国度”，故事是不发展的：“《楚辞》的少年精神直贯唐诗”，可是少年终于变成中年，文坛从此就衰歇了。唐代确是我们文化的一个分水岭，特别是安史之乱。从此民间文学捎带着南朝以来深入民间的印度影响，抬起了头一步步深入士大夫的文学里。替代衰弱的诗的时代的是散文时代，戏剧和小说的时代；故事受了外来的影响在长足地进展着。著者是诗人，所以不免一方面特别看重文学，一方面更特别看重诗；但是他的书是一贯的。

著者用诗人的锐眼看中国文学史，在许多节目上也有了新的发现，独到之见不少。这点点滴滴大足以启发研究文学史的人们，他们从这里出发也许可以解答些老问题，找到些新事实，找到些失掉的连环。著者更用诗人的笔写他的书，虽然也叙述史实，可是发挥的地方更多；他给每章一个新颖的题目，暗示问题的核心所在，要使每章同时是一篇独立的论文，并且要引人入胜。他写的是史，同时要是文学；要是著作也是创作。这在一般读者就也津津有味，不至于觉得干燥，琐碎，不能终篇了。这在普及中国文学史上是会见出功效来的，我相信。

什么是散文?

散文的意思不止一个。对骈文说，是不用对偶的单笔，所谓散行的文字。唐以来的“古文”便是这东西。这是文言里的分别，我们现在不大用得着。对韵文说，散文无韵；这里所谓散文，比前一文所包广大。虽也是文言里旧有的分别，但白话文里也可采用。这都是从形式上分别。还有与诗相对的散文，不拘文言白话，与其说是形式不一样，不如说是内容不一样。内容的分别，很难说得恰到好处；因为实在太复杂，凭你怎么说，总难免顾此失彼，不实不尽。这中间又有两边儿跨着的，如所谓散文诗，诗的散文；于是更难划清界限了，越是缠夹，用得越广，从诗与散文派生“诗的”“散文的”两个形容词，几乎可用于一切事上，不限于文字。——茅盾先生有一个短篇小说，题作“诗与散文”，是一个有趣的例子。

按诗与散文的分法，新文学里的小说、戏剧（除掉少数诗剧和少数剧中的韵文外）、“散文”，都是散文。——论文，宣言等不用说也是散文，但是通常不算在文学之内——这里得说明那引号里的散文。那是与诗，小说，戏剧并举，而为新文学的一个独立部门的东西，或称白话散文，或称抒情文，或称小品文。这散文所包甚狭，从“抒情文”，

“小品文”两个名称就可知道。小品文对大品而言，只是短小之文；但现在却兼包“身边琐事”或“家常体”等意味，所以有“小摆设”之目。近年来这种文体一时风行；我们普通说散文，其实只指的这个。这种散文的趋向，据我看，一是幽默、一是游记、自传、读书记。若只走向幽默去，散文的路确乎更狭更小，未免单调；幸而有第二条路，就比只写身边琐事的时期已展开了一两步。大体上说；到底是前进的。有人主张用小品文写大众生活，自然也是一个很好的意思，但盼望做出些实例来。

读书记需要博学，现在几乎还只有周启明先生一个人动手。游记、传记两方面都似乎有很宽的地步可以发展。我以为不妨打破小品，多来点儿大的。长篇的游记与自传都已有人在动手；但盼望人手多些，就可热闹起来了。传记也不一定限于自传，可以新作近世人物的传，可以重写古人的传；游记也不一定限于耳闻目睹，掺入些历史的追想，也许别有风味。这个先得多读书，搜集材料，自然费功夫些，但是值得做的。不愿意这么办，只靠敏锐的观察力和深刻的判断力，也可写出精彩的东西；但生活的方面得广大，生活的态度得认真。——不独写游记、传记如此，写小说、戏剧也得如此（写历史小说，历史戏剧，却又得多读书了）。生活是一部大书，读得太少，观察力和判断力还是很贫乏的。目前在天津看见张彭春先生，他说现在的文学有一条新路可以走。就是让写作者到内地或新建设区去，凭着他们的训练（知识与技巧）将所观察的写成报告文学。这不是报纸上简陋的地方通信，也不是观察员冗杂的呈报书，而应当是文学作品。他说大学生、高中学生都可利用假期试试这个新设计。我在《太白》里有《内地描写》一文，也有相似的说话，这确是我们散文的一个新路。此外，以人生为题的精悍透彻的——抒情的论文，像西塞罗《说老》之类，也可发展；但那又得多读书或多阅世，怕不是一时能见成绩的。

日常生活的诗

——萧望卿《陶渊明批评》序

中国诗人里影响最大的似乎是陶渊明，杜甫，苏轼三家。他们的诗集，版本最多，注家也不少。这中间陶渊明最早，诗最少，可是各家议论最纷纭。考证方面且不提，只说批评一面，历代的意见也够歧异够有趣的。本书《历史的影像》一章颇能扼要地指出这个演变。在这纷纷的议论之下，要自出心裁独创一见是很难的。但这是一个重新估定价值的时代，对于一切传统，我们要重新加以分析和综合，用这时代的语言表现出来。本书批评陶诗，用的正是现代的语言，一鳞一爪，虽然不是全豹，表现着陶诗给予现代的我们的影像。这就与从前人不同了。

文学批评，从前人认为小道。这中间又有分别。就说诗罢，论到诗人身世情志，在小道中还算大方；论到作风以及篇章字句，那就真是“玩物丧志”了。这种看法原也有它正大的理由。但诗人的情和志主要地还是表现在篇章字句中，一概抹煞，那情和志便成了空中楼阁，难以捉摸了。我们这时代，认为文学批评是生活的一部门，该与文学作品等量齐观。而“条条路通罗马”，从作家的身世情志也好，从作品以至篇章字句也好，只要能以表现作品的价值，都是文学批评之一道。兼容并包，才真能成其为大。本书二三章专论陶诗的作品和艺术，不厌其详。从前人论陶诗，以为“质直”“平淡”，就不从这方面钻研进去。但“质直”“平淡”也有个所以然，不该含胡了事。本书详人所略，便是向这方面努力，要完全认识陶渊明，这方面的努力是不可少的。

陶渊明的创获是在五言诗，本书说，“到他手里，才是更广泛地将日常生活诗化”，又说他“用比较接近说话的语言”，是很得要领的。陶诗显然接受了玄言诗的影响。玄言诗虽然抄袭《老》《庄》，落了套头，但用的似乎正是“比较接近说话的语言”。因为只有“比较接近说话的语言”，才能比较地尽意而入玄；骈俪的词句是不能如此直截了当的。那时固然是骈俪时代，然而未尝不重“接近说话的语言”。《世说新语》那部名著便是这种语言的纪录。这样看陶渊明用这种语言来作诗，也就不是奇迹了。他之所以超过玄言诗，却在他摆脱那些《老》《庄》的套头，而将自己日常生活化入诗里。钟嵘评他为“隐逸诗人之宗”，断章取义，这句话是足以表明渊明的人和诗的。

至于他的四言诗，实在无甚出色之处。历来评论者推崇他的五言诗，因而也推崇他的四言诗，那是有所蔽的偏见。本书论四言诗一章，大胆地打破了这种偏见，分别详尽地评价各篇的诗，结论虽然也有与前人相合的，但全章所取的却是一个新态度。这一章是值得大书特书的。

中国文的三种型

——评郭绍虞编著的《语文通论》与《学文示例》（开明书店版）

这两部书出版虽然已经有好几年，但是抗战结束后我们才见到前一部书和后一部书的下册，所以还算是新书。《语文通论》收集关于语文的文章九篇，著者当作《学文示例》的序。《学文示例》虽然题为“大学国文教本”，却与一般国文教本大不相同。前一部书里讨论到中国语文的特性和演变，对于现阶段的白话诗文的发展关系很大，后一部书虽然未必是适用的教本，却也是很有用的参考书。

《语文通论》里，《中国语词之弹性作用》《中国文字型与语言型的文学之演变》《新文艺运动应走的新途径》《新诗的前途》这四篇是中心。《文笔再辨》分析“六朝”时代的文学的意念，精详确切，但是和现阶段的发展关系比较少。这里讨论，以那中心的四篇为主。郭先生的课题可以说有三个。一是语词，二是文体，三是音节。语词包括单音词和连语。郭先生“觉得中国语词的流动性很大，可以为单音同时也可以为复音，随宜而施，初无一定，这即是我们所谓弹性作用”。他分“语词伸缩”“语词分合”“语词变化”“语词颠倒”四项，举例证明这种弹性作用。那些例子丰富而显明，足够证明他的理论。笔者尤其注意所谓“单音语词演化为复音的倾向”。笔者觉得中国语还是单音为主，先有单音词，后来才一部分“演化为复音”，商朝的卜辞里绝少连语，可以为证。但是这种复音化的倾向开始很早，卜辞里连语虽然不多，却已经有“往来”一类连语或词。《诗经》里更有了大量的叠字词与双声叠韵词。连语似乎以叠字与双声叠韵为最多，和六书里以形声字为最多相似。笔者颇疑心双声叠韵词本来只是单音词的延长。声的延长成为双声，如《说文》只有“蟋”字，后来却成为“蟋蟀”；韵的延长成为叠韵，如“消摇”，也许本来只说“消”一个音。书中所举的“玄黄”“犹与”等双声连语可以自由分用，似乎就是从这种情形来的。

但是复音化的语词似乎限于物名和形况字，这些我们现在称为名词、形容词和副词；还有后世的代词和联结词（词类名称，用王了一先生在《中国现代语法》里所定的）。别的如动词等，却很少复音化的。这个现象的原因还待研究，但是已经可以见出中国语还是单音为主。本书说“复音语词以二字连缀者为最多，其次则三字四字”。双声叠韵词就都是“二字连缀”的。三字连缀似乎该以上一下二为通例。书中举《离骚》的“忳郁邑余侘傺兮”，并指出“忳与郁邑同义”，正是这种通例。这种复音语词《楚辞》里才见，也最多，似乎原是楚语。后来五七言诗里常用它。我们现在的口语里也还用着它，如“乱哄哄”之类。四字连缀以上二下二为主，书里举的马融的《长笛赋》“安翔骀荡，从容阐缓”等，虽然都是两个连语合成，但是这些合成的连语，意义都相近或相同，合成之后差不多成了一个连语。书里指出“辞赋中颇多此种手法”，笔者颇疑心这是辞赋家在用着当时口语。现代口语里也还有跟这些相近的，如“死乞白赖”“慢条斯理”之类。不过就整个中国语看，究竟是单音为主，二音连语为辅，三四音的语词只是点缀罢了。

郭先生将中国文体分为三个典型，就是“文字型，语言型，与文字化的语言型”。他根据文体的典型的演变划分中国文学史的时代。“春秋”以前为诗乐时代，“这是语言与文字比较接近的时代”。文字“组织不必尽同于口头的语言”，却还是经过改造的口语；“虽与习常所说的不必尽同，然仍是人人所共晓的语言”。这时代的文学是“近于语言型的文学”。古代言文的分合，主张不一；这里说的似乎最近情理。“战国”至两汉为辞赋时代，这是“渐离语言型而从文字型演进的时代，同时也可称是语言文字分离的时代”。郭先生说：

> 这是中国文学史上一个极重要的时代，因为是语文变化最显著的时代。此种变化，分为两途：其一，是本于以前寡其词协其音，改造语言的倾向以逐渐进行，终于发见单音文字的特点，于是在文学中发挥文字之特长，以完成辞赋的体制，使文学逐渐走上文字型的途径；于是始与语言型的文学不相一致。其又一，是借统一文字以统一语言，易言之，即借古语以统一今语，于是其结果成为以古语为文辞，而语体与文言遂趋于分途。前一种确定所谓骈文的体制，以司马相如的功绩为多；后一种又确定所谓古文的体制，以司马迁的功绩为多。

“以古语为文辞，即所谓文字化的语言型。”这里指出两路的变化，的确是极扼要的。魏晋南北朝是骈文时代，“这才是充分发挥文字特点的时代”，“是以文字为工具而演进的时代”。

“文字型的文学既演进到极端，于是起一个反动而成为古文时代”，隋唐至北宋为古文时代。书中说这是“托古的革新”。“古文古诗是准语体的文学，与骈文律诗之纯粹利用文字的特点者不同”。南宋至现代为语体时代，“充分发挥语言的特点”，“语录体的流行，小说戏曲的发展，都在这一个时代，甚至方言的文学亦以此时为盛。”这“也可说是文学以语言为工具而演进的时代”。语体时代从南宋算起，确是郭先生的特见。他觉得：

有些文学史之重在文言文方面者，每忽视小说与戏曲的地位；而其偏重在白话文方面者，又抹煞了辞赋与骈文的价值。前者之误，在以文言的馀波为主潮；后者之误，又在强以白话的伏流为主潮。

这是公道的评论。他又说“中国文学的遗产自有可以接受的地方（辞赋与骈文），不得仅以文字的游戏视之”，而“现在的白话文过度的欧化也有可以商榷的地方，至少也应带些土气息，合些大众的脾胃”。他要白话文“做到不是哑巴的文学”。书中不止一回提到这两点，很是强调，归结可以说是在音节的课题上。他以为“运用音节的词，又可以限制句式之过度欧化”，这样“才能使白话文显其应用性”。他希望白话文“早从文艺的路走上应用的路”，“代替文言文应用的能力”，并“顾到通俗教育之推行”。笔者也愿意强调白话文“走上应用的路”。但是郭先生在本书自序的末了说：

> 我以为施于平民教育，则以纯粹口语为宜；用于大学的国文教学，则不妨参用文言文的长处；若是纯文艺的作品，那么即使稍偏欧化也未为不可。
>
> （《自序》四面）

这篇序写在三十年。照现在的趋势看，白话文似乎已经减少了欧化而趋向口语，就是郭先生说的“活语言”，“真语言”，文言的成分是少而又少了。那么，这种辨别雅俗的三分法，似乎是并不需要的。

郭先生特别强调“中国文学的音乐性”，同意一般人的见解，以为欧化的白话文是“哑巴文学”。他对中国文学的音乐性是确有所见的。书中指出古人作文不知道标点分段，所以只有在音节上求得句读和段落的分明；骈文和古文甚至戏剧里的道白和语录都如此，骈文的匀整和对偶，古文句子的短，主要的都是为了达成这个目的。而这种句读和段落的分明，是从诵读中觉出（三八至三九面，又《自序》二至三面）。但是照晋朝以来的记载，如《世说新语》等，我们知道诵读又是一种享受，是代替唱歌的。郭先生虽没有明说，虽然也分到这种情感。他在本书自序里主张“于文言取其音节，于白话取其气势，而音节也正所以为气势之助”，这就是“参用文言文的长处”。书中称赞小品散文，不反对所谓“语录体”，正因为“文言白话无所不可”，又主张白话诗“容纳旧诗词而仍成新格”，都是所谓“参用文言文的长处”。

但是小品文和语录体都过去了，白话诗白话文也已经不是“哑巴文学”了。自序中说“于白话取其气势”，在笔者看来，气势不是别的，就是音节，不过不是骈文的铿锵和古文的吞吐作态罢了。朗诵的发展使我们认识白话的音节，并且渐渐知道如何将音节和意义配合起来，达成完整的表现。现在的青年代已经能够直接从自己唱和大家唱里享受音乐，他们将音乐和语言分开，让语言更能尽它的职责，这是一种进步。至于文言，如书中说的，骈文“难懂”，古文“只适宜于表达简单的意义”；“在通篇的组织上，又自有比较固定的方法，遂也不易容纳复杂的思想”（《自序》三面）。而古诗可以用古文做标准，律诗可以用骈文做标准。那么，文言的终于被扬弃，恐怕也是必然的罢。

《语文通论》里有一篇道地的《学文示例·序》，说这部书“以技巧训练为主而以思想训练为辅”，“重在文学之训练”，兼选文言和白话，散文和韵文，“其编制以例为纲而不以体分类”，“示人以行文之变化”。全书共分五例：

一、评改例，分摘谬、修正二目，其要在去文章之病……。二、拟袭例，分摹拟、借袭二目，摹拟重在规范体貌，借袭重在点窜成言，故又为根据旧作以成新制之例。三、变翻例，分译辞、翻体二目，或迻译古语，或檃括成文，这又是改变旧作以成新制之例。四、申驳例，分续广、驳难二目，续广以申前文未尽之意，驳难以正昔人未惬之见，这又重在立意方面，是补正旧作以成新制之例。五、熔裁例，此则为学文最后工夫，是摹拟而异其形迹，出因袭而自生变化，或同一题材而异其结构，或异其题材而合其神情，……这又是比较旧作以启迪新知之例。

郭先生编《学文示例》这部书，搜采的范围很博，选择的作品很精，类列的体例很严，值得我们佩服。书中白话的例极少，这是限于现有的材料，倒不是郭先生一定要偏重文言；不过结果却成了以训练文言为主。所选的例子大多数出于大家和名家之手，精诚然是精，可是给一般大学生“示例”，要他们从这里学习文言的技巧，恐怕是太高太难了。至于现在的大学生有几个乐意学习这种文言的，姑且可以不论。不过这部书确是“一种新的编制，新的方法”，如郭先生序里说的。近代陈曾则先生编有《古文比》，选录同体的和同题的作品，并略有评语。这还是“班马异同评”一类书的老套子，不免简单些。战前郑奠先生在北京大学任教，编出《文镜》的目录，同题之外，更分别体制，并加上评改一类，但是也不及本书的完备与变化。这《学文示例》确是一部独创的书。若是用来启发人们对于古文学的欣赏的兴趣，并培养他们欣赏的能力，这是很有用的一部参考书。

文言白话杂论

有一两位朋友谈起现在读文言的人要比读白话的多。他们的估计是这样的：大学生中学生，还有小市民，都能读白话和文言，虽然他们所能读的白话和文言，性质程度未必一样。而在实际生活里，他们是两种文体都得读的。另有一班老先生，却只读文言，不需，不愿或竟不能读白话。这么看，读文言的人岂不就多了？

又有朋友说，现在的白话是美术文，文言却是应用文，正如从前古文是应用文，骈文是美术文一般。——这几位朋友却都是写白话的。这原是些旧话；近来所谓中小学文言运动，教我想起了这些。我觉得这两说都还有可商之处。主张第一说的，似乎没有将那数目不小的，只能读白话的小学生估计进去。这个数目怕比那班老先生多；况且老先生一天比一天少，小学生却日出不穷。就凭这一点说，白话的势力一定会将文言压下去。自然，所谓中小学文言运动若真个成功，就不一定能这么说；不过那么一来，中小学生可太苦了，浪费了许多精力在本可不学的东西上。这层别人已经说得很多，兹不论。

至于文言文是应用文，也是这回文言运动的二大理由之一。——另一个理由是经书为做人根本，不可不读；这一层论者也很多，不赘。——许多人看重这件事，因为是实在情形。不过现在社会上应用的文言，如书札，电报，法令，宣言，报纸等，却并不是所谓古文；念了《论语》《孟子》固然未必写得合式，就念了韩愈、柳宗元、曾国藩（不指他的家书）、张裕钊，也还未必写得好。这种东西贵在当行；只要懂得虚字用法，多看多练就成，用不着“取法乎上”。不过小学初中的学生也不必着忙；高中或职业学校可在国文科里带着讲讲练练，练比讲还要紧。

白话文是否只是美术文呢？林语堂先生（他并不是中小学文言运动中人）在《论语录体之用》（《论语》二十六期）里说：

> 文言不合写小说，实有此事。然在说理，论辩，作书信，开字条，语录体皆胜于白话。

似乎也只以白话为美术文。但是作书信，开字条，与普通文言也不同，已见上节。语录体自成一格，原是由文言到白话的过渡。白话既已流行，似乎该用不着它了；而林先生却主张再往回走，似乎可以不必。现在且说作书信，写字条，林先生以为：

> 一人修书，不曰“示悉”，而曰“你的芳函接到了”，不曰“至感，歉甚”，而曰“很感谢你”“非常惭愧”，便是噜哩噜嗦，文章不经济。

这里有两点可以注意：一则林先生是直翻文言，看来自然觉得可笑而不经济。但事实上怕很少那样说的。“示悉”在白话信里，也可当作成语用；要不然，说“来信悉”“来信收到”都成。“至感”可说“感谢”“多谢”。“歉甚”可当成语，换说“对不起”也未尝不可。新文学运动初期，林先生所说那种浮夸的句子或许有人用；那时还有“亲爱的某先生”“你的朋友”等等格式，是从外国文翻来的。但现在却少了。现在朋友写信，无论白话文言，上下的称呼如“某某先生”“弟某某”等，虽还不脱从前的格式，可简单利落多了。信里的套话也少了。这不是文言白话的分别，而是噜嗦与经济的分别。现在可以说第二点了。经济不经济其实应该分文体论，不该只看字数多少。一种文体有一种经济的标准；文言的字句组织和白话不同，论繁简当以各自的组织为依据。若将一句文言，硬翻成白话，那当然是噜嗦，不过这种硬翻成的白话并不是真白话。至于成语，更不能也不必翻。其实就白话说也一样，如“揩油”“敲竹杠”，便没有适当文言可翻；若写文言信，也只好说，“大揩其油”，“此系敲竹杠性质”。书信文条的经济标准又与文言白话不一样。文言书信体因为年代久了，所以有一定的格调，看起容易顺眼；白话书信应用的时间长起来，也会有一定的格调的。

至于说理，论辩，古文实不相宜，曾国藩就说过这样话（《与吴南屏书》）。语录体比古文得用些，但还不及白话复杂细密。林先生似乎只承认白话表情表得妙，而不承认白话达意达得好；其实白话之所以盛行，正因为达意达得好。新文学运动起来，大半靠《新青年》里那些白话论文（文言的很少），那些达意的文字；新文化运动更靠着达意的文字。这是白话宜于说理论辩的实据。

从梁任公先生以来，文言早已渐渐改了样子。他那时是不求汉魏的凝炼，不守桐城的义法，名词杂，篇幅长。但还用典故，还搬弄虚字。近来的文言却连典故也少用了，虚字也少用了，只朴质地说理纪事。这么着文言白话的分别其实就很少。请看下一节文言：

日内瓦中国国际图书馆为沟通中西文化起见，特（地）举行世界图书馆展览会。在沪举行，成绩甚佳（很好）。现（在）应华北各方请求，由今日起至七日止在北平图书馆展览一周（星期），每日展览时间自晨（早）九时起，至下午五时止。

（十一月一日《大公报》）

若将括弧里的字分别加入，换入，岂不就是现行的白话？请再看一节白话：

文官制度譬如吾人的（之）生理机构，不待大脑发有意识的命令，即可依照常理进行呼吸，消化，走动等本能的或习惯的功用。所以我们（吾人）甚至不妨说（谓）事务官比政务官还（删去此字）更重要。

（同前）

若照括弧改一下，岂不就是现行的文言？自然，现行的文言白话并不全如此相近，但在应用文方面，二者相差的确不怎样远；所举二例，只从同日同报上随手检出，可见同类的例甚易见，并非巧合。这可以说是文言的白话化。文言白话相差既这样少，将来识字的人多了，能读白话的人多了，报纸和别的应用文自然渐渐改成白话。那时文言只供少数人用；若干年之后，便会变成真正的“死文字”，像周诰殷盘，只能学者去研究了。再说，现在对于文言里的成语往往滥用，又多忽略文法，如王了一先生《今日的白话文言之争》（《独立评论》一一二号）里所举的有趣的例子（如“难保不无障碍”等，因为老句法太短，不易引人注意，所以才用续凫胫的办法；这其实也是文言的白话化）。这可见一般人已经没有耐心去研究那难学的文言了。拥护文言的人也许叹息文言的退化，但这是免不了的；人事日繁，难学的文言，总有一天会崩坏，让白话取而代之。

白话照现行的样子，也还不能做应用的利器，因为欧化过甚。近年来大家渐渐觉悟，反对欧化，议论纷纷。所谓欧化，最重要的是连串的形容词副词，被动句法，还有复牒形容句（日本句谓“如何如何的我”之类归入此种）等。姑借用林先生《怎样洗炼白话入文》（《人间世》十三期）中的所举的例子：

女人最可畏的物质贪欲和虚荣心她渐渐的都被培植养成。

这是一个极端的例子，但可以看出欧化的流弊所极。以后应用的白话该是国语，而且要以最近于口语为标准；那些太曲太长的句子，教人永远念不顺口的，都用不着。至于大众语，在形式上，这样限制也就够了。这种白话，只要能识字，想来总容易懂的；文字与语言无论如何不能完全一致（如助词，差异就很多）。识字的从识字的过程里学习了种种方便，可以懂得那虽不完全与语言一致的文字。若不识字，那就困难，大概只有用罗马字拼方音教给他们，像内地许多教会曾经办过的；再有，就是用方音念给他们听。

陶诗的深度

——评古直《陶靖节诗笺定本》（《层冰堂五种》之三）

注陶诗的南宋汤汉是第一人。他因为《述酒》诗“直吐忠愤”，而“乱以庾诗，千载之下，读者不省为何语”，故加笺释。“及他篇有可发明者，亦并注之”。所以《述酒》之外，注得极为简略。后来有李公焕的《笺注》，比较详些；但不止笺注，还采录评语。这个本子通行甚久；直到清代陶澍的《靖节先生集》止，各家注陶，都跳不出李公焕的圈子。陶澍的《靖节先生年谱考异》，却是他自力的工作。历来注家大约总以为陶诗除《述酒》等二三首外，文字都平易可解，用不着再费力去作注；一面趣味便移到字句的批评上去，所以收了不少评语。评语不是没有用，但夹杂在注里，实在有伤体例；仇兆鳌《杜诗详注》为人诟病，也在此。注以详密为贵；密就是密切，切合的意思。从前为诗文集作注，多只重在举出处，所谓“事”；但用“事”的目的，所谓“义”，也当同样看重。只重“事”，便只知找最初的出处，不管与当句当篇切合与否；兼重“义”才知道要找那些切合的。有些人看诗文，反对找出处；特别像陶诗，似乎那样平易，给找了出处倒损了它的天然。钟嵘也曾从作者方面说过这样的话；但在作者方面也许可以这么说，从读者的了解或欣赏方面说，找出作品字句篇章的来历，却一面教人觉得作品意味丰富些，一面也教人可以看出那些才是作者的独创。固然所能找到的来历，即使切合，也还未必是作者有意引用；但一个人读书受用，有时候却便在无意的浸淫里。作者引用前人，自己尽可不觉得；可是读者得给搜寻出来，才能有充分的领会。古先生《陶靖节诗笺定本》用昔人注经的方法注陶，用力极勤；读了他的书才觉得陶诗并不如一般人所想的那么平易，平易里有的是“多义”。但“多义”当以切合为准，古先生书却也未必全能如此，详见下。

从《古笺定本》引书切合的各条看，陶诗用事，《庄子》最多，共四十九次，《论语》第二，共三十七次，《列子》第三，共二十一次。用吴瞻泰《陶诗汇注》及陶澍注本比看，本书所引为两家所无者，共《庄子》三十八条，《列子》十九条；至于引《论语》处两家全未注出，当时大约因为这是人人必读书，所以从略。这里可以看出古先生爬罗剔抉的工夫；而《列子》书向不及《庄子》煊赫，陶诗引《列子》竟有这么多条，尤为意料所不及。沈德潜说：“晋人诗旷达者征引《老庄》，繁缛者征引班杨，而陶公专用《论语》。汉人以下宋人以前，可推圣门弟子者渊明也。”照本书所引，单是《庄子》便已比《论语》多；再算上《列子》，两共七十次，超过《论语》一倍有馀。那么，沈氏的话便有问题了。历代论陶，大约六朝到北宋，多以为“隐逸诗人之宗”，南宋以后，他的“忠愤”的人格才扩大了。本来《宋书》本传已说他“耻复屈身异代”等等。经了真德秀诸人重为品题，加上汤汉的注本，渊明的二元的人格才确立了。但是渊明的思想究竟受道家影响多，还是受儒家影响多，似乎还值得讨论。沈德潜以多引《论语》为言。考渊明引用《论语》诸处，除了字句的胎袭，不外“游好在《六经》”“忧道不忧贫”两个意思。这里《六经》自是儒家典籍，固穷也是儒家精神，只是“道”是什么呢？渊明两次说：“道丧向千载。”但如何才叫做“道丧”，我们可以看《饮酒》诗第二十云：“羲农去我久，举世少复真。汲汲鲁中叟，弥缝使其淳。”“真”与“淳”都不见于《论语》，什么叫“真”呢？我们可以看《庄子·渔父》篇云：

真者，所以受于天也。自然不可易也。故圣人法天贵真，不拘于俗。

“真”就是自然。“淳”呢？《老子》五十八章，“其政闷闷，其民淳淳”，王弼注云：

言善治政者无形无名，无事无政可举，闷闷然卒至于大治，故曰“其政闷闷”也。其民无所争竞，宽大淳淳，故曰“其民淳淳”也。

陶《劝农》诗云：“悠悠上古，厥初生民，傲然自足，抱朴含真。”《感士不遇赋》云，“……抱朴守静，君子之笃素。自真风告逝，大伪斯兴，”“抱朴”也是老子的话，也就是“淳”的一面。“真”和“淳”都是道家的观念，而渊明却将“复真”“还淳”的使命加在孔子身上；此所谓孔子学说的道家化，正是当时的趋势。所以陶诗里主要思想实在还是道家。又查慎行《诗评》论《归园田居》诗第四云："先生精于释理，但不入社耳。"此指"人生似幻化，终当归空无"二语。但本书引《列子》《淮南子》解"幻化""归空无"甚确。陶诗里实在也看不出佛教影响。

陶诗里可以确指为"忠愤"之作者，大约只有《述酒》诗和《拟古》诗第九。《述酒》诗"庾词"太多，古先生所笺可以说十得六七，但还有不尽可信的地方，——比汤注自然详密得远了。《拟古》诗第九怕只是泛说，本书以为"追痛司马休之之败"，却未免穿凿。至于《拟古》诗第三，第七，《杂诗》第九，第十一，《读山海经》诗第九，本书也都以史事比附，文外悬谈，毫不切合，难以起信。大约以"忠愤"论陶的，《述酒》诗外，总以《咏荆轲》《咏三良》及《拟古》诗，《杂诗》助成其说。汤汉说，"三良与主同死，荆轲为主报仇，皆托古以自见"。其实"三良"与"荆轲"都是诗人的熟题目：曹植有《三良诗》，王粲《咏史》诗也咏"三良"；阮瑀有《咏史》诗二首，咏"三良"及荆轲事。渊明作此二诗，不过老实咏史，未必别有深意。真德秀、汤汉又以《拟古》诗第八"首阳""易水"为说；但还只是偶尔断章取义。刘履作《选诗补注》乃云，"凡靖节退休后所作之诗，类多悼国伤时托讽之词。然不欲显斥，故以'拟古''杂诗'等目名其题"，二十一篇诗就全变成"忠愤"之作了。到了古先生，更以史事枝节傅会，所谓变本加厉。固然这也有所本，《毛诗传郑笺》可以说便是如此；但毛郑所引史实大部分岂不也是不切合的！以上这些诗，连《述酒》在内，历来并不认为渊明的好诗。朱熹虽评《咏荆轲》诗"豪放”，但他总论陶诗，只说“平淡出于自然”，他所重的还是“萧散冲澹之趣”，便是那些田园诗里所表现的。田园诗才是渊明的独创；他到底还是“隐逸诗人之宗”，钟嵘的评语没有错。朱熹又说，“陶欲有为而不能者也”，这却有些对的。《杂诗》第五云，“忆我少壮时，无乐自欣豫。猛志逸四海，骞翮思远翥”。《饮酒》诗第十六及《荣木》诗也以“无成”“无闻”为恨。但这似乎只是少壮时偶有的空想，他究竟是“少无适俗韵，性本爱丘山”的人。

钟嵘说陶诗“源出于应璩，又协左思风力”。应璩诗存者太少，无可参证。游国恩先生曾经想在陶诗字句里找出左思的影响。他所找出的共有七联，其中《招隐》诗，“杖策招隐士，荒涂横古今”，确可定为《和刘柴桑》诗“山泽久见招”“荒途无归人”二语所本，“聊欲投吾簪”确可定为《和郭主簿》诗第一“聊用忘华簪”所本。本书所举却还有左思《咏史》诗“寂寂扬子宅”（为渊明《饮酒》诗“寂寂无行迹”所本），“寥寥空宇中”（为渊明《癸卯岁十二月中作》“萧索空宇中”所本，“遗烈光篇籍”（同上“历览千载书，时时见遗烈”所本），及《杂诗》“高志局四海”（为渊明《杂诗》“猛志逸四海”所本）四句。不过从本书里看，左思的影响并不顶大；陶诗意境及字句脱胎于《古诗十九首》的共十五处，字句脱胎于嵇康诗赋的八处，脱胎于阮籍《咏怀》诗的共九处。那么，《诗品》的话就未免不赅不备了。但就全诗而论，胎袭前人的地方究竟不多；他用散文化的笔调，却能不像“道德论”而合乎自然，才是特长。这与他的哲学一致。像“结庐在人境，而无车马喧”，“人生归有道，衣食固其端。孰是都不营，而以求自安”。都是从前诗里不曾有过的句法；虽然他并不讲什么句法的。

本书颇多胜解。如《命子》诗，“既见其生，实欲其可”的“可”字，注家多忽略过去，本书却证明“题目人以‘可’字，乃晋人之常”。《和刘柴桑》诗，题下引《隋书·经籍志·注》，“梁有‘晋’柴桑令《刘遗民集》五卷，《录》一卷”。证“刘柴桑”即“刘遗民”。此事向来只据李公焕注，得此确证，可为定论。又“弱女虽非男，慰情良胜无”，或以为比酒之醨薄，或以为赋，都无证据。本书解为比，引《魏书·徐邈传》及《世说》，以见“魏晋人每好为酒品目，靖节亦复尔尔”。《还旧居》诗“常恐大化尽，气方不及衰”，次句向无人能解；本书引《礼记·王制》“五十始衰”，及《檀弓·郑注》，才知“常恐……不及衰”，即常恐活不到五十岁之意。《饮酒》诗第十六“孟公不在兹，终以翳吾情”，旧注都以“孟公”为投辖的陈遵，实与本诗不切；本书据诗中境地定为刘龚，确当不易。又第十八前以杨子云自比，后复以柳下惠自比。这二人间的关系，向来无人能说；本书却引《法言》及他书证明“子云以柳下惠自比，故靖节以柳下惠比之”。又如《杂诗》第六起四句云：“昔闻长老言，掩耳每不喜；奈何五十年，忽已亲此事！”诸家注都不知“此事”是何事。本书引陆机《叹逝赋序》“昔每闻长老追计平生同时亲故；或凋落已尽；或仅有存者……”，乃知指的是亲故凋零。

但书中也不免有疏漏的地方。如《停云》诗“岂无他人”，本书引《诗·唐风·杕杜》，实不如引《郑风·褰裳》切合些。《命子》诗“寄迹风云，冥兹愠喜”，下句本书引《庄子》为解，不如引《论语》

公冶长“令尹子文三仕为令尹，无喜色；三已之，无愠色”。《归园田居》诗第二“常恐霜霰至，零落同草莽”，上句无注，似可引《诗·小雅·弁》“如彼雨雪，先集维霰”，及《楚辞·九辩》“霜露惨凄而交下兮，心尚……其弗济霰。雪雰糅其增加兮，乃知遭命之将至”。这两句诗是所谓赋而比的。怨诗《楚调示庞主簿邓治中》末云，“慷慨独悲歌，钟期信为贤”，“钟期”明指庞邓，意谓只有你们懂得我，不必引古诗为解。《答庞参军诗序》，“杨公所叹，岂惟常悲”；李公焕注，“杨公，杨朱也”。本书引《淮南子》杨子哭歧路故事，但未申其“义”。按《文选》有晋孙楚《征西官属送于陟阳侯作》诗，起四句云“晨风飘歧路，零雨被秋草。倾城远追送，饯我千里道”；这里的“歧路”只是各自东西的歧路，而不是那“可以南可以北”的了。可见这时候“歧路”一词，已有了新的引申义；渊明所用便是这个新义。“杨公所叹”只是“歧路”的代语，“叹”字的意思是不着重的。《和郭主簿》诗第一末云：“遥遥望白云，怀古一何深。”本书解云：“遥遥望白云”即“富贵非吾愿，帝乡不可期”也。这原是何焯的话，富贵二语见《归去来辞》。但怀古与白云或帝乡究竟怎样关联呢？按《庄子·天地》篇，“华封人谓尧曰：‘失圣人鹑居而鷇饮，鸟行而无章。天下有道，与物皆昌。千岁厌世，去而上仙。乘彼白云，至于帝乡。三患莫至，身无常殃，则何辱之有！”《怀古》也许怀的是这种乘白云至帝乡的古圣人。又第二末云，“检素不获展，厌厌竟良月”，本书所解甚曲。“检素”即简素，就是书信；“检素不获展”就是接不着你的信。《饮酒》诗第十三“规规一何愚”，引《庄子·秋水》“适适然惊，规规然自失也”，不切，不如引下文“子乃规规然而求之以察，索之以辩”。《止酒》诗每句藏一“止”字，当系俳偕体。以前及当时诸作，虽无可供参考，但宋以后此等诗体大盛，建除、数名、县名、姓名、药名、卦名之类，不一而足，必有所受之。逆推而上，此体当早已存在，但现存的只《止酒》一首，便觉得莫名其妙了。本书引《庄子》“惟止能止众止”颇切；但此体源流未说及。

古先生有《陶靖节诗笺》，于民国十五年印行，已经很详尽。丁福保先生《陶渊明诗注》引用极多。《定本》又加了好些材料，删改处也有；虽然所删的有时并不应删，就如《停云》诗“搔首延伫”一句，原引《诗经·静女》“爱而不见，搔首踟蹰”和阮籍《咏怀》“感时兴思，企首延伫”，《定本》却将阮籍诗一条删去了。我们知道陶渊明常用阮诗，他那句话兼用《静女》及《咏怀》或从《静女》及《咏怀》脱胎，是很可能的；古先生这条注实在很切合。《定本》所改却有好的，如《饮酒》诗第十八的注便是（详上文）。《诗笺》中四言诗注未用十分力，《定本》这一卷里却几乎加了篇幅一半。

修辞学的比兴观

——评黎锦熙《修辞学比兴篇》（商务印书馆）

这部书原是一本讲义，民国十四年写定（《自序》）。而这本讲义又是《文心雕龙比兴篇校释》一文的扩大。所以体例和一般的修辞学书颇不同。《自序》里说："宏纲之下，细目太张。例句号码，数逾三百。诂训校订，曼衍纷纭。"这是真话。书是三十二开本，一百十面，只论显比，自然够详的，也够繁的。书中主要部分以"句式"为纲，而黎先生称那些句式为"修辞法"；这却暗示着指点方法的意思，与一般的修辞教科书又相同了。不过本书所取的是所谓"综合而博涉的讲法"，与教科书之整齐匀称不一样，并不像是给初学者指点方法的。这是体例上自相矛盾的地方。

《自序》里说："修辞学所说的，只能在批评上指导上反省上呈露一些实效，并没有甚么大用处。那么，这种综合而博涉的讲法，也许比那法令条文似的许多规律，或者肤廓不切的许多理论，倒可多得点益处。"这是黎先生的辩护。但本书若有些用处，似乎还只在"批评上"。《自序》里又说："一个人要专靠着修辞学的修习而做出好文章或者说出漂亮话来，那是妄想。”这是不错的。修辞学和文法一样，虽然可以多少帮助一点初学的人，但其主要的任务该是研究语言文字的作用和组织，这可以说是批评的。明白这一层，文法和修辞学才有出路。本书作者虽然还徘徊于老路尽头，但不知不觉间已向新路上走了，这个值得注意。

本书的毛病在杂。《自序》里说：“刘勰（《比兴》）之篇，陆机（《连珠》）之作，既成专释，理应别出；嵌入其中，不免臃肿。”这是体制的杂。不过真觉得“臃肿”的是附录的那篇《春末闲谈》，白费了五面多。刘、陆之作，就全书而言，放在里边还不算坏。书中例句，古文大概到韩愈而止，是《马氏文通》的影响。韩愈以后的也可引，但甚少（只四例），韵文却到皮黄剧本而止。韩愈以后那四例，零零落落，不痛不痒的，尽可以换去。书中有白话文例二十二个。六个不曾注出处，似乎是随手编的。其余出于《石头记》《儒林外史》《老残游记》的五个，出于鲁迅《阿Q正传》及徐志摩《曼殊斐儿》的四个，出于译文的七个。选得太少，范围太狭，不足以代表白话文。况且欧化的白话文和译文，其句式乃至显比，较古文及旧韵文变化很多，值得独立研究。附合讨论，不足以见其特色，而又附得那样少，近于敷衍门面，简直毫无用处。不如将这二十二例一律删除，专论旧体，倒干脆些。这是选例的杂。至于用所谓“晋唐译经”体（《自序》）为纲，白话文为说明，又是文体的杂了。

幸而也有不杂的地方。一是“诂训”《诗经》喻句，并探讨比兴的意义，二是选释陆机的《演连珠》，三是校释《文心·比兴篇》。体制虽因此而杂，却见出黎先生心力有所专注，和“肤廓不切的理论”不一样。就中说“连珠之文，比多成例”，虽受了严译《穆勒名学》的暗示（严译“三段论”为“连珠”），但为别的修辞学所不及，还算是新鲜的。《比兴篇》的校释却全录范文澜先生《文心雕龙讲疏》，别无发明。论《诗经》似乎是黎先生最著意的，全书百分之四十都是《诗经》的讨论。句式（二）云，“以物为比，或事相方，物德事情，前文具足，喻句之内，不复重述”。“若说《诗》者，不明此例：本诗之中，德已前举，喻即后随；乃对于喻，多方附会。夫以附会，广说‘比’义，说《诗》通病，千载于兹！”他举“颙颙昂昂，如圭如璋”等句旧说，加以驳议。又论“如切如磋，如琢如磨”旧说，以为“道理愈说愈精，比喻似乎也愈切愈妙，却和诗人本意愈离愈远了”。这些话甚得要领。

但是黎先生所解释的喻义，却大抵只据人情，未加考证，难以征信。他自己说，“所比的东西和所用的词在古代是常俗所晓，到后来却渐渐的晦塞了”，可见没有考证的工夫是不行的。但如书中说“析薪如之何？匪斧不克。娶妻如之何？匪媒不得”云：“这不但不相似，而且相反了：斧析薪是劈开，人说媒是合拢。只有‘克’‘得’两字比上了。”又举类似的“伐柯如何？匪斧不克。娶妻如何？匪媒不得”，说是“牵强不切的比喻”。但是诗人多以薪喻婚姻，黎先生所举两例之外，还有《汉广》的“翘翘错薪”，《绸缪》的“绸缪束薪”，《车辖》的“析其柞薪”，都是的。这当与古代民俗有关，尚待考证；用“牵强不切”四字一笔抹杀，是不公道的。不过本书提出广说比义和切说比义两原则，举例详论，便已触着语言文字的传达作用一问题，这就是新路了。书中论《诗经》兴义也颇详细。所引诸家说都很重要，参考甚有用。但所说“兴”的三义，还和朱熹差不多，是不能结束旧公案（参看八十四面）的。

所以本书只能当作不完备的材料书用。可是在这方面也还有些缺点，如引比兴旧说，有吕祖谦一条不注出处。这见于《吕氏家塾读诗记》二，还易检寻；不过引文有删节，未曾标明。又朱熹两条，第二条不注出处。这一条其实是三条，黎先生似乎从《诗经传说汇纂》首卷下抄出。首尾两条原见于《诗传遗说》和《朱子语类》，中间一条却惭愧，还不知本来的出处。又惠周惕一条引“鹤林吴氏”，黎先生“按吴氏原文”云云。吴泳有《诗本义补遗》已佚，所谓“原文”，实系据《困学纪闻》三转引，不加注明，会令人迷惑。这些地方可见本书虽定稿于民国十四年，却始终是仓卒成编，未经细心校订。这是教读者遗憾的。

中国语的特征在那里

——序王力《中国现代语法》（商务印书馆）

现在所谓“语法”或“文法”，都是西文“葛朗玛”的译语；这是个外来的意念。我国从前只讲“词”，“词例”，又有所谓“实字”和“虚字”。词就是虚字，又称“助字”；词例是虚字的用法。虚实字的分别，主要的还是教人辨别虚字；虚字一方面是语句的结构成分，一方面是表示情貌、语气、关系的成分。就写作说，会用虚字，文字便算“通”，便算“文从字顺”了。就诵读说，了解虚字的用例，便容易了解文字的意义。这种讲法虽只着眼在写的语言——文字——上，虽只着眼在实际应用上，也可以属于“语法”的范围，不过不成系统罢了。——系统的“语法”的意念是外来的。中国的系统的语法，从《马氏文通》创始。这部书无疑是划时代的著作。著者马建忠借镜拉丁文的间架建筑起我国的语法来，他引用来分析的例子是从“先秦”至韩愈的文字——写的语言。那间架究竟是外来的，而汉语又和印欧语相差那么远，马氏虽然谨严，总免不了曲为比附的地方。两种文化接触之初，这种曲为比附的地方大概是免不了的；人文科学更其如此，往往必需经过一个比附的时期，新的正确的系统才能成立。马氏以后，著中国语法的人都承用他的系统，有时更取英国语法参照；虽然详略不同，取例或到唐以来的文字，但没有甚么根本的变化。直到新文学运动时代，语法或国语文法的著作，大体上还跟着马氏走。不过有一些学者也渐渐看出马氏的路子有些地方走不通了；如陈承泽先生在《国文法草创》里指出他“不能脱模仿之窠臼”，金兆梓先生在《国文法之研究》里指出他“不明中西文字习惯上的区别”（《自序》一面），杨遇夫先生（树达）在《马氏文通刊误》里指出他“强以外国文法律中文”（《自序》二面），都是的。至于杨先生论“名词代名词下‘之’‘的’之词性”，以为“助词说尤为近真”（《词诠附录》一），及以“所”字为被动助动词（所字之研究，见《马氏文通刊误》卷二），黎劭西先生（锦熙）论“词类要把句法做分业的根据”（《新著国语文法》订正本七面），及以直接作述语的静词属于同动词（同上一六二面）等，更已开了独立研究的风气。“脱模仿之窠臼”，自然可以脱离，苦的是不知道。这得一步步研究才成。英国语法出于拉丁语法，到现在还没有完全脱离它的窠臼呢。

十年来我国语法的研究却有了长足的进步。我们第一该提出的是本书著者王了一先生（力）。他在《清华学报》上发表了《中国文法初探》和《中国文法里的系词》两篇论文（并已由商务印书馆合印成书）；根据他看到的中国语的特征，提供了许多新的意念，奠定了新的语法学的基础。他又根据他的新看法写《中国现代语法讲义》，二十八年由国立西南联合大学印给学生用。本书就用那讲义做底子，重新编排并增补而成。讲义是二十六年秋天在长沙动笔的。全书写定整整经过五个年头。二十七年陆志韦先生主编的《国语单音词汇》的《序论》跟样张等，合为一册，由燕京大学印出。《序论》里建议词类的一种新分法，创改的地方很多，差不多是一种新的语法系统的样子。陆先生特别着重所谓“助名词”——旧称“量词”，本书叫做“称数法”，——认为“汉缅语”的特征，向来只将这种词附在名词里，他却将它和“代名词”“数名词”同列在“指代词”一类里。这种词的作用和性质这才显明。到了今年，又有吕叔湘先生的《中国文法要略》上册出版（商务）。这部书也建立了一个新的语法系统。但这部语法是给中学国文教师参考用的，侧重在分析应用的文言；那些只有历史的或理论的兴趣的部分，多略去不谈。本书是《中国现代语法》作者的立场和陆先生、吕先生不一样；著者王先生在他那两篇论文（还有三十五年在《当代评论》上发表的《中国语法学的新途径》一篇短文）的基础上建筑起新的家屋。他的规模大，而且是整个儿的，书中也采取陆志韦先生的意见，将代词和称数法列为一章，称数法最为复杂纷歧，本书却已整理出一个头绪来。其中分析“一”和“一个”两个词的意义和用法最精细；这两个词老在我们的口头和笔下，没想到竟有那么多的辨别，读了使人惊叹。

本书所谓现代语，以《红楼梦》为标准，而辅以《儿女英雄传》。这两部小说所用的纯粹北平话。虽然前者离现在已经二百多年，后者也有六七十年，可是现代北平语法还跟这两部书差不多，只是词汇变换得厉害罢了。这两部书是写的语言，同时也差不多是说的语言。从这种语言下手，可以看得确切些：第一，时代确定，就没有种种历史的葛藤。《马氏文通》取例，虽然以韩文为断，但并不能减少这种葛藤。因为唐以后的古文变化少，变化多的是先秦至唐这一大段儿。国语文法若不断代取例，也免不了这种葛藤，如“我每”“我们”之类。近年来丁声树先生、吕叔湘先生对于一些词的古代用例颇多新的贡献（分见“中央研究院”《史语所集刊》及华西大学《文化研究所集刊》），足以分解从前文法语法书的一些葛藤；但是没有分解的恐怕还多着呢。第二，地域确定，就不必顾到方言上的差异。北平语一向是官话，影响最广大，现在又是我国法定标准话，用来代表中国现代语，原是极恰当的。第三，材料确定，就不必顾到口头的变化。原来笔下的说的语言和口头的说的语言并非一种情形；前者较有规则，后者变化较多。小说和戏剧的对话有时也如此地记录这种口头的变化，不过只偶一为之。说话时有人，有我，有境，又有腔调，表情，姿态等可以参照，自然不妨多些变化。研究这种变化，该另立“话法”一科；语法若顾到这些，便太琐碎了。本书取材限于两部小说，自然不会牵涉到这些。——范围既经确定，语言的作用和意义便可以更亲切地看到。王先生用这种语言着手建立他的新系统，是聪明抉择。而对于这时代的人，现代语法也将比一般的语法引起更多的兴趣。

本书也参考外国学者的理论，特别是叶斯泊生及柏龙菲尔特。这两位都是语言学家，对于语法都有创见。而前者贡献更大；他的《英国语法》和《语法哲学》都是革命的巨著。本书采取了他的“词品”的意念。词品的意念应用于着重词序的中国语，可以帮助说明词、仿词、

“谓语形式”、“句子形式”等的作用，并且帮助确定“词类”的意念。书中又采取了柏龙菲尔特的“替代法”的理论（原见《语言》一书中），特别给代词加了重量。代词在语言里作用确很广大，从前中外的文法语法书都不曾给它适当的地位，原应该调整；而中国语法的替代法更见特征，更该详论。书中没有关系代词一目，是大胆的改革。关系代词本是曲为比附，不过比附得相当巧妙，所以维持了五六十年。本书将从前认为关系代词的“的”字归入“记号”，在那“的”字上面的部分归入“谓语形式”或“句子形式”，这才是“国文风味”呢。

书中《语法成分》一章里有“记号”一目。从前认为关系代词的“的”字、名词代词和静词下面的“的”字；还有文言里遗留下来的“所”字，从前也认为关系代词，杨遇夫先生定为被动助动词——这些都在这一目里。这是个新意义，新名字。我们让印欧语法系统支配惯了，不易脱离它的窠臼，乍一接触这新意念，好像没个安放处，有巧立名目之感。继而细想，如所谓关系代词的“的”字和“所”字，实在似是而非——以“所”字为被动助动词，也难贯通所有的用例；名词下面的“的”字像介词，代词下面的像领格又像语尾，静词下面的像语尾，可又都不是的。本书新立“记号”一目收容这些，也是无办法的办法，至少有消极的用处。——再仔细想，这一目实在足以表现中国语的特征，决不止于消极的用处。像上面举出的那些“的”字，和“所”字，并无一点实质的意义，只是形式；这些字的作用是做语句的各种结构成分。这些字本来是所谓虚字；虚字原只有语法的意义，并无实质的意义可言。但一般的语法学家让“关系代词”“助动词”“介词”“领格”“语尾”等意念迷惑住了，不甘心认这些字为形式，至少不甘心认为独立的形式，便或多或少地比附起来；更有想从字源上说明这些字的演变的。这样反将中国语的特征埋没了，倒不如传统的讲法好了。

本书没有介词和连词，只有“联结词”；这是一个语法成分。印欧语里有介词一类，为的介词下面必是受格，而在受格的词多有形态的变化。中国语可以说是没有形态的变化的，情形自然不同。像“在家里坐着”的“在”字，“为他忙”或“为了他忙”的“为”字，只是动词；不过“在家里”，“为他”或“为了他”这几个谓语形式是限制“次品”的“坐着”与“忙”的“末品”罢了。联结词并不就是连词，它永远只在所联结者的中间，如“和”“得”（的）、“但”“况”“且”“而且”“或”“所以”以及文言里遗留下的“之”字等。中国语里这种词很少。因为往往只消将两个或两个以上的成分排在一起就见出联结的关系，用不着特别标明。至于“若”“虽”“因”一类字，并不像印欧语里常在语句之首，在中国语里的作用不是联结而是照应，本书称为“关系末品”，属于副词。本书《语法成分》一章里最先讨论的是系词。这成分关系句子的基本结构，关系中国语的基本结构，是一个重大的问题，王先生曾有长文讨论。据他精细研究的结果，系词在中国语里是不必要的。那么，句子里便不一定要动词了。这是中国语和印欧根本差异处。柏龙菲尔特等一些学者也曾见到这里，但分析的详尽，发挥的透彻，得推王先生。经过这番研究，似乎便不必将用作述语的静词属于同动词了。

系词的问题解决了，本书便能提供一种新的句子的分类。从前文法语法书一般地依据印欧语将句子分为叙述、疑问、命令、感叹四类。印欧语里这四类句子确可各自独立；或形态不同，或词序有别。但在中国语里并不然。这里分类只是意义的分别，只有逻辑的兴趣，不显语法的作用。本书只分三类句子："叙述句"，"描写句"，"判断句"。叙述句可以说是用动词作谓语；描写句可以说是用静词作谓语；判断句可以说是用系词"是"字作谓语（这一项是就现代语而论）。这三类句子，语法作用互异，才可各自独立。而描写句见出中国语的特征；这些特征是值得表彰的。书中论"简单句"和"复合句"，也都从特征着眼。简单句是"仅含一个句子形式的句子"，复合句是"由两个以上的分句联结而成者"。先说复合句。复合句中各分句的关系不外平行（或等立）和主从两型。本书不立"主从"的名称，而将这一型的句子分别列入"条件式""让步式""申说式""按断式"四目。这个分类以意义为主，有逻辑的完整。王先生指出在中国语里这些复合句有时虽也用"关系末品"造成，但是用"意合法"的多。因此他只能按意义分类。至于一般所谓包孕句，如"家人知贾政不知理家"，本书却只认为"简单句"。因为书中只有一个句子形式。"贾政不知理家"，而"家人知"并没有成功一个句子形式。"贾政不知理家"这个句子形式在这里只用作"首品"，和一个名词一样作用。

书中论简单句，创见最多。中国语的简单句可以没有一个动词，也可以有一个以上的动词，如上文举过的"在家里坐着"便是一例。这也是和印欧语根本差异处。这是"谓语形式"的应用。"谓语形式"这意义是个大贡献。这给了我们一个全新的"句子"的意义，在简单句的辨认，也就是在句子与分句的辨认上，例如“紫鹃……便出去开门”，按从前的文法语法书，该是一个平行的复合句；因为有两个动词，两个谓语。但照意义看，“出去”“开门”是“连续行为”，是两个谓语形式合成一个“完整而独立的语言单位”；这其实是简单句。再举一个复杂些的例：“东府里珍大爷来请过去看戏放花灯”，就意义上看，更显然是一个简单句；“来”“请”是连续行为，“过去”“看戏”“放花灯”也是的。五个谓语形式构成一个简单句的谓语。一般的语法学家也可以比附散动词（即无定性动词）的意念来说明这种简单句。但印欧语的散动词往往有特殊的记号或形态，中国语里并无这种词，中国语其实没有所谓散动词。只有“谓语形式”可以圆满地解释这种简单句。本书称这种句子为“递系式”，是中国语的特殊句式之一。

“递系式”以外，本书还列举了“能愿式”“使成式”“处置式”“被动式”“紧缩式”五种特殊句式，都是简单句。从前的文法语法书也认这些为简单句，但多比附印欧语法系统去解释。如用印欧语里所谓助动词解释能愿式的句子“也不能看脉”里的“能”字，“被动式”句子“我们被人欺负了”里的“被”字，用散动词解释“能愿式”句子“那玉钏儿虽不欲理他”里的“理”字，“使成式”句子“就叫你儒大爷爷打他的嘴巴子”里的“打”字；用介词解释“处置式”的句子“我把你膀子折了”里的“把”字；“紧缩式”句子“穷的（得）连饭也没的吃”里的“的”（得）字。其实这些例子除了末一个以外，都该用谓语形式解释。那“紧缩式”句子里的“的”（得）字本书认为联结词，联结的也还是“谓语形式”。这五种句式其实都是“递系式”的变化。有了“谓语形式”这意义，这些句子的结构才可以看得清楚，中国语的基本特征也才可以完全显现。书中并用新的图解法表示这些结构，更可使人了然。书中又说到古人文章不带标点，遇着某一意义可以独立也可以不独立时，句与分句的界限就不能十分确定；我们往往得承认几种看法都不错，这是谨慎而切用的态度。关系也很大。

新文学运动和新文化运动以来，中国语在加速地变化。这种变化，一般称为欧化，但称为现代化也许更确切些。这种变化虽然还只多见于写的语言——白话文，少见于说话的语言，但日子久了，说的语言自然会跟上来的。王先生在本书里特立专章讨论“欧化的语法”，可见眼光远大。但所谓欧化语的标准很难选择。新文学运动到现在只有廿六年，时间究竟还短；文学作品诚然很多，成为古典的还很少，就是有一些可以成为古典，其中也还没有长篇的写作。语法学家取材自然很难；他若能兼文学批评家最好，但这未免是奢望。本书举的欧化语的例子，范围也许还可以宽些，标准也许还可以严些；但这对于书中精确的分析的结果并无影响。欧化的语法这一章的子目便可以表现分析的精确，现在抄在这里：（1）“复音词的制造”。（2）“主语和系词的增加”。（3）“句子的延长”。（4）“可能式、被动式、记号的欧化”。（5）“联结成分的欧化”。（6）“新代替法和新称数法”。（7）“新省略法，新倒装法，新语法及其他”。看了这个子目，也就可以知道欧化的语法的大概了。中国语的欧化或现代化已经二十六年，该有人清算一番，指出这条路子那些地方走通了，那些地方走不通，好教写作的人知道努力的方向，大家共同创造“文学的国语”。王先生是第一个人做这番工作，他研究的结果影响中国语的发展一定不在小处。

本书从“造句法”讲起，词类只占了一节的地位，和印欧语的文法先讲词类而且逐类细讲的大不同。这又是中国语和印欧语根本差异处。印欧语的词类，形态和作用是分不开的，所以在语法里占重要的地位。中国语词可以说没有形态的变化，作用又往往随词序而定，词类的分辨有些只有逻辑的兴趣，本书给的地位是尽够了的。本书以语法作用为主，而词类，仂语等都在句子里才有作用，所以从造句法开始。词类里那些表现语法作用的如助动词（“把”字“被”字等）、副词、情貌词、语气词、联结词、代词都排在相当的地位分别详论。但说明作用，有时非借重意义不可。语句的意义固然不能离开语词的结构——就是语法作用——而独立，但语法作用也不能全然离开意义而独立。最近陈望道先生有《文法的研究》一篇短文（《读书通讯》五十九期），文后附语里道：“国内学者还多徘徊于形态中心说与意义中心说之间。两说都有不能自圆其说之处。鄙见颇思以功能中心说救其偏缺。”功能就是作用。可惜他那短文只描出一些轮廓，无从详细讨论；他似是注重词类（文中称为“语部”）的。这里只想举出本书论被动句的话，作为作用和意义关系密切的一例。书中说被动句所叙述的，对句子的主格而言，是不如意或不企望的事。这确是一个新鲜的发现；中国语所以少用被动句，我们这才了然。——本书虽以语法作用为主，同时也注重种种用例的心理；这对于语文意义的解释是有益处的。

本书目的在表彰中国语的特征，它的主要的兴趣是语言学的。如上文所论，这一个目的本书是达到了。我们这时代的人对于口头说的也是笔下写的现代语最有亲切感。在过去许多时代里，口头说的是一种语言（指所谓官话。方言不论），笔下写的另是一种语言；他们重视后者而轻视前者。我们并不轻视文言，可是达意表情一天比一天多用白话，在现实生活里白话的地位确已超出文言之上。本书描写现代语，给我们广博的精确的新鲜的知识，不但增加我们语言学的兴趣，并且增加我们生活的兴趣，真是一部有益的书。但本书还有一个目的，书中各节都有“定义”，按数目排下去，又有“练习”“订误”和“比较语法”，是为的便于人学习白话文和国语，用意很好；不过就全书而论，这些究竟是无关宏旨的。